Scarlet
스칼렛

www.bbulmedia.com

Scarlet

스칼렛

www.bbulmedia.com

마왕의
취미생활

마왕의 취미생활

SCARLET ROMANCE STORY 공은주 장편 소설

contents

프롤로그

공부는 잘했지만 지극히 평범한 외모에 보통 사람일 뿐인 서희
재에겐 한 가지 특별한 점이 있었다. 바로 친구라 불리는 김정한의
존재였다.

겉보기에는 어울릴 것 같아 보이지 않는 이 두 사람은, 어쩌다
보니 초등학교 6년, 중학교 3년, 고등학교 3년에 걸쳐 내리 12년
동안이나 같은 반이 되는 진기록을 세웠다. 때문에 따로 무언가를
함께하지 않아도 어느 순간부터 희재와 정한은 자연스레 친구의 선
상에 놓이게 되었다.

일반인의 범주에 들어 있던 희재완 달리 정한은 여러모로 눈에
띄는 존재였다. 또래보다 월등하게 큰 키와 운동으로 다져진 몸은
일찍부터 어른스런 느낌을 풍겼으며, 무엇보다 패션의 완성이 얼굴
이라는 걸 몸소 증명해 보이는 타입이었다. 한마디로 말해 지나치

게 잘생겼단 의미였다.

소소하게는 쇼핑몰 모델 제의부터 시작해 이름만 들어도 알 법한 대형 연예기획사까지, 또 타고난 목소리 덕분에 가요계 관계자로부터도 심심찮게 러브콜을 받는 등, 다방면에 걸친 폭넓은 스카우트 제의를 받았다.

만약 정한이 재벌가인 대진그룹의 차남이란 사실이 알려지지 않았더라면, 여전히 많은 사람들은 그의 진로가 연예계 쪽으로 정해졌을 거라고 믿어 의심치 않아 했을 테다.

더군다나 공부면 공부, 운동이면 운동, 어느 것 하나 못하는 것 없이 모든 분야에서 고르게 뛰어난 면모를 보였던 정한은 학창시절 내내 식을 줄 모르는 인기를 누렸다. 군중에 섞여 있을 때면 더욱 그 진가가 발휘되곤 했었는데, 가만히 서 있기만 해도 군계일학이 따로 없었다. 세상이 불공평하다는 걸 보여 주는 단적인 예시였다.

게다가 집안까지 평범하지 않단 사실이 알려지고 난 이후부턴 남녀 구분할 것 없이 묘하게 정한을 의식하는 분위기가 연출됐다. 눈을 씻고 찾아봐도 어디 한 군데 부족한 곳을 발견할 수 없다는 점에서 간혹 괴물처럼 보이기도 했다.

고교 과정 끝물에서야 밝혀진 정한의 집안 배경에 놀라지 않은 사람이 과연 몇 명이나 될까. 무려 대한민국 경제를 쥐락펴락한다는 대진그룹가의 일원이었다. 자립형 사립고도, 외고도, 과학고도 아닌 그야말로 일반 인문계 고등학교 졸업자 명단에 대진그룹의 차남이 끼어 있을 줄 어느 누가 상상이나 할 수 있었을까.

평소 주변에서 눈치챌 만한 잘난 척을 조금이라도 해 왔다면 최소한 진실을 알게 됐을 때 받는 놀라움이 이처럼 크지는 않았을 테다. 하지만 굳이 돈이라는 매개체를 이용해 타인의 마음을 살 이유가 없었던 정한은 씀씀이 부분에서도 눈에 띄게 유별나지 않았다.

학생이란 위치상 대개는 교복을 입고 생활했고, 가끔 본 사복 차림은 말했다시피 얼굴 자체가 패션인지라 그다지 화제가 되지 못했다. 아마 거적때기를 걸치고 있었어도 정한의 얼굴은 빛이 났으리라.

하지만 대진그룹의 차남이 브랜드가 아닌 옷을 사서 입었을 리는 없을 테고, 모르긴 몰라도 흔히 우리가 알고 있던 보급형 브랜드보다는 훨씬 더 비싼, 소위 말해 명품 수준의 옷을 걸쳤을 테다. 결국 중요한 것은 무엇을 걸치느냐가 아닌 누가 걸치느냐의 차이가 더 컸단 의미였다.

"이래서 세상은 불공평하다니까."

십이 년을 알아 온 희재조차 몰랐던 일이었다. 그간에 보아 온 정한은 단 한 차례도 있는 집 자식 행세를 하지 않았다. 그럼에도 불구하고 겉으론 숨겨지지 않는 귀티가 줄줄 흐르긴 했지만, 실제로 드러난 소비수준은 일정 범위를 벗어나지 않았다. 그래서 사실이 알려졌을 때 가장 놀란 사람도 다름 아닌 희재였다.

하긴, 속속들이 알 만큼 진짜 친한 것도 아니긴 했지만.

수능 이후 뒤늦게 입시상담 중에서야 밝혀졌기에 소문의 파급력은 더없이 컸다. 담임이었던 이우명조차 넋이 나간 표정을 지었을 정도니 뜻하지 않게 얘길 전해 들었던 아이들의 심정이야 굳이 설명하지 않아도 알 일이었다.

문제는 동료 교사였던 몇몇에게만 털어놓았던 얘기가 어느새 유언비어처럼 퍼져 교내를 뒤흔들기 시작했다는 점이었다. 그제야 아차 싶었던 우명이 뒤늦게 수습에 나서 봤으나 그땐 이미 손을 쓸 수 없을 만큼 관심의 화두로 올라 있었다.

하지만 정작 모두를 기함케 만든 당사자인 정한은 대수롭지 않다는 태도여서, 우명의 입장이 크게 난처하게 되는 일은 벌어지지 않았다. 흡사 그간엔 일부러 속여 왔다기보다, 굳이 떠들고 다닐 필요성이 없었다는 쪽에 더 무게를 둔 모습이었다.

일반계 학교 진학은 대진가의 교육방침상 이미 정해진 일이었고, 앞서 정한의 형인 정혁 역시 이러한 과정을 거쳤다는 게 정한의 입장이었다. 달랐던 점은, 시기상의 문제라 할 수 있었다. 대진가의 장남이자 일찌감치 후계자로 이름을 올린 정혁은 정한과는 달리, 초등학교 졸업을 끝으로 대진의 사학재단이었던 명문 중학교로 옮겨 갔기 때문이었다.

어쩐지 들으면 들을수록 현실감이 떨어지는 얘기였다. 때문에 쏟아지다시피 한꺼번에 터져 나온, 주변의 질문에 따른 간단한 상황 설명이 이어지는 동안에도 희재는 그저 놀란 눈을 둥그렇게 뜨고만 있었다. 그러다 어느 한 순간 정한의 시선이 희재를 향했다.

무심코 맞닿은 시선에 순간 화들짝 놀란 희재가 어색한 웃음을 지어 보이자, 그가 약간은 곤혹스럽다는 듯 설핏 눈가를 찌푸렸다. 당사자인 정한은 인지하지 못했을 수도 있지만 무언가 마음에 들지 않은 것이 있을 때 나오는 일종의 무의식적인 습관과도 같았다.

'도통 속을 모르겠다니까.'

어찌 됐건 사실이 밝혀지기 전에도 정한은 저 멀리 하늘에 떠 있는 별과도 같은 존재였고, 결국 큰 틀에서 바라보자면 달라진 건 없다는 결론이 나온다. 때문에 논란여부를 떠나 대다수의 사람들은 여전히 선망의 눈길로 정한을 바라보기 바빴다.

숱한 이들의 입에서 회자되며, 화제의 중심에서 관심의 주체가 될 수밖에 없었던 정한은 늘 동경의 대상이었으며, 닮고 싶은 상대였고, 가까이하고 싶은 사람이었다.

희재가 기억하는 정한은 언제랄 것도 없이 항상 주변에 많은 사람들을 몰고 다녔다. 물론 그 무리 안엔 본인의 의사와는 별 상관없이 매번 희재도 포함되곤 했다. 하지만 왜인지 이따금 희재는 정한이 거리감을 둔 채 사람들을 대한다고 생각했다.

관계의 진전을 바라고 접근해 온 사람들을 대놓고 거절하지는 않았으나, 한편으로는 일정 선 안으로 받아들여 주지도 않았다. 누구나에게 공평하다는 건 마음의 무게가 어느 한쪽으로도 편중돼 있지 않다는 뜻과 일맥상통한다. 돌려 말하자면 남들보다 개인성향이 강하다는 거였지만, 결국은 쉽게 곁을 내주지 않는다는 말과도 같았다.

알아 온 시간이 길다 뿐이지 희재는 스스로의 위치 또한 정한이 그어 둔 선 밖에 서 있다고 생각했다. 하지만 다른 이들의 생각은 달랐던지, 종종 희재를 향해 부러움을 표현해 오기도 했다. 일견 다정해 보이는 정한의 시선이 희재를 향할 때마다 희재는 자신도 모르게 움찔움찔 몸을 떨었다.

어색하진 않지만 편하지도 않은 사이.

서희재와 김정한을 정의하는 가장 정확한 문장일 테다. 누구보다 오래 알아 온 두 사람이었으나, 여전히 희재는 어딜 가나 사람들의 이목을 집중시키는 정한의 존재가 어려웠다. 지나치게 잘생긴 얼굴도, 한없이 멀게만 느껴지는 그의 집안 배경도, 모든 게 완벽해 보이는 정한의 존재 자체가 평범하기만 한 희재에겐 다소 부담으로 다가왔다.

　잘나도 너무 잘난 김정한.

　본인의 뜻과는 무관하게 주변으로부터 받아야 했었던 시기와 질투를 떠올리면 여전히 기가 질리는 기분이었다. 그중에서도 최악의 시기를 꼽으라면 그건 단연코 중학교 입학 이후의 시간들이라고 자신할 수 있었다. 앞에선 부러움의 눈길을 보내며, 뒤로는 여학생들로부터 대놓고 따돌림을 당하지 않았던가. 오죽했으면 새해 소망이 정한과 같은 반이 되지 않게 해 달라는 것이었을 정도니 어린 마음에도 정한을 가까이하지 말아야 할, 이로울 것 없는 상대라고 규정짓고 있었다.

　누군가는 배부른 투정이라고 할 수 있을 테다. 하지만 정작 희재가 원하지 않는 일이었다. 현대판 왕자라고도 불리는 정한, 하지만 희재에겐 그는 해악의 상징인 마왕과도 같은 존재였다.

　정한은 누구보다 눈치가 빠르고 기민했으며, 분위기를 읽는 데 탁월한 능력을 지니고 있었다. 그런 정한이 희재가 반 안에서 겉돌고 있다는 것을 몰랐을 리 없다. 그리고 그 이유의 대부분이 바로 정한으로부터 기인됐다는 사실 또한 잘 알았을 테다. 그런데도 늘 정한은 한결같았다.

안녕. 빨리 왔네? 숙제는 했어? 아침은 먹고 나왔어? 등등, 다른 사람에게는 해 주지 않는, 오로지 서희재에게만 해당하는 다정한 인사가 끝이 나면 사람들의 시선은 자연스레 희재에게로 모아졌다.

부러움 정도로 그쳤다면 좋았을 테지만, 안타깝게도 대부분은 희재의 뜻을 오해하기 바빴다. 싫은 티를 내고 대답을 하지 않으면 어느 순간 이기적인 사람이 돼 있었다. 희재는 그것을 배려의 문제라고 생각했다. 그래서 한번은 이 같은 불만을 얘기하며 불필요한 인사는 그만둬 달라고 요구했던 적이 있었다.

과거를 회상하던 희재가 잠시 눈을 감았다. 그때의 대답이 떠오른 까닭이었다.

「서희재는 가끔 날 무서운 듯이 바라볼 때가 있더라. 나 그렇게 무서운 사람 아닌데.」

웃고 있다고 생각했다. 하지만 평소보다 차갑게 식어 있는 눈은 다른 말을 해 오고 있었다. 어쩐지 화를 내고 있는 듯한 종잡을 수 없는 표정을 짓고 있었다. 이 말을 끝으로 한동안 침묵을 지키던 정한은 가타부타 다른 말없이 자리를 벗어났다. 이때의 희재는 다행히도 그녀의 요구가 관철됐다고 믿었다. 하지만 그건 단순한 착각에 불과했다.

다정하게 건넨 안녕이란 인사말 뒤엔 추가로 손바닥으로 머리 부비기가 첨가되었고, 아침은 먹고 나왔냐는 물음 이후엔 값비싸 보이는 수제 샌드위치가 희재에게로 내밀어졌다. 받지 않아도, 받아도 문제가 되는 상황이었다.

신종 개념의 빵셔틀! 시키지도 않았는데 셔틀이 되길 자청하는 마왕이라니……. 셔틀을 하는 입장이 아니라, 억지로 받는 입장이다 보니 부득불 싫다는 티를 내도 아닌 척 튕기는 걸로 비쳐지기 일쑤였다. 그 탓에 희재를 향한 주변의 시선은 한결 더 따가워지기만 했다.

재미있어 하는 게 분명했다. 그렇지 않았다면 결코 이런 상황을 만들 리 없을 테니까! 더더군다나 받아 든 간식거리를 나눠 주려고 해도 선뜻 손을 내밀어 오는 사람도 없었다. 악마 같은 정한이 이건 희재의 몫이라고 못을 박았기 때문이었다.

문제는 정한의 이러한 수고가 하루 이틀로 끝나지 않았다는 데 있었다. 때문에 누명이나 다름없는 억울함을 풀 기회는 그 후로도 주어지지 않았다. 그런데 이상한 것은 이 일을 기준으로 하여 조금씩 괴롭힘이 줄어들었다는 것이었다. 반대로 더욱 고립되긴 했지만.

그리고 마침내 이런 김정한과 13년 만에 떨어지게 되었다!

가만히 앉아 있어도 들려오는 정한의 소식에 희재는 속으로 쾌재를 불렀다. 정한이 국내 대학이 아닌 유학을 선택했다는 게 확실시된다는 말에 입가로는 웃음이 피어올랐다. 간절하게 바라면 결국엔 통하게 되어 있다고, 대학에 진학하게 되면 이번에야말로 친한 친구도, 또 가능하다면 남자 친구도 사귀어 보리라 굳게 마음을 먹고 있었다.

감정소모가 큰 정한의 곁에 오래 있었기 때문일까. 커 가면서 희재의 이상형은 정한과는 상반되는, 즉 그냥 평범한 사람으로 고착화되었다. 옛말에 얼굴을 뜯어먹고 살 것도 아니라 하지 않았던가.

만세!

스무 살. 성인이 된다는 것에 한껏 들떠 있어서인지, 희재는 앞으로 벌어질 일들에 대해 조금도 예측하지 못했다.

— 한국대 경영학과에 지원했다는 서희재가 왜, 행정학과 줄에 서 있는 걸까?

"누구세요?"

— 몇 년을 알아 왔는데 내 목소리를 몰라?

"네?"

— 농담할 기분 아냐.

입학식 당일. 지지난주에 있었던 행정학과 신입생 오리엔테이션에 참석해 안면을 익힌 친구들과 함께 무리 지어 선 채로 얼마간 이야기를 주고받고 있던 희재가 걸려온 전화를 무의식중에 받았다. 그런데 전화를 걸어온 상대는 당연하다시피 인사도 생략한 채 대뜸 희재더러 왜 경영학과가 아닌 행정학과 줄에 서 있느냐며 당장에 못마땅한 기색부터 내비쳐 왔다. 의아함에 휴대폰 액정을 들여다본 희재가 고개를 갸우뚱했다.

발신자를 확인해 봐도 저장돼 있던 번호가 아니었다. 하지만 잘못 걸린 전화라고 하기엔 질문 자체가 희재와 깊숙하게 연관이 돼 있었다. 목소리도 어딘지 모르게 귀에 익은 것 같기도 하고……. 그때 얼마 전에 지워 버렸던 번호 하나가 머릿속을 스쳐 지나갔다. 그리고 이내 희재가 울상을 지었다. 어쩐지 안 좋은 생각들이 스멀스멀 피어올랐다.

"……김정한이지?"

— 어쩌면 그럴지도 모른단 생각은 했지만, 얼마간 안 봤다고 그새 내 번호를 지웠나 봐?

정곡을 찔러 오는 정한의 발언에 선 자리에서 그대로 희재의 몸이 꽁꽁 얼어붙었다. 3월부터는 당연히 연락할 일이 없을 거라고 생각해서 과감히 삭제를 했는데, 이게 웬 날벼락이란 말인가. 그것도 당사자인 정한 본인에게 딱 걸리고 만 상황이었다. 이미 미국으로 출국했을 거라고 믿었던 상황에서 걸려 온 정한의 전화에 희재가 잔뜩 긴장하며 대화에 집중했다.

"어, 어쩐 일이야?"

— 그전에 대답부터 해.

"대답이라니. 뭘 말이야?"

— 왜 경영학과가 아닌 행정학과에 서 있는 건지 물었잖아.

"그거야……."

경영학과가 아닌 행정학과에 지원해서지 무슨 다른 이유가 있겠는가. 어렵지 않게 질문에 대한 대답을 되돌리려던 찰나 간과하고 있던 한 가지 사실을 떠올린 희재가 다급한 목소리로 되물었다.

"근데, 그걸 네가 어떻게 알아……?"

— 서희재답지 않게 웬일로 신입생 오리엔테이션에 불참했다 싶었더니……. 대체 과는 언제 바꾼 거야?

전화를 받는 도중에 웅성거림이 커지는 게 느껴졌다. 불길한 예감에 침을 꼴깍 삼킨 희재가 주위를 살피자 아니나 다를까 멀찍이 떨어진 곳에서 정한의 모습이 보였다.

'쟤가 왜 여기 있어?'

세미정장 차림을 한 정한은 아직 어린애 티를 벗지 못한 다른 신입생과는 달리 어른의 기운을 물씬 내뿜고 있었다. 당연한 이야기겠지만 통화를 하는 당사자인 희재뿐만 아니라 그 주변의 시선이 온통 정한에게 집중돼 있었다.

그나저나 오리엔테이션 불참이라니? 설마……? 에이, 아니겠지. 그러나 연이은 부정에도 불구하고 왠지 모를 꺼림칙함이 마음 한 구석에 찜찜하게 남았다. 하지만 정한이 이 자리에 있다는 건 희재의 입장에서는 말이 안 되는 일이었다.

하버드는 어쩌고? 미국 유학은 어떻게 하고 남의 대학 입학식에 모습을 드러낸단 말인가. 그러나 희재가 혼란에 젖어 있던 그 사이에도 고요하게 가라앉은 정한의 눈빛은 계속해 희재에게 해명의 말을 구해 오고 있었다.

"너, 너……! 미국 안 갔어?"

— 누가 그래? 미국 간다고.

누가 그러긴. 모였다 하면 다들 그 얘기들로 얼마나 입방아를 찧어 댔는데 어떻게 모를 수가 있을까.

"설마 사실이 아니란 거야?"

— 보다시피 아냐. 넌 대체 내가 왜 여기에 왔다고 생각해?

"!"

— 표정을 보니 대충 알아들은 것 같네.

일정 거리를 사이에 두고 떨어져 있던 정한이 희재를 향해 조금씩 다가섰다. 놀란 마음에 휙 바람 소리가 날 정도로 정한으로부터 등을 돌린 희재가, 곧이어 목소리를 낮추며 다급히 만류했다.

"잠깐, 잠깐만. 그냥 거기 서서 말해. 뭘 여기까지 오려고 그래."

— 서희재.

"……."

— 뭐 일단은 알겠으니까, 왜인지 이유나 말해 봐.

드물게 화를 내고 있다는 게 목소리에서부터 느껴졌다. 평소보다 아래로 내리깔린 정한의 음성에, 잔뜩 입장이 난처해진 희재가 자기도 모르게 정한의 눈치를 살폈다. 사실 사기를 치다 걸린 것도 아닌데 떳떳하지 못할 이유도 없었다. 하지만 생각과는 달리 뒤이어 나온 말은 제대로 된 매듭을 짓지 못한 채 말끝이 흐지부지 흐려지고 말았다.

"왜라고 해도……. 과를 바꾼 거야 아무래도 미래를 생각하면 취업보다는 공무원이 되는 편이 낫겠다 싶어서지……."

— 겨우 이유가 그거야?

겨우라니. 그건 진정 요즘 청년실업난의 심각성을 몰라서 하는 말이었다. 공무원 되기가 얼마나 힘든 일인데! 하늘에 별 따기란 말이 괜히 나온 말이 아니었다. 이래서 있는 집 애들과는 대화가 안 통한다니까. 자긴 해당사항이 없다 이거지?

만약에 이 얘기가 정한이 아닌 다른 사람의 입을 통해 나왔다면 현실감각이 없단 이유로 줄줄이 타박이 이어졌을 테지만, 아쉽게도 정한에겐 해당사항이 없는 말이었다.

"그래도 나름 생각해서 내린 결정이야."

근데 이게 정한이 신경 쓸 일인가? 의아함에 희재가 고개를 양쪽으로 갸웃거렸다. 아무리 생각해 봐도 지금 이 상황이 이해가 가지 않아서였다.

— 서희재답다고나 할까. 복잡하게 생각할 것 없이 졸업 후 그냥 대진으로 오면 되잖아. 뭐가 문제야.

"말은 쉽지."

대진그룹이 들어가고 싶다고 해서 들어갈 수 있는 곳이면 걱정도 없게? 물론 한국대가 우리나라 최고 대학이긴 했으나, 대진그룹 입사시험은 그야말로 낙타가 바늘구멍에 들어가는 것보다도 비좁기로 위명이 자자했다. 어느 정도냐면 해외 유명 대학 석·박사 출신들이 호기롭게 입사 지원서를 넣었다가도 1차 서류심사에서 떨어지는 경우도 허다하게 있을 정도였다.

사실 서류통과도 서류통과지만 까다롭기로 소문난 심층면접을 생각하면, 시험 쳐서 나온 성적순으로 들어갈 수 있는 공무원 쪽이 오히려 더 경쟁력이 있었다.

거기다가 결정적으로 정한과 얽혀서 별로 결과가 좋았던 기억이 없었다. 사람들에게 눈총을 받는 것도 더는 싫었고, 이러한 이유로 일단 현재로선 제 발로 악마의 소굴에 걸어 들어갈 생각 같은 건 조금도 가지고 있지 않았다. 입사 대가로 주어질 연봉을 생각하면 다소 아쉽긴 했지만, 과거의 일을 답습하는 것만큼은 극구 사양하고 싶었다. 물론 정한에게 대놓고 이런 속마음을 털어놓을 수는 없었지만.

— 연줄 챙겨 뒀다 어디에다 쓰려고?

"나더러…… 네 낙하산을 타라고?"

— 낙하산도 능력이야.

가볍게 혀를 찬 정한이 자못 못마땅하단 투로 말했다. 진심인지 아닌지 선뜻 구분이 안 가는 정한의 말은, 시간이 지나도 진위 여부를 구별해 내기가 어려웠다.

"농담하지 마."

— 왜 농담이라고 생각해? 농담 아냐.

불쾌감이 서린 정한의 목소리가 다소 딱딱하게 느껴졌다. 생각 이상으로 진지하게 반응해 오는 정한의 태도에 눈을 동그랗게 뜬 희재가 다소 경직된 웃음을 흘리며 진땀을 뺐다.

대학을 마치려면 앞으로 4년이란 기간이 남아 있었다. 혹은 휴학을 하게 된다면 5년으로 늘어날 수도 있었다. 그사이 제 발등 찍는 짓을 왜 할까?

"됐어. 그냥 남들 신세 안 지고, 시험에 사활을 걸어 볼 거야. 이미 결심했어."

— 결국 전과할 마음은 없다 이거지?

전과라니. 무슨 큰일 날 소리. 이제 김정한의 껌딱지가 아니라 오로지 독립된 서희재로 살아가기로 마음먹은 지 얼마나 됐다고! 결심을 깨트리려 드는 훼방꾼의 등장에 희재가 한결 마음을 단단히 먹었다. 그 순간 등 너머로 낯선 숨결이 느껴졌다.

"서희재. 웬 통화를 그렇게 오래해?"

"아. 미안. 생각보다 길어지네."

"귀찮은 전화야? 그럼 일일이 대꾸하지 말고 적당히 끊어. 그보다 마치고 뭐 먹으러 갈지 정하자는데 넌 어때?"

오리엔테이션에서 통성명을 했던 같은 학과의 남자애 한 명이 희재에게 눈짓하며 얘길 전해 왔다. 어쩐지 감격에 벅차오르는 기분이었다. 선 밖으로 밀려나지 않고 자연스럽게 무리에 섞여 들 수 있다는 건 일찍이 누려 보지 못한 기쁨이었다. 이 얼마나 아름다운 광경인가.

모든 게 정한이 없기에 가능한 일이었다. 정한이 왜 미국이 아닌 한국에 남아 있는지 그 속사정은 잘 모르겠지만, 이렇게 된 이상 대학 생활에서만큼은 얽히지 말아야겠다고 양껏 투지를 불태웠다. 하지만 그사이 전화기 너머로는 희재에게 불리한 얘기들이 들려오고 있었다.

— 자꾸 서운하게 만들면 별로 재미가 없어질 텐데?

"내, 내가 뭘?"

— 내가 뭘? 십이 년 지기 전화번호를 멋대로 지워 버린 건 그렇다 쳐. 핸드폰을 만지다 보면 우연히, 그래 아주 우연히 손이 미끄러질 수도 있는 일이니까. 하지만 우리가 한 해 두 해 보는 것도 아닌데 내 목소릴 듣고도 전화기에다 대고 누구세요냐고?

핵심을 찔러 오는 정한의 발언에 속으로 뜨끔해진 희재가 기어 들어가는 목소리로 변명을 늘어놓았다.

"미국 간다기에 당분간은 연락할 일 없을 줄 알았지……."

— 다신 안 볼 사람처럼, 이참에 아주 정리한 건 아니고?

"……."

— 서희재 생각이 어떤지 잘 알겠어. 하지만 그게 마음대로 될까?

"응?"

별안간 통화가 뚝 하고 끊겼다. 대체 뭐야……. 정한으로부터 등을 지고 서 있던 희재는 돌아가는 상황을 파악하기 위해 천천히 역방향으로 몸을 틀었다. 그러나 미처 목적을 달성하기도 전에 어깨 위로 묵직한 무게감이 내려앉았다. 동시에 달콤한 목소리가 귓가로 울려 퍼졌다.

"점심메뉴는 뭐가 좋을까, 서희재?"

순식간에 주변의 시선이 희재에게로 집중됐다. 좀 더 정확히 말하자면, 희재가 아닌 정한에게로 모아져 있던 눈길이 희재 쪽으로 이동한 것뿐이었지만. 중요한 건 이게 아니었다. 조금 전까지만 하더라도 친근하게 말을 섞었던 부류까지도 흡사 이방인 보듯 희재를 바라보고 있었다.

왜 불길한 예감은 한 번도 빗나가지 않는 것일까.

웃고 있는 정한의 표정과는 달리, 희재의 얼굴은 희게 질려 갔다. 어쩐지 앞으로 겪게 될 일들이 눈앞으로 선명하게 그려지는 듯했다.

"너……!"

"내가 살게. 비싼 거 먹어도 돼. 나 돈 많잖아."

일부러 그러는 거다. 명백히 일부러 그러는 게 틀림없었다. 맙소사. 이건 악몽이었다. 하지만 눈을 질끈 감았다 떠도 눈앞의 현실은 바뀌지 않았다.

망했다. 두 번 망했다. 망하고 또 망했다.

제1장.

고백

대한민국에서도 난다 긴다 하는 수재들이 모두 모여든다는 한국
대였다. 이 조건에 장학금까지 바랐다면 솔직히 그건 욕심이었다.
그래도 지원했던 기숙사는 붙을 줄 알았더니 웬걸? 대기번호 5번
을 받고도 중간에서 빠져나가는 인원이 없어 그길로 희재는 자취생
활로 접어들었다.

기억에도 없는 아주 어린 시절을 제외하면 내내 서울에서만 살
아온 희재였다. 그래서 막연하게 생각하길, 대학에 들어간다 하더
라도 이전과 변함없이 집에서 통학을 하게 될 거라고 예상하고 있
었다. 하지만 합격 발표 이후 전격적으로 귀농을 선포한 부모님의
돌발 결정으로 인해 뜻하지 않은 상황과 맞닥뜨려야 했다.

"허리도 안 좋다면서 무슨 농사를 짓겠다고. 아무튼 못 말린다니
까 정말."

부부내외가 주말마다 사이좋게 어딜 그렇게 열심히 다니나 했더니 다 이유가 있었다. 추진력은 또 어찌나 좋던지 그사이 명예퇴직도 신청을 해 놓은 상태였다. 줄줄이 일사천리라고 살고 있던 집도 부동산에 내놓은 지 얼마 지나지 않아 때맞춰 사겠다는 사람이 나타나 얼렁뚱땅 계약도 체결되었다.

그리하여 2월의 마지막 주에 속해 있던 지난 25일, 살아생전엔 조부모님께서 거주했고 지금은 빈집으로 남아 있는 경기도 여주군으로 부모님의 거처가 옮겨 갔다. 때문에 희재는 현재 적당한 크기의 원룸에서 새로운 생활에 적응 중에 있었다.

"그나저나 앞방은 들어온다는 이사는 안 들어오고 대체 며칠째 공사를 하고 있는 거야?"

아파트라면 이해라도 하지. 원룸에 인테리어를 해서 들어올 정도라면 애초 다른 거처를 찾아보는 게 훨씬 더 생산적인 방법이란 게 희재의 의견이었다. 보통 원룸에 세 들어 살다 나갈 때면 원상복구가 기본이었다. 그런데도 공사를 한답시고 벌써 여러 날 동안이나 시끄러운 소음이 가시질 않고 있었다.

작게는 벽을 울리는 드릴 소리부터 시작해 쿵쾅쿵쾅 못 박는 소리, 거기다 전기톱 돌아가는 소리까지, 온갖 공구 소리를 총망라한 소음이 이 층 전체를 울리고 있었다. 이러다 집주인이 와서 보곤 기함해 뒤로 넘어가는 것 아닌가 모르겠다.

신축건물이 아니어서 다소 외관이 낡은 것만 제외하면 특별히 손볼 곳도 없었다. 그래서 더 유난이다 싶었다. 아래층이 주차장이었으니 망정이지 아니었다면 층간 드잡이를 해도 몇 번은 했을 테다.

6호 방까지 있는 2층 거주민 중 201호의 주인이었던 희재는 들려오는 소음을 인내로써 견디며 크게 한숨을 내쉬었다.

보통 이 정도 상황이 되면 항의가 빗발칠 법도 한데 주변에선 가타부타 이렇다 별 얘기도 없이 잠잠하기만 했다. 계약 당시에 듣기론 분명 2층에 비어 있는 방은 없고 모두 방 주인이 정해져 있다고 했다.

이쯤 되니 다들 신경이 무딘 건지, 아니면 희재 자신만 예민한 건지 판단이 서지 않았다. 그렇다고 무턱대고 여자 혼자 찾아가서 따지기엔 세상이 너무 흉흉했다. 눈대중으로나마 오고 가는 인원을 파악해 보니 일하는 인부들도 한둘이 아니었다.

"대체 저 방엔 일하는 사람이 몇 명이나 있는 거야. 인건비만 대충 줄잡아도 그게 다 얼마야."

금요일 오전 수업을 끝으로 집에 돌아와 쉬고 있던 희재의 신경은 온통 바깥 상황에 쏠려 있었다. 그간의 경험을 토대로 유추해 보자면 보통은 저녁 여섯 시 전후로 하여 하루 일과가 끝이 난다는 건 알고 있었지만, 오늘따라 유독 더 어수선하고 분잡한 느낌이 들었다.

제발 막바지 작업을 하는 중이길 속으로나마 기도해 봤으나, 어차피 내일이 돼 봐야 알 일이었다.

그나저나 누가 들어와 살 건지 얼굴이라도 한번 봤으면 좋겠네. 공사 시작 전날, 현장 책임자란 사람이 소음에 대한 양해를 구하기 위해 인사차 들른 걸 빼면 실제 방 주인의 얼굴은 본 적이 없었다.

힐끗 희재의 시선이 시계가 걸려 있는 벽 너머를 향했다. 사실 가장 궁금한 건 새로 입주해 온다는 앞방 주인의 정체였다. 대체 누가 들어오기에 이 소란인 걸까? 인테리어를 하는 걸로 봐선 신혼부부일 수도 있겠다 싶었다.

결국 호기심을 이기지 못한 희재가 자리에서 일어나 현관문으로 향했다. 그러곤 부착돼 있던 도어렌즈 위로 한쪽 눈을 가져다 댔다. 진전된 것이 있는지 궁금해졌기 때문이었다. 이어 바깥 상황을 살피던 희재가 삽시간에 좁혀 뜨고 있던 눈동자의 동공을 키웠다.

세상에!

확인 작업을 거치듯 휘둥그레진 두 눈이 연신 위아래로 깜빡였다. 처음에는 잘못 본 거라고만 생각했다. 하지만 애당초 착각할 수 있는 사안이 아니었다. 김정한과 똑같이 생긴 사람이 세상에 둘은 존재하지 않을 테니까.

"쟤가 왜 여기에 있어?"

동에 번쩍, 서에 번쩍, 홍길동이 따로 있을까. 이리 보고 저리 봐도 헷갈릴 일 없는 정한의 반듯한 얼굴을 재차 확인한 희재가 빠른 손놀림으로 보조키를 해제했다. 동시에 문고리를 잡아당기며 현관문을 열어젖혔다.

"뭐야. 집에 있었잖아. 인기척도 없이 조용하기에 없는 줄 알았더니."

갑작스러운 등장에도 놀라지 않고 담담하게 말을 붙여 오는 정한은 이미 이곳에 희재가 거주하고 있단 걸 알고 있단 태도였다. 가장 먼저 든 생각은 역시나 '왜'라는 의문이었다. 볼일이 있어 이곳을 찾았다고 하기에는 지나치게 타이밍이 좋았다. 더욱이 육감이 안 좋은 쪽을 향해 레이더를 세우고 있었다.

삽시간에 예상되는 가장 최악의 상황이 희재의 머릿속에서 그려졌다. 이내 잔잔한 떨림을 간직한 희재의 입술이 좌우로 벌어졌다.

"설마 여기로 이사 오기로 돼 있단 사람이 너는 아니지?"

"어떨 것 같아?"

기회를 줄 테니 어디 한번 맞혀 보라며 느긋하게 팔짱을 낀 정한이 입가에 나른한 미소를 지었다. 그래서인지 시간이 지날수록 이유를 알 수 없는 불안감이 자꾸만 깊이를 더해 갔다.

"정말 이 방 세입자가 너야?"

"세입자라. 그건 아니지."

우려를 불식시키는 그의 말 한마디에 찌푸려져 있던 희재의 인상이 말갛게 펴졌다. 원했던 대답을 듣고 나니 그제야 안도감이 몰려왔다. 하긴 언론에 보도된 것처럼 최첨단시스템으로 무장된 평창동 저택을 놔두고 굳이 따로 방을 구해 나와 살 이유는 하등 어디에도 없었다. 게다가 여긴 한국대와 가까운 역세권 지역도 아니었다. 자라 보고 놀란 가슴 솥뚜껑 보고도 놀란다고, 괜한 걱정을 사서 한 셈이었다.

걷다 보면 발끝에 돈이 치일 정도로 현금 보유량이 많다는 대진에서, 차남이 거주할 장소로 오피스텔도 아닌 일개 원룸을 얻어 준다는 발상부터가 어불성설이었다.

아무렴. 그렇지, 그렇고말고. 그러나 현실이란 건 때론 지극히 비현실적인 부분을 반영하기도 해서, 가끔은 해가 서쪽에서 떠오를 때도 있는 법이었다.

"도련님, 이건 어디다 놓을까요?"

"거치적거리지만 않으면 되니 적당한 곳 아무 데나 놔두세요."

"알겠습니다."

위화감 없는 목소리로 걸어온 질문에 대한 답을 되돌리며, 스스럼없이 가구의 위치를 지정해 주는 정한의 행동에 희재가 꼴깍 침을 삼켰다. 방금 전 부정형으로 마무리 지었던 답변과는 달리 눈앞으로 드러난 정황은 전혀 다른 사실을 말해 오고 있었다. 이해가 안 간다는 표정으로 바라보고 있는데, 이 모습을 본 정한이 아무렇지 않게 어깨를 으쓱였다.

"표정을 보니 내 말을 오해했나 보네."

"오해라니……?"

"내가 아니라고 한 건 세입자와 관련된 부분이야. 정확히 말해 여긴 이미 내 소유가 됐으니까."

"그게 무슨 소리야?"

뜻밖으로 전해 듣게 된 사실관계 하나에 놀란 희재가 저도 모르게 반문했다.

"무슨 소리긴. 간단히 말해 건물주가 바뀌었고, 바뀐 건물주가 나란 얘길 하고 있는 거지."

"말도 안 돼."

"믿지 않아도 상관은 없지만, 일단은 그렇게 됐어."

평상시에 건네 오는 인사 때만큼이나 가벼운 어투였다. 그러나 앞뒤 전후가 맞지 않는 얘기이기도 했다. 계약을 체결할 당시만 하더라도 주인아저씨가 따로 있었다. 등기부등본상의 명의도 확인했기 때문에 그건 틀림없었다. 근데 세입자도 모르게 주인이 바뀌었다니. 계약한 지 얼마 지나지 않은 시점이어서 더 황당했다.

하지만 희재를 상대로 정한이 빈말을 할 이유 또한 없었다. 일이 어떻게 돌아가는지 정확한 사정을 알 길 없는 희재만 속이 탔다.

게다가 만에 하나 정한의 말이 사실이라면, 그건 또 그거대로 의문이 생긴다. 왜? 대체 왜? 인수를 결정했을 땐 그에 합당하는 타당한 이유란 게 있기 마련이었다. 하지만 아무리 따져 봐도 대진그룹 차남이 눈독을 들일 정도로 건물 자체는 투자가치가 높아 보이지는 않았다.

"수상해. 아주 수상하단 말이야."

"그래도 눈치가 아예 없는 건 아니었구나."

"뭐라고?"

"아냐. 아무것도."

나직이 혼잣말처럼 중얼거린 정한이 곧 시선을 아래로 내려 희재와 눈을 맞춰 왔다. 사기 수준으로 잘생긴 얼굴을 더욱 돋보이게 해 주는 깊은 눈동자가 정면을 향하고 있는데도, 왠지 모르게 미심쩍은 기분이 들었던 것은, 정한의 태도에서 모종의 꿍꿍이가 느껴졌기 때문이다.

"다 좋은데 왜 하필 여기야? 평창동이면 학교에서 먼 것도 아니고 굳이 여기에 들어와 살 필욘 없잖아."

"내가 이곳에 거주하게 됐다는 게 서희재는 무척이나 싫은가 봐?"

"아니, 꼭 그렇다는 건 아니지만······."

말줄임표 뒤로 생략된 말은 당연하게도 앞의 말과는 반대되는 진심이었다.

"그러니까 마음 바꿀 생각은 아예 없다는 거지?"

"없어."

"그, 그렇구나."

"이웃사촌끼리 잘해 보자고. 원래가 멀리 있는 친척보다 이웃사촌이 더 가까운 법이거든."

"그야 그렇지……. 그렇고말고."

지난 십이 년 동안 불가피하게 정한과 붙어 지낸 덕분에 는 것이라곤 처세술밖에 없는 것 같았다. 내 팔자야. 구태여 이곳을 선택한 정한의 의도는 여전히 두꺼운 베일에 감춰져 있었다.

"그나저나 웬 공사를 이렇게 오래해. 아직도 끝나려면 먼 건 아니지?"

"뭐 불편한 건 좀 참겠는데 비좁은 건 영 별로라서."

"세상에. 이게 다 뭐야. 벽에 터널이라도 뚫은 것 같잖아."

화제도 전환할 겸 뒤늦게 열린 문 안쪽을 구경 삼아 기웃거린 희재가 벌어진 입을 다물지 못했다. 원래 복도식으로 설계된 원룸 건물은 구조상 1, 2, 3호 방과 4, 5, 6호의 방이 서로 각각 문을 마주 보고 있었다. 그런데 상식 밖의 일이 지금 희재의 눈앞에서 벌어지고 있었다.

맙소사. 애초 4, 5, 6호의 벽을 터서 한 공간으로 이어 붙일 생각이었으면 원룸이 아니라 평수 큰 오피스텔을 구할 것이지, 이쯤 되니 다 찼던 옆방 주인들의 정체가 궁금해졌다.

"이 층에 세 든 사람이 있기는 한 거지?"

"서희재 있잖아."

"그러니까 나 말고, 다른 사람."

"비좁게 뭐하러 그래."

월세를 받아 돈을 벌어들일 생각은 애초에 가지고 있지 않았다는 태도였다.

"비좁다니. 설마 나도 여기서 나가야 하는 거야⋯⋯?"

"⋯⋯계약 기간이 이 년인 걸로 아는데. 왜, 나가고 싶어?"

마음이야 굴뚝같지만 현실을 생각해 보면 엄두가 나지 않는다. 이사를 하는 게 어린애 장난도 아니고, 위약금 문제에다가, 또 발품 팔아 방 구하러 다닐 생각을 하면 벌써부터 진이 빠지는 기분이었다. 부모님이 서울에 안 계시다 보니 사소한 것 하나까지 희재혼자서 해결을 해야 했다. 상황이 이렇게 돼 싫은 건 싫은 거고, 지금으로선 별다른 방법이 없었다.

"그건 아니지. 그래도 궁금하잖아. 왜 나만 2층에 남겨 둔 거야."

"반대로 서희재가 생각하기에 그 이유가 뭐였을 것 같은데?"

이어진 정한의 반문에 왠지 해서는 안 될 생각들이 두서없이 머릿속을 비집고 들어서기 시작했다. 에이, 아니겠지. 설마 그렇기야 하겠어. 그야말로 말도 안 되는 일이라며 상황을 일축해 봤지만 한편으로는 자꾸만 의심이 갔다. 확률적으로 계산해 거의 제로에 가까운 일이긴 하지만 왠지 감은 다른 얘길 해 오고 있었다.

'하지만 천지가 개벽하지 않고서야⋯⋯.'

여러 가정들을 정한과 결부시켜 생각해 봤지만 여전히 희재의입장은 회의적이었다. 그럼에도 앞서 일어난 일들이 우연으로만 치부하기엔 지나치게 아귀가 딱딱 맞아떨어졌다. 생각이 깊어지자 어느새 희재의 이마 위로 식은땀이 맺혔다.

"집주인님아."

"듣기 나쁘진 않지만, 그래서 대답은 생각해 봤어?"

가느다랗게 좁혀지는 정한의 눈매가 '귀엽게 놀 줄도 알고 제법이야,'라는 눈빛이었다.

"그전에 말이야. 저기 있지……. 네가 보기엔 배우 김태희 씨가 예뻐? 아님 개그우먼 신봉선 씨가 더 마음에 들어?"

"그야 보통은 전자겠지."

대답하는 투로 봐선 당연한 걸 왜 묻느냐는 식이었다. 이로써 정한의 시력에 문제가 없다는 사실이 증명되었다. 사람마다 제각기 느끼는 매력 포인트라는 게 다른 법이긴 했으나, 그래도 사회통념상 기본적으로 통용되는 기준점이라는 게 있기 마련이었다. 이것봐! 괜한 오해였다니까. 정한이 희재에게 친구 이외의 다른 감정을 품을 가능성은 지극히 낮아 보였다.

숫제 울상이었던 표정을 푼 희재가 천천히 가슴을 쓸어내렸다. 원래가 평안 감사도 저 싫으면 그만인 법이었다. 단언컨대 쟤를 감당하기란 희재 자신은 능력 부족이었다.

짧은 시간 안에 많은 생각들이 머릿속에서 오고 갔다. 그러나 안타깝게도 희재는 '보통'이란 단어가 주는 어감의 차이를 이해하지 못하고 있었다. 이를 마뜩잖게 지켜보고 있던 정한이 다소 심술궂은 투로 대화를 이어 나갔다.

"결승선을 눈앞에다 두고 굳이 멀리 돌아갈 생각을 왜 해."

"?"

"예시가 잘못됐단 생각은 안 해 본 모양이지? 가령 두 사람 가운데 서희재를 끼워 넣어 본다든가 하면 어떨까?"

마른침이 꼴깍 목울대를 울리며 지나갔다.

"그럼…… 결과가 달라져?"

"궁금하면 알려 주고."

그 얘길 왜 희재 자신을 빤히 바라보고 하는지, 지레 찔린 희재가 몸을 움찔움찔 떨자, 이 모습이 재미있다는 듯 그가 입술 끝을 올렸다.

"아니. 안 그러는 게 내 신상에 이로울 것 같아."

"그게 아니라 이미 나올 답을 알고 있어서겠지."

"아냐!"

"이대로 모른 척 넘어가시겠다?"

대노한 마왕이 친히 인세로 강림하여 필살기를 시전했다. 희재가 가장 무서워하는, 입은 웃는데 눈빛은 가라앉은 표정을 한 정한이 그녀를 압박해 왔다.

"미, 미리 말해 두겠지만 나도 취향이란 게 있어."

"적어도 나는 아니다 이거네?"

"이를테면, 그렇다는 거지……."

"까분다, 서희재."

하지만 말이 안 되는 게 지난 십이 년 동안 함께 지내 오면서 그는 이런 쪽으론 조금도 내색을 보이지 않았었다. 정정하자면 희재 혼자서는 굳건히 그렇게 믿고 있었다.

김정한과 서희재라.

희재 본인조차 상상이 안 가는 조합인데, 다른 사람들 눈에 어떻게 비쳐질지 쉽게 상상이 갔다. 괜히 엮여 눈총을 받는 건 지난 과거로만으로도 충분했다. 하지만 이 시점에서 가장 중요한 사실은, 원하는 걸 포기하고 순순히 물러날 정도로 정한의 성격이 호락호락하지 않다는 데 있었다.

"공부하는 데 방해 안 되게 여태 참아 줬으면, 이젠 양보할 줄도 알아야지."

"……누가 들으면 진짠 줄 알겠네."

"지금까지 동정을 유지한 이유의 10할 모두가 어느 한 사람 때문인지 알면 기겁하겠군."

헉!

자라목이 된 채 대화에 임하고 있던 희재가, 마지막 말에 일시에 볼을 빨갛게 붉혔다. 면역이 안 된 말들을 듣고 있자니 괜스레 민망해진 탓이었다.

"마, 말 좀 가려 가면서 해. 여기 우리 두 사람만 있는 거 아냐."

"좋아해."

예상치 못한 상황에서 들려온 정한의 고백에 일순간 심장이 쿵하고 떨어지는 느낌을 받았다. 그러더니 잠시 후 언제 그랬냐는 듯 심박동수가 불규칙하게 빨라졌다. 심장이 미쳤나 보다. 뭔가 단단히 착각을 하나 본데 쟨 김정한이라고! 현실을 직시하라며, 제발 좀 가만있으라고 헝클어진 마음을 달래 봤으나 의지를 배반한 채 제멋대로 쿵쾅쿵쾅 날뛰기 바빴다.

"다시 말할게. 좋아해, 서희재."

정한의 고백은 현재뿐만 아니라 미래를 함께 염두에 두고 있었다. 사귀자는 뉘앙스가 밑바탕에 짙게 깔려 있다. 그러나 희재는 국어와 수학 두 과목에서 모두 소질을 보였다. 주제를 알고 분수를 안단 뜻이었다. 혼자 감당하기엔 정한의 존재는 지나치게 그릇이 컸다. 지금도 놀라 까무러치기 일보 직전인데 소시민 심장마비 걸려 죽게 할 일 있느냐며, 희재가 처음의 결심을 견고히 다졌다.

"있지……. 내가 나보다 더 좋은 사람을 소개시켜 줄 수도 있는데……."

"서희재에게 내가 모르는 친구가 따로 있진 않을 테고……. 기대치를 가지기엔 서로 간에 속사정을 너무 훤히 알고 있단 생각이 드는데. 네 생각은 어때?"

정한의 얘기가 딱히 틀린 말도 아니어서 할 말을 잃은 희재가 주춤한 채 가만히 서서 눈알만 데굴데굴 열심히 굴렸다. 왠지 모르지만 그냥 진 기분이었다.

"그래도 생각 있으면 얘기해."

"거기까지만 하랬어."

"하지만."

"다른 사람은 아니어도 서희재는 알고 있잖아. 자꾸 이런 식이면 지금보다 아주 재미가 없어질 거란 걸. 그러면 그 피해 여파가 고스란히 누구에게 전해질까? 그 정돈 미리미리 생각해 두고 말을 해야지."

제시한 방법이 그다지 좋은 대처 방안은 아니라며 중간에서 희재의 말을 싹둑 자른 정한이 다음 말을 이어 나갔다.

"대학 생활을 조용하게 보내고 싶다고 했지?"

무의식중에 희재가 고개를 끄덕였다.

"근데 이걸 어쩌지? 지금 이 자리에서 서희재가 나를 차면, 방금 들었던 그 결정이란 것에 훼방을 놓고 싶은 마음이 생길 것 같은데?"

숫제 협박도 수준급인 상황이었다. 이렇다 보니 고백을 하는 사람이 정한인지 아님 희재인지 헷갈릴 지경에까지 이르렀다. 희재의 얼굴이 금세 울상이 돼 버렸다. 다른 사람도 아닌 김정한을 감당하라니. 모자람 없이 완벽하다고 해서 모두 시너지 효과를 발휘하지는 않는 법이었다. 이 경우는 너무 뛰어나서 문제가 된 케이스였다.

"대체 내 어디가 좋은 거야?"

"말해 주면 이참에 바꾸기라도 하려고? 괜한 헛수고할 생각 말고, 일찌감치 현실이나 받아들여."

"할 말이 없으니까 괜히 둘러대는 거지? 아무리 생각해도 속는 기분이라니까."

어떻게 해서든 꼬투리를 잡아, 정한의 마음을 돌리려는 희재의 눈물겨운 노력에도 그는 눈썹 하나 까딱하지 않았다.

"뭐 가장 큰 이유라면 역시 서희재한테서는 맛있는 냄새가 난다는 거겠지. 물론 그게 전부는 아니지만."

"뭐야, 그게. 그런 이유라면 꼭 내가 아니어도 되잖아."

까다로울 것 없는 조건이었고 특별할 것 없는 이유였다. 취향이 특이하긴 했지만 체취가 좋은 사람이라면 주변에 얼마든지 있었다. 하지만 이는 정한이 아닌 희재의 입장이었기에 내릴 수 있는 결론이었다. 앞서 했던 생각들이 어마어마한 착각이란 걸 알았다면 쉽게 내뱉지 못했을 희재의 답변에, 정한이 또 한 번 그의 입장을 확고히 했다.

"미안한데, 내 쪽에선 그렇게 간단하게 취급될 문제가 아니야."

"어째서?"

"글쎄. 네 말대로 찾아보면 더 좋은 사람이 나타날 수도 있긴 하겠지. 근데 이십 년 동안 이런 조건에 부합하는 사람이 딱 서희재 하나더라. 알아들었어? 무려 이십 년이라고. 미래의 불확실성과 리스크 사이에서 굳이 모험을 걸 필요는 없는 법이지 않겠어?"

"나 하나뿐이라고? 그 말을 지금 나더러 믿으란 거지? 이 거짓말 같은 얘기를?"

"그래. 그러니까 자신을 가져도 돼."

까다롭게 골랐다는 정한의 말을 쉽게 납득하기가 어려웠다. 타인과 구별되는 체취란 건 어차피 정도의 차이일 뿐 아닌가? 대체 뭐가 다르단 거지? 킁킁, 코끝으로 냄새를 맡아 봐도 특별하게 좋은 향기가 난다든가 하는 것도 아니었다. 향수라도 뿌려 봐?

"안 해도 될 생각은 그만하고, 이젠 결정을 내려야지."

"여기에 거부권이 있긴 한 거야?"

"중요한 건 소문이 돌기까진 아주 적은 시간만을 필요로 한다는 점이지. 당장에 내일 아침부터라도 수군수군하겠지. 저기 강의를 듣고 있는 서희재가 바로 경영과 김정한을 찬 여자라고."

"치사하게 이러기야!"

"목적 달성에 치사한 게 어디 있어. 잘 생각해. 4년은 길어. 휴학? 기간을 늘이고 싶은 생각이라면 반대는 안 해. 군대야 필요하다면 조정하면 되는 문제니까. 어떡할래."

"……."

"잊고 있나 본데, 현대사회에선 SNS라는 아주 편리한 소식통이 있지."

"할게, 해, 한다고. 시켜만 줘. 김정한 애인, 그거 나 잘할 수 있을 것 같아."

손에 쥐고 있던 휴대폰 액정 위로 패턴을 그리고 있던 정한의 손길이 희재의 외침과 맞물리면서 간신히 멈춰 섰다.

"잘 생각했어."

소환의식도 치르지 않고 멋대로 현세로 강림한 마왕은 뭐가 그리 좋은지 떠날 생각도 하지 않은 채 얼굴 가득 웃음을 머금었다. 눈꼬리가 아래로 처지면서 눈동자에 힘이 풀렸다는 건 진심으로 즐거워하고 있단 의미였다. 흡사 어린애 재롱잔치를 보듯 기특하단 시선같이 느껴지기도 했다.

주변 사정은 뒷전으로 미뤄 둔 채 스스럼없이 한쪽 팔을 들어 올린 정한이, 잘 깎인 밤톨마냥 두상이 동글동글한 희재 머리 위를 커다란 손으로 쓰다듬기 시작했다. 이러고 있으니 꼭 귀신에 홀린 기분이었다.

근데 쟨 눈이 낮은 거야, 아님 이상한 거야? 사실 어느 쪽이라 하더라도 당사자인 희재로선 쉽사리 받아들이기 난감한 질문이며 대답이었다. 하지만 한 가지만은 따로 알려 주지 않아도 알 것 같았다. 꼼짝없이 정한이 쳐 놓은 덫에 걸렸다는 걸.

망했어요.

네 글자가 방송 자막처럼 희재의 눈앞으로 스쳐 지나갔다.

약은 수를 쓰는 김정한이라니.

미국으로 유학을 간다던 정한이 한국대에 들어온 것도 놀라운 일인데 이웃사촌에 황당한 고백까지 연속으로 이어지자, 혼은 혼대로 빠져나가고 정신은 놀라 어디로 도망이라도 갔는지 한동안은 멍한 상태로 제정신을 차릴 수가 없었다.

하지만 쏟아진 물은 재차 주워 담을 수 없고, 시위를 떠난 화살은 제자리로 돌아오지 않는 법이었다. 언제 정한이 마음을 바꿔 태도를 달리 할진 모르겠지만, 그전까진 꼼짝없이 애인이란 이름을 달고 마왕의 숙주 노릇을 대행해야 할 것 같았다.

'인생이 계획한 대로만 살아지면 얼마나 좋을까.'

주변에서 들려오는 말들을 빌려 표현하자면, 바라만 보고 있어도 그저 배가 부르고 눈이 정화가 된다던 국보급 외모를 가진 정한이 넝쿨째 희재에게로 굴러 들어왔는데도, 어쩐지 애물단지 하나를 억지로 떠맡은 느낌이었다.

일이 이렇게 된 이상 희재도 다른 돌파구를 찾아야 할 것 같았다. 예로부터 마왕을 물리치는 건, 언제나 용사의 차지이지 않았던가. 현실세계에서 만렙을 찍고 소드마스터가 될 자신은 없었지만 마왕의 애인이라고 하여 용사가 되지 말란 법도 없었다. 전세역전이 이뤄지는 바로 그날이 정한을 손끝으로 부리는 날이 될 테다.

연애에 있어 만고불변의 진리 하나. 그건 먼저 좋아하는 쪽이 진다는 사실이었다.

"그래도 이번엔 숨 막혀 죽겠단 표정은 아니네."

"뜬금없이 그건 또 무슨 소리야."

"그런 게 있어."

"실없기는. 왜 말을 하다 말아."

꿈에 그리던 이상형과는 억만 광년쯤은 떨어져 있던 정한이, 생애 첫 남자 친구란 타이틀을 달았다. 시작을 논하기 전에 끝부터 먼저 떠올리긴 했지만, 일단은 첫 선을 긋긴 그은 셈이었다. 그전에 한 가지 더 다짐을 받아 둬야 할 게 있었다.

"약속해. 사람들과 함께 있을 땐 태도 분명히 하기야. 티 내거나 하면 계약 위반으로 책임 물을 테니 알아서 잘할 거라 믿고 있을게."

다른 건 몰라도 이 부분은 확실히 짚고 넘어갈 사안이었다. 대놓고 공공의 적이 될 것 같았으면 지금처럼 정한의 제의를 수락할 이유가 없지 않은가. 득보다 실이 크다면 생각은 언제든 바뀔 수 있는 부분이었다. 정한을 올려다보고 있는 희재의 눈빛이 반짝였다. 기필코 실리를 얻겠단 의지의 발현이었다.

"잘될지 안 될지는 모르겠지만 일단 노력은 해 보지."

"비협조적으로 나올 거면 나도 됐어. 도장을 찍은 것도 아닌데, 그럼 무르지 뭐."

"……성격 급하긴. 결론적으로 말해 학교 내에선 개인적으로 알은척을 말아 달란 거잖아."

"말했지. 이건 내 대학 생활의 사활이 걸린 문제라고."

더 이상 입학식 때와 같은 돌발 행동으로 난감한 상황은 만들지 말라는 무언의 충고이기도 했다. 홍역을 치르듯 한바탕 곤욕을 겪었던 것만 생각하면 지금도 자다가 악몽에 시달리는 희재였다.

의외인 것은 성별 여하를 떠나 예전처럼 막무가내로 소개를 시켜 달라며 떼를 써 오는 인원이 현저하게 줄어들었단 사실이었다. 오히려 슬금슬금 눈치를 보고 있는 이들이 더 많았다. 성인이 되고 나선 다들 현실적이 됐다고나 할까. 빤히 속이 들여다보이는 계산속이긴 했지만 희재의 입장에서는 나쁠 게 하나도 없었다.

어찌 됐건 신분 차이에서 오는 거리감을 쉽게 좁히기에는 정한은 살아가는 세상 자체가 달랐다. 면역이 안 된 건 희재 또한 마찬가지였지만.

"알았어. 이해했어."

"나중에 딴말만 해 봐."

처음보다 긍정적으로 바뀐 정한의 태도에 희재의 표정이 한결 누그러졌다. 얼마 동안은 마음 졸일 일이 생기지 않을 것 같았다.

"그럼 오늘부터 1일이지?"

"?"

"사귄 지 1일. 뭘 모르겠단 표정으로 그렇게 멀뚱히 봐."

"……하여간에 적응 안 된다니까."

"번거로워도 첫 연애인데 남들 하는 건 다 해 봐야지."

말하는 정한의 뉘앙스가 마치 두 번 다시 이런 기회가 오는 일은 없을 테니까, 성심을 다해 동참하라는 것같이 들려 등골이 오싹

했다.

"……그 발언 왠지 안 믿겨. 나는 그렇다 쳐도 넌 언제든 기회가 있었잖아."

"앞에 한 말은 허투루 들었나 보네. 이제라도 알았으면 각오해. 내가 말한 연애엔 진도를 빼는 것까지 전부 포함돼 있으니까."

눈 가리고 아웅 할 생각이라면 그 생각부터 버리는 게 좋을 거란 경고였다. 고백을 받은 후에도 믿기진 않는 건 마찬가지였으나 애가 진짜 연애감정이 있긴 한 모양이었다. 낯 뜨거운 정한의 소신 발언에 주변 온도가 부쩍 높아진 기분이었다.

"진도라니, 어디까지……?"

"이것저것 다양하게 섞어서 적당한 만큼?"

따로 정해진 것은 없지만, 결국 상황 봐서 내키는 대로 하겠단 의미였다. 끝까지가 아니라고 한 걸 다행으로 여겨야 할 상황이었다.

그나저나 정한이 얘기한 이것저것이란 건 자신이 상상하는 그게 맞는 거겠지? 고사에 호기심이 고양이를 죽인다 했다고, 불현듯 희재의 눈앞으로 자음과 모음들이 한데 뒤엉킨 글자들이 둥둥 떠다니기 시작했다. 두 개의 쌍비읍으로 이뤄진 단어를 시작으로, 키읔으로 시작해 시옷으로 끝나는 단어도, 또 나란하게 시옷과 시옷으로 연결된……. 헉! 삿된 망상을 애써 지워 낸 희재가 정한의 시선을 피해 눈을 내리깔았다.

"곤란하네."

"뭐, 뭐가 말이야?"

"하고 있는 생각들이 얼굴 위에 고스란히 드러나 있잖아."

움찔.

"이거 알아? 너 지금 표정이 되게 야해 보여."

우리는 시방 위험한 짐승들이었다.

"순식간에 굳어 버렸네. 지금은 다시 경계하는 얼굴."

따끔한 통증이 이마 부근에서 느껴졌다. 반사적으로 고개를 치켜 든 뒤 시선을 위로 향하게 두자, 엄지와 검지를 이용해 가볍게 손 가락을 튕긴 정한이 재미있다는 듯이 아래 상황을 지켜보고 있었 다. 거뜬히 머리 하나는 넘기는 키 차이 때문인지 가만히 있어도 위압적인 기운이 전해져 왔다.

"겁먹지 마. 아직은 안 잡아먹어."

무의식중에 희재가 한 발자국 뒤로 물러섰다. 그러자 그 거리만 큼 정한이 간격을 좁혔다. 어색해진 분위기에 이미 아픔이 가신 이 마를 하릴없이 손등으로 문지르고 있는데 문득 억울한 기분이 들었 다.

"너 진짜 누구야? 내가 아는 김정한은 어디다 숨겨 두고 혼자 온 거니."

"하하."

"그렇게 웃지 마. 성격 안 좋은 거 다 티 나니까."

모든 것이 갑작스러웠다. 그중에서도 가장 희재를 당혹스럽게 만 든 것은 욕심이 난다는 눈빛을 고스란히 드러내고 있는 정한의 존 재였다.

"잘 숨겨 왔다고 생각했는데 역시나 서희재한테는 안 통하네."

"예전부터 그랬어. 네가 웃을 때면 진짜로 웃는 게 아니라 마치 이제 그만하라는 경고처럼 느껴질 때가 많았어."

"직접적으로 네게 그랬던 기억은 없는데?"

"난 뭐 눈 없어? 네 말처럼 몇 년을 봐 왔다고 생각하는 거야."

말마따나 알고 지내 온 세월이 자그마치 십 년이 넘었다. 따져 보면 이 기간의 절반은 부모인 기진과 혜숙보다 오히려 정한과 한 공간에서 머무르며 함께 생활했던 시간이 더 길었다. 중학교 입학 이후론 방과 후 학습에 학원까지, 집보다는 바깥에서 활동하는 일 이 월등히 많았기 때문이다.

"그럼 그동안은 괜한 수고만 한 셈이네."

"뭐가?"

"엉뚱한 사람 좋은 일만 시키고, 결과적으로 서희재 불신만 키워 놓은 꼴이었단 거잖아."

고저 없이 담담한 말투였다. 하지만 왜인지 이조차 달콤한 고백 처럼 들려 평정을 유지하고 있기가 어려웠다. 파문처럼 인 마음의 동요를 애써 숨긴 희재가 장난스럽게 대답을 돌렸다.

"꼭 거기까지 계산해서 행동한 것처럼 말하네."

"나도 사람인데 전부 그렇기야 하겠어."

"점점? 끝까지 아니라고는 안 하네."

"원하는 것을 가지려면 인내란 것도 할 줄 알아야 한다고 들었 으니까."

제대로 된 답을 주지 않는 게 흡사 거짓말은 하기 싫으니 적당히 넘어가 달라는 태도였다.

"대체 사람들은 네 어딜 봐서 성격이 좋아 보인다고 하는 걸까."

"겉모습이겠지."

"지능범이 따로 없잖아."

반박이란 걸 하기엔 명제 자체가 명백한 사실을 기반으로 하고 있었다. 정말이지 정한은 그의 부모님께 감사하는 마음을 가질 필요성이 있었다. 돌부처도 돌아서게 만들 정도로 잘난 그의 얼굴을 보고 있자면, 안 그래야지 하면서도 문득문득 이유 없이 넋을 놓고 바라보는 일이 생길 때가 있었다.

하긴 그래서 마왕이지 달리 마왕이겠는가. 미욱한 인간일 뿐인 희재는 그저 눈앞의 존재에게 현혹되는 일이 없기만을 바랄 뿐이었다.

그사이 공사가 마무리 단계에 진입한 듯 집 안쪽에서 쉬이익거리는 바람 소리가 흘러나왔다. 스케일이 남다르다곤 생각했지만 에어컴프레서까지 동원해 먼지를 털어 낼 줄이야. 단순하게 쓸고 닦는 수준이 아니었다. 때마침 등에 스팀기계를 짊어진 인부 한 명이 계단을 이용해 걸어 올라오고 있었다. 부자의 위생관념이란 건 서민이 생각하는 것과는 많이 다른 모양이었다.

"있지. 너 되게."

"깔끔한 척을 하는 것 같다고?"

하던 말을 끝맺기도 전에 정한이 중간에서 희재의 말을 받았다. 이에 희재가 망설임 없이 고개를 끄덕이며 긍정의 말을 덧붙였다.

"남자애 혼자 이사하면서 보통 이렇게까지 하는 사람은 드무니까."

"상성의 문제라고 해야 할까. 불쾌한 냄새가 남아 있는 건 딱 질색이거든."

나름의 이유가 있어 조치를 한 거니 신경을 쓰지 말라는 태도였다.

"냄새? 너 진짜 그쪽으로 페티시가 있는 거 아냐?"

"비슷하면서도 좀 다르지."

"?"

"비밀 얘기 하나를 말해 줄까? 우리 관계에서 주도권을 쥐고 있는 건 내가 아냐. 바로 서희재지."

"거짓말."

따로 생각할 여지를 두지 않은 채 곧바로 희재의 입에서 부정이 이어졌다. 오늘만 봐도 그렇다. 뜻한 바를 이루기 위해선 타인의 의견을 구하기보단, 주변상황을 적절하게 이용하는 데 더 능숙한 정한이었다.

"못 믿겠으면 직접 시험해 보든가. 잡고 흔들어 봐봐. 흔드는 방향대로 흔들려 줄 테니까."

"뭐든지 내 바람대로 다 들어 줄 거라고?"

"관계를 깨자는 것만 빼면 뭐든. 멍멍. 원하면 이렇게 충견처럼 짖을 준비도 돼 있다고."

예상치 못했던 충격적인 광경에 희재의 숨이 일시에 멎었다. 어느 정도는 장난이 아니란 걸 인지하고 있었기에 한동안은 말문을 떼지 못했다.

"너…… 지금 뭐해?"

"예쁜 짓?"

"안 어울려!"

"사람이 괜히 적응의 동물이겠어? 겪다 보면 언젠가는 익숙해지겠지."

기가 막힌 건 이 모든 상황이 진심에서 비롯된 진담이란 사실이었다. 그럼에도 희재는 쉽게 눈앞의 현실을 받아들일 수가 없었다. 머리는 이해해도 가슴이 거부하는 상황이었다. 내내 의심을 버리지 못한 희재의 눈매가 조금씩 가느다랗게 좁혀졌다. 그럴수록 마음의 추는 한 방향을 향해 기울어지고 있었다.

궁금하면 테스트를 해 보랬지? 결심은 생각보다 빠르게 섰다.

"……애완동물이라면 난 개과보단 고양이파야."

"야옹."

둔갑술을 부린 마왕이 이번엔 귓가를 간질이는 고양이 울음소리를 흉내 냈다. 멍멍, 왈왈, 야옹야옹……. 어느 것 하나도 정한과 어울리는 의성어는 없었다. 게다가 눈을 씻고 아무리 찾아봐도 애완동물치고는 지나치게 큰 감이 있었다. 그래도 굳이 비유를 하자면 풍기는 분위기가 도도하고 혈통 있는 페르시아고양이 쪽에 가까웠다. 혹은 비슷한 생김새의 터키시앙고라를 닮은 건지도.

그래서인지 희재는 오랜만에 잊고 지내 왔던 지난 과거의 옛일 하나를 떠올렸다. 근본적으로 정한에 대해 불신을 가지게 된 계기가 된 사건이기도 했다.

"조금 어릴 때 일이긴 한데……. 혹시 초등학교 담벼락 위에서 놀던 길고양이 생각나? 얼굴에 까만 점이 두 개 있던 고양이 말이야."

"잊을 리가 있겠어. 분명 이름이 점박이였지? 그 고양이가 죽은 걸 보고 서희재가 엄청 울었으니까."

예상보다 그는 당시의 상황을 자세하게 기억하고 있었다. 덕분에 이야기를 꺼내기가 한결 수월해졌다.

"사실 나보다 네가 더 그 앨 아낀다고 생각했어."

"어째서?"

"그야 점심시간마다 빠지지 않고 네 밥을 나눠 줬으니까 그렇지."

정확하게 설명하자면 나눠 줬다는 표현보다는, 매번 통째로 가져다 바쳤다는 게 좀 더 진실에 가까웠다.

"……사실관계가 조금 어긋나 있긴 하지만, 겉으로 드러난 건 틀리지 않았어."

"그래서 늘 궁금했어. 늦었지만 하나만 물을게. 왜 그때 죽은 고양이의 무덤을 파헤쳤던 거니?"

집고양이는 아니었으나 아이들의 손을 타서인지 성격이 순하고 얌전했다. 지저분해진 털을 씻기고 보살펴 주었더라면 아마 더 많은 사람들로부터 사랑을 받았을 테다. 밀려드는 옛 기억에 희재가 잠시 잠깐 눈을 감았다 떴다.

좀 더 빨리 데려다 키웠으면 어땠을까 하는 후회가 여전히 남아 있었다. 그랬다면 적어도 차가운 도로 위에 누워 피를 흘리며 죽어 가진 않았을 테니까.

점박이는 사람이 아니었다. 그래서 마지막으로 숨이 끊어진 얼굴을 확인했을 때도, 아파서 일그러져 있던 건지, 아님 오수를 즐기

듯 편하게 눈을 감고 있었던 것인지 판단을 내리기가 어려웠다.

목뼈가 부러진 채, 몸 안에서 흘러나온 피가 도로를 흥건하게 적시고 있던 상황에서도 표정만은 여전히 알 수가 없었다. 점박이가 사람이 아니듯, 희재 역시 고양이가 아니었기에.

수거한 시신은 평소 점박이가 올라가 쉬곤 했던 학교 담벼락 아래 자그마한 공터에 묻어주기로 했다. 하지만 아이러니하게도 살아생전 점박이를 아꼈던 아이들은 죽은 점박이를 앞에 두고서는 태연하지 못했다. 기겁하며 도망치기 바빴던 아이들 틈에서 의연했던 이는 정한 한 사람뿐이었다.

마음만 앞섰던 희재를 대신해 직접 땅을 판 사람이 정한이었다. 무덤덤하게 무덤을 만들어 준 사람이 정한이었기에, 시일이 지난 지금까지도 그때의 행동을 이해할 수가 없었다. 사실 누구보다 비겁했던 건 희재 자신이었다. 결국 그 자리에서 따져 묻지 못하고 도망쳐 버리고 말았으니까. 당연하게도 마음의 빚처럼 남아 버린 당시의 꺼림칙함은 지난 세월 두 사람 사이를 가로지르는 강이 돼 버렸다.

"……그걸 봤어?"

"우연히는 아니고. 도저히 그냥 아무렇지 않게 집에 가 버릴 수가 없어서 다시 학교로 되돌아갔었거든."

"그건……. 아니다. 잠시만 여기서 기다리고 있어."

희재만 남겨 둔 정한이 마무리 작업이 한창이던 그의 집 안으로 들어갔다. 안에서 따로 언질이 있었던지 얼마 안 가 일하시던 분들이 모두 바깥으로 빠져나갔다. 잠시 후 모습을 감췄던 정한이 의외의 것을 들고 나타났다.

"이게 뭐야……?"

"잘 한번 봐봐."

희미해진 기억 속에서도 여전히 눈에 익은 얼굴 위 점 두 개. 박제가 돼 버린 고양이 한 마리가 사각의 투명 케이스 안에 들어 있었다.

"……얘가 점박이야? 정말로 점박이가 맞아?"

"그래. 제대로 봤어."

"어떻게 이런 일이 가능해……?"

정한의 긍정에 당장에 혼란스러움은 배가되었다.

"울고 있는 서희재를 보며 계속 생각했어. 왜 우는 걸까. 눈물을 그치게 하려면 어떻게 해야 하는 걸까."

"정한이 너."

"살리면 된다고 생각했어. 그럼 모든 문제가 해결된다고 믿었으니까. 하지만 숨이 끊어진 생명체를 다시 회생시키는 방법은 없다더군. 무덤을 파낸 보람도 없이 말이야."

선천적으로 지능이 높았던 정한은 영재보단 오히려 천재에 가까운 유형이었다. 학년은 확실하게 기억나지 않지만 열 살 전후의 연령대면 현실을 모를 나이는 아니었다. 아니 적어도 생명에 대한 기본적인 지식은 알 나이였다. 희재가 누구보다 서럽게 울었던 것도 결국 이러한 이유의 연장이었으니까.

그래서 정한의 설명이 이해가 가지 않았다. 희재가 알고, 다른 아이들 모두가 알았던 사실을 정한이라고 하여 몰랐을까?

"아침에 와서 확인해 봤을 때 무덤은 그대로였어. 그래서 늦었지만 다시 묻어 준 거라고 생각할 수밖에 없었어."

"그때 네가 본 건 아무것도 들어 있지 않은 빈 무덤이었어. 굳이 골치 아픈 일을 만들 필욘 없었으니까."

"나…… 지금 놀라워해도 되는 거 맞지?"

"살리지는 못했지만 적어도 원형만큼은 보존해서 네게 돌려주고 싶었다면 믿을래? 그러기 위해선 어쩔 수 없는 선택이었어."

비현실적인 그의 말을 듣고 있노라면 그간에 지켜온 가치관이 송두리째 흔들리는 느낌을 받았다. 희재는 이제껏 정한의 마음을 가볍게만 생각하고 있었다. 그런데 박제된 점박이를 바라보고 있는 이 순간, 앞서 했던 생각들이 잘못된 것일 수도 있겠단 마음을 처음으로 가져 보았다.

"이 모든 게 내가 우는 게 싫어서 그랬단 거지?"

"아니. 더 정확히는 내 만족을 위해서였어."

박제가 된 점박이의 표정은 여전히 읽기가 어려웠다. 하지만 만약 자신이 점박이와 같은 상황이라면 별로 행복할 것 같지 않았다.

"……묻어 주자."

"형 말이 맞았네. 알게 되면 별로 기뻐하지 않을 거라고 말렸거든."

정신이 똑바로 박힌 일반적인 사람이었다면 당연히 그랬을 테다.

"좋은 형을 뒀네."

"그런가?"

"잘못됐다는 걸 알았다면 그럼 그때라도 양지바른 곳에 묻어 주지 그랬어?"

"생각을 해 보지 않았던 건 아냐. 하지만 그러지 않았던 건, 사실 오늘까지도 의심이란 걸 하고 있어서야. 형의 말이 진실일지 아닐지에 대해서 계속 확신이 서지 않았거든."

결과가 정해진 이후에도 그는 여전히 잘 이해가 가지 않는다는 표정을 짓고 있었다.

"난…… 나쁜 마음으로 네가 무덤을 파헤쳤다고 생각했어."

"밉보인 이유가 여기에 있었군."

점박이를 바라보는 정한의 눈은 별로 따뜻해 보이지가 않았다. 그저 무감각한 눈빛이었다. 미워하지도 혐오스럽지도 않는, 딱 관심 밖의 타인을 바라보듯 그렇게 점박이를 보고 있었다. 그러나 정한은 이사를 하면서도 잊지 않고 점박이를 그의 집으로 데리고 왔다. 왜였을까. 이 순간에도 희재는 정한의 속내가 여전히 궁금하기만 했다.

"너…… 좀 이상한 것 같아."

이상한 걸 이상하다고 생각하지 않는 그가 아주 많이 이상한 것 같았다.

"이 소릴 서희재에게서 들으니까 감회가 남다르네."

사실을 인정하는 정한의 목소리는 담담했다.

"나 말고 또 누가 네게 그런 말을 해 줬어?"

친구나 선후배는 아닐 거란 막연한 확신이 있었다. 주변에 여지를 남겨 둘 만큼 그는 자기관리에 허술하지 않았다. 알고도 속는다고 했다고, 오래 보아 온 희재조차 종종 주관이 흔들릴 때가 있을 정도였으니까.

"이 말을 가장 많이 했던 사람이 아마 대진그룹의 회장님이었지?"

"대진그룹 회장님이라면…… 네 아버지잖아."

다양한 추측을 가능케 만드는 그의 답변에 희재의 미간이 찌푸려졌다. 재벌가 하면 자동적으로 떠올리게 되는 많은 편견들로부터 희재도 자유로울 수 없었다. 이를테면 숨겨진 사생아라든가 하는 소재들 말이다.

"우리 희재, 드라마를 너무 많이 봤구나. 낳아 준 부모라 그런지 남들보다 보는 눈이 정확해서 생긴 문제일 뿐이니까 걱정 안 해도 돼."

"걱정은 누가 했다고……."

"그럼 됐고."

부드럽게 뒷머리를 쓰다듬어 오는 손길은 눈물이 날 만큼 다정다감했다. 점박이를 볼 때와는 확연하게 차이가 나는 시선. 희재를 향한 정한의 눈길엔 다양한 색채의 감정들이 살아 숨 쉬고 있었다.

"근데 진짜로 가족하고 사이가 안 좋다거나 그런 건 아니지?"

"관계 자체는 나쁘지 않아. 그쪽에선 어떻게 생각하는지 모르겠지만."

"무슨 대답이 그래."

"더 얘기해 주고 싶은데, 지금은 안 돼. 말해 버리면 그대로 도망가 버릴 것 같거든."

살랑살랑.

훈풍에 돛을 단 듯 봄바람이 똑똑 가슴 한쪽을 두드려 왔다. 덜컥 네, 하고 대답해 버릴까 봐 겁이 날 정도였다.

"첫 데이트는 대충 산으로 정해진 것 같으니 장소는 넘어가고, 그럼 언제가 좋을까."

"데이트……? 산……?"

"애 묻어 주러 간다며. 그럼 아무 데는 싫을 거 아냐."

"그렇긴 하지만……. 어디 마땅한 장소라도 알고 있는 거야?"

"서울과 가까운 근교에 집안 소유의 산이 있어. 봐서 마음에 차지 않으면 장소를 바꿔도 되고. 어차피 부동산 매물 중에 가장 저렴한 게 임야니까."

정한이 말한 싸다는 기준은, 분명 희재가 생각하는 기준과는 많은 차이가 있을 게 분명했다. 여차하면 매입이라도 하겠단 투여서 듣고 있자니 혼이 나갈 지경이었다.

"그냥…… 네가 말한 산으로 가자."

"네 생각이 그렇다면 그렇게 해."

제시된 두 가지 타협안이 비로소 하나로 절충됐다. 하지만 정한이 봐 놨던 자리가 지니는 지리적 의미와 실물가치를 진즉에 알았더라면 희재는 지금처럼 쉽게 승낙이란 걸 하지 못했을 테다.

역술인에 말에 따르면 풍수지리학상 대한민국 최고의 명당이라 했다. 이 때문에 한때는 전직 대통령도 묏자리로 탐을 내던 시기가 있었다. 값어치로 따지자면 웬만한 야산 수십 개를 합쳐 사고도 남음직할 터의 주인이, 오래전 혼백이 빠져나가 사후세계로 떠나 버린 길고양이의 안식처로 낙점되는 순간이었다.

"근데 너 은근 낭비벽 있다?"

"버는 거에 비하면 별로 그렇지도 않다고 생각하는데."

"번다고? 용돈이 아니라 직접 벌어 쓴단 말이야?"

아무렇지 않게 툭툭 내뱉는 정한의 말에 매번 희재는 깜짝깜짝 놀라움을 감추지 못했다.

"주식거래에 꽤 흥미가 있거든. 경제권이야 언제든 넘겨줄 수 있으니 말만 해. 물론 각오는 지금보다 더 해야겠지만."

"……또 혼자 앞서 나가지. 무슨 말을 못 하게 해."

"그래도 이제는 장난이 아니란 것 정도는 실감한 얼굴이네."

잔꾀를 부리다 코가 꿰인 상황이었다. 이젠 주변에 소문이 나는 것보다, 진심을 다해 부딪쳐 오는 정한을 상대하는 게 더 큰 걱정거리로 남아 있었다. 그래도 지난 과거의 꺼림칙했던 감정을 덜어내서인지, 전처럼 기피하는 마음이 생겨나진 않았다.

"사실은 지금도 얼떨떨해. 너무 갑작스러운 일이었잖아."

"내겐 아냐."

"무턱대고 아니라고 해 봤자, 난 그렇게 느꼈는걸. 여전히 이해는 안 가지만, 예전부터 마음이 있었다면서 왜 내겐 그런 얘길 한 번도 안 한 거야? 그동안에도 기회는 많았잖아."

"이 녀석을 통해 한 가지 깨달은 게 있었거든."

아래에 놓여 있던 점박이를 천천히 내려다보며 정한이 나직하게 뇌까렸다. 이 말은 희재가 다치는 걸 보는 게 겁이 났다는 걸까? 아님 소중한 것을 상처 입히게 될까 봐 두려웠단 얘기일까?

어느 쪽이든 정한과 어울리는 이유는 아니었다. 하지만 둘 모두 희재에 대한 애정을 밑바탕에 두고 있었다.

그래서일까.

들썩거리고 있던 감정이 차분하게 가라앉는 기분이 들었다.

일순 희재는 사람의 마음이란 게 참 간사하다고 생각했다. 이 순간 희재는 정한과 억지로 맺었던 좀 전의 약속을 이대로 지켜봐 보는 것도 그다지 나쁘지 않을 거란 생각을 하고 있었다.

"친구부터 다시 시작하자는 제안은 역시나 웃기는 얘기겠지?"

"친구 해."

"정말?"

"애인 겸 친구라……. 어감도 나쁘지 않고 좋네."

확보한 이권을 내놓을 예정은 조금도 없다는 뜻이었다. 정한에게 고정돼 있던 희재의 눈길이 잠시간 점박이에게로 향했다가 원래 자리로 되돌아갔다.

마지막으로 기억하는 모습은 오간 데 없다. 부러진 목뼈에 따로 고정 장치라도 달았던지 박제가 된 점박이는 살아생전의 멀쩡했던 모습과 거의 흡사한 형태를 갖추고 있었다. 단지 책임감뿐이었다 곤 해도, 그런 점박이의 곁을 누구보다 오래 지켜 준 사람은 정한이었다.

그가 그어 놓은 선 안으로 들어간다는 건 어떤 기분인 걸까.

주도권이 희재 자신에게 있단 정한의 말을 전적으로 신뢰한 건 아니었다. 그럼에도 믿어 보고 싶단 기분이 드는 건 역시나 변해 버린 마음과 관련이 있을 테다. 변화란 건 때론 사소한 계기에서 비롯되기도 하는 법이었다.

"앞으로 어떻게 하는지 두고 볼 테야. 그러니까 알아서 잘해."

"그 말은, 나한테 마음을 열어 보겠단 뜻으로 해석해도 되는 거지?"

"노력은 해 볼게."

"공중을 받자고 하면 화낼 테니까 그건 못 하겠고, 그 말 일단은 여기에 저장해 둘게."

정한이 손끝으로 그의 심장 부근을 가리켰다.

"내가 싫은 건 너도 싫은 거라고 생각할 거야. 그러니까 아니다 싶으면 그때그때 말할 거니까 각오해. 알겠지?"

"야옹."

"설마…… 이게 알겠단 대답 대신이야?"

"야옹야옹."

"알았어. 그만해. 들은 걸로 칠게."

백 마디 말보다 더 확실한 대답이었다. 엄청 안 어울리는 것 같으면서도 묘하게 어울리는 고양이 흉내에 속으로 희재가 웃음을 집어삼켰다. 하지만 남들이 봤다면 익숙지 않은 광경에 놀라 뒷걸음질부터 쳤을 게 분명했다.

"그런데 가장 늦게 입주하면서 이사 떡도 없이 빈손으로 들어왔어?"

"지금이라도 다녀올게."

몸을 돌리는 모양새가 당장이라도 떡집으로 향할 기세였다.

"말이 그렇단 거지. 너도 아직 저녁 전일 것 아냐? 이사하는 날엔 뭐니 뭐니 해도 배달음식이지. 가만있어 봐. 중국집 전화번호가 어디 있더라."

"배고팠나 보네."

"대화하느라 진이 다 빠진 기분이야. 메뉴는 양자택일이니까 자장면이 좋은 건지 짬뽕이 좋은 건지만 말해. 참, 이건 내가 사는 거야."

"서희재가 사는 거면…… 난 아무거나 괜찮아."

"기분이다. 자장면에 탕수육도 시켜 줄게. 내가 보기엔 넌 지금보다 살을 좀 더 찌워야 될 것 같거든."

재벌이라 하더라도 하루 세 끼 이상을 챙겨 먹는 건 아닐 테지만, 적어도 일반적인 가정에서보다야 좋은 재료를 사용해서 요리하고 영양학적인 면도 충분히 고려할 테다. 하지만 때때로 정한은 얼마간 굶기라도 한 것처럼 메말라 보일 때가 있었다.

그러고 보면 매학기 개학 전후로 해서 특히나 더 그런 느낌을 강하게 받곤 했다. 이 때문인지 여태 받은 캐스팅 제의도 비율을 따져 보면 가수나 배우보단 모델 쪽의 컨택이 훨씬 더 많았다.

소위 말해 요즘에 활동하는 아이돌처럼 예쁘장한 느낌은 아니었다. 중성적인 색채가 묻어나는 얼굴도 아니었고 그냥 딱 봐도 남자라는 걸 알 수 있었다. 하지만 그런데도 사람들은 한결같이 정한을 가리켜 나라를 말아먹을 미모라고 칭하길 꺼리지 않았다. 무려 187센티미터나 되는 장신의 남자에게 미모라는 말이 가당키나 할까 싶지만, 실물을 보고 나면 본인도 모르게 고개를 끄덕이곤 했다.

한 가지 분명한 건 정한은 먹는 것 자체에 크게 흥미를 느끼는 타입은 아니란 점이었다. 그건 가장 혈기가 왕성하다는 십 대 때에도 마찬가지였다.

무릇 진정한 한국인이라 함은 때론 치킨을 단순한 치킨이 아닌 치느님으로 격상시켜 모실 줄도 알아야 하며, 고고하신 치느님을 영접할 땐 바닥에 납작 읍소하며 재빠르게 손부터 놀리는 게 바람직한 자세라 할 수 있었다.

하지만 정한은 어땠던가? 콜라도 무초절임도 아닌 물부터 입가로 가져가는 초연한 태도를 유지하지 않았던가.

정한의 태도는 치느님에 대한 예의가 아니었다. 오동통하게 튀겨진 닭다리는 못 집을지언정 최소한 닭봉은 사수해야 할 것 아닌가!

남들이 맨손을 사용해 숨도 쉬지 않고 전투적으로 살을 발라 먹을 때도, 홀로 초연히 나무젓가락을 쪼개는 그 담대한 기개라니……. 뼈만 남은 잔해가 테이블 위로 소복하게 쌓일 때까지도, 한 입 베 문 살코기를 어찌나 천천히 씹어 드시던지 식사예절에 있어서도 남다른 볼거리를 제공했다.

일부러 우아하게 보이도록 고상을 떨고 있는 게 아니라는 건 평소 섭취하는 양에서도 잘 드러났다. 원래가 입이 짧은 건지, 단 한 번도 정량 이상을 먹는 걸 본 적이 없었다.

억울한 것은 음식을 가리는 것이 분명한 그가 평균치를 훌쩍 웃도는 장신의 소유자란 점이었다. 겨우 160센티미터 될까 말까 한 신장을 가진 희재로서는 불공평하다고 느껴질 수밖에 없는 부분이었다.

어깨선을 간신히 넘긴 머리카락에, 젖살이 빠지지 않아 포동포동한 볼을 가지고 있는 희재는 어딜 가도 학생 이상으로는 봐 주지 않았다. 같은 나이긴 하나 성인 대접을 받는 정한과는 분명 차이가 있었다.

게다가 기본적으로 얼굴이 받쳐 주니 뭔들 장점으로 안 보이겠느냐마는, 벗겨 놓고 보면 감탄이 터져 나올 만큼 세밀하게 짜인 근육은 그의 유일한 단점을 커버하고도 남았다. 현실에서 마른 체형이 대세라곤 하지만, 체지방은 없이 근육만 잔뜩 있는 걸 보면 인간미적인 부분에서는 영 꽝이었다. 물론 희재 혼자만의 의견이긴 했지만.

체육대회 때 우연찮게 찍힌 정한의 웃통 벗은 사진 한 장이 얼마에 거래됐더라? 가로 세로 몇 센티미터 되지도 않는 인화지 한 장이 어지간한 가수들 정규앨범보다 비싸게 팔릴 정도였으니 우스갯소리로 개인사업자를 내야 하는 게 아니냐는 풍문이 나돌 정도였다.

결국 며칠 넘기지 못하고 당사자인 정한에게 걸려 원본파일을 넘겨줘야 했으나, 짧은 시간 안에 벌어들인 돈만 정산해 봐도 가까운 나라로 해외여행 정도는 거뜬히 다녀올 수 있을 만큼이라고 했다. 물론 당연하다시피 저작권을 주장하는 정한으로 인해 어쩔 수 없이 피를 토하는 심정으로 벌어들인 돈의 절반을 도로 내놔야 했지만.

그래서인지 정한이 대진의 차남이란 사실이 알려지고 난 이후 가장 배가 아파한 사람도 자진헌납을 강요당했던 당사자였었다.

존재 자체만으로 주변의 관심을 끌어들인다는 것은 그만큼 정한이 타인의 눈에 매력적으로 비쳐진다는 의미이기도 했다. 어쩌면 정한 스스로가 인기란 것에 연연해하지 않는다는 걸 알기 때문에 주변에서 더욱 안달을 냈던 것일 수도 있었다.

게다가 다른 곳도 아닌 무려 대진가의 차남이었다. 말이 쉬워 재벌이지, 보통 사람으로 태어나 살아가면서 직접 마주 대할 일이 일평생 몇 번이나 있겠는가.

"어디 가?"

"주문하려면 음식 책자도 가져와야 하고, 또 점박이도 내 방에다 데려다 놓으려고. 떠나보낼 때까진 나하고 함께 있어도 되지?"

"……걔 수컷이야."

"그랬어? 몰랐던 사실이네."

투명 케이스를 손에 달랑 든 희재가 201호의 손잡이를 잡았다. 그러자 방금 전보다 조금 더 톤이 높아진 정한의 목소리가 발길을 잡아끌었다.

"못 들었어? 걔 수컷이라고."

"?"

"남녀가 유별한데 어디 한방에서 잠을 잔다는 거야."

헐. 이님 좀 봐. 이건 오버라기보단 망발 수준이었다.

"손."

작게 한숨을 내쉰 희재가 왼손을 내밀며 손을 외치자, 조건반사적으로 정한이 그 위로 손을 올려놓았다.

"착하지. 얌전하게 기다리고 있어."

"……이거 어디서 많이 보던 장면 같은데?"

"착각이겠지."

짧은 시간 사이 권력의 단맛을 깨우친 희재가 자연스레 정한에게 당근을 내밀었다. 휘두르라고 쥐여 준 권력이긴 했으나, 지나치게 빠른 적응력에 정한이 조금 놀란 표정을 지었다. 그러나 원래가 훌륭한 선생 밑에, 뛰어난 학생이 나오는 법이었다. 그리고 희재는 예전부터 학습능력이 출중한 편이었다.

얽혀 있던 손길을 가볍게 푼 희재가 곧이어 201호실 안쪽으로 모습을 감췄다. 하지만 희재가 떠난 뒤에도 여전히 정한의 손끝에서는 희재의 온기가 가시지 않고 남아 있었다.

"가까이 갈수록 더 좋은 냄새가 나네."

신기한 사실을 알았다며 정한이 고개를 주억거렸다. 물론 이 순간에도 정한은 희재와 점박이를 떼어 놓을 궁리를 모색하고 있었다.

"수고는 내가 했는데 호강은 점박이가 누리다니, 이건 형평성에 안 맞잖아."

매정한 서희재.

"야옹."

웬만하면 문 좀 열어 주라는.

"야아옹~~~!"

아님 점박이라도 내어 주든가!

닫힌 문을 바라보며 한참 동안 제자리에 서 있던 정한이 잠시 후 불만스럽다는 듯 입술 끝을 비틀었다. 불합리한 처사에 이래서 사람이 삐뚤어지는가 보다, 하고 진지하게 생각했다.

제2장.

우연, 갑작스럽지만
예정돼 있던

희재가 혼자 방으로 들어간 시점에서 한 차례 중단되었던 인테리어 공사가 다시금 재개되었다. 정확히 말해 남은 건 마무리 작업인 바닥 청소뿐이었지만, 자취를 감췄었던 인부아저씨들이 떼를 지어 들이닥치는 바람에 부득이 주문 후 음식을 받을 장소로는 희재의 방인 201호로 정해졌다.

닫혀 있던 문을 열자 곧이어 불만스런 표정을 짓고 있는 정한의 얼굴이 정면으로 드러났다. 부루퉁해 보이는 마스크조차 호감으로 보일 수 있다는 것은 역시나 이목구비의 차이라 할 수 있었다.

대체로 첫인상을 평가하는 부분에서 사람의 얼굴이 차지하는 비율이 반이라지만, 정한의 경우에는 딱히 이렇다 할 기준점을 세우기가 어려웠고 때로는 전부가 될 때도 있었다. 그리고 이러한 생각이 희재 한정이 아니란 건 곧이어서 증명되었다.

"배달 왔······."

한 손에 철가방을 든 배달부가 문 안쪽으로 들어서다, 정한의 얼굴을 확인한 직후 흠칫 놀라며 제자리에서 주춤거렸다. 봐봐, 저것 보라니까. 하나같이 예상에서 벗어나질 않았다. 이번에도 상대는 무의식중에 시선을 빼앗기고 마는 실수를 저질렀다. 공평하게도 대상은 남녀를 가리지 않았다. 하지만 워낙에 자주 봐 와 면역이 되다 보니 이 상황이 이젠 특별할 것도 없는 일상이 돼 버렸다.

적당한 수준이었다면 주위의 질투를 샀을 테지만, 워낙에 독보적이다 보니 대개는 시기할 마음조차 들지 않고 감탄으로 끝을 맺는 경우가 가장 허다했다.

"여기다 놔두세요."

"네? 아······ 네."

정한의 말에 간신히 정신을 차린 남자가 그제야 본분을 깨닫고는 서둘러 손을 놀렸다. 그러나 티가 나게 흘깃거리는 시선은 여전했다. 그러더니 결국은 만만한 희재를 향해 한마디를 보태 왔다.

"남자분께서 굉장히 잘생기셨네요."

"그러게요."

"그쪽은 동생분이신가 봐요."

비현실적인 정한의 외모는 주변을 퇴색하게 만드는 힘을 가지고 있었다. 언뜻 봐도 닮은 부분이 없는 희재를 향해 정한과 남매가 아니냐고 묻던 남자의 말은, 다양한 각도에서 재해석해 볼 수가 있는 대목이었다. 이에 대한 답변은 희재보다 정한이 조금 더 빨랐다.

"애인입니다."

"!"

지금 남자가 느끼고 있을 놀라움은 얼굴 위로 드러난 표정에서 고스란히 읽혔다. 전혀 예상하지 못했다는 반응이었다.

"이거 규칙 위반이야."

"두 번 볼 사이도 아닌 사람에게까지 해당되는 거였어? 난 그런 말 못 들었어."

몹시도 기분이 상했음을 숨기지 않은 정한이 차가운 시선으로 눈앞의 남자를 건너다봤다. 뜻밖으로 받게 된 적의에 휘둥그레 눈을 뜨고 있던 남자가 슬그머니 아래로 눈길을 내리깔았다. 정한의 눈빛에서 느껴지는 경고를 뒤늦게 읽은 까닭이었다. 이 틈을 타 희재가 은근슬쩍 본인에게 유리한 설명 하나를 갖다 붙였다.

"……혹시 모르실까 봐 말씀드리는 건데, 저한테 숨겨진 매력이 좀 많아요."

"아, 네."

"변명이 아니라 진짜예요."

건성건성인 대답만큼이나 해명은 귓등으로도 듣지 않는 태도였다. 반대로 불편해진 상황을 타개하기 위함인지 부쩍 그릇을 꺼내 놓는 손길이 바빠졌다. 사실 희재의 검증되지 않는 설명이 신뢰를 얻기에는, 정한의 얼굴이 어느 때보다도 큰 방해물로 작용하고 있었다. 그사이 랩으로 둘러싸여진 마지막 플라스틱 그릇이 바닥 위로 놓여졌다.

"얼맙니까?"

"됐어. 내가 낸다니까. 다 해서 얼마예요?"

"이만사천 원입니다."

"여기 있어요."

자연스럽게 지갑을 꺼낸 정한이 지불 의사를 나타내자, 희재가 이런 정한을 만류하며 먼저 계산을 끝냈다. 순간 낯선 남자의 눈 안으로 이채가 서렸다. 어쩐지 제 발등을 찧은 꼴이 됐다고나 할까. 그렇다고 금방 돈 많은 과부가 앞날 창창한 도련님 꾀어낸 것처럼 보듯이 볼 건 뭔가. 내면의 아름다움에는 그다지 관심이 없어 보이던 남자는, 그래도 인사는 잊지 않고 꾸벅 고개를 숙여 왔다.

"감사합니다. 맛있게 드세요."

상투적인 대사를 끝으로 빈 철제 가방을 든 남자가 등을 돌렸다. 그러나 현관문을 나서기 직전에 다시금 고개를 돌린 그는 의문을 지우지 못한 얼굴로 희재와 정한을 번갈아 힐끔거렸다. 정한의 입에서 나온 애인이란 단어가 주는 파급력이 아직도 가시지 않은 듯한 표정이었다. 실상 대놓고 직접 말만 안 했다 뿐이지, 의미는 고스란히 전해지고도 남았다.

"네가 뭐가 아쉬워 나랑 사귀고 있냐는 얼굴이었지?"

"어울리고 안 어울리고는 내가 판단해. 우리가 사귀는 일에 남의 의견이 왜 필요해?"

"소셜 애니멀이라고, 왜냐면 인간이라는 건 결국 사회적 동물일 수밖에 없거든."

"그래서 하고 싶은 말이 뭐야. 이번에는 아예 엎자고?"

질타처럼 들릴 만큼 강경한 어조였다. 그러나 마주한 눈빛은 조심스럽게 상황을 살피고 있는 형국이었다. 어떤 일이든지 대범하게 넘길 것 같은 정한이, 유독 희재에게만 예민하게 반응했다. 흡사 손에 쥔 과자를 빼앗길까 봐 전전긍긍하는 아이 같아 보이기도 했다.

불경하게도, 이번엔 한 손이 아니라 양쪽 손에 쥐고 세차게 흔들어 보고 싶단 갈등이 새록새록 생겨났다. 물론 이러한 것은 속마음뿐으로, 실제 행동으로 옮기려면 희재가 지닌 것 이상의 담력을 필요로 했다. 무소불위의 권력이란 것도 결국 뒷감당이 가능할 때나 사용할 수 있는 것이었다.

더군다나 십이 년이란 세월을 거슬러 정한이 직접 행동에 나서게 된 결정적인 이유가 여전히 밝혀지지 않고 오리무중에 있었다. 생각할수록 세상이 온통 거꾸로 돌아가고 있는 것만 같았다. 그러나 지금은 무엇보다 상황 정리가 우선이었다. 이렇게 시간만 끌고 있다가는 다 식어 버린 저녁을 먹게 될지도 모를 일이었다.

"난 한 입으로 두 말은 해도 세 말은 하지 말자는 신조야."

"까다롭고 복잡한 대답이야."

"더 간단히 말하자면, 네가 못생겨질 일은 없을 것 같으니 이쪽에서 조금 더 분발해 보겠단 얘기인 거지."

"지금 이대로도 난 좋아."

대진그룹 회장의 얼굴이 어떻게 생겼더라? 딱히 유전자의 구애를 받지 않은 것처럼 보이는 정한에 비해 상대적으로 희재는, 양쪽 부모의 특징을 고스란히 물려받은 경우에 속했다.

수려해 보이는 둥근 아치형의 이마와 쌍꺼풀이 져 선해 보이는 눈매는 장점으로 작용했으나, 약간은 낮은 감이 있던 콧대와 얼굴을 더욱 동글하게 보이게 하는 턱 선은 단점으로 부각되었다. 세세하게 파고들면 불만이 한도 끝도 없이 나올 테지만, 지금처럼 정한의 말을 듣고 있자면 이대로도 괜찮지 않을까란 착각에 빠져들 수 있었다.

"듣기 좋은 말도 해 줄 줄 알고, 기특하네."

"사실은 사실이니까."

불현듯 차가운 커피 한 잔이 생각났다. 두근거림이 좀처럼 사그라지지가 않았다. 빈말을 할 사람이 아니란 걸 알아서 더 기분이 이상했다.

"오래 봐 왔는데도 너란 사람에 대해 아직도 잘 모르겠어."

"시간은 많아. 지금부터 좋은 방향으로 차차 알아 가도 늦지 않잖아."

"그런가? 근데 우리 이제 랩 좀 벗기자. 이러다 면 다 불겠어."

희재의 설명에 그제야 군은 표정을 푼 정한이 이내 바닥 위에 널려 있던 그릇들을 미리 펼쳐 두었던 상 위로 나르기 시작했다. 하지만 어쩐 일인지 이후 포장재를 벗길 생각은 않고 곧장 자리에서 일어나는 게 아닌가.

"하라고 시킨 일은 안 하고 어딜 가."

"문 좀 열어 두게."

"환기 때문에 그러는 거면 양쪽 창문만 열어 놔도 돼. 아직 바깥에 먼지 날릴 거 아냐."

별 뜻 없이 던진 말이었다. 그러나 받아들이는 입장에서는 다르게 들렸던지, 정한이 원뜻을 곡해해 왔다.

"폐쇄된 공간에 둘만 있는데도 신경이 안 쓰인다 이거지. 내가 무슨 짓을 할 줄 알고 이렇게 태평하실까. 은근히 대담해, 서희재."

"……."

"이래도 열지 마?"

고백한 지 얼마나 됐다고 사람 난처하게 꼭 분위기를 이쪽으로 이끈다. 말로 해서 이길 생각을 한 것부터가 잘못인 것 같았다.

더 얄궂은 얘기가 흘러나오기 전에, 튀긴 지 얼마 안 돼 보이는 바삭바삭한 탕수육 하나를 젓가락으로 집어 올린 희재가 과일소스에 잠깐 담갔다가 곧바로 정한의 입속으로 밀어 넣었다. 새 모이를 받아먹듯 벌어진 입술 틈새로 탕수육을 받아 먹는 정한을 가만히 희재가 바라보았다.

먹는 모습은 예전과 다름없이 여전했다. 등허리를 곧게 세운 채 입안에 든 음식물을 최대한 천천히 씹은 뒤 삼키는 모습이 마치 영화 속에서나 나올 법한 우아한 프랑스 귀족의 식습관을 그대로 닮아 있었다.

하지만 현실에서는 미식가도 이보다 더 맛을 음미하면서 먹진 않을 거란 게 희재의 의견이었다. 잠시 후 꿀꺽 하는 소리가 자그마하게 들렸다.

"괜찮네."

"입맛에 맞다니 다행이네. 식기 전에 얼른 먹어."

고개를 절레절레 흔든 희재가 두 번째 탕수육을 들어 올렸다. 물론 이번 건 희재의 몫이었다. 그런데 막상 집어 든 음식물을 입으로 가져가자니 뚫어져라 바라보고 있는 정한의 눈빛이 자꾸만 신경이 쓰였다. 결국 희재가 들고 있던 젓가락을 아래로 내려놓았다.

"먹으라니까 왜 그렇게 빤히 쳐다만 보고 있어?"

"야박하게 구네. 한 번 주면 정 없단 얘기도 못 들었어?"

"넌 손 뒀다 뭐하려고?"

"자장면 비비고 있잖아."

이제 막 두 개로 쪼갠 젓가락을 자장면 중간에 푹 찔러 넣은 정한이 아무렇지 않게 대꾸해 왔다. 결국 별수 없다는 심정으로 두 번째 탕수육을 정한의 그릇 위로 덜어 주었다. 찰나 정한이 자장면이 든 그릇을 옆으로 홱 치워 버렸다.

"뭐하는 거야. 떨어트릴 뻔했잖아."

"거기가 아니라 여기."

정한이 아 하고 입을 벌렸다.

"어, 어떡하라고?"

갑작스런 상황에 당황한 나머지 희재가 살짝 말을 더듬었다.

"뭘 당황하고 그래."

"난 너만큼 뻔뻔하지가 못하거든."

"아깐 잘만 하더니 이제 와서 무슨 이상한 논리야."

자진해서 한 것과 남이 시켜서 한 것은 엄연히 차이가 있었다. 그러나 정한은 이러한 차이점을 이해해 줄 생각이 조금도 없어 보였다. 삽시간에 손이 떨리고 목이 바짝바짝 말랐다. 하지만 끝까지 못하겠다고 빼는 것도 우습긴 마찬가지였다. 결국 이번 일은 희재가 아닌 정한이 원하는 대로 이뤄졌다.

"나쁘진 않네."

탄력적인 정한의 입술 끝이 희재의 젓가락에 와 닿았다. 아까와 비슷하게 이번에도 정한이 천천히 고기를 씹기 시작했다. 그러나 이 상황에서 아무렇지 않은 사람은 정한 혼자뿐이었다. 이와는 별개로 희재의 입장은 아주 곤란하게 변해 버렸다. 그것도 아주 많이.

"설마 하니 그거 더러워서 내려놓으려던 건 아니겠지?"

새 젓가락에 눈독을 들이고 있던 희재가 화들짝 놀라며 양껏 고개를 저었다.

"오해야!"

"그래야지. 안 그럼 좀 화가 날 것 같거든."

"……하나 더 먹을래?"

실상 더럽다거나 지저분하단 생각은 해 보지 않았다. 정한의 지적과는 다르게 머릿속으로 간접 키스를 떠올리고 있던 희재가 남몰래 안도의 한숨을 몰아쉬었다. 속내를 들키지 않고 넘어간 것만으로도 다행인 일이었다. 하지만 이로써 세 번째 탕수육마저 정한의 차지가 돼 버렸다.

질문에 대한 대답 대신 정한이 입술을 좌우로 벌렸다. 쑥스러움을 숨기지 못한 희재의 목덜미가 발갛게 물들었다.

바깥 상황이 조금 소란스럽게 느껴진 가운데서도 이내 희재의 젓가락이 정한을 향해 움직이기 시작했다. 순간 끼익 하는 문소리가 귓가로 들려왔다. 인기척에 반응한 희재가 고개를 돌리는 것과 동시에 열려진 문틈 사이를 비집고 낯선 인영이 모습을 드러냈다.

"누구세요……?"

"이런……. 우리 신경 쓰지 말고 하던 일 계속해요."

"두 분이 어쩐 일이세요."

잔뜩 곤혹스러워 보이는 오십 대 중년 부인을 대신해, 불쑥 고개를 들이민 남자가 낭패감 서린 말투로 상황을 정리했다. 반면 희재는 이미 기절하기 일보 직전인 상황에 직면해 있었다. 자연스럽게 말을 받아 잇는 정한의 태도와, 낯설지 않은 등장인물의 얼굴로 말미암아 뒤늦게 이곳을 찾은 이들이 누군지 깨달은 탓이었다. 희재의 젓가락이 손에서 툭 하고 떨어져 나갔다.

"미안해요. 놀라게 만들 의도는 아니었는데, 많이 놀랐나 보네요."

"처, 처음 뵙겠습니다. 서희재라고 합니다."

"크게 격식 차릴 것 없어요. 우리, 그렇게 나쁜 사람 아니에요."

대한민국에서 대통령만큼이나 유명하다는 대진그룹의 회장 김석태의 등장에 희재의 안면이 뻣뻣하게 굳었다. 흘러가는 분위기상 굳이 설명하지 않아도 함께 대동하고 나타난 중년 부인의 정체에 대해서도 쉽게 짐작이 갔다. 그러나 정한은 한결같이 태연한 태도를 유지하고 있었다.

"오셨으면 아예 들어가 기다리시지, 예의 없이 남의 방문 앞은 왜 서성거립니까. 게다가 굳이 오실 필요가 없다고 제가 분명히 말씀드린 걸로 아는데요."

혼란에 빠진 희재의 눈이 연방 양쪽을 번갈아 오가기 바빴다.

"거봐요. 정한이가 싫어할 거라고 했잖아요."

"먼저 가 보자며 은근히 조른 사람이 당신인 걸 잊은 모양이군."

"제가 언제요."

"이제 와 발뺌은. 여하튼 미리 온다고 알렸어 봐. 정한이 녀석 얼굴이라도 봤겠냐 이거야. 내 말은."

"그건 그래요."

언론을 통해 비쳐진 석태의 모습은 근엄하고 냉철한 이미지를 기반으로 하고 있었다. 하지만 속닥이듯 주고받고 있는 두 사람의 대화 과정을 지켜보고 있자니 이 모든 게 착각처럼 느껴졌다.

눈앞으로 보이는 광경은 흔히 볼 수 있는 평범한 부부들의 모습과 크게 다를 바가 없었다. 편견일지는 모르겠으나, 무척이나 뜻밖이란 생각이 들었다. 반면 사설이 길어질수록 정한의 미간이 보기 싫게 찌푸려지기 시작했다.

"얼굴 봤으니 이만 나가 보세요. 희재 먹는 거 보고 건너가겠습니다."

"난 괜찮, 읍!"

"꼭꼭 씹어서 먹어."

부지불식간에 튀겨진 고기 덩어리 하나가 희재의 입속으로 들어왔다. 하지만 이 상황에서는 뭘 먹는다 하더라도 소화가 될 것 같지 않았다.

'이건 고문이라고!'

입안에 든 걸 씹지도, 그렇다 하여 뱉지도 못하고 눈치만 보고 있던 희재가 한참 만에야 음식물을 목 너머로 삼켰다. 숫제 종이를 씹는 기분이었다. 이러다 체하는 거 아닌지 모르겠단 불길한 생각이 머릿속을 지배해 갈 때쯤, 지나가는 말처럼 석태가 한마디를 흘렸다.

"그러고 보니 좀 출출하긴 하네."

"가, 같이 좀 드시겠어요?"

"그럼 그럴까요."

입맛에 맞고 안 맞고를 떠나 당연히 거절의 말을 해 올 거라고 생각했다. 그러나 예상과는 달리 희재의 권유가 끝나기 무섭게 석태가 덥석 자리를 잡고 앉았다. 당연하다시피 그 옆으로는 대진의 안주인인 여미희가 다소곳하게 무릎을 끌어모은 자세로 나무젓가락을 집어 들었다. 사상 초유의 사태에 희재는 이제 뭘 어떻게 해야 좋을지 갈피조차 잡을 수 없는 실정에까지 다다랐다.

"두 분이 아니라 저 먹으라고 희재가 사 준 겁니다."

"그, 그랬어?"

경악을 지우지 못한 석태의 눈동자가 삽시간에 여미희와 눈빛 교환을 끝마쳤다. 그러나 의미까지 해석하기에는 희재로서는 역부족이었다.

"적으면 더 시키면 되니까 드셔도 돼요. 그래도 되지?"

"……계산, 희재가 했단 것만 알아 두세요."

내세우던 고집을 꺾고 한발 뒤로 물러선 정한이 상황을 정리했다. 상상하기 어려운 조합 속에 희재 자신이 포함돼 있다는 사실이 여전히 믿기지가 않았다. 저녁 한 끼 먹기가 이렇게 어려워서야. 이유 없이 더부룩해진 속이 가라앉기를 기다리고 있는데, 반대편에서 따가운 시선이 느껴졌다. 숙이고 있던 고개를 들어 올리자 이내 석태와 시선이 마주쳤다.

대체 이 사람들은 왜 편한 말은 놔두고, 눈빛으로 얘길 하는 걸까. 그간에 보여 준 정한의 대화법이 어디에서 비롯되었는지 이해가 되는 순간이었다.

"……이거 드세요. 입 안 댄 거예요."

"허허. 그럼 그럴까요."

예의상 거절도 하지 않고 옳다구나 그릇을 받아 든 석태가 짬뽕 면발을 골고루 섞기 시작했다. 쫄깃함과는 거리가 먼, 이미 퍼질 대로 퍼진 면발은 섞을수록 부피를 더해 갔다. 괜히 권했다는 생각에 앞서 했던 일을 물리려던 찰나, 석태가 한발 먼저 행동에 옮겼다.

후루룩.

"어때요?"

"……오묘하군."

"저도 한번 먹어 볼게요."

석태에 이어 이번엔 짬뽕 그릇이 미희에게로 넘어갔다. 평가가 어떻게 나올지 숨죽여 기다리고 있는 와중에도 분위기 파악이 안 된 정한만은 제 할 말을 잊지 않고 나열해 댔다.

"탕수육이나 드시지 왜 애 먹으려고 했던 것까지 빼앗아 드시고 그러세요."

"아니, 난 괜찮은데……."

"배고프다며. 아쉬운 대로 이거라도 먹자."

왼손엔 자장면 그릇을, 오른손에는 면이 감긴 젓가락을 든 정한이 서서히 희재와의 거리를 좁혀 오기 시작했다. 단숨에 모두의 이목이 한곳으로 집중됐다. 현재 이 상황을 노래 가사로 표현하자면, 내 거친 생각과, 불안한 눈빛과, 그걸 지켜보는 너, 정도로 해석하면 될 것 같았다.

엄마. 이 가족 아무래도 좀 이상한 것 같아. 날벼락도 이런 날벼락이 없었다.

현대에 이르러 남녀유별이란 말이 고리짝보다 못한 옛말이 돼 버린 지 오래라고는 하나, 서로 간의 위치를 구분 짓는 사람들의 잣대마저 사라져 버린 것은 아니었다. 앞서 보여 줬던 점박이에 대한 정한의 태도 또한 이와 같은 맥락 중 하나라 할 수 있었다. 이 경우야 물론 농담이긴 했을 테지만.

게다가 근본적으로 어떤 일이든 결국에는 일정 선을 기준으로 하여 나누어지기 마련이었다. 그리고 희재는 지금 정한이 이러한 선을 넘고 있다고 생각했다.

다정하게 자장면을 먹여 주는 관계라.

정황상을 이유로 든다면 변명의 여지는 그다지 많아 보이지 않았다. 게다가 상대가 이성이란 전제가 붙어 있던 만큼 어떻게 봐도 친구 사이로 봐 주기에는 무리가 따르는 일이었다. 아니지? 이 경우 동성이라면 더 큰 문제가 되나?

좌우지간 주변에 티를 내는 일이 없도록 하라며 신신당부를 했던 희재의 부탁이 무색해지리만큼, 처음부터 정한은 새로운 국면을 맞이하게 된 두 사람 사이의 관계를 숨길 생각이 조금도 없는 것처럼 행동했다. 마치 학교만 아니면 된다는 마인드가 그의 뇌리에 박힌 듯했다. 그러나 융통성이 없는 정한을 탓하고 있기에는 처한 상황이 좋지 못했다.

언론을 통해 알려진 재벌가의 모습이 지금 이 순간도 희재에게 편견이란 것을 심어 주고 있었다. 돌돌 말린 자장면을 눈앞에다 둔 채로 머뭇거리는 시간이 길어질수록 내재된 갈등은 조금씩 깊이를 더해 갔다.

"슬슬 팔이 아파 오는데 아직도 고민할 게 남아 있나 봐?"

"이리 줘. 내가, 내가 먹을게."

"사람 성의를 무시하자는 거로군."

자장면 한 젓가락에 성의 문제까지 거론되었다. 완고할 정도로 정한은 물러섬이 없었다. 결국 울며 겨자 먹기로 희재가 반쯤 식어 있던 자장면을 입가로 가져갔다.

"어머. 두 사람 사귀고 있는 건가요?"

딸꾹.

방심하고 있던 찰나 불시에 들이닥친 미희의 공격에 크게 놀란 희재의 입에서 불현듯 딸꾹질이 터져 나왔다.

"저런. 너무 급하게 먹으면 쓰나. 음료수라도 함께 들면서 먹어요."

서비스로 놔두고 간 캔 콜라 뚜껑을 아무렇지 않게 딴 석태가 음전한 손길로 희재에게 콜라를 내밀었다.

"말씀, 딸꾹, 편하게 하세요."

"이러다 사레라도 들릴라, 일단은 이거부터 먼저 한 모금 마셔요."

형식적인 거야 나중에 차차 정리해 가도 늦지 않으니 신경 쓰지 않아도 된다는 투였다. 넋이 나간 상태로 석태가 권한 음료를 받아 드는데, 어째서인지 주변의 반응은 내도록 미온적이기만 했다. 폭풍전야처럼 느끼는 것은 오직 희재 혼자뿐인 모양이었다. 그래서 더욱 이 상황이 이해가 안 갔다.

공황상태에 빠져 있는 가운데서도 질문을 해 온 미희는 여전히 이어질 희재의 대답을 기다리고 있었다. 더는 늑장을 부릴 수 있는 형편도 아니었다. 불합리하지만 애초 도움을 청할 곳은 한 군데밖에 남아 있지 않았다. 이내 간절한 시선이 정한을 향했다. 그러나 화급을 다투는 상황에서도 느긋하기만 한 정한은, 온전히 희재에게 대답을 미뤄 둔 채로 나 몰라라 방관하고 있었다.

눈빛으로 구슬려 봐도 별다른 반응이 없자, 희재가 슬쩍 정한의 팔 부근을 건드렸다. 그제야 그가 어깨를 으쓱하며 대답을 늘어놓았다.

"비밀입니다."

그게 긍정과 다를 바가 뭐야!

"그렇구나. 그런데 언제까지 비밀이니?"

별 뜻 없이 덧붙인 미희의 말 한마디에, 정한의 시선이 희재에게로 이동했다. 뒤따르듯 두 쌍의 눈동자가 동시다발적으로 희재를 향했다. 진짜 하등 도움이 안 되는 김정한 같으니라고. 대체 이 타이밍에서 자신을 바라보면 어쩌자는 건가. 진퇴양난의 기로에 선 희재에게 남은 거라곤 결국 실토밖에 없었다.

"……사실은 오늘이 사귀기로 한 지 하루째 되는 날이에요."

"어머. 그랬나요?"

"안 믿기실 거 아는데, 제가 고백을 받은 입장이었어요."

"알아요. 당연히 그랬을 거예요."

"그렇죠? 당연히…… 네? 방금 뭐라고 하셨어요?"

이어질 재벌가의 단골 대사들을 머릿속으로 떠올리고 있던 희재가 뒤이은 미희의 말에 어안이 벙벙한 상태로 되물었다. 당장에 집안이 어떻고 아버지 하시는 일은 무어냐고 물어 올 줄 알았던 희재로서는 예상 밖의 반응이라 할 수 있었다.

"겪어 봐서 알 거라곤 생각하지만, 녹록한 성격이 아니니 희재 양이 어려울 수도 있을 거예요. 그래도 나쁘다 말고 좋게 봐 줘요."

"반대…… 안 하세요?"

대답을 보류해 둔 미희는 그냥 그 자리에서 가만히 웃기만 했다. 마치 미희의 태도가 반대할 이유가 없지 않느냐는 반문처럼 느껴졌다.

공식선상에 잘 나타나지 않아 일반인들 사이에서는 그다지 알려진 게 없는 대진가의 안주인인 여미희는, 부친이 당대 국무총리까지 역임했을 정도로 유서 깊은 정치가 집안의 규수였다. 때문에 석태와의 결혼 이면에도 정략적인 요소가 다분히 깔려 있었다. 일종의 정경결합을 견고히 다지는 반석이었던 셈이다.

그렇기에 더욱더 일반인인 희재와의 교제에 부정적인 견해를 내비쳐 올 거라고 예상했었다. 그러나 희재의 예상은 보기 좋게 빗나갔다. 그사이 미희의 관심은 식어 버린 눈앞의 음식으로 이동해 있었다.

"왜 날 봐? 내 입으로 말 안 했어."

그러시겠지. 입을 다문 희재가 억울함에 연신 정한을 향해 눈을 흘기기에 바빴다.

대한민국 경제의 중심축을 담당하고 있는 대진의 회장 김석태는 오래도록 오늘의 감동을 잊지 못할 것 같았다. 지금처럼 편하게 둘러앉아 소소하게 담소를 나누며 음식을 나눠 먹는 일이 가능하게 되리라곤 일찍이 예상해 본 적이 없었기에 더욱더 그러했다.

어려서부터 수더분했던 첫째 정혁과는 달리 정한은 태어나면서부터 주변의 걱정을 샀다. 인큐베이터에서 나온 이후에도 보통 아이들처럼 젖을 빨지 않았으며 분유를 타 줘도 젖병을 입에 물리는 것부터가 고역이었다.

억지로 먹이면 토하기 일쑤여서 어쩔 수 없이 아이의 몸에 바늘을 찔러 넣은 적도 수십, 아니 수백 번쯤은 될 것 같았다. 아이가 자라 스스로의 의지로 의사 표현을 해 오기 전까지는 거의 지옥이나 다름없는 삶을 영위해 나갔다. 종류를 불문하고 어떤 음식도 섭취하길 거부했기 때문이었다.

어르고 달래고 야단치기를 반복하다, 제풀에 지쳐 아이를 붙든 채 울기도 부지기수였다. 중매결혼이긴 했으나 유독 마음이 잘 맞았던 석태와 미희가 부부싸움이란 걸 한 것도 그때가 처음이었다.

권력과 돈에서부터 시작해 나아가 인맥까지, 모든 방법을 동원해 검사가 가능한 범위 내에서 정밀검사란 검사는 모두 다 받아 보았다. 그래도 뚜렷한 병명을 찾지 못해 건너간 미국에서, 석태는 예상 밖의 소견을 받아 들었다.

후각신경의 이상으로 인한 착취증(parosmia).

후각 장애의 일종으로 후각 착오라고도 불리는 착취증은 본래의 냄새를 다른 냄새로 오인해 받아들이게 되는 병이었다. 일례로 오물 냄새, 부패된 동물 냄새들이 실제로는 존재치 않으나 이들 냄새가 있는 것처럼 지각되는 것도 이와 같은 경우에 속했다. 최악으로 정한은 이 중에서도 가장 안 좋은 쪽으로 병이 발현된 케이스였다.

참을 수 없는 것과 참아 내야만 하는 것, 괴로운 것과 덜 괴로운 것, 이 모두가 아이에겐 견뎌 내야 하는 고통과도 같았다. 당연한 결과지만 착취증은 고도의 섭식 장애를 유발했다.

사람이란 존재는 숨을 쉬지 않거나, 먹지 않으면 결국 죽음에 이르게 되어 있다. 이 명백한 명제 앞에서 정한도 예외일 수가 없었다. 알면서도 견디지 못할 때가 되면 그는 한동안 처방받은 약만으로 생명을 연장해 나갔다. 악순환의 반복이었다.

알려지기를 착취증은 히스테리나 정신분열 등의 정신질환이나, 혹은 뇌종양과 같은 뇌의 기질적 문제에서 비롯되는 경우가 가장 많다 하였다. 하지만 병원검사 결과는 늘 이상소견 없음으로, 정상으로 나타났다. 그러나 정신적인 문제라고만 확정 짓기에는 아이는 지나치게 총명했다.

더군다나 이런 증상은 태어난 직후 신생아 때부터 발견되었다. 때문에 추측하기를 학계에는 알려져 있지 않은 신종바이러스에 감염된 것이 아니냐는 의견이 조심스럽게 흘러나오기도 했다. 또 다른 한쪽에서는 식별이 불가능한 염색체 교란에 무게를 두기로 했다.

결과론적으로 숱한 검사에도 불구하고 뚜렷한 이유를 찾을 수가 없었다. 대진이라는 무소불위의 권력을 등에 업고 있던 석태로도 어찌해 보지 못하는 일이었다. 그때의 감정은 마치 좌절을 닮아 있었다고, 석태는 생각했다.

병명을 알았다 하여 고칠 수 있는 병이 아니었기에 석태의 시름은 깊어져 갔다. 그러나 간절한 석태의 바람과는 달리 정한의 예후는 점점 더 나쁜 쪽으로만 진행되었다.

어린아이답지 않게 정한의 얼굴은 늘 찌푸려져 있었다. 그리고 시간이 지날수록 감정이 없는 인형처럼 무감각하게 변해 갔다. 어느 날부터는 깨어 있을 때뿐만 아니라, 잘 때도 얼굴의 절반에 해당하는 마스크를 착용하기 시작했다.

외출을 할라치면 거부반응이 너무 심해 함께 병원을 다니는 것마저도 힘에 부칠 정도로 정한은 일상생활에서 격리되어 갔다. 대개는 주치의나 상담사가 평창동으로 직접 방문을 해 왔으나, 특수 장비를 이용한 영상촬영 등이 있을 때는 어쩔 수 없이 정한이 움직여야 했다.

세월이 약이란 말은 적어도 정한에게는 해당사항이 없었다. 정한의 입에서 나오는 말들은 하나같이 부정적인 단어들로 구성돼 있었다. 그도 그럴 법한 게 아이가 사는 세상에서는 늘 참아야 하는 것들밖에 존재하지 않았으니까.

지쳐 간다는 것을 느꼈을 땐, 이만 이 아이의 손을 놓고 싶다는 생각을 가졌더랬다. 그는 한 그룹의 수장이었고, 가정에만 충실하기에는 홀로 수만 직원들의 생계를 책임지고 있었다. 그리고 이 시기에 나타난 아이가 바로 희재였다.

여느 때와 다름없이 정기검진을 위해 병원 로비를 들어서던 정한의 걸음이 불현듯 제자리에 멈춰 섰다. 그러고는 한참 동안이나 못 박힌 듯 한곳에 시선을 고정해 두었다. 그런 뒤 조금 떨리는 목소리로 혼잣말처럼 중얼거렸다.

「식욕이 생긴다는 게 이런 거야? 쟨…… 누군데 저렇게 맛있는 냄새가 나는 걸까.」

새삼 그때의 일을 떠올리자 주체할 수 없는 희열이 석태의 주변을 휘감고 돌았다. 이미 이 당시에는 부작용이 도처에서 나타나던 시기였다.

사회성이 결여된 아이는, 자연스레 반사회적인 성향을 띠기 시작했다. 주변 일에 공감하는 일이 극히 드물었고, 타인과 어울리기를 꺼려했다. 이에 비례해 상담시간은 지속적으로 늘어났다. 무언가를 살리는 일보다 누군가의 죽음에 관심을 갖던 아이가 인격 장애를 가진 사이코패스(Psychopathy)로 발전하기라도 할까 봐 얼마나 마음을 졸이며 전전긍긍했던가.

비양심적이고 잘못된 일이란 걸 알면서도 그땐 지푸라기라도 잡는 심정이었다. 그래서 부친의 손을 잡고 병원을 찾았던 희재의 뒤에 사람을 붙였다. 변명이었지만 어쩔 수가 없었다. 울 것 같은 얼굴로 서 있던 정한을 그냥 내버려 둘 수가 없었다. 이기적인 판단이었으나, 어쩌면 정한에겐 저 어린아이가 유일한 구원이 돼 줄 수도 있겠단 생각이 번뜩 들었기 때문이었다.

후에 검사를 받고 병원 로비를 걸어 나왔을 때, 희재의 손에 들려 있던 아이스크림과 똑같은 종류의 콘이 정한의 손에도 들려 있었다. 음식과 관련하여서는 처음 있는 요구였다. 큰 아들인 정혁과는 경우가 달랐기에 예정에 없던 일이긴 했으나, 이 일로 말미암아 결국 정한도 희재가 입학하기로 돼 있던 일반 초등학교로 진학이 결정되었다. 석태와 미희, 둘 모두에게 꿈만 같은 일이었다.

줄곧 생각에 잠겨 있던 석태의 눈길이 이번엔 방 한쪽에 놓여 있던 박제된 고양이에게로 향했다. 정한의 변화를 실감하게 해 준 계기가 된 고마운 존재였다. 이름이 점박이라는 것까지도 그는 여전히 잊지 않고 기억하고 있었다.

죽은 시체를 가지고 와 살릴 방법이 없느냐고 묻던 아들은 더 이상 혼자만의 세상에 갇혀 살고 있지 않았다. 틀을 깨고 바깥으로 나온 정한은 생에 미련이라는 것을 가지고 있었다. 바싹 말라 버린 나뭇가지처럼 시린 겨울을 기다리고 있던 아이가, 봄 햇살을 맞은 것마냥 반짝반짝 빛이 나 보였다.

그래서 당시 중학생이던 첫째 아들 정혁의 반대에도 불구하고, 석태는 고양이를 박제로 만드는 일에 두 팔을 걷어붙이고 나섰다. 이렇게 해서라도 알려 주고 싶은 것이 있었기에.

「소중한 것일수록 조심스럽게 다뤄야 해. 봤지? 한 번 망가진 것은 고칠 수는 있어도 예전처럼 완벽히 되돌리지는 못한단다.」

「……조심스럽게 다룬다는 건 어떤 거야?」

잠시간 뜸을 들이던 정한이 자못 궁금하다는 듯이 말했었다.

「나보다 먼저 상대가 바라는 게 무엇인지를 파악하고, 그대로 따라 주는 거지. 그 대상이 사람이라면 더욱더 주의를 기울여야 하고.」

「그건 어떻게 하면 알게 되는 건데?」

「정해진 방법은 없단다. 관심을 가지고 지켜보다 보면 자연스럽게 알게 될 때가 올 거야. 단, 스스로를 아끼지 않는 사람에겐 그 기회는 영영 찾아오지 않을 테지.」

「왜?」

「왜냐면 자신을 사랑하지 않는 사람에겐 애초 남을 사랑할 자격이 주어지지 않으니까.」

「……그 말은 행복을 모르는 사람은, 반대로 상대를 행복하게 해 줄 수 없단 얘기인 거지?」

「맞았어. 그게 세상을 살아가는 기본 룰이야.」

한참 만에야 고개를 끄덕였던 정한이 뒤늦게 이런 말을 했었다.

「그러다 나보다 먼저 다른 누군가가 내 소중한 걸 가로채 가 버리면 어떻게 해?」

「누구나가 인정할 만큼 좋은 사람이 되면 되지. 그럼 지금 하고 있는 걱정도 간단하게 해결되지 않겠어?」

「……걘 왜 내가 다가가는 걸 싫어하는 걸까?」

선천적으로 결핍된 것이 채워지자, 정한은 차츰 또래에 맞는 사고방식을 배워 나가기 시작했다. 이 시기에 희재를 만나지 않았더라면 어떻게 됐을지, 석태는 생각만으로도 끔찍했다. 아마 모르긴 몰라도 성격이 파탄에 이르게 됐을지도.

물론 같은 학교, 같은 반으로 배정을 받게 하기 위해 약간의 수고를 거쳐야 하는 번거로움은 있었다. 그래도 기왕지사 교사 개인의 주머니를 불려 주는 것보다는 시설 이용에 도움이 되도록 조치를 취하는 편이 낫겠단 판단하에, 정한의 초등학교 입학 전후로 하여 번듯한 규모의 체육관이 들어섰다.

이를 시작으로 중학교 땐 운동장에 잔디를 깔아 주었고, 고등학교에 진학한 이후론 대진의 이름으로 장학금 명목의 기부금을 전달했다. 아깝다는 생각은 애당초 해 본 적도 없었다.

벌써 십 년이 넘은 시간. 돌아보면 길고 떠올려 보면 짧은 시간이었다.

희재의 곁을 맴돌며 지낸 지난 세월 동안 정한은 심적으로 많은 안정을 찾은 모습이었다. 보고서를 통해 전달받은 바로는 군것질거리 같은 것도 이따금씩 먹곤 한다고 했다.

지옥에서 한 발을 뺀 심정이었다. 분명한 건 정한에게 희재는 그 자체로 축복과도 같은 존재라는 점이었다. 미희를 향해 왜 반대를 안 하느냐고 희재가 물었지만, 정작 이들 부부에겐 평생을 고마워해도 모자란 은인이나 다름이 없었다. 게다가 제 발로 굴러 들어온 복덩이를 차 버린다는 건 사업가가 할 만한 행동이 아니었다. 그간 마음 졸이며 지켜본 입장에선, 정한과 희재가 사귄다는 건 희소식이나 다름없었다.

"시간 되면 종종 평창동에도 놀러 오고 그래요. 언제든 환영이에요."

"네."

"빈말 아니에요. 그리고 희재 양."

난처하게 웃던 희재가 곤혹스런 빛을 띤 채 석태를 바라보았다. 석태가 희재를 향해 내민 건 수표 두 장이었다.

"별건 아니고, 오늘 대접받은 게 고마워서 주는 거니 받아 둬요. 둘이 맛있는 거라도 사 먹어요."

"안 그러셔도 돼요."

"어른 된 입장에서 체면이 살지 않아 그래요. 큰 돈 아니니까 거절하지 말아 줘요."

잇단 석태의 권유에도 그럴 수 없다고 희재가 완곡하게 버티자, 중간에서 대신 돈을 받아 챙긴 정한이 아무렇지 않게 그걸 다시 희재에게로 내밀었다.

"정 부담스러우면 받아서 나 영화나 보여 줘. 그럼 됐지?"

예상 밖의 광경에 실로 기쁜 표정을 한 석태가 허허 웃으며 이런 정한을 바라보았다. 한창 좋을 때였다.

이만사천 원이 이백만 원이 되어 돌아왔다. 뒤늦게 수표에 적힌 동그라미 개수를 확인한 희재가 놀란 표정으로 정한을 바라보았다. 상식적으로 생각해 봐도 이 금액은 너무 과했다.

"도저히 안 되겠다. 이거 되돌려 드리자."

"좋은 기분으로 준 거야. 그냥 받아 둬. 다시 돌려 드리면 분명 서운해하는 걸로는 끝나지는 않을걸?"

"설마 하니 역정이야 내시겠어."

"무슨 일이든 설마가 사람을 잡는 법이라지."

그럴 분으로 보이진 않았지만, 생판 남인 희재보다는 자식인 정한이 석태의 성정을 더 잘 꿰고 있을 것이다. 그러나 아무리 금전 감각이 없기로서니 사회초년생 한 달 월급에 해당하는 돈을 덥석덥 석 받는다는 것도 이치에 맞지 않았다. 없던 두통까지 생기면서 골 치가 지끈지끈 아파 왔다.

하얀 수표가 두 장이길래 당연히 이십만 원일 줄 알았지, 그보다 한 단위가 클 줄 누가 예상이나 했을까.

"하지만 용돈으로 생각할 수 있는 수준이 아니잖아. 난 이십만 원이라고 믿고 받았을 때도 간이 떨렸는데, 이걸 어떻게 받아."

"그래서 아까 말했잖아. 부담스러우면 나한테 투자하라니까."

"투자라니? 아…… 영화?"

"이를테면 그렇지."

"하지만 이 돈이면 둘이서 영화 백 편은 봐도 남겠는걸."

여기에 각종 할인까지 받을 경우, 팝콘에 콜라까지 옵션으로 붙 여야지만 비슷하게 금액대를 맞출 수 있을 것 같았다. 그렇다고 날 마다 영화를 보러 갈 수 있는 것도 아니고, 더군다나 그런 소소한 비용이야 나눠 내면 그만이었다.

"꼭 영화만이 아니야. 그냥 문득문득 생각날 때마다 써 달란 거 니까."

"조금 더 구체적으로 설명해 봐."

희재의 말에 잠깐 동안 생각에 잠겨 있던 정한이 잠시 후 말문을 열었다.

"길을 걷다가 나한테 어울릴 것 같은 티셔츠를 발견하면 그걸 사서 내게 선물로 줘. 그럼 아주 기쁠 것 같아."

"그게 다야……?"

"책도 나쁘지 않아. 여행지에서 볼 수 있는 흔한 기념품도 난 좋아. 어떤 거라도 상관없으니까, 부담스럽다면 언제가 됐든 그 돈을 날 위해 써 줘. 그건 괜찮지?"

하나같이 사소한 부탁들뿐이었다. 그리고 어느 한 순간 이유도 모른 채 가슴이 먹먹해져 왔다. 실없는 농담으로 치부해 버려도 됐을 정한의 말은, 어째서인지 이야기를 듣던 희재로 하여금 새로운 감정을 느끼게 만들었다.

"알았어. 더 고집 안 피울게."

"잘 생각했어."

정한이 진심으로 기쁘다는 듯 환하게 웃었다. 조금은 아이처럼 보이는 그의 얼굴에 새삼 시선이 갔다.

"다 먹었으면 이만 빈 그릇들 내놓자."

"이 정도로 요기 되겠어? 따로 뭐라도 챙겨 먹어야 되는 거 아냐?"

"그러는 넌? 너야말로 별로 입에 대는 것 같아 보이지 않던데 저녁으로 괜찮겠어?"

"난 적당히 먹었어."

"그럼 됐어. 난 더 먹으래도 그럴 기운도 없어. 오늘 놀란 거 생각하면 먹은 게 입으로 들어간 건지 아님 코로 들어간 건지도 모르겠으니까."

"약국 가서 청심환이라도 사다 줘?"

"됐네요. 얼른 치우기나 하자."

어지럽혀진 주변을 정리하고 나서 정한이 자리에서 일어났다. 예정에 없던 석태와 미희의 방문으로 인해 시간이 지체된 만큼 더 늦어지기 전에 건너가 보겠단 의사였다. 그러나 정한이 떠난 지 얼마 지나지 않은 시점에서, 뒤이어 희재가 현관문을 열어젖혔다. 다행히 아직 들어가지 않고 바깥에 서 있던 정한이 문 열리는 소리에 뒤를 돌아보았다. 무표정했던 것이 언제였냐는 듯 부드럽게 인상이 펴졌다.

　"피곤할 텐데 쉬지 왜 나왔어."

　"김정한."

　"더 할 말이 남아 있었어?"

　"장난이 아니었단 건 이제 나도 확실히 알 것 같아."

　"그래도 애쓴 보람이 있구나. 전해졌다니 다행이네."

　다짜고짜 본론을 꺼내 놓는 희재를 바라보면서도 그는 침착함을 잃지 않았다. 오히려 흐트러짐 없이 상황을 조율해 나갔다.

　"근데 그전에 한 가지 짚고 넘어갈 게 있어."

　"뭔지 말해 봐."

　얼핏 차갑게 느껴지는 어투가 사실은 관심의 표현이란 걸 이제는 모르지 않았다. 마음을 열고 상대를 대하니 전에는 보이지 않던 것들이 하나둘 눈에 보이기 시작했다. 나직한 울림을 간직한 정한의 목소리가 조금씩 가슴 쪽 심박 수를 증가시켰다. 재촉한 것도 아닌데 조급한 사람처럼 입술 끝이 건조하게 말라 왔다.

　사실대로 고백하자면 정한이 미국으로 떠난다는 소식을 들은 시점에서 희재는 끝을 생각하고 있었다. 큰 테두리의 공통분모가 사라져 버린다면, 자연스레 두 사람 사이를 이어 주던 접점도 함께 사라져 버릴 거라고 믿고 있었기에.

하지만 예상과 달리 상황은 급변했다. 그는 예정된 미국행 대신 한국에 머무르는 것을 선택했고, 나아가 이전과는 다른 새로운 관계를 희재에게 제안해 왔다. 그리고 믿기지 않게도 이 관계에서 주도권을 잡고 있는 쪽이 희재라 했다.

처음 정한에게 이 말을 들었을 당시 희재는 혼돈과 의심의 경계에 서 있었다. 그러나 그의 부모인 석태와 미희의 앞에서 보여 준 정한의 행동은 그간에 가졌던 불신을 한꺼번에 불식시켜 주는 역할을 했다.

"사실은 걱정하지 않아도 됐던 거지? 네가 말한 제안을 거절했었어도 소문 같은 건 내지 않을 생각이었지?"

"순진하다, 서희재."

희재의 콧잔등이 찌푸려졌다.

"아냐?"

"아니긴 왜 아냐. 맞아."

"너……. 너 이제 보니 사기꾼 기질이 다분히 있었잖아."

덤덤한 정한의 긍정에 희재가 허탈하게 한숨을 내쉬었다.

"좋아한다고 말했잖아. 그런데 상대에게 미움받을 짓을 정말로 할 리 없잖아."

"입장 바꿔 생각해 봐. 너라도 그 상황이었다면 반신반의할 수밖에 없었을 거야."

"틀려. 난 좋아서 춤이라도 췄을걸?"

시시때때로 직선적으로 감정을 드러내 오는 정한을 대하고 있자면, 희재는 혼자서만 너무 세상을 복잡하게 살아간다는 느낌을 받곤 했다.

"그러니까 네 말은, 내가 거절할 거란 걸 미리 알고 먼저 선수를 쳤다는 거지?"

"서희재는 나 별로라고 생각하고 있었잖아."

순간적으로 핵심을 간파당한 기분이었다.

"왜 그렇게 생각했어? 그러니까 내 말은."

"티를 낸 적도 없는데 어떻게 알았냐고?"

희재가 가만히 고개를 끄덕였다.

"왜 몰라. 설마 지난 십이 년 동안 우리가 진심으로 친했던 적이 단 한 차례라도 있었다고 생각하는 건 아니겠지?"

"……없었지."

"끝까지 부정은 안 하네. 거짓말이 나쁘다는 건 아는데, 이렇게 확인받고 나니 허탈하긴 하네."

감정이란 건 때론 말하지 않아도 전해질 때가 있다. 정한은 이러한 점을 지적하고 있었다. 그러나 변명을 하자면 딱히 정한에게 반감이 있었던 건 아니었다.

"피해를 본다고 생각했어. 네 곁에 함께 있는 시간이 많아질수록, 반대로 난 고립돼 간단 기분을 지우지 못했거든."

"그리고 또. 또 있음 이번 기회에 전부 말해 봐."

여태 느껴 왔던 마이너스적인 감정을 밑거름 삼아, 쓴소리를 입에 담는 상황에도 그는 조금 더 진실에 가까운 얘기를 듣고자 노력해 왔다. 담담한 얼굴이었지만, 한편으로는 괴로워 보이기도 했다. 그럼에도 희재는 속에 담아 두었던 얘길 또 한 번 끄집어냈다.

"……노려보기만 했잖아."

"뭐라고?"

"눈앞에선 웃고 있다가도, 내가 잠시 다른 델 보고 있으면 매서운 눈빛으로 쏘아봤어. 내 입장에서는 반응이 재미있어서 가지고 노는 거라고밖에 생각할 수 없었어. 이 상황에서 호감이 생기는 게 더 이상한 거 아냐?"

끊이지 않고 이어져 나온 희재의 고백에 그의 인상이 험악하게 일그러졌다.

무료하고 지루하기만 했던 일상은 생기를 잃은 것처럼 늘 잿빛으로 바래져 있었다. 그랬던 하루하루가 희재를 만난 이후부터 조금씩 색이란 걸 가지기 시작했다. 정한에게 있어 희재와의 만남은 그 자체로 혁명과도 같은 일이었다.

세상에 존재하는 것 중 어느 것 하나 정한에게 괴롭지 않은 일이라곤 없었다. 그중 가장 견디기 힘들었던 건 역시나 남들과는 다르다는 사실을 인정해야 하는 일이었다.

차츰 말문을 떼고, 의사란 걸 표현할 수 있을 정도로 자란 후에는 스트레스가 극에 달해 갔다. 자아란 게 확립되어 갈수록 어디에도 속하지 못하고 겉도는 스스로를 보는 게 힘들었기 때문이었다.

마치 앞이 보이지 않는 암흑 속에 갇혀, 혼자서 헤매는 느낌이었다. 처음엔 신경이 곤두서 있어 어떤 일에서든 방어적으로 행동했다. 그러다 포기란 단어를 알고부터는 스스로를 무감각하게 만드는 데 초점을 맞추었다. 조금이라도 편해지기 위해서는, 기대란 걸 내려놓아야만 했으니까.

그래서인지 처음 희재를 봤을 땐 눈부심이 느껴질 정도로 시야가 밝아지는 체험을 했다. 뒤늦게 그 이유를 깨달았을 땐 이미 몸이 먼저 반응을 하고 있었다.

손끝이 떨리고, 발끝으론 짜릿한 전율이 찾아들었다. 늘 그를 따라다니던 온갖 더러운 냄새들이 가시고 난 자리엔 시원한 풀 냄새가 채워졌다. 어쩌면 달콤한 꽃향기였을 수도. 아니 사실은 설탕이 잔뜩 든 달달한 케이크 냄새에 가까웠을런지도.

사실은 여전히 잘 모르겠다. 그냥…… 그냥 좋은 냄새가 났다. 어차피 풀 냄새도, 꽃 냄새도, 설탕 냄새도, 그저 책으로밖에 배워 보지 못했으니까. 아무것도 하지 않았음에도 불현듯 목이 탔다. 희재를 만나기 이전엔 단 한 번도 맡아 볼 수 없었던 기분 좋은 냄새가 심한 갈증을 불러일으켰다.

가지고 싶다. 그 순간, 주체할 수 없는 소유욕이 정한을 사로잡았다. 가을 햇볕에 잘 마른 빨래처럼, 보기엔 건조해 보이지만 가까이 다가가면 다가갈수록 만져 보고 싶다는 열망이 함께 동반됐다.

식욕이 돋는다는 게 이런 걸까. 주변의 고약한 냄새들이 희재의 향에 묻혀 오간 데 없이 사라지자, 문득 허기가 졌다. 그때까지는 입에 넣고 씹어야 하는 음식물이란 건 그저 질감의 차이 정도로만 구분될 뿐이었다. 질기거나 혹은 그렇지 않거나 둘 중 하나였다.

사실상 후각이 통제된 상태에서 본연의 음식 맛을 느끼기란 거의 불가능에 가까운 일이었다. 숨을 들이마시고 내쉴 때마다 고약한 냄새들이 코끝을 찔러 오는데 음식 맛이라고 하여 제대로 감지될 리 없었다. 일반인의 시각에서 설명하자면, 마치 사용빈도가 잦은 공중화장실 안에 들어가 혼자 밥을 먹는 것과 다르지 않다 할 수 있었다.

　당연하다면 당연할까. 이때부터 정한의 세계는 희재를 중심으로 돌아갔다. 하지만 매번 손을 내밀어도 잡아 주는 건 딱 그때뿐이었다. 친해졌다고 생각하면 언제 그랬냐는 듯 다음 날은 인사조차 피하기 일쑤였고, 억지로 대화에 낄라치면 어느새 저만치 떨어져 나가기에 급급했다. 늘 정한이 거리를 좁히면, 희재가 그 간격만큼 거리를 벌리는 형국이었다.

　서희재가 착하다는 건 알았지만, 정한에게는 해당사항이 없었다. 차별대우도 이런 차별대우가 없었다. 소중한 것일수록 조심스럽게 다뤄야 한다는 석태의 당부에 따라 인내심을 발휘하고 있던 정한으로서는 쉽사리 받아들이기 힘든 결과지였다. 설마 하니 이런 오해를 받고 있는 줄은 몰랐다.

　"내가 널 무섭게 노려봤다고? 그게 아니라 관심을 갖고 지켜본 거겠지."

　"이렇게 인상을 쓰고 있었잖아."

　희재가 양손으로 눈썹을 위로 올리며 화난 표정을 만들었다.

　"내 눈은 원래 날카로워."

　"다른 사람을 볼 때는 안 그랬단 말이야. 유독 나한테만 더 그랬어."

대외적인 것과 속사정이 늘 같을 수는 없는 법이었다. 무엇보다 그 차이를 알기엔 당시 희재는 너무 어렸다. 반면에 정한은 지나치게 조숙한 케이스였다.

"다른 걸 떠나 그럼 지금은 어떻게 보이는데?"

다분히 성적으로 섹스어필한 정한의 진득한 눈빛이 희재에게로 향했다.

"대답해 봐. 여전히 널 싫어하는 것처럼 보여?"

"달라. 지금은…… 그러니까 지금은, 마치 내가 대단한 사람이 된 것처럼 느껴져."

"변한 건 내가 아니야. 서희재의 마음가짐이지."

사방이 조용하게 잦아들었다. 둘 사이에는 작은 숨소리조차 들리지 않았다. 정한이 해 온 이야기의 요지를 뒤늦게 파악한 희재가 떨리는 목소리로 질문 하나를 건네 왔다.

"너…… 언제부터 내게 마음이 있었던 거니?"

"분명 서희재가 아는 것보다는 훨씬 오래됐겠지."

"난 조금도 몰랐어."

이쪽 방면으로 조금 늦돼 보이긴 했으나 기다리다 보면 언젠가는 자신의 진심을 알아줄 날이 있을 거라고 믿고 있었다. 그러나 아무래도 그건 무리였나 보다.

스물. 누구든 이성에 눈을 뜰 나이였다.

주변을 견제하는 것만으로는 상대에 대한 확신을 가질 수 없는 상황이 돼 버렸다. 처음으로 정한은 직접적으로 행동에 나선 스스로를 칭찬할 수 있었다. 내도록 마음에 가시처럼 박혀 있던 껄끄러움에서도 해방된 기분이었다.

행복을 모르는 사람은 반대로 상대를 행복하게 해 줄 수 없단 석태의 말은 틀렸으며 또한 틀리지 않기도 했다. 순서가 바뀌었다. 정한에게 행복을 알려 줄 수 있는 사람이 희재 한 사람뿐이라면 결국 부딪쳐 결과를 만드는 게 가장 급선무였다.

"이제라도 알았으면 됐어. 사실 짝사랑은 지긋지긋했거든."

"김정한."

그는 빈말로라도 쉬운 남자가 아니었다. 하지만 희재에게는 어려운 사람이 되기 싫었다. 헷갈리는 게 있으면 곧장 터놓고 상담을 청해 올 수 있을 만큼 가까운 관계가 되고 싶었다.

"그러니까, 고민하지 말고 서희재의 첫사랑을 이제 그만 나로 정해 줘."

밤새 번민의 시간이 이어졌다. 자정을 지나 새벽이 될 때까지도 희재는 쉽사리 잠을 이루지 못했다. 그러다 오랜 고민 끝에 간신히 한 가지 결론에 이르게 되었다.

사실을 알게 된다면 모두가 한마음으로 놀란 표정을 지어 올 게 분명했다. 어느 누군가는 정한의 안목 없음을 꼬집어 올 테고, 또 다른 누군가는 시기 어린 눈빛을 보내 올 테다. 하지만 대개는 희재를 아프게 할 말들을 앞세워 헐뜯으려 드는 부류가 가장 많을 테다.

하지만 반대로 입장을 바꿔 생각해 보면 꼭 희재가 아니더라도 사람들의 반응은 별반 달라지지 않았을 거란 점이었다. 근본적으로 상대가 누가 됐든지 간에 지위 고하를 따지지 않고 다들 입을 모아 정한이 아깝다며 목소리를 높여 왔을 테니까.

그리고 이 정도로 대단한 김정한이 좋다고 하는 사람이 바로 희재였다.

"생각해 보니 내가 주눅 들어야 할 이유가 하나도 없잖아?"

마음을 고쳐먹자 조금은 상황을 객관적으로 바라볼 수 있게 되었다. 몰랐는데, 희재 자신은 어느 사이엔가 정한에게 많은 편견을 덮어씌운 채 그것이 진실이라고 믿고 있었나 보다.

"……첫사랑이랬지. 첫사랑."

삶이란 건 때론 의도를 벗어난 예측불허의 성질을 지니고 있었다. 때문에 원론적으로 따져 보자면 말이 안 되는 일들도 종종 현실에선 '짠' 하고 일어날 때가 있었다.

정한의 고백으로 인해, 평범한 사람과 만나 평범한 연애를 꿈꿨던 희재의 바람은 오늘로서 끝이 났다. 대신에 새로운 기대감이 그녀를 향해 노크를 해 왔다.

지나가는 한국대 학생들 중 아무나 붙잡고 학내 최고 유명 인사가 누구냐고 물어본다면, 단언컨대 십중팔구, 아니 열에 열 모두가 경영학과 신입생 김정한을 지목할 테다. 그야말로 핫한 소문의 주인공. 때문에 입학식이 끝난 이후를 기점으로 하여 두서넛만 모였다 하면 정한과 관련된 얘기들로 너나없이 이야기꽃을 피우기 바빴다. 루머가 만들어지는 과정을 실시간으로 지켜보고 있자면 살짝 기가 질릴 지경이었다.

"갠 우리 같은 애들 거들떠도 안 보겠지?"

"말해 봐야 뭐해. 괜히 입만 아프지. 김정한이 뭐가 부족해서 일반인에게 관심을 두겠어."

타인의 입을 통해 정한의 얘기들이 회자될 때마다 희재는 잔뜩 곤혹스러운 기분을 지우지 못했다. 이제 더 이상 단순한 친구 사이가 아니게 돼 버렸고, 때문에 방금 전에 오고 간 대화의 주제에서도 자유로울 수 없게 돼 버렸기 때문이다.

지레 찔려 움찔할 필요가 없단 걸 알면서도 일순 가슴이 덜커덩거렸다. 확실히 비밀연애란 건 심장에는 좋지 못한 것 같았다.

"그야 그렇긴 한데, 그래도 혹시 알아? 운이 좋으면 사귀어 볼 수도 있는 건 다른 문제잖아."

"아서. 집안이 웬만큼 차이가 나야지. 그래 봤자 연애 따로 결혼 따로겠지."

"하지만 그게 어디야."

"말은 쉽지. 현실에선 웬만한 강심장이 아니고선 김정한 옆에 붙어 있기도 어려울걸? 어디 주변에서 가만 놔두려고 하겠어? 다들 잘 보이려고 장난 아니게 혈안이 돼 있을 거 아냐."

대진가의 차남이자, 경영학과 수석 입학자인 정한의 가장 큰 무기는 무엇보다 빛나는 그의 외모였다. 대화를 주도해 가던 하지희가 생각만으로도 기가 질린단 표정으로 고개를 절레절레 흔들어 왔다. 순간 타이밍 좋게 공중에서 딱 희재와 시선이 마주쳤다.

"그러고 보니 두 사람 친구라고 그랬지? 그럼 요즘도 연락 같은 거 하고 그래?"

"그러게. 입학식 날 보니까 막 점심도 같이 먹자고 그러던데……. 혹시 많이 친하다든가 그런 거야?"

지희에 이어 기다렸다는 듯 이소윤에게서도 질문이 쏟아져 나왔다. 예전 같았으면 일신의 안위와 주변의 평화를 위해 아니란 대답을 손쉽게 되돌렸을 테다. 그러나 지금은 그럴 수가 없게 돼 버렸다.

"십 년을 넘게 알아 왔어. 내 입장에서는 하루아침에 무시하는 게 더 이상한 일이지."

"의외네. 김정한은 친구도 가려서 사귈 이미지였거든."

"아냐. 그런 쪽으로는 편견 없어."

"아니긴. 함께 어울려 다니는 애들만 봐도 알겠던데."

사실 고등학교 때와 가장 달라진 점을 꼽으라 하면 역시나 이 부분이었다. 두루두루 폭넓게 교우관계를 쌓으며, 오는 사람 막지 않고 가는 사람 붙잡지 않았던 정한의 주변관계도가 대학 입학을 기점으로 하여 정반대의 양상을 띠기 시작했다.

첫 번째 변화는 예의 습관처럼 웃어 주던 미소가 흔적도 없이 사라졌다는 점이었고, 두 번쨴 대진이란 배경을 굳이 숨기려 하지 않는다는 것이었다.

이전보다 협소하게 좁혀진 관계 틀에서 정한은 쉽사리 타인의 접근을 허용하지 않았다. 그래서인지 어느 순간부터는 정한과 어울리는 이들이 특정 인물들로만 한정되기 시작했다.

정한만큼은 아니지만, 대부분 이름만 들으면 알 만한 집안의 자제들이었다. 개중엔 정치가의 아들도 있었고, 금융권 쪽에서 유명세를 떨치거나 정한처럼 사업을 업으로 삼는 가문의 자제들도 포함돼 있었다. 이 중 유일한 예외가 바로 희재 하나라 할 수 있었다.

하지만 전반적인 관계 구도에 변화가 왔다고 하기엔 어폐가 있던 게, 이미 이들은 오래전부터 모임을 통해 교류가 있어 왔던, 이른바 일찍이 친목이 형성돼 있던 사이였기 때문이었다. 물론 속사정을 알 길 없는 사람들은 온갖 추측을 더해 가며 입방아를 찧어 댈 뿐이었지만.

"이것저것 따질 것 다 따지는 애 같았으면, 나한테도 알은척을 안 했겠지."

"그런가?"

"응."

"근데 듣다 보니 좀 기분이 좀 그렇네?"

고개를 끄덕이며 가만히 긍정하는 지희와 달리, 잔뜩 인상을 찌푸린 소윤이 불만스럽게 대화를 이어 나갔다.

"뭐가?"

"방금 네 태도 말이야. 꼭 먼저 알았다고 우리 앞에서 유세를 떠는 것 같잖아."

치기 어린 소윤의 발언에 덩달아 희재의 미간 위에도 주름이 잡혔다. 없는 말을 지어서 한 것도 아닌데 비난에 들어찬 쓴소리를 들을 이유는 조금도 없었다. 유세라고? 어디서 그렇게 느꼈던 건지는 모르겠으나, 어떤 경우에서라도 소윤의 말투가 무례했다는 것에는 이견을 제기하기가 어려웠다.

꼬고 있던 다리를 풀어 이번엔 반대쪽으로 다시 다리를 비틀어곤 소윤이 연신 입술을 삐죽거렸다. 객관적으로 평가하기에도 귀여운 외모의 소윤이었으나, 행동은 다소 제멋대로였다. 흡사 정한과 관련된 행운을 왜 소윤이 아닌 희재가 가져갔냐며 투정을 부리고 있는 것 같았다.

일순간 희재의 입가로 살짝 미소가 떠올랐다. 동시에 입술 끝이 호선을 그렸다.

"말 한번 참 예쁘게도 하네."

누가 들어도 반어법이란 걸 알 수가 있었다.

"비꼬는 거야……?"

"잘 아네."

"왜들 그래. 그만해."

분위기의 험악해지려 하자 지희가 둘 사이를 진화하고 나섰다. 그러나 소윤은 여전히 아니꼽다는 듯이 제 할 말만 늘어놓았다.

"유치하긴. 입은 삐뚤어져도 말은 바로 하랬다고, 내가 틀린 말한 것도 아니잖아."

유치? 진짜 강아지 개 풀 뜯어먹는 소리 하고 앉아 있네!

"너 정말 꼬였구나."

"너야말로, 어머……!"

하던 말을 중간에서 끊은 소윤과 난감한 표정을 짓고 있던 지희가 거의 동시에 마주 보고 앉아 있던 희재의 등 너머를 가리켰다. 순간 묵직한 기운이 양어깨 위에서 나란하게 느껴졌다. 천천히 고개를 돌리자 익숙한 얼굴이 모습을 드러냈다. 정한이었다.

"화가 난 얼굴이네."

"네가 여기에 왜 있어?"

"누구야? 친구?"

대답 대신 희재의 맞은편에 앉아 있던 지희와 소윤에게 시선을 주며 정한이 되물었다. 예상 밖으로 가장 먼저 반응을 보인 사람은 지금까지 희재와 대치 중이던 소윤이었다.

"아, 안녕?"

"네. 안녕하세요."

반말로 건넨 인사가 존댓말이 되어 되돌아왔다. 예기치 못한 상황에 당황한 소윤이 볼을 빨갛게 물들였다.

"저기…… 편하게 말해도 되는데……."

"나중에요."

완곡한 거절이었다. 결론적으로 소윤은 처음 본 사람에게 과하게 친한 척을 해 버린 꼴이 돼 버렸다. 토마토보다 빨개진 얼굴을 필사적으로 숨기며 소윤이 고개를 푹 숙였다. 일이 이쯤 되자 눈치 빠른 지희는 아예 뒷전으로 빠져 버렸다. 자연스럽게 정한의 관심이 다시 희재에게로 옮겨 갔다.

"카톡 보낸 거 못 봤어?"

"카톡?"

휴대폰을 집어 든 희재가 익숙한 동작으로 패턴을 그렸다. 그러자 읽지 않은 메시지가 화면에 나타났다.

"중앙동아리를 만들 거라니? 대체 이게 무슨 소리야?"

"둘러봐도 별거 없더라고. 그럴 바에야 마음 맞는 사람들끼리 활동하는 것도 나쁘지 않겠다 싶어서. 이미 임시등록승인신청서 접수해 놨어."

"근데 이게 나랑 무슨 상관이야?"

알쏭달쏭한 얼굴을 한 희재가 정한에게 의문을 제기했다.

"왜긴 왜야. 좋은 자리 줄 테니 들어오라는 거지."

"하지만 난 이미 과 동아리를 정했는데? 중앙동아리까진 무리야."

"정식으로 명단 올린 것도 아니잖아. 빼 달라고 해."

몹시도 당연하게 이어진 정한의 요구에 순간 넋이 나간 멍청한 표정을 지을 뻔했다. 아무리 신학기 때 흔히 볼 수 있는 풍경이라고는 하지만, 같은 과에다 명단 올리기 직전 선배에게 탈퇴한다는 애길 꺼낸다는 건 결코 쉬운 일이 아니었다.

"어떻게 그래. 난 못해."

"못하면 내가 대신 해 주고. 별로 미련이 있던 것도 아니잖아."

정확한 정한의 지적에 뜨끔한 희재가 시선을 회피했다. 사실 오리엔테이션에 참석했을 당시 홍보에 이끌려 충동적으로 결정한 면도 없잖아 있었기 때문이었다.

하여간에 누가 마왕 아니랄까 봐서 남의 속마음을 제 마음보다 더 잘 읽는다.

"확신이 안 서는 거면 일단 이름만 올려 둘게."

"설마 인원을 다 못 채워서 그런 거야?"

"노코멘트."

정한의 대답을 끝으로 듣고 있던 휴대폰에서 작은 진동음이 느껴졌다.

허락해. 허락 안 하면 계속 조를 거야. 발신인은 정한이었다. 대체 문자는 언제 쓴 거야? 신출귀몰한 그의 행적에 불지불식간에 감탄이 터져 나왔다. 그때까지도 대답을 정하지 못한 채 갈팡질팡하고 있던 희재도 드디어 결심을 세웠다.

"이상한 곳이기만 해 봐."

"걱정 말라니까. 조직생활이라는 건 결국 권력에 가까워질수록 편해지는 법이거든."

"그래서 거기 회장이 누군데?"

"나."

어쩌면 그럴 거라고 예상을 하긴 했지만, 직접 귀로 듣고 확인하는 건 또 다른 생각을 하게 만들었다. 게다가 이 와중에도 본인의 PR은 **빼놓고** 해 왔다. 고양이 흉내를 낼 때부터 생각한 거지만 의외로 귀여운 구석이 있었다.

"농담 아냐. 진짜 앞으로 두고 볼 거야."

"맡겨 둬."

"저기, 인원이 부족한 거면 나도 도와줄 수가 있는데……."

이야기가 막바지에 다다를수록 노골적으로 탐색하는 눈빛을 하고 있던 소윤이 때맞춰 대화에 끼어들었다. 그러나 한 치의 여지없이 딱 자른 말로 정한이 상황을 정리했다.

"마음은 고맙지만, 그럴 필요는 없어요."

"?"

"이제 막 남은 자리가 다 찼거든요."

"그, 그렇구나."

용감한 것과 무모한 것은 한끝 차이였다. 친해져 보려는 소윤의 노력에도 불구하고 끝까지 그는 존댓말을 고수했다. 앞으로도 가깝게 지낼 의사가 없음을 직간접적으로 표명하는 바였다. 소윤의 얼굴이 무참하게 일그러졌다.

어렴풋하게만 느꼈던 것이 점점 확신으로 굳어 갔다. 이건 일부러 이러는 게 분명했다. 어쩐지 어울리지 않게 존댓말을 할 때부터 이상하다 싶더라니. 휴대폰의 키패드를 누르는 손길이 바빠졌다.

[너답지 않게 왜 이렇게 심술궂게 굴어?]

[난 뒤에도 귀가 달렸거든.]

답문은 간단하게 왔다. 그러나 쉽게 상황을 추측해 볼 수 있었다. 소윤에겐 불운한 소식이 될 테지만, 아까 언성이 높아졌을 때의 얘기들을 정한이 모두 들은 모양이었다.

뒤끝도 참 신사적인 김정한.

존댓말로도 할 말 다 한다는 김정한.

칭찬은 한 번 먹어, 두 번 먹어, 아니 계속 먹어!

미안하지만 앤 명실상부 서희재 편이었다.

제3장.
신과 마왕과 사탄의
상관관계성에 대한 고찰

어딘지 모르게 균형이 어긋나 보이는 내부 구조는, 집주인의 취향이 반영된 듯 생활 전인데도 분위기가 정한을 닮아 있었다. 이사가 끝난 지 얼마 되지 않는 시점임에도 번잡스럽거나 어수선하지가 않았다. 더욱이 적재적소에 배치된 가구들은 프로업자의 손을 거친 덕분인지 차분하게 정렬된 느낌이 났다.

의견을 구하던 인테리어 관계자의 말에 다소 무미건조하게 대답을 되돌리던 정한의 태도를 생각하면 소기의 성과라 할 수 있었다. 하지만 반대로 지나치게 삭막해 보이는 경향도 있었다. 어딜 둘러봐도 생활에 필요한 집기 외에 다른 자잘한 소품들은 일절 찾아볼 수가 없었다.

호기심이 가득한 희재의 눈길이 연신 집 안 구석구석을 누볐다. 가장 아쉬움이 드는 건 역시나 벽지 문제였다. 무늬 없는 흰색 계열의 실크벽지로 도배된 방은 독립에 대한 설렘은 찾아볼 수 없었다. 기왕지사 돈을 들여 인테리어를 할 거였다면, 이쪽으로도 신경을 써 줬더라면 좋았을 거란 게 희재의 의견이었다.

하지만 결국 선호도의 차이라 할 수 있으니 희재가 이래라저래라 관여할 사안은 아니었다. 반면에 내부를 한 바퀴 살펴보고 난 이후에도 여전히 고개를 갸웃거리게 만드는 사실이 하나 있었다.

"주방은 어디야?"

"냉장고라면 이쪽에 있어."

성큼거리는 걸음으로 서너 발자국 이동한 정한이 한쪽 벽을 짚으며 옆으로 미는 모션을 취했다. 이와 동시에 숨겨져 있던 장소가 모습을 드러냈다. 냉장고를 넣기 위해 일부러 짜 맞춘 공간이었다.

문득 이러다 지나친 건축물의 구조 변경으로 인해 건물에 이상이 생기는 건 아닐까 의구심이 들었다. 그러나 건물을 지탱하는 기둥을 건드린 건 아니니 일단은 크게 문제가 될 것 같아 보이진 않았다.

게다가 사실상의 편법이긴 하나 애초 설계 당시 이곳은 원룸이 아닌 빌라로 구분돼 있었다. 전입신고 후 확정일자를 받으러 갔을 당시에 확인했던 사항으로, 최소한 균열로 인한 붕괴를 걱정하며 살진 않아도 될 것 같았다. 근데 중요한 건 이게 아니잖아?

잠시 잠깐 생각에 골몰해 있던 희재가 뒤늦게 현실세계로 복귀했다. 다른 데 정신이 팔려 까닥 잘못 논점의 취지를 흐릴 뻔했다. 정한의 답변에도 불구하고 여전히 희재가 품은 근본적인 궁금증은 풀리지 않은 채 의문으로 남아 있었다. 소파도 있고, 기본적으로 정한이 바닥 생활을 할 것 같진 않았다. 하지만 아무리 둘러봐도 식탁은 고사하고 싱크대조차 눈에 띄지가 않았다. 뒤늦게 깨닫고 관심을 가지게 된 부분이었다.

"그게 아니라 내 말은, 음식을 해 먹을 수 있는 장소가 어디 있느냐는 거지. 혼자 살아도 끼니는 해결해야 할 거 아냐."

"아아, 그거……."

들려오는 대답이 별로 신통치가 않았다.

"대답이 길어지는 걸 보니 혹시 내가 곤란한 걸 물은 거니?"

"그런 건 아냐. 단지 이상하게 보여질 수도 있겠단 사실을 염두에 두지 않은 상황이라고나 할까. 결론적으로 말해 이 집에 주방은 없어."

"없어?"

"그래, 없어."

일반적으로 사람들이 돈 들여 새 단장을 하는 건 생활의 편리함을 위해서였다. 그런데 반대로 있던 주방까지 아예 없애 버렸다고? 대체 무슨 생각으로 이런 결정을 내렸는지, 도통 이해가 가지 않는다는 얼굴로 희재가 고개를 갸웃거렸다.

"왜?"

"처음부터 이곳에서 밥이란 걸 해 먹을 생각이 없었으니까."

"그래서…… 아예 주방을 없애 버렸다는 거야?"

"쓸모가 없는 걸 굳이 남겨 둘 필요는 없잖아."

범인의 시각에서는 쉽게 상상하기 어려운 조치였다. 대체 사람이 합리적인 건지, 아님 극단적인 건지 판단을 내리기가 어려웠다. 그러자 자연 정한이 보여 준 저 냉장고에도 의심이 갔다.

"그렇지만 냉장고는 저렇게 큰데? 저건 정상적으로 작동되고 있는 게 맞아?"

"물론이지."

하긴 정한의 논리대로라면, 애당초 불필요한 물건들은 집 안으로 들이지도 않았을 테다. 그래서일까, 되새기면 되새길수록 신통방통하단 생각이 들긴 했다. 잊지 않고 점박이를 챙겨와 준 정한의 마음 씀씀이가 희재에게 전해진 까닭이었다. 하지만 그건 그거고, 이건 또 다른 문제였다.

"너, 그 문 한번 열어 봐."

"내 생각엔, 안 그러는 게 좋을 것 같은데?"

"왜 갑자기 그런 생각이 들었는데?"

"상황을 보니 그쪽이 더 내게 이로울 것 같단 판단이 지금 막 선 참이거든."

어려운 요구는 아니었다. 그런데도 정한은 기본 이상으로 시간을 끌며 미적댔다. 말하는 뉘앙스를 통해 유추해 보자면, 보여 주는 것 자체는 크게 문제가 되는 것 같지 않았다. 다만 그다음에 나올 희재의 반응이 충분히 예상되는 바, 논란의 여지를 주기 싫다는 쪽이 좀 더 사실에 가까웠다.

"그래도 일단 한번 열어 봐."

단어의 조합만 약간 달라졌을 뿐 앞서 했던 것과 맥락이 같은 요청이 두 번째로 이어졌다. 쥐고 흔들면 흔드는 방향대로 흔들려 주겠다던 것을 잊지 않고 기억하고 있던 희재였다. 구두로 했던 약속도, 서면상의 계약과 다름없음을 말이 아닌 행동으로 증명해 보이라는 의미였다.

이런 희재의 의지를 읽어서일까, 답변하기에 앞서 앞쪽으로 팔을 뻗은 정한이 슬그머니 냉장고 문고리를 잡았다.

"진짜 별거 없어."

손아귀에 힘을 준 것과 동시에 닫혀 있던 문이 열렸다. 호기심에 안쪽을 기웃거리는데, 금세 희재의 얼굴 위로 놀라움이 스며들었다. 정한의 말처럼 진짜 별거 없긴 했다. 문제는 관점의 차이라고나 할까.

대형 냉장고를 가득 채우고 있는 것은 특정 브랜드의 생수가 거의 대부분이었고, 나머진 아이보리색에 가깝게 혼탁한 빛을 띤 액체들이 진공포장 상태로 차곡차곡 쌓여 있었다. 차라리 군데군데 맥주라도 섞여 있었으면 덜 놀랐을 것 같았다. 나오는 첫마디는 당연하게도 타박이 먼저였다.

"이게 다야?"

"역시나 좀 이상한가?"

"영양실조 걸리기 딱 좋은 상황이잖아. 혼자 살수록 더 챙겨 먹을 생각을 해야지 너도 참. 본가가 먼 것도 아니고 이럴 거면 자취는 왜 시작한 거야."

"하지만 평소 꽤 적당히 먹고 있어."

선뜻 동조해 주기 어려웠던 것은, 눈앞에 명백한 증거물들이 떡하니 자리를 잡고 있어서였다.

"이걸 보니 몸무게 묻기도 겁이 날 것 같아"

"몸무게가 왜?"

"왜긴 왜야. 나보다 덜 나간다는 대답을 들을까 봐서지. 넌 진짜 남자면서 양심 없게 생겼어."

키 차이도 크게 나고 뼈대 자체가 달라 현실상 희재가 정한의 무게를 앞지른다는 건 불가능한 일이었으나, 군더더기 없는 그의 몸은 보면 볼수록 인간적이지 않았다. 런웨이를 준비하는 모델도 이 정도는 아닐 테다.

"미안."

"나한테 사과하라는 게 아니라, 내 말은 평소에 건강을 챙기란 거야."

"응."

"잔소리처럼 들려도 별수 없어."

순간 희재의 머릿속에서 반짝 좋은 생각이 떠올랐다.

"아니다. 이럴 게 아니라, 너 오늘 따로 약속 잡은 거 없지?"

"있을 리가 있겠어."

무슨 그런 섭섭한 소리를 하냐며 정한이 한달음에 부정했다.

"없는 거면 나 따라나서."

"어디 가는데?"

"마트."

"나 때문이라면 그럴 필요 없는데……."

삽시간에 제자리에서 멈춰 선 희재가, 머뭇거리고 있던 정한을 뒤돌아보았다.

"말대답하기 있기? 없기?"

"……없기?"

"알았으면 꾸물거리지 말고 나오기나 해."

정한이 졌다는 표정으로 곧 희재의 뒤를 따르기 시작했다. 석태에게서 받은 이백만 원의 일부를 이참에 사용해 볼 생각이었다.

그나저나 완제품으로 나온 것 중에서 간편하게 먹을 수 있는 게 뭐가 있더라?

가볍게 마시고 나갈 수 있는 우유나 두유 종류에 시리얼을 섞어 먹는 것이 가장 무난한 방법 같았으나, 역시나 한국인에게는 밥이 보약이었다. 하지만 주방 자체가 없으니 조금 더 생각해 봐야 할 것 같았다.

그러고 나선 화분을 하나 사야지. 종류는 선인장이 좋을 것 같았다. 번잡스러운 걸 좋아하지 않는 것 같았으니 눈에 띄지 않는 작은 걸로 고르면 되겠지? 이건 희재의 돈으로 따로 계산할 생각이었다. 준비한 건 아주 작은 선물뿐이었지만 이로 인해 삭막해 보였던 정한의 방이 조금 더 따뜻해지길 희재는 바랐다.

원룸에서 가장 가까운 대형마트는 차로 이십 분 남짓한 거리에 위치해 있었다. 그래서 애초 희재의 계획은 버스를 타고 목적지까지 이동해, 상황을 봐서 짐이 많다면 택시를 타고 돌아올 생각이었다. 때문에 계단을 통해 주차장인 1층까지 걸어 내려왔을 때 자연스럽게 방향은 버스정류장 쪽을 향하고 있었다.

"어디 가? 그쪽이 아니라 이쪽이야."

앞서 걷고 있던 희재의 어깨를 가볍게 붙든 정한이 눈짓으로 주차장 안쪽을 가리키자, 이내 희재의 눈이 동그랗게 떠졌다.

"웬 거야? 설마…… 이거 네 차야?"

"뭘 그렇게 놀란 표정을 지어. 형편 되는 대로 타는 게 찬데."

희재는 종종 오늘처럼 정한이 재벌가 아들이란 사실을 잊어버릴 때가 있었다. 그래서 이따금 예상치 못한 상황에 직면하게 될 때면 생각 이상으로 과도하게 놀라곤 했다. 하지만 그냥 차도 아니고 차 중에서도 최고급 외제차에 속한다는 벤틀리였다. 머리로는 알고 있다고 해도 바뀐 씀씀이 부분에선 여전히 적응이 되지 않았다.

"근데 믿고 타도 되긴 한 거야?"

"믿어. 믿는 자에게 복이 온다고도 하잖아."

정한의 눈이 위험스럽게 빛난다고 생각한 순간 그가 짓궂게 한쪽 눈을 깜박였다. 그러곤 얼마간 걸음을 옮겨 주차돼 있던 벤틀리 뒤 유리창을 가리켰다. 자연스레 정한의 손끝을 따라 희재의 시선도 같은 방향으로 이동했다.

초보운전.

간결하지만 그만큼 눈에 확 띄는 큼지막한 글귀가 시야로 들어왔다. 그러나 신형 벤틀리의 외관과는 그다지 어울리지 않는, 말 그대로 부조화를 이루고 있는 모습이었다. 하지만 희재는 고지식한 그의 선택이 썩 마음에 들었다.

가만 보면 외골수적인 기질이 있다니까. 괜스레 기분이 뿌듯했다. 그 덕분에 희재의 내부에서도 정한에 대한 호감도가 한층 상승했다. 운전이 서툰 걸 감안해도 이 정도 준비성이라면 안심하고 차에 올라탈 수 있을 것 같았다.

"뭐하고 있어, 김 기사. 어서 차 문 열지 않고."

"하하. 김 기사라고?"

"불만 있어? 싫은 거면 호칭 바꿔 주고."

"싫기는. 이쪽에서 먼저 알아 모셔야지."

색다른 기분이 드니 가끔은 이런 것도 나쁘지 않다며 정한이 기분 좋게 상황을 웃어넘겼다. 곧 스마트키를 이용해 잠금장치를 푼 그가 희재가 탈 보조석 문을 열었다. 기다렸다는 듯이 그 안으로 쏙 들어가서 착석을 하는데, 푹신푹신한 승차감이 가장 먼저 희재를 반겼다. 어쩐지 사람들이 하나같이 비싼 차를 선호하는 이유를 알 것 같기도 했다. 하지만 차 가격을 생각하면 역시나 혀를 내두르기 바빴다.

짧은 시간 동안에 다양한 감상들이 희재의 머릿속에서 교차했다. 그래서인지 차에 올라타고 난 후 얼마간은 정한의 존재를 까맣게 잊고 있었다. 뒤늦게 닫히지 않는 문을 의아하게 여긴 희재가 눈길을 돌리는데, 그때까지도 정한은 제자리에서 움직이지 않은 채 자리를 지키고 있었다.

"왜 여태 그러고 서 있어?"

"겨우 이제야 눈길을 주네."

서운함이 말투에서 배어났다. 언뜻 들으면 심술을 부리고 싶어 하는 어투처럼 느껴지기도 했다. 불현듯 정한의 얼굴이 희재를 향해 접근하기 시작했다.

"왜, 왜 이래, 너……?"

들려오는 대답은 없었다. 대신 거리는 점점 좁혀 오고 있었다.

한 뼘, 반 뼘, 손가락 두 마디 정도만 남겨 둔 지점까지 가까워지자 희재는 자신도 모르고 질끈 눈을 감았다.

숨결이 아주 가까이에서 느껴졌다. 절로 몸이 움츠러들 만큼 얼굴 위가 간지러웠다. 삽시간에 여러 가지 변수들이 머릿속에서 떠올랐다. 설마 그때 말한 진도란 걸 지금 뺄 생각인 걸까? 이상하게도 거부감보다는 야릇한 기대감이 희재를 사로잡았다. 건조하게 마른 입술 끝이 연신 달싹이고 있었다.

"기대하는 표정."

동시에 찰칵하는 소리가 귓가로 울려 퍼졌다. 그제야 질끈 감고 있던 눈을 가느다랗게 떠 주변을 확인하자, 어느새 상반신을 가로지르는 안전벨트가 꼼꼼하게 채워져 있었다.

"지금…… 일부러 그런 거지?"

"덕분에 좋은 구경을 했지, 아마?"

"너 진짜!"

오해를 하게 만든 쪽은 분명 정한이 먼저였다. 그런데 막상 희재 혼자 헛물을 켠 것과 같은 상황이 돼 버렸다. 좋아한다더니 못되게 굴기만 하고. 약이 잔뜩 오른 희재가 정한을 대신해 손수 차 문을 닫으려고 하자 반대로 그가 붙잡고 놓아주지 않았다. 그러고는 조금 전 희재를 두근거리게 만들었던 거리만큼이나 가깝게 다가왔다.

"저리 가."

"이번에는 왜 눈을 감지 않아?"

"됐어. 이젠 안 속을 거야."

"안심하기에는 아직 이를 텐데?"

"뭐, 뭐래."

부지불식간에 콧등과 콧등이 맞닿았다. 반사적으로 희재의 손이 정한을 팔 부근을 붙잡았다. 호기롭게 단정 지었던 조금 전의 태도와는 반대로 잔잔한 떨림이 몸 구석구석으로 퍼져 나갔다. 이 자세에서 조금만 얼굴을 옆으로 틀거나 기울여 버린다면 그대로 두 개의 입술이 닿고 말 테다. 하지만 안전벨트에 묶여 옴짝달싹 못하게 고정돼 있던 희재에겐 처음부터 달아날 여지는 주어져 있지 않았다.

"장난 그만……!"

말을 끝내기기도 전에 꾹 찍어 누르듯 희재의 입술 위로 부드러운 기운이 얹어졌다. 피하지 않고 마주한 정한의 눈동자는 잘 연마된 흑석처럼 새까맣게 빛을 발하고 있었다.

기교가 있지도 또 능숙하지도 않았다. 그저 맞닿은 입술을 떼지 않고 정지된 상태로 이어 붙이고 있을 뿐이었다. 그런데도 두근거림이 이내 포화 상태에 이르렀다.

"으응."

이 상황이 아주 싫지 않다는 건 결국 상대에게 호감이 있다는 증거나 다름이 없었다. 뒷목이 뻣뻣하게 굳은 상태에서도 거부가 아닌 달콤한 신음이 희재의 입에서 흘러나왔다. 요즘 초등학생도 하지 않는다는 심심한 뽀뽀였다. 그런데도 머릿속에서는 쾌락을 느끼게 해 주는 신경물질인 도파민이 과다 분비되고 있었다.

발끝이 찌릿찌릿했고, 눈꺼풀이 파르르 떨리기 시작했다. 턱밑까지 차오르는 숨에 어찌할 바를 몰라 쩔쩔매기 바빴다. 다행히 한계에 이르기 직전에 정한이 희재에게서 떨어져 나갔다.

"미치겠다. 서희재."

이런 투정은 정한이 아닌 희재 자신이 해야 할 소리였다. 예고도 없이 당한 일에 심장은 널뛰기마냥 제멋대로 널뛰고 있었다. 그러나 그는 여전히 부족한 듯 갈증이 난 시선을 한 채 희재를 바라봐 왔다.

"입술을 열어 줘."

머리카락을 쓸어 넘기는 손길에서 조급함이 그대로 묻어 나왔다. 얘가 대체 뭐래는 거야! 사유지라고는 하나 엄연히 이곳은 시야가 탁 트인 주차장이었다.

"푸, 풍기문란으로 신고당하는 건 사, 사양이야."

"약았어. 이게 비겁한 변명의 말이란 건 이미 알고 있잖아."

욕망을 숨기지 않고 드러낸 정한이 성마른 투로 성토했다. 촉촉하게 젖은 그의 입술이 지나치게 색정적으로 보였다. 그러나 소스라치게 놀란 가슴을 쓸어내릴 틈도 없이, 한발 빠르게 앞쪽으로 손을 뻗어 온 정한이 아무렇지 않게 희재의 입술을 엄지손가락으로 문질거렸다. 아주 야하게 느껴지는 손길이었다.

"그, 그야 내 맘이지."

"그러지 말고 그냥 이다음도 허락해 줘."

"이다음이라면……."

적정선 이상의 진도가 머릿속에서 그려지자 자연 희재의 말끝이 흐려졌다.

"그런 눈빛으로 바라보면 나도 더 이상은 자제하기가 힘들어져."

"짐승!"

"키스하고 싶어."

그는 말을 돌리지 않고 직접적으로 원하는 것을 요구해 왔다.

"키스하게 해 줘."

부탁을 닮은 애가 단 발언이 연이어 이어졌다. 하지만 그럴수록 희재의 심리는 정한의 뜻과는 무관한 방향대로 흘러가고 있었다. 좀 더 애를 태워 보고 싶어졌다. 그래서 지금보다 더 확고한 확신 이란 걸 가질 수 있게 되길 바랐다.

정체돼 있던 마음이 조금씩 아래를 향해 흐르기 시작했다. 이 순 간 희재는 자신이 그토록 바랐던 평범한 연애가 저 멀리 물 건너가 버렸다는 사실을 깨달을 수 있었다. 동시에 진짜 연애가 시작됐음 을 온몸으로 체감했다. 그러자 방금 정한과 했던 입맞춤이 더 의미 있게 다가왔다.

쟤는 정말 부끄럽지도 않나? 키스를 하게 입술을 열어 달라니!

키스라니……. 키스라면 말랑말랑하고 축축한 혀가 서로의 입 안을 왔다 갔다 하는, 그야말로 설왕설래의 정석이 아니던가. 고른 치열을 더듬고, 볼 안쪽 살을 건드리기도 하는……! 생각만으로도 눈앞이 핑핑 돌았다. 여기서 그 키스란 걸 하자고?

입술과 입술이 닿은 것만으로도 감전이 된 것처럼 온몸이 찌릿 찌릿했었는데, 이 이상 감당하라는 건 맹세코 무리였다. 역시나 아 직은 때가 아니란 생각이 지배적이었다. 그러나 이 사이에도 어서 빨리 승낙하라는 정한의 애탄 눈빛 공격이 이어지고 있었다.

하지만 희재는 고개를 끄덕이는 대신 가로젓는 편을 선택했다.

분위기에 휩쓸려 일을 저지르기에는 그 후에 닥칠 여파가 너무 컸기 때문이었다.

"오늘은 좀 봐줘."

"오늘만?"

"아마 내일도?"

"……내일은 모레에도 글피에도 늘 있는 거잖아."

불평하듯 그가 투정을 부려 왔다. 결국은 미루지 말고 확답을 달라는 거였다. 정한이 원하는 답은 둘도 아닌 딱 하나밖에 없었다. 그러나 이 상황에서 희재가 해 줄 수 있는 말도 하나뿐이었다.

"똑똑하네."

"그 말은 예전부터 지겨울 정도로 들었어."

정한이 탐탁지 않은 듯이 말했다.

"그래도 속아 줄 거잖아."

"나 가지고 노는 건 좋아. 다 좋은데 일단은 동기부여부터 해 주면 안 될까?"

"그래도 안 되는 건 안 되는 거야."

"……못된 서희재."

"알아, 나 못된 거."

희재는 장난인데 비해, 그는 더없이 진지했다. 안달이 난 표정 위로 어느새 억울함이 덧씌워져 있었다.

"치사해."

"반항할 나이는 이미 지났지 않아?"

"냐아옹!"

별안간에 들릴 리 없는 고양이 울음소리가 희재의 귓가를 파고 들었다. 물론 범인이 누구인지는 금세 찾아낼 수 있었다. 그리고 이 타이밍에 이런 행동을 해 오는 정한의 의도도 어렵지 않게 짐작할 수 있었다. 요약하자면 난 지금 아무것도 안 들린다는 것 정도로 해석해 볼 수 있는 대목이었다.

까칠까칠 열매라도 먹었는지 어느 때보다 신경이 날카로워져 있었다. 변신술에 능한 애완고양이를 애인으로 두다 보니 이쪽저쪽 비위를 맞춰 주는 것도 일이었다. 그러나 지루할 틈도 없이 이 상황이 재미있는 것만은 부정할 수 없었다.

주변에서 흔히 볼 수 있는 단순한 고양이가 아니었다. 본신은 마왕이요, 풍기는 분위기는 호랑이보다 더 살벌한 주제에 집고양이 흉내를 내고 있으니, 지켜보는 입장에서는 한시도 웃음이 가실 일이 없었다.

"참 말 안 듣는 애완동물이네."

"야옹?"

"계속 이러기야?"

분명 희재의 뜻을 이해했음에도 불구하고 정한은 납득이 안 간다는 표정으로 그의 뜻을 피력해 왔다. 주장이 관철될 때까지 고집을 꺾지 않겠다는 의미였다. 그러나 키우는 고양이가 말을 듣지 않을 때 주인이 할 수 있는 방법은 제법 여러 개 있었다.

이를테면 따끔하게 야단을 친다든가, 눈물이 쏙 빠질 정도로 호되게 혼쭐을 내는 방법도 있었고, 아니면 살살 달래 구슬리는 것도 하나의 방편이었다.

분명한 것은 서열 정리의 필요성이 있다는 것이었다. 그래야 나중에라도 기어오르는 일이 없을 테니까. 정한에게는 실로 안타까운 일일 테지만, 지금의 희재는 야릇하게 흘러가는 관계의 진전보다는 애완동물 조련에 더 관심을 두며 심취해 있었다.

"이리 와 봐."

불퉁하게 서 있던 게 언제였냐는 듯, 희재의 부름에 정한의 머리가 쏙 하니 그녀 쪽으로 밀고 들어왔다. 그러곤 마치 쓰다듬어 달라는 것처럼 힐끔힐끔 희재를 쳐다보는 게 아닌가.

지나치게 잘생긴 얼굴로 인해 언뜻 봐서는 차가워 보이는 인상이었다. 애교와는 더더욱 담을 쌓은 모습이었다. 그러나 겪으면 겪을수록 기존에 가지고 있던 정한에 대한 생각들이 단순히 편견에 지나지 않았음을 하나둘씩 배워 가고 있었다.

하지만 여전히 희재는 가장 중요한 것을 못 보고 지나치는 오류를 범하고 있었다. 정한이 무방비한 모습을 보이는 건 언제나 희재 한정이었다.

이럴 때 보면 하는 짓이 딱 고양이라니까. 진짜 빙의라도 된 게 아닐까 의심이 들 정도로 행동 하나하나가 희재의 눈길을 잡아끌었다. 그래서인지 이따금은 없는 먹이라도 구해 와 건네주고 싶어질 때가 있었다. 당연지사 희재는 선택한 채찍을 휘두르는 것보다는 어르고 달래는 쪽에 더 관심이 갔다.

"자자. 지금처럼 착하게 굴어야지?"

쪽.

희재의 입술이 아주 잠깐 동안만 정한의 볼에 닿았다 떨어졌다.

"……이건 상이야, 아님 벌이야?"

"뭘 거 같아?"

희재의 되물음에 깊은 고민에 빠진 정한은 시간이 제법 지날 때까지도 쉽사리 결론이란 걸 내리지 못했다. 하지만 마냥 여기서 이렇게 지체하고 있다간 물건을 사러 가기도 전에 해가 질 것 같았다.

"생각은 가면서 천천히 하고, 이제 그만 출발부터 하자."

희재의 재촉에 멍한 표정으로 운전석으로 돌아와 앉은 정한이 시동을 걸었다. 그러나 여전히 성능 좋은 벤틀리는 제자리에서 움직일 생각조차 하지 않고 있었다. 대신 골몰하게 생각에 잠겨 있던 그가 내처 희재를 향해 같은 질문을 물어 왔다.

"상 맞지?"

"마음대로 생각하라니까."

"설마 벌이야?"

"평소답지 않게 말 되게 많네. 야옹 하고 한 번 울어 봐."

"입 다물고 조용히 운전에 집중하란 거군."

침묵은 곧 긍정을 의미했다.

"나 보지 말고 앞을 봐."

"……냐아옹."

"속으로 욕하면 혼나."

생사람 잡지 말라며 그가 억울한 표정을 지어 왔다. 하지만 점점 고양이 울음소리가 다양해지는 걸로 봐서는 쉽게 의심을 거둬들일 수가 없었다.

관계는 아직 1단계. 클리어 할 미션들은 아직 많이 남았다. 용사가 되는 길은 생각보다 멀고 험했다.

마트 안으로 들어서자마자 마치 약속이나 한 것처럼 사람들의 시선이 정한에게로 집중되었다. 대상은 남녀노소를 가리지 않았다. 그나마 눈치껏 곁눈질로 힐끔거리는 사람들은 양반이었다. 개중엔 무례하다 싶을 정도로 대놓고 빤히 정한을 바라보는 이도 적지 않았다. 자연스럽게 이러한 관심은 나란히 걷고 있던 희재에게까지도 미쳤다.

거짓말이 아니라 정말로 얼굴 한쪽이 따끔따끔할 정도로 아려오는 것 같았다. 호기심 어린 눈길들이 와 닿을 때마다 스스로도 모르게 움칠움칠거렸다. 웬만큼 신경이 무딘 사람이 아니고선 아무렇지 않게 이 상황을 넘길 강심장은 없을 것이다. 오래 봐 와 어느 정도는 적응이 됐단 생각이 들다가도 지금처럼 한꺼번에 관심을 받게 될 때면 살짝 기가 질리는 기분이 들곤 했다.

"다들 너 쳐다보기에 바쁘네."

"그게 신경 쓰여?"

"아니라곤 못 할 것 같아. 매번 이래서야 넌 숨 막혀서 어떻게 견뎌?"

주변을 둘러보던 희재가 소소한 한숨을 쏟아 냈다. 여전히 사람들의 시선은 정한이 이동하는 경로를 따라 이리저리 옮겨 다니고 있었다. 대중의 관심에 익숙한 연예인들이라 할지라도 부담스러워할 만큼 집요하고 끈질겼다. 새삼 정한이 대단하게 보였다.

"그냥 오래 두고 볼 사람들은 아니니까."

"설마 이런 것도 익숙해지다 보면 나중엔 별거 아닌 것처럼 느껴지기도 해?"

"어느 정도까지는."

고민의 흔적도 없는 즉각적인 답변이 이어졌다. 무미건조한 말투였지만 듣는 희재에겐 씁쓸하게 느껴지는 발언이었다. 남들의 부러움을 살 만큼 많은 것을 가졌다는 게 결코 행복한 것만은 아니란 얘기였다. 너무 잘나도 곤란한 점이 한두 개가 아니었다.

"그래도 계속 이런 식이면 정신건강에 해로울 것 같아."

"걱정해 주는 거야?"

"왜, 잔소리같이 들려?"

"그럴 리가 있겠어."

유머감각의 부재를 드러내며 그가 정색하며 받아쳤다. 하지만 매일 이렇게 시달리다 보면 알게 모르게 쌓이는 스트레스 지수도 상당할 것 같았다. 그렇다고 불특정다수를 향해 그만 보라며 윽박지를 수도 없는 노릇이었다. 결국엔 제풀에 지쳐 떨어져 나갈 때까지는 정한이 감당해야 할 몫이란 건데, 어쩐지 조금은 고충이 이해될 것도 같았다.

"너, 힘들었겠구나."

"예전엔. 지금은 어차피 의미 없는 호기심뿐이란 걸 모르지 않으니까."

겉으로 보이는 게 전부가 아니었다. 쫓기고 감시당하는 기분이었을 텐데 이런 분위기에 쉽게 익숙해졌을 리 없었다. 부쩍 어른스럽게 느껴지는 정한의 발언이 희재의 가슴을 먹먹하게 만들었다. 동시에 안타까운 마음도 함께 들었다.

"잠시만 기다려."

주변을 두리번거리던 희재가 마침내 원하던 것을 발견하고선, 곧장 목표물을 향해 일직선으로 내달렸다. 그런 후 잠깐의 고민 끝에 물건 하나를 집어 든 희재가 왔던 길을 되돌아가 앞쪽의 계산대로 향했다.

"이것 좀 계산해 주세요."

무난한 디자인의 검정색 야구 모자는 정한과도 썩 잘 어울려 보였다. 계산을 끝내고 가격표까지 제거한 희재가 이내 들고 온 모자를 정한의 머리에 씌워 주었다. 예상대로 꼭 맞춘 것처럼 잘 맞았다. 문제는 이 정도 위장으로는 정한의 우월한 외모가 모두 가려지지 않는다는 데 있었다.

"이렇게 보면 네 죄가 참 커. 좀 덜 잘생기지 그랬어?"

"지금도 방법이 아주 없는 건 아닌데."

"방법?"

"의학의 힘 말이야."

뜬금없는 정한의 말에 그게 어떻게 대처 방안이 되냐고 따지려던 희재가 묘한 눈길로 그를 바라봤다.

"설마 의학의 힘을 다른 쪽으로 빌린다든가 하는 그런 엉뚱한 소리를 하려는 건 아니지?"

"문제를 꼭 정석대로만 풀라는 법은 없으니까."

저 얼굴로 성형해 달라고 찾아간다 한들, 농담하지 말라고 당장에 그 자리에서 쫓겨나지만 않으면 다행이었다.

"얘가 큰일 날 소리 하네. 그렇게 해서 푼 답이 틀리면 그다음은 어떻게 할 건데?"

희재의 질타에 정한이 애매모호하게 웃어넘겼다. 계면쩍게 보이는 것이 흡사 장난이 아닌 진심처럼 느껴져서 등골이 오싹했다. 구더기 무서워 장 못 담근다더니 딱 그 격이지 않은가. 대체 일부러 못생겨지겠다는 발상은 어디에서 나온 걸까. 남들 코 세울 때 낮추기라도 하겠다는 건지, 희재로서는 이해가 되지 않았다.

"돈 낭비, 시간 낭비, 그런 헛짓거리를 대체 왜 해. 차라리 그 돈 들여 내가 예뻐지고 말지."

"그건 안 돼."

"왜 안 돼? 오히려 이쪽이 너한테도 더 좋을 거 아냐?"

"난 지금도 서희재 얼굴에 만족해. 조금도 불만 없어."

낯간지러운 칭찬의 말이 이어졌으나 희재의 귀엔 그다지 곱게 들리지가 않았다. 결국 부루퉁하게 입술 끝을 삐죽인 희재가 타박 어린 말을 뱉어 냈다.

"그런 이분법적인 논리가 어디 있어."

"내가 바뀌지 않으면 주변의 시선도 개선되지 않을 거란 걸 모르지 않으니까. 끝없이 반복되겠지. 지금 느끼고 있는 불편함이 나로 인해 비롯됐다는 것을 아는 이상에는 말이야."

희재는 이 대목에서 정한의 고뇌를 읽을 수가 있었다. 그의 존재로 인해 희재가 피해를 보게 되는 상황이 달갑지 않음을 시사하고 있었다. 나아가 이 때문에 두 사람 사이가 벌어지게 되는 불상사가 생기는 건 지양하고 싶다는 의미도 포괄적으로 내포하고 있었다. 안타깝게도 이러한 추측은 어느 정도 신빙성을 지니고 있었다.

정한의 곁에 머무르는 시간이 늘어날수록, 그의 우려처럼 희재는 점점 그녀가 처한 작금을 상황을 갑갑하게 받아들이게 될 확률이 높았다. 하지만 그렇다 하여 정한에게 불필요한 희생을 강요할 자격은 없었다. 또한 그러기도 싫었고. 이 순간 희재는 스스로가 조금 이기적이었던 게 아닐까 하는 생각을 해 보았다. 정한의 불안함이 어디에서 기인한 것인지 짐작이 갔기 때문이었다.

남녀가 사귄다는 것은 서로가 동등한 위치에 서 있다는 것을 인정하는 것에서부터 시작한다. 하지만 희재는 스스로의 편의를 위해 가장 기본적인 사실조차 비밀리에 붙여지길 원했다. 이유는 과도한 분란을 피하기 위함이었으나 이 역시 핑계에 지나지 않는다는 것도 잘 알고 있었다. 머릿속이 조금 더 복잡해졌다.

"이럴 때 보면 나보다 더 나를 잘 아는 것 같아."

"질려서 도망쳐 버리고 싶어지면 이쪽도 곤란해져. 나름 필사적이라고."

사실은 평범한 선을 벗어나는 게 두려웠다. 그래서 내심 속으로는 줄다리기란 걸 하고 있었나 보다. 하지만 말도 안 될 정도로 철저하게 그녀의 입장에서 배려해 주는 정한을 바라보고 있자면 한없이 작아지는 기분이 들었다. 약간의 손해마저도 감수하길 꺼려했던 자신이 꼭 속물이 된 느낌이었다.

양심에 거리낄 것이 없다고 생각했던 믿음이 일시에 부서져 버렸다. 심장 언저리가 사정없이 쿡쿡 쑤셔 왔다. 하나를 얻으려면 하나를 포기해야 한다. 이 간단한 명제조차 잊고 있었던 건 아니었는지 새삼 과거를 되돌아보는 시간을 가지게 되었다.

솔직히 털어놓자면, 고백을 받은 날을 기점으로 하여 희재는 끊임없이 의심이란 걸 했다. 그리고 그것이 기만하는 것과 다르지 않다는 것을 겨우 깨닫게 되었다. 서희재가 좋다, 온몸으로 진심을 표출해 오는 정한의 마음이 온전히 희재에게로 전해졌다.

"뭘 걱정하고 있는지 나도 알아. 하지만 그러지 마."

"네가 싫단 건 안 해. 내겐 그게 최선이니까."

"진짜지?"

"응. 그러니까 너무 고민하지 않았으면 해. 서희재가 내게로 와 주는 일."

격랑을 맞은 것처럼 정신이 아득하게 멀어졌다. 먼저 좋아하는 사람이 진다고 했던가? 틀렸다. 뒤늦게 마음을 깨달은 사람이야말로 약자일 수밖에 없었다.

"난 내가 겁쟁이란 걸 알아. 실은 사소한 것에서도 겁을 낼 때가 있거든."

"달아날 명분을 만드는 거라면 듣지 않는 게 좋을 것 같아."

"그래도 들어 줘."

소모적은 논쟁을 하기 위해 끄집어낸 말이 아니었다. 회피할 목적은 처음부터 없었다. 이어 희재가 본론을 이야기해 나갔다.

"지치지 않는다는 장담은 나도 못 해. 사람 일이란 건 한 치 앞도 내다볼 수 없는 거니까. 하지만 견디지 못할 정도로 힘들 때가 오면 가장 먼저 김정한에게 말할게. 그럼 됐지?"

"……이 말이 떠나보낼 시간을 준다는 것과 뭐가 달라?"

"틀려. 이건 잡아 달라고 미리 부탁을 하는 거니까."

그늘져 있던 게 언제였냐는 듯 정한의 얼굴빛이 눈에 띄게 밝아졌다.

"서희재가 등을 돌려도, 그 등을 바라보며 걸어도 된다는 허락으로 받아들여도 되는 거지?"

안 그럴 것 같은데 얘가 의외로 음침하다니까.

"그럴 땐 돌려세우는 성의 정도는 보여 줘야지."

"돌아서 줄 거야……?"

"그야 하는 거 봐서."

양옆으로 가느다랗게 늘이며 즐겁다는 듯이 웃는 눈, 기분 좋게 위로 올라간 입술, 짧게 까닥거리는 고갯짓까지. 이 모든 게 희재의 가슴을 설레게 만들었다. 어디 하나 흠잡을 곳 없이 완벽했기에 그에 대한 반동으로 거리감이 느껴졌던 정한이었다. 그러나 이젠 밀쳐 내기 위한 수단으로는 삼지 않을 생각이었다.

"내가 강요한 게 아냐. 이 사실, 잊지 마."

재차 확인을 구하는 정한의 표정이 사뭇 진지했다. 못 살겠다, 김정한. 왜 이렇게 사람 마음을 들었다 났다 하는 건지, 훈풍에 돛을 단 것마냥 가슴이 살랑살랑거렸다.

이 남자와 연애를 한다. 가까웠으나 또한 가장 먼 곳에 있다고 생각했던 그, 김정한과.

감정을 인정하고 나니 더 이상 못할 짓을 시키고 싶지 않았다. 조련계의 샛별이 된다는 것은 생각보다 어려운 일인 것 같았다.

"알았어. 안 잊을게."

이 얘기를 끝으로 두 사람은 지하매장으로 향하는 에스컬레이터에 올라탔다. 좁은 공간 때문에 어쩔 수 없이 바짝 붙어 서야만 했다.

살짝 맞닿은 팔꿈치 부근에서 따끈한 미열이 느껴졌다. 카트를 밀고 있던 정한의 손을 바라보고 있자니 불현듯 저 손이 잡고 싶어졌다. 아니 팔짱을 끼고 나란히 걷는 것도 나쁘지 않을 것 같았다. 그럼 다들 믿을 수 없다는 눈으로 쳐다보겠지?

용감해지는 게 어렵다는 걸 안다. 그러나 한 발자국 먼저 내딛지 않고서는 발전이 없다. 하지만 역시나 이 한 발자국이 어려웠다.

희재는 이 순간 본질을 흐리고 있는 스스로를 책망했다. 남의 시선을 신경 쓰느라 정작 중요한 것은 보지 못하고 있는 건 아닐까, 하는 자책이었다. 자격지심을 가지지 말자. 서희재가 부족한 게 아니라 김정한이 차고 넘칠 뿐이니까.

"서희재······?"

"생각해 보니 나쁜 일이 아니더라고."

얽히듯 파고든 희재의 손이 정한의 왼팔을 그러잡았다.

"이거 나 좋을 대로 해석해도 되는 거지?"

"아마 그럴걸?"

일일이 하나하나 따지고 잴 것 재 가며 하는 연애를 하고 싶었던 게 아니었다. 지레 겁을 집어먹고, 가진 권리를 포기하는 것만큼 어리석은 사람이 또 어디에 있을까. 남들이 알아볼까 두려워하고, 주변의 시선에 눈치를 보며, 가까이 가는 것조차 어려워 먼저 피해 버리는 관계를 과연 연애라고 부를 수 있을까? 희재가 고개를 흔들었다. 상처받는 게 두려워 벌벌 떠는 것만큼 바보 같은 건 없었다.

"왜 갑자기. 그러니까 왜 기존에 가지고 있던 생각을 바꾼 건지 물어봐도 돼?"

"남들은 대놓고 다 하는 연애, 나만 다를 필요가 없다는 걸 이제 막 깨달았거든."

대신에 우위를 선점한 지금의 위치는 내어놓지 않을 작정이었다. 이건 정한 스스로가 희재에게 넘겨준 것이었기에.

"못 들었어. 다시 한 번. 천천히 다시 한 번만 더 말해 줘."

"난 지금 서희재의 첫사랑을 김정한으로 하기로 정했단 말을 하고 있는 거야."

"너……!"

씩 입가에 미소를 지은 희재가 정한의 팔 부근을 조금 전보다 더 강하게 옭아맸다.

"불편함을 감수해도 좋을 만큼, 김정한이란 사람이 괜찮게 보여."

"……선물을 받은 기분이야. 아직도 기분이 얼떨떨해."

기뻐 어쩔 줄 몰라 하는 게 희재의 눈에도 선명하게 보였다. 계기는 아주 사소한 것 하나뿐이었다. 그런데도 세상을 다 가진 것처럼 정한은 좋아하고 있었다.

"조심해야지!"

타고 있던 에스컬레이터 안전바 끝부분에 카트가 닿자 드르륵거리는 소음을 만들어 냈다. 그러나 그때까지도 정한은 희재를 얼굴을 쳐다보는 데 여념이 없었다. 희재의 외침에 그제야 방향이 어긋난 카트를 고쳐 잡았다.

"미안. 표정 관리가 안 된다, 정말."

"그렇게 좋아?"

"어. 좋아."

솔직하고 담백한 인정이었다. 그래서 더 진정성 있게 다가왔다. 세상에 퇴색되지 않는 것이 존재치 않다고는 하나, 모든 일에는 예외가 있는 법이었다. 그리고 희재는 그 예외가 바로 지금 느끼고 있는 이 감정이었길 소원해 봤다.

"여긴 사람이 더 많네."

식료품 코너가 자리를 잡고 있어서인지 지하매장은 위층보다 더 붐볐다. 희재의 말이 끝나기 무섭게 정한이 쓰고 있던 모자를 최대치로 눌러썼다. 그런다고 가려질 외모는 아니었지만, 마음 씀씀이가 고마웠다.

"너 들으라고 한 소리 아냐."

"알아. 네 말 때문에 그런 거 아니니까 오해 마."

"그럼 왜? 아……. 좋은 게 좋은 거라서?"

"아니."

"아니라고?"

"서희재가 원하지 않아도 내가 할 수 있는 배려는 해 주고 싶거든. 또 그게 맞기도 하고."

여전히 희재는 정한으로부터 기인되는 주변의 관심이 껄끄럽게만 느껴졌다. 그래도 정한의 장점을 더는 나쁘게 보지 않기로 했다. 이 남자가 내 남자라고 대놓고 자랑은 못 해도, 정한의 옆에 서 있는 자신을 부끄러워하는 일 같은 건 더는 없게 할 생각이었다. 정확히 희재의 속마음을 짚어 내는 정한의 말에 희재가 가만히 고개를 끄덕였다.

"김정한에게 있어 서희재란 존재가 이 정도 대접은 받아도 되는 사람이란 뜻이지?"

"왜 아냐. 맞아."

"네 마음이 그래야 편해진다면, 그럼 그렇게 해."

갑갑하면 쓰고 있던 모자를 벗어도 된다는 입에 발린 치장은 하지 않을 테다. 그가 해 주는 양보는 타당한 근거를 가지고 있었다. 희재의 입장에서는 거절할 이유가 없었다.

"나쁜 짓, 하고 싶다."

탄력적인 정한의 입술이 더없이 부각되었다. 동시에 주차장에서의 일이 함께 연상이 되었다. 에비! 엄한 생각을 떨치듯 희재가 남은 한 손으로 손사래를 쳤다.

"기어오르라곤 안 했다?"

"이건 본능이라고."

"무지한 이단이여, 회개하라. 고양이는 고양이답게 얌전히 있어."

"야박해."

투덜대는 음성이 귓가를 조심스럽게 간질였다. 문득 행복하다는 생각이 들었다. 점점 주변의 시선들이 정한에게로 모아지고 있다는 걸 알면서도 이전보다 담담하게 받아들일 수 있었던 까닭은 역시나 내부에서 일어난 변화 때문일 테다.

스스로를 낮춰 보는 것은 이제 그만두기로 했다. 김정한이 반할 정도로 대단한 서희재였다. 이 사실 하나만으로도 충분히 콧대를 세우고 다녀도 될 자격을 갖추고 있었다. 꿀릴 것은 아무것도 없었다.

"계속 그런 소리만 해? 진짜 야박한 게 뭔지 보여 줄 테니까."

"그럼 취소."

"……그렇다고 포기가 너무 빠른 거 아냐?"

"원래가 난 현실 파악이 빠른 편이거든."

이 보 전진을 위해 한 발 물러선다는 것을 강조하며 그가 회심의 미소를 지었다. 이러니저러니 해도 얼굴이 무기였다. 무심코 넘어가 주고 싶다는 마음이 드는 걸 보면 말이다.

"카트는 제대로 끌고 있는 거지."

"이건 맡겨 둬."

호언장담만큼이나 익숙지 않은 카트를 잘도 한 손으로 컨트롤하고 있었다. 쉼 없이 대화를 이어 가다 보니 정작 해 놓은 것은 없는데 꽤나 시간이 지체돼 버렸다. 하지만 아무리 급해도 시식 코너를 그냥 지나친다는 것은 도리가 아니었다.

"먹을래?"

"너 먼저 먹은 다음에."

초록색 이쑤시개를 집어 든 희재가 잘 구워진 소시지를 권하자 그가 차례를 뒤로 미뤘다. 겉으로 티는 내지 않았으나 분위기상 그다지 내켜 하는 기색은 아니었다. 괜히 억지로 먹었다 탈이 나는 것보다 나쁜 것은 없었다. 사양 않고 희재가 먼저 여러 등분으로 나뉜 소시지 하나를 콕 찍어 입안으로 가져갔다. 맛은 생각했던 것보다 괜찮았다.

"이거 얼마예요?"

"봉지당 구천이백 원이에요. 하나 드릴까요?"

사은품도 따로 딸려 있지 않은 데다가 그램수도 그렇게 많지 않았다. 정한의 반응도 별로였고 아무래도 이건 포기해야 할 것 같았다.

맞다. 얘네 집 주방도 없었지. 사정상 직접 조리해 먹는 품목은 구매대상에서 제외시켜야 될 것 같았다.

"다음에 살게요."

"네, 고객님. 근데……. 실례지만 옆에 계신 남자분은 혹시 연예계 쪽에서 일하시는 분인가요?"

"아하. 되게 잘생겼죠?"

"나이 든 제가 봐도 다 설레네요. 어머, 내 정신 좀 봐. 너무 주책없이 굴었죠? 죄송해요."

상술이 아니라 진심이 담긴 감탄사였다.

"죄송하기는요. 틀린 말도 아닌데요."

"혹시…… 애인 사이인가요? 가만 보니 잘 어울려요."

처음 들어 보는 칭찬세례였다. 빈말이란 것 알았지만 듣기에는 나쁘지 않았다. 고맙다며 가볍게 고개를 끄덕일 찰나, 말없이 가만히 서 있던 정한이 불현듯 대화에 끼어들었다.

"그거, 하나 주세요."

"사려고?"

"응."

"해 먹을 곳도 없으면서. 그냥 둬."

"방법은 찾으면 돼."

갸우뚱한 얼굴로 번갈아 가며 양쪽으로 고개를 기울인 희재가 의문 어린 말로 근본적인 문제점을 지적했다. 그러나 그는 별로 문제 될 것이 없다는 태도였다.

"드릴까요?"

"네. 주세요."

단호한 음성. 순간 놓치고 지나쳤던 사실 하나가 뇌리를 스치고 지나갔다. 그런 뒤에야 어떤 부분이 정한의 구매 욕구를 이토록 상승시켰는지에 대해 그 이유를 찾아낼 수 있었다.

지나가는 말과도 다름없었던 얘기. 두 사람이 어울린다고 했던 말 한마디가 정한에게는 꽤나 반갑게 들렸던 모양이었다. 구매 결정은 순전히 이에 대한 보답 차원에서 이루어졌다. 결코 상대의 장사 수완이 뛰어나서가 아니었다.

의외로 귀가 얇다니까. 결국 카트에 가장 먼저 담긴 것은 진공 포장된 소시지 한 팩이었다. 어쩐지 충동구매를 해 버린 것 같긴 했으나 그래도 나쁜 기분은 아니었다. 아니 오히려 조금은 들뜬 기분이 들기도 했다. 그래서인지 카트 안에 든 소시지를 똑바로 바라보는 게 어쩐지 낯 뜨겁게 느껴졌다.

왜 하필 소시지야. 게다가 쓸데없이 실하기는 어찌 그리 실한지. 수제라고 적혀 있더라니 그 값어치를 하긴 하나 보다. 마른침이 꼴깍 목 안쪽으로 넘어갔다.

휘이휘이. 음란마귀는 물러가거라!

귓불이 달아오르자 얼굴빛도 점차 상기되어 갔다. 정한이 눈치채기 전에 얼른 희재가 화제를 전환했다.

"저쪽으로 가 보자."

종종걸음을 치는 희재의 옆에서 정한이 보조를 맞추며 걷기 시작했다. 구경하는 시간이 길어질수록 카트 안으로도 물건들이 하나둘씩 쌓여 갔다. 당분이 포함돼 있지 않은 곡물시리얼부터 시작해 함께 곁들일 우유, 뜨거운 물만 부어 마시면 되는 스프, 제철과일과 세척된 야채샐러드 등 품목은 다양했다. 그리고 이 사이사이 시식도 함께 이어졌다.

건어물 코너를 지나치다 때마침 시식용 그릇 안에 멸치가 놓여 있는 걸 발견한 희재가 반색하며 잘 마른 멸치 두 마리를 골라 들었다. 하나는 희재가 먹을 거였고, 남은 하나는 자연 정한의 몫으로 배분되어졌다.

고양이라면 역시 생선이 제격이지? 멸치 대가리를 똑 딴 희재가 망설임 없이 정한의 입가에 남은 몸통을 물려 주었다. 그런데 반응은 생각만큼 신통치가 못했다.

먹을 게 입안에 있는데 왜 씹질 못하니!

"맛없어? 못 먹겠어?"

아니라며 고개를 젓는데, 전혀 수긍이 가지 않았다. 저렇게 티가 나서야. 아무래도 쟨 연기 쪽으로는 영 소질이 없어 보였다. 결국 손바닥을 펼친 희재가 그것을 정한의 입가로 내밀었다.

"뭐해. 뱉지 않고."

"?"

"고양이라면서 무슨 멸치도 못 먹어. 안 먹을 거면 이리 내놔."

138

실랑이를 할 거리도 못 된다는 듯 희재가 냉큼 정한의 잇새에 살짝 물려져 있던 멸치를 쏙 빼 가 그녀의 입가로 가져갔다. 아깝게…… 버리느니 자신이 먹어 없애자는 심경으로 한 행동이었다. 그러나 받아들이는 정한의 입장에서는 다르게 느껴진 모양이었다.

"간접키스."

콜록.

"거기, 내 침이 묻어 있을 텐데."

콜록콜록.

마른기침이 연신 터져 나왔다. 기가 막히면 말문이 닫힌다더니 딱 그 짝이었다.

"저런. 사레들릴라."

"아, 앞서 나가지 마. 그런 거 아냐."

"나쁜 짓을 한 것도 아닌데 정색할 것까지야. 근데 그거 맛있어?"

대답하기 곤란한 질문에 희재는 그저 입안에 든 걸 열심히 씹기만 했다. 여긴 환기도 안 시키나? 얼굴에 열이 오른 희재가 연신 손부채질을 했다. 다행히 열기는 오래가지 않고 가라앉았다. 그러나 이 와중에도 그의 눈길은 희재를 향해 있었다.

"……다시 줘."

"……청개구리 심보는. 자."

남은 하나를 내미는데 웬일인지 정한이 물끄러미 그 손을 바라만 보고 있었다.

"그거 말고."

"다른 거 뭐?"

먹다 남은 꽁지 부분을 달란 건 아닐 테고…… 가 아니라 설마 그런 거야? 잘못 알아들었겠지 부정을 하면서도 의심을 지우지 못했던 건, 탐이 난다는 눈길로 희재의 입술을 바라보고 있던 정한 때문이었다.

"편식은 혼자 다 하면서 비위도 좋아."

"서희재 한정."

"말이나 못 하면 밉지나 않지."

힐난의 어조가 아닌 애정이 깃든 따뜻한 타박이었다. 장난이되 장난이 아닌 말. 고백을 기점으로 하여 그는 희재 자신에 대한 욕심을 숨기지 않았다. 야트막한 산을 오를 때처럼 딱 기분 좋을 만큼 컨디션이 고조되었다.

"더 살 거 없으면 이만 갈까?"

"안 그래도 그러려던 참이야. 예정보다 오래 걸렸네."

이것저것 필요한 것을 담다 보니 생각보다 물건이 늘어났다. 얼추 필요한 건 빠뜨리지 않고 다 샀다고 판단한 희재가 정한의 말에 긍정을 되돌렸다. 그러나 올라가는 에스컬레이터 앞에 도착했을 무렵, 깜빡하고 빼놓은 물건이 있단 사실을 알아차렸다.

"잊고 갈 뻔했네. 짐 많으니까 넌 여기서 기다리고 있어."

한달음에 왼쪽 코너 쪽으로 꺾어 들어간 희재가 주방용품이 진열된 진열대 중간 부분에서 무선 포트기를 찾았다. 분말스프에 넣을 뜨거운 물을 끓이는 데에는 이것만큼 제격인 게 없었다. 무엇보다 가스가 아닌 전기로도 작동이 되었고, 간단한 조작만으로도 사용이 가능했다.

적당한 가격대의 무선 포트기를 하나 집어 든 희재가 왔던 길이 아닌, 반대 방향으로 돌아 나왔다. 어느 쪽이든 별반 거리 차이가 없었기 때문이었다.

하지만 가벼운 걸음으로 돌아 나오던 희재의 발걸음은 정한의 뒷모습을 발견하고서부턴 조금씩 느려지기 시작했다. 그러고는 얼마 안 가 완전히 멈춰 섰다.

정한의 고개가 이쪽저쪽으로 옮겨 다니고 있었다. 두리번거리는 모습이 마치 누군가를 찾는 행색이었다. 반면 이에 비해 정한의 주변에 있던 사람들은 동물원 원숭이를 구경하듯 정한을 힐끔거리기 바빴다.

세 살배기 어린애를 혼자 두고 온 심경이 이러할까.

혼란함이 뒷모습에서도 그대로 묻어났다. 희재로서는 처음 보는 생경한 모습이었다. 불안감이 여기까지 전해질 정도로 아슬아슬한 느낌이 났다. 무엇이 정한을 이토록 당혹스럽게 만든 것일까.

오래 보아 왔다는 것은 그만큼 그 사람에 대한 직관력도 발달했음을 의미했다. 고개를 돌리며 입을 틀어막는 정한을 보자 문득 마음이 조급해졌다. 그러자 몸이 먼저 반응했다. 서둘러 멎었던 발길을 재촉하며 빠른 속도로 정한에게 다가갔다.

"왜 그러고 있어?"

뒤쪽에서부터 들려온 희재의 부름이 삽시간에 정한의 불안함을 잠재웠다. 곧장 허리를 비틀며 등을 돌린 정한이 이내 희재와 조우했다. 하지만 이 모든 게 희재의 눈에는 슬로모션처럼 아주 느릿하게 보였다. 마치 마법 같단 생각이 들었다.

무감각했던 얼굴이 감정을 되찾아 가는 하나의 완성된 과정. 괴로움이 가신 자리에 기쁨이 들어찼다. 반색하며 반기는 정한의 입술 끝자락에서 참고 있던 뜨건 숨이 일시에 터져 나왔다. 그제야 평온을 되찾은 얼굴이었다.

"어디 가지 말고 옆에 있어."

"무슨 일 있었던 건 아니지?"

"아냐. 아무것도."

팔짱을 끼는 대신 이번엔 깍지를 껴 왔다. 흥건하게 땀으로 젖어 있던 정한의 손바닥이 붙잡은 손을 놓지 못하게 만들었다. 지금은 그의 곁을 떠나지 말라는 무언의 압력과도 다르지 않았다.

못내 걱정을 지우지 못한 희재가 정한을 건너다봤다. 여기서 이러고 있을 게 아니라, 일단은 나가는 게 좋을 것 같았다.

"올라가자."

깍지를 낀 손은 놓지 않은 채였다. 꽤 많은 짐이 실려 있던 터라 카트가 제법 무거웠으나 그는 아랑곳하지 않았다.

"근데 정말로 시비라도 붙은 건 아니지?"

"이러다 대신 혼내 주기라도 할 기센걸?"

"못할 것도 없지."

작게 주먹을 쥐어 보이자 정한이 큭큭거리며 웃음을 참았다.

"얕보다간 큰코다쳐. 원래 작은 고추가 매운 법이거든."

"다음에. 지금 말고 서희재 도움이 정말로 필요하게 되면 그때 부탁할게."

희재 자신이 봐도 정한은 그녀의 곁에 머물러 있을 때가 가장 편안해 보였다. 그래서 곰곰이 생각이란 걸 해 보았다. 김정한에게 있어 굳이 서희재여야 하는 피치 못할 사정이라는 게 있는 건 아닐까 하는 그런 생각. 한갓 가정일 뿐이지만 보다 본질에 가깝게 접근했다. 그러나 예상치 못했던 일로 말미암아 희재는 하던 생각을 계속 이어 가지 못했다.

선인장까지 포함해서 계산을 마치고 주차장으로 향하는데 바로 길목에서 일면식이 없던 무리가 말을 붙여 왔다. 희재와 비슷한 연배로 보이는 또래의 여성 두 명이었다.

"저기요."

"네?"

"아니, 그쪽 말고, 남자분이요."

설마 번호를 따려고 그러는 건 아니겠지라고 생각한 찰나, 희재의 생각이 곧이어 현실로 일어났다. 가장 먼저 말을 걸어온 사람은 둘 중에서 조금 더 외모가 화려한 쪽이었다.

"혹시, 전화번호 좀 얻을 수 있을까요?"

"아뇨."

단칼에 자른 정한의 말 한 마디. 곤혹스럽다는 듯 여자의 한쪽 얼굴이 찡그려졌다. 그러나 여전히 포기가 되지 않는 모양이었다. 이번엔 다른 쪽에서 말을 붙여 왔다.

"그러지 말고. 저희 이상한 사람 아니에요."

사람이 가만히 있으니 가마니로 보이나? 어이가 없는 희재가 가라앉은 눈으로 사태를 일관했다. 직접 나설 수도 있었던 일에 가만히 침묵하고 있었던 건, 이 상황에서 정한이 어떻게 나올지 조금 궁금하기도 해서였다.

정한의 눈가에도 짜증이 차오르는 게 보였다. 완전 성격 나쁜 게 다 티가 날 정도였다. 어떻게 나오나 지켜보고 있는데, 다행히 그가 눈 하나 깜짝하지 않고 상대를 쳐 냈다.

"도를 믿으십니까?"

"네?"

"뭐 믿든 안 믿든 상관은 없습니다."

듣기에도 질릴 정도로 딱딱한 경어였다. 그리고 희재는 지금과 같은 정한의 말투를 예전에도 한 차례 들어 본 적이 있었다. 좀 더 정확히 말하자면, 희재가 아닌 소윤과 대화를 나눌 때 곁가지에서 전해 들었을 뿐이지만.

정한에게 있어 경어의 의미는 존중의 의미보다는 선을 긋기 위한 하나의 방편에 지나지 않았다. 그러나 상대는 여전히 말귀를 못 알아듣고 있었다.

"귀찮게 한다거나 그러진 않을 거예요. 그러니까."

"제 신께서 이런 말씀을 하더군요. 무지한 이단이여, 회개하라."

"……."

"미안하지만, 내겐 사탄에게 넘겨줄 전화번호는 가지고 있지 않습니다."

희재가 알기로 정한은 무교였다. 그러나 그건 사실과는 달랐다. 정한은 분명 서희재란 종교를 가지고 있었으니까. 더해 그는 누구보다 신앙심이 깊었다. 때문에 열혈신도임을 자처하는 정한의 입장에서는 희재를 제외하곤 나머지는 전부 교리에 어긋나는 사탄이나 다름이 없었다.

그나저나 마왕의 입장에서 사탄이란 건 결국 한 끗 차이 아닌가? 둘 다 악명이 자자하긴 했지만 오늘만큼은 마왕의 판정승이었다. 잠깐? 근데 마왕에게 있어 신이란 건 결국 마신이란 게 아닌가? 헐……. 뒤늦게 하나의 결론에 이른 희재가 끙 앓는 소리를 냈다. 이거야말로 사이비가 따로 없었다. 하지만 이런들 어떻고 저런들 어떠하랴. 어차피 남에게 피해를 줄 것도 아니었다.

심장을 얼어붙게 만드는 서슬 퍼런 호통은 아니었다. 그러나 효과는 그 어느 때보다 뛰어났다. 질린 표정으로 서 있는 두 사람을 뒤로한 채 정한이 희재의 손을 잡아 이끌었다. 표정이 마치 잘 처신했지 않느냐며 칭찬을 바라는 듯했다.

하나를 가르쳐 주면, 열을 아는 김정한.

행실도 올바르지 곧잘 애교도 부리지, 못하는 건 뭐며, 부족한 게 있긴 한 걸까?

굴러 들어온 복이었다. 제 발로 차 버리는 짓은 하지 않을 테다. 그런 뒤에야 마침내 사이비 교주가 말했다.

"방금, 너 좀 멋졌어."

뒤이어 사이비 신도가 대답했다.

"그걸 이제야 알았어?"

동시에 마음을 가볍게 만드는 밝은 웃음이 터져 나왔다.

제4장.

보이는 것이 전부가 아닐 때

쉽게 잠이 오지 않는 밤이었다. 자정을 넘긴 지도 이미 한참 전이었다. 대다수의 사람들이 깊은 잠에 빠져들었을 시각. 어둠이 도시를 집어삼킨 거리는 어느 때보다 한산했다.

그 탓일까. 지나치게 예민해진 감각이 기다렸다는 듯 지끈거리는 두통을 유발해 냈다. 결국 의미 없이 감고 있던 눈을 치켜뜬 정한이 침대에서 일어나 불을 켰다. 이대로라면 잠이 올 것 같지가 않았다.

유일하게 한방을 쓰고 싶은 사람이 바로 지척에 있었다. 그렇게 생각하자 마음 한구석이 일렁거리기 시작했다. 기다림이 힘들지 않으려면 상대가 와 준다는 확신이 있어야 했다. 정한에게 부족한 것은 아마도 이 확신이라는 거겠지.

차디차게 얼어붙은 내면 중에서 유일하게 헐거워져 있는 부분.

외면을 받게 될까 봐 두려웠고, 붙들지 못하고 곁에서 떠나보낼까 무서웠다. 희재가 없는 삶을 과연 혼자서 버텨 낼 수 있을까? 과거를 떠올리던 정한의 몸이 일순 경직되었다. 어느새 팔 부근에서는 소름이 잔뜩 돋아 있었다.

"미안하지만 그렇겐 못 해 줘."

집착이 독이 된다는 걸 모르지 않았다. 하지만 안다는 것과 실제 행동으로 옮기는 것은 큰 차이가 있었다. 조바심을 내지 말자며 감정을 억누르는 가운데서도 참기가 어려웠다. 희재의 옆에 있으면 더 안달이 나고, 섣부른 조급함이 밀려들었다.

대체 상대가 질리지 않을 만큼의 적당한 선이란 건 어디까지일까. 그가 판단을 내리기에는 여전히 어려운 문제였다. 차갑게 식은 머리와는 반대로 심장이 불규칙할 정도로 거칠게 뛰기 시작했다.

역시나 억지로 밀어붙여 사귀게 된 현 상황이 불안감을 부추긴 거겠지. 하지만 스무 살의 서희재는 더 이상 교복을 입은 어린아이가 아니었다. 시간이 지날수록 지금보다 훨씬 더 많은 사람들과 다양하게 교류하게 될 테다. 혹은 관계를 엮어 나가는 과정에서 배제되는 사람이 생겨날지도 모른다. 이대로 곁을 맴도는 것만으로는 진전을 기대하기 어렵다는 사실을 인지했을 때 정한은 고백이란 단어를 머릿속으로 떠올렸다.

급하지 않게 차근차근 진도를 밟으며 다가가야지. 납득이 갈 만큼 괜찮은 사람이란 걸 알게 된 다음이라면 더할 나위 없이 좋을 것 같았다. 넘쳐 나는 마음을 최대한 눌러 가며, 놀라지 않을 만큼 조심스럽게 손을 내밀려고 했다. 그러나 그렇게 하지 못했던 것은,

아니 않았던 이유는 지극히 사소한 일에서부터 발발되었다.

결정적으로 심사가 뒤틀려 마음을 바꾸게 된 계기가 된 사건.

정한은 그 스스로가 후자에 속한다고는 생각해 본 적이 없었다. 그러나 그건 오만이었으며 만용에 불과했다.

서희재에게 있어 정한의 전화번호가 그토록 손쉽게 삭제해도 될 만큼 하찮은 것에 지나지 않았다는 사실을 알게 됐을 때 느낀 그 허탈함이란. 고민의 흔적도 없었다. 애당초 헤어짐을 당연하게 여기는 태도였다. 떠나보내도 아쉬울 것 없는, 아주 형편없는 위치에 놓여 있단 걸 확인한 순간, 점화하듯 눈에서 불꽃이 튀어 올랐다.

감정이 억제가 안 될 정도로 화가 난 와중에서도 사납게 어그러져 있던 기분을 들킬세라 차분하게 목소리를 가다듬었던 건 역시나, 미움을 받기 싫다는 본심이 더 강하게 작용했기 때문일 테다. 희재가 없는 김정한이란 결국에는 빈껍데기에 불과할 뿐이었으니까. 세상에서 냉정하게 잘라 낼 수 없는 유일한 단 하나.

살아가는 목적이 되고, 안식처가 되는 공간을 겨우 이 정도 일로 포기하려니 좀처럼 숨이 쉬어지지가 않았다.

서희재. 희재야. 몇 번이고 불러 봐도 타들어 가는 갈증을 참을 수가 없다. 간신히 찾아내 붙든 이 손을 놓아야 한다고 생각하니 앞날이 까마득하고 아득하게만 느껴졌다. 커진 마음만큼이나 공공연하게 들떠 버리곤 하는 속내를 숨기는 것이 여간 힘든 게 아니었지만, 그럼에도 서희재가 좋았다.

간략한 용건만으로도 길게 늘여 대화를 이어 가고, 별 의미 없는 주제만으로도 시시덕거릴 수 있을 만큼 편한 사이가 되고 싶은데,

그게 여전히 멀게만 느껴져 참 힘들다. 눈앞에 놓인 선인장을 바라보던 정한의 눈빛은 어딘지 모르게 기괴했다.

희재가 주었던 선물. 그러나 불면의 원인이기도 한 산물이었다. 토할 것처럼 역한 냄새가 방 안에서 진동을 했다. 아무것도 아닌, 그저 작은 화분 하나일 뿐인데, 이조차 기뻐하지 못하고 밀어내야 하는 현실이라니. 짙은 회의감이 정한의 폐부 깊숙한 곳까지 파고들었다.

아주 사소한 하나였다. 크지 않은 바람, 누구나가 가질 수 있는 그런 소박한 소원조차 정한에게는 욕심일 뿐이었다. 현실은 희재를 닮은 선인장 하나조차 기꺼워하며 반길 수가 없었다.

곁에 두고 예뻐하라고 했던가. 침대 머리맡 협탁 위에 손수 놓아두며 희재가 한 말이었다. 그러나 코끝을 찔러 오는 악취는 내도록 머리를 지끈거리게 만드는 촉매제 역할을 해 오고 있었다. 결국 원래 자리를 벗어난 선인장이 향한 곳은 유리문 너머의 베란다였다. 아플 정도로 가슴이 옥죄어 왔다.

냉장고에 들어 있어야 할 우유, 시리얼, 스프를 비롯해 오늘 마트에서 사 온 대부분의 것들이 한자리에 가지런하게 모아져 있다. 정한의 눈빛이 크게 흔들거렸다. 버리지는 못하나, 가까이 두지도 못할 것들. 희재와 함께할 때엔 별문제가 없었던 이 모든 것들이, 혼자서 해결해야 할 시간이 오면 제약을 받게 된다.

결여돼 있다는 것은 다시 말해 균형이 어긋나 있음을 이야기했다. 그가 완전하기 위해서는 희재가 필요했다.

정한이 바라는 것은 일시적인 소유가 아니었다. 평생, 합법적으로 두 사람이 하나로 묶이는 과정, 궁극적으로는 단일 호적에 두 사람이 나란히 오르게 되는 일이었다. 그러나 어린 희재가 감당하기에는 지나치게 무게가 무거웠다.

"뒷걸음질 치지나 않으면 다행이려나. 참아야 한다는 걸 알면서도 좀 어렵네."

인성이란 게 확립되기도 전부터 그는 오직 희재 한 사람만 바라봐 왔다. 서희재가 너무 좋아서, 때때로 가지고 싶은 욕구가 지나치게 커서 곤란할 정도로, 그렇게 쭉.

지닌 마음이 지금보다 조금만 더 가벼웠더라면 어땠을까. 너무 무거워 버거워할까 봐서, 혹여 짐처럼 여길까 봐, 그리하여 언젠가는 그를 떠나갈 결심을 하게 될까 봐서 시시때때로 의심하며 불안에 떨지는 않아도 됐을 테다.

이제 겨우 스무 살.

옭아매지 말고 풀어 줘야 한다는 걸 모르지 않았음에도, 그가 아닌 다른 사람을 돌아보게 될까 봐 그리하지 못했다. 세상에서 유일한 단 하나였다. 그런 희재를 두고 확률게임을 할 수 있을 리 없었다. 모험이란 걸 하기에는 정한이 감당해야 할 위험부담이 너무 컸다.

가만히 한쪽 손을 들어 올린 정한이 스스로의 입술 끝을 매만졌다. 차갑게 식어 있던 피부가 곧 그때의 감각을 기억해 냈다.

선명하게 남아 있는 감촉. 말랑말랑하고 촉촉했던 희재의 입술이 정한을 허기지게 만들었다. 욕심껏 원하는 바를 채우려 든다면 그래, 이 정도로 만족이 될 리 없었다. 할 수만 있다면, 무자비한 손길을 이용해 달아날 퇴로를 막고, 흉포한 기세로 달려들어 여기저기를 맛보았을 테다. 하지만 그렇게 하지 않았던 것은 그나마 이성이란 게 남아 있어서였다.

강제가 아니더라도 언젠가는 얽히듯 부드럽게 희재의 혀를 감아올리게 되는 날이 올 것이다. 가지런하게 정돈된 치열을 더듬고, 볼 안쪽을 간질이며, 두 눈은 서로를 확인하는 교감 역할을 하는 일련의 과정.

"다른 사람은 필요 없어. 내겐 서희재 하나면 돼."

사실을 알게 된다면 질려 하거나 갑갑하게 여길지도 모른다. 그러나 이건 그가 할 수 있는 최선이었다. 그리고 결국엔 절실함이 큰 쪽이 이기게 돼 있는 싸움이었다. 이 싸움에서 정한은 누구보다 필사적이었다.

강의실을 옮겨 다니는 생활이 차츰 익숙해지기 시작했을 무렵에는 교정에 피어 있던 벚꽃들도 거의 흩날리고 없을 때였다. 이즈음 한국대 내에서 가장 큰 이슈로 떠오른 것은 새롭게 창설된 중앙 동아리, 리드(read)의 정체였다.

다소 창의성이 없어 보이는 이름처럼 표면적으로 드러난 동아리의 주요 활동내역은 말 그대로 독서모임을 표방하고 있었다. 그러나 정작 사람들은 이 모임의 정체성을 '읽다'의 read가 아닌 '이끌다'의 lead로 칭하길 주저하지 않았다. 일견 지루하고 고루해 보이는 독서모임이 주목 받은 까닭은, 모임을 이끌어 나가는 구성원의 특별함에서 찾을 수 있었다.

신입생들로만 이뤄진 리드의 가입 조건은 겉보기에는 그다지 까다롭지 않았다. 그러나 쉽게 엄두를 낼 수 있을 만큼 만만한 곳도 아니었다. 지나가다 한 번쯤은 들어 봤음 직한, 이른바 사회 각층을 대표하는 유수의 자제들이 대거 포진된 리드는 노블레스클럽의 면모를 갖추고 있었다.

이러한 이유로 주변의 관심은 극히 자연스럽게 희재에게로 옮겨 왔다. 행정학과 내에서 유일하게 리드에 적을 둔 입장이어서 더 그랬다.

"아버님 하시는 일이 어떻게 돼?"

강의가 끝나는 시간과 맞물리면서 최근 들어 귀가 따가울 정도로 듣고 있던 질문이 또 한 번 희재를 향했다. 하지만 준비된 희재의 대답은 언제나 한결같았다. 그리고 그때마다 상대가 실망하고 돌아서는 일이 반복되는 패턴이었다. 이번이라고 해서 다를 것 같진 않았다. 이윽고 희재가 입술을 움직거렸다.

"올봄에 귀농하셨어. 아마 지금쯤은 밭 갈고 논매고 계시지 않을까?"

"귀농? 그럼 작년까지는?"

"평범한 회사원이었지."

"겨우 회사원이었다고……?"

중소기업에서 근무했지만 일솜씨가 좋았던 기진은 함께 입사한 동기들에 비해서도 진급이 빠른 편이었다. 물론 과장에서 부장으로 올라가는 승진 시험에선 번번이 고배를 마셔야 했지만.

하지만 평상시 급여 수준도 나쁘지 않았고 명예퇴직을 했을 때

받은 퇴직금도 상당했던 걸로 보면 생활하는 데 있어 크게 부족함이 있거나 그러진 않았을 테다. 그러나 상대가 원하는 기대치를 충족시켜 줄 만큼의 수준은 되지 못했다.

골칫덩어리 리드 같으니라고.

희재가 리드에 소속돼 있다는 사실이 알려지고 나서부터는, 종종 호기심 어린 눈빛들이 희재로부터 해명을 구해 왔다. 그러나 진실을 말해 줘도 늘 돌아오는 반응은 일관됐다. 동아리방조차 구경해 보지 못했던 희재로선 억울한 심경을 감출 길이 없었다.

불만족스런 희재의 답변에, 듣고 있던 상대의 한쪽 눈썹이 불편해진 심기를 대변하듯 잔뜩 위쪽으로 치켜 올라갔다. 그러나 희재의 말엔 거짓이라고는 조금도 들어 있지 않았다. 그런데도 상대는 제법 오랜 시간 동안이나 불신이 깃든 눈초리를 거두지 않았다.

이유는 분명했다. 왜? 그야 다른 곳도 아닌 그 리드니까.

풀어 설명하지 않아도 함축된 단어 하나엔 충분히 말하고자 하는 의도가 담겨져 있었다. 이를테면 리드에 들기 위한 자격요건이랄까. 웬만한 배경이 아니고선 불가능하다는 전제가 이미 밑바닥에서부터 진하게 깔려 있었다.

어렵지 않게 읽어낸 상대방의 속뜻에 희재가 쓰게 웃었다. 겨우라……. 정말로 그 정도 조건만으로 리드에 들었냐는 질책 어린 반문이었다.

하지만 무성의한 답변이라며 힐난의 말을 쏟아 내 봤자, 그게 진실의 끝이었다. 뭐가 더 있거나 그러지 않았다. 어쩌다 보니 그렇게 돼 버렸을 뿐이다. 결국 화가 난 얼굴로 등을 돌리더니 그길로 강의실을 나가 버렸다. 그때서야 희재는 제대로 된 통성명조차 하지 않았단 걸 기억해 냈다.

같은 행정학과라고는 하나 정원이 기백을 넘어가는 상황에서 일일이 얼굴과 이름을 매치시킨다는 것은 거의 불가능에 가까운 일이었다. 대화가 끝이 났음에도 속이 편치 않았던 건 무례할 정도로 제멋대로 구는 상대의 태도 때문이었다.

아니 아버지를 아버지라 부르지 못하는 홍길동도 아니고, 진실을 말해 줘도 적반하장 격으로 화를 내 오니 해명하는 데도 지치는 기분이었다. 정말이지 계속 이럼 삐뚤어져 버릴 테다. 기본적인 예의 정도는 갖춰 주길 바랐던 희재의 염원은 역시나 이번에도 헛된 기대로 끝이 났다. 흡사 들으라는 듯 비꼰 음성이 들려온 건 바로 그때였다.

"재수 없어."

얼마 떨어져 있지 않은 근처에서 들려온 소리에 희재의 고개가 옆쪽을 향해 돌아갔다. 순간 드러난 익숙한 얼굴. 비틀린 표정을 짓고 있던 사람은 관계가 틀어진 시기를 기점으로 하여 소원하게 지내 오던 소윤이었다.

"방금 한 말, 나 들으라고 한 소리니?"

"왜 아니겠어. 그래도 찔리는 건 있나 보네."

쏘아보는 눈빛은 악의에 차 있었다. 남을 아프게 할 말을 가슴에 품고 있는 사람의 표정. 흔들리는 순간에 맞춰 상처를 헤집을 준비가 돼 있던 소윤의 시선이 반대로 희재를 강하게 만들었다.

그럼에도 희재는 하나의 가능성은 열어 두고 싶었다. 친구로 남을 수 있는 마지막 기회. 그래서 갈등을 겪을 걸 알면서도 먼저 손을 내밀었다.

"대체 뭐가 그렇게 못마땅해서 그래. 내 어떤 부분이 마음에 들지 않는 건지 어디 속 시원히 말이라도 한번 해 봐."

"넌 사람이 재수가 없는데 이유가 있을 거라고 봐? 그냥 싫은 건 싫은 거야."

이거 싸우자는 거지? 그러나 무성의한 답변에도 불구하고 희재는 포기하지 않고 지속적인 노력을 기울였다. 좋은 친구가 되자 다짐했던 처음의 애틋함을 잊지 못해서였다.

정한의 일도 있고 근래 들어 데면데면하게 지내 오긴 했으나, 조만간 이 관계가 회복 단계로 들어서게 될 거란 믿음을 어느 정도는 가지고 있었다. 그러나 이 믿음이 얼마나 하찮았는지에 대해서는 곧 밝혀졌다.

"세상엔 그냥이란 건 없어."

"그거야 네 생각이지. 자존심 상하게. 잘나지도 못했으면서 잘난 척은. 눈꼴셔서 진짜 못 봐 주겠네."

본심이 묻어 나오는 발언이었다. 아무래도 소윤의 입장에서는 그녀보다 희재가 더 주목을 받는 작금의 상황이 마음에 들지 않는 모양이었다. 투덜대는 목소리에는 신경질적인 짜증이 담겨 있었다.

"무슨 말인지 알겠어. 그러니까 이제 그만해."

"네가 뭔데 가르치는 말투야? 내가 없는 말 지어내서 한 것도 아닌데 뭘 그만하란 거야."

재차 내밀어 온 화해의 손길마저 뿌리친 건 소윤의 선택이었다.

아쉽지만 이 순간 희재는 머릿속에서 정리를 떠올리고 있었다.

"너…… 정말 못돼 처먹었구나."

"뭐라고?"

"괜한 트집 그만 잡아. 지금 꼬아서 듣는 건 내가 아니라 너야. 그런데 이거 알아? 그럴수록 너 참 못나 보여."

"너 말 다 했어?"

"아니. 다 못 했어. 근데 이제 더는 안 하려고. 해 봤자 쓸모없는 일이란 걸 알아 버렸거든."

"기가 막혀서. 누가 할 소릴!"

자리에서 벌떡 일어난 소윤이 씨근덕거리는 목소리로 날카롭게 소리쳤다. 화가 나 어쩔 줄 몰라 하는 목소리였다. 삽시간에 격앙된 파열음이 강의실 내부를 가득 채웠다. 아직 강의실을 떠나지 않고 있던 사람들의 이목이 삽시간에 집중되었다. 그럴수록 소윤의 목덜미가 붉어졌다.

소리를 낮추라는 만류는 일부러 하지 않았다. 그래 봐야 답답한 건 희재가 아니라 소윤이었으니까. 먼저 얼굴 붉힐 일을 만든 당사자가 뻔뻔하게 나오는 상황에서 괜히 잘못한 것도 없는 희재가 나서 뒷수습을 할 필요는 어디에도 없었다.

아무렇지 않게 앉은 주변을 정리한 희재가 펼쳐 두고 있던 책을 덮고는 자리에서 일어섰다. 그러나 길목을 가로막은 채 버티고 있던 소윤은 쉽게 갈 길을 터 주지 않았다.

"비켜."

"아직 내 말 안 끝났어."

"말했을 텐데. 너랑은 더 이상 할 얘기란 게 없다고. 못 들었어? 다시 말해 줘?"

"이게 정말."

만고불변의 원칙 하나. 싸움은 언제나 먼저 흥분하는 쪽이 우선하여 지게 되어 있었다. 그것이 비록 흔하디흔한 사소한 말다툼에 지나지 않을지라도 예외는 없었다.

고요하게 가라앉은 눈을 한 희재는 무척이나 이성적인데 반해, 이리저리 흔들리는 눈길을 하고 있던 소윤은 어딘지 모르게 불안정해 보였다. 그럴수록 상황은 점점 소윤에게 불리하게 돌아갔다. 못마땅함에 입술을 짓이기듯 깨문 소윤이 줄곧 노려보는 시선을 지우지 않았다.

'나 정말 사람 보는 눈 없네.'

설득이 들어먹히지 않는 상대에게 할 수 있는 최선의 방법은 무턱대고 언성을 높이는 게 아니었다. 희재는 경직된 얼굴로 화를 내며 하는 주장보다 훨씬 더 효과적인 방법을 알고 있었다. 당하는 입장에서는 아주 싫게 느껴지는 일.

담담한 시선 아래 자리해 있던 희재의 입술 끝이 조금 올라갔다. 동시에 입가로 환한 미소가 떠올랐다.

"너한테 좋은 사람이고 싶지 않아."

"……!"

"이게 형평성에도 맞는 것 같아. 어차피 네게도 난 별로 마음에 드는 상대는 아니었을 거 아냐."

쓸데없는 신경전도 싫었고, 이유 없는 미움을 받다 지치는 것도 사양하고 싶었다. 관계의 개선을 바라지 않는 상대와 계속된 교유를 쌓아 나간들 그게 제대로 된 친구이긴 한 걸까, 하는 회의감.

아무리 마음이 촉박해도 모래 위에 집을 지을 수는 없는 노릇이었다. 일그러진 것은 어느 때고 틀어지게 되어 있었기에.

고고한 희재의 눈길이 소윤에게 닿았다. 불합리한 적대감, 질시, 바보처럼 이 모든 걸 감내하기엔 미안하지만 '내'가 너무 아까웠다. 입가에 떠올라 있던 미소가 더욱 깊어졌다.

"저질러 버렸네."

따사로운 햇볕이 내리쬐는 한낮의 정오. 무심코 올려다본 하늘은 구름 한 점 찾아볼 수 없을 정도로 맑게 개 있었다. 때 이른 이별을 논하기에는 어쩌면 조금 어울리지 않았던 건지도. 그래서인지 문득 비가 그리워졌다.

함께 머리를 맞대 가며 강의시간표를 조율할 정도로 즐거워했던 때가 바로 엊그제 같은데, 이제 와 그 시간들을 없던 일로 되돌리자니 못내 기운이 빠졌다. 굳이 따지자면 섭섭함과 시원함의 경계 지점 정도랄까.

반갑다며 마주 잡던 두 손, 친하게 지내자던 약속, 깔깔대며 우스갯소리를 일삼던 입술, 손짓, 이 모든 걸 포기하려 하니 어쩔 수 없이 속이 쓰리다.

그럼에도 후회보다는 후련함이 좀 더 컸던 것은 아마도 변질돼 버린 마음 때문일 테다. 만약에 불편해진 게 마음이 아닌 다른 부수적인 거였더라면 어땠을까. 상념을 떨치듯 희재가 고개를 가로저었다. 헤어짐이 일단락된 상황에서 자문을 해 봐도 달라지는 건 없었다.

흐트러진 심경을 혼자서 다독이고 나니 그제야 이 자리에 없는 지희 생각이 났다. 무던히도 화해를 시키려고 애썼던 지희 입장만 난처하게 돼 버린 꼴이었다. 하필이면 오늘따라 개인 사정으로 인해 강의에 불참한단 연락을 받은 터라, 나중에 상황 설명을 어떻게 해 줘야 할지 퍽이나 난감했다.

문제는 세 사람의 강의 시간이 대부분 겹쳐지게 짜여 있다 보니 누구 하나를 아예 안 보고 지낼 수 없다는 데 있었다. 그것이 마냥 홀가분하다고 할 수 없는 이유이기도 했다. 사실 상대가 원하는 방향에 따라 비위를 맞춰 주려면 못 할 것도 없었다. 그러나 소윤이 희재에게 바란 건 바람직한 요구사항이 아니었다. 이따금 생각은 날 테다. 하지만 단지 그뿐이었다.

"리드라고 했었지?"

주말과 휴일이 미치는 피로의 여파를 고려해 일부러 월요일 시간표는 여유 있게 짜 둔 편이었다. 때문에 다음 수업인 행정학개론이 시작되기 전까진 중간에 두 시간의 공강이 끼어 있었다. 대체로 이 시간엔 점심을 해결하거나 카페에 들어가 수다를 떨곤 했다. 그러나 오늘은 다른 걸 해 볼 작정이었다.

다운받아 놓은 한국대 어플을 통해 목적지의 건물 위치를 파악한 희재가 발걸음을 그쪽으로 돌렸다. 정한의 권유가 아니었더라면 들지 않았을 동아리. 정해 두었던 학과 동아리를 포기하고 선택한 중앙동아리였지만 정작 걸음을 하긴 이번이 처음이었다.

사실 의아한 것은 정한의 태도였다. 그날 이후 그는 희재에게 동아리와 관련된 어떤 의무도 일체 강요해 오지 않았다. 따로 내용을 환기시키거나 참여를 당부하는 일도 없었다. 더군다나 옆에서 지켜보고 있자면 딱히 정한도 동아리 활동에 의의를 두고 있는 것 같지가 않았기 때문에 리드의 정체가 더욱더 궁금해졌다.

소문의 진상은 어디까지일까. 가만히 있어도 들려오는 수군거림으로 인해 이미 머릿속은 포화 상태를 이루고 있었다. 사소하거나 혹은 시시한 것들까지, 여과되지 않는 정보들은 도리어 판단력을 흐리게 만드는 기폭제로 작용했다. 쉽게 종잡을 수 없었던 것도 바로 이 때문이었다.

하지만 계속해 신경을 끄고 있을 수 없었던 것은, 떠들썩할 정도로 요란한 리드의 유명세가 애당초 정한에게서부터 비롯되었다는 사실에서 그 이유를 찾을 수 있었다.

리드의 이름 앞에 당연하다시피 언급되는 정한의 이름. 취지가 어떻든 간에 정한이 있음으로 하여 리드가 생겨날 수 있었다. 그래서 더 신기했다. 아무리 따져 봐도 정한의 참여율은 극히 저조할 수밖에 없는 상황이었으니까.

희재의 고양이이자 첫사랑의 대상이 된 이. 그러니까 정한은 사교적인 것과는 비교적 거리가 멀었다. 다만 태생적으로 그는 가만히 있어도 주변 사람들을 끌어들이는 마력을 가지고 있었고, 어디에 있든지 간에 주목의 대상이 되곤 했다.

이 죄 많은 남자 같으니라고!

잠시 잠깐 떠올리며 회상하는 것만으로도 홧홧한 열기가 얼굴을 타고 올랐다. 곁에 머무는 것만으로도 부담스러웠던 상대가, 이젠 연정과 연관 짓는 대상이 됐다. 집중해서 바라보는 시선이 좋았고, 슬쩍 와 닿는 손길이 기대 심리를 부추겼다.

이따금 의미심장한 눈빛을 교환할 때면 멋모를 설렘에 가슴이 양껏 부풀려지기도 했다. 점점 더 좋아져서 큰일인 요즘이었다. 그리고 이것이야말로 정한의 동아리 활동이 뜸하다고 확신할 수 있었던 이유이기도 했다.

갓 연애를 시작한 풋풋한 연인답게 희재와 정한은 꾸준히 함께하는 시간을 늘려 가고 있었다. 특히나 한 건물 내에서 마주 보며 생활하는 여건으로 인해 대체적으로 학업 이외의 여가 시간은 서로 공유하는 편이었다.

익숙해진 얼굴을 바라보며 조근조근하게 이야기를 속삭이고 별거 아닌 일에도 웃어 주는 일상. 취기가 오른 모습은 물론이거니와 밤늦게 외출하는 걸 본 적도 별로 없었다. 여럿이서 어울려 떠들썩하게 마시는 술보다, 그는 희재의 얼굴을 조금 더 오래 보는 걸 좋아했다.

당사자인 희재가 말하긴 다소 쑥스러운 일이긴 했으나 그래도 사실은 사실이니까. 이처럼 근래 들어 우리는 연애를 하느라 아주 바빴다.

"얘도 양반은 못 된다니까."

때맞춰 도착한 정한의 카톡에 희재가 기분 좋은 미소를 입가에 걸었다. 수신에 대한 회신은 짤막하게 이뤄졌다. 잠시 후 동아리방 앞에 선 희재가 가벼운 노크와 함께 문을 열어젖혔다.

"회원 안 받아요."

희재의 얼굴을 확인하는 것과 거의 동시에 날아든 날카로운 말투였다. 번잡스러울 거란 예상과는 달리 여타의 신생 동아리답지 않게 내부의 분위기는 제법 정돈이 돼 있었다. 그러나 마음 편히 생각을 이어 가기에는 장소가 마땅치 않았다.

"그게 아니라."

"못 들었어요? 회원 모집 끝났다니까요."

짜증스런 표정. 중간에서 희재가 하던 말을 끊은 남자가 더 들어 볼 것도 없다는 투로 단정 지어 말했다. 이건 뭐 잡상인 취급도 아니고, 다짜고짜 신경질부터 내 오면 없던 오기도 생기기 마련이었다.

"내가 무슨 얘길 할 줄 알고 미리 그렇게 딱 잘라 선을 그어요?"

"뭐야. 혹시 우리가 모르는 어디 지방 국회의원 딸이기라도 해요? 그런 거라면 지금이라도 말해요."

"이봐요."

내세울 만큼 좋은 집안 출신이 아니라면 이대로 등을 돌려 왔던 길을 되짚어 나가란 우회적인 충고였다. 비생산적인 대화에는 일절 임할 생각이 없다는 듯, 말투가 무례하기 짝이 없었다.

남의 말은 귓등으로도 들어 줄 생각이 없어 보이는 안하무인인 태도에, 어쩌나 두고 보고 있는데 연타로 사람을 당혹스럽게 만드는 직설적인 화법이 이어졌다.

"참 사람 질리게 하네. 자존심도 없나 봐."

점점 이것 봐라 하는 심정이 된 건, 심드렁한 눈빛으로 이 모습을 구경하고 있던 주변의 또 다른 사람들 때문이었다. 방문한 용건을 말하기도 전에 날아든 텃세에 기가 막힐 지경이었다. 우리 고양이, 혼 좀 나야겠는걸? 야옹야옹 울 정도로 아주 많이!

기대가 크면 실망도 큰 법이라지만, 다행히 희재는 이 기대란 걸 가지고 있지 않았다. 대체 이런 데가 뭐가 좋다고 다들 기를 쓰고 들어오려고 하는 건지 도통 이해가 되질 않았다. 이럴 바에야 학과 동아리 쪽이 훨씬 나은 선택이 됐을 것 같았다. 질 낮은 장난질에 처음과는 달리 희재의 목소리가 딱딱하게 굳어졌다.

"방금 전에 했던 말, 혹시 저 들으라고 한 말인가요?"

"들렸어요? 신경 쓰지 말아요. 혼잣말이에요, 혼잣말."

와자지껄할 정도로 큰 웃음이 도처에서 들려왔다. 이를테면 비웃음이었다.

끼리끼리 논다더니, 못돼 처먹은 사람은 어딜 가나 있는 모양이었다. 괜히 정한더러 이쪽으로 오라고 한 것 같았다. 그러나 이대로는 가는 건 예의가 아니었다. 호된 신고식에 대한 답례는 이쪽에서도 해 주고 가는 게 맞았다.

"개싸가지들."

고깝게 되받아친 말 한 마디에 삽시간에 주변이 조용해졌다.

"왜요? 저라고 혼잣말을 하지 말라는 법이 있나요?"

"생각보다 강적이네."

"반말하지 마세요. 그러라고 허락한 적 없어요."

소파에 앉아 상황을 지켜보고 있던 몇몇은 자못 흥미롭다는 듯이 턱까지 괴고 이 장면을 주시하기 시작했다. 참나. 동아리방에

스툴까지 포함된 소파라니. 있는 집 자식들답게 겉으로 드러난 모양새는 번지르르할지 모르겠으나, 그에 비해 인성은 형편없는 수준에 지나지 않았다. '쯧' 하고 작게 혀 차는 소리가 들려온 건 바로 그때였다.

"어쨌든 여길 들어오고 싶었으니까 문을 두드렸던 것 아닌가요? 그럼 지금 여기서 이러면 안 된다는 것 정도는 알죠?"

"아뇨. 틀렸어요. 그러니까 이런 취급을 받을 이유도 없어요."

"아니라고요?"

"네, 아니에요."

"그럼 왜……?"

말끝을 흐려 가며 해 온 마지막 질문에 대한 답은 간단했다. 엄밀히 말해 희재는 이미 리드에 소속이 돼 있었다. 그러니 애초 질문지 자체가 틀렸던 셈이었다.

"탈퇴서 줘요."

"?"

"내 말 못 들었어요? 탈퇴서 달라고요."

"하아. 진짜 싫다. 부외자에게 그걸 왜 줘요."

위화감이 들 정도의 깊은 한숨 속엔 이제 그만 적당히 고집을 꺾으라는 중의적인 의미를 포함하고 있었다.

"필요하니까 요구하는 거예요, 난."

"별로 그러고 싶지 않은데요? 그쪽이 악용을 안 한다고 어떻게 장담해요."

"내가 이미 이곳에 소속이 돼 있다고 해도요?"

"정말 가지가지 하네. 좀 적당히 좀 해요. 말 안 된다는 거 본인이 더 잘 알 거라고 믿어요."

떨떠름하게 바라보는 게 꼭 귀찮은 진드기라도 보는 것 같은 눈초리였다. 쉽게 속내를 간파해 낼 수 있었을 만큼 드러내 놓고 불청객 취급이었다.

"복잡하게 따질 거 없이 어차피 회장의 인가만 있으면 된 거 아닌가요? 그럼 확인해 보면 될 거 아니에요."

"그렇긴 하지만…… 그쪽하고는 별로 연관이 없어 보여서요."

정한을 아냐고 묻지도 않았다. 확정 지어 말하는 게 꼭 가당치도 않는 일에 기운 빼지 말라는 충고처럼 들렸다.

"여기가 그렇게 대단한 곳인가요? 아무렇지 않게 부당 대우를 할 만큼?"

"적어도 어중이떠중이가 기웃댈 곳은 아니죠."

기본적인 프라이드도 지닌 바 특권의식도 굉장히 높았다. 그러나 희재는 이곳이 탐나지도 또 탐탁지도 않았다.

"다른 걸 떠나 동아리방도 엄연히 대학 내 공공시설물이에요. 오라 가라 막을 권리 그쪽한테 없어요."

"신입생이죠? 법 관련 전공 쪽은 아닌 것 같아 보이는데, 내 말 틀렸나요?"

"행정학과예요."

"역시. 근데 억지, 라는 말 알아요? 지금처럼 계속 이러는 거 별 의미 없어요. 여기 일반인은 안 받아요."

"그 기준이란 걸 누가 정했나요?"

"정말이지 상관 안 할 수가 없네. 관심 없다면서 되게 까다롭게 질문하고 있단 건 알아요?"

희재가 서 있던 왼쪽 방면으로부터 툭 던지듯 훈수가 날아 들었다. 자연히 희재의 시선도 그쪽으로 향했다.

아슬아슬할 정도로 짧은 스커트 차림. 꼬고 있던 다리를 푼 직후 대화에 껴든 여자가 앉은 자리에서 일어났다. 누가 봐도 예쁘다 할 정도의 얼굴을 지니고 있었다. 그러나 친해질 여지는 거의 없어 보였다. 희재의 대답을 듣기에 앞서 냉소에 찬 충고가 거듭 이어졌다.

"뭘 바라고 여기서 이러는 건지는 모르겠지만, 관둬요. 무의미한 입씨름으로 피차간에 기운 빼서 좋을 거 없잖아요."

"간단한 걸 복잡하게 만드는 건 내가 아니에요."

"사람들은 흔히 이런 걸, 착각이라고들 말하죠."

"틀렸어요. 내 입장에선 쓸데없는 참견일 뿐이에요."

팽팽한 기세싸움이 이어졌다. 순간 휘익— 질 낮은 휘파람 소리가 희재의 귓가로 날아들었다.

"제법 센데? 이태린 괜찮겠어?"

"문제없어."

좌중을 둘러보는 태린의 눈빛은 여전히 의기양양해 보였다.

"봐서 알겠지만 이곳엔 그쪽 환영하는 사람은 아무도 없어요."

유치한 협박이었다. 그러나 주눅이 들 이유는 조금도 없었다. 감춰진 진실은 겉으로 드러난 사실과는 달랐기에. 그러나 반박을 준비하는 시점에서, 상황은 재미있게 돌아가기 시작했다.

"어머!"

달칵하고 닫힌 문이 열리는 것과 동시에 높은 고음의 감탄사가 터져 나왔다. 누가 먼저랄 것도 없이 다들 한마음으로 자리를 박차고 일어났다.

"웬일이야, 이 시간에. 한번 들르라고 그렇게 말해도 안 듣더니."

반가움이 깃든 어조. 방금 전까지 희재에게 쓴소리를 아끼지 않았던 태린이 한달음에 정한의 근처로 다가섰다. 그러나 태린이 좋았던 건 딱 거기까지였다.

이태린의 손길이 정한의 옷깃을 스치는 찰나, 날카로운 마찰음이 울려 퍼졌다.

"건드리지 마."

"미, 미안. 나도 모르게 그만……. 사람 손길 닿는 거 싫어한다는 걸 알면서도 이러네."

밀쳐진 손등을 감싸 쥔 태린이 울상을 지었다. 의아했던 것은 약속이나 한 것처럼 주변에서 보여 온 한결같은 반응들이었다.

지켜보고 있던 희재마저 덩달아 무안해질 정도로 딱 잘라 선을 긋는 정한의 행동에도 다들 별다른 이견 없이 그냥 그러려니 하며 받아들이는 태도였다. 이를테면 태린이 실수를 했다는 것을 인정하는 분위기였다.

곤혹스러운 웃음을 띤 태린의 눈가가 미세하게 떨렸다. 괜찮은 척하고 있었지만 옅게 남은 손등 위의 붉은 흔적이 구겨진 자존심을 대변하고 있었다.

몰랐는데 우리 고양이가 다른 데서는 까칠한 매력이 있었구나. 기특함에 절로 희재의 표정이 방긋방긋거렸다. 이런 상황에서도 당혹스러움보다는 만족감이 먼저 드는 걸 보니 아무래도 희재 자신은 착한 사람은 되지 못하는 것 같았다.

조롱하고 비꼬던 태린의 입술은 정한의 등장과 함께 얌전하게 침묵을 지켰다. 지극히 짧은 시간에도 정한을 향한 태린의 깊은 호감을 어렵지 않게 읽어 내릴 수 있었다. 화려한 외모의 태린. 아름다운 것에 약한 게 누가 남자의 본능이라고 했던가. 틀렸다. 외모로 사람을 차별하는 타입이었다면, 이 순간 정한은 희재가 아닌 태린에게 조금 더 친절했을 테다.

미혹되지 않는 정한의 눈길은 시릴 정도로 차가웠다. 평상시와 다름없던 표정에서는 쉽사리 속에 든 감정을 읽어 내기가 어려웠지만, 눈빛만은 내도록 식어 있었다.

대학에 들어와 들려오는 정한과 관련된 소문들이 희재가 알던 사실과는 사뭇 남다르다 했더니…… 확실히 고교 시절보다 의례적으로 웃어 주는 법도 별로 없었고, 관계를 맺고 끊는 것도 단호했다. 이러니 다가서기 어렵다는 말이 나올 수밖에.

그러나 태린을 향해 있던 정한의 눈길이 희재에게로 옮겨 가 닿았을 무렵엔, 차갑던 기운이 마치 봄 햇살에 눈 녹듯 흔적도 없이 사그라지고 없었다. 대신 그 자리를 채운 건 따뜻한 온기가 전부였다. 때아닌 훈풍이 가슴속으로 들이닥쳤다.

똑똑, 마음의 문을 두드리는 소리가 희재의 머릿속에서 세차게 울려 퍼졌다. 정말이지 이건 반칙이었다. 한눈을 팔지 않고 바르게 희재 하나만 바라보는 정한이 그녀를 설레게 만들었다.

사과의 말을 입에 담고 있던 태린 쪽은 거들떠보지도 않았다. 일말의 여지도 없이 태린의 곁을 스윽 지나친 정한이 가장 먼저 희재가 들고 있던 두꺼운 전공 책을 자연스레 받아 들었다.

"왔으면 앉아 있지 않고 왜 서서 그러고 있어. 다리 아플라."

다정한 정한의 배려는 오직 희재만을 위한 것이었다. 변명할 여지없는 특별 취급이었다. 이러한 정한의 태도는 급기야 주변의 경각심을 불러일으켰다.

"……두 사람, 아는 사이야?"

희재와의 약속을 잊지 않은 정한은 관계의 긴밀성에 관해선 말을 아꼈다. 그러나 직접적인 대답보다 때로는 보여지는 행동 하나가 더 많은 것을 말해 올 때가 있었다.

대답하기에 앞서, 희재로부터 받아 들었던 책을 테이블 위에 올려둔 정한이 이어 한쪽 무릎을 바닥에 갖다 댔다. 그러고는 풀려져 있던 희재의 신발 끈을 가지런히 정돈해 주었다. 언제 풀려져 있었던 건지 희재 본인조차 알아차리지 못했던 일이었다.

예기치 못했던 정한의 돌발 행동으로 인해 일순간 일대가 찬물을 끼얹은 것처럼 조용하게 변했다. 다름 아닌 정한이, 누군가의 발밑에 엎드려 신발 끈을 묶어 주고 있는 모습이라니. 희재와 정한을 제외한 나머지 인원 중 이 같은 사실에 경악을 하지 않은 사람은 아무도 없었다.

"설마 우리 생각보다 두 사람, 가까운…… 사이야? 친척은 아닌 것 같은데……."

"그게 왜 궁금한지는 모르겠지만, 관심 두지 마."

"아니, 난 그저."

"단 한 번뿐이야. 내가 하는 경고는."

서슬이 퍼럴 정도로 날카롭게 반응해 오는 정한의 모습에 상대방이 움찔 몸을 떨었다. 그때까지도 반신반의하고 있던 이들의 얼굴도 곧 당혹스러움으로 물들어 갔다. 그들이 알고 있던 평소의 김정한과 지금 눈앞으로 보이는 김정한과의 사이에서 느껴지는 괴리감이 지나치게 컸기 때문이었다.

사람들의 관심은 자동적으로 희재에게로 쏠렸다. 그러나 다물고 있던 희재의 입술이 열렸을 때, 파문은 걷잡을 수 없이 커졌다.

"내가 말한 탈퇴서, 이젠 받을 수 있나요?"

"탈퇴서라니?"

"그런 게 있어."

의아함이 깃든 정한의 물음에 희재가 씩 웃었다. 반면 다른 한쪽에선 다들 낭패감 어린 시선을 교환하기 바빴다. 그런 뒤에야 그들은 누구랄 것도 없이 머릿속으로 까마득하게 잊고 있었던 이름 하나를 떠올릴 수 있었다. 다른 누구보다 먼저 리드에 명단을 올린 사람이 있다는 걸 뒤늦게 기억해 낸 탓이었다.

서희재.

미리 눈치를 채지 못했던 것은 분명 그들의 불찰이었다. 그러나 예의 소문이 자자했던 서희재가 이렇게 평범한 사람일 거라고 예측하기란 아주 어려운 일이었다. 까놓고 말해 정한의 관심을 받기에 희재는 지나치게 수수한 모습을 하고 있었다.

현재 하고 있는 생각이 무엇인지 고스란히 드러나 보이는 상대의 빛바랜 눈빛에 희재가 야트막하게 숨을 골라 쉬었다. 걸치고 있는 옷과 가방, 값비싼 액세서리가 그 사람의 전부를 말해 줄 수는 없는 법이었다. 약간은 번복된, 그러나 같은 맥락을 띤 요구가 다시금 이어졌다.

"탈퇴서, 한 장이 아니라 두 장을 줘요."

움찔.

흠칫거리는 태린을 내버려 두고 이번엔 정면이 아닌 옆쪽의 정한을 올려다보며 말했다.

"되도록 친구는 가려 가며 사귀어."

경험에서 우러나오는 희재의 말 한마디에 주변의 웅성거림이 표시 나게 커졌다. 몇몇은 혼비백산한 얼굴로 당혹감을 드러내기도 했다. 재고의 가치도 없다는 듯 희재의 조언에 정한이 망설임 없이 고개를 끄덕였기 때문이었다. 옳지. 우리 고양이. 정말이지 말 하나는 끝내주게 잘 듣는다.

차별을 역설하고 있는 지금 이 상황에서 스스로의 말이 무척이나 모순적이란 건 이미 잘 알고 있었다. 그랬기에 더 대놓고 했다. 말하자면 희재는 지금 심술을 부리고 있었다. 치사해도 어쩔 수 없었다. 미리 얘기해 뒀지만, 서희재는 그다지 착하지가 않았다. 그냥 보통의 평범한 사람이었다. 그래서 때로는 남들처럼 심술도 부린다.

제5장.

빛과 태양

    희재에겐 작은 트라우마가 하나 있었다. 이젠 성인이 돼 버렸지만 그럼에도 시시때때로 그녀를 고민에 휩싸이게 만드는 것. 바로 대인 관계였다. 학창시절을 지나오면서 줄곧 희재는 대인 관계에 있어 어려움을 겪곤 했다.

    생각해 보면 단 한 차례도 마음을 터놓을 정도로 친한 친구를 사귀어 본 적이 없었다. 마지막 벽을 허물 수 없는 기분이랄까. 내내 생각하기도 했지만 늘 희재는 자신이 무리에서 겉돌고 있었다는 느낌을 지울 수가 없었다.

    악의에 찬 눈빛으로 싫은 소리를 해 온다거나 그러진 않았다. 뒤에서는 수군수군거릴지언정 앞에서는 오히려 기피하는 쪽에 가까웠다. 용기를 내 먼저 다가가 손을 내밀어도 그때뿐이었다.

    간신히 인사만 주고받을 뿐인 데면데면한 관계, 어쩔 수 없이 조를 짜야 하는 상황이 올 때면 고려 대상에조차 들어가 있지 않는 어색한 사이.

학년이 올라갈수록 대놓고 따돌리지는 않았지만 사람들은 언제나 일정한 거리감을 둔 채 희재를 대하곤 했다. 뚜렷한 이유도, 잘못된 점도 말해 주지 않았다. 그러다가 나중엔 그냥 상황에 익숙해져 버리고 말았다. 그리고 그럴 때마다 희재에게 손을 내밀어 준 사람이 바로 정한이었다.

떨쳐 내지 못한 자격지심 때문일까. 주변으로부터 원치 않게 시기와 질투를 받을 때면 마치 동정을 받은 기분이 들 때가 있었다. 지금은 아니란 걸 알지만 어린 마음에 정한이 꺼려지기도 했었다. 당시 희재가 바란 건 동등한 입장을 지닌 친구의 위치였으니까.

그래서 어쩌면 지금 하고 있는 희재 자신의 행동은, 정해진 선을 넘은 과한 요구일 수도 있었다. 그런데도 희재는 고집을 꺾지 않았다.

희재가 두 장의 탈퇴서를 요구한 시점에서 동아리방은 싸늘한 침묵에 잠겼다. 나머지 한 장이 누구를 위해 사용되어질지 짐작이 갔던 까닭이다. 아직 체계도 잡히지 않은 신생 동아리에서, 구심점이 되는 정한이 빠져나가 버린다면 이는 곧 모임의 와해를 의미했다.

하지만 희재의 말에 정한이 고개를 끄덕임으로 인해 결정권은 온전히 희재의 소관으로 넘어왔다.

마음속에서 두 개의 갈등이 첨예한 대립을 이뤘다. 미안하지만 희재는 결심을 번복할 의사가 없었다. 그러나 뜻밖의 사건으로 말미암아 사태는 예기치 못한 방향으로 나아갔다.

"강건우……?"

정한의 등장을 끝으로 줄곧 닫혀 있던 앞문이 열리자 문득 희재의 시선이 그곳을 향했다. 순간 생각지도 못한 장소에서 익숙한 얼굴을 발견한 희재가 무의식중에 건우의 이름을 입에 올렸다. 하지만 정작 가장 먼저 반응을 보인 건 당사자인 건우가 아닌 정한이었다.

"강건우의 이름을 아직도 기억해? 몇 년이 지났는데도 단번에 보고 알아차릴 정도로?"

"아니, 난 그냥……. 옛날 얼굴이 그대로 남아 있으니까……."

"수상해. 말꼬리는 왜 흐리고 그래."

말투가 흡사 추궁하는 투였다.

"별게 다 수상해. 내가 뭘."

"내가 뭘?"

몹시도 마음에 들지 않는다는 듯 정한이 입술을 비틀자, 그제야 건우가 알은체를 해 왔다.

"오랜만이야, 서희재."

"어떻게 된 거야. 두 사람 지금껏 연락하고 지내 온 거야?"

희재가 그랬던 것처럼 건우의 입에서도 그녀의 이름이 흘러나왔다. 빈말로라도 친하다곤 못 할 사이였다. 그래서 어쩌면 모를 거라고 생각했었는데, 의외로 건우는 희재의 이름을 정확히 기억하고 있었다.

이내 정한과 건우를 한 차례 번갈아 본 희재가 얼떨떨한 목소리로 질문을 건넸다.

"어쩌다 보니 그렇게."

"아니, 대학에."

거의 동시에 나온 말이었다. 그러나 대답은 서로 어긋나 있었다. 결국 두 사람의 이야기는 끝까지 이어지지 못한 채 매듭지어졌다. 표정을 읽을 수 없는 정한과는 달리 건우는 실수를 했다는 듯 낭패 감에 젖어 있었다. 이내 매우 곤혹스런 빛을 띤 건우가 슬쩍 곁눈 질로 정한의 눈치를 봤다. 이해할 수 없었던 건 바로 이러한 건우 의 태도였다.

강건우를 마지막으로 본 건 중학교 졸업 무렵이었다. 막 이 학년 으로 올라가던 시기에 전학을 왔던 건우와는 그 후 삼 학년 때도 같은 반이 되었다. 그러고 보면 그 이전부터 이상하리만치 전학생 은 희재의 반에 몰려서 편성되었다. 다르게 표현하자면 정한과도 같은 반이란 이야기였다.

정한만큼이나 키가 컸던 건우는 학교생활에 별다른 흥미를 느끼 지 못하는 것처럼 굴었다. 주변 사람들과 어울리는 것에도, 시시한 농담 따 먹기에도 관심이 없는, 이를테면 무척이나 과묵한 타입이 었다.

하지만 동질감을 느끼기에는 서로 간의 입장 차이가 확연하게 두드러졌다. 희재와 달리 건우는 스스로 고립되는 쪽을 선택했을 뿐이었으니까.

그럼에도 지금껏 건우를 기억하는 것은 그가 희재에게 맡겨 둔 채 찾아가지 않았던 물건이 있어서였다. 뜻밖의 장소에서 재회를 하게 되자 감회가 남달랐다.

"뭐야. 두 사람 대답이 왜 서로 달라?"

"아……. 그게 말이지."

건우가 또 한 번 정한에게 눈짓했다.

"쟤 눈치를 왜 봐? 내가 어려운 질문을 한 거니?"

"아냐, 그런 거. 내가 좀 착각을 하고 있었나 봐."

착각이란 말로써 희재의 이해를 구하기엔 건우의 태도는 다소 설득력이 떨어졌다. 그럴수록 의문은 중첩됐다. 그래서 이번에는 건우가 아닌 정한을 바라봤다. 그 역시 별다른 대꾸 없이 어깨만 으쓱였다. 수상한 건 희재 자신이 아니라 바로 정한이었다.

"얼버무리기는. 그래서 언제부터 연락하고 지냈다는 거야."

"그보다 동아리 활동 때문에 온 것 같은데 왜 이러고 서 있어."

은근슬쩍 말을 돌린 건우가 화제를 전환했다. 아무래도 전후 사정은 정한을 통해 들어야 할 것 같았다. 문제는 건우 역시 리드와 무관치 않다는 것에 있었다.

"너도 여기에 소속돼 있었던 거니?"

"어쩌다 보니. 그런데 분위기가 왜 이래? 꼭 초상집처럼."

계속해 미간을 찌푸리고 있던 태린이, 건우의 말 한마디에 떫은 감이라도 씹은 것처럼 인상을 일그러뜨렸다. 반면 주변의 다른 이들은 마치 구세주를 만나기라도 한 것처럼 건우를 바라봤다. 눈치 빠른 건우가 금세 돌아가는 상황을 파악해 냈다.

"학생 때 기분 버리라니까. 그새 사고를 쳤구나."

대놓고 태린을 겨냥한 말이었다. 그러나 차갑게 쏘아붙이는 말투

176

가 아니었고, 부드럽게 타이르는 어투였다. 이런 건우를 바라보고 있자면 조금 생경한 기분이 들었다. 딱 부러진 말로써 용건 이외의 말은 입에도 담지 않았던 때도 있었는데, 보지 못한 사이 많이 유해진 느낌이었다.

그러나 이야기를 듣던 태린에게는 단순한 잔소리쯤으로 들렸나 보다.

"알지도 못하면서 말 함부로 하지 마."

"또 그런다."

"웃겨. 자기가 뭔데 하라 마라야. 내 일에 상관 말고 네 일이나 잘해. 주제에 누구한테 훈계야."

정한의 앞에선 말 한 마디조차 조심스럽던 태린이었다. 그러나 건우와 대화를 이어 나갈 땐 깔보는 기색이 역력했다. 참견이 달갑지 않다는 정도로 끝내도 됐을 이야기였다. 그러나 기어코 태린은 주제를 운운해 가며 건우의 위치를 격하시켰다.

날카로운 태린이 말이 끝나자, 건우의 입가에 떠오른 것은 쓴웃음이었다. 어쩐지 보지 말아야 할 것을 훔쳐본 느낌이었다.

"그만해."

짤막하지만 무게감 있는 정한의 음성이 마침내 중재에 나섰다. 그때서야 비로소 사납던 분위기가 한결 수그러들었다. 잔뜩 뒤틀려 있던 태린의 입매도 어느새 제자리로 돌아와 있었다. 그러나 얼마 못 가 또다시 일그러졌다.

"탈퇴서 줘."

"김정한!"

"착각하고 있나 본데, 이 일은 이미 내 손을 떠났어."

일시에 모두의 시선이 희재에게로 집중되었다. 자연스럽게 건우의 눈길도 희재에게 와 닿았다.

"그만두려고?"

"응. 그럴 생각이야."

왜냐는 질문은 해 오지 않았다. 작은 끄덕임, 알겠다는 건우의 제스처에 속이 까맣게 타들어 가는 건 나머지 멤버들뿐이었다. 어떻게 좀 해 보라며 건우의 어깨를 툭 밀치는 행위가 다소 거칠게 느껴졌다.

하지만 옷깃을 툭툭 털어 내는 건우의 손길이 으레 그러려니 하는 태도였다. 그랬음에도 왜인지 보고 있기가 많이 불편했다. 이 때문일까. 생각지도 않았던 제안 하나가 건우를 향했다.

"점심 안 먹었으면 같이 먹어."

"둘이서?"

"아니. 얘까지 셋이서."

정한의 소매 끝을 붙들고 앞쪽으로 이끌자 건우가 흔쾌히 고개를 끄덕였다. 반면에 주변의 분위기는 점점 더 침체일로를 걸어갔다. 하지만 가장 낙심할 거라 생각했던 태린은 의외로 긴 속눈썹을 아래로 내리깐 채, 입가엔 의미를 알 수 없는 미소를 띠고 있었다. 그러더니 곧이어 고혹적인 입술을 움직이며 불쑥 질문 하나를 해왔다.

"어디서 먹을 거예요? 세 사람 점심."

"그게 왜 궁금해요?"

"설마 학교 앞 식당 같은 곳을 가려는 건 아니겠죠?"

"그럼 안 되나요?"

"아직 제대로 된 식성도 파악하지 못했나 봐요? 정한이 아무 음식이나 입에 대지 않아요. 밖의 음식이라면 더더욱."

도전적인 눈길이 희재를 향했다. 자신만만해하는 당당한 태도였다. 그러나 희재로서는 쉽게 납득이 가지 않았다. 정한의 입맛이 까다롭긴 했지만 기억을 더듬어 봐도 태린의 말처럼 아주 유난했던 적은 없었었다. 마트 시식대에 놓여 있던 음식도 집어 주면 곧잘 받아먹곤 하지 않았던가.

물론 먹는 속도가 빠르거나, 많은 양을 먹는 건 아니었지만 그래도 웬만하면 희재가 권한 음식은 싫다 하진 않았다. 게다가 태린의 말에 반박할 수 있는 증거물들은 이뿐만이 아니었다.

"급식도 먹는 애가 식당 밥을 못 먹는다니. 그런 억지가 어디 있어요."

"학교에서 해 준 밥을 먹었다고요……? 그럴 리가 없을 텐데……."

당혹스러움이 깃든 눈길로 정한에게서 의견을 구하는 태린의 태도가 어쩐지 싫었다. 그 모습이 꼭 꼬리를 치고 있는 것만 같아 마냥 보고 있기가 편치 못했다. 결국 머리로 생각하기에 앞서 몸이 먼저 반응했다.

한 발자국 앞쪽으로 걸음을 내디딘 희재가 정한의 앞을 보호하듯 가로막고 섰다. 곧이어 따뜻한 정한의 손이 그녀에게로 엉켜들었다. 지금 이 모습이 어떻게 보일지 잘 알고 있었음에도 아랑곳없이 태린과 마주 보고 섰다.

"밥 같이 먹었던 적 없죠? 단둘이서 말이에요."

"그런 건…… 상관없잖아요."

"어쩐지. 그럴 거라고 생각했어요. 근데 이거 아나요? 전 입장이 달라요."

"무슨 뜻인가요? 그 말은."

"밥을 먹어도 내 쪽이 많이 먹었어요."

"그건……!"

"아직 얘기 안 끝났어요. 어디서 무슨 얘길 어떻게 주워들었는지는 모르겠지만, 적어도 그쪽이 저한테 훈수를 둘 입장은 아니란 거예요."

핵심을 짚어 오는 희재의 발언에 태린은 그만 말문이 막히고 말았다. 그리고 이어진 건우의 말이 태린의 어깃장에 쐐기를 박아 버렸다.

"서희재는 예외야."

태린의 고개가 천천히 건우를 향해 돌아갔다.

"예외라고?"

"그래. 예외."

"어째서?"

"그건 내가 결정한 게 아냐. 답해 줄 수 있는 사람도 내가 아니고. 알잖아."

모든 정황이 태린에게 불리하게 돌아가고 있었다. 건우를 향해 있던 태린의 시선이 정한에게 옮겨 갔을 즈음 태린이 아플 정도로 입술을 깨물었다. 건우가 정한에게 대답을 미루는 시점에서 이미 게임은 끝나 있었다.

"이태린 씨라고 했나요? 충고 고마워요. 근데 별로 도움은 안 된 것 같아요."

"……."

"이런 얘기라면 다음부터는 안 해 줘도 돼요. 모르는 게 있으면 직접 물어보면 되니까요."

일부러 더 천천히 말을 늘여 가며 흔들림 없는 목소리로 지닌 바 입장을 표명했다. 그럴수록 태린의 입지는 더 좁아졌다. 그런 뒤에야 희재는 원했던 탈퇴서를 받아 들 수 있었다.

"갈까?"

아무렇지 않게 희재의 뒷머리를 쓰다듬어 오는 정한의 커다란 손. 피하지 않고 가만히 서 있는 희재. 이 모든 상황이 모두를 혼란으로 밀어 넣었다. 지나치게 자연스러웠다. 스킨십을 하는 정한도 또 받아들이는 희재도.

옷깃을 스친 것만으로도 건드리지 말라며 강한 어조로 태린에게 경고를 했던 정한이었다. 태린뿐만 아니라 다른 누구라 해도 사정은 달라지지 않았을 테다. 이를테면 암묵적으로 정해져 있던 일종의 룰과 같았다.

하지만 이 같은 룰을 깬 사람은 다름 아닌 당사자인 정한이었다. 넋이 나간 것처럼 이 장면을 지켜보고 있던 태린이 어렵사리 멈추고 있던 숨을 몰아쉬었다.

"뭐야……. 두 사람. 설마…… 아니지?"

창백하게 질린 태린의 얼굴이 불안해 보였던지 옆에선 걱정 어린 말들이 들려왔다.

"너 괜찮아?"

"됐으니까 놔둬."

부들대는 다리의 떨림이 심상치 않았다. 그러나 부축하듯 내밀어 온 손을 태린은 가차 없이 쳐 냈다. 믿기지 않는다는 눈빛, 부정하 길 바라는 태린의 시선이 줄곧 정한을 향했다.

"말해 봐. 아니지?"

주어가 생략된 태린의 질문 속에 담긴 의도를 파악해 내는 것은 그다지 어렵지 않았다. 그러나 정한에게 있어 최우선은 언제나 희 재였다. 발전된 관계에 대해 발설하지 않기로 약속한 이상 정한의 입에서 나올 말들은 한정돼 있었다.

"마음대로 생각해."

"마음대로 생각하라고……? 그게 끝이야?"

"하고 싶은 말이 뭐야."

"몰라서 물어? 꼭 내 입으로 말해야 되겠어? 내 마음 몰라서 그 래……?"

"나와 상관없는 일이야. 거기까지 알고 싶지도 않고."

딱 자른 말.

"너 정말……!"

"내가 여지를 준 적이 있던가? 난 그런 기억이 없는데."

기가 질릴 정도로 냉담한 태도였다. 대수롭지 않게 정한이 태린 의 말을 받아넘길수록, 태린의 감정은 점점 구석으로 내몰렸다. 창 백하게 질려 있던 얼굴은 오간 데 없고, 어느새 목덜미까지 붉게 달아올라 있었다. 그러나 방금 전 따지듯이 묻던 태린의 태도는 무척이나 당당했으며 또한 감정에 솔직했다. 그럴수록 희재의 내부에서도 치기 어린 감정들이 치솟아 올랐다.

처음 정한과의 관계를 비밀에 부쳐 두기로 한 건 희재의 뜻이었다. 왜 그런 마음을 먹었더라? 기억을 되짚어가며 과거의 결정을 상기할수록 헝클어진 생각들이 조금씩 간추려졌다. 그리고 그때서야 스스로의 마음을 바로 볼 수 있게 되었다.

아마도 희재 자신은 피해를 보고 싶지 않았던 것 같다. 뒤돌아서기 무섭게 수군거리는 소리, 동정심으로 얻어 낸 자리라는 꼬리표, 주눅을 들게 만드는 시선들, 여태 희재를 힘들게 해 왔던 것들은 하나같이 정한과 무관치 않았으니까.

두려웠고 겁이 났다. 정한이 주는 호의를 표면 그대로 받아들이기엔 그의 말 한 마디 한 마디가 주변에 미치는 여파가 지나치게 컸기에. 그래서 정한의 고백이 진심을 다했다는 걸 안 뒤에도 앞선 발언들을 철회하지 않았다. 드러내 놓고 지탄을 받을 바에야 대충 둘러대는 게 수지타산에 맞는다고 생각했기 때문이었다. 말하지만 희재는 조금 계산적이었다. 근데 이젠 그러기 싫었다.

분명한 것 하나는 늘 제자리에 머무는 사람은 없다는 사실이었다. 어쩌면 희재 자신은 좀 더 일찍 세상의 때를 탔으면 더 좋았을지도 모르겠다. 일찍이 남들의 부러움을 샀던 정한의 관심을 등에 업고, 귀도 닫고 눈도 닫은 채, 지금의 태린처럼 당당하게 굴었더라면 어땠을까 하는 생각.

두려움이 잦아들었다. 잡티 하나 없는, 마치 인형처럼 화사한 외모를 가진 이태린보다, 평범하게 생긴 서희재가 더 좋다는 정한이었다. 태린을 바라볼 때면 시선조차 찼다. 일관되게 쌀쌀맞은 태도로 태린의 대하는 정한에게선 작은 흑심 하나조차 찾아볼 수 없었다.

그러나 이처럼 결과가 뻔히 보이는 일에도 태린만은 현실을 인정하기 싫다는 듯 정한으로부터 지속적인 설득을 구해 오고 있었다.

"그 정도로 내가 아무것도 아니야? 김정한에겐 정말로 그래?"

"이태린."

대답할 가치를 찾지 못한 정한이 나직한 목소리로 태린의 이름을 불렀다. 어떤 감정도 배제된 무감각한 투였다. 곧 무기질처럼 변한 정한의 시선이 태린을 주시하자 그녀가 흠칫 어깨를 떨었다. 돌아본 태린의 얼굴은 웃는 것도 우는 것도 아닌 이상한 표정을 하고 있었다.

"난, 그러니까 난……."

"적당히 해."

"하지만, 하지만 이상하잖아. 왜 그렇게 서희재를 감싸고돌아? 너답지 않잖아. 내가 아는 넌……."

"거기까지만 해요. 집적대는 거 보기 흉해요."

생각지도 않은 타이밍에서 희재가 나서자 일순 태린의 몸이 경직되었다.

"방금 뭐라고 그랬나요? 집적?"

희재의 충고에 화가 난 태린이 반사적으로 손을 들어 올리는 순간 정한으로부터 날 선 경고가 뒤따랐다.

"그 손. 내려놓는 게 좋을 거야. 뒷일은 나도 장담 못 해."

아니 이건 경고라기보다는 오히려 선전포고에 가까웠다. 그 손을 휘두르는 순간, 똑같이 되갚아 주겠다는 일종의 무력시위였다.

"못 할 것 같아? 그럼 어디 한번 해 봐."

질 낮은 이죽거림이 아니었다. 더없이 진지한, 그랬기에 더 파급력이 컸다. 깨지기 직전의 위태로운 유리잔처럼 부들부들 떨던 태린의 손이 결국 아래로 내려갔다.

그나마도 안 좋았던 분위기가 바닥을 쳤다. 오랜만에 만난 건우를 앞에다 두고 이런 논쟁을 벌이는 게 조금 마음에 걸리긴 했으나, 논란을 종식시키기 위해선 희재가 나섰어야 하는 일이었다.

"우리가 무슨 사이냐고 물었죠? 그 대답, 내가 해 줄게요."

"말해, 봐요."

"사귀는 사이라고 묻는 거라면, 맞아요. 이태린 씨 짐작, 틀리지 않았어요."

"말도 안 돼!"

진실을 벗어나지 않는 틀 안에서 희재가 조용히 단언했다. 이어진 태린의 반응은 예상에서 단 한 치도 빗겨 나가지 않았다. 그럴수록 입가에 띤 희재의 미소는 짙어져 갔다. 이태린에게는 유감스런 일이 되겠지만 사실이야, 라고 말하는 희재의 눈빛은 곧고 올발랐다. 안됐지만 정한과 희재 사이에 태린의 자리는 없었다.

"얘기해도 되는 거였어?"

희재의 말에 태린보다 귀가 번쩍 뜨인 사람이 있다면 그건 바로 정한이었다. 기분 좋은 기색을 숨기지 못하고 둥글게 호선을 그린 눈, 마치 배부른 사자 같았다. 아니지? 고양이니까 굳이 따지면 호랑이인가?

쓸데없는 호기심을 잠시 접어 둔 희재가 가만히 고개를 끄덕였다. 이렇게 된 이상 내 고양이는 내가 지키는 수밖에! 애꿎은 태린의 행동에 투지심이 활활 불타올랐다. 반면 진실을 전해 들었음에도 태린의 눈은 여전히 불신에 사로잡혀 있었다.

"……너 뭐야."

"눈치 되게 없네."

태린이 반말을 하는 시점에서 예의를 차려 줄 필요는 없었다.

"기고만장할 것 없어. 약점이라도 잡은 모양인데, 그게 언제까지 갈 것 같아?"

"약점?"

"아니라면 말이 안 되니까."

"쟤가 누구한테 약점을 잡힐 사람으로 보여? 정말로 그렇게 생각하는 건 아니겠지?"

거듭된 태린의 부정은 잇단 입씨름으로 번졌다. 질기기가 고래 쇠심줄보다 더 했다. 사실 단편적인 부분만 봐도 태린이 쭈뼛대며 물러날 정도로 무르게 나올 거라곤 생각지 않았다. 이 와중에도 태린은 탐이 나 죽겠다는 눈빛으로 연신 정한에게서 대답을 구해 오고 있었으니까.

하지만 정한의 시선 끝에 머물러 있는 사람은 단 하나 희재뿐이었다. 태린을 바라볼 때면 싸늘하게 식어 있던 눈빛이, 희재에게

고정돼 있는 이 순간만큼은 더없이 온화한 빛을 띠고 있었다. 좋아
죽겠다. 희재의 시선으로 봤기에 더 정확히 판단할 수 있었던 정보
였다.

마음이 흘러넘친다는 게 이런 걸까. 승기를 쥔 쪽은 태린이 아닌
희재 자신이었다. 이 상황에서 태린의 말에 휘둘린다는 것은 불필
요한 감정 소모나 다를 바 없었다. 침착함을 잃지 않기 위해 태린
도 부득불 애를 쓰고 있는 것 같았으나, 한편으로는 충격에서 벗어
나지 못한 채 조금 위축돼 보이기도 했다.

압박을 가하려면 지금이 적기였다. 지쳐 있을 때, 심적으로 혼란
스러울 때, 작은 돌멩이 하나로도 큰 파문을 일으키기 안성맞춤인
지금 이 시간이야말로 상대로부터 원하는 것을 손쉽게 얻어 낼 수
있을 테다.

예쁘거나 혹은 예쁘지 않거나 하는 건 상관없었다. 외모가 아닌
확신에서 오는 차이. 지금 이 자리를 지키고 있는 희재에겐, 상대
의 오목조목한 얼굴도 또 맵시 좋게 빠진 몸매도 그다지 중요한 게
아니었다. 이미 희재는 상대적으로 우위를 점하고 있었고, 거리낄
것은 아무것도 없었다.

그러다 문득 희재는 스스로의 위치가 조금 애매모호하단 생각을
가져 봤다. 어느새 마왕을 물리칠 용사가 아니라, 도리어 마왕을
지키는 흑기사가 되어 있었다. 하지만 아무렴 어떤가. 일단은 눈앞
에 있는 마녀를 소탕하는 게 급선무였다.

치밀하게 계획된 말은 필요 없었다. 신중하게 말을 고를 이유 역
시 없었다. 그저 일상을 얘기하듯, 높낮이 없이 흘러나오는 평탄한

말 한마디면 충분했다. 그러니 흥분할 필요도, 또 해서도 안 됐다. 가장 중요한 사실 하나를 마음 깊이 새긴 희재가 풀어지던 마음을 다잡았다.

잘 빚어진 도자기처럼 매끈하게 얼굴을 편 희재가 태린을 주시했다. 잔뜩 경직돼 있던 태린과는 어쩔 수 없이 비교가 되는 상황이었다. 그러나 알면서도 태린은 굳은 표정을 풀지 못했다. 그만큼 긴장하고 있다는 증거였다.

지금 희재가 말하려는 것은 거짓으로 꾸며 낸 이야기가 아니었다. 있는 그대로의 진실. 그 진실 하나가 곧 태린을 향했다.

"오해하고 있나 본데, 고백을 받은 건 나야. 정한이 아니라."

"……!"

"다르게 말할까? 약점을 잡으면 잡혔지 잡을 수 없는 관계란 거야. 이 정도면 나, 기고만장해도 되는 거 아닌가?"

초점을 잃은 태린의 눈이 멍하니 깜빡거렸다. 이어 놀란 마음이 진정이 되지 않는 듯 태린의 앞가슴이 크게 부풀었다 꺼지길 반복했다. 그러나 그럴수록 역효과가 나타났다. 규칙적이지 못한 숨소리 끝에 결국 신경질적인 발언이 이어졌다.

"내가 그 말을 믿을 거라고 생각해?"

"의심이 들면 확인해 보면 되잖아. 그건 어렵지 않아."

희재의 시선이 뒤쪽에 서 있던 정한에게로 옮겨 가자, 태린이 이를 악물었다. 곧 정한의 고개가 상하로 끄덕여졌다. 희재의 말이 맞음이 기정사실화되는 순간이었다.

"……겨우 이 정도 수준이었어? 눈 정말 낮다. 진짜 자존심 상해서…….”

“아니. 그보다 더 분명한 건 이태린이란 사람은 김정한의 취향이 절대 아니란 거지. 수준이 낮다고? 내가 수준이 낮은 거면, 반대로 그쪽은 수준미달이란 생각, 안 해 봤어?”

“뭐라고?”

“아……. 본인은 잘 모르나? 그렇잖아. 난 가지고 그쪽은 못 가졌으니, 나보단 그쪽의 수준을 의심해 봐야 하는 거 아냐?”

반박할 말을 찾지 못한 태린의 얼굴은 금세 우거지상이 돼 버렸다. 손톱 끝을 잘근거리는 행동이 몹시도 불안해 보였다. 그러자 이번엔 주변에서 조심스럽게 들고 일어섰다.

“상황이 조금 우습게 돌아가네. 우리 어디서 웃어 줘야 하는 거야?”

노골적이기보단 중의적인 질문이었다. 그러나 속뜻을 파헤쳐 보면, 희재가 내린 결론을 수긍하고 받아들일 수 없다는 태도의 일환이었다.

소리가 난 쪽으로 고개를 돌려 얼굴을 확인해 보니 통성명을 하지 않아 이름은 알지 못하지만, 앞서 태린보다 먼저 희재와 논쟁을 벌였던 상대가 한 말이었다. 그리고 동아리방으로 들어서던 희재의 의도를 최초로 혹은 멋대로 오해했던 장본인이기도 했다.

건우는 이번에도 잠자코 사태를 예의 주시하기만 했다. 그 대신이랄까. 지극히 건조한 정한의 목소리가 이내 혼란스런 분위기를 잠재웠다.

“입 다물어.”

"아니 난. 그냥 꼭 이렇게까지 할 필요는 없다는 거지. 태린이 마음 다치는 것도 생각해 줘야지."

"아님 닥치란 소리까지 해야 말귀를 알아들을 건가."

의식하지 않는 사이 팔뚝 위로 소름이 돋아났다. 화를 내는 투가 아니었음에도 이상하게 서늘하게 느껴졌다. 과장되거나 부풀려지지도 않았다. 조롱하거나 비꼬는 데 일가견이 있던 것도 아니었다. 그런데도 어느 순간 모두가 바짝 긴장해 있었다. 그러나 어딜 가나 분위기 파악을 못 하는 사람은 꼭 한둘씩은 있기 마련이었다.

"그래도……. 알아 온 기간이 다르잖아. 너무 일방적으로 한쪽 편만 들면 오래 봐 온 태린이 입장이 뭐가 돼."

"누가 그래?"

"무슨 말이야?"

"왜 서희재보다 이태린을 오래 봐 왔다고 확신하느냔 얘기야."

"아냐? 아니라고?"

검증된 사실에 대한 확인 차원에서 해 온 질문은, 당연하게도 질문자의 의도와는 사뭇 다른 결과를 낳았다. 뜻밖이나 다름없는 정한의 답변에 대체 이게 무슨 소리냐며 다들 어리둥절한 표정을 감추지 못했다.

정기적으로 갖는 정재계 2세 모임에 거의 참석을 하지 않던 정한이었지만, 부득이한 경우에는 이따금씩 짧게나마 얼굴을 비추곤했었다. 그래 봤자 일 년에 고작 몇 번뿐이었지만, 그래도 햇수로 계산하자면 결코 적다고 할 수 있는 세월은 아니었다. 그래서 더 정한의 이야기를 곧이곧대로 받아들이지 못했다.

"서희재."

"응. 말해."

"우리가 이제껏 얼마나 자주 만났지?"

"자주라기보단 거의 매일 봤지."

학기 중엔 못해도 주에 다섯 번은 얼굴을 봤으니까 아예 틀린 말은 아니었다. 방학이 변수이긴 하지만, 어차피 방학의 절반 정도도 의무적으로 보충수업에 참석해야 했던 만큼 그것까지 치면 엇비슷하게나마 계산이 들어맞았다.

고민의 흔적은 없었다. 기다렸다는 듯 튀어나온 손쉬운 긍정이 모두를 당혹하게 만들었다.

허억!

급하게 숨을 집어삼키는 소리가 여기저기서 들렸다.

"기간으로 환산하면?"

"그야 십이 년이지. 아니다. 이제 십삼 년째인가?"

"다투거나 싸운 적은?"

"없었지."

그때야 싸울 위치나 됐나? 별 질문도 다 있다며 희재가 웃어넘기는 통에도, 얘기를 전해 듣고 있던 이들은 하나같이 거무죽죽하게 얼굴을 물들여 갔다. 줄곧 반신반의하던 태린의 얼굴에서도 옅은 패배감이 내려앉기 시작했다.

"농담이 아니라, 정말 그 정도로 오래됐단 거야? 어떻게 그럴 수가 있어?"

희재와 정한의 선에서 확인해 줄 수 있는 건 이미 모두 해 준 뒤였다. 그럼에도 태린을 비롯한 대다수의 사람들은 이번 결과를 있는 그대로 받아들이지 못했다. 왜냐하면 이 모든 상황이 그동안 정한이 내세웠던 신념과 정면으로 위배되었기 때문이었다.

그들이 알던 정한은 관계의 지속성에 연연해하는 타입도 아니었고, 이로 인해 전화 연락이라도 할라치면 매번 번거로운 수고를 곁들여야만 했었다. 다시 말해 개인적인 친분을 쌓는 것에 있어서는 정한이 일관되게 관심이 없던 것처럼 굴었단 의미였다.

나아가 십이삼 년 전이라면, 정한이 정재계 2세 모임에 처음으로 얼굴을 드러냈던 때보다 적어도 몇 년은 앞선 시기였다. 희재가 이름이 알려진 유명 집안의 여식도 아니었으니 드러난 사실 자체에 의문이 드는 것도 그들로선 어찌 보면 당연한 일이었다.

그러나 부정할 수 없는 진실 하나는, 희재를 만난 이후에야 비로소 정한이 세상과의 소통을 하기 시작했다는 점이었다.

온통 괴로운 것만 있던 정한의 세계에서 평범한 행복이 무엇인지를 알려 준 장본인, 동시에 결여된 것을 채워 줄 수 있는 유일한 사람.

이런 희재를 놔두고 태린에게 신경을 써 줄 까닭이 정한에겐 조금도 없었다.

"참고로 내 쪽에서 노력한 결과야. 그러니 어느 쪽의 무게가 더 무거울까?"

"뭐라고……? 다시, 다시 말해 봐."

"바뀌는 건 없어. 내 대답은 지금도 하나니까."

이를테면 처신을 똑바로 하란 경고였다. 밉보여서 좋을 것이 없는 대상은 태린이 아닌 희재란 사실을 정한이 바로잡았다. 명백하게 그는 희재의 편을 들어주었다.

아유. 어디서 깨소금을 볶나? 왜 이렇게 참기름 냄새가 나지? 코끝을 맴도는 고소한 냄새에 희재의 입가로 미소가 스며들었다. 정한의 말을 끝으로 대화는 일단락되었다.

아쉽지만 함께 밥을 먹으러 가기로 했던 건우는 동아리방을 나와 정문에 도착하기 직전에서야 다른 볼일이 생각났다며 다음을 기약했다. 스치듯 공중에서 정한과 건우의 눈빛 교환이 이루어졌다.

"그만 봐."

"응?"

"강건우 뒷모습 그만 보라고. 나 좀 화날라 그래."

뭐가 못마땅한지 부루퉁한 얼굴을 한 정한이 내리깐 목소리로 희재의 관심사를 돌렸다. 동시에 부쩍 집요해진 시선이 희재의 동태를 살폈다. 답지 않게 물고 늘어지는 소리를 해 오는 정한의 모습이 낯선 한편으로는, 그의 마음이 짐작이 가 괜히 웃음이 나왔다. 구태여 유도심문을 하지 않아도 정한의 태도에서 그의 심경을 엿볼 수 있었다.

무심코 건우의 이름을 입에 올렸을 때, 반갑다는 기색을 지우지 못했을 때, 유독 예민한 반응을 보여 왔던 정한이었다. 뜨고 있던 눈을 가늘게 접은 희재가 정한과 시선을 맞췄다.

"질투하는 거지?"

"그걸 이제야 알았어?"

"왜? 내가 강건우에게 관심이 있는 것처럼 보이기라도 했어?"

"조금."

"에게. 조금?"

"……조금보다는 더 많이. 진짜로 한눈팔았던 건 아니지?"

"당연히 아니지."

언짢음이 느껴지는 솔직한 정한의 고백은 동시에 희재를 기쁘게 만들어 주었다. 그러나 진득하게 대화를 나누기엔 장소가 좋지 못했다. 정문 앞에 다다른 지금, 주변의 모든 이목은 정한에게로 쏠려 있었다.

이젠 새삼스러울 것도 없었다. 폐쇄된 장소가 아니라면 어딜 가든 상황은 비슷했으니까. 그럼에도 차차 익숙해져야 하는 것들.

그러나 아직까지는 의식이 되었다. 희재의 곤란함을 알아봐 준 쪽은 역시나 이번에도 정한이 먼저였다.

"아니라면 됐어. 뒷얘긴 차차 듣기로 하고 일단 카페라도 들어가자."

"밥부터 먹어. 난 괜찮지만 넌 아침도 건너뛰었을 거 아냐."

"아직은 별생각 없어."

"너 이제 보니 상습범이야."

"적당히는 먹고 있어."

"하여간에 말은. 별로 신뢰 안 간다는 건 알고 하는 말이지?"

냉장고 안쪽으로 물만 가득히 채워져 있던 걸 잊지 않고 기억하고 있는데 무슨……. 그러고 보면 아무거나 먹지 않는단 태린의 주장이 아주 없는 얘길 지어내서 한 것만은 아닌 것 같았다. 곁에서 지켜보면 따로 군것질을 하는 것 같지도 않았고, 확실히 뭔가를 챙겨 먹는 게 드물긴 했다.

하지만 적어도 희재가 주는 것은 거절하지 않고 곧잘 받아먹곤 했기 때문에, 지금까진 크게 문제 삼지 않았던 내용이었다. 하지만 태린이 이 같은 사실을 지적해 왔을 당시, 다들 하나같이 약속이라도 한 것처럼 일제히 수긍하는 표정을 지어 왔었다.

이 일은 뒤늦게 희재를 고민에 들게 만들었다. 결론적으로 안에서든 밖에서든 뭘 제대로 챙겨 먹는 법이 없다는 얘기가 성립되었기 때문이었다. 정한의 의견을 따라 카페로 갈까 했던 희재의 마음이 이 순간 반대편 쪽으로 돌아섰다.

"안 되겠다. 그냥 밥 먹으러 가. 생각해 보니 그러는 게 좋을 것 같아."

"하긴. 너 있을 때 먹어 두는 게 나한텐 득이긴 하니까……. 알았어."

웃음기 가득한 목소리로 그가 희재의 머리를 헝클어뜨렸다.

"득이라니? 무슨 득?"

"그런 게 있어."

"뜬금없기는. 좌우지간 사람은 밥심으로 사는 거야."

가끔가다 보면 정한은 희재가 알아듣지 못할 말들을 해 올 때가 있었다. 그래서 때때로 진실이 뭔지 헷갈릴 때가 있었다. 아무렇지 않게 툭툭 던지듯 내뱉어 온 말이었음에도 불구하고 왜인지 이런 정한의 말이 마음 한구석에 찜찜하게 남았다. 크게 의미를 두지 않아도 된다고 했지만 그냥 마음이 그랬다.

불분명한 정한의 태도에 고개를 갸웃거린 것도 잠깐, 희재는 당면한 문제에 조금 더 신경을 쓰기로 했다. 아무래도 점심시간대다 보니 정문 근처의 식당들은 어디랄 것도 없이 전부 복작복작 붐볐다. 싼 곳은 싼 곳대로, 맛이 있으면 맛이 있는 대로 왁자지껄했다. 그나마 한산한 곳은 비싸면서 맛이 없는 곳뿐이었다. 결국 조금 걷기로 했다.

"밥심이라. 그럼 나, 나중엔 아침밥은 얻어먹으며 다닐 수 있는 거지?"

은근한 눈빛.

괜히 몸이 배배 꼬아졌다.

"왜 대답이 없어?"

"나, 나중에 언제."

"결혼, 후에."

"나랑?"

어안이 벙벙한 얼굴로 되묻는 시점에서, 정한의 안광이 희번덕거렸다.

"서희재, 은근 바람기 있는 거 아냐? 대답이 왜 그렇게 불성실해."

"새, 생사람 잡기는……."

"아님 뭐야. 설마 하니 날 상대로, 연애 따로, 결혼 따로라는 생각을 가지고 있는 건 아니겠지?"

방금 전과는 다르게 웃음기는 조금도 묻어나지 않았다. 불만스런 표정을 숨기지도 않았다. 짐짓 투정처럼 느껴지는 정한의 말은 열띤 고백이나 다름이 없었다.

쿵, 쿵쿵, 쿵쿵쿵. 의지와는 상관없이 심장박동수가 급격하게 증가했다. 결혼이라니. 정황상 농담일 게 뻔했으나, 어째서인지 정한의 태도가 더없이 진지하게만 느껴졌다.

보잘것없는 서희재를, 마치 대단한 사람이 된 것 같은 착각을 불러일으키게 만들어 주는 정한의 일직선적인 눈빛.

왜일까. 왜 하필 나일까, 하는 의문도 잠시 접어 두게 할 만큼 일순간에 가슴이 벅차올랐다. 기다렸다는 듯 가슴께가 간질간질해졌다. 그러나 지금 당장 희재가 할 수 있는 건 작은 투정뿐이었다.

"결론이 왜 그렇게 나."

"대답."

강요 아닌 강요였다. '답은 정해져 있으니 넌 대답만 하면 돼.' 쯤으로 해석할 수 있었다. 애당초 양보나 타협은 기대할 수 없었다. 불가피한 상황이더라도 이것만은 물러서지 않겠다는 정한의 의지이기도 했다.

결혼이라니. 비현실적이고 아직은 먼 미래의 이야기였다. 게다가 정한의 위치를 생각하면 쉽게 입에 담을 수 있는 얘기도 아니었다. 시무룩해진 감정을 추스른 희재가 시선을 아래로 내리깔았다.

"봐, 봐서."

"뭐 좋아. 안 되면 책임질 일을 만들면 되니까."

순간 바닥을 향해 있던 희재의 눈동자가 정한을 올려다봤다. 놀라움에 동공이 조금 더 커졌다.

"왜? 못 할 것 같아? 정말 그렇게 생각해?"

마른침이 목울대를 타고 지나갔다. 그럴수록 촉촉하게 젖어 있던 정한의 입술이 눈앞으로 부각되었다. 그러자 기다렸다는 듯 머릿속에서 이것저것 다양한 생각들이 활개를 쳐 왔다. 휘휘 머리를 가로 저어도 쉽사리 떨쳐 내지지가 않았다. 삽시간에 목덜미가 붉게 달아올랐다.

"기대해도 좋아."

정한의 손길이 희재의 귓불을 슬쩍 건드리고 지나갔다. 대번에 솜털이 오소소 솟아올랐다. 화들짝 놀라 어깨를 움츠리자 정한은 이번엔 짓궂은 표정을 지우지 않은 채 이런 희재의 모습을 지켜봤다.

"……그만 놀리고, 뭐 먹을지나 말해."

"나야, 먹고 싶은 건 하나뿐이지."

"그게 뭔……!"

위험신호가 눈앞에서 깜빡깜빡거렸다. 끝내 하던 말을 멈추고 입을 다물자, 팔짱을 낀 정한이 까닥거리며 눈짓했다. 휘어지는 눈꼬리가 마치 앞으로 두고 보겠단 뜻으로 여겨졌다.

"그 외엔 아무래도 상관없어. 그러니까 서희재가 원하는 걸로 정해."

쐐기를 박는 말. 어쩜 왜 이렇게 더운지 정말이지 모르겠다. 연신 손부채질로 열기를 식히려 했지만 달아오른 온도는 쉽사리 잦아들지 않았다. 고양이 주제에 쓸데없이 섹시하다니까. 의사표현의 뚜렷한 그녀의 고양이는 여전히 희재의 심장을 들었다 났다 했다.

발개진 얼굴로 한동안 바닥만 본 채 말없이 걷기만 했다. 그리고 그때마다 주변의 시선이 걷고 있던 정한에게로 여지없이 옮겨붙었다. 가던 길을 멈추고 다시 뒤돌아보는 일도 다반사였다.

고양이는 다른 동물들보다 스트레스에 약하다던데……. 문득 든
걱정에 잠시 잠깐 생각에 빠져 있던 사이 그가 옆에서 보조를 맞춰
왔다.

기본적으로 신장 차이가 많이 나는 탓에 신경을 쓰지 않고 걸으
면 어지간해선 보폭이 맞을 리 없었다. 그러나 딱히 희재 자신이
빠르게 걷는 것도 아닌데 뒤처지거나 그러진 않았다.

그러고 보니 언제나 그랬다. 나란히 서서 박자를 맞추는 건 늘
정한의 역할이었다. 그간 간과하고 있던 사실 하나를 깨닫고 나니
새삼 그의 배려가 눈에 들어왔다. 순간 정한이 희재의 손끝을 톡
건드려 왔다.

"차 가지고 나올 걸 그랬다. 꽤 머네. 걷는 건 괜찮아?"

"뭘 얼마나 걸었다고. 그리고 이 주변으론 주차할 곳 찾기가 더
어려워. 시간대도 어중간하고, 남은 빈자리도 없을 텐데 뭐."

"돈 뒀다 뭐해."

"?"

"가격이 비쌀수록 그만큼 서비스의 질도 따라서 높아지는 법 아
니겠어. 형 얘길 들어 보니 호텔 레스토랑도 괜찮다던데."

주차난을 해소할 수 있는 가장 깔끔한 해결책이었다. 그러나 일
반인이 생각하고 옮길 수 있는 범주의 일은 아니었다. 대학생 점심
을 호텔 레스토랑에서 먹자는 정한의 발언에 말문이 막혔다.

"왜 그렇게 봐."

"……있는 집 자식처럼 보여서."

정한이 대진그룹 둘째란 사실이 밝혀지기 바로 얼마 전까지만 하더라도, 같은 교복을 입고 생활했던 희재의 입장에서 보자면 종종 실감이 나지 않을 때가 있었다.

두드러지게 씀씀이가 헤프지도 않았다. 주위에서 건네 오는 것을 따로 받지도 않았고, 그렇다 하여 제 손으로 음료수 하나를 사는 법도 없는…… 이를테면 소비와는 거리가 멀었던 정한의 모습은 과거를 거쳐 현재에 이르러선 하나의 괴리감을 갖게 만들었다.

그러나 희재의 말이 칭찬과는 다소 거리가 멀었음에도, 그는 개의치 않는다는 듯 꽤나 기분 좋은 표정을 지어 보였다. 이어진 대화에도 이런 정한의 심경이 그대로 반영돼 있었다.

"대놓고 말해 볼까도 고민이었는데. 그나마 다행이네."

"뭐가?"

"벗겨 먹어 보라고. 마음껏. 나, 돈 많아."

희재의 입이 탁 벌어졌다.

가볍지도 무겁지도 않은, 약간은 덤덤하게 느껴지는 정한의 말투가 앞서 해 온 말의 진위를 의심케 만들었다. 그러나 쓸데없는 빈말은 아니었다. 곱씹어 볼수록 진심이 담긴, 그래서 더 희재를 당황하게 만든 정한의 이야기가 끝이 나자, 이번에는 희재가 그의 의중을 꿰뚫기라도 할듯 빤한 시선으로 그를 응시했다.

"진짜?"

"그래, 진짜."

"내가 뭘 해 달랄 줄 알고 순순히 그래야?"

"뭐든 상관없어."

말똥말똥하게 눈을 위로 치켜뜨고 있던 희재의 눈매가 가느다랗게 좁혀졌다.

"뭐든?"

"생각해 둔 게 있음 어디 한번 말해 봐."

"점점?"

"대진과 내가 별개일 것 같아? 좀 더 약게 굴어 봐. 이건 부탁이기도 해."

과한 요구라도 상관없다. 분에 넘치는 부탁이라도 괜찮다. 하물며 불필요한 욕심이라도 부려 달라 청해 오는 정한의 말은, 개인의 입장이 아닌 대진을 등에 업고 하는 이야기였다. 특별히 속물적이지 않아도, 물질적인 게 전부가 아님을 알고 있다 하더라도, 그냥 반응하듯 마음이 저절로 들썩거렸다. 그만큼 직접적이었으며 또한 직설적인 구애였기에.

기대치를 한껏 드높이는 그의 발언은, 뭘 줘도 아깝지 않단 심층의 마음을 그대로 대변하고 있었다.

자청해 호구 노릇도 서슴지 않겠다는 말을 듣고 싫어할 사람이 누가 있겠는가? 적어도 희재는 그랬다. 뿌듯하고, 가슴이 벅차올랐고, 스스로가 아주 많이 소중한 사람이 된 것 같은 감상에 젖어 들었다. 사치나 낭비를 조장하는 것과는 달랐다. 그녀를 향한 정한의 마음 씀씀이가 느껴졌기에, 그 자체로 행복할 수 있었다.

값비싼 액세서리? 명품 가방? 차? 집? 고를 수 있는 선택지는 무수히 많았다. 그러나 이 중 어느 것도 요구하지 않을 거란 건 희재 스스로가 가장 잘 알고 있었다.

희재가 물끄러미 정한을 바라보자 그가 시선을 맞춰 왔다. 그사이 두 사람의 걸음걸음이는 아주 느릿하게 변해 있었다. 결국 먼저 걸음을 멈춘 희재가 통행에 방해가 되지 않도록 한쪽으로 물러섰다. 자연 정한도 희재를 따라 방향을 틀었다.

"지갑 줘 봐."

"여기."

작은 망설임도 없었다. 지체하지도 멈칫거리는 기색도 보이지 않았다. 희재의 요구가 끝나기 무섭게 품 안에서 지갑을 꺼내 든 정한이, 곧바로 희재의 앞으로 그의 지갑을 내밀어 왔다.

눈앞의 지갑을 한 번, 정한의 얼굴을 또 한 번 번갈아 확인한 희재가 두어 번 깜빡이듯 눈을 여닫았다. 그사이에도 정한은 흡사 즐거운 일을 눈앞에 두기라도 한 것처럼 미소를 잃지 않고 있었다.

그간 보아 온 정한은 호락호락한 것과는 거리가 멀었다. 지극히 합리적이었으며 이성적이었다. 딱 자른 말로 지적해 오는 모습을 볼 때면 스스로도 모르게 움찔했던 때가 한두 번이 아니었다. 그랬기에 주변과의 관계에 있어 정한은 늘 우위를 선점하고 있었다. 아니 그렇게 믿고 있었던 때도 있었다.

그러나 그 어느 때보다 가까워진 지금은, 이런 그녀의 생각이 틀렸음을 스스로 인정해야만 했다. 지갑을 송두리째 내놓고도 좋다고 웃고 있는 모습이 그렇게 기특해 보일 수가 없었다.

"뭐해? 받지 않고서."

거리낄 것 없는 정한의 재촉이 희재를 향했다. 그리고 그때서야 희재가 팔을 뻗어 손을 앞쪽으로 내밀었다. 곧이어 정한의 지갑이 희재에게로 넘겨졌다.

"생각보다 무겁진 않네?"

"열어 봐."

"됐어. 농담 아니란 거 알았으니까. 자, 여기."

처음부터 지갑을 열어 볼 생각 따윈 가지고 있지 않았다. 받아 든 그대로 희재가 다시 정한의 앞으로 지갑을 내밀었다. 하지만 어느새 팔짱을 낀 정한은 이 지갑을 되돌려 받을 의사가 없음을 확고히 해 왔다.

"그냥 열어 봐."

"여기 네 신분증도 들어 있을 거 아냐. 뭘 믿고 이렇게 태평해."

"악용해도 상관없으니까, 일단은 내 말대로 해."

암묵적인 정한의 허락에 머뭇대던 희재의 손이 마침내 반으로 접혀 있던 정한의 지갑을 좌우로 벌렸다. 순간 퍼지듯 희재의 얼굴 위로 놀라움이 깃들었다.

"이거 내 사진이잖아……."

"맞아. 서희재 사진이지."

지갑을 열자 가장 먼저 눈에 들어온 것은 뜻밖에도 희재의 얼굴이었다. 예상치 못한 상황에 당혹했던 것도 잠깐, 풀리지 않는 문제의 답을 구하듯 희재가 정한을 바라봤다.

"이런 사진도 있었어? 난 처음 보는 건데?"

"그야 그렇겠지. 처음 보는 게 당연해."

"다른 사람도 아니고 내 사진이야. 그게 어떻게 당연할 수가 있어?"

정한의 확언은 오히려 궁금증을 증폭시키는 기폭제로 작용했다.

"내가 보여 준 적이 없으니까."

"?"

"내가 찍은 사진이야. 세상에서 하나뿐이란 얘기지."

정한의 지갑 속에서 반듯하게 끼워져 있던 사진 속 인물은 웃고 있는 희재였다. 들고 있던 지갑을 좀 더 시야 가까이로 가져다 댄 희재가, 물끄러미 그 너머를 바라보았다.

"하지만 이 사진은……."

"뭐가 이상해?"

"그건 아니야. 단지……. 너무 오래전 사진이니까. 대체 이거 나 몇 살 때야……?"

줄곧 사진에 시선이 고정돼 있던 희재가 또다시 말끝을 흐렸다. 바로 조금 전, 사진을 찍은 사람이 정한이었단 사실을 확인받은 상태였다. 그러나 아무리 보고 또 봐도 사진 속에서 웃고 있는 희재의 얼굴은 지나치게 앳된 티가 났다. 초등학교도 졸업하지 않은, 당사자인 희재조차 언제인지 헷갈릴 정도로 어린 서희재가 그 속에 존재하고 있었다.

소중히 간직해 왔음을 증명이라도 하듯, 세월에 따른 약간의 빛바랜 흔적만 빼면 사진은 귀퉁이가 닳아 있지도 않았고 구겨짐도 찾아볼 수 없었다.

"열한 살 때. 아마 맞을 거야. 아니 확실해."

정확한 시기까지 기억하는 정한이 고개를 주억거리며 대답했다. 하지만 그럴수록 희재의 머릿속은 더없이 혼란스럽게 변해 갔다.

열한 살의 김정한이, 열한 살 서희재의 얼굴을 사진에 담았다. 다른 사람은 없고 오로지 희재 혼자만 있는 사진이었다. 조금 멀리서 찍은 느낌은 있었지만 찍혀 나온 사진 자체는 초점이 흔들리지도 않았고, 포커스도 제대로 잡혀 있었다. 결코 우연은 아니란 얘기였다.

이 사실 하나만으로도 놀라 나자빠질 지경인데, 이 사진을 인화해 지갑 속에 넣어 다니기까지 했다니……. 지금 이 순간 희재는 열한 살의 정한이 가졌던 생각이 무척이나 궁금해졌다.

그럴수록 가진 의문은 중첩되었다. 스스로도 몰랐던 부분인데, 희재 자신은 몽상가 기질이 다분했던 모양이었다. 자꾸만 말도 안 되는 상상이 그녀의 머릿속을 헤집었다. 잠시의 도락이 아닌, 잠깐의 일탈도 아닌, 심심풀이와도 다른, 아주 오래전에 시작된 감정이 지금에 와 닿는 것은 아닐까 하는 그런 생각이, 점차로 그녀를 사로잡았다.

왜 사진을 찍었을까. 무엇 때문에 이렇게 소중하게 간직하고 있는 것일까. 지금처럼 확인을 시켜 준 이유는 뭐며, 직접 찍었단 얘길 흘린 까닭은 또 왜일까. 굳이 지갑을 펼쳐 보란 말을 했던 저의까지 온통 궁금한 것투성이였다.

하지만 속에 묻어두기만 해선 진실을 알 수가 없었다. 멋대로 확대해석을 하고 싶지는 않았기에 이쯤에서 소모적인 생각을 접은 희재가 작게 숨을 내쉬었다. 어느새 입술 끝이 건조하게 말라 있었다.

"김정한."

말간 희재의 눈이 정한을 응시하고, 흔들림 없는 그의 눈동자가 그녀의 위치를 확인했다. 틈을 보이면 곧바로 거센 물살에 휩쓸려 버릴 것 같았다. 그래서 희재는 용기를 냈다. 순간 마음속에만 담아 두고 있던 말 한마디가 입 밖으로 튀어나왔다.

"너, 나 언제부터 좋아한 거니."

담백하던 그의 눈빛이 일순 탐욕스럽게 변했다. 움찔 희재가 어깨를 떨자 정한이 이런 그녀의 양어깨를 지그시 눌러 왔다. 마법처럼 차츰 떨림이 잦아들었다. 그러나 지속력은 그다지 오래가지 않았다.

어깨에 얹어져 있던 정한의 손이 조금씩 움직이기 시작했다. 간질이듯 목덜미를 지나 그 위의 턱을 쓰다듬고 종래엔 귓불을 만지작거렸다. 아프지 않을 정도로 터치하듯 살짝살짝 매만지는 수준이었지만, 왠지 모르게 발끝이 저릿저릿했다. 마치 전기에 감전이 된 것처럼, 그의 손짓 하나에 몸이 파들파들 떨렸다.

"그만해."

간신히 내뱉은 만류의 소리. 그러나 움직임이 더뎌지기는커녕 오히려 그의 손놀림에 가속이 붙었다. 결국 자라목이 된 희재가 울상이 된 얼굴로 그를 올려다봤다. 짓궂게 움직이던 손이 그제야 멎었다.

"이제 겨우 좀 실감이 나나 보네."

가지런하게 정돈된 이가 보일 정도로 환한 웃음. 시선을 뗄 수 없을 정도로 가슴을 두방망이질 치게 만들었다.

표현하자면 유일한, 세상에서 단 하나였다. 정한에게 안식처가 되어 주고, 편하게 숨을 쉴 공간을 제공해 주는 사람은 오직 희재 한 사람뿐이었다. 좋아한다, 이 단어 하나로 가진 마음이 모두 표현될 리 없었다.

"언제부터야. 설마 코흘리개 시절부터 좋아했단 말을 하려는 건 아니겠지? 대답해 봐. 안 그럼 나도 내 마음대로 생각할 테니까."

언제부터냐고? 사실을 말해 주는 건 어렵지 않다. 그러기 위해 운을 떼기도 했으니까. 실제적으로 지금 희재가 궁금해하는 것은 아주 작은 서두에 지나지 않았다. 그러나 지금보다 좀 더 많은 시간이 흘러 끝을 이야기하고 있을 때쯤이면 아마도 겁에 질린 얼굴을 하고 있을 테다.

불현듯 가슴 한쪽이 욱신거리며 때늦은 둔통을 자아냈다. 그러나 겉으로는 일그러짐 하나 찾아볼 수 없을 정도로 평온하기만 했다.

"만일 그렇다고 한다면? 기분이 어떨 것 같아."

"거짓말."

"그렇게 믿고 싶음, 그렇게 해."

얼떨떨한 얼굴을 한 희재가 정한의 눈을 빤히 들여다봤다.

"내가 아니라고 부정하길 바라는 거야? 아님 반대야?"

"어떨 거 같아?"

"잘 모르겠어. 그래서 묻는 거야."

황폐하게 말라 버린 낙엽처럼 바스라지기만을 기다리고 있던 비틀린 마음이 희재를 만나고서부터 변해 갔다. 아이답지 않게 음울하게 가라앉아 있던 눈이 생기를 되찾고, 바깥출입조차 힘겨워하던 정한이 자의로 학교를 다니기로 결정하기까지는 아주 짧은 시간만을 필요로 했다.

보는 순간부터 소유하고 싶었다. 진부하지만 그 말 외에 다른 표현은 생각나지 않았다. 좋아한다는 것도, 사랑한다는 감정도 알지 못했지만, 눈앞에서 불꽃이 터지는 것처럼 강한 충격을 받았다. 마치 생에 구원을 받은 느낌이었다. 그러다 어느 한 순간부터 서희재의 입술에 입을 맞추고 싶단 생각을 가지게 됐다.

손끝으로 말랑말랑한 살결의 감촉을 느끼고, 그보다 더한 것도 하고 싶다는 생각이 점차로 뇌를 점령해 나갔다. 욕망에 눈을 뜨기 시작했을 때 즈음엔, 물고 빨고 한 입에 삼켜도 비리지 않을 만큼 적나라한 육욕에 사로잡혀 있었다.

그런데도 무서워하지 않았으면 좋겠다. 이율배반적이었지만 한쪽에서 억지로 균형을 잡아주지 않았더라면 다가가기도 전에 관계는 붕괴돼 버리고 말았을 테다. 그때의 정한은 희재를 상처 입히지 않을 자신이란 게 없었기에.

상황이 상황이었던 만큼 남들과 다르다, 란 인식은 일찍부터 가지고 있었다. 처음의 좋았던 의도완 달리 박제가 된 점박이를 본 뒤 희재도 크게 놀라지 않았던가. 하지만 마음이란 게 어디 원한다 하여 움직여지는 것이었던가.

급하지 않게, 서두르는 기색 없이, 최대한 담담하게 지닌 바 감정을 풀어 놓자고 다짐한 것도 잠깐, 때때로 넘쳐 나는 마음을 조절하기가 쉽지 않았다. 서서히 다가가자고 마음을 다잡는 순간까지도 빗발치는 마음의 요동이 정한을 끊임없이 충동질해 왔다. 지금 당장 희재의 손을 이끌어 두 사람 사이의 거리를 좁히고, 한 치의 틈도 없이 밀착해, 입술을 맞대고 싶은 욕구가 정한을 목마르게 만들었다.

싫어하겠지?

갈등의 끝은 언제나 희재가 무엇을 바랄지에 초점이 맞춰져 있었다.

"대답은 않고, 왜 그렇게 봐?"

"좋아서."

"뜬금없기는."

약간의 타박이 서려 있기는 했지만 싫은 눈치는 아니었다. 그리고 그제야 정한이 미뤄 둔 대답을 이어 나갔다.

"사실 믿지 않아도, 믿어도 난 상관없어. 중요한 건 앞으로의 일이니까."

"그게 대답이야……? 알다가도 모르겠다니까."

지갑 모서리를 만지작거린 희재가, 다시금 그 안을 들여다봤다. 수많은 감정이 교차한 듯 표정을 읽어 내기가 어려웠다. 다 좋은데 계속 바라보고 있자면 조금 심장에 무리가 가는 느낌이었다. 다행히 숙이고 있던 고개를 들어 올려 시선을 맞춰 왔을 무렵엔, 사진 속 어린 희재가 짓고 있던 웃음과 닮은 미소를 볼 수 있었다.

"사진 잘 나왔지? 미안한데 다른 건 다 줘도 이건 못 넘겨줘."

"……달라고도 안 해."

잠시간 경계하던 정한이 다행이라며 마음을 놓았다. 이 장면을 지켜보던 희재가 왠지 모를 부끄러움에 볼을 붉혔다.

"그보다 어때? 네가 봐도 잘 나온 것 같지?"

"난 별로 모르겠는데. 애들 얼굴이 다 거기서 거기지 뭐."

"그럴 리가. 잘 봐봐."

사진 속 희재는 반팔 티셔츠를 입고 있었다. 실제 사진을 찍은 것도 여름 즈음으로 꽤나 더웠던 걸로 기억한다. 사실 바깥활동이 잦은 통에 팔다리 할 것 없이 드러난 곳은 얼굴까지 까맣게 그을려 있어 객관적으로 봤을 땐 세련된 것과는 다소 거리가 멀었다.

볼우물이 파일 정도로 환하게 웃고 있는, 건강하고 씩씩한 게 전부였지만, 이런 희재의 모습이 정한의 눈에는 더없이 귀하게만 보였다. 귀엽거나 예쁘다, 란 상투적인 말보단 이편이 더 정확한 표현이었다.

다소 미지근한 희재의 반응에 정한이 좀 더 자세히 들여다보라며 사진을 내밀었다. 그럴수록 희재의 곤혹스러움은 커져 갔다. 스스로의 얼굴에 금칠을 하는 것도 정도껏이어야지, 기가 찬 희재의 사정에도 불구하고 줄곧 정한은 자신의 의견을 굽히지 않았다.

"……너 지금 되게 팔불출 같아 보여."

"틀린 말을 한 것도 아닌데, 뭐가 어때서."

"남들이 보면 욕해. 그냥 평범한데 뭘. 의외로 너 애기 낳으면 예뻐할 타입 같아."

순간 먹잇감을 발견한 것처럼 정한의 눈초리가 강하게 빛을 발했다.

"왜, 왜 날 그렇게 봐……."

"그럼 이 상황에서 내가 서희재를 보지 누굴 봐."

210

"……."

"아님 다른 사람이라도 떠올렸길 바라는 거야? 정말 그래?"

"아, 아니란 거 알면서 괜히 그래."

"서희재 말처럼 말하지 않아도 모르진 않아. 하지만 직접 귀로 듣는 것과는 또 느낌이 다른 법이니까."

떠듬떠듬거리며 해 온 희재의 말을 정한이 능글맞게 받아넘겼다. 그러자 작게 기침을 한 희재가 흘기듯 정한에게 눈치를 줬다. 너무 곤란하게 하지 말아 달라는 부탁이었다. 그러나 그럴수록 밀어붙이고 싶단 마음이 강해졌다.

가슴을 뛰게 만드는 조근조근한 말소리, 정신을 못 차리게 뒤흔들어 놓는 기분 좋은 향기. 퇴로란 퇴로는 모두 막아 둔 채 구석으로 몰고 싶단 가학적인 생각이 내부에서 치솟아 올랐다.

그러나 정한에게 있어 누구보다 대접을 받아야 할 사람이 있다면 그건 단연코 희재였다. 한 차례 고개를 흔드는 것으로써 사납게 빗발치는 원성을 잠재운 정한이 이어 말했다.

"그보다 필요한 게 있으면 가져가."

"네 지갑에서 말이지?"

"그래."

여전히 정한은 두 팔을 교차해 팔짱을 끼운 채였다. 아무것도 건드리지 않은 채 반납한다면 받지 않겠단 뜻이기도 했다. 때문에 처음 지갑을 요구했을 때와는 달리, 희재는 입장은 다소간 난처하게 변해 있었다.

"진짜 후회 안 할 거지?"

"단, 사진은 안 돼. 방금 전에도 말했지만, 그건 내가 양보 못 해."

"……그렇게나 중요해?"

"응. 그러니까 여기엔 눈독 들이지 마. 나머진 마음대로 해도 돼."

대체 얼마가 있기에 이러는 거야? 라며 희재가 미심쩍은 표정을 지우지 못했다. 그리고 막상 지갑 속 지폐의 단위를 확인하고 나선 입이 벌어지는 것을 막을 수 없었다. 지갑이 얇지 않다고 느꼈던 진짜 이유를 알 수 있었기 때문이었다.

그러나 융통할 수 있는 액수의 크기를 따지자면, 지갑에 든 돈보다는, 지갑에 꽂혀 있던 카드의 가치가 더 컸다. 은색의 플래티넘 카드부터 시작해 티타늄으로 만든 블랙 카드, 반짝이는 펄이 들어간 골드 카드까지, 일반 카드와는 디자인부터 확연히 구분되는 각양각색의 카드들이 흐트러짐 없이 나란히 정돈돼 있었다.

희재가 보기엔, 정한의 지갑에 든 것들 중, 가장 초라해 보이는 게 바로 그녀의 사진이었다. 그러나 가치란 건 언제나 상대적이었다. 적어도 정한에게 있어서 가장 중요한 건 어린 희재의 모습이 담긴 바로 그 사진 하나였다.

"대체 이런 카드들은 한도가 얼마야?"

"글쎄. 대부분 제한이 없긴 하겠지만, 한번 물어봐 줄까?"

"됐어. 그건 정중히 사양할게. 그보다 정말 안 받을 거야?"

긍정의 의미로 정한이 고개를 끄덕였다.

"계속 이러기야? 시간 끌지 말고 어서 받아."

"보관해 둬. 언젠가는 쓸 일이 생기겠지."

"신분증은 어떻게 하려고? 운전면허증도 없이 차 몰고 다니려는 건 아니지?"

"오늘처럼 걷지 뭐. 걷는 것도 나쁘지 않는데? 운동도 되고."

가볍게 주고받는 언쟁조차 정한을 기쁘게 만들었다. 때문에 물러설 기미가 없는 정한으로 인해 어쩔 수 없이 희재는 다른 방법을 고안해 내야만 했다.

슬쩍 정한의 뒤쪽으로 돌아 걸어간 희재가, 곧 비어 있던 정한의 바지 뒷주머니에 지갑을 찔러 넣었다. 하지만 의도치 않게 정한의 엉덩이 부분에 손끝이 닿고 마는 상황이 연출되자, 일순 정한의 몸이 경직됐다.

"되게 딱딱하네. 돌덩이라도 넣은 거 같아."

"……엉큼해, 서희재."

"뭐래. 지갑이나 잘 챙겨."

아무렇지 않게 희재가 픽 웃자, 정한이 조금은 억울하다는 표정을 지어 보였다.

"감상이 그게 다야? 다른 건 없어?"

"다른 거 뭐?"

"좀 더 구체적이고, 자세한 소감 말이야. 겨우 딱딱하단 의견이 전부는 아닐 거 아냐?"

어처구니없다는 희재의 표정에도 아랑곳없이 정한은, 불만 사항을 하나하나 깐깐하게 짚어 가며 어깃장 비슷한 것을 놓았다. 지나치게 간결한 희재의 대답이 마음에 차지 않는다는 의미였다. 마치 심통이 난 것처럼 툴툴거리고 있자, 결국 덧붙이듯 희재가 이야기를 이어 갔다.

"아주 잠깐인데 그걸 다 어떻게 알아. 누가 들으면 마구 주무른 줄 알겠네."

"그럼 더 만져 보면 알 것 같아?"

"알았어. 아주 멋진 엉덩이였어. 됐지?"

"……치사해. 대답이 너무 무성의하잖아."

어울리지 않는 정한의 서툰 투정에, 결국 희재가 소리 내 웃음을 터뜨렸다. 골이 난 듯 어린아이처럼 이맛살을 살짝 찌푸리자, 이런 정한의 모습이 더욱 희재의 웃음을 깊어지게 만들었다. 마치 드물고 진귀한 경험을 했다는 듯, 한동안은 재미있다는 표정을 지우지 않았다.

따뜻한 봄날처럼, 따사로운 온기가 그대로 정한에게로 전해져 왔다. 순간 심장 위쪽으로 찌릿찌릿한 느낌이 관통했다.

좋다. 원하는 대답을 들려주지 않아도, 이것저것 좋은 점을 알려 주지 않아도, 진가를 몰라줘도, 지금처럼 웃고만 있어 준다면 다른 건 아무래도 상관없을 것 같았다. 어느새 구겨져 있던 이마가 반반하게 펴졌다.

"운동 시간 더 늘려야겠어. 두말 못 하게."

"킥, 알아서 해."

"난 지금, 진지해. 농담 아냐."

"하여간 못 말려. 어서 가기나 해."

희재가 한동안 멈춰 있던 발걸음을 재촉했다.

아쉽게도 지갑을 열어 확인을 시켜 준 보람도 없이 희재와 정한이 들어선 곳은 적당한 금액대의 적당한 수준의 식당이었다. 마음에 차진 않았지만, 희재가 좋다니 그걸로 됐다. 사실 분위기의 문제만 아니라면, 가격의 고하가 중요한 건 아니었으니까. 가장 중요한 건 희재가 눈앞에 있다는 사실 하나였다.

빈 좌석을 찾아 자리에 착석하고 난 후 주문까지 끝낸 정한과 희재가 나란히 마주한 채 서로의 얼굴을 확인했다. 잠시 후 정한은 뒤로 미뤄 뒀던 사실 하나를 화두에 올렸다.

"근데, 강건우에겐 아무런 감정 없었던 거 맞지?"

"……너. 보기보다 집요해."

"그게 아니라 당연한 관심이겠지. 나 서희재 남자 친구 아니었던가?"

집요한 눈길이 희재의 반응을 살폈다. 테이블 위에 놓여 있던 찬물을 집어 들어 한 모금 넘기는 동작 하나까지도 그는 시선을 떼지 않고 지켜보았다. 잠깐 우물쭈물하던 희재도 결국 끈질긴 정한의 추궁에 두 손 두 발을 다 들고 말았다.

"사실 강건우가 나한테 맡겨 두고 찾아가지 않는 게 있어."

"그게, 뭔데?"

"꽃."

"꽃?"

"정확히는 꽃다발이야. 엄청 비싸 보였는데……. 오래전에 시들어 버렸지만."

희재의 말이 이어질수록 정한의 표정이 모호하게 변해 갔다.

"중학교 졸업식 날 받은 거야. 잠깐 맡아 달라는 건 줄 알고 받았는데 결국 못 돌려줬어. 따로 연락할 방법이 없었거든."

온몸을 타고 흐르던 기묘한 불안감이 일시에 잦아들었다. 공공연하게 마음이 들뜨는 건, 희재에게 전해진 꽃의 출처를 정한도 이미 알고 있었기 때문이었다.

"그 꽃, 어쨌어?"

"이번에 부모님 이사 가면서 처분했어. 보관해 둘 데가 마땅치 않았거든."

이렇게 다시 만날 줄 알았다면 무리하더라도 가지고 있을 걸 그랬다며 희재가 작게 울상을 지었다. 그러나 그건 괜한 기우에 지나지 않았다. 희재의 생각과는 달리, 그 꽃의 주인은 건우가 아닌 그녀였으니까.

"강건우한테 미안해할 필요 없어. 그 꽃다발, 네 거야."

"……?"

"내가 부탁한 거야. 강건우한테."

소스라치게 놀란 얼굴을 해 온 희재가 곧 심한 내적 갈등에 사로잡혔다. 믿을 수 없다는 표정을 지어 왔지만, 정한이 말한 내용은 모두 사실이었다.

"왜……."

"내가 줬음, 받지 않으려고 했을 거 아냐."

"그건……."

"받았더라도 돌려줬을 테지. 알다시피 난 강건우와 달리 서희재 옆에 계속 머물러 있었을 테니까."

희재는 굳이 정한의 말을 부인하려 들지 않았다. 이는 정한의 예상이 틀리지 않았음을 단적으로 시사하는 바였다.

잠시 후 밑반찬과 함께 주문한 메뉴가 나왔다. 점원이 테이블 위로 음식이 담긴 식기들을 내려놓는 동안, 대화는 잠시간 단절되었다. 이곳에 들어설 때보다 분위기는 조금 가라앉아 있었지만 정한은 개의치 않았다. 끊겼던 대화는 점원이 자리를 뜨는 순간 곧이어 재개되었다.

혼란스러워하는 희재를 눈앞에다 둔 정한이 씨익 입꼬리를 끌어올렸다. 기다렸다는 듯 낮은 울림을 머금은 정한의 목소리가 곧 입밖으로 흘러나왔다.

"그리고, 그 꽃 잘 버렸어."

"……버렸다고 화를 내는 게 아니라, 잘 버렸다고?"

"그거 보면서 내가 아닌 강건우를 떠올렸을 거 아냐. 그런 건 아주 별로라서."

약간의 계산 착오를 거쳐, 왜곡된 사실을 대신해, 숨겨진 진실 하나가 제자리를 찾아갔다. 그사이 희재의 얼굴이 새빨갛게 변해 있었다. 바라보고 있자면 저절로 입맛이 다셔질 정도로 매우 먹음직스러워 보였다.

문득 갈증을 동반한 허기가 느껴졌다. 그리고 이건 정한에게서 나올 수 있는 최대의 칭찬과도 같았다.

잘 익은 볼을 깨물어 먹으면 어떤 맛이 날까. 반듯한 이마에도, 적당히 솟아오른 콧대에도, 젖어 있던 입술에도 모두 시선이 갔다. 어디든 상관없이 하나하나, 일일이, 맛봐 가며 먹어 볼 수만 있다면 얼마나 행복할까, 하는 생각들이 점차로 머릿속을 채워 갔다.

어쩐지 이 기분이라면 식어 버린 음식들도 맛있게 먹을 수 있을 것 같았다. 별거 아닌 작은 하나까지도 경이롭게 만드는 존재.

서희재가 좋았다.

너는 내 빛이며, 내 태양이다.

제6장.

반짝이는 것에도
그림자는 있다

강의실에 들어선 것과 동시에 피부 끝이 따끔따끔거릴 정도로
주변의 모든 시선이 희재에게로 모아졌다. 비밀리에 부쳐져 있던
희재와 정한의 관계가 이제 막 수면 위로 떠오른 시점이었다.

처음에 소식을 접한 이들은 대체적으로 한결같이 말도 안 된단
반응이었다. 혹은 재미없는 장난쯤으로 치부해 버리기 일쑤였다.

그러나 소문이 시작된 곳이 다름 아닌 리드였다. 의문을 제기하
기엔 이미 명백한 사실을 근거로 하고 있었다. 때문에 목소리를 낮
췄음에도 귓바퀴를 타고 들려오는 원색적인 이야기들은 때때로 희
재의 신경을 곤두서게 만들었다.

"이러면 별로 달라진 게 없잖아."

비어 있던 옆자리를 확인한 직후 희재의 표정이 조금 어두워졌
다. 대학에 들어와선 속마음을 터놓고 지낼 수 있을 만큼 친한 친

구를 만들어 보고 싶었는데 여전히 제자리걸음만 하고 있었다. 하지만 그렇다고 해서 투정을 부릴 마음은 없었다.

세상에 다시없을 만큼 다정한 눈길이 사랑을 속삭여 오는 것을 경험했다. 무표정한 표정을 지우고, 입가엔 웃음을 머금고, 그저 희재 하나만 바라보며 해 온 고백이었다.

말로는 전부 표현이 불가능한, 마치 사막에 내리는 단비처럼 가슴을 촉촉하게 적셔 주던 그때의 감동을 떠올리자 자연 가라앉았던 기분이 조금씩 제자리를 찾아가기 시작했다. 그러나 간신히 되찾아 가던 마음의 평정은 지희의 등장과 함께 다시금 흐트러지고 말았다.

소윤과 팔짱을 낀 채 나란히 강의실로 들어서던 지희가 소윤과 속삭이듯 몇 마디를 주고받더니 곧 희재에게로 시선을 주었다. 하지만 바라보는 눈길이 지나치게 차기만 해서 그 순간엔 마치 힐난을 받은 느낌이었다.

비어 있던 희재의 옆자리를 외면한 채 지희가 소윤과 함께 다른 자리를 찾아갔을 때, 희재는 문득 머릿속으로 또 다른 이별을 떠올렸다. 앞서 며칠 전에 있었던 언쟁을 끝으로 소윤과의 관계를 정리했던 희재였다.

잠시간의 사색 끝에 마침내 결심했다는 듯 한 차례 크게 심호흡을 내쉰 희재가 앉은 자리에서 일어나 지희에게로 향했다.

"여기 잠깐 앉아도 되니?"

"아니. 자리 없어."

생각할 여지를 두지 않은 채 단칼에 잘라 거부 의사를 밝힌 지희

가, 무릎 위에 올려두었던 가방을 보란 듯 빈자리 위에 내려놓았
다. 희재에게 보이기 위한 시위나 다름이 없었다. 바로 옆에선 소
윤이 비웃듯 입가에 웃음을 걸고 있었다.

소문의 주인공인 희재에게로 집중돼 있던 주변의 이목이 어느새
세 사람에게로 옮겨 왔다. 흥미롭다는 듯이 모두가 상황을 주시하
고 있었지만 당황하는 대신 희재는 침착하게 하던 대화를 이어 나
갔다.

"자리가 없다고? 그 말은 앉을 사람이 따로 정해져 있다는 거
지?"

"그래."

"그렇구나. 근데 누구를 위해 남겨 둔 자린데? 우리가 아는 사람
중에 이 수업 듣는 사람이 또 있었어?"

"그, 그건……."

"아니잖아. 그렇지?"

예상 밖으로 이어진 희재의 일침에, 명확한 대답 대신 말끝을 흐
린 지희가 슬쩍 소윤을 돌아보며 도움을 청했다. 그러자 소윤이 발
끈하며 희재의 말을 대신해 받았다.

"그건 알아서 뭐하려고?"

"네게 물은 거 아냐. 그러니까 넌 빠져."

"뭐라고? 기가 막혀서."

삽시간에 목덜미까지 발갛게 달아오른 소윤을 내버려 둔 채, 희
재가 담담한 눈길로 지희를 건너다보았다. 하지만 원치 않게 받게
된 주변의 관심이 부담스러운 듯 지희의 눈빛은 처음과는 달리 양

옆으로 흔들리고 있었다.

"내게 화가 났단 건 알아. 나도 눈치가 없진 않으니까. 그런데 김정한과 내가 사귀는 일로 왜 네게 비난을 받아야 하는지는 여전히 잘 모르겠어. 그러니까 대답해 줘."

"……우릴, 기만했잖아."

"몰랐는데, 연애란 게 꼭 드러내 놓고 해야 하는 거였어? 숨기고 만난다고 해서 주변에 피해를 준 것도 아닌데? 그런데도 그 일로 내가 미안해해야 돼?"

대놓고 반박의 말을 덧붙이기에는 희재의 말은 처음부터 끝까지 설득력을 지니고 있었다. 게다가 다른 사람도 아닌 연애의 상대가 김정한이었다. 입장 바꿔 당사자라면 쉽게 사실을 밝힐 수 있었겠느냐는 희재의 반문은, 비단 지희뿐만 아니라 주변의 다른 이들을 겨냥한 말이기도 했다.

논리에서 밀린 지희는 한동안 말문을 걸어 잠갔다. 하지만 곧 다른 이유를 들어 희재의 부당함을 토로해 왔다.

"하지만 먼저 관계를 깬 건 희재 너였잖아. 우리하고 친구 하기 싫다고 했다면서."

"소윤이가 그래?"

"이제 와 변명한다는 것도 우스우니까……. 그래. 맞아. 소윤이에게 들었어."

긍정의 의미하는 지희의 답변에 희재가 질문 하나를 덧붙였다.

"궁금한 게 하나 있어. 소윤이한테 이런 말을 전해 들었을 때, 따로 내 얘길 들어 봐야겠단 생각은 들지 않았어? 조금이라도 그런 생각은 해 보지 않았어?"

"설마 사실이…… 아니야?"

그제야 지희도 뭔가 느끼는 바가 있었던지, 놀란 얼굴로 소윤을
돌아보았다.

"내 말이 맞아. 서희재가 거짓말을 하는 거야."

"거짓말……. 그래서 지희 넌 이번에도 이소윤의 말을 아무런
의심 없이 믿을 거니?"

질문을 한 뒤 한참을 기다렸으나 지희에게선 끝끝내 원하는 대
답을 들을 수 없었다. 그럴수록 소윤의 얼굴은 더욱더 의기양양하
게 변해 갔다.

"넌 여전히 믿고 싶은 거구나. 날 먼저 못마땅하게 여겼던 사람
이 이소윤이었단 걸 알면서도, 내가 아닌 이소윤의 말을 믿어 주고
싶은 거구나."

"난, 그러니까 난……."

그간 별다른 문제없이 이어져 오던 세 사람의 관계가 지금처럼
일그러지게 된 건, 소윤의 마음속에 희재에 대한 시기심이 생겨난
직후의 일이었다. 그런데도 이 모든 책임이 희재에게 있단 말을 하
고 싶은 거라면, 그건 은연중에 지희가 희재가 아닌 소윤의 친구로
남고 싶단 마음을 가지고 있었기 때문일 것이다.

제대로 된 대화를 이어 나가지 못한 채 얼마간 머뭇대며 주저하
던 지희가 결국 아래로 고개를 떨어뜨렸다. 내리깐 눈 위로 간헐적
으로 떨리고 있던 지희의 눈꺼풀이 왜인지 희재의 마음을 답답하게
만들었다. 그사이 수업을 알리는 시작종이 울렸다.

"⋯⋯여기가 끝인가 보네."

희재는 스스로를 판단하길 특별히 성격적으로 튀는 부분이 없다고 생각했다. 하지만 매번 이렇게까지 인간관계에 힘이 드는 걸 보면 딱히 그렇지도 않은 모양이었다.

약간은 의기소침한 표정을 지은 희재가, 지희의 가방이 놓여 있던 빈 좌석을 한 차례 힐끔거리곤 이어 등을 돌렸다. 아마도 지희의 옆자리는 수업이 끝날 때까지도 주인을 찾지 못할 확률이 컸다.

걸어온 길을 되돌아 원래의 자리로 돌아온 희재가 책상 위에 올려 두었던 전공 책을 펼쳤다. 뒤늦게 숙이고 있던 고개를 들어 올린 지희가 희재의 뒷모습을 좇아 확인했다. 그러곤 놓치고 있던 사실 하나를 인지하고선 아플 정도로 입술을 세게 깨물었다.

처음 희재가 지희에게로 다가와 옆에 앉아도 되냐고 물었을 때 그녀의 손엔 아무것도 들려져 있지 않았다. 가방도, 책도, 필기구도 심지어 휴대폰까지도 모두 제자리에 놓아둔 채였다. 그때서야 바로 보게 된 진실 하나.

희재는 그저 처음부터 대화를 나누고 싶었던 것뿐이다. 거절당할 거란 걸 알면서도, 희망적이지 못한 결과를 받아 들 거란 걸 모르지 않았음에도, 먼저 다가와 지희에게 기회를 주었던 것이다.

"쟤 정말 재수 없지 않니?"

"⋯⋯."

"지희야? 하지희! 무슨 생각을 그렇게 해?"

"아냐, 아무것도."

못 박힌 듯 희재의 뒷모습을 응시하던 지희가 소윤의 다그침에 질끈 눈을 감았다 떴다. 실수를 했다는 걸 깨달았지만, 이제 와 다가가 사과를 하기에는 용기가 없었다.

강의실을 이동하는 내내 어딜 가나 호기심 어린 시선들이 희재를 따라다녔다. 하다 하다 정오를 넘어 오후가 됐을 무렵엔 퍼진 소문을 확인하기 위해 타 단대 학부생들까지 구경을 올 정도였다.

김정한의 서희재.

하루 종일 귀가 따갑도록 들어서인지 약간의 두통 증세마저 나타났다. 더군다나 수군대며 나누는 얘기들 중 거의 대부분은 희재의 외모와 연관이 있었다. 평범하단 말은 오히려 칭찬에 가까웠다. 가만히 있어도 들려오는 얘기 속에는 희재에 대한 각양각색의 평가가 담겨져 있었다.

"3장부터는 다음 시간에 이어서 하도록 하겠습니다."

하루 중 마지막 강의를 끝내는 교수의 말이 있고 나서야 희재는 작게나마 한숨을 돌렸다. 평소처럼 강의를 들은 게 전부인데도 심적으론 이미 녹초가 된 기분이었다.

분주한 손길로 주변을 정돈한 희재가 빠른 걸음을 이용해 강의실을 빠져나왔다. 하지만 곧 멈칫거리며 제자리에 멈춰 섰다.

"강의는 어쩌고 네가 여기에 있어? 이 뒤에도 남은 수업 있잖아."

"휴강."

감싸듯 자연스럽게 희재의 어깨를 그러안은 정한이 당연하다는 태도로 희재가 들고 있던 전공 책을 넘겨받았다. 순간 주변의 웅성거림이 확연할 정도로 커졌다. 소문이 기정사실임을 당사자가 직접 확인해 준 것이나 다름없는 상황이었기 때문이다.

"근데 이 손은 뭐야?"

"우리 관계에 대해 이젠 모르는 사람도 없던데, 안 될 것도 없잖아."

"좋기도 하겠어. 이런데도 웃음이 나와?"

"안 좋을 건 또 뭐야. 내 입장에선 나쁠 것도 없고 오히려 반길 만한 일이지."

약간의 타박 섞인 말로 희재가 구박의 말을 늘어놓자 마냥 웃는 얼굴로 정한이 응대해 왔다. 결론적으로 말해 희재의 어깨 위에 얹어 놓은 손을 치울 생각은 조금도 없다는 뜻이었다.

결국 딱 붙다시피 한 상태에서 걸음을 옮기자 자연스레 사람들의 시선도 두 사람을 따라 이동하기 시작했다. 이 순간 희재는 사람 마음이 참 간사하단 생각을 했다.

여전히 호의적인 것과는 거리가 먼, 굳이 결론을 내리자면 그저 그런 호기심이 전부일 게 분명한 상황 속에서도 왜인지 전만큼 힘들단 생각이 들지 않았다. 혼자가 아닌 정한과 함께여서인지 예민하게 곤두서 있던 신경도 차츰 가라앉고 있었다.

줄곧 두 사람을 따라 움직이던 사람들의 시선은 주차돼 있던 정한의 벤틀리에 올라타고 나서야 겨우 떨어져 나갔다.

바깥에서는 안쪽 상황이 보이지 않도록 이중으로 선팅된 차 문이 닫힌 후에야 희재가 등받이에 등을 기대며 흐트러진 숨을 골랐다. 정한의 유명세에 오늘 하루가 어떻게 지나갔는지조차 모를 지경이었다.

"뭐하고 있어? 출발 안 하고?"

"아니, 그냥. 좋아서."

"근데 아까부터 왜 이렇게 수상할 정도로 표정이 밝아? 이번 일 때문에 너도 꽤나 사람들한테 시달렸을 거 아냐."

"나야 뭐 시달렸다고 할 것도 없지."

"그럴 리가 없을 텐데?"

미심쩍은 눈길로 추궁을 하자 그가 아무렇지 않게 어깨를 으쓱였다.

"사실을 사실이라고 말하는데 힘들 게 뭐 있겠어. 적어도 난 그래."

"어유, 그러셨어요?"

그나마 한 사람이라도 불편한 게 없었다니 이걸 다행으로 여겨야 하는지, 선뜻 분간이 서지 않는 정한의 한 마디 한 마디가 희재의 머릿속을 헷갈리게 만들었다.

"하지만 이건 내 입장일 뿐이고, 서희재 생각은 또 다를 테지. 오늘, 힘들었지?"

"아니라면 거짓말이고, 조금. 근데 내일도 조금일지는 모르겠어."

크게 자신 없다는 태도를 보이며 희재가 약한 소리를 입에 담았다. 때맞춰 멈춰 서 있던 벤틀리가 움직이기 시작했다. 때문에 대화는 잠시간 소강상태로 접어들었다.

문득 희재는 함께해 온 지난 세월이 마냥 헛된 것만은 아니었구나, 하는 생각을 가졌다. 단둘이 남아 있을 때면 늘 어색하고 불편하단 생각만 했었는데, 어째서인지 지금은 마음이 더없이 차분하게 가라앉으며 묘한 안정감까지 느끼고 있었다. 한 차례 끊어졌던 대화는 이어진 정한의 질문 하나로 인해 다시금 재개되었다.

"그래서 후회해?"

희재가 아닌 정면을 바라보고 한 말이었다. 이유는 알 수 없었지만, 이 순간에 희재는 정한이 그 어느 때보다 긴장하고 있다는 사실을 알아차릴 수 있었다. 웃음 일색이던 얼굴도 어느새 딱딱하게 굳어져 있었다.

갑작스런 표정 변화에 고개를 갸웃거린 희재가, 의아함을 지우지 못한 채 조금씩 시선을 아래로 내리기 시작했다. 그러자 시야 너머로 핏줄이 툭 불거진 정한의 손등이 눈에 들어왔다.

힘주어 운전대를 잡고 있는 정한의 손이 미약하게 떨리고 있었다. 무엇이 정한을 이처럼 두렵게 만드는 것일까. 입 밖으로 나오려던 질문을 잠시 뒤로 미뤄 둔 채 희재가 정한을 향해 사실관계 하나를 되짚어 주었다.

"내가 후회했으면 좋겠어?"

"아니. 안 그랬으면 좋겠어."

즉답에 가까운 그의 대답은 그 자체로 하나의 의미가 되어 희재의 심장을 뛰게 만들었다.

"다르게 물을게. 그럼 내가 후회란 걸 하고 있는 것처럼 보여?"

"사실은 잘 모르겠어."

"그걸 왜 몰라?"

"그러게. 그걸 왜 모를까."

읊조리듯 나직하게 흘러나온 정한의 음성엔 확신이란 것이 빠져 있었다. 결국 학교를 벗어난 지 얼마 되지 않은 시점에서 차는 갓길에 멈춰 섰다. 그런 후 축축하게 젖어 있던 손바닥을 한 차례 문지르듯 바지 위로 닦아 낸 정한이 희재에게 시선을 보내 왔다.

"서희재는 여전히 날 어렵다고 생각하지?"

"어떤 대답을 원해?"

"솔직한 네 생각이 궁금해."

"그야 쉽진 않지. 그런데 그게 문제가 돼? 이건 당연한 일이잖아."

희재는 지금껏 단 한 번도 자신과 정한이 지금과 같은 연인관계로 엮이게 될 거라곤 생각해 본 적이 없었다. 현재에 이르러 어색함이 많이 희석돼 버렸다곤 하나, 애정으로 얽힌 관계가 결코 쉬울 리 없었다. 이러한 의미에서 희재는 정한이 어렵다는 뜻이었다.

"당연하다고……?"

"그래, 당연해. 반대로 넌 내가 쉽니?"

희재의 되물음에 마치 허를 찔린 것처럼 그가 인상을 썼다. 그러더니 이내 고개를 가로저어 왔다.

"아니. 조금도."

"그것 봐. 그러니까 그런 이상한 표정 지을 거 없어."

"내 표정이 어떤데……?"

"너답지 않게 조금 전부터 내 눈치를 보고 있잖아."

"내가, 그랬어?"

긍정의 의미를 담아 고개를 끄덕이자 정한의 얼굴이 조금 더 심각하게 변했다. 가라앉은 분위기를 끌어 올리기 위해 희재가 목소리 톤을 한층 높였다.

"우리 고양이, 왜 이렇게 주인 마음을 몰라주니? 아깐 잘만 웃더니 지금은 표정이 너무 어둡잖아."

"생각해 보니 너무 내 생각만 한 것 같아서."

가둬 둘 권리 같은 건 처음부터 없었는데. 흘리듯 정한이 뒷얘기를 덧붙여 왔지만 의미를 파악하기엔 내용 자체가 너무 추상적이었다.

"다른 사람들 말에 내가 상처 입을까 봐 걱정이 돼서 그래? 그래서 그만두자고 할까 봐 신경이 쓰여서 이러는 거야?"

"……서희재는 날 너무 착하게 보는구나."

"?"

"그냥 그렇다고."

삐뚤어진 본성을 억누른 채 십 년이 훨씬 넘는 세월 동안 정한은 오직 희재 하나만을 바라보며 걸어왔다. 그의 세계를 구성하는 것 중 가장 큰 의미가 되는 것도 희재였다. 어쩌면 세상에서 정한을 웃게 만들 수 있을 유일한 존재.

희재가 싫다고 해도 이젠 어쩔 수 없었다. 설령 희재의 마음이 다치게 되는 경우가 생긴다 하더라도, 정한은 희재를 놓아줄 마음 같은 건 조금도 가지고 있지 않았다. 지극히 이기적인 마음이었지만 삶의 전부나 다름없는 걸 타인에게 내어 줄 수는 없는 법이었기에.

진실을 저 너머에 묻어 둔 채 정한이 억지로 웃어 보이자, 희재가 미간을 찌푸리며 불만을 얘기했다.

"또 그런 표정. 이번 일 때문에 정신적으로 힘든 건 사실이지만 그래도 어쩌겠어. 다 내 애인이 잘난 탓인걸."

"애인……."

"다른 걸 다 떠나 우리 두 사람 마음이 같으면 그걸로 된 거잖아."

"그 말은 서희재도 날…… 좋아한다는 얘기야?"

"좋아해. 왜, 아닌 것 같아?"

"정말로 내가 좋다고……? 일방적인 강요 때문이 아니라 진심으로 그렇게 생각해?"

믿기지 않는단 표정을 지우지 못한 정한이 거듭 확인을 구해 왔다. 하지만 이렇게까지 열성적인 반응을 보여 올 거라곤 예측하지 못했기 때문에 희재가 느끼는 놀라움은 그 어느 때보다도 컸다. 이내 흐트러진 마음을 가다듬은 희재가 곧 사실관계에 빗대어 가진 마음의 일부를 그의 앞으로 드러내 보였다.

"모르나 본데……. 날 좋아해 주는 사람을 싫어한다는 거, 그거 되게 어려운 거다? 그런 의미에서 넌 전략 제대로 짠 거야. 그러니까 나중에라도 농담이니 그런 소리 하면 나 진짜 화낼 거야."

"그럴 일은 절대 없어."

"그럼 됐어."

하지만 결론이란 게 지어졌음에도 정차돼 있던 차는 여전히 움직이지 않은 채 제자리를 지키고 있었다.

"왜 또 할 말이 남은 거야?"

"만약에, 만약에 말이야."

"만약에 뭐?"

"네가 싫어할 만한 일을 너 모르게 내가 했다면, 한 번쯤은 눈감아 줄 수 있어?"

"뭐야? 나 모르게 나쁜 짓이라도 하고 다녔던 거니?"

"......"

"그런 적 있구나."

확신이 서린 희재의 말에도 정한은 변명의 말을 입에 담지 않았다.

"대답 없으면 내 멋대로 생각한다? 그래도 돼?"

희재는 정한이 아니기 때문에 그의 생각을 모두 알 수는 없었다. 그럼에도 희재는 지금 정한이 하고 있는 생각들이 무척이나 궁금했다. 때문에 희재는 피하지 않고 단도직입적으로 묻는 방법을 택했다. 그 외에 다른 해결책은 생각나지 않았다.

"말해 주기 싫은 거야? 아님 말해 줄 수 없는 거야."

"둘 다."

"결론은 얘길 못 해 주겠단 거네. 이실직고하라고 할 때 하는 게 신상에 이로울 텐데?"

"지금 말고, 조금 더 시간이 흐른 다음에 그때 가서 말해 줄게."

웃으며 말하는데 이상하게도 정한의 눈이 아파 보였다. 그래서 희재는 더 묻지 않기로 했다.

"무슨 일인지는 모르겠지만 알겠어. 하지만 봐주는 건 딱 오늘까지만이야. 앞으론 안 돼."

"......"

"대답."

"노력해 볼게."

"곧 죽어도 안 하겠단 소리는 안 하네. 대신 꼭 해야 할 잘못이 생길 땐 최소한 나 모르게 해. 미리 말해 두겠는데 나 화낼 땐 무섭다? 스스로 생각하기에도 재수 없을 정도로. 그러니까 아니다 싶은 건 애초에 안 하는 게 좋을 거야."

우스갯소리처럼 늘어놓긴 했지만 결코 장난은 아니었다. 적어도 희재는 지금 이 순간 진심을 담아 말했으니까. 어쩌면 정한은 방금 전에 했던 희재의 경고를 별거 아닌 일로 치부해 한 귀로 흘려듣고 넘길지도 모른다. 하지만 그건 오로지 정한이 판단해야 할 몫이었다.

"그만 가자. 오늘 하루 신경 쓸 일이 많아서 그런지 얼른 집에 들어가 눕고 싶은 마음뿐이야."

"전 강의실에서 작은 소란이 있었다던데, 그것 때문이야?"

"그 일이 벌써 네 귀에까지 들어갔어? 소식 한번 빠르네."

"상황이 상황이었으니까."

"하긴."

별 뜻 없이 던진 희재의 말에 무의식중에 정한의 어깨가 한 차례 움찔거렸다. 하지만 다행히도 희재는 눈치채지 못하고 그냥 지나쳤다.

"생각해 보니 난 인복이란 게 별로 없나 봐. 사람 마음 얻는다는 게 생각보다 쉽지 않네. 넌 이런 고민 없지?"

"글쎄⋯⋯. 대학에 왔다고 꼭 새 친구를 사귈 필요가 있을까?"

233

"그야 당연하지."

"왜?"

"왜라고 물어도, 세상에 친구 한 명 없는 사람은 아무도 없으니까."

질문을 해 왔기에 대답을 하긴 했지만, 아무래도 이 같은 주제로 고민 상담을 하기에는 정한은 그다지 적합한 대상이 되지 못했다. 늘 주변에 사람이 넘쳐 나는 정한에게 있어서 희재의 얘기는 별다른 고민거리가 되지 못할 테니까.

왠지 모르게 작아지는 기분에 조금 울적한 마음이 들었다. 하지만 정작 정한의 생각은 희재와는 달랐던지, 곧이어 정색하며 말을 잘랐다.

"서희재가 왜 친구가 없어? 나 있잖아."

"너?"

"잊었어? 나 서희재랑 애인 겸 친구 하기로 했잖아."

"맞다……. 그랬었지."

뜻밖의 말을 전해 들은 직후 희재가 주억거리듯 고개를 끄덕였다. 그러고 보니 예전에 그런 말을 들었던 기억이 어렴풋이 떠올랐다.

"말만 해. 부족한 게 있다면, 그게 뭐든 빈자린 내가 전부 채워 줄 테니까."

위로하는 방법 한번 참 참신했다. 어쩜 저렇게 기특한 말들을 아무렇지도 않게 해 올까. 듣기 좋은 말만 쏙쏙 골라내 속삭이듯 귓가를 간질여 오는 정한의 목소리가 마치 한편의 BGM을 연상케

했다.

시무룩했던 게 언제였냐는 듯 삽시간에 이루 말할 수 없는 따뜻한 기운이 가슴 안쪽으로 차곡차곡 차오르기 시작했다.

"욕심도 많다. 그걸 다 너 혼자서 할 거라고?"

"못할 건 또 뭐야. 그러니까 웬만하면 나 하나로 만족해. 굳이 우리 사이에 다른 사람을 끼워 넣을 필요는 없잖아."

독점욕을 숨기지 않은 채 그가 하던 이야기를 종결지었다. 빈말이 아님을 강조라도 하듯 그의 눈빛은 더없이 진지했다.

어쩌지……. 심장이 지나치게 빠르게 뛰어 가슴이 아플 정도였다. 이건 정말이지 반칙이었다. 이렇게까지 사랑받는다는 사실을 두 눈으로, 두 귀로, 직접 확인을 받았는데 떨리지 않는다면 그거야말로 거짓말이었다.

"너, 이래 놓고 다음에 딴말하기만 해 봐."

나중에라도 다른 사람이 좋다고 따라나섰다간 큰코다칠 줄 알라며 짐짓 심각한 척을 하자 정한이 그제야 나른한 미소를 입가에 띠었다.

"그게 걱정이야?"

"왜 아니겠어. 내가 아는 고양이는 사람 홀리는 재주가 다분히 있거든."

말을 끝낸 직후, 빠르게 뛰고 있던 심장 위로 따끔거리는 아픔 하나가 날아들었다. 그리고 희재는 이 감정을 어렵지 않게 불안감이라고 정의 내렸다.

겪어 봤기에 두려운 거였다. 타인을 향해 있을 땐 무기질처럼 무감각해 보이던 두 눈이 감정을 담고, 탐스러운 입술은 사랑을 속삭이고, 행여 무거울세라 손에 들고 있던 책 하나까지 넘겨받던 세심한 배려를 비롯해 어느 것 하나 희재를 기쁘게 만들지 않은 것이 없었다.

반면에 희재는 이 모든 게 정한의 변덕 하나로 사라져 버릴 수 있다는 것도 모르지 않았다. 그래서 처음엔 휘둘리지 않으려고 노력도 했다. 하지만 보기 좋게 실패해 버렸다.

"끝까지 고양이 취급이네."

"그래서 싫어?"

"싫진 않지. 싫진 않지만 좀 그렇지 않나?"

"?"

"애완동물이랑 야한 짓 하는 주인은 없으니까."

순간적으로 붉게 달아오른 희재의 뺨 위로 정한의 손끝이 가만히 와 닿았다. 그러곤 건드리듯 콕콕 뺨을 두어 번쯤 눌러 왔다. 마치 어린애들이나 할 법한 장난처럼 느껴지기도 했다. 그러나 정한의 표정은 더없이 진지했다.

조금씩 가까워지는 두 사람의 거리. 밀착해 있는 시간이 길어질수록 왠지 모르게 숨이 가빠 왔다.

"숨 쉬어."

정한의 말이 신호탄이라도 된 듯 잠시간 참았던 숨이 일시에 입 밖으로 터져 나왔다. 순간 기습적으로 희재의 뺨 위로 정한의 입술이 살짝 닿았다 떨어졌다. 그렇지 않아도 달아올랐던 얼굴이 흡사 토마토처럼 붉게 물들었다.

"야한 얼굴."

"너, 너어!"

"언제쯤이면 익숙해질까? 지금도 나쁘진 않지만, 그래도 경계하는 건 좀 별로거든."

마음을 담은 열띤 고백이었다. 섣부른 투정조차 막아서는 그런 고백. 잘 정돈돼 있던 희재의 머리카락을 장난스럽게 흐트러뜨리고 난 후에야 정한이 정차돼 있던 차를 출발시켰다.

"너, 말로만 짝사랑이지, 사실은 이 사람 저 사람 사귀고 다녔던 거 아냐?"

"허위사실 유포는 명백한 범죄야."

"하지만 하는 행동이 너무 자연스럽잖아."

"타고났나 보지."

"……어련하시려고."

앞서 했던 주장을 되풀이하기엔 가진 근거가 지나치게 부족했다. 잔뜩 의심스러운 눈초리를 해 봐도 정한은 거리낄 게 없다는 태도로 일관했다. 결국 별다른 소득 없이 고개를 정면으로 돌리려는데, 때에 맞춰 정한이 한 가지 사실을 희재에게 말해 왔다.

"너뿐이야."

"뭐가?"

"입 맞추고 싶다고 생각했던 것도, 만져 보고 싶단 마음이 들게 만들었던 사람도 전부 너 하나뿐이야. 그러니까 괜한 데 신경 쓸 거 없어."

행복이 성큼 가까이로 다가와 희재의 마음에 똑똑 노크를 했다.

들뜨기 시작한 마음을 붙들고 있기가 어려웠다. 그런데도 희재는 속마음을 숨기며 새침을 떨었다. 기쁨이 쌓이고 쌓여 어느 순간 흘러넘칠까 걱정이 되어서였다.

"거짓말."

"믿으란 말 안 해."

"어째서?"

"결국엔 믿게 될 테니까. 지금보다 더 나중엔."

단언하는 정한의 말을 표면 그대로 받아들이고 싶단 생각이 먼저 앞서는 걸 보면, 뭐라 변명을 댄다 하더라도 희재 자신은 꽤나 정한에게 마음을 열고 있었던 모양이었다.

"가만 보면 의외로 숨기는 게 많아, 너."

"그건, 내가 자신이 없어서겠지."

미움받지 않을 자신. 속으로 마지막 말을 집어삼킨 정한이 액셀러레이터를 아래로 지그시 눌러 밟으며 속도를 조금 더 높였다. 그러나 정한의 입에서 나온 말은 희재의 입장에서는 쉽게 납득이 가지 않는 얘기였다.

"그게 무슨 소리야? 자신이 없다니?"

"나도 무서운 게 있거든."

"설마…… 그게 나란 거야?"

맞물려져 닫혀 있던 정한의 입술 끝이 위로 끌어당겨졌다. 긍정의 의미였다.

"내가 널 무섭게 했어? 대답해 봐. 언제 그랬어?"

"노코멘트. 이건 묵비권 행사할게."

"뭐야?"

"궁금해도 안 알려 줘. 알려 주면 이대로 도망가 버릴 것 같거든. 그럼 내 쪽이 많이 곤란해지니까."

정한은 종종 이해할 수 없는 말을 해 올 때가 있었다. 그건 이번 역시도 마찬가지였다. 하지만 특별히 말꼬리를 물고 늘어진다거나 하진 않았기 때문에 앞서 나누던 얘기는 이것으로 일단락이 됐다.

"날씨 좋네. 조금 더 있음 겉옷도 벗고 다녀야 할 것 같아."

"봄은 금방 가니까."

정한의 대답에 잠시간 생각에 잠겨 있던 희재가 말문을 열었다.

"이번 주말에 다른 약속 있어? 괜찮으면 시간 좀 비워 둬."

"말투로 봐서는 데이트 신청은 아닐 테고……. 무슨 일이야?"

"더 늦기 전에 점박이 보내 줘야지. 내겐 소중한 고양이가 또 생겼으니까."

부지불식간에 정한의 입 밖으로 짧은 감탄이 새어 나왔다. 조금은 감격을 받은 듯, 그가 느릿하게 고개를 주억거렸다.

창밖으로 내다본 하늘은 구름 한 점 찾아볼 수 없을 정도로 맑았다. 점박이를 떠나보내기로 예정돼 있던 당일은 다행히 화창할 정도로 날씨가 좋았다.

"이 안에서 고생 많았지?"

집을 나서기 직전 케이스 안에 든 점박이와 시선을 맞춘 희재가 조금 이른 작별의 말을 입에 담았다. 당연하겠지만 들려오는 대답은 없었다.

"그래도 미워하지 않을 거지? 널 싫어해서가 아니라 아껴서 그런 거니까, 이해해 줄 거지?"

그럼에도 희재는 박제된 고양이를 향해 연신 그간의 잘잘못에 대한 양해의 말을 구했다. 모두 정한의 정당함을 대변하는 말이었다. 그래서일까. 마지막 말을 끝냈을 땐 예전보다 한결 마음이 가벼워져 있었다. 변화된 심경 탓인지 점박이의 얼굴도 어쩐지 웃고 있는 것만 같았다. 늦었지만 편한 마음으로 보내 줄 수 있을 것 같았다.

현관문을 열고 나서자 이미 준비를 끝낸 정한이 기다리고 있었다. 그런데 하고 있는 행색이 몹시도 수상했다.

"옷차림이 그게 뭐야?"

"뭐가 어때서?"

"몰라서 물어? 거기다가 신발은 또 어떻고?"

연이은 희재의 지적에도 정작 정한은 문제 될 게 없다는 태도였다. 하지만 세미정장 차림에 구두까지 갖춰 신은 정한의 모습은 어떻게 봐도 지금 가려는 행선지와는 그다지 어울려 보이지 않았다. 격식 있는 자리에 참석하는 것도 아닌데 참 열심히도 챙겨 입었다 싶었다.

"그리고 산에 갈 건 아니지?"

"산이라고 해 봤자 차 다닐 길은 다 닦여져 있으니까."

240

"그냥 편한 옷으로 다시 갈아입고 오지 그래?"

"왜. 별로야? 이런 스타일은 싫어?"

답답함을 가중시키는 정한의 말에 희재가 새치름하게 표정을 한 채 눈을 가늘게 좁혀 떴다.

"올라가는 거야 차를 타고 간다고 해도…… 그다음이 문제니까 그렇지."

"그다음이라니?"

"글쎄 그런 게 있으니까 일단 옷 갈아입고 나와. 착하지?"

"아예 등산복으로 입어?"

"그럴 필요까지는 없고. 활동하기 편한 거면 돼."

굳이 기준을 나누자면 움직이는 데 제약이 없을 정도? 힘쓸 일도 많을 텐데 옷이라도 편히 입어야 맘 편히 부려 먹을 거 아닌가.

희재의 강요에 못 이긴 정한이 결국 편한 차림으로 바꿔 입고 나왔다. 문득 희재는 세상이 불공평하단 생각을 가졌다.

평범한 티셔츠 하나만 걸쳤을 뿐인데도 왜 이렇게 근사해 보이는 걸까. 눈이 호사를 누린다는 게 아마 이 같은 경우를 일컫는 말이겠지? 두근거리는 심장 소리가 따가울 정도로 귓가를 괴롭혀 댔다. 오래 알아 온 사이라고 하더라도 꼭 면역력을 가지고 있는 것은 아니었다.

아무렴. 사기 수준이지. 저 얼굴은.

패션의 완성이 얼굴이라지만, 사실 이렇게까지 입장 차이가 분명히 나면 자연스레 불평할 마음도 사라지기 마련이었다. 그럼에도 나름 신경 써서 위아래 색깔까지 맞춰 입었던 희재로선 다소 억울한 감이 없잖아 있었다.

하지만 잰 거적때기를 걸치고 있어도 눈에 띄겠지? 그리고 이렇게 잘난 김정한이 좋아하는 사람이 바로 희재였다. 어쩐지 으쓱거리는 마음에 어깨가 한껏 위로 들려졌다.

가벼운 마음으로 출발을 한 것과는 달리 주말이라 그런지 생각보다 도로 사정은 좋지 못했다. 그나마도 땅 파는 데 필요한 도구들이 이미 준비돼 있단 정한의 말에 따로 시간 지체할 일을 만들지 않아서 그렇지, 안 그랬다면 정체 구간을 빠져나오는 데 더 많은 시간을 허비할 뻔했다.

"근데 아깐 누구랑 전화 통화를 한 거야? 다른 말없이 지금 출발한다고만 하고 끊길래. 무슨 일이라도 있어?"

"아, 그거. 지금 가는 곳, 그냥은 못 들어가. 관리하시는 분이 여러 분 계시기도 하고."

쉽게 생각했던 것과는 달리 복잡한 문제에 직면하게 되자, 어느새 주저하는 마음이 생겨났다. 아무래도 희재가 생각했던 '산'과 정한의 지칭하는 '산'의 의미는 여러모로 다른 것 같았다.

"관리라면……. 설마 지금 가는 곳, 국립공원 같은 곳은 아니지?"

"그것하고는 다르지."

다행이다, 라고 말하려는 찰나에 정한의 말이 그 뒤로 조금 더 이어졌다. 안도하기엔 너무 일렀나 보다.

"거긴 정부나 지자체가 관리하고, 여긴 개인 명의로 된 땅이니까."

"그게 다야? 다른 차이는 없어?"

"내가 알기론, 없어."

떨리는 마음을 가다듬은 희재가 뒷좌석에 놓인 점박이를 한 차례 바라보았다. 그래도 네가 복이 많은가 보다. 오래 기다린 만큼 좋은 곳에서 잠들 수 있게 됐으니까. 하지만 기쁘고 잘됐다는 마음 한편으로는 작은 걱정 하나가 희재의 머릿속에 움트기 시작했다.

"정말 괜찮은 거 맞는 거지?"

"더 좋은 곳을 알아봐 주려고도 했어. 괜찮지 않을 게 뭐야. 게다가."

"게다가?"

"내 책임이 크니까."

복잡하게 얽혀 든 감정의 무리들이 정한의 내부를 한차례 휘젓고 돌았다. 묻어 주자. 박제가 된 점박이를 처음 봤을 때 희재가 했던 말이었다. 형인 정혁이 했던 예상과도 정확히 맞아떨어졌던 희재의 반응에, 그 뒤로 이따금 정한은 지난 과거의 행적을 뒤돌아보는 시간을 가지곤 했다.

사실 일찍이 결론이란 게 지어졌음에도 정한은 여전히 스스로가 느끼고 있는 감정의 정체에 대해 명확한 정의를 내리지 못하고 있었다. 그래도 이것 하나만은 알 것 같았다.

"얘도 힘들었을 거 아냐, 그동안 내 곁을 지키느라."

"진짜…… 그렇게 생각해? 말해 봐. 생각이 바뀐 계기가 있었을 거 아냐."

"늦었지만, 나라면 싫었을 것 같거든. 마지막도 좋은 모습은 아니었잖아. 정말은 얘도 쉬고 싶었을 텐데, 죽은 뒤에도 자기 의사와 상관없이 사람들 시선을 견뎌야 했을 테니까. 그런 생각을 하니까 좀…… 뭐랄까. 가여워 보이더라고."

점박이를 향해 있던 정한의 눈길은 어느새 부드럽게 풀려 있었다.

"많이 발전했네, 김정한."

"이기적일 수도 있겠지만…… 사실은 그래. 난, 서희재에게 이런 얘길 듣기 전까진 잘못된 게 뭔지 이해하지 못했어. 아니 오히려 당연하다고 생각했어. 내 입장에서는 안 될 이유가 전혀 없었으니까."

살아 있는 사람도 아니고, 죽은 동물일 뿐이었다. 나쁜 짓을 하자는 것도 아니었고, 원형에 가깝게 복원해 박제하는 것뿐이었으니, 오히려 점박이의 입장에서도 다행스런 일이란 게 정한의 관점이었다. 하지만 그렇지 않았다는 걸 인지한 순간부터 묘할 정도로 신경이 쓰였다.

"늦은 만큼 좋은 곳을 찾아가야지. 그게 맞는 것 같아."

"그래야 네 마음이 편해질 것 같아?"

정한이 천천히 고개를 끄덕였다.

"네 뜻이 그렇다면 나도 좋아."

따지고 보면 아쉬움은 희재 자신보다 정한이 더 클 테다. 오래전에 희석돼 추억이 돼 버린 희재와는 달리, 오랫동안 둘은 함께 시간을 보내왔을 테니까.

점박이를 태운 차는 곧이어 시내 외곽으로 빠져 수도권 근교에 위치한 경기도 가평으로 향했다. 지난번에 정한이 한 차례 언급한 적 있던 집안 소유의 산이 위치해 있다던 곳이었다.

잠시 후 아침에 나올 때 미리 챙겨 나온 간식거리 하나를 꺼내 포장지를 찢은 희재가, 곧 내용물을 정한의 입가로 가져다 댔다. 샌드위치라도 만들어 올까 하다가, 괜히 번거롭게 짐만 늘리는 것 같아 근처 수제가게에 들러 종류별로 쿠키 몇 개만 가져왔다.

"위험하니까 한눈팔지는 말고, 운전하는 데 시야 방해 안 되게 입만 조금 벌려 볼래?"

"이렇게?"

희재의 요구에 맞춰 정한이 입술을 한껏 벌리자, 대기하고 있던 희재가 적당한 크기로 떼어 낸 쿠키 한 조각 정한의 입안으로 밀어 넣었다. 어쩐지 새 모이를 물어다 주는 어미 새의 심경이 어떤지 조금이나마 알 것 같았다.

역시 좀 마른 것 같지?

모델로 나설 것도 아닌데, 큰 키에 비해 정한은 지나치게 슬림한 체형을 유지하고 있었다. 그래서인지 지금처럼 먹는 걸 볼 때면 이유 없이 뿌듯한 기분이 들곤 했다. 곧 바삭거리는 소리가 희재의 귓가로 전해져 왔다.

"어때? 입맛에 맞아?"

"서희재가 주는 거라면 뭐든."

"입에 발린 말이라도 듣기 나쁘진 않네. 하나 더 줄까?"

빈말이 아니란 정한의 항변을 한 귀로 흘려들은 희재가 남은 쿠

키 조각을 정한의 입가로 가져갔다. 순간 차체가 덜컥거리며 한 차
례 차가 크게 흔들거렸다. 낙석인지 도로 위에 치워지지 않은 채
굴러다니던 돌멩이를 앞바퀴가 밟고 지나간 것이다.

"앗!"

갑작스런 반동에 깜짝 놀란 희재가 들고 있던 쿠키를 손에서 놓
쳤다. 수직 낙하한 쿠키 조각은 바로 아래, 정한의 허벅지 부근으
로 떨어졌다.

"잠시만. 어디 묻은 데 없나 봐 줄게."

하필이면 초코칩이 안에 든 쿠키인지라 혹시라도 녹아내린 흔적
이 바지에 묻어나지는 않을까 걱정이 된 희재가 허둥대며 부서진
쿠키 잔해를 열심히 털어 내기 시작했다. 하지만 얼마 못 가 곧 정
한에게 저지를 당했다.

"그만해."

"왜 아직 남았는데. 이러다 얼룩이라도 생기면 어떡해."

"사고가 나는 것보다는 나아. 그러니까 그만해."

"?"

의문을 지우지 못한 얼굴로 고개를 갸우뚱하던 희재가, 뒤늦게
한 가지 사실을 깨닫고는 경악에 찬 표정을 지우지 못한 채 최대한
정한의 곁에서 멀찌감치 떨어져 앉았다. 눈에 띌 정도로 확연하게
표시가 나는 건 아니었지만, 자세히 보면 분명 그의 중심 부위가
약간 부풀어 올라 있었다.

기겁한 희재가 희게 질린 얼굴로 꼴깍 마른침을 삼켰다.

"거, 거기가 왜 그런 거야?"

"응큼한 서희재. 아직도 남자 무서운 거 모르지?"

뜻밖의 발언에 희재가 억울한 표정을 지우지 못했다.

"내가 뭘 어쨌다고…… 난, 결백해."

"결백을 주장하기엔, 너무 대놓고 만지작거렸던 걸로 아는데?"

"이번 건 경우가 다르잖아!"

"글쎄. 결과를 놓고 보면 그런 말은 안 나올 텐데."

이 모든 게 단순히 하나의 억측에 불과하단 희재의 주장과, 실수였어도 명백히 책임이 있다는 정한의 입장이 맞부딪히면서 나름 치열한 설전이 오갔다.

사실 솔직히 고백하자면, 그쪽으로는 별다른 신경을 쓰지 않았기 때문에 희재 자신의 손이 정한의 어느 부근까지 스쳐 지나갔는지 잘 기억은 나지 않았다. 희재의 신경은 온통 부서진 채로 흐트러져 있던 쿠키 조각에만 가 있었으니까. 하지만 그렇다고 해서, 거기서 그걸 세우면 어쩌자는 건가!

"지, 짐승!"

"그리고 내가 짐승이 된 이유는 전부 서희재 때문이지."

"너……!"

"경계 풀라니까. 서희재가 거부하는 건 나도 안 해. 이래 봬도 참는 덴 제법 익숙해져 있거든."

정한이 특별히 위협을 가한 것도 아닌데, 무의식중에 두 손으로 안전벨트를 꼭 붙들고 있던 희재의 모습을 형상화해 설명한 말이었다. 하지만 희재의 입장에선 차라리 좀 전처럼 어깃장을 놓는 게 더 나을 것 같단 생각을 가졌다. 방금 전에 들었던 말로 안심이 되기보단 괜스레 몸이 배배 꼬였다.

이런 게 페로몬이란 건가?

신경 쓰이게 만드는 정한의 화법은 오히려 그의 눈치를 보게 만들었다. 정말로 아무것도 안 한 채 이대로 두고 봐도 되는 걸까? 힐끔거리는 횟수가 늘어날수록 목 안쪽이 바짝바짝 타들어 갔다. 찜찜한 비유긴 했지만, 마치 화장실에 볼일을 보러 갔다가 손을 안 씻고 나온 기분이랄까?

안심이 되는 한편으로는 뒷맛이 개운치가 않았다. 희재는 어린아이가 아니었다. 그래서 남자의 생리적 반응에 대해서도 어느 정도는 알고 있었다.

아무래도 힘들겠지.

주변으로부터 알음알음 전해 들은 지식을 총동원해 내린 결과였다. 결국 얼마 못 가 정한의 눈치만 살피던 희재가 차선책을 제시했다.

"……애국가 불러 줄까?"

"애국가?"

"내 탓도 있다면서. 그러니까 나도 도와줄게."

"하하. 하하하."

유쾌한 웃음이었다. 그러자 왠지 모르게 위축된 희재가 이어 단서 하나를 더 붙였다.

"……싫음 말고."

"아니. 불러 봐. 굉장히 듣고 싶어져 버렸거든. 서희재가 들려주는 애국가라……. 효과가 어떨지 아주 궁금해졌어."

생각 이상으로 정한의 반응은 폭발적이었다. 그런데 사람 마음이 참 간사하다고, 막상 하라고 멍석을 깔아 주니 쉽게 운을 떼기가 어려웠다.

"뭐해, 안 하고?"

이어진 정한의 재촉에 마침내 용기를 낸 희재가 입술을 열었다. 하지만 채 한 소절이 끝나기도 전에, 정한이 어깨까지 들썩거리며 운전대를 잡은 채로 웃는 게 아닌가.

"나 안 해. 안 할 거야."

"알았어. 안 웃을게. 더 불러 봐."

"……."

"안 웃는다니까. 약속해."

결론적으로 말해 정한의 약속은 끝까지 지켜지지 못했다.

배신자. 안 웃는다면서!

연신 미안하다고 말하는 정한의 얼굴은, 조금도 미안해하지 않는 표정을 짓고 있었다. 하지만 다행히 이미 오래전에 검증을 끝낸 방법이라 그런지 효과는 나쁘지 않았다.

약간의 해프닝 끝에 한참을 달려 산 입구에 도착하자 정한이 브레이크를 밟으며 차를 세웠다. 오기 전에 간략하게 설명을 듣긴 했지만 막상 눈으로 직접 확인하고 나니 잦아들었던 걱정이 슬그머니 고개를 내밀기 시작했다.

입산 금지라는 푯말과 바리케이드, 곳곳에 설치된 무인카메라뿐만 아니라 하다 하다 아예 입구 쪽엔 차량출입통제시스템까지 갖추고 있었다. 삼엄하게 느껴질 정도의 경비였다. 물론 이렇게 되기까지 어마어마한 비용이 들었을 테다.

있는 척도, 가진 척도, 부자인 척도 하지 않았던, 진짜 잘난 남자였던 김정한.

십 년을 넘게 봐 오며 알아 온 모든 것들이, 겨우 몇 달 만에 거짓으로 판명이 났다. 아무렇지 않은 듯이 굴고 있었지만 사실은 혼란스럽지 않을 리 없었다. 때때로 두 사람 사이의 격차를 발견할 때마다 문득문득 희재는 괴리감에 사로잡히고 말았다.

잠시간 차가 정차돼 있는 사이, 정한이 말한 관리인이 멀찍이서 모습을 드러냈다. 아마도 설치된 카메라를 통해 확인했을 거라고 어림짐작할 따름이었다.

"오랜만입니다, 도련님. 대체 이게 얼마 만에 뵙는 건가요."

조부 대부터 산을 맡아 관리해 왔다던 그는 백발이 성성한 나이 지긋한 연배의 사람이었다. 정한이 먼저 차 문을 열고 내리자 희재도 뒤따라 차 밖으로 빠져나왔다.

"밑에 있는 사람은 어쩌고 할아범이 직접 이렇게 마중을 나와. 다들 월급 받고 제대로 일은 하고 있긴 한 거야?"

"도련님이 왔는데 아무렴 그래도 제가 먼저 인사를 드려야죠."

자연스럽게 말을 놓는 정한의 모습은 무척이나 생경했다. 그걸 또 초로의 노인은 아무렇지 않게 받아들였다.

"할아범 몸 생각도 해야지. 은퇴하고 편히 쉴 나이에 여태 현장에 근무하는 건 대체 무슨 고집이야."

"그렇게 말씀하셔도 저야 이 일이 천직인걸요. 그 덕분에 오늘 이렇게 건강한 모습을 한 도련님도 뵐 수 있었지 않습니까."

내내 깍듯한 말투로 정한을 향해 도련님, 도련님 하던 이가 마지막 말을 끝낸 직후 조심스런 눈길로 희재를 응시해 왔다.

감격에 젖은 얼굴로 한동안 희재를 바라보던 그가 주름진 얼굴로 환하게 웃어 보였다. 이유는 알 수 없었지만 마치 칭찬을 받은 기분이었다. 그제야 희재도 뒤늦게 고개를 숙이며 인사의 말을 건넸다.

"안녕하세요. 서희재라고 합니다."

"뵙게 돼 반갑습니다. 산지기로 일하고 있는 최명도란 늙은이입니다."

"말씀 낮추세요."

"도련님과 함께 오신 분인데 어디 그럴 수야 있나요. 괘념치 마시고 편히 대해 주시면 됩니다."

말은 쉽다지만, 어디 이게 말처럼 그렇게 쉽게 이해하고 넘어갈 수 있는 일이었던가. 보통의 사람일 수밖에 없는 희재의 입장에서는 잔뜩 위화감이 들었다. 하지만 이건 희재 자신이 촌스러워서라기보다는 처한 상황이 특수했기 때문에 생긴 일이었다. 변명하자면 그랬다.

아무튼지 간에 어떻게 봐도 희재가 받기엔 과분한 친절이었다. 난처함을 담아 정한을 올려다보자, 다행히 그가 알았다며 고개를 까닥여 왔다.

"그쯤 해 둬, 할아범. 이러다 부담스럽다며 도망이라도 가면 내 쪽도 곤란해지니까."

"이런, 늙은이가 주책없는 말을 입에 담았나 봅니다."

"그보다 전에 말했던 자리, 오늘 사용할 수는 있는 거지?"

"그럼요. 그렇지 않아도 회장님 내외분께서 먼저 와 기다리고 계십니다."

명도로부터 나온 뜻밖의 이야기에 깜짝 놀란 희재가 정한을 돌아보았다. 하지만 정한 역시 처음 듣는 이야기라는 듯 이맛살을 구긴 채로 재차 명도에게 확인을 구했다.

"할아범, 방금 전에 뭐라고 그랬지? 누가 와 있다고?"

"모르셨습니까? 엊그제 도련님 전화를 받고 회장님께 연락을 드렸더니, 오늘 아침 일찍 별다른 언질도 없이 올라오셨더군요. 그래서 미리 사전 약속이 돼 있는 줄 알았는데, 아니었습니까?"

"……이제 보니 할아범이 범인이었군."

"비밀이었던 겁니까? 따로 말씀이 없으셨기에. 이런, 제 불찰입니다. 출발 전 도련님이 다시 제게 전화를 주셨을 때, 그때라도 알려 드릴 걸 그랬습니다."

"됐어. 입단속을 시키지 않았던 내 탓도 없진 않으니까."

인상을 찌푸린 채로 잠시간 생각에 잠겨 있던 정한이, 이내 희재의 손목을 잡아 이끌었다.

"가자."

"어딜?"

"어디든. 못 들었어? 훼방꾼이 있다고 하잖아."

"그래서 그냥 이렇게 간다고? 여기까지 와서?"

희재와 정한이 작은 실랑이를 벌이는 사이, 주머니에 들어 있던 정한의 휴대폰에서 익숙한 멜로디가 흘러나오기 시작했다. 발신자 명은 김석태. 정한의 부친이었다.

"받지 않고 뭐해."

좁혀져 있던 정한의 미간이 조금 더 깊게 파였다. 그러자 또 한 번 희재가 재촉 어린 말을 입에 담았다.

"얼른."

줄곧 못마땅해하는 얼굴로 버티던 그가 통화 버튼을 눌렀다.

"말씀하세요."

인사도 생략된 퉁명스런 정한의 말에, 곧이어 반대편에서도 석태 의 목소리가 들렸다. 정한이 이곳에 도착한 지 얼마 지나지 않은 시점임에도, 석태는 이미 주변 상황을 모두 꿰고 있었다.

안 올라오고 밑에서 뭘 그렇게 꾸물거리고 있느냐는 석태의 말 에, 휴대폰을 귀에서 떼지 않은 상태로 정한이 눈앞의 명도를 주시 했다. 지나온 세월의 연륜이 헛되지 않았음을 증명이라도 하듯, 명 도가 곧 정한이 바라는 대답을 내어놓았다.

"그게……. 도련님이 도착하시면 가장 먼저 회장님께 알려 달라 고 하시기에……."

낮게 혀 차는 소리에, 내내 밝은 표정으로 희재를 대해 줬던 명 도의 얼굴로 그늘이 내려앉았다.

화풀이를 하는 것도 아니고, 우리 고양이 혼 좀 나야겠는걸? 하 지만 아직 통화가 끝난 것이 아니었기 때문에 일단은 잠자코 정한 이 하는 양을 지켜보았다.

"기다리지 마세요. 거기, 안 갑니다."

희재의 귀에는 석태가 하는 얘기가 들리지 않았다. 그랬기에 일방적으로 정한이 하는 대화 내용만 가지고서 정황을 유추해 볼 수밖에 없었다.

"여기까지 오란 말, 전 한 적 없습니다. 불편해할 사람 생각도 해야 할 거 아닙니까."

통화 내내 찬바람이 쌩쌩 날렸다. 냉정하기가 한겨울의 고드름보다도 차다. 하지만 방금 전에 들었던 말은 아마도 희재 자신을 걱정해서 한 말일 테다.

예정에도 없던 일로 말미암아 이곳을 찾은 목적이 어느새 뒷전으로 밀려나 있었다. 사실 정한의 부모를 만난다는 것은 희재의 입장에서는 부담스러울 수밖에 없었다. 하지만 이런 식의 해결책이라면 그냥 조금 불편하고 마는 게 더 나을 것 같았다.

나쁜 분들은 아니었으니까. 아니 오히려 소탈하고 좋은 분들이었다. 권위를 내세우지도 않고, 있는 그대로의 모습으로 희재를 봐주지 않았던가. 짧은 시간 동안 여러 가지 방향으로 고민을 해 보긴 했지만 모두 결론은 하나로 귀결되었다.

"그만 화내고 이리 줘. 네 휴대폰."

"서희재."

"팔 아파. 나, 계속 이러고 있어?"

"하지만……."

"어서."

단호한 희재의 한 마디에 결국 정한이 체념 어린 표정으로 들고 있던 휴대폰을 그녀에게 넘겨주었다. 돌이켜 생각해 보면 대학 입학 전까지 단 한 번도 편하게 생각해 본 적이 없었다. 김정한이란 이름은.

그런데도 예전과 달리 지금 이 순간 이처럼 당당할 수 있는 이유는 뒤늦게 깨달은 바가 컸기 때문이었다.

내가 좋다고 했었지.

일찍이 그의 곁에 서성였던 주변의 수많은 사람들을 모두 제쳐 두고, 그저 희재 하나가 좋다고 말했다. 진심을 담아 분명 그렇게 말했다.

객관적으로 봤을 때 희재는 정한에 비해 부족한 것이 많았다. 아니 어느 것 하나 나은 것이 있긴 할까. 하지만 단 하나, 사랑받는 마음의 크기에서만큼은 희재가 정한보다 우위를 차지하고 있었다.

통속적이지만, 원래 더 많이 좋아하는 쪽이 지게 돼 있었다. 아직은 한갓 가정에 지나지 않을 테지만, 정한의 머릿속에서 우선순위는 그 스스로보다 희재가 먼저인 것 같았다. 그리고 희재를 향한 정한의 따뜻한 눈빛은 이러한 생각이 단순한 착각이 아니었음을 말해 오고 있었다. 다행히 정한이 건넨 휴대폰은 아직 연결이 끊어지지 않은 상태였다.

"여보세요. 기억하실지 모르겠는데, 저 희재예요."

— 기억하다마다요. 내가 희재 양을 잊었으려고. 다 늙어 주책이라고 할 수도 있겠지만, 이렇게나마 희재 양 안부를 전해 들으니 참 반가운 것 같아요. 늦었지만 그간 무탈하게 잘 지냈나요?

"네. 덕분에요."

— 그래요. 다른 것보다 건강이 가장 우선이니 평소에도 유념하도록 해요.

긴장했던 게 무색해질 정도로 석태의 음성엔 반가움만 깃들어 있었다. 앞서 있었던 정한과의 언쟁으로 인해 마음이 상했을 법도 할 텐데 그런 내색은 조금도 내비치지 않았다.

말투도 처음 만났던 그날처럼 여전히 존대를 고수하고 있었다. 그게 약간은 어색하면서도, 한편으로는 더없이 귀하게 대접해 주는 것 같아 쑥스러운 기분이 들기도 했다.

사실 지난번에 만났을 때도 그랬지만 이번 역시도 느끼는 바가 거의 엇비슷했다. 석태는 두 사람의 교제를 반대할 생각이 조금도 없다는 듯 줄곧 희재에게 호의적이었다.

영화와 현실은 다른 거라더니……. 물론 엄밀히 말해 다르긴 달랐다. 보통 떠올릴 수 있는 인격적인 모독은커녕, 지나치게 과분한 환대에 몸 둘 바를 모를 정도였으니까. 피하지 않길 잘했다며 스스로를 칭찬한 희재가 한층 더 대화에 집중했다.

"다름이 아니라, 정한이가 했던 얘기 너무 신경 쓰지 마세요. 저희 곧 올라가요."

— 녀석이 그러겠다고 하던가요? 그럴 리가 없을 텐데…….

"저 불편할까 봐 그랬을 거예요. 아마 진심 아니었을 거예요."

— 내가 너무 내 생각만 해서 희재 양을 곤란하게 만든 건 아닌지 모르겠네요. 나이가 들면 이렇게 주책이라니까요.

"그런 말씀 마세요. 그럼 올라가서 뵐게요."

짧지 않은 시간을 할애하고서야 통화는 마침내 끝이 났다. 그런 후 슬쩍 정한을 돌아보았는데, 입술을 꽉 다물고 있는 모양새가 마치 꼭 삐친 사람같이 보이기도 했다.

"왜 그러고 있어."

"……."

"불만이라면 나 혼자서라도 올라가고."

"못된 말 하는 서희재……. 누가 그렇대."

으이구. 그러셨어요? 애들 투정을 부리는 것도 아니고, 한마디하려다가 그만두었다. 그러다 진짜 삐쳐서 가면 희재 자신만 손해니까.

"그럼 심술 그만 부리고 올라가자. 그전에, 너 사과부터 해."

정한이 영문을 모르겠다는 표정을 짓자, 희재가 좀 전에 있었던 상황에 빗대어 인과관계를 풀어 설명했다.

"어르신께 괜한 화풀이했던 거, 그거 잘못됐다는 거 알잖아. 거기서 혀를 차면 어르신 입장이 뭐가 되니."

"……그게 해선 안 되는 행동이었어?"

"가까운 사람일수록 예의를 지켜야 하는 법이야."

잘 모르겠단 표정을 짓고 있던 정한을 향해 희재가 단호히 못 박았다. 사실 어쩌면 지금 하고 있는 희재의 이 모든 일들이 정한의 입장에서는 불필요한 잔소리, 그 이상은 아닐지도 모른다.

그는 알려진 것처럼 대진그룹의 차남이었고, 작은 실수 하나쯤은 아무렇지 않게 넘겨 버려도 될 만큼 수중에 많은 것을 지니고 있었다. 물론 앞으로도 이 사실은 변하지 않을 테다. 그랬음에도 굳이 이 일을 짚고 넘어간 것은 명도의 태도 때문이었다.

명도는 형식적인 고용인과 고용주의 관계를 벗어나, 진심으로 정한을 아끼고 있었다. 정한을 대함에 있어서도 무엇 하나 허투루인 게 없었다. 지금도 그랬다. 혹여 좀 전의 일로 정한의 기분이 상하기라도 했을까 봐서, 여전히 명도는 전전긍긍하며 정한의 기분을 풀어 주기 위해 애를 쓰고 있었다.

　희재가 보기엔 명도는 대접받을 자격을 충분히 가지고 있었다. 그리고 그건 마땅히 정한이 지켜 줘야 할 기본선이기도 했다. 다소 의외라고 생각했던 것은, 생각 이상으로 손쉽게 정한이 희재에 말에 수긍을 했다는 점이었다.

　"서희재가 그렇다면 그런 거겠지. 알았어. 내가 사과할게."

　"어이쿠, 아닙니다, 도련님."

　"아냐, 미안해. 할아범. 내 생각이 짧았어. 할아범이 이해해."

　한사코 괜찮다며 만류하는 명도를 앞에다 둔 채 정한이 잘못을 시인했다. 그러자 쩔쩔매는 표정으로 명도가 연신 손사래를 쳤다.

　"도련님 속을 헤아리지 못한 제 탓이 큽니다. 그러니 이러실 필요 없습니다."

　"사과 받아 줘. 안 그럼 내 마음이 불편할 것 같아서 그래."

　"도련님……."

　"생각해 보면 할아범은 그저 본분을 다했을 뿐이잖아. 그러니까 내가 화를 내는 건 부당한 일이었어. 그래, 그랬어."

　이야기가 이어질수록 정한은 스스로에 대해 납득이란 걸 하고 있었다. 그저 상황에 맞춰 겉으로나마 희재의 충고를 받아들였던 조금 전과는 분명 달라진 태도이기도 했다. 그리고 이 같은 진심은 명도에게도 빠짐없이 전해졌다.

"……정말 그렇게 생각하십니까?"

"할아범이 아는 나는 빈말을 하는 사람이었나 봐. 이렇게 되묻는 걸 보면."

정한의 이 한마디에 명도가 감개무량하단 표정을 지우지 못했다. 그제야 굽히고 있던 허리를 바르게 편 명도가 편한 얼굴로 정한을 마주 대했다.

"그렇게까지 말씀하시면……. 알겠습니다. 도련님이 했던 사과, 잘 받겠습니다."

달라졌다. 뭔지는 모르겠지만 희재는 이 순간 명도의 어떤 부분에서 변화가 생겼다는 것을 캐치해 낼 수 있었다. 분위기, 그래 아마도 분위기가 바뀐 것 같기도 했다. 찰나에 벌어졌던 일이었기에 딱히 뭐라고 정의를 내릴 수는 없었지만, 막연히 그런 생각이 들었다.

"착하다. 잘했어. 회장님 기다리시겠다, 이만 올라가 보자. 어르신, 그럼 다음에 또 뵐게요."

명도에게 인사를 끝낸 희재가 먼저 차 안으로 들어가 자리를 잡았다. 아직 얘기할 게 남았는지 정한은 들어오지 않고 있었다.

"그냥 궁금해서 묻는 거니까, 꼭 대답할 필요는 없어. 지금 할아범 눈엔 내가 어떻게 보여? 그러니까 예전과 비교하면 말이야."

"못 보던 사이에 많은 감정들을 배우셨더군요. 제가 알던 도련님이 맞나 싶을 정도로요."

대답을 기대하지 않았다고 했지만 그건 진심이 아니었다.

"정말 그래 보여?"

"그럼요."

"나쁜 얘기는 아니지?"

"그럴 리가 있겠습니까. 기특해서 드린 말씀입니다."

"그럼 됐어."

내도록 정한을 향해 고정돼 있던 명도의 시선이 잠시 잠깐 경로를 이탈했다. 이어 한 차례 희재가 위치해 있던 방향을 향해 시선을 준 그가 인자한 웃음을 지으며 말했다.

"좋은 분을 고르셨군요."

"나도, 알아."

"도련님 안목을 믿긴 했지만, 제 생각보다 훨씬 좋으신 분이셨습니다. 잘하셨어요."

명도가 해 온 말은 희재에 대한 칭찬임과 동시에, 정한을 향한 칭찬이기도 했다.

고요하게 가라앉아 있던 정한의 눈빛은 어느새 새싹이 움트듯 파릇파릇한 생기를 머금고 있었다. 명도가 기억하던, 메말라 죽어 가던 그 예전의 모습은 조금도 찾아볼 수 없었다.

"할아범."

"네, 도련님."

"난, 지금보다 더 행복해질 생각이야. 그러니까 할아범도 오래오래 건강하게 살아. 살아 보니까 세상도 살 만하더라고."

"아무렴요. 개똥밭에 굴러도 저승보단 이승이 나은 법이라지요."

정한과 명도가 인연을 맺은 건 아주 오래전의 일이었다. 지금보다 착취증 증세가 심했던 어린 시절, 정한은 석태와 미희의 뜻에 따라 도심을 벗어나 산 중턱에 위치해 있던 이곳 별장에서 한동안 머무른 적이 있었다.

과거를 회상하던 명도의 눈에서 어느 순간부터 주책없이 물기가 묻어 나오기 시작했다.

살점이 잡히지 않을 정도로 바짝 말라, 주변에 경계만 세우고 있던 아이. 물조차 마시길 거부하던 그때의 정한은 살아도 산 것이 아니었다. 하지만 지금은 어떤가. 드리워져 있던 그늘을 걷어 낸 정한의 눈은 누구보다 큰 세상을 담고 있었다.

처음 별장을 다녀갔던 이후로, 정한은 그 후 몇 번 더 방학 기간을 이용해 가평을 찾았다. 그랬던 정한이 더 이상 이곳을 찾지 않게 된 게 언제부터였더라. 시기를 가늠하던 명도가 문득 예전 스치듯 들었던 말을 머릿속에서 끄집어냈다.

「가지고 싶은 게 생겼어. 하지만 아버진 내가 그걸 망가뜨리고 말 거래.」

정한이 명도의 앞에서 보인 최초의 욕구였다. 망가뜨리고 싶지 않기 때문에 참는 법을 배울 거라고 하던 정한. 명도는 그때 정한이 지칭했던 그 대상이 지금의 희재일 거란 생각을 저버리지 못했다.

"어른이 되셨군요."

뒤돌아서 걷는 정한의 뒤에서 명도가 낮은 목소리로 중얼거렸다. 아쉽게도 정한에게는 닿지 않았다.

"고마워."

명도와의 대화를 끝낸 정한이 차에 올라탄 직후에 내뱉은 말이었다.

"고맙다고? 내가 참견해서 기분이 나빴던 게 아니라?"

"사실대로 말하자면 처음에는 이해가 안 갔어. 내겐 전부 당연한 일이었거든."

"근데 왜 마음이 바뀐 거야?"

"내가 몰랐을 뿐, 틀린 말은 아니었으니까. 아무도 없었어. 내게 이런 말을 해 준 사람은. 그런 의미에서 서희재는 내게 참 많은 걸 알려 줘."

전에는 그냥 지나쳤던 것들, 길바닥에 굴러다니는 돌멩이들처럼 아무런 의미도 가지지 못했던 것 하나까지에도 희재는 다양한 의미를 부여해 왔다. 그리고 정한은 이러한 변화가 썩 나쁘지 않다고 생각했다. 몰랐던 것을 알아 가는 건 그 자체로 흥미로운 일이었기에.

정한은 그 스스로도 남들과 자신이 다르단 사실을 일찍부터 인지하고 있었다. 그건 감정적인 부분이라고 하여 크게 다르지 않았다. 온통 정한을 괴롭게 만드는 것들 틈에서 정상적인 사고를 한다는 것 자체가 사실상 불가능에 가까운 일이었다.

비틀려지고 뒤틀려져 있던 마음이 희재를 만나면서 조금씩 변해 갔다. 자포자기해서가 아니라, 원하는 것을 가지기 위해 참는 법을 배운 것도 희재 때문이었다. 하지만 참아야 한다는 사실을 받아들이기까진 생각 이상으로 많은 시간을 소요해야만 했다.

처음엔 방학이 되면 왜 희재와 떨어져 지내야 하는지도 이해가 가지 않았다. 화가 났고, 나중엔 제풀에 지쳐 쓰러진 적도 있었다. 정한의 부친, 그러니까 대진그룹의 회장인 석태의 능력이라면 정한의 요구 정도는 손쉽게 들어줄 수 있는 위치에 있었다.

당시의 정한은 어렸으나 어리석지는 않았고, 기감이 극도로 예민하게 발달돼 있었기 때문에 주변 정황에 대해서도 남들보다 빠르게 파악하고 있었다. 그러나 석태는 단 하나나 다름없던 정한의 바람을 이뤄 주는 대신, 참는 법을 알려 주었다.

석태는 알고 있었던 것이다. 시한폭탄이나 다름없던, 불안정하기만 했던 어린 정한에게 희재를 맡겨 두었다간 언젠가는 망가뜨리고 말 거란 것을. 때문에 석태는 강압적인 방법을 동원해 억지로 이어 붙이는 방법을 택하기보다는, 우선적으로 정한에게 필요한 감정을 심어 주는 것에 주력했다.

이따금 방학을 이용해 가평 별장을 찾은 것도 바로 이러한 배경이 밑바탕에 깔려 있었다. 그나마 이곳이 도시보다는 편하게 숨을 내쉴 수 있었기 때문이었다.

석태의 선택이 틀리지 않았음을 확인하게 된 건 점박이의 죽음을 확인하고 난 이후였다. 점박이의 경우처럼, 어느 날 갑자기 희재도 그의 주변에서 사라져 버릴 수도 있음을 깨닫고 나서부터는 소유욕보다는 두려움이란 감정이 먼저 앞서기 시작했다.

그즈음 정한의 머릿속은 온통 희재의 대한 생각들로 가득 들어차 있었다. 아침에 일어나 잠자리에 들 때까지도, 무엇 하나 희재와 연관 짓지 않은 일들이 없었다. 매일이 이 같은 날의 반복이었다.

진실을 알지 못하는 사람들은 종종 정한을 향해 모든 것을 가졌단 말을 쓰곤 했다. 하지만 가장 원하는 걸 가지지 못한 정한이 진정 모든 걸 소유했다고 할 수 있을까? 여기에 관해 정한의 생각은 언제나 회의적이었다.

지켜 주고 아껴 줘야 한다는 마음이 커 갈수록, 반대로 정한은 희재의 머릿속이 궁금해졌다. 희재가 좋아하는 것부터 시작해 또 싫어하는 것까지, 모든 게 궁금한 것투성이였다. 불현듯 정한의 입가로 긴장감이 내려앉았다.

사실 이 같은 일과는 별개로 현재 희재의 곁에 머무는 사람이 없는 이유는 전적으로 정한의 탓이 컸다. 이율배반적인 감정이었지만 그가 부족한 감정을 배워 가는 사이, 다른 누군가가 희재의 마음을 차지해 버리는 일은 결단코 일어나서는 안 되었기에.

희재가 알게 된다면 분명 상처로 남을 테다. 하지만 이건 정한이 할 수 있었던 최선이었다.

어쩌면 정한을 만나지 않은 삶이 희재에겐 더 행복했을지도 모른다. 그러나 정한은 이 말만큼은 끝끝내 입 밖으로 꺼내지 않았다.

짙은 녹음에 둘러싸인 산은 빼어난 경관을 자랑하고 있었다. 물론 곳곳에 사람의 손길이 닿아 있어 때때로 인위적으로 느껴질 때도 있었지만, 주변 풍광과 위화감 없이 어우러져 있어 크게 거슬린다거나 하지는 않았다.

자연환경을 크게 훼손하지 않은 선에서 들어선 조형물을 따라 한참을 달리다 보니, 멀찍이 세워져 있던 차 한 대가 눈에 들어오기 시작했다. 검정색의 벤츠 세단은 예상대로 석태가 타고 온 차량이었다. 이상한 것은 시야에 잡히는 사람이 석태 혼자뿐이란 사실이었다.

명도에게 전해 듣기론 분명 회장님 내외분이라고 하지 않았던가. 궁금증을 풀지 못한 상태로 차에서 내린 희재가, 이번엔 늦지 않게 먼저 고개를 숙이며 인사의 말을 건넸다.

"안녕하세요."

"인사는 전화상으로 이미 한 차례 했으니 너무 격식 차릴 필요 없어요. 전에도 말했지만 나, 어려운 사람 아니에요."

인자한 표정을 한 석태가 허허거리는 웃음을 지으며 희재를 반겼다.

"네, 회장님."

"이런. 딱딱하게 회장님 소린 뺐으면 하는데, 희재 양 생각은 어떤가요."

"저기 그럼 어떻게……."

갑작스런 석태의 제안에 당혹감을 감추지 못한 희재가 말끝을 흐렸다.

"난, 희재 양이 아버님이라고 불러 주는 걸 듣고 싶은데, 내 바람이 너무 과한 게 아니라면 그렇게 해 줄 수 있나요."

희재는 이쯤에서 정한이 석태의 행동을 제지하고 나설 거라고 예상했다. 그러나 의외라 할 정도로 그는 가만히 이 상황을 두고 보기만 했다.

문제는 희재가 이전 석태를 처음에 만났을 때, 분위기에 휩쓸린 나머지 석태의 앞에서 정한과 사귄다고 공공연히 말을 했던 적이 있었다. 못하겠단 의사표현을 하기엔 애초에 불가능한 상황이었다.

요즘 세태를 적극적으로 반영하면 상대가 친구 부모라고 할지라도 아버님 어머님 소리가 자동적으로 나오는 판에, 하물며 대놓고 사귀는 사이에서야 굳이 따질 필요도 없는 일이었다. 하지만 이상하리만치 석태가 적극적으로 호의를 표시해 올수록 반대로 지닌 의문은 커져만 갔다.

처음 남녀가 만나 사귀기로 결정했을 때, 마지막을 염두에 두고 연애를 하는 사람은 그다지 많지 않을 테다. 하지만 보통의 평범한 사람들과는 달리 정한은 특수한 경우에 속해 있지 않았던가.

그래서 당초 희재는 주변의 환영을 받기보다는, 반대에 부딪치게 될 확률이 높음을 점쳤었다. 그러나 예상은 보기 좋게 빗나갔고, 시종 우호적인 분위기 속에서 희재 또한 긴장의 끈을 조금이나마 놓을 수 있었다. 사실 그래서 정한이 더 좋아졌다는 건 비밀이었다.

"어려운가요?"

또 한 번의 거듭된 확인. 이번엔 희재도 망설이지 않았다.

"아니에요, 아버님."

"듣기 좋네요, 아버님이란 소리."

"예쁘게 봐 주셔서 고맙습니다. 부족한 부분이 있다면 언제든 얘기해 주세요."

희재의 대답에 곧 석태가 만족스런 미소를 입가에 걸었다.

"난 지금도 우리 희재 양이 아주 마음에 들어요. 정한이 녀석, 잘 부탁해요."

"몇 번이나 봤다고 벌써 우리 희잽니까."

"녀석, 까칠하기는."

여태 가만히 있던 정한이 좋았던 분위기에 초를 치며 불만을 제기했다. 그 바람이 괜히 더 민망해진 희재가 살짝 눈을 흘기며 정한을 응시했다.

"맞잖아. 넌 우리 희재가 아니라 내 희재니까."

"너……!"

"아냐?"

"그런 뜻이 아니잖아."

"아니지만 뭐? 내 말이 틀렸다면 그 근거를 대. 그럼 납득하고 받아들일 테니까."

뒤늦게 이럴 게 아니라 미리 정한의 입술을 틀어막아 놓았어야 했다. 그러지 못한 게 후회가 되는 순간이었다.

왜 낯 뜨거운 말은 정한이 했는데, 반대로 부끄러움은 희재 자신의 몫이란 말인가!

김정한은 뻔뻔했다. 그리고 뻔뻔한 만큼 반대로 희재의 얼굴은 발갛게 달아올랐다.

의뭉스러운 김정한, 민망한 것도 모르는 바보 똥개 말미잘 같은 김정한!

둘만 있는 자리도 아닌데 내가 못 살아. 이대로 집고양이 타이틀
은 압수다. 무릇 지능이 있는 동물은 영물이라 하여, 항시 때와 장
소를 가려야 하는 법. 아무 때나 좋다고 꼬리를 흔든다고 누가 좋
아할까 봐서? 쟤 가끔가다 보면 사람 당황하게 만들 때가 있었다.

석태 보기가 남부끄러워진 희재가 슬그머니 고개를 아래로 숙였
다. 그러나 시종일관 정한은 당당한 태도를 유지했다. 없는 사실을
지어낸 것도 아닌데 문제 될 게 뭐가 있겠느냐는 태도로, 나름의
철칙을 내세워 희재에 대한 독점욕을 숨기지 않고 드러냈다.

"좋을 때구나."

"제 겁니다. 말했다시피."

헉!

불시에 당한 일격에 당사자인 희재의 호흡이 일순 완전히 멎었
다.

저기 아무리 우리가 애인 사이이긴 하지만, 이런 식의 자기주장
은 좀 과한 게 아닐까? 다른 사람도 아닌 부모 앞인데 자제하는 게
맞지 않을까? 하고 싶은 말은 많은데, 정작 입술은 소리 없이 달싹
거리기 바빴다.

정한은 눈치가 없는 편이 아니었다. 때문에 희재의 사정 또한 전
부 파악하고 있을 게 분명했다. 그런데도 이쪽으로는 시선도 주지
않은 채, 잘도 희재가 부끄러워할 말들을 아무렇지도 않게 늘어놓
고 있었다. 몰랐는데 김정한도 닭살을 떨면 제대로 떠는 타입이었
구나. 하지만 깨달음을 얻었을 땐 이미 늦은 뒤였다.

"누가 뭐라더냐. 아, 보기 좋아서 한 말이니 희재 양은 오해 말

고 들어요."

세상엔 모두 대범한 사람만 있는 것이 아니었다. 그걸 정한도 또 석태도 모르고 있는 것 같았다. 석태의 말에 희재는 침묵했고, 정한은 당연하다는 태도로 말을 받았다.

"미리 말씀드리는 건데, 다음부턴 이런 식으로 말없이 불쑥 끼어드는 일을 하지 마세요. 오늘은 희재 봐서 넘어가는 겁니다."

"그래서 화가 났구나. 알겠다. 다음부턴 조심하마. 그건 그렇고, 더 늦기 전에 할 일은 해야겠지?"

"함께 가시려고요?"

석태가 앞장서며 움직일 방향을 제시하자, 정한의 표정이 약간 일그러졌다.

"왜 내가 방해라도 할 것 같아 그러는 게냐? 나 신경 쓸 것 없으니, 그냥 없는 셈 치려무나."

"일, 안 바쁘십니까?"

"바쁘지. 하지만 개인시간을 못 뺄 정도는 아니지."

다른 직장인들처럼 월차나 연차를 내기 위해 힘들게 결재를 받을 필요도 없고, 그래서 회장 자리가 좋은 게 아니겠느냐며 석태가 오히려 반문했다. 정한의 얼굴이 조금 전보다 더 못마땅하게 변했다.

"어머니는요? 두 분이서 함께 오셨다면서 어머닌 어쩌고, 저흴 따라나선다는 겁니까?"

"그 사람은 따로 할 일이 있어 잠깐 자리를 비웠지. 별장에 먼저 가 있을 게다."

"별장이라뇨?"

"아무튼 일이 그렇게 됐으니, 별장으로 돌아갈 때까지만 동행하자꾸나. 참, 희재 양. 희재 양은 아침은 먹고 출발을 한 건가요?"

정한이 아닌 콕 집어 희재를 향해 묻는 질문이었다. 마치 정한보다는 희재의 의견이 더 중요하다는 태도였다.

"차 안에서 간단히 해결했어요."

"그렇담 희재 양. 무리한 부탁이 아니라면 오늘 점심, 함께 들지 않겠어요?"

"거절해도 돼."

희재가 답하기도 전에 중간에서 정한이 먼저 잘라 말했다. 그러자 석태가 더욱 필사적인 얼굴로 희재에게 설득을 구해 왔다.

"오래 시간을 빼앗진 않을 거예요. 한 시간. 그래요. 한 시간이면 충분할 것 같아요. 집사람이 지금 별장에서 준비하고 있으니 간단히 식사만 하고 가도록 해요."

딱히 말로 설명은 할 수 없지만 희재가 느끼기에 석태의 이야기는 부탁보다는 애원에 가까웠다. 예기치 못했던 식사 제의였기에 당황하긴 했지만, 끝까지 거절하지 못했던 이유이기도 했다.

"좋아요, 전. 하지만 제가 가서 폐가 되는 건 아닌지……."

"폐라니, 그럴 리가 있겠어요. 그럼 잠시만 기다려 봐요."

별장에서 이제나저제나 소식이 오기만을 기다리고 있을 미희에게, 짧게나마 전화로 이 같은 사실을 알려 주기 위해 석태가 잠깐 자리를 비웠다.

"근데 정말 내가 가도 되는 자리 맞아? 괜히 가족모임에 껐다 실수라도 할까 봐 사실 걱정돼."

"걱정 마. 좋아하실 거야."

"정말 그럴까?"

"거절해도 된다고 하긴 했지만, 그건 널 위해서였지 어머니 입장에서는 아니었어. 반기실 거야. 지난번에도 겪어 봐서 알잖아. 그래 보여도 두 분 모두 빈말을 하실 성격들은 못 되니까."

"한 가지만 솔직히 말해도 돼?"

무슨 일이냐며 이유를 캐묻는 대신 정한이 작게 고개를 끄덕였다.

"사실은 좀 놀랐어. 엄청 무서울 거라고만 생각했었거든. 왜 재벌가 하면 떠오르는 이미지가 있잖아. 근데 예상을 깨고 날 너무 살갑게만 대해 주시니까 속으로는 얼마나 놀랐는지 몰라."

"그래서 그게 서희재에겐 플러스 점수가 돼?"

"응. 아주 많이."

"그렇담 다행이고."

희재의 대답이 썩 마음에 들었던지, 덧붙이듯 나온 정한의 말 또한 무척이나 경쾌했다.

"따지고 보면 고정관념이란 게 이래서 무섭다니까. 여태 못 뵀으면 지금까지도 오해하고 있었을 거 아냐. 사실은 조금도 무섭지 않은 분들인데 말이야."

"아. 여전히 오해하고 있는 게 있나 본데, 다른 사람에겐 안 그래."

던지듯 쉽게 해 온 말이었다. 하지만 선뜻 이해가 가지 않는 말

이기도 했다. 하지만 숨겨진 진위를 따져 묻기도 전에 잠깐 동안
자리를 비웠던 석태가 두 사람과 합류했다. 결국 질문을 뒤로 미뤄
놓을 수밖에 없었다.

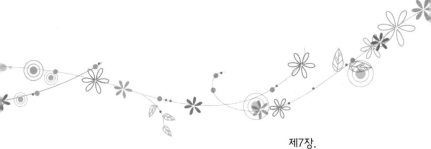

제7장.

평범하기에 더 특별한 일상

희재는 이곳에 오기 전에 있었던 일들을 잠시간 회상했다. 그러곤 재차 기가 질린 눈빛으로 눈앞의 상황을 재확인했다.

출발하기에 앞서 정한에게 옷을 바꿔 입으라고 했던 건, 내심 힘쓸 일이 많겠거니 하는 판단을 내렸기 때문이었다. 다른 걸 뒤로 제쳐 두고서라도 여건이 되는 한 되도록 땅은 깊게 팔 예정이었다. 그래야 폭우 같은 자연재해에도 쓸려 나가지 않고 제자리를 지키고 있을 테니까.

땅 파는 일에 세미정장 차림은 아무리 봐도 언밸런스했다. 삽질을 하는데 거치적거리지나 않으면 다행이랄까? 그것보다는 움직이기 편한 옷이 낫겠다 싶었고. 그래서 고집을 꺾지 않고 끝까지 뜻을 관철시켰던 것이다.

나름 정당한 이유를 들긴 했으나 결론적으로 말해 정한이 맞고 희재가 틀렸다. 얼마간 더 걸어 점박이를 묻어 주기로 한 장소에 도착했을 땐 이미 대부분의 준비는 끝나 있었다. 일반 무덤에 비해 크기만 조금 작다 뿐이지 양옆으로 돌아가며 대리석을 덧댄 모양까지, 관만 넣어 흙만 덮으면 될 정도로 뭐 하나 부족한 것이 없었다.

희재는 자신이 조금 착각이란 걸 하고 있었단 걸 인정해야만 했다. 적당한 자리를 찾아 흙을 판 뒤 양지바른 곳에 묻어 줄 생각만 했지, 이처럼 본격적으로 장례절차를 밟게 될지는 꿈에도 생각지 못했다.

더군다나 만들어진 무덤의 형태로 미뤄 봐서도 단순한 일반인의 솜씨는 아니었다. 언뜻 보기에도 균형이 어긋난 곳은 찾을 수가 없었고, 전부 아귀가 딱 들어맞아 그 자체로 전문가의 손길을 빌렸음을 알 수 있었다. 미처 눈치채지 못했던 사실 하나를 깨닫게 된 바로 그때였다.

천천히 시선을 위로 끌어 올린 희재가 탐색하듯 주변을 둘러보았다. 그러고 보면 시야가 트이고 경관이 좋다 싶은 자리엔 어김없이 무덤이 들어서 있었다. 현재 희재가 서 있는 곳을 중심으로 계산해 봐도 결코 적은 숫자가 아니었다.

당연한 말이겠지만 초라한 것은 아무것도 없었다. 만들어진 형태는 서로 엇비슷했을지언정, 하나같이 크고 화려했다. 평상시 관리가 잘 돼 있다는 걸 증명이라도 하듯, 무덤 주변을 감싸고 있던 잔디도 어느 한 곳 패인 데 없이 파릇파릇한 초록 물을 들이고 있었다. 잠시 후 희재가 가장 가까이에 위치해 있던, 세월의 흐름을 간직한 봉분 하나를 손끝으로 가리켰다.

"혹시 저곳에 묻힌 주인이 누군 줄 아니?"

"거긴 증조부님 무덤이야."

"그럼 그 옆엔?"

"증조모님. 나란히 묻히길 원한다고 생전에 자식들에게 유언을 남기셨거든. 그런데 그건 왜?"

더 들어 볼 것도 없었다. 사유지인 산에 증조부와 증조모 무덤까지……. 확인하지 못한 나머지 무덤들의 사정도 대부분 비슷할 게 분명했다. 그래도 혹시나 하는 얕팍한 마음에 희재는 한 번 더 묻기로 했다.

"그전에, 여기 혹시 집안 묘지 터로 사용하는 데야?"

"내가 아는 범위 내에선 그래."

"집안 소유의 산이라며? 그럼 그냥 산이 아니잖아."

"선산이라고 해도 달라질 건 없어."

쐐기를 박아 오는 정한의 얘기는 당연하게도 희재를 조금 당황하게 만들었다. 이런 정보는 사전에 들은 적이 없었다. 이쯤 되니 희재는 정한이 아닌, 석태의 생각이 더 궁금해졌다.

대중의 눈에 비쳐진 대진가가 어떤 이미지였던가. 업계에서 둘째 가라면 서러워할, 그야말로 대한민국 경제의 대들보 역할을 담당하고 있지 않았던가. 그리고 지금 현재 희재가 서 있는 이곳은 그런 대진가의 뿌리가 묻힌 곳이기도 했다.

명산을 넘어 명당자리겠지?

값어치의 유무를 떠나, 선뜻 이곳에 자리를 내준 이유에 더 많은 관심이 집중됐다. 정한은 그렇다 쳐도, 석태까지 이토록 쉽게 동조하고 나선 까닭에 의구심이 들었기 때문이었다. 좋은 게 좋은 거겠지, 라며 쉽게 넘어가려고 해도 마음 한구석에서는 끝끝내 찜찜함을 떨쳐 버릴 수 없었다.

이즈음 희재의 마음속에는 의심이란 단어가 싹을 틔우고 있었다. 지나와 생각해 보면 요 몇 달간의 일들이 모두 꿈같기만 했다.

내도록 희재를 향해 사랑을 속삭이던 정한.

기껍게 희재의 존재를 받아들여 준 석태와, 미희.

희재의 입장에서는 어느 것 하나 갑작스럽지 않은 것이 없었다. 더해 한 번 이어진 관계는 급물살을 타듯 급진적으로 발전해 어느덧 점심 초대를 받는 상황에까지 이르렀다.

하지만 뭐랄까. 설명하자면 복잡하지만 굳이 말로써 표현을 한다면, 때때로 마치 안배된 길을 따라 걷고 있는 듯한 기분이 들 때가 있었다.

당연하다는 듯 희재의 생활 속으로 파고든 정한은, 시간이 경과함에 따라 희재에게 익숙함이란 감정을 심어 주었다. 하지만 그 과정이 지나치게 자연스러워 도리어 위화감이 들었다고 한다면 그건 과민한 반응인 걸까?

단순히 오래 알아 왔기 때문에 가까워지기까지의 시간이 단축될 수 있었던 거라면 딱히 문제가 될 것은 없었다. 하지만 그럼에도 이유를 알 수 없는 답답함이 희재를 괴롭혀 왔다. 희재가 느끼기에 그건 줄곧 '타당성'에 대해 의문을 품고 있던 스스로의 마음가짐과도 무관치 않단 생각을 가졌다.

희재가 아는 정한은 우유부단한 것과는 거리가 멀었다. 언제나 당당했고, 의사표현을 하는 데 있어선 늘 약간의 머뭇거림조차 허락하지 않았다. 그랬던 정한은 왜 오래전부터 희재를 마음에 담아 두고 있다고 했음에도, 이처럼 뒤늦은 고백을 해 왔던 것일까. 그리고 왜 하필 희재 자신은 이 순간 이토록 이 문제에 관해 집착이란 걸 하기 시작하는 걸까.

생각건대 희재 자신은, 스스로가 한정 지은 것 이상으로 정한을 마음속에 담아 두고 있었던 모양이다. 아무런 노력 없이, 어떤 대가도 지불하지 않은 채 정한을 얻었다. 그랬기에 희재는 그 순간의 소중함을 잘 알지 못했던 것 같다.

어쩌지. 어떻게 하면 좋을까.

희재를 두렵게 만드는 것은 정한의 변덕이었다. 그렇게 생각하니 지금 희재를 향한 정한의 마음조차 변덕의 연장선상인 것은 아닐까 하는 의구심이 들었다.

하지만 죽은 점박이를 박제했던 어린 정한의 마음을 떠올리면 이번엔 반대로 고개가 가로저어졌다. 분명한 것 하나는, 이 모든 것이 단순한 희재의 추측에 불과하단 사실이었다.

정해진 답이 없는 문제를 가지고 희재는 생각하고 또 생각했다. 당연하겠지만 점박이에게 마지막 인사를 건네는 순간까지도 결론은 나지 않았다.

안녕. 잘 있어.

복잡한 심경을 뒤로한 채 희재가 짧은 묵념을 끝으로 점박이를 떠나보냈다. 하지만 영원의 안식을 기원하고 난 이후에도 왠지 모르게 발걸음이 떨어지지 않았다.

언제 다시 이곳을 찾을 수 있을까.

스스로에게 자문하듯 희재가 질문 하나를 했다. 이어진 대답은 다분히 회의적이었다. 점박이가 묻힌 가평 선산은 대대로 대진가에서 관리를 해 오고 있던 곳이었다. 단 한 번도 일반인에게는 개방된 적이 없는 이곳은, 애당초 정한이 아니었다면 일평생 와 볼 일도 없었을 테다.

이따금 생각이 난다 하더라도 혼자서는 쉽게 걸음하기 힘들 것이다. 정한이 함께하지 않는 이상에는 그건 거의 불가능에 가까운 일이었다. 그렇게 생각하니 조금 쓸쓸한 기분이 들었다.

그러다 문득 희재는 한 가지 가정에까지 생각이 미쳤다. 설마 하니 똑똑한 정한이 이 같은 상황까지 미리 염두에 두고 행동으로 옮긴 건 아니었을까 하는 그런 생각.

조금은 터무니없고 현실감이 떨어지는 추리에 그만 픽 웃고 말았다. 아무리 정한이 용의주도하더라도 여기까진 희재 자신이 오버해서 생각하는 거였다. 이 순간 희재는 그렇게 믿고 있었다.

"빈손으로 와서 죄송해요."

"별말을 다 해요. 갑작스런 초대에 당황했을 텐데도 이렇게 와 줘서 고마워요."

석태의 안내를 받아 별장 안으로 들어서자, 키친용 에이프런을 목에 걸친 미희가 희재 일행을 반겨 주었다. 언뜻 스치듯 봐서는 재벌가의 안주인이 아니라, 평범한 가정주부처럼 느껴졌다. 하지만 평소에 가지고 있던 선입견을 모두 버리지 못해서인지, 이 모습이 어울리는 듯하면서도 어울리지 않아 보이기도 했다.

"고생했을 텐데, 다들 손 씻고 점심들 들어요."

별장 안을 가득 채운 음식 냄새가 기다렸다는 듯 식욕을 자극해 왔다. 사실 아침을 간소하게 해결해서인지 때마침 허기가 지던 참이었다.

코끝으로 와 닿는 기름 냄새를 기분 좋게 맡으며, 알려 준 방향을 따라 욕실로 들어섰다. 잠시간 흙을 만져서인지 물에 닿자마자 흙탕물이 조금 묻어 나왔다. 따로 비누라 할 것은 놓여 있지 않았고, 펌프 형식의 손 청결제가 대신해 그 자리를 차지하고 있었다.

자리가 자리인 만큼 긴장을 안 하려야 안 할 수가 없었다. 그래서인지 괜스레 씻는 것도 평소보다 꼼꼼하게 챙기게 된다. 결국 한 번으로는 부족해 연거푸 두 번이나 손을 씻은 뒤에야 희재는 욕실을 나설 수 있었다.

"윽."

욕실 문을 열고 나온 직후, 채 한 발자국도 내딛지 못한 상태에서 희재가 작게 신음을 토해 냈다. 무방비한 상태로 걸어 나오다가 미처 앞을 확인하지 못해 생긴 사고였다. 뒤늦게 정신을 차린 희재가 시야를 확보하기 위해 고개를 들었다.

"깜짝이야. 왜 그러고 섰어."

정한은 욕실 문턱의 경계선상에 자리를 잡고 서 있었다. 만약 문이 안이 아닌 바깥으로 열리는 구조였더라면, 부딪치는 것으로 끝나지 않고 아예 갇혀서 빠져나오지도 못했을 테다.

때문에 굳이 잘잘못을 따지자면 희재의 부주의함보다는, 정한의 위치 선정이 나빴던 탓이 컸다. 그러나 희재의 타박 섞인 얘기는, 이어 터지듯 흘러나온 무거운 숨결 하나에 파묻히듯 아래로 가라앉았다.

"왜 이렇게 늦어."

사나울 정도로 위로 치켜들려진 눈썹, 초초함이 스며든 눈동자, 일그러진 입매와 굳어 버린 표정까지. 혼란에 젖은 정한의 얼굴은 파랗게 질린 상태였다.

희재는 갑작스럽게 변해 버린 분위기에 쉽게 적응을 하지 못했다. 뿐만 아니라 약간은 책망 어린 빛을 띤 정한의 발언 또한 어떤 식으로 해석하고 넘어가야 좋을지 쉽게 분간이 서지 않았다.

처한 상황이 낯설지 않음을 인지한 것은, 잊고 있던 기억 하나를 머릿속에서 떠올리고 난 이후부터였다.

분명 지금과 비슷한 상황이 예전에도 한 번 있었다. 함께 마트에 들렀던 날, 그때도 정한은 길 잃은 아이처럼 희재를 바라보지 않았던가. 지나와 생각해 보면 그건 두려움과도 다르지 않았다.

왜일까. 잠시간 떨어져 있었을 뿐인데도 정한은 지금 이 순간 유독 예민하게 반응을 해 왔다. 그리고 그때서야 조금 전까지는 보이지 않았던 주변 상황들도 하나둘 시야로 들어왔다.

불안한 눈빛을 지우지 못하고 있던 사람은 비단 정한뿐만이 아니었다. 좌불안석이 된 석태와 미희의 모습을 뒤늦게 확인한 희재는 속으로 놀라움을 금치 못했다.

단순히 손만 씻은 것치곤 조금 늦게 욕실을 빠져나오긴 했다. 하지만 그게 이렇게까지 주변의 걱정과 원성을 사야 하는 일인지는 여전히 잘 모르겠다. 순간 정한이 희재의 손목을 붙들었다.

짐작했던 것보다 사정이 좋지 않음을 깨달은 것은 손아귀로 느껴지는 땀의 흔적 때문이었다. 축축하게 젖은 정한의 손은 반대로 차갑게 식어 있었다.

"왜 그래? 어디가 안 좋아서 그래?"

"……이젠 괜찮아졌어."

이젠 괜찮다는 정한의 말은, 조금 전까지는 괜찮지 않았다는 중의적인 의미를 띠고 있었다. 때문에 혼란만 한층 더 가중되었다. 중재에 나선 것은 석태였다.

"내 생각이 짧았구나."

한 차례 정한의 등을 두드린 석태가 이어 희재를 바라보았다.

"희재 양, 날씨도 좋은데 점심은 바깥 정원에서 들도록 해요. 그렇게 해도 되나요?"

"전 아무래도 좋아요."

"그럼 그렇게 하도록 해요."

희재의 의견까지 취합해 받아들인 석태가 미희에게 눈짓하자 미희가 작게 고개를 끄덕였다.

상황은 이것으로 일단락됐다. 그러나 여전히 가시지 않고 남아 있는 어색함이 희재는 몹시도 싫었다. 주방으로 향하던 미희에게 관심을 준 것도 그래서였다.

"저도 도울게요."

"아니에요. 지금은 그냥 정한이 곁에 있어 줘요."

부드러운 거절이었다. 동시에 정한에게 붙들려 있던 손목에서 강한 힘이 느껴졌다. 놓아줄 생각이 없음을 피력하듯 단단하게 붙든 채였다.

"가지 마."

"김정한?"

"가지 말고 나랑 정원에 나가."

"너…… 오늘 이상한 거 알아?"

"알아. 알지만 이번엔 나도 어쩔 수 없어."

고집을 부리는 정한의 말에 희재가 할 수 있는 거라곤 웃어 보이는 것밖에 없었다. 하지만 아무리 생각해도 예의가 아닌 것 같아 다시금 미희를 향해 음식을 나르는 것만이라도 거들어 주겠단 얘길 꺼냈다. 그러나 이번에도 미희의 대답은 변함없이 한결같았다. 결국 정한의 손에 이끌리듯 정원을 나오고 나서야 무의미한 힘겨루기는 끝이 났다.

"어린애같이 굴기야?"

"응. 그럴 거야."

"뭐라고?"

"도와줄 필요 없다고 하잖아. 그러니까 그냥 나랑 놀아."

"……말이나 못 하면 밉지나 않지."

정한의 애교에 결국 백기를 들어 올린 희재가 정원 한쪽에 위치해 있던 테이블 의자를 끌어당겨 착석했다. 그러자 비어 있던 옆좌석을 냉큼 정한이 차지하고 앉았다.

"대체 아깐 왜 그런 거야. 이유 정도는 말해 줄 수 있잖아."

"아. 음식 나온다."

질문에 대한 대답을 해 오기에 앞서 정한이 자연스럽게 화제의 방향을 다른 쪽으로 돌렸다. 의도적인 회피였다. 이건 추측이 아니라 확신이었다. 그러나 처음부터 둘만 있는 자리도 아니었고, 더군다나 준비해 둔 음식이 막 나오고 있는 시점이었기 때문에 달리 불평할 수 있는 상황도 아니었다. 자세한 이유를 듣는 건 어쩔 수 없이 다음 기회로 미뤄야만 했다.

가장 먼저 테이블 위에 오른 건 따뜻한 김이 모락모락 피어오르는 갈비찜이었다. 옛말에 눈으로도 음식을 먹는단 말이 있다. 갈비찜 위에 올라가 있는 색색의 고명들이 맛에 대한 기대감을 한층 더 높였다. 하지만 반찬으로 준비돼 나온 음식들이 전부 희재의 눈에 익은 것들로만 이뤄져 있었던 것은 아니었다.

이름만 들어봤다 뿐이지 직접 눈으로 보는 것은 처음인 호박선에서부터 시작해, 닭과 도라지, 죽순 등을 밀가루와 달걀에 묻혀 끓여 낸 초교탕까지. 설명을 듣지 않고서는 어지간해선 이름조차 기억하기 힘든 진귀한 찬들이 줄줄이 희재의 앞에 모습을 드러냈다.

하지만 많은 가짓수의 음식 중에서 정작 희재의 호기심을 강하게 자극한 건 의외로 평범한 것이었다. 미희가 준비한 음식 중 가장 마지막으로 테이블에 오른, 갓 지어 낸 흰 쌀밥과 함께 소고기를 듬뿍 넣어 끓여낸 미역국이 그 대상이었다.

하고 많은 국 중에서 미역국이라니.

더 놓을 자리도 없이 빼곡하게 채워진 테이블 위를 한 차례 둘러본 희재가 뜻밖의 사실 하나를 발견해 냈다. 잘 구워진 조기에, 잡채까지……. 이건 흡사 생일상과 같은 상차림이었다.

정한의 생일이 언제였지?

과거의 기억을 헤집어 본 결과 이맘때쯤이었던 건 생각이 나는데 정확한 날짜까지는 떠오르지 않았다. 중요한 건 그의 생일이 이맘때쯤이란 사실이었다.

실수했다. 이건 명백히 희재의 실수였다. 이런 기본적인 사실 정도는 미리 숙지해 놓고 있었어야 했는데……. 뒤늦게 후회를 해 봤으나 이미 일어난 일은 되돌릴 수 없는 법이었다.

센스 없는 김정한.

희재 자신이 모르는 것 같았으면 넌지시 언질이라도 주지, 여태 입을 딱 다물고 있을 건 뭔가. 미리 말해 주지 않아 섭섭하다는 불만 섞인 투정이 곧 정한을 향했다.

"생일이었으면 말을 하지. 난 그것도 모르고 아무것도 준비한 게 없잖아."

"생일? 무슨 생일?"

"……아냐?"

정한은 금시초문이라는 얼굴이었다. 하지만 그럴 리가 없을 텐데…….

차려진 메뉴를 다시금 확인한 희재가 고개를 갸웃거렸다. 그렇지만 본인이 아니라는데 억지를 부릴 수도 없는 노릇이었다. 하지만 단순히 우연이라고 생각하고 넘겨버리기엔 시기부터 시작해 묘하게 상황이 맞아떨어졌다.

"들어요."

"잘 먹겠습니다."

"희재 양 입맛에도 맞았으면 좋겠는데, 서툴더라도 이해해 줘요.
혼자 만들고 준비하다 보니 부족한 게 많았을 거예요."

미희의 말에 희재가 새삼 놀랐단 표정을 지었다.

"이 많은 걸 사모님 혼자 하셨단 말이에요?"

"손이 많이 가는 음식 몇 가지는 어제 저녁에 미리 만들어 두었
던 거예요. 그러니 수고랄 것도 없어요."

희재가 감탄을 금치 못하는 사이, 계속해 미희가 못다 한 말을
이어 나갔다.

"근데 서운해요, 희재 양. 이이랑은 호칭을 정리했으면서 나에겐
왜 아직까지 사모님인 건가요."

"아니 그건……."

오픈마인드도 좋고 부부간에 비밀이 없는 것도 다 좋다. 하지만
얘길 나눈 지 얼마나 됐다고 고새 이 얘기가 미희의 귀에까지 흘러
들어 갔다니 정보전달력 하나는 참 빠르다 싶었다. 그리고 이에 대
한 해명은 석태가 대신 해 왔다.

"딱히 숨길 일도 아니고, 내가 말했어요."

"희재 양. 이미 들어서 알겠지만 사모님 소리는 거리감이 느껴져
서 나도 싫어요."

막다른 골목에 몰린 희재의 등 뒤로 식은땀이 흘러내렸다. 좋게
봐 줘서 고맙긴 한데, 이어진 눈빛 공격에 차마 시선을 마주 볼 수
가 없었다.

어렵게 생각하지 말자, 서희재.

게다가 뭐든 처음이 어렵지 두 번째부터는 상대적으로 쉬운 법이었다. 결심이 깃든 희재의 대답은 짧고 간결했다.

"앞으론 어머님이라고 부를게요."

"고마워요. 식겠어요, 어서 들어요."

잠시간 지연되었던 식사는 미희의 말을 신호 삼아 다시금 재개되었다. 하지만 평상시엔 구경도 못 해 본 음식들을 앞에다 두고도 어째서인지 살살 속이 쓰려 왔다.

불편하다. 그것도 완전! 아니 불편하다 못해 앉은 자리가 다 배길 정도였다.

한국엔 분명 밥상머리 예절이라는 게 존재했다. 그래서 관행상 어른인 석태나 미희가 먼저 한술을 뜨고 나면 따라서 희재도 식사를 시작할 생각이었다. 때문에 네 사람 중 가장 늦게 수저를 들어 올린 사람도 다름 아닌 희재였다.

하지만 희재보다 앞서서 밥 먹을 태세를 갖췄던 셋은, 하나같이 눈앞에 있는 음식에는 관심이 없다는 태도로 희재의 얼굴만 빤히 바라봐 왔다. 혹시 얼굴에 뭐라도 묻은 게 아닌지 따로 확인까지 해 봤을 정도였다.

"드, 드세요."

"그래요."

말은 그렇게 하면서 왜 다들 안 먹고 날 보는 건데! 소리 없는 외침이 목울대를 타고 꼴깍 아래로 넘어갔다. 희재의 얼굴이 조금 울상이 되었다. 이렇게 시간만 보내다간 다 식은 음식을 먹게 생겼다.

결국 희재가 가장 먼저 앞에 있던 전 하나를 집어 한 입 베어 물었다. 짜지도 않고 간이 적당히 잘 된 육전은 좋은 고기를 사용했는지 씹히는 식감도 질기지 않고 연했다.

"맛있어요."

아까부터 약간의 긴장감이 서려 있던 미희의 얼굴이 희재의 말에 안심한 듯 곱게 펴졌다. 그러고는 아주 행복하다는 듯 환하게 웃어 보였다.

반짝반짝.

나이 지긋한 중년의 눈이 그렇게 빛나는 건 처음 봤다. 마치 웃고 있는 눈 모양이 밤에 나온 반달과도 꼭 닮아 있었다. 한동안 희재에게 고정돼 있던 미희와 석태의 눈길이 이번엔 정한을 향했다.

"그렇대!"

"그렇다는구나."

약속이나 한 것처럼 두 사람이 입을 모아 한목소리를 냈다. 줄곧 제자리를 지킨 채 본연의 역할을 수행하지 못하고 있던 정한의 젓가락이 움직이기 시작한 것은 바로 그때였다. 정한이 선택한 것은 희재가 고른 것과 같은 육전이었다.

평상시 때의 습관과 크게 다를 바 없이, 언제나처럼 정한이 입안에 든 음식물을 아주 느릿한 속도로 씹기 시작했다. 몇 번이고 반복해 씹는 중간에 짧게 물을 한 모금 마시기도 했다. 부드러운 육질로 인해 몇 번 씹을 것도 없이 꿀떡 삼켰던 희재와는 상반되는 모습이었다.

모르는 사람이 이 장면을 봤다면, 분명 희재 혼자 식탐이 많다고 여겼을 테다. 그러나 분명히 말해 희재 자신은 딱 중간이었다. 잠시 후 한결같이 유유자적한 태도로 식사 중이던 정한의 입에서 짤막한 감상평이 이어 나왔다.

"그러네요. 맛있어요."

"아……."

작은 탄성을 뱉어 낸 미희가 곧이어 양어깨를 들썩거렸다. 이유는 알 수 없었지만 마치 감격에 젖은 것 같은 표정이었다. 곧 흐트러진 정신을 가다듬은 미희가 재차 정한에게 권유를 했다.

"미역국, 미역국도 먹어 보겠니?"

숨기려고 했지만 물기가 묻어나는 목소리였다. 한 마디, 한 마디씩 이야기를 할 때마다 젖은 음색은 더 짙어져 갔다. 사실 솔직히 고백하자면 왜 이렇게까지 음식에 민감하게 반응해 오는지 잘 이해가 가지 않았다. 돌이켜 생각해 보면 미희와 석태를 처음 만났을 당시, 시켜 놓은 중국음식을 넷이서 나눠 먹는 자리에서도 그랬다.

정리하자면 겨우 점심 한 끼 먹는 일이었다. 부모 된 입장에서 자식 입에 밥 들어가는 일만큼 뿌듯하고 기쁜 일이 없다곤 하지만, 이건 상식을 벗어난 행동이었다. 뭐랄까. 약간은 비장함마저 느껴졌다. 그래서 더 이 자리를 지키고 앉아 있는 것이 곤혹스럽게 느껴졌다. 그런데 하필이면 이 타이밍에서 정한이 자신을 돌아볼 건 또 뭐람!

미역국을 먹으랬으면, 얌전하게 미역국이나 떠먹을 노릇이지 하여간에 원수도 이런 원수가 따로 없었다.

웃는 것도 하나도 반갑지 않았다. 그나마 잘생겨서 봐주는 건 줄이나 알라며 속으로나마 불평을 늘어놓은 희재가, 울며 겨자 먹기로 국그릇에 담긴 미역국을 떠 입가로 가져갔다. 그러자 이번에도 정한이 희재가 했던 패턴을 그대로 따라 했다.

현대판 기미상궁이 따로 없었다.

그럼 이럴 게 아니라 따로 은수저라도 준비해 줘야 할 것 아닌가. 그래야 형평성에도 어긋나지 않을 테고! 반쯤 회피하는 마음으로 시시콜콜한 생각들로 머릿속을 채우는 와중에도 여전히 희재는 주변의 분위기를 읽기 위해 많은 노력을 기울였다.

먹자. 먹는 게 남는 거니까. 먹고 죽은 귀신 때깔도 좋다고, 분위기상 모두가 바라는 게 희재 자신이 열심히 식사를 하는 거라면 까짓 힘든 일도 아니었고 못 해 줄 것도 없었다.

결과를 도출해 내는 과정에서 약간의 착오가 있긴 했지만, 모로 가도 서울로만 가면 된다고 희재의 선택은 모두가 만족할 만한 성과를 낳았다.

육전과 미역국을 시작으로 식사는 본격적인 국면으로 접어들었다. 정한 역시 정성 들여 차려 낸 음식들을 하나둘 입가로 가져갔다. 한꺼번에 많은 양을 먹기보다 조금씩 맛을 보는 수준이었지만, 워낙에 가짓수가 많다 보니까 한두 개씩만 집어 먹어도 한 끼 식사는 충분히 되고도 남았다. 아니, 오히려 과식에 가까운 식사량이었다.

하지만 가뜩이나 어려웠던 자리는 기어코 미희가 그렁그렁한 눈물을 매단 순간 더없이 불편하게 변했다. 그리고 얼마 못 가 거기에 기름을 끼얹는 일까지 벌어졌다.

분위기를 살피며 눈치를 보고 있던 희재의 밥공기 위로 갈비 한 점이 올라왔다. 이 상황에서 이런 일을 벌일 사람은 단연코 한 사람밖에 없었다.

"난 이미 충분히 먹었으니까, 부모님부터 신경 써 드려."

목소리를 최대한 낮춘 희재가 정한에게만 들릴 정도로 낮게 속살거렸다. 가끔가다가 일부러 말귀를 못 알아듣는 척을 해서 그렇지, 평상시엔 지능이 아주 높은 희재의 애완고양이는, 희재 한정으로 무척이나 말을 잘 들었다.

망설임 없이 젓가락을 움직인 정한이 곧이어 석태와 미희의 밥그릇에도 똑같이 갈비 한 점씩을 얹어 주었다. 축 처진 분위기가 반등하길 기대하고 벌인 일이었으나 결론적으로 희재의 기대는 그저 기대로만 끝이 났다.

한두 방울 떨어지던 미희의 눈물이 금세 왈칵거리는 울음으로 변했다. 참으려고 했지만 미희 또한 실패를 한 것 같았다.

"미안해요. 정말로 미안해요."

결국 잠시 실례한단 말과 함께 미희가 황급히 자리를 떴다. 그런 미희의 뒤를 석태가 쫓았다.

"넌, 안 가 봐?"

"응."

"이래서 아들 키워 봐야 소용없단 말이 나오는 거라니까. 이유는 모르겠지만, 가서 위로해 드려."

단칼에 잘라 가지 않겠다고 공언한 정한을 희재가 살살 구슬렸다. 그러나 정한의 태도는 확고했다.

"내가 가면 불편해할 거야."

"어째서?"

"왜 그런지 이미 이유를 아니까."

"그래서 그냥 이렇게 가만히 있겠단 거야?"

"기다리다 보면 곧 돌아오실 거야. 아버지도 뒤따라갔으니 별일
도 없을 테고."

타인의 시각에서 이 상황을 바라볼 수밖에 없었던 희재보다는
확실히 가족인 정한의 판단이 더 정확했다. 희재의 걱정과는 달리
잠시 후 석태와 함께 돌아온 미희는 몹시도 개운한 표정을 하고 있
어, 긴장하고 있던 희재를 조금 허탈하게 만들었다.

음식의 대부분은 이미 식어 있었지만, 점심식사는 이후로도 조금
더 이어졌다.

이 와중에도 희재를 슬프게 만든 건, 뭐 하나 가릴 거 없이 전부
입에 착착 감길 정도로 입맛에 맞는다는 사실이었다. 본능에 충실
한 것도 가끔은 곤란했다.

희재와 정한이 먼저 별장을 떠나고 난 후, 뒤에 남은 석태와 미
희가 서로의 얼굴을 마주 보고 앉았다. 그때서야 멎었다고 생각했
던 눈물이 미희의 눈에서 또다시 주르륵 흘러내렸다.

"사람 참 물색없이……. 좋은 일인데 왜 또 눈물바람이야."

"좋아서, 좋아서 그래요."

"이미 울 만큼 충분히 울었으니 그만하게."

"모르겠어요. 그냥 눈물이 나와요."

석태가 건네준 손수건은 젖어 엉망이 돼 버린 지 오래였다.

"쯧. 그만하래도 그러네. 이러다 탈이라도 나면 어쩌려고 그러나."

"당신도 봤잖아요. 제 손으로 해 주는 건 이유식도 입에 대지 않던 아이였어요. 그런데 오늘, 그 애가 제가 해 준 밥을 먹었어요."

지난 세월 묻어 두기만 했던 아픔이 지금에 와 못내 서러웠던지 고르지 못한 숨을 내쉬면서도 미희는 말을 멈추지 않았다.

"맛있다고 했어요. 제가 잘못 들은 게 아니죠? 그렇죠, 여보?"

"그래. 나도 들었어."

"여전히 실감이 안 나요. 희재 양이 없었다면, 그랬다면 지금 정한이는 어떤 모습을 하고 있을지……. 생각만으로도 끔찍해요."

상상하는 것조차 진저리가 난다는 듯 미희가 부들대며 몸을 떨자, 석태가 이런 미희의 어깨를 감싸 안았다.

"다 잘될 거야. 내 아들이고 당신 아들이지 않나. 그러니까 기다려 보자고. 지금껏 그래 왔던 것처럼, 정한이를 믿어 주는 게 우리가 해야 할 일이야."

사실 본질적인 측면에서 보자면 앞서 희재가 했던 가정은 틀리지 않았다. 오늘 미희가 차려 냈던 점심은 얼마 후에 있을 정한의 스무 번째 생일과는 관계가 없었지만, 그 대신 못다 챙겨 주었던 지난 과거에 대한 생일상이나 다름이 없었기에.

오늘 미희는 평생의 숙원을 풀었다. 생일 때만이라도 제 손으로 따뜻한 밥 한 끼를 지어 먹이고 싶었는데, 이 시절이 오기까지 자그마치 이십 년이 걸렸다. 참으려고 했는데, 가슴이 벅차올라 계속 눈물이 나왔다.

♠   ♧   ♠

 개인정보보호차 휴대폰에 걸어 두었던 정한의 비밀패턴을 알게
된 건 지극히 우연한 기회를 통해서였다.

 희재는 습관이란 게 참 무섭단 생각을 했다. 분명 잠금이 걸려
있는 걸 확인했는데, 화면에 불이 들어오자 무의식중에 손에 익은
패턴을 그리고야 말았다. 그런데 거짓말처럼 잠금이 해제되었다.
놀랍게도 정한의 휴대폰에 걸려 있던 비밀패턴은 희재가 사용하는
것과 일치했다.

 깜빡 잊고 놔두고 간 정한의 휴대폰을 당사자에게 돌려주기 위
해 다급히 자리에서 일어섰던 것과는 달리, 현관문을 눈앞에다 둔
지금 이 순간, 희재는 한 가닥 갈등에 휩싸였다. 카톡이나, 문자함
과 같은 프라이빗한 곳을 엿보겠다는 것은 아니고, 단지 전화번호
부에 저장된 목록 정도는 확인해 보고 싶단 마음이 새록새록 생겨
났다.

 잠깐 머뭇거리긴 했지만 결과적으로 호기심이 양심을 이겼다. 나
름의 정당한 이유를 든 희재가 곧 활성화가 된 화면 한 곳을 터치
했다. 순간 희재의 눈동자가 화등잔만 하게 커졌다.

 단축번호 1번은 추측대로 희재 자신이 맞았다. 희재를 당황하게
만든 건 그다음이었다. 어째서인지 2번부터는 저장된 목록을 찾을
수가 없었다.

 당혹감을 추스르지 못한 희재가 이번엔 통화목록을 눌러 보았다.

멈춰야 한다는 걸 모르지 않았기에 딱 여기까지만 확인하고 그만둘 생각이었다.

서희재, 서희재, 서희재……. 놀랍게도 화면을 가득 채운 건 온 통 희재 자신의 이름뿐이었다. 뒤쪽으로 갈수록 간혹 반복되는 번 호가 눈에 띄긴 했지만 횟수로 따지면 희재 자신과는 비교할 바가 못 됐다. 그마저도 시간대를 확인해 보니, 지난번 가평에 갔을 때 석태와 통화했던 시간과 일치했다.

조금 전까지만 하더라도 평온했던 마음이 마치 거센 파도를 만 나기라도 한 것처럼 울렁거리기 시작했다. 그렇지 않아도 가평에 다녀온 뒤부터 부쩍 생각이 많던 차였다.

"……아무래도 변덕 같은 건 아닌 것 같지?"

희재는 인정하지 않을 수 없었다. 스스로가 생각하는 것 이상으 로, 서희재란 사람이 정한에 있어 소중한 존재로 취급받고 있다는 것을.

때문에 아무렇지 않게 정한에게 휴대폰을 돌려주고 난 뒤에도 희재는 쉽사리 잠을 이루지 못하고 내도록 밤잠을 설쳤다.

예상치 못했던 연락을 받은 건 이 일이 있은 후 얼마 지나지 않은 시점에서였다. 주된 내용은 고등학교 반창회를 연다는 소식이었다.

속 안에 든 걸 모두 게워 내고 나서야, 목 아래까지 차올랐던 구 토감도 서서히 잦아들기 시작했다. 찬물로 텁텁해진 입안을 행군 정한이 고개를 들어 올렸다. 거울 너머로 창백하게 변한 얼굴이 반 사돼 비치자 정한이 쓰게 웃었다.

"아직은 이 정도가 한계로군."

착취증에서 비롯된 부작용으로 인해 아주 어려서부터 정한은 섭식 행위 자체에 강한 거부감을 가지고 있었다. 만약 정한이 태어나 자란 곳이 대진가가 아니었다면 이미 오래전에 생을 다했을지도 모른다.

천문학적인 비용을 들여 집 안에 첨단의학 장비를 갖추고, 24시간 빈틈없이 주치의를 상주시켜 돌보게 할 만큼의 엄청난 재력을 가지고 있지 않았다면 애초에 이 모든 일들이 불가능 했을 테니까.

보는 이를 안쓰럽게 만들 정도로 어린 정한의 팔에는 주삿바늘 자국이 가실 날이 없었다. 한 번은 억지로 코를 막고 약을 먹이려고 시도를 하다 기도가 막혀 죽을 뻔했던 적도 있었다. 이후로는 혈관을 통해 강제로 영양분을 주입하는 것밖에 별다른 수를 찾지 못했다.

그나마 혼자서 의사표현이 가능한 나이가 돼선, 스트로를 이용해 액체로 된 음료 정도는 참고 먹게 됐다. 이 상황에서 미희가 할 수 있었던 가장 최선의 방법은, 최대한 알맹이 없이 이것저것 재료들을 갈아 한 모금이라도 더 마시게 하는 노력뿐이었다. 그 탓에 형인 정혁도 고생이 많았다.

밀폐된 공간 안에서 떠도는 음식 냄새를 맡는 건 정한이 가장 고통스러워하는 부분이었다. 그래서 가급적이면 부엌에서 화기를 다루는 일도 자제했다. 이로 인해 정혁은 거의 대부분 저녁까지 바깥에서 해결하고 돌아오는 수고스러움을 감수해야만 했다. 그렇지 않으면 밤바람이 차가워질 때까지 정한이 정원에 나와 있어야 했으므로.

기실 정한이 음식이란 것에 흥미를 가지게 된 것은 희재를 만나고 나서부터였다. 사실 그전까지는 따로 식습관이라고 할 것도 없었던 게, 씹고 삼키는 저작활동을 하지 않다 보니 자연스레 소화기능까지 떨어져, 막상 물기 없는 음식들을 먹었을 땐 신체가 거부반응을 일으켰을 정도였다. 얼굴엔 열꽃이 피고 온몸엔 두드러기가 나고, 나중엔 호흡곤란 증세까지 동반했었다.

때문에 희재를 만나고 상태가 많이 호전된 지금도 식사시간만큼은 남들보다 월등히 길었다. 느릿한 속도로 반복해 씹지 않으면 소화 과정에서 탈이 나기 때문이었다.

삶을 지탱해 주는 원동력이 되고, 일상을 이어 나가게 만드는 원천이나 다름없는 존재. 정한에게 있어 서희재란 이름은 세상 어느 것과도 바꿀 수 없는 절대적 의미였다.

"이런 내가…… 네게는 부담이겠지."

사실을 말해야 한다는 건 알고 있었다. 짧게 만나다 헤어질 관계 따위가 아니었으므로. 평생 함께하기를 바라는 상대이기 때문에, 시간을 끌수록 힘들어지는 건 정한이었다. 하지만 알면서도 쉽사리 말문이 떼어지지가 않는 건 정한으로서도 어쩔 수가 없었다.

지나온 시간 동안 정한은 희재의 옆에서 숨 쉬며 살아 왔다고 해도 과언이 아니었다. 적어도 희재의 곁에서만큼은 정한은 평범한 사람으로 남을 수 있었다. 그래서 조금 방심을 했던 것 같다.

물기가 묻어난 입술을 문질러 닦은 정한이 욕실을 나섰다. 별장에서 가졌던 점심식사가 과했던지 기어코 탈이 났다. 먹는 속도는 평소와 크게 다르지 않았지만 정해진 양 이상을 먹은 게 문제가 됐다. 하지만 이조차 희재가 존재하기에 가능했던 경험이었다.

감격에 겨워하던 석태와 미희의 얼굴을 한 차례 떠올린 정한이, 곧이어 현관문을 두드려 올 희재의 방문을 기다렸다.

잠깐 들렀던 희재의 방에 휴대폰을 놔두고 온 건 다분히 의도된 행동이었다. 비슷한 맥락에서 휴대폰의 잠금 패턴을 희재와 같은 것으로 설정해 놓은 것 역시 일부러 그랬던 것이다.

솔직히 고백하자면 정한은, 우연으로라도 희재가 패턴을 풀어 그 안에 담긴 정한의 의도를 한 번쯤은 확인해 주길 바랐다. 오래 기다려 왔던 만큼 희재를 향한 정한의 마음은 이미 한계 수위에 도달해 있었다.

희재를 처음 본 날부터 시작해 지금까지, 정한에게 있어 누구보다 우선순위를 차지하고 있던 사람은 온전히 희재 하나였다. 그를 웃게 만들고, 행복이 무엇인지를 알려 주는 유일한 사람……

우습게도 사귀고 있는 지금까지도 정한은 희재를 향한 짝사랑을 멈추지 못하고 있었다. 그리고 이러한 감정은 앞으로도 변함없이 지속될 것이다.

규칙적으로 뛰고 있던 심장 소리가 조금씩 빨라지기 시작했다. 이 순간 정한은 생각했다. 지금 그가 느끼고 있는 이 감정의 실체가 어쩌면 두려움은 아닐까 하고. 문득 그런 생각을 해 보았다.

"놓아주는 일 따위 절대 없어. 어떤 경우라도 그런 일은 절대로 없어."

익숙해질 대로 익숙해져 버려, 이젠 서희재가 없는 삶은 상상조차 할 수 없다.

그럼에도 네가 내 곁을 떠난다고 한다면, 난 상처 입히지 않고 널 온전히 붙들어 둘 수 있을까. 그럴 수 있을까? 대답해 봐, 희재야. 내 희재야……

정한이 생각하는 가장 최악의 상황은 희재가 그를 떠나게 되는 경우였다. 그렇게 된다면 분명 정한은 희재를 그의 곁에 주저앉히기 위해 수단과 방법을 가리지 않을 테다.

정한이 우려하는 것은 바로 이 점이었다. 겉으로 드러난 이유보다는 조금 더 본질에 가까운, 그건 정한의 이기심과도 관련이 깊었다.

그는 희재를 갖기 위해 언제든 희재를 상처 입힐 준비를 하고 있었다. 아무렇지 않게, 나쁘다는 사실을 알면서도 원하는 걸 얻기 위해 행동에 나서는 걸 주저하지 않을 것이다.

사실을 밝히지 않았기에 아직까지는 참을 수 있다. 진실을 얘기하고 난 이후의 두 사람은 분명 많은 변화를 겪게 될 테니까. 모르긴 몰라도 정한 자신은 더 집착하고, 작은 것 하나에도 예민하게 반응해 올 게 분명했다.

정한이 바라는 건 영원이라는 시간이었다. 이 사실을 알게 됐을 때 스무 살의 희재는 어떤 반응을 보여 올까.

질식해 죽겠다는 표정을 지어 올까? 아니면…… 아니면, 지금처럼 환하게 웃어 줄까.

정한의 눈빛이 사납게 흔들거렸다.

제8장.

서희재는 내 편 맞지?

기억에 근거하자면 정한의 휴대폰 번호가 마지막으로 바뀌었던 것은 대학에 들어와서가 아니었다. 그보다는 한참 이전으로, 제법 오랜 시간 동안 동일한 번호를 사용하고 있었다. 일례로 대학 입학 당시 희재가 기존에 저장돼 있던 정한의 휴대번호를 지워 버렸을 때, 뒤늦게 이 사실을 알게 된 그가 무척이나 섭섭해하지 않았던 가.

사실 지금처럼 관계가 발전하기 전까지는 개인적으로 연락할 일이 없다는 것을 이유로 들어, 따로 머릿속에 번호를 외우고 있다거나 하진 않았다.

더군다나 수능을 기점으로 하여 정한이 국내 대학 진학을 포기하고, 미국으로 건너간다는 얘기가 거의 기정사실처럼 받아들여지고 있던 상황이었다. 때문에 희재도 크게 망설이지 않고 서슴없이 정한의 번호를 삭제할 수 있었던 것이다.

일반인 김정한이 아닌 대진그룹의 차남 김정한.

뒤늦게 밝혀진 이 사실 하나가 그렇지 않아도 서먹했던 마음의 거리를 더 벌렸던 것 같다. 그랬기에 예상치 못한 장소에서 정한의 전화를 받고 그의 얼굴을 마주하게 됐을 땐 놀라움이 더없이 컸다. 기다렸다는 듯 지난 3월에 있었던 입학식 풍경이 스치듯 눈앞을 지나갔다.

이젠 기억해 줄 때도 되지 않았냐고 했었지? 약간의 언짢음이 묻어나는 목소리로 해 온 말이었다. 그러곤 한 번 지운 번호를 재등록하는 내내 감시의 눈길을 게을리하지 않았다.

의문의 시작점은 바로 이 부분이었다. 표면적으로 드러나길, 학창시절 내내 겉돌기만 했던 희재와는 달리 정한의 경우엔 때때로 형식적으로 보이는 부분이 있었을지언정 항상 무리의 중심에 서 있었다.

때문에 둘 중 한 사람에게만 연락을 취해 올 일이 생긴다면 희재는 그 대상이 단연코 자신이 아닌 정한일 거라고 생각했다. 하지만 놀랍게도 반창회를 알리는 문자는 희재에게만 도착했다.

별다른 생각 없이 가볍게 이 말을 주제로 올렸다가, 정작 정한은 금시초문이란 태도여서 도리어 말을 꺼낸 희재만 당황하고 말았다.

어째서일까. 대체 왜?

설마 정한이 미국행을 선택하지 않고 한국에 남았단 사실을 아직도 모르고 있는 건 아닐 테지? 희재가 가볍게 고개를 가로저었다. 그럴 가능성도 있겠지만 희재의 생각은 회의적이었다.

정한의 번호가 중간에서 바뀐 것도 아니니 연락 과정에서 뭔가 착오가 생겼겠지, 늦게라도 연락이 오겠지 했던 희재의 생각을 비웃기라도 하듯 그 후 시일이 더 흘렀음에도 정한의 휴대폰은 끝내 침묵을 지켰다. 심지어 희재에겐 중간에 참석 확인 여부를 묻는 메시지가 한 번 더 들어오기도 했다.

하지만 학창시절 내내 관심 밖에 머물던 희재마저 빼놓지 않고 연락을 취해 온 상황에서, 애초 정한을 잊는다는 것은 사실상 말이 안 되는 가정이었다.

의외라고 생각했던 것은 이 모든 상황을 대수롭지 않게 받아들이는 정한의 태도였다. 대신에 그는 희재를 향해 한 가지 의견을 물어 왔다. 이는 앞서 받았던 메시지의 내용과도 무관치 않은 사안으로, 참석 여부에 관한 얘기였다.

질문 자체는 긍정이 아닌 부정에 좀 더 가까웠다.

갈 거지가 아닌 가지 않을 거지.

희재는 확신이 담긴 그의 물음에, 그렇단 대답을 되돌렸다. 가지 않겠다는 뜻이었다. 정한 또한 희재의 얘기에 고개를 끄덕임으로써 두 사람의 생각은 쉽게 의견 일치를 봤다. 하지만 온 정신을 빼놓았던 기말고사가 끝이 나고 막 종강을 앞둔 시점에서, 희재의 마음은 처음과는 많이 달라져 있었다.

줄곧 담담한 척했지만, 사실은 그렇지 않았단 걸 누구보다 희재 자신이 가장 잘 알았다. 어린 서희재를 외롭게 하고, 상처받게 하고, 시시때때 주눅 들게 만들었던 지난 과거의 기억들. 단순히 해묵은 감정으로 치부해 버리기엔 아직 충분한 시간이 흐르지 않았다. 이따금 떠올릴 때면 여전히 가슴 한쪽이 아플 정도로 조여들곤 했으니까.

친해졌다고 믿는 순간 하나같이 등을 보이며 돌아섰다. 약속이라도 한 것처럼, 예외 없이 모두가 그랬다. 특별히 잘못한 일이 있었던 것도 아니었다. 그럼에도 하루아침에 돌변해 버리는 상대의 태도가 희재를 당혹스럽게 만들었다.

변질돼 가는 관계를 지켜보고 있어야 한다는 것은 그 자체로 힘이 들었다. 이유 없이 매번 무리에서 밀려나는 일이 반복될 때마다, 희재는 가지고 있던 기대감을 하나둘씩 내려놓아야만 했다. 그래야 편해진다는 걸 늦게나마 깨달았기 때문이었다.

기대하고 실망하고, 기대하고 실망하고⋯⋯. 한 해 한 해 원치 않게 무뎌져야 했던 마음조차 이 과정을 되풀이하다 보니 어느 순간 견뎌 내질 못했다. 너덜너덜하게 해진 가슴이 제발 그만하라고 소리를 쳐 오는데 더 고집을 부릴 수가 없었다.

꼭 지금일 필요는 없다는 설득.

친구란 건 성인이 된 후에 만들어도 늦지 않다는 회유.

한꺼번에 아플 필요가 없지 않느냐는 마음속 쓴 질책까지.

그러고 나서야 조금 포기가 됐던 것 같다. 그게 덜 상처받는 길이란 걸 모르지 않았기에.

성적은 좋을 수밖에 없었다. 등교해 하교할 때까지 자의로 말을 걸어 주는 사람은 정한이 유일했다. 그 외의 나머지 시간은 늘 책상 위에 펼쳐 두고 있던 교과서를 향해 시선이 고정돼 있었다.

아이러니하게도 정한의 관심이 희재를 향하면 향할수록, 반대로 아이들 틈에서 희재는 점점 더 설 자리를 잃어 갔다. 시기 질투에 사로잡힌 몇몇은 이러한 정한의 행동을 동정이라고 결론 내렸고, 희재 역시 별다른 반론을 제기하지 않은 채 이 같은 얘기를 사실로써 받아들였다. 왜냐고 묻는다면 대답은 아주 간단했다.

정한의 위치라면 크게 힘들지 않고서도 무리 밖에서 서성거리고 있던 희재를 충분히 안으로 이끌 수도 있었다. 아이들 사이에서 가장 큰 영향력을 차지하고 있던 사람이 바로 정한이었으니까.

하지만 단 한 번도 정한은 희재를 위해 이 같은 수고스러움은 감수해 주지 않았다. 단언컨대 단 한 번도.

오랜 시간에 걸쳐 알아 왔음에도 불구하고 두 사람 사이의 관계가 의례적인 틀을 벗어나지 못한 채 다소간 형식적인 유대관계로 이어져 왔던 것에는 바로 이러한 배경이 주요하게 작용했다.

희재가 바란 건 큰 게 아니었다. 아주 작은 것, 사소한 계기 하나면 됐다. 그러나 정한의 생각은 희재와는 달랐던지, 일관되게 침묵으로써 상황을 묵인하기만 했다.

사실 정한이 희재를 위해 반드시 중재에 나설 의무는 없었다. 희재 또한 정한에게 이 같은 일을 요구할 권리 같은 건 처음부터 가지고 있지 않았다.

그렇지만 만약 정한이 희재가 가진 고민에 혹은 주변과의 관계 회복에 조금만이라도 관심을 기울여 주었더라면, 과거의 희재는 훨씬 더 많이 행복했을 것 같았다.

죽은 동물의 시체를 파내던 다소 기괴했던 정한의 행동에 다가서기 어렵단 감정을 느꼈던 것처럼, 그보다 더 깊숙한 내면엔 이 같은 인과관계가 얽히듯 복잡하게 포함돼 있었다.

학창시절 희재에게 있어 김정한이란 이름은 무척이나 모순적인 감정을 느끼게 만드는 존재였다.

주변 사람들과 잘 어울리지는 못했지만 적어도 미움은 받고 싶지 않았다. 하지만 정한의 곁에 머물다 보면 그게 안 됐다. 때때로 원치 않게 비교의 대상도 또 원색적인 비난의 주체도 되어야만 했다.

반면에 정한이 건네 오던 얘기들은 당시 희재가 받을 수 있었던 유일한 호의이기도 했다.

그래서 나중에 친구란 걸 사귀게 된다면 평범한 사람이 좋겠다고 생각했다. 그건 연애관에서도 똑같이 적용됐다. 물론 지금에 이르러 이러한 생각은 뒤바뀌고 말았지만.

아주 오래전부터 희재를 좋아해 왔다고 말했던 정한.

그러나 지나온 과거의 발자취를 따라 걷다 보니 어느새 품은 의문이 산을 이루고 있었다. 때문에 쉽게 불참을 결정했던 처음과는 달리, 예정된 날짜가 다가올수록 마음의 추는 점점 참석 쪽으로 기울어 가고 있었다.

때마침 반창회가 열리기로 한 날은 대진그룹 창립기념일과도 날짜가 겹쳤다. 정한은 이 일로 인해 본가 방문을 눈앞에 두고 있었다.

변한 마음을 알리지 않고 혼자 참석하기로 했던 것은 따로 확인하고 싶은 게 생겼기 때문이다.

목적지 앞에 다다른 뒤에도 한참을 망설이던 희재가 마침내 결심에 찬 표정으로 문을 열었다. 긴장감으로 인해 이미 온몸은 뻣뻣하게 굳어 있었다. 하지만 곧이어 받게 된 뜻밖의 환대에 희재는 얼떨떨한 표정을 지우지 못했다.

오랜만이란 인사, 반갑다며 마주 잡아 오는 손길, 앞으로 자주 보자는 다소 상투적인 얘기까지, 어느 것 하나 낯설지 않은 것이 없었다. 교복을 벗어 던진 아이들은 제각기 다른 방식으로 희재의 안부를 물어 왔다.

그건 꽤나 신기한 경험으로, 흡사 다른 세상에 떨어진 것 같은 환상에 빠져들게 만들었다.

고작 반년. 변화를 논하기에는 짧은 시간이라고 생각했다. 그러나 그건 희재 혼자만의 착각에 지나지 않았다.

이곳에 오기 직전에 했던 희재의 예상은 거의 전부라 할 정도로 완벽하게 빗겨 나갔다. 하지만 겨우 반년 전만 하더라도 희재는 이들 사이에서 투명인간이나 다름없는 취급을 받았다. 한데 섞일 수 없는 물과 기름처럼, 희재의 존재는 늘 공중에 붕 떠 있었다.

배척당할 거라고 생각했다. 하지만 아니었다. 불편한 내색도 없이, 마치 오래 알아 왔던 친한 친구처럼 그렇게 희재를 대해 주었다.

이렇게나 쉬운 거였나. 여러 가지 생각들이 머릿속에서 교차했다. 두서없이 난립해 들어오는 삿된 생각들은 이내 지끈거리는 두통으로 탈바꿈했다. 쉽사리 메워지지 않는 간극과 괴리감에 희재는 어찌할 바를 몰라 하며 주변 상황을 살피기 바빴다.

성장하지 못하고 제자리에 머물러 있던 건 그녀 혼자뿐이었던가.

순간 희재가 가쁜 숨을 내쉬기 시작했다. 스스로도 모르는 사이 숨을 참고 있었던 모양이었다.

한동안 바뀐 분위기에 적응하지 못한 채 혼란스러워하던 희재는, 반장인 강원재를 만나고 난 이후에 비로소 이곳에 온 목적을 떠올리며 평정을 되찾을 수 있었다. 원재와의 대화는 생각했던 것보다 어렵지 않게 성사되었다.

"그러니까 지금, 왜 김정한에겐 따로 연락을 하지 않았느냐고 내게 물은 거지?"

"응."

원재는 그 말에 도리어 놀란 얼굴로 희재를 바라봐 왔다. 그러더니 새삼 새로운 사실 하나를 깨달았다는 듯이 한 차례 고개를 주억거리곤 못다 한 대화를 이어 나갔다.

"어쩌면 그럴지도 모른단 생각은 하고 있었지만……. 서로 연락하고 지내는구나, 너희 두 사람."

"그거야……."

"일단 내 입장에서 설명하자면 대답은 간단해. 연락을 하지 않았던 게 아니야. 할 수가 없었던 거지."

부지불식간에 혼란이 가중되었다.

"휴대폰은 어쩌고? 다른 사람은 몰라도 반장인 너는 김정한의 휴대폰 번호를 알고 있었을 거 아냐."

"알았지. 아니 알았었지."

원재의 대답은 과거형이었다. 하지만 여전히 원재가 말하고자 하는 본론이 무엇인지는 가늠하기가 어려웠다.

어느새 입술 끝이 건조하게 말라 왔다. 그사이 원재는 잠시간 생각에 잠겨 들었다. 마치 다음 이야길 할까 말까 고민하는 것처럼 보이기도 했다.

희재는 혹시라도 원재가 이쯤에서 입을 닫아 버리기라도 할까 봐서 조바심이 났다. 하지만 다행히도 원재는 하던 이야기를 중간에서 끊지 않고 계속 이어 나갔다.

"몰랐나 본데, 김정한이 가진 휴대폰은 하나가 아니었어. 그리고 내가, 아니 우리가 알던 번호와, 서희재가 알던 번호는 각각 달랐을 테지."

"!"

"공식적으로 사용하던 번호는 이미 해지되었어. 우리로서는 연락할 수 있는 유일한 길을 잃은 셈이지. 알다시피 지금의 김정한은 이미 우리가 알던 그 김정한이 아니잖아."

희재는 원재가 말해 오는 이 많은 얘기들을 어느 선까지 받아들이고 어디까지 믿어야 좋을지 선뜻 판단을 내리기가 어려웠다. 모든 게 거짓말 같기만 했다. 하지만 원재의 눈은 줄곧 진실을 말해 오고 있었다. 분명한 것 하나는 원재의 이야기는 끝이 아닌 이제부터가 시작이란 사실이었다.

"말 나온 김에 하나만 물어보자. 대체 두 사람 지금 어떤 관계인 거니?"

"사귀고 있어."

"역시 그랬구나."

거짓으로 포장할까 하다가, 희재는 진실을 말하기로 했다. 그런데 생각보다 원재는 놀라는 기색이 아니었다.

"……안 놀라?"

"안 놀랐다는 건 말이 안 되고……. 뭐랄까. 넌 좀 특별했잖아. 우리완 다르게 말이야."

때론 스스로가 생각하는 것보다 타인의 눈에 비친 모습이 더 객관적일 때가 있었다. 원재는 이 점을 강조해 오고 있었다. 하지만 이대로 원재의 말을 납득하고 넘어가기엔 풀리지 않은 의문이 여전히 남아 있었다.

"왜야. 그러니까 왜……. 그렇게 생각한 이유가 있었을 거 아냐."

"그야 김정한은 네 옆에 다른 사람이 있는 걸 끔찍할 정도로 싫어했으니까. 아니 서희재에게 가까이 다가가려고만 해도 경계했지. 처음엔 단순한 괴롭힘이라고만 생각했어. 하지만 오래지 않아 그게 잘못된 생각이었단 걸 깨닫게 됐지. 나도, 나 아닌 다른 사람들도."

"잠깐만. 잠깐만 기다려 봐."

대화 내용을 제때 따라가지 못한 희재가 중간에서 원재의 말을 끊었다. 그러곤 한 차례 크게 심호흡을 했다. 그러나 헝클어진 머릿속은 여전히 정돈되지 않은 그대로였다.

"그러니까 원재 네 말은, 김정한이 날 따돌리기라도 했단 거야? 정말 그래……?"

"더 정확하게는 정한이 주도를 했고, 우리가 동조를 한 거지. 다들 김정한의 눈 밖에 나고 싶지는 않았거든."

원재가 반장이긴 했지만 실제적인 실세는 정한이었다. 그가 대진

그룹의 차남이란 사실이 밝혀지기 이전에도 그는 아이들 위에서 군
림하고 있었다.

"언제부터야."

"그건 나도 잘 몰라. 그냥 오래됐다는 것밖에는. 아마 네가 생각
하는 것보다 더 오래됐을 수도 있겠지."

쿵.

심장이 내려앉는 소리가 일순 귓가로 울려 퍼졌다. 아마도 이 순
간엔 큰 충격을 받았던 것 같다.

"그런데도 한 가지 이상하게 생각했던 것은, 널 대하는 정한의
태도였어. 원하는 상황을 만든 뒤에도 줄곧 정한은 널 살피는 기색
이었거든. 마치 관찰이라도 하는 것처럼."

"날 보고 있었다고……?"

"매번 그랬어. 넌 항상 고개를 숙이고 있느라 잘 몰랐겠지만."

희재는 몰랐던 사실이지만, 항간엔 우스갯소리로 정한의 취미생
활이 서희재 관찰이란 얘기까지 나돈 적이 있었다. 이 탓에 상황
인지 능력이 떨어지는 몇몇은, 정한이 희재를 가지고 놀기 쉬운 장
난감 취급을 한다고도 여겼다. 하지만 원재의 생각은 달랐다. 적어
도 원재의 눈에 비친 정한의 모습은 희재를 독점하길 원하고 있었
다.

"말도 안 돼. 걘 남들이 뭘 하던 주변에 관심도 없던 애야. 그런
애가 뭘 바라서 이런 번거로운 일을 꾸며."

"김정한과 사귄다고 했었지? 미안하지만 이 대답은 김정한에게
들어. 알다시피 나는 김정한이 아니니까."

모든 게 혼란스러웠다. 답답한 마음에 소리라도 마음껏 지르고 싶었다. 얽히고설킨 생각들이 희재의 머릿속을 좀먹듯 파고들어 왔다.

"사실 이 얘길 해야 하나 말아야 하나 고민을 하지 않았던 건 아니야. 그런데도 한 건, 다들 나쁜 마음이 있어서 널 따돌렸던 게 아니란 말을 해 주고 싶어서야. 믿기 힘들겠지만 네가 오기 전까지도 다들 네 얘길 했어. 오늘, 와 줘서 고마워. 이건 진심이야."

손쉽게 사과의 말을 덧붙여 온 이후에도 원재는 희재가 알지 못했던 여러 얘기들을 간추려 들려주었다. 대부분은 추측성에 가까운 발언들이었지만, 아주 말이 안 되는 내용은 아니었다.

예컨대 정한이 배정받았던 반의 담임, 즉 희재의 담임은 늘 외부에서 발령을 받아 온 선생님이었고, 이는 대진그룹에서 특별히 선발한 재원이란 얘기가 대화의 주요 골자였다.

혹은 정한의 반에 편성됐던 전학생이 사실은 정한의 편의를 위해 들여보내진 아이라든가 하는 그럴싸한 카더라 통신까지 더해졌다. 원재의 말이 끝난 직후 희재는 대학에 와서야 다시금 재회를 했던 건우의 존재를 떠올렸다.

새로 창설된 중앙동아리 리드를 방문했을 당시 희재는 정한과 건우를 향해 한 가지 질문을 했던 적이 있었다. 그리고 당시 두 사람의 대답은 미묘하게 어긋났었다. 그게 지금에 와서는 하나의 확신을 심어 주고 있었다.

더는 아무렇지 않은 얼굴로 이곳에 서 있을 자신이 없었다. 모르긴 몰라도 아마 지금도 보기 흉한 표정을 짓고 있을 게 분명했다.

먼저 했던 약속을 깜빡하고 있었다며 뻔하디뻔한 핑계로 자리를 뜨려고 했을 때, 다행히 원재는 아무 말 없이 이런 희재의 선택을 존중해 줬다.

갖은 노력 끝에 어떻게든 웃는 얼굴로 인사를 끝내고 나왔을 땐 마치 발밑이 꺼질 것처럼 위태롭게 흔들거렸다.

희재가 느끼고 있는 감정은 안타깝게도 배신감이었다.

넌 대체 날 뭐라고 생각했던 거니.

희재는 가지고 노는 장난감 따위가 아니었다. 정말로 희재를 좋아했다면 정한은 희재에 대한 최소한의 예의는 지켜 줬어야 했다. 얼마나 바보 같아 보였을까. 얼마나 희재 자신이 쉬웠으면 이런 일들을 아무렇지 않게 꾸몄을까.

가슴이 이루 말할 수 없이 먹먹했다. 꼭두각시처럼 그의 뜻대로 움직이고 있던 희재를 바라보면서도 정한은 정말로 아무렇지 않았던 것일까. 근데, 이건 알까?

희재는 언제든 정한이 손을 내밀어 준다면 그 손을 잡을 생각을 하고 있었다. 그런데 이제는 잘 모르겠다. 조각조각 부서져 내린 믿음이 내도록 비명을 질러 왔다.

필사적으로 도움을 구하는 눈빛을 하고 있던 어린 희재의 모습을 확인했을 때, 정한은 단 한 번도 그만둬야겠단 생각은 들지 않았던 걸까. 왜. 왜 하필⋯⋯!

안 그러고 싶었는데, 참으려고 했는데, 샘솟듯 원망의 말이 차곡차곡 차올랐다.

정말이지 등신, 천치가 따로 없다. 뒤늦게 이곳에 오지 말걸, 후회하는 스스로의 모습이 가장 희재를 힘들게 만들었다.

희재는, 원재와의 대화를 통해 그간에 알고 있었던 전제 자체가 틀렸다는 사실을 오늘에서야 뒤늦게 확인받을 수 있었다. 눈물이 나올 것 같았지만 꾹 참았다. 그런데도 어느 순간 눈가가 따갑게 아파 왔다.

'왜 그랬니.'

정한으로부터 걸려온 전화도 무시한 채 희재는 걷고 또 걷기만 했다. 하지만 아이러니하게도 머릿속은 온통 정한에 대한 생각들로 가득 채워져 있었다. 때마침 또 한 번 휴대폰 벨소리가 울렸다. 그러나 이번에도 희재는 받지 않았다. 다행히 세 번째로 울린 벨소리는 정한의 것이 아니었다.

정한의 전화는 내도록 무시를 했으면서, 지희로부터 걸려온 전화를 단번에 받았던 건 나름의 오기였다.

미안해. 내가 오해했어.

사과의 말로 대화의 포문을 연 지희는, 그 뒤 조심스럽게 소윤에 관한 얘기를 꺼내 왔다. 놀랍게도 그건 정한과도 무관치 않은 얘기였다. 때문에 얼마간의 통화를 끝내고 종료 버튼을 눌렀을 땐, 희재의 손은 눈에 띌 정도로 부들부들 떨리고 있었다. 힘겹게 아래로 내리간 눈꺼풀은 이미 너울지듯 파도를 만들어 내고 있었다.

"대체, 날 어디까지 우습게 본 거니. 왜 그랬어. 그러지 말지 그랬어, 우리 고양이."

소윤의 갑작스런 태도 변화는 믿기지 않게도 정한과 연관성이 깊었다. 우연찮게 진실을 알게 된 이후 못 들은 척 가만히 손 놓고 있을 수가 없었다며, 뒤늦게나마 사실을 알려 오는 지희가 없었더라면 평생 모르고 지나칠 일이었다.

리드에 넣어 준다고 했다고? 소윤이 희재의 손을 놓기로 한 대가로, 정한이 내건 조건이었다.

회사에서 주최하는 창립기념일 행사엔 불참을 했어도, 본가 정원에서 치러지는 연회엔 간단하게나마 얼굴을 비쳐야 했기에 정한도 평창동을 찾았다. 그런데 왜인지 연이은 두 번의 전화 연결 시도에서 희재가 전화를 받지 않자, 조급함이 몰려든 정한이 도착한 지 채 십 분도 안 된 시점에서 자리를 털고 일어났다.

"어디 가?"

세경건설 대표이사이자 부친인 이정무를 졸라 함께 연회에 참석했던 태린이, 한껏 주변의 눈치를 보고 있다가 타이밍에 맞춰 이제 막 자리를 뜨려던 정한에게 말을 붙였다. 그러나 질문에 대한 대답은 돌아오지 않았다.

눈길을 주기는커녕 찬바람만 불었다. 뒷모습을 보이며 걷는 정한을 바라보며 태린이 아플 정도로 입술을 깨물었다.

정한은 유일하게 태린의 마음대로 되지 않는 사람이었다. 더군다나 미련 없이 정한이 리드를 나가 버리는 바람에, 구심점을 잃은 리드는 거의 와해 단계로 접어들고 있었다.

태린 역시 정한이 탈퇴하고 나간 시점에서 흥미를 잃었기 때문에 지금은 관심을 끊고 있긴 했지만, 자존심에 상처를 입은 것만은 부정할 수 없는 사실이었다.

"그만 봐. 쟤 등 다 닳아 없어지겠다."

"미리 말해 두겠는데, 나 아버지께 대진과의 약혼 얘기 진행해 달라고 얘기드렸어."

보잘것없는 서민 따위에게 밀렸다는 게 용납이 되지 않았다. 하지만 어차피 이 바닥 사정이야 뻔한 것 아닌가.

대진그룹 차남의 결혼 상대자로 일반인 서희재는 그야말로 가당치도 않은 조건이었다. 그런 면에서 태린은 조금 자신이 있었다. 태린이 이 같은 의사를 밝혔을 때 부친 정무의 반응도 부족하지만 한번 해 볼 만하다는 반응이었기 때문에 한층 기대감을 높일 수 있었다.

가벼운 연애 정도라면 일시적으로나마 눈을 감아 줄 수는 있었다. 하지만 불필요한 싹은 초반에 밟아 놔야 탈이 없는 법이었다. 하지만 곁에서 이야기를 전해 듣고 있던 건우의 생각은 태린과는 많이 달랐던지 곧 반대 의견을 내 왔다.

"그러지 않았다면 더 좋았을 거야."

"재수 없게 초 치기는. 이번엔 또 어떤 입바른 말로 사람 화나게 하려고 무게를 잡아."

"봐서 알 텐데. 정한이 이미 마음에 둔 사람이 있어."

"아…… 서희재? 근데 그게 왜? 서희재 따월 내가 신경이라도 쓸 거라고 생각해? 설령 방해가 된다고 해도 그래. 필요하다면 치워 버림 그만이야."

태린의 조롱 섞인 단언이 이어지는 동안 건우의 얼굴 위로 그늘이 내려앉았다.

"그러지 마. 네가 다칠 거야. 서희재가 아니라 이태린이."

"왜, 없는 사람들끼리는 뭔가 통하는 게 있기라도 하나 봐. 대진의 후원이 아니었다면 오늘 이 자리에 끼지도 못했을 거면서 어디서 참견이야."

단호한 태도로 우려의 말을 입에 올리는 건우의 얘기에 태린이 지나치다 싶을 정도로 날카롭게 반응했다. 김정한의 개 주제에 흡사 자신을 가르치려는 듯한 태도가 마음에 들지 않아서였다. 그나마 오래 알아 온 사이라 참는 거지, 그렇지 않았다면 뺨이라도 한대 올려붙였을 테다.

"네 생각해서 해 준 말이야. 난, 경고했어."

"잘도 그랬겠다. 상관 마. 내 일은 내가 알아서 해."

"이태린."

"같은 얘기 반복할 거면 더 들을 얘기 없어."

"그래도 들어. 중요한 얘기니까."

답지 않게 강압적인 건우의 태도에, 두 팔을 얽어 팔짱을 낀 태린이 그럼 어디 한번 해 보라며 고개를 까딱였다.

"진성전자 차원우에 대해선 따로 설명하지 않아도 태린이 네가 더 잘 알고 있을 거야."

"차원우가 왜?"

"그전에 여기서 질문 하나. 이태린이 생각하기에, 학기 초반 왜 차원우의 동아리 입회가 정한의 선에서 거절됐다고 생각해?"

"그거야······."

"객관적으로 따져 봐도 차원우의 배경이 이태린보다 못한 것도 없었잖아. 나야 논외로 제쳐 둔다 쳐도, 차원우가 리드 가입이 거절될 이유는 없었단 얘기지. 그런데도 정한은 가입을 거절했어. 왜였을까?"

대화의 논점과는 맞지 않은, 수수께끼나 다름없는 질문 하나에 태린이 쌍심지를 켰다. 지금 이 상황에서 굳이 차원우의 일을 들먹일 필요가 없단 판단 때문이었다. 그러나 건우는 애당초 태린의 대답을 들을 생각이 없었던지, 재차 하던 설명을 계속해 나갔다.

"대답은 간단해. 성격적인 부분에서 정한이 추구했던 것과 방향이 달랐기 때문이야. 차원우는 누가 봐도 감정보다는 이성이 앞서는 타입이니까. 분란이 생긴다 해도 분명 합리적인 방법으로 사태를 해결하려 들 테지. 하지만 그건 정한이 원하던 결과가 아니거든."

"무슨…… 뜻이야……."

풍기는 뉘앙스가 심상치 않음을 깨달은 태린이 조금 전보다는 진지한 태도로 건우가 해 오는 이야기에 귀를 기울였다.

"이번엔 다르게 말할게. 이태린은 되고 왜 차원우는 안 됐는지 그 이유가 궁금했던 적, 정말로 단 한 차례도 없었어?"

"빙빙 돌리지 말고 요점을 말해. 그래서 하고 싶은 얘기가 뭐야."

"쉽게 말해, 처음부터 정한은 리드에 들어와 활동할 생각 같은 건 조금도 가지고 있지 않았단 거지. 그리고 난 지금 그 얘길 하고 있는 거고."

"!"

"겉만 보고 판단해서는 곤란해. 김정한은 보통 사람과는 다르니까."

혼란을 야기하는 건우의 말에, 두 눈에 경악성을 띤 태린이 흔들리는 눈빛으로 그를 주시해 왔다. 섣부른 비약이 아니란 건 곧고 바른 건우의 시선에서도 확인할 수 있었다.

"그럼 왜, 왜 리드를 만든 건데."

"이윤, 너도 이젠 알 텐데."

"설마…… 서희재 때문이야? 그래?"

긍정을 의미하듯 건우가 고개를 끄덕여 왔다.

"못해도 한 번은 서희재를 포기시켜야 했으니까. 그래야 다른 동아리 활동에도 쉽게 미련을 접을 수 있었을 테고."

"……농담이지? 방금 전에 한 말, 사실 아니지?"

건우가 해 줄 수 있는 말은 이미 정해져 있었고 때문에 태린의 바람은 한갓 부질없는 희망사항으로 끝이 났다.

"사전에 미리 결과를 염두에 두고 시작한 일이야. 권위의식에 찌든 너희들이 결코 희재를 환영하지 않을 거란 것도, 또 어떤 식으로든지 내몰고 말 거란 것까지도, 전부 계산돼 있었어."

"말도 안 돼. 내가 아는 김정한은, 김정한은……."

"귀찮은 것을 감수하는 성격이 아니라고?"

"……그래."

"그럼에도 정한은 했어. 서희재를 온전히 곁에 두기 위한 일념 하나로. 정한에게 희재는 그런 의미야. 귀찮음 같은 건 아무것도 아닐 정도로······. 그러니까 그만 인정해."

"······싫어. 안 해. 내가 왜!"

장소도 잊은 채 태린이 신경질적인 외침을 토해 냈다. 그만큼 태린은 정신적인 피로감에 휩싸여 있었다.

'이대로 포기하라고? 누구 좋으라고?'

악다문 태린의 입 주변이 하얗게 변색됐다. 하지만 얼마 못 가 그나마 잡고 있던 한 가닥 희망의 끈마저 중간에서 끊어져 버리고 말았다. 후에 정무로부터 전해 듣게 된 얘기 역시 건우의 충고와 마찬가지로 절망적이었기에.

삽시간에 태린의 눈빛이 기분 나쁠 정도로 반질거렸다.

극도의 불신만 안은 채 아무런 대비 없이 공황상태로 내몰렸던 희재는, 한동안 바깥바람을 쐬고 나서야 어느 정도 흥분된 마음을 가라앉힐 수가 있었다. 그러나 한 번 헤집어진 속내는 줄곧 아프다 토로하기 바빴다.

속상하다. 속상해 미치겠다. 정한에게 가졌던 감정의 크기에 비례해 그만큼 희재는 힘이 들었다. 잦은 심호흡으로 애써 불안감을 잠재우기 위해 노력도 해 봤지만 얼마 못 가 또다시 마음이 무너지고 말았다.

한심하다는 건 알고 있었다. 이런 때일수록 제정신을 차리고 있어야 한다는 것도 모르지 않았다. 하지만 간신히 진정했다고 믿는 순간 기다렸다는 듯이 사나운 생각들이 불쑥불쑥 고개를 내밀었다. 때문에 한 차례 제 발로 걸어 나왔던 곳을 다시 찾아간 것은 말 그대로 충동적인 결정이었다.

닫힌 문을 열고 들어왔을 때 원재는 몹시도 놀란 표정을 지어 왔다. 하지만 볼일이 있던 쪽은 원재가 아니었다.

조각난 기억의 잔재를 억지로 끼워 맞춰 가며, 희재는 어렵사리 몇몇과 대화를 나누는 데 성공했다. 대상을 물색하는 데 있어 일견 규칙이 없어 보이긴 했지만, 겉보기완 달리 사실은 모두 하나의 공통점을 가지고 있었다.

기준은 명확했다. 한 번이 아닌 두 번 이상, 최소한 원재보다 앞선 시기에 같은 반이 된 적이 있었다면 그 자체로 그녀가 원하는 조건에 부합했다.

돌려 말하자면 원재의 말에 확신이란 걸 더해 줄 수 있는 존재, 가령 희재가 모르는 정한에 대해 좀 더 자세한 얘길 해 줄 수 있는 인물이 최종적인 목표였다. 사실 부끄러운 얘기지만 용기 내 말을 걸기 전까지는 두렵던 마음을 전부 떨쳐 내지 못했었다.

생각했던 것 이상으로 환대를 받긴 했지만 그때까지도 희재는 약간의 의심이란 걸 품고 있었다. 경험해 본 적이 없기에 알지 못했다. 그래서 희재가 건넨 말을 상대가 아무렇지 않게 받아 주었을 때 더없이 복잡한 심경이 되었다.

한 차례 고개를 흔드는 것으로써 상념을 지운 희재가 곧 대화 내용에 집중했다. 이야기의 주제는 앞서 원재와 나눴던 것과 거의 대부분 일치했다. 약간의 가감이 있긴 했지만 맥락 자체만 놓고 따져 보면 동일한 셈이었다. 그리고 이어 나온 상대방의 대답 역시, 원재의 입에서 나왔던 것과 크게 다르지 않았다. 그건 확인 차원인 동시에 원재의 말이 거짓이 아니었음을 증명하는 일과도 같았다.

들을 수 있는 대답을 전부 들었음에도 불구하고 헝클어진 마음은 쉽게 정리가 되지 않았다. 그럴수록 점점 더 정한의 머릿속이 궁금해졌다.

정한이 해 왔던 일련의 일들은 희재를 주변으로부터 고립시키는데 주안점을 두고 있었다. 반면에 정한의 입장에서는 아무런 이득이 발생하지 않는 일이었다. 물질적인 측면에서 판단했을 땐 더욱 더 그랬다.

때문에 무언가를 바랐다면 그건 단순한 재미일 테다. 그게 희재가 내릴 수 있는 유일한 결론이었다. 그럼에도 여전히 풀리지 않은 의문 하나가 희재의 뇌리 속에 남아 떠나가질 않았다. 바로, 기간의 문제였다.

"널, 어쩌면 좋을까. 난, 어떻게 해야 맞는 걸까."

확인이 된 것만 해도 자그마치 몇 년이었다. 단순히 장난, 재미로 규정짓기에는 지나치게 긴 시간이기도 했다. 그리고 이 부분이여전히 희재를 헷갈리게 만들고 있었다.

모두가 다 아는 일을 정작 당사자인 희재 자신만 그 오랜 세월 아무것도 모른 채 전전긍긍하며 살아왔다. 숱하게 해 왔던 고민도, 자책도, 정한의 개입이 없었다면 하지 않아도 됐을 마음고생이었다. 희재를 힘들게 했던 그간의 모든 일들이 정한에게서부터 비롯되었다는 사실을 있는 그대로 받아들이기가 어려웠다.

싫은 마음에, 악감정이 남아 차라리 이 같은 일을 해 왔다고 한다면 오히려 이해가 됐을 테다. 하지만 좋아한다고 했다. 좋아한다고…… 분명 그렇게 말했다.

양보하고 또 양보해도 희재가 용인해 줄 수 있는 범위는 이미 넘어선 뒤였다. 최소한 정한은 열아홉의 희재를 끝으로 그간에 했던 모든 행동을 정리했어야 하는 게 맞았다. 희재를 생각했다면 적어도 소윤에게까지 그런 질 낮은 제안을 하지 말았어야 했다.

"눈감아 주고 넘어가고 싶어. 근데 이럼 나도 어쩔 수가 없잖아."

한 단계씩 관계를 발전시켜 나가는 과정에서 많은 것을 알게 됐다고 생각했다. 설핏 찌푸리는 눈이 의미하는 바가 뭔지, 나직하게 속삭이는 목소리가 무엇을 말해 오는지, 모르는 것 없이 전부, 속속들이 정한에 대해 알게 됐다고 믿었다. 하지만 그건 전부 희재의 착각이었다.

삽시간에 목덜미를 시작으로 온몸에 소름이 돋았다. 모르는 사이 희재는 의심이라는 걸 하고 있었다. 스트레스가 극에 달해 갈 즈음 위험수위를 알리듯 명치끝이 아릿하게 아파 왔다.

듣고 나면 속이 시원해질 거라고 생각했다. 하지만 오히려 얹힌 것처럼 가슴이 답답하기만 했다. 사실은 알고 있었다. 정한을 만나지 않고서는 지금 느끼는 괴로움을 끝내지 못할 거란 걸.

지겨울 만큼 고민이란 것을 해 보았음에도 막상 정한의 얼굴을 대면하자 말문이 막혔다. 목 안쪽이 간질간질거릴 정도로 할 말이 차곡차곡 쌓여 있었지만 이상하게도 그랬다.

혼란스러움을 떨쳐 내지 못한 희재가 정한을 발견한 직후 제자리에 멈춰 섰다. 동시에 절박한 표정으로 현관문을 두드려 대고 있던 정한의 손길도 움직임을 다했다.

땀에 젖어 흐트러진 머리카락, 초조해 보이던 얼굴……. 느릿한 속도로 희재를 돌아보던 정한의 표정이 삽시간에 환하게 바뀌었다. 왠지 모르게 가슴이 지끈거렸다. 깨달음은 어렵지 않게 희재를 찾아왔다.

……나는 상처를 받았구나. 정한과의 만남이 불편하고 부담스럽게 느껴질 정도로 그렇게 많이.

흙탕물이 튄 것처럼 속이 진탕이 되었다. 반대로 이상할 정도로 들뜨던 마음은 차분하게 가라앉고 있었다. 사실 묻고 싶은 것은 많지 않았다. 에둘러 포장한다 해도 결론은 모두 한곳으로 귀결되었으니까.

왜 그랬니.

혼자서 상황을 답습하며 이유를 추론해 본들 그건 어디까지나 하나의 추측에 지나지 않았다. 때문에 생각하고 또 생각해 봤지만 직접 묻는 것 외에 다른 마땅한 방법은 떠오르지 않았다. 또 상처 입게 될 테지. 아마 그건 피해 가지 못할 테다.

바라는 건 하나였다. 정한의 입에서 흘러나오게 될 앞으로의 이야기들이 부디 합당한 이유를 지니고 있길. 그리하여 조금만 아프고 지나가길, 그렇게 소원했다.

특유의 긴 다리를 이용해, 넓은 보폭으로 뚜벅거리며 걸어오는 정한의 걸음걸이는 일견 조급해 보이기까지 했다. 하지만 그럼에도 반대쪽에 서 있던 희재는 선뜻 앞을 향해 걸음을 내딛지 못했다.

"서희재."

다른 때 같았으면 이 말에 가슴이 떨렸을 테다. 다정한 음색을 띤 목소리에, 반가움이 스며든 표정 하나까지에도 전부 설레고 기뻤을 텐데, 지금은 괴로운 마음이 더 컸다. 이 사실이 말할 수 없이 슬펐다.

두 사람 사이의 거리가 좁혀질수록 희재의 얼굴은 딱딱하게 굳어져 갔다. 감정을 추스르려고 노력도 해 봤지만 마음처럼 잘 되지가 않았다.

"어디 갔다 오는 거야? 전화는 왜 안…… 서희재?"

희재 쪽을 향해 뻗어 오기 시작한 정한의 손길에, 의지와는 상관없이 주춤하며 두어 발자국 뒤로 물러섰다. 본능적인 거부였다. 상처 입은 건 정한이었고, 상처를 준 건 희재였다. 하지만 혼란스러움의 크기를 따지자면 그건 명백히 희재 쪽이 컸다.

갑작스러운 희재의 태도 변화에 이유를 알 수 없다는 듯 정한의 표정이 심상치 않게 변했다. 곧 집요할 정도로 날카로운 시선이 희재에게로 닿았다. 흡사 피한 이유라도 묻고 싶은 얼굴이었다.

표정 관리가 제대로 되지 않았다. 그 정도로 티가 났나 싶어 약간은 자조하기도 했다. 하지만 그럼에도 정한은 다그쳐 묻기보다, 그답지 않게 눈치를 보며 가장 우선적으로 희재의 기분을 헤아려 왔다.

"외출한다는 얘긴 없었잖아. 밖에서 무슨 일 있었어?"

"응."

"무슨 일?"

고요하게 가라앉은 희재의 눈이 정한을 건너다보았다. 대답 없이 가만히 바라보기만 하자, 초조함이 서린 정한의 음성이 곧 핵심을 짚어 왔다.

"혹시 화났어⋯⋯?"

"아마 그런 것 같아."

어쩌면 화보다는 실망한 마음이 더 크겠지만 일단 정한의 말에 부정을 하지는 않았다. 사실 마음 같아서는 이 상황 자체를 없던 일로 덮어 두고 갔으면 했다. 그러나 그럴 수 없다는 것도, 그러면 안 된다는 것도 희재는 모르지 않았다.

"무슨 일이야. 나한텐 말해 줄 수 없는 일이야? 그게 아니라면⋯⋯."

"오늘, 반창회에 갔다 왔어."

뜻밖의 희재의 고백에 하던 말을 끝내지 못한 정한이 흡사 귀신이라도 본 것처럼 뻣뻣하게 온몸을 굳혔다. 반면에 당혹스런 빛을 지우지 못한 눈빛은 연신 좌우로 흔들거렸다.

조금쯤은 아니길 바랐는데, 그건 그저 미련한 희망사항일 뿐이었던 모양이다.

사실상 유순하게 돌려 말하는 방법도 있었으나 그러지 않았던 건 나름의 이유가 있어서였다. 희재가 듣고 싶어 하는 건 변명이 아니라 사실 그 자체였다.

문제는 시간을 끌면 끌수록 희재는 정한에게 면죄부를 주려고 할 것이라는 점이었다. 정당한 이유든, 그렇지 않든 상관없이. 그러나 그건 올바른 해결책이 되지 못했다. 그래서 서두를 모두 생략한 채 본론부터 먼저 꺼내 놓았던 것이다.

혼란스러움을 틈타 지끈지끈 머리가 아파 왔다. 기다리는 시간이 길어질수록 긴장감은 배가되었다. 들려올 대답이 이토록 무섭기는 난생처음이었다. 입술 끝이 바짝바짝 말라 갈 즈음 정한이 무겁게 입을 열었다.

"거긴, 안 간다고 했잖아."

"그것 말고, 나한테 따로 할 말은 없니?"

"……."

"정말로, 할 말 없어?"

거듭된 질문에도 정한은 말을 아꼈다. 이 순간 문득 이끌리듯 희재의 시선이 정한의 손끝을 향했다. 동요된 마음을 숨기려는 듯 아플 정도로 말아 쥔 양손 주변이 하얗게 보일 정도로 변색돼 있었다. 말로 하진 않았지만 이로 인해 희재는 한 가지 사실만은 확실히 알 것 같았다.

'너는 알고 있었구나. 김정한이 서희재에게 했던 일이 정당치 못한 일이었다는 걸, 이미 알고 있었던 거였어.'

당장에 자리를 박차고 나가고 싶었다. 마주한 시선을 먼저 외면하고, 등을 돌리고, 이 자리를 벗어나고 싶었다. 그러나 그건 마지막 남은 보루였다. 아직은 시기가 아니었다.

속마음을 들켰다는 사실을 인지하지 못한 정한이 애써 담담한 얼굴로 곧이어 희재의 의중을 물어 왔다.

"그래서, 어디까지 들은 거야."

"알 만큼은 알아. 들을 수 있는 데까진 전부 들었으니까."

"그래. 그렇구나."

당장에 미안하다, 이 말을 가장 먼저 입에 담아 올 줄 알았다. 하지만 귓가로 들려온 건 예상 밖의 되물음이었다.

"그럼, 이젠 내가 미워졌겠구나."

"밉지. 그럼 안 미울까 봐서."

"괜찮을 거라고 생각했는데, 역시 좀 아프네."

정한의 미간에 금이 갔다. 가느다랗게 좁혀진 눈가는 예외 없이 떨리고 있었다. 괴로운 건 희재 자신인데, 왜 정한이 더 아파 보이는 걸까. 이건 반칙이었다. 물러지려는 마음을 애써 다독인 희재가 사실관계를 좀 더 분명히 했다.

"왜 나야. 좋아한다고 했잖아. 그럼 이런 방법은 안 되는 거잖아. 아님 설마 이 말까지 거짓말이었던 거니."

"맹세하겠는데 그건 아냐."

여지를 두지 않은 즉각적인 답변이 돌아왔다. 하지만 이 역시 만족스러운 대답은 아니었다.

"그런데 왜 그랬어."

"서희재."

"대체 언제까지 속이려고 했던 건데. 아니 기한이 정해져 있기는 했던 거야?"

며칠도, 몇 개월도 아닌, 몇 년을 한결같이 기만당해 왔다는 사실을 뒤늦게 알게 됐다. 그것도 다른 사람도 아닌 마음을 터놓기로 했던 상대로부터.

오랜 시간 동안 희재를 봐 왔다고 했다. 그런 정한이 희재의 고민을 몰랐을 리 없다. 아닌 척했음에도, 어쩔 수 없이 견뎌야 했던 지난 과거의 외로움이 한꺼번에 밀물처럼 밀려들었다.

이건 알까. 누군가는 들떠서 잠도 못 이뤘다는 교내 행사가, 짝을 지어 운동을 해야 하는 체육 활동이 희재에겐 더없이 어렵게만 느껴졌다. 타인의 시선으로 봤을 땐 별거 아닌, 지극히 평범한 일상의 일들이 매회 숨 막히고 버거웠다. 화기애애한 분위기 속에서 혼자서만 영혼 없는 웃음을 지은 채, 의례적인 맞장구만을 치고 있던 자신의 모습은 떠올리기조차 싫은 기억이었다.

그곳에서 희재의 자리는 없었다. 그냥 투명인간이나 다름이 없었다. 그런데 믿을 수 없게 이 모든 걸 주도한 사람이 다름 아닌 정한이란다. 머물 자리를 빼앗기고 방황하는 희재의 모습을 지켜보는 건 어떤 기분이었을까. 좋았을까? 아니면, 아니면……

호흡을 고르듯 잠시간 희재가 눈을 아래로 내리감았다. 상황을 비약해서 받아들이는 것만큼 관계를 악화시키는 건 없었다. 이 사실을 잊지 말자며 희재가 스스로를 다독였다.

정한의 이야기를 들어 주는 자리였다. 동시에 궁금한 것을 묻는 자리이기도 했다. 그러니까 하고 싶은 말이 있으면서도 속으로만 끙끙대는 건 미련한 짓이었다. 희재가 선택한 건 이번에도 피하지 않고 맞서는 방법이었다.

"얼마 전의 넌, 내게 굳이 친구가 필요하냐고 물었어. 난 그때 그렇다고 대답했고."

"알아. 기억나."

"그럼 그 뒤에 했던 말도 기억나겠구나. 다시 물을게. 김정한에게 난 뭐야? 정말 애인이고, 친구가 맞긴 해?"

억눌러 왔던 얘기들이 작은 계기 하나에 봇물 터지듯이 흘러나왔다. 안 그래야 하면서도 마지막에 가서는 조금 다그치는 투가 되었다. 그런데도 정한은 웃었다. 자연스러운 것과는 거리가 먼 억지 웃음이었다.

"어제의 나도, 지금의 나도, 전부 나야. 그런데 내 대답이 변했을 리 없잖아. 내 애인 맞고, 내 친구도 맞아."

"그럼, 내가 싫어할 일은 하지 말았어야지. 네게 난, 김정한에게 서희재는 그 정도 배려는 받아도 되는 사람이잖아."

모두가 외면할 때 유일하게 희재를 향해 내밀어 온 손이었다. 초라해질 대로 초라해져 있던 서희재를 구원했던 단 하나. 그 하나조차 거짓이었단 걸 확인했는데, 아무 일도 없었다는 듯 초연한 태도로 정한을 대한다는 것 자체가 애초에 불가능한 일이었다.

"내가 틀렸고, 서희재가 옳았어. 그러니까 제발 그런 얼굴 하지 마."

"내 얼굴이 어때서? 날 이렇게 만든 건 너야."

희재는 현재 느끼는 감정에 대해 숨김없이 솔직히 털어놓았다. 이건, 정한도 알아야 하는 일이었다.

적어도 희재는 그랬다. 희재 자신은 성인군자가 아니었다. 보통의, 어디에서나 찾아볼 수 있는 평범한 사람 중 하나일 뿐이었다. 정한이 희재에게 했던 일은 해서는 안 될, 아니 하지 말았어야 할 행동들이었다.

그러나 정한은 했다. 때문에 제대로 된 해명을 듣기 전까지 희재도 물러날 생각이 없었다.

"재미있었니?"

"재미……."

아픈 얼굴. 상처받은 눈. 정한의 마음이 어떨지 알면서도 희재는 쓴소리를 멈추지 않았다.

"하긴 사람 하나 바보 만들어 놓고 그걸 지켜보고 있는데, 재미 없었단 게 더 이상한 일이었을 거야. 그렇지?"

저열하고 원색적인 비난이었다. 이성적으로 행동해야 한다는 걸 알고 있었지만, 정작 입술 사이를 비집고 나온 것은 힐난뿐이었다. 하지만 이렇게 해서라도 가진 원망을 조금이나마 덜어 내고 싶었다. 정한을 바로 보기 위해선 어쩔 수 없는 선택이었다.

"내가, 서희재가 아는 김정한이 그 정도로 최악이었어?"

충격을 받은 정한이 한동안 말을 잇지 못했다. 뒤늦게 얘길 꺼내 왔을 때는 목소리가 잔잔하게 떨리고 있었다.

"아니. 그러니까 말해. 뭐라도 좋으니까, 내가 납득할 수 있는 얘길 들려줘."

관계를 지속시켜 나가는 데 있어 가장 중요한 것은 믿음이었다. 이러한 믿음이 송두리째 흔들려 버렸는데, 이대로 두고 볼 수만은 없었다. 잘못된 걸 알았을 때 바로잡아야 한다. 기회를 놓친다면 결국은 무너지게 돼 있으니까. 관계를 재고하는 건 이다음에 해도 늦지 않았다.

"……듣고 나면 후회란 걸 하게 될지도 몰라. 아니 분명 후회하 게 될 거야."

"그래도 해."

"시간을 달라고 하면, 그건 안 되는 일이겠지."

"응. 싫어. 안 돼. 그러니까 지금 이 자리에서 그냥 말해."

단호한 음성이 정한을 향했다. 하지만 그건 이기적으로 굴지 말라는 충고라기보단, 오히려 독려에 가까웠다. 희재는 지금 이 순간 정한에게 기회란 걸 주기 위해 노력하고 있었으니까.

누가 말해 주지 않았지만 이 같은 사실은 정한에게도 자연스럽게 전해졌다. 이는 더 이상 정한이 침묵으로써 사태를 일관하고 있을 수 없게 됐음을 알리는 신호와도 같았다. 목마름이 깊어 갈 때쯤 잠시 중단되었던 대화가 다시금 재개되었다.

"……넌, 내 편이지. 서희재는 내 편 맞지?"

"아직까지는. 그리고 앞으로도 그러고 싶어."

조르듯 그가 확답을 구해 왔다. 희재의 대답은 다소 불명확했지만 정한에게 나쁜 결과는 아니었다.

일그러지기 시작한 그의 얼굴은 몹시도 아픈 표정이었다. 억지로 웃던 웃음도 어느새 사라지고 없었다. 가슴이 아무렇게나 쿵쾅거렸다.

"날 한 번만 안아 줄래."

"이리 와."

"따뜻하다. 여전히 좋은 냄새가 나."

천천히 두 팔을 벌리자, 정한이 지체 없이 희재의 품 안으로 답삭 들어와 안겼다. 하지만 남녀 간의 기본적인 체격 차이가 있다보니, 하고 있는 모양새가 퍽이나 우스꽝스러워 보였다.

구명줄이나 된 듯 희재의 품을 파고드는 정한을 바라보고 있자면 정의를 내리기 힘든 다양한 감정들이 한꺼번에 교차했다.

가끔 이럴 때 보면 진짜 고양이 같기도 했다. 어울리지 않게 애교를 부리는 모습이 보기 좋았다. 하지만 사이가 나빠지면 이런 것도 끝이겠지. 그렇게 생각하니 쓸쓸한 기분이 들었다.

언제부터인가 정한의 몸은 떨림에 휩싸여 있었다. 그런 정한의 어깨를 희재가 작게 두어 번 토닥였다. 평균보다 말랐단 생각은 하고 있었지만 손끝으로 느껴지는 감각은 그 이상의 이야기를 해 오고 있었다.

그러나 이어질 이야기에 온통 신경이 쏠려 있던 터라, 희재는 이러한 사실을 쉽게 간과하고 넘겼다. 당연하겠지만 얼마 못 가 이 일은 문제의 핵심으로 떠올랐다.

한 차례 힘주어 정한을 꼭 그러안은 희재가 뒤이어 정한을 밀어냈다. 그러자 한 치의 틈도 없이 맞닿아 있던 두 사람 사이의 간격이 멀찌감치 벌어졌다. 오해가 깊어질수록 관계는 파국을 향해 치닫게 될 테다. 그래서 용기를 내기로 했다.

"더 기다리고 싶지 않아."

단호한 희재의 한마디를 끝으로 대화의 시작을 알리는 종이 울렸다. 창백하게 굳은 정한의 얼굴로 날카로운 아픔이 스쳐 지나갔다.

"서희재는 집착만 하는 남자 별로 매력 없지?"

신중하게 말을 고르던 정한이 꺼낸 첫마디였다. 삽시간에 가진 의문이 증폭되었다. 해명을 바라고 있던 희재에게는 조금 실망스런 답변이었다. 하지만 정한 역시 이 같은 사실을 모르지 않는다는 듯, 곧이어 못다 한 얘기를 풀어 나갔다.

"나는 죽을 때까지 바람 안 펴. 다른 여자를 돌아보는 일도 없을 거야. 그냥 평생 서희재 하나면 돼."

"지금…… 뭐하자는 거야?"

"그냥 알아 달라고. 그래야 정상참작이라도 해 줄 테니까."

논점이 어긋났음을 지적했음에도 그는 여전히 이해할 수 없는 얘기로 희재의 신경을 흐트러뜨렸다. 뜬금없기로서니, 그야말로 뜻밖의 얘기였다. 방향감각을 상실한 사람처럼 희재의 눈이 중심을 잡지 못한 채 세차게 흔들렸다. 끝이 보이지 않는 미궁 속을 혼자서 걷고 있는 느낌이었다.

지금의 정한은 마치 안개를 닮아 있었다. 움켜잡았다고 믿는 순간조차 허상이었다. 때문에 실체를 파악하는 데 있어 여전히 어려움을 겪고 있었다.

"비겁해지지 않을 거지?"

"그러려고 노력 중이야."

희재를 알기 전까지 정한이 속해 있던 세상은 아주 비좁고 협소한 상자와도 같았다. 사방이 전부 벽으로 가로막혀 있었고 그 안엔 정한 혼자밖에 존재하지 않았다. 그리고 불가능하다고만 여겼던 그 벽을 허물고 들어온 사람이 희재였다.

완벽해 보였지만 실상은 뒤틀리고 결여돼 있던 정한은 희재를 만나고 나서야 특별한 존재로 거듭날 수 있었다. 유일하게 희재만 달랐다. 닫힌 문을 열고 넓은 세상을 마주 본 뒤에야 그는 비로소 평범한 행복이란 것과 조우할 수 있게 되었다. 그건 전적으로 희재가 있기에 가능한 일이었다. 놀랍고도 경이로운 경험이었다.

삶이 죽음의 경계와 맞닿아 있는 생활은 지난 과거의 경험만으로도 충분했다. 다만 희재가 진실에 대해 의문을 품기 시작하고, 또 그걸 정한에게 확인해 왔을 때 이미 입장은 완벽하게 뒤바뀌어져 있었다. 아이러니하게도 정한은 이번 일에 있어 가해자인 동시에 약자이기도 했다.

식은땀으로 범벅이 된 정한의 등은 이미 축축하게 젖어 있었다. 그리고 더 이상 미룰 수 없게 됐다는 걸 정한 스스로가 인정했을 때, 희재는 정한으로부터 원하는 이야기를 들을 수가 있었다.

"나는 혼자서는 마트에도 못 가."

"뭐?"

"서희재가 아니었으면 평생 마트 구경 같은 거 할 일도 없었을 테지. 희재야, 나는…… 나는 말이지."

끓어오르기 시작한 감정의 열기에 잠식당한 탓에 그의 목소리는 잔뜩 억눌러져 있었다.

"혼자서 수업을 듣는 건 더 최악이야. 그래서 대학에 온 후로 내내 생각했어. 서희재는 왜 경영이 아닌 행정학과를 택했을까. 중간에 마음을 바꾸지 않았다면 더 좋았을 텐데. 그냥 내가 전과를 할까. 부담스러워하면 어쩌지. 그래도 할까. 너는 모르겠지만…… 매 순간 서희재가 최우선이 아니었던 적은 단 한 번도 없어."

이야기의 도입 부분만 들었을 때 정한이 어필하는 건 지닌 재력의 차이라고 생각했다. 그래서 조금 기분이 상하기도 했다. 희재의 입장에서는 그녀가 덜 가진 게 아니라, 단지 정한이 차고 넘칠 정도로 많은 것을 가졌을 뿐이었으니까.

하지만 희재의 예상과는 달리 정한의 이야기는 단순한 선 긋기가 아니었다. 그보다는 훨씬 더 복잡한 문제가 도사리고 있음은 이어진 대화를 통해서 확인할 수 있었다.

혼자.

정한의 입술을 비집고 나온 얘기 중 빠지지 않고 반복적으로 되풀이된 단어였다. 분명하게 말하지만 명백한 고의였다. 뉘앙스가 마치 다른 사람은 안 되고, 절대적으로 희재여야 한다는 투여서 허투루 흘려 넘기지 못했다.

희재는 정한이 관심을 가질 만큼 눈에 띄게 예쁘지도 않았다. 키도 작고, 거리를 지나다니다 보면 흔하게 볼 수 있는 그냥 평범한 사람이었다. 그래서 잘 모르겠다.

희재가 듣고 싶은 건 해명이었다. 하지만 어째서인지 해명에 앞서 계속적으로 자신의 이름이 언급되고 부각되고 있었다. 책임을 전가할 생각도 없다면서 대체 왜. 비겁해지지 않기 위해 노력한다는 정한의 말을 곱씹던 희재가 크게 숨을 몰아쉬었다.

"고마워. 생각했던 것보다 내가 너한텐 큰 의미였단 걸 알게 해 줘서. 그런데 말이야, 이 얘길 곧이곧대로 받아들이기에는 지금 내가 너무 혼란스러운 것 같아."

"희재 네가 이러는 거 당연하단 거 나도 모르지 않아. 일반적이기보단 한없이 비정상에 가까운 내용이니까."

"……알면서도 일부러 말했구나."

"그래."

"가끔 넌 예상치 못한 곳에서 허를 찔러 올 때가 있어. 그건 지금도 마찬가지야."

여태껏 한눈 한 번 팔지 않고 줄곧 희재에게 고정돼 있던 정한의 눈이 느릿하게 깜빡였다. 의식하지 않은 사이 희재의 목울대가 잘게 울렸다.

기다림은 길지 않아 끝이 났다. 일직선으로 변한 정한의 시선이 다시금 희재를 향했을 때 반응하듯 일시에 숨이 멎었다. 동시에 그의 입술이 움직거렸다.

"내가…… 이상해. 내가 많이 이상해, 희재야."

어른인 정한은 마치 어린아이같이 불안한 얼굴을 하고 있었다.

"어디서부터 말하면 좋을까. 나는, 보통 사람과는 달라."

"어렵다. 네가 하는 얘기. 잊고 있는 거 같은데 나는 서희재지 김정한이 아냐."

좀 더 쉽게 풀어 설명해 달라는 요구였다.

진실을 이야기할 시간이 임박해 올수록 정한의 기분은 저 아래 밑바닥까지 가라앉았다. 과연 스무 살의 서희재는 정한이 가진 감정의 무게를 감당해 낼 수 있을까.

도박을 하고 싶지 않았다. 그래서 숨겨진 진실을 말하게 되는 날이 온다면, 그땐 모든 것이 완벽하게 갖춰진 뒤일 거라고 정한은 생각했다. 최소한 희재가 정한을 떠나지 않을 확신이란 게 생겼을 때. 하지만 세상일이란 게 꼭 계획한 대로만 흘러가진 않는 법이었다.

정한이 희재에게 준 건 불신이었다. 예고 없이 찾아든 갈등의 시발점 역시 부정할 수 없이 정한이었다. 몰라서 그랬다는 말은 비겁한 변명이었다.

그럼에도 정한은, 스스로가 비겁했다는 걸 알면서도, 이 변명이란 것을 한번 해 볼 생각이었다. 그게 희재를 지키는 유일한 길이란 걸 모르지 않았기에. 그러나 이런 우려와는 달리 정한의 변명은 진실 그 자체나 다름이 없었다.

"이상하게 들릴지도 모르겠지만…… 나는, 주변의 모든 냄새를 왜곡해서 받아들여. 그것도 안 좋은 쪽으로만."

"그게, 무슨 말이야……?"

혼란이 해소되기는커녕 오히려 더 가중되었다.

"이유도, 병명도, 발병 원인도 확실치가 않아. 외부로 드러난 건 단지 착취증의 일환이라는 것밖에 없었으니까. 그래서 평소엔 역겹지 않은 것을 찾는 게 더 어려워."

"!"

"가장 최악은 밥을 먹을 때야. 살려면 숨은 쉬어야겠고, 죽지 않으려면 뭐라도 입에 넣어야 했는데, 이 두 가지를 함께 하는 게 왜 그렇게 어렵던지. 식욕이란 게 다 뭐야? 그런 게 있긴 한 거야? 널 만나기 전의 나는 이해하지 못하는 것투성이였어."

"날 만나기 전이라면……."

"세상에서 서희재가 유일하거든. 있지, 희재야. 나는 네가 아니면 안 돼."

시끄러운 소음이 일시의 귀를 틀어막았다. 이 소리가 심장 뛰는 소리란 걸 뒤늦게 알아차렸을 땐 정의하기 힘든 혼란에 휩싸여 있었다.

"어떻게, 어떻게 다른데. 꼭 나여야 한다고 했잖아. 그럼 달라야 하는 이유가 있을 거 아냐."

"왜곡된 냄새가 서희재를 만나면 변해. 안 좋은 쪽에서 좋은 쪽으로. 마치 물 흐르듯이 그렇게. 그러면 말이야……. 내 마음이, 내 감정이, 내 눈이 색깔을 가져."

줄곧 가라앉아 있던 정한의 눈이 이 순간 더없이 반짝거렸다. 마치 햇빛에 반사돼 비친 사막의 모래알처럼 반질반질 윤기가 흘렀다. 의식하지 못한 사이 문득 희재의 입에서도 작은 감탄이 터져 나왔다.

세상이 달라 보인다고 했다. 단절돼 있던 세계를 이어 붙인 사람도 희재고, 무의미한 삶에 의미를 부여해 준 것도 희재 하나란다. 어느 것 하나 호의적인 것이 없는 적대적 상황 속에서도 희재 하나만은 달랐다고 고백해 오는 정한의 이야기는 그 어느 때보다 필사적이었다.

기쁨도, 즐거움도, 행복도 전부 희재로부터 비롯되었다는 정한의 얘기는, 반대로 지나치게 비현실적이어서 어딘지 모르게 두렵기까지 했다.

매 순간 참고 견뎌 내야 하는 끔찍하고 역겨운 악취가 오롯이 희재가 있음으로 해서 중화가 된다니……. 그건 한 사람에게 있어 절대적이란 것과 하등 다를 게 없었다.

단순하게 애정을 논하는 자리가 아니었다. 그보다는 조금 더 본질적인, 오히려 삶의 기본권과 가깝게 맞닿아 있는 문제였다.

  "나 혼자."

  "그래, 서희재 혼자. 네가 곁에 있으면 나는 평범한 사람이 될 수 있어."

  "……이게 정말 가능한 일이야? 나는 여전히 잘 모르겠어."

  "받아들이기 쉽지 않을 거란 거 알아. 내겐 당연한 일이 네겐 아니었을 테니까."

  체질의 문제로만 설명하기에는 사안 자체가 지나치게 중대했다. 희재가 아니었다면 일상생활조차 불가능했을 거라니. 그런 건 어떻게 봐도 이상한 일이었다. 또한 상식적으로는 쉽게 납득이 가지 않는 말이기도 했다.

  불현듯 예전에 있었던 일들이 마치 파노라마처럼 변해 눈앞을 스쳐 지나갔다.

  가평에 갔을 때 보였던 석태와 미희의 반응은 분명 일반적인 범주를 벗어나 있었다. 잠깐 떨어져 있던 것만으로도 마치 버려진 아이처럼 마트 안에서 불안해했던 정한은 또 어떠했던가. 게다가 물뿐인 냉장고까지. 당시엔 가볍게 생각하고 넘어갔던 일들이 지금 이 순간 거대한 해일로 변해 희재를 사납게 덮쳤다.

  유일하다. 이 말이 주는 무게가 이토록이나 무겁고 컸던가. 나쁘다는 게 아니었다. 단지 이렇게까지 깊이 생각해 본 적이 없기에 두렵고 무서웠던 거다.

  무소불위의 권력을 지녔다는 대진의 힘으로도 불가능했던 치료였다. 이는 앞으로의 상황 역시 크게 변하지 않을 거란 걸 간접적으로 암시하는 대목이기도 했다. 그때서야 비로소 희재는, 서로 간에 처한 입장을 뒤바꿔 정한의 위치에 서서 생각이란 걸 해 볼 수 있는 기회를 가질 수가 있었다.

만약 방금 전에 들었던 얘기가 한 치의 거짓도 포함돼 있지 않은 진실이라면, 정한은 어떤 식으로든지 희재를 빼앗기고 싶지 않았을 테다. 희재가 싫어서가 아니었다. 괴롭히기 위한 목적 또한 없었다. 그저 지키고 싶다는 일념 하나로 저지른 일이었다. 비록 그 방법에 있어서는 한없이 저열했지만.

기실 객관적인 사실만 놓고 판단했을 때 이번 일은 비난을 받고 지탄을 받는 게 당연했다. 그럼에도 희재의 결론은 매번 두 갈래로 나뉘었다. 눈앞으로 드러난 사실뿐만 아니라 어쩔 수 없이 주관이라는 것도 개입될 수밖에 없었던 상황인 만큼, 어느 쪽도 틀렸다 쉽게 얘길 할 수 없었던 것이다. 시간의 필요성이 절감되는 순간이었다.

여전히 정한은 고집스러울 정도로 희재의 눈을 응시하고 있었다. 희재 또한 피하지 않고 이런 정한의 시선을 받아들였다. 때문에 겉으로 보기엔 대치 구도를 형성하고 있는 것처럼 비쳐지기도 했다. 그러나 사실은 둘 모두 긴장을 하고 있었다.

생각이 여기까지 미쳤을 때 돌연 정한이 이런 희재의 혼란스러움에 쐐기를 박아 왔다.

"너는 내 욕심이고, 내 미련이야."

욕심이란 단어를 해석해 내는 건 그다지 어렵지 않았다. 그러나 미련이란 부분에서는 쉽게 갈피를 잡지 못하고 멈칫했다. 그러다 뒤늦게 정한이 말한 미련의 의미가 '삶'의 '미련'을 뜻한다는 걸 알게 됐을 때 희재는 스스로도 모르게 입을 틀어막고야 말았다.

가슴 위에 얹어져 있던 묵직한 돌덩이가 단번에 바윗돌보다도 더 커졌다. 셀 수 없을 정도로 할 말은 많은데 쉽사리 입이 떨어지지 않았다.

"김정한, 정한아."

"듣고 있어."

억눌린 정한의 목소리는 몹시도 경직돼 있었다. 반면에 희재의 음성은 꺼질 것처럼 위태롭게 가라앉아 있었다.

"안 그러려고 했는데, 나 조금 무서워진 것 같아."

괴로움이 깊어지다 보면 어느 순간 절망이 되곤 한다. 하지만 이 과정을 지켜보고 있는 건 희재라고 해서 편하지 않았다. 솔직한 희재의 고백에 정한의 얼굴이 사색이 됐다.

"그러지 마. 내가 더 잘할게."

설득이 아닌 애원에 가까운 말투였다. 가슴이 욱신거렸다. 심장이 터져 나갈 것처럼 쿵쾅거려 잠시 잠깐은 호흡을 내쉬는 것조차 쉽지 않았다. 하지만 이 순간 희재는 전부는 아니더라도 조금쯤은 자신이 지닌 마음의 진면목을 엿볼 수가 있었다.

아무래도 희재는 스스로가 생각했던 것보다 훨씬 더 속 깊이 정한을 마음에 담아 두고 있었던 모양이었다. 무섭고 두려운 것과는 별개로 평생 김정한의 유일한 사람이어도 나쁘지 않겠단 생각을 하게 된 걸 보면.

상처를 입었다는 건 부정할 수 없는 사실이었다. 하지만 이 상황에서도 희재는 마지막을 염두에 두고 있지 않았다. 이것만큼은 분명히 말할 수 있었다.

조금만 덜 치밀했다면 얼마나 좋았을까. 자연스럽게 희재가 주변 상황에 대해 눈치란 걸 챌 수 있었을 만큼, 딱 그 정도로만 덜 치밀했다면 지금처럼 복잡한 심경은 아니었을 테다. 하지만 아쉬운 건 아쉬운 거고, 아직은 해야 할 말이 남아 있었다.

"미안하다고 해 봐. 잘못했다고도 말해."

"미안해. 잘못했어."

"그게 아니지. 사실은 잘못됐다고 생각하고 있지 않잖아. 단지 내가 잘못됐다니까 그저 거기에 수긍이란 걸 하고 있는 것뿐이니까."

희재가 아는 정한은 남모르게 뒤에서 계략을 꾸미는 타입이 아니었다. 가벼운 손짓 한 번에, 쉽게 뱉은 말 한마디만으로도 원하는 걸 모두 가질 수가 있는데 구태여 불필요한 수고스러움을 감수할 사람은 없을 테니까. 만약 그랬다면 그건 전적으로 정한이 아닌 희재를 위해서였을 테다.

그간에 알아 온 시간이 허송세월이 아니었음을 증명이라도 하듯 희재는 정한의 의중을 정확하게 간파해 냈다. 사실 쉽게 가려고 했으면 방법은 더 많았을 것이다. 일례로 강압적인 방법을 동원해 희재를 옆에 두는 것도 하나의 좋은 예시가 될 수 있었다.

돈과 권력. 이 두 가지라면 불법을 합법으로 만드는 일도 때론 어렵지 않았으니까.

더군다나 이 일엔 정한 혼자뿐만이 아니라 대진가의 수장인 석태까지 암묵적으로 개입이 돼 있는 상황이었다. 다른 사람도 아닌 부모가 자식을 위하는 일이었다. 이는 마음만 먹었다면 판세가 지금보다도 더 악화될 수 있었음을 의미하는 바였다. 주변으로부터의 고립 정도로 끝이 나는 게 아니라, 아예 세상으로부터 격리를 당할 수도 있었단 뜻이었다.

오한이 들기 시작한 몸이 차갑게 식어 내렸다. 팔 부근에서는 소름이 돋아났다.

만일 그랬다면 희재는 분명 견디지 못하고 망가지고 말았을 것이다. 그러니 결과를 떠나 정한도 나름의 노력이란 걸 기울였다는 걸 이젠 희재도 인정해 줘야만 했다.

화를 내야 하는 이유는 수없이 많았다. 그런데도 한편으로는 정한을 이해해 주고 싶었다. 이 괴리감이 쉽사리 좁혀지지 않아 괜스레 안달이 났다.

'몰랐는데 나는 어느새 너에게 익숙해지고 길들어져 버렸구나.'

고집을 피우는 대신 희재는 지닌 감정을 순순히 인정했다. 부정하는 게 더 이상할 정도로 이미 희재에게 있어 정한은 아주 소중한 사람이 돼 있었다. 어느 쪽을 선택하든지 후회는 남겠지. 그렇다면 덜 후회하는 쪽을 선택하는 게 맞는 방법일 테다.

쉽게 면죄부를 주지 않기 위한 목적을 이유로 들어, 힘들어도 직접 그의 얼굴을 바라보며 해명을 구했다. 하지만 모든 사실을 알게 된 지금이라면 글쎄……. 감정을 추스르기 어려운 와중에도 한 가지 사실만은 알 수 있었다. 희재는 대화가 막바지에 이른 이 순간조차 헤어짐을 생각해 본 적이 없었다. 정말이지 단 한 차례도.

핵심을 짚어 오는 희재의 발언에 정한이 입을 닫았다. 사실상 감성적인 부분에서의 발달과정이 일반적이지 못했기 때문에, 그는 지금도 여전히 타인과의 교감능력에 있어서는 현저하게 떨어지는 낮은 수치를 기록하고 있었다. 때문에 상황에 쉽게 동조하거나 감화되는 일도 드물었다. 희재는 바로 이 점을 지적해 오고 있었다.

"하지만 그건 틀린 거야. 내겐 내 나름의 삶이 있어. 그걸 네가 빼앗을 권리는 없었어."

"……그래도 못 놔줘."

"김정한."

"안 할 거야. 한 번은 용서하고 넘어가 준다고 했잖아. 약속 지켜."

기억 저편에 묻어 두었던 일까지 새삼스레 들춰내며 정한이 떼를 써 왔다. 희재의 고양이는 아무래도 보통 사람들보다 훨씬 똑똑한 것 같았다. 용의주도하고 지능범이 따로 없다. 하지만 잘못을 저질렀으면 응당 그에 상응하는 대가를 치러야 하는 게 세상을 살아가는 이치였다.

"한 번. 네 말대로 한 번이었어. 하지만 그건 두 번은 안 된다는 뜻이기도 해."

입술이 헤어질 정도로 그가 강하게 이를 악물었다. 당연하게도 대답은 무기한으로 연기되었다. 그러나 얕은 수를 써 가며 눈 가리고 아웅만 해서는 결국 탈이 나게 돼 있다. 그리고 대개 주인의 의무는 이럴 때 빛을 발한다.

모르는 건 납득을 할 때까지 알려 주면 된다. 반성할 게 있다면 그게 뭔지도 가르쳐 주면 된다. 그건 주인인 희재가 해야 할 몫이 기도 했다. 아무것도 하지 않은 채 오늘이 지나 내일이 오게 된다 면 분명 후회란 걸 하게 될 테니까.

　"김정한이 바라는 게 내 희생이야?"

　흡사 야단을 맞은 것처럼 정한의 어깨가 움찔거렸다.

　"아니면, 너는 내게서 동정을 받고 싶은 거니?"

　"!"

　"아니잖아. 그렇지?"

　"절대로 아냐."

　"그러려면 너도 변해야 해. 지금의 김정한은 사실 좀 무섭거든."

　위태롭게 변한 정한의 시선이 매달리듯 희재의 눈을 향했다. 다 잡았던 마음이 일순간 출렁거렸다. 증상이 호전되지 않는 이상 어 김없이 정한은 희재를 그의 시선 아래 두려고 노력할 것이다. 그걸 희재 자신은 아무렇지 않게 참고 견뎌 낼 수 있을까.

　쉽지 않은 질문이었고 그랬기에 질문에 대한 답도 지금이 아닌 좀 더 먼 미래의 일로 미뤄 뒀다. 그럼에도 불구하고 희재는 입가 에 띤 작은 미소를 지우지 않았다. 이러니저러니 해도 결과와는 상 관없이 이미 희재의 마음은 한쪽으로 기울어져 있었다. 물론 거기 에 확신이란 걸 덧붙이기 위해선 얼마간의 시간이 더 필요하겠지 만.

　"나…… 안 볼 생각하는 건 아니지?"

　"틀려. 그 반대야. 그건 내가 더 싫어."

"다행이다."

희재의 대답 직후 정한의 입에서 안도의 한숨이 길게 흘러나왔다. 그러나 긴장한 티는 여전히 가시지 않고 남아 있었다. 무책임한 것만큼 나쁜 것이 또 있을까. 정한은 희재 자신의 고양이었다. 쉽게 버릴 수 있을 리가 없었다.

"나는, 그래. 나는 이 사실을 알고 나서도, 너와 헤어질 생각은 단 한 번도 해 보지 않았어."

"아……."

놀라움이 섞여 든 감탄이었다. 줄곧 그늘져 있던 정한의 얼굴 위로 한 가닥 빛이 찾아들었다. 몰랐는데 나는 속물이었던가 보다. 문득 그런 생각이 들었다.

희재가 아는 범위 내에서 정한보다 잘난 사람은 단연코 단 한 명도 없었다. 굴곡 없이 매끄러운 이마, 속을 알 수 없을 정도로 깊은 눈, 과하지 않게 솟은 코와 먹음직스러운 입술까지. 어느 것 하나 부족한 것 없는 그를 바라보고 있자면 괜스레 가슴이 뛰었다.

주책도 없다, 서희재.

이 상황에서 이런 마음이 드는 걸 보면 어지간히도 정한에게 빠져 있구나 싶었다. 하지만 말없이 가만히 서 있기만 해도 주변의 모든 시선을 잡아끄는 정한이, 작정하고 홀리는 데 당해 낼 재간이 없었다. 하긴 그래서 마왕이지 달리 마왕이겠는가.

잠깐 딴생각에 빠져 있던 희재가 흐트러진 마음을 가다듬으며 조근조근한 말투로 속삭였다.

"내가 헤어지자고 하면 넌 날 그대로 보낼 거야? 그럴 수 있어?"

"그럴 수 없겠지. 억지로라도 잡아 두려고 할거야. 네가 싫어해도…… 나는 그렇게 하겠지."

충분히 예상 가능했던 범주의 답변이었다. 그래서 희재 또한 머뭇거리지 않고 준비해 둔 말을 풀어 놓았다.

"미안한데 나는 숨 막혀 죽고 싶지는 않아. 때때로, 이따금씩 나 혼자만의 시간을 필요로 할 때도 있을 거야. 그때마다 네 눈치를 봐야 한다면 그건 정말 싫을 것 같아. 있지, 정한아."

"응."

"너는 내가 없는 삶도 가끔은 익숙해져야 해."

"……얼마나?"

"내가 지치지 않을 만큼."

"어렵네. 쉽지 않아. 그래도 해야 되겠지."

무겁게 고개를 끄덕이던 정한이 불현듯 그의 한쪽 가슴을 손으로 움켜잡았다. 무의식중에 행동으로 옮긴 일이었지만 그 속엔 정한의 고뇌가 고스란히 담겨져 있었다. 하지만 희재가 해 줄 수 있는 양보는 전부 했다. 이건 정한이 희재를 위해 들어줘야 할 일들이었다.

"한동안은 여주 부모님 댁에 내려가 있을 거야. 이 기간엔 전화도 문자도 받지 않을 거야."

"……벌이네."

"그래. 벌이야. 그러니까 이왕이면 반성도 하고 자숙도 하고 그래."

고백하자면 희재가 여주로 내려가기로 마음먹은 건 지금 이 자리에서 충동적으로 결정한 사안이 아니었다. 코앞으로 다가온 방학을 이용해 다녀러 가기로 이미 예정이 돼 있던 일이었으니까.

반면에 처음 계획했던 부분과 달라진 것도 분명 있었다. 그건 여주에 머물기로 한 기간의 차이였다. 며칠에 불과했던 날짜가 지금은 개학 전까지로 몇 배나 더 늘어나 있었다.

귀농 첫해이자 초보 농사꾼이 된 부모님 얼굴을 머릿속에 떠올리자 그리움이 점진적으로 밀려들었다. 학기 중간 서울에 다녀러 오겠다는 걸, 바쁜 걸음 할 거 없다며 부득불 만류한 탓에 얼굴을 보는 것도 오랜만이었다. 가끔 택배로 반찬을 받은 것만 빼면 집밥을 얻어먹은 지도 한참이나 됐으니, 겸사겸사 희재로서는 나쁠 것이 없는 선택이었다.

두 사람 모두에게 힘든 시간이 될 테지만 그래도 여주에 갔다 오고 나면 지금보다는 마음이 단단해져 있을 게 분명했다.

6월의 중순이었다. 개학일인 9월이 되기까진 앞으로도 몇 달은 더 있어야 했다. 생각해 보니 지나치게 길다 싶긴 했다. 수능을 보기 전까진 보충이다 선행학습이다 해서 방학이라도 학교에 머무는 시간이 더 많았는데, 지금은 비싼 대학 등록금에 비해 너무 날로 먹는다는 느낌이 났다.

하지만 이미 오래전부터 시스템화된 걸 희재 혼자 나서서 바꿀 수 있는 문제도 아니었고, 고민해 봐야 머리만 아플 뿐이었다.

떨어져 시간을 가지는 것만큼 정한을 두렵게 만드는 일이 없다는 걸 아는 상황에서도 희재는 스스로의 선택을 감행했다. 관계를 이어 나가기 위해선 각자의 입장을 정리하고 넘어갈 필요가 한 번쯤은 있어야 했다. 거기서부터가 새로운 시작이었다.

"늦지 마."

"말썽부리지 말고 얌전히 기다려."

서로가 성숙해지기 위한 하나의 약속을 끝으로 우린 잠시 이별을 했다.

제9장.

사랑을 하면서도
사랑 밖에 서 있었다

변질되기 시작한 감정의 색채를 눈치채기 시작했을 무렵에는 이미 몸과 마음이 전부 희재 하나만을 원하고 있었다. 이따금씩 바라만 보고 있어도 심장 언저리가 저릿저릿하게 변하곤 했다.

불규칙한 숨소리, 제멋대로 날뛰는 심장의 울림. 정한이 느끼는 감정은 마치 불안과도 닮아 있었다. 그래서 더 희재의 주변상황에 대해 예민하게 반응했던 건지도 모르겠다.

당연한 일이겠지만 주변의 관심으로부터 희재가 고립되면 될수록, 상대적으로 정한의 불안감은 조금씩 잦아들었다. 이기적이겠지만 그래서 더 멈추지 못했다.

사실상 가진 욕심을 모두 드러내 놓지 않고 줄곧 잘 참아 왔다고 믿고 있었지만, 그조차 정한의 일방적인 강요였을 뿐이었다. 희재가 누려야 했을 보편적인 행복까지 저지하면서 그는 희재의 삶을 자신의 영향력 아래 두고자 했다.

빼앗기고 싶지 않다는 허울 좋은 명분을 앞세워 스스로의 행동을 정당화시키려 했지만, 진실은 희재의 인생을 마음대로 저울질한 것과 다를 바 없었다.

이를테면 정한의 개인적인 사정일 뿐이었다. 거기에 멋대로 희재를 끼워 넣은 건 전적으로 정한의 필요에 의해서 내린 결정이었다. 희재가 화를 내도 할 말이 없는 상황이었는데, 기껏 사과할 기회가 주어졌음에도 바보처럼 제 손으로 그 기회를 날려 버리고 말았다.

무섭다고 했던가. 지난날 그가 했던 선택에 대한 정당성에 하나둘 의문을 제기해 올 때마다 정한의 입지는 급속도로 좁아졌다. 그런데도 희재는 이해해 보겠다고 했다.

무의식중에 움켜쥔 손안으로 손톱 끝이 아플 정도로 살갗을 파고들었다. 잡은 손을 놓지 않겠단 희재의 속삭임은 정한이 그토록 바랐던 염원과도 닿아 있었다.

그랬음에도 대놓고 기뻐할 수 없었던 까닭은 뒤늦게 그의 행복이 희재의 희생이 있었기에 가능했단 걸 깨달았기 때문이었다. 입안이 바짝바짝 말라 왔다.

말로는 희생을 바라지 않는다 했지만 실상은 어떠한가. 매번 희재를 옆에 묶어 두기 위해 필요하다면 저열한 방법도 서슴지 않았다. 모르게 하면 된다고 생각했다. 그럼 문제 될 것도 없다고 여겼다.

하지만 정한이 내세웠던 정당성은 희재가 숨겨진 이야기를 알게된 시점에서 신기루처럼 흔적도 없이 사라지고 말았다.

지끈거리는 두통을 가라앉히기 위해 정한이 여러 차례 이마 위를 꾹꾹 눌렀다. 진심이 깃들어 있지 않은 사과가 기껏 자기변명과 다를 게 무엇일까.

제대로 된 반성을 할 때까지 잠시간 떨어져 있자던 희재에 말에 이견을 제기할 자격은 처음부터 가지고 있지 않았다. 안타깝게도 그간에 지켜 온 정한의 행복은 희재의 외로움을 기반으로 삼고 있었다.

아니라 했지만 결국 가장 중요했던 것은 희재보다 정한 자신이었던 모양이다. 절실함에 기대 이해를 구하면서도, 끝끝내 가진 집념을 떨쳐 버리지 못하고 있었으니까.

등을 보이며 걷는 희재의 뒷모습은 작은 흔들림조차 찾아볼 수 없을 정도로 반듯하기만 했다. 반면에 두 사람 사이의 거리가 멀어질수록 정한의 시선은 더없이 일렁이기 시작했다. 마음은 당장에라도 발길을 잡아 세운 후, 까만 희재의 눈동자가 온전히 그를 향하도록 만들게 하고 싶었다. 하지만 그랬다간 처음보다 더 단호하게 돌아설 게 분명했다.

결과가 뻔히 보이는 일이었고, 봉합되지 않은 상처를 다시금 헤집는 것은 정한도 바라는 바가 아니었다. 명치끝에서 알 수 없는 통증이 따끔따끔하게 올라왔다.

가지 마. 여기 있어. 열거하자면 끝도 없이 많은 바람과 애원들이 정한의 머릿속을 가득히 채워 왔다. 하지만 그래선 안 되는 일이니까. 목 안쪽까지 차올랐던 욕심이 가까스로 목울대를 따라 아래로 집어삼켜졌다. 그런데도 시선만은 매달리듯 여전히 희재의 뒷모습을 향해 있었다.

잠깐이라도 좋으니, 짧게라도 상관없으니, 한 번쯤 뒤돌아 봐 주면 얼마나 좋을까······. 그러나 앞서 내린 결정을 번복할 의사가 없음을 피력하듯 마지막까지도 희재는 정면을 바라보며 앞을 향해 걷기만 했다.

사람이 욕심을 부리면 한도 끝도 없다더니. 희재가 없는 삶도 익숙해져야 한다는 그녀의 말이 틀리지 않았음을 정한도 안다. 그런데도 한동안 떨어져 있어야 한다고 생각하니 괴로움 일색이었다.

"예전처럼 몰래 보러 가는 것도 안 되겠지."

돌연 정한의 얼굴이 어딘지 모르게 기괴하게 변했다. 잔뜩 일그러진 얼굴과는 반대로 위로 끌어 올려진 입매만은 웃고 있는 형색이어서 왠지 모를 위화감을 들게 만들었다.

정말이지 제멋대로가 따로 없다. 주말, 휴일, 쉬는 날 할 것 없이 오랜 세월 희재의 이목을 속여 가며 그녀의 주변을 맴돌았다.

하지만 대체 이게 감시와 다를 게 무엇일까. 과연 자유를 억압하지 않았다고 말할 수 있긴 한 걸까.

일거수일투족을 궁금해하며 희재를 둘러싼 모든 상황에 관심과 주의를 기울였다. 필요가 없단 판단이 들면 가지치기를 하듯 희재 모르게 주변을 정리하기도 했다.

하지만 아무리 소중한 존재라 하더라도 희재는 관상용 꽃도, 정원에서 키우는 나무도 아니었다. 그냥 평범한 사람일 뿐이었다.

심한 탈력감이 정한을 덮쳤다. 하지만 지금에 와 노력한다 한들 커질 대로 커진 마음이 줄어들기는 할까. 그렇게 생각하니 숨이 막히는 기분이 들었다.

희재야. 서희재.

입 밖으로 소리 내 불러 보는 것만으로도 심장이 요란할 정도로 쿵쾅거렸다. 들썩이기 시작한 마음을 가라앉히기 위해 임시방편으로 잠시간 눈을 감아도 봤지만 두서없이 난립해 들어오는 기억들로 인해 금세 정신이 흐트러졌다.

가느다랗게 눈썹을 접으며 웃던 얼굴, 약간은 곤란한 듯 찌푸린 표정, 듣기 좋은 목소리와 먹음직스런 입술까지. 언제나 그랬듯 생각의 끝은 늘 한 사람에게 닿아 있었다.

힘들겠지만 견뎌야겠지. 희재가 말했던 반성도 하고 자숙도 하면서. 최소한 기약 없는 기다림은 아니었으니까, 늦지 않게 와 준다고 했으니까.

소유욕이 집착을 넘어 사랑이 돼 버렸단 걸 깨달았을 때 그만뒀더라면 어땠을까.

멈추지 못해 끌고 온 감정은 어느새 독이 돼 있었다.

이기심의 시작과 끝. 인정하긴 싫었지만 사랑을 하면서도 정작 사랑 밖에 서 있었다.

"잘 왔어. 내 딸. 이리 와, 아빠가 한번 안아 보게."

"오는 데 힘들진 않았어? 멀미는 안 했어?"

정차한 버스에서 내려 터미널 입구 쪽으로 돌아 나오자, 일찍부터 마중 나와 있던 기진과 혜숙이 앞서거니 뒤서거니 말을 늘어놓으며 반갑게 희재를 반겼다. 의젓한 모습을 보여 주고 싶었는데 막상 부모님 얼굴을 확인하는 순간 괜히 코끝이 찡해졌다.

"편하게 왔어. 나보단 엄마 아빠 건강은 어때."

"우리야 나쁠 게 뭐 있어. 물 좋고 공기 좋은 곳에 사는데. 불편한 데 없이 다 좋아."

마지막에 봤을 때보다 혜숙과 기진의 얼굴이 좀 더 햇볕에 그을려 있었다. 단순 소일거리로만 농사를 시작한 게 아니었기 때문에 하루 중 밭에 나가 있는 시간이 아무래도 길어질 수밖에 없었다.

하지만 속상한 마음은 조금도 들지 않았다. 입가에 걸려 있는 두 사람의 미소가 그 어느 때보다 편해 보였다.

기실 여주 태생인 기진이야 논외로 둔다 해도, 서울서 나고 자란 혜숙 역시 의외로 시골에서의 생활이 적성에 맞는 듯 근심의 흔적은 찾아볼 수가 없었다. 화장기라곤 없는, 스킨과 로션이 전부일 게 분명한 맨얼굴로 혜숙이 웃어 보일 때면 그간에 가졌던 우려가 봄눈 녹듯이 녹아내렸다. 물기가 묻어난 눈을 감추며 이끌리듯 희재가 혜숙의 품 안으로 파고들었다.

"좋다. 엄마 냄새."

"새삼스레 어리광은."

약간의 타박 섞인 말을 뒤로한 채, 혜숙이 희재의 어깨를 다독이며 서로의 체온을 확인했다. 그러자 곧이어 심통이 난 기진의 불퉁한 목소리가 귓가로 들려왔다.

"딸. 엄마만 챙기면 아빠 섭섭해. 차별은 나쁜 거야."

"아빠."

"그래. 어디 자세히 좀 보자. 우리 딸 얼마 만에 보는 거니."

한 차례 힘주어 혜숙을 꼭 끌어안은 희재가, 뒤이어 짐짓 서운하단 티를 내고 있던 기진에게로 다가가 답삭 안겼다. 마치 든든한 울타리 안으로 들어선 것처럼 안심이 되었다. 혜숙에게서 느꼈던 것과는 또 다른 안온함이었다. 하지만 떨어져 있는 동안에 쌓인 이야기를 모두 풀어내기엔 장소가 적합하지 않았다.

혜숙과 기진의 중간에 서서, 각각 팔 한쪽을 나눠 팔짱을 낀 희재가 터미널 바깥으로 걸어 나왔다. 뒤늦게 희재를 반긴 건 기진이 여주로 내려오기 얼마 전에서야 구입했다던 중고 트럭이었다.

서울에서 타던 연식이 오래된 승용차 대신 능숙한 솜씨로 트럭을 운전하는 기진의 모습은 생각보다 위화감 없이 잘 어울렸다. 빈틈없이 정비된 아스팔트 위를 달릴 때면 여기가 여주인지 서울인지 살짝 헷갈릴 정도였다. 시골의 도로 사정이 열악하단 것도 이미 과거의 일이 돼 있었다. 도시에 비해 차선이 많지 않다 뿐이지 운전하기엔 오히려 이곳이 더 나았다.

잠시 후 부쩍 기분이 좋아진 기진이, 귀에 익은 노랫말을 흥얼거리기 시작했다. 박자에 맞춰 까딱까딱 고개를 끄덕이는 모습이 마치 흥에 취한 것처럼 즐거워 보였다.

희재가 기억하던 기진의 등은 늘 고단해 보였다. 이른 아침에 집을 나서, 밤늦은 시간까지 회사에 매여 있었을 땐 지금처럼 활력이 넘치는 모습이 아니었다. 육체적으로는 더 피로했을지언정, 오늘 본 기진은 무척이나 행복해 보였다. 아마도 희재의 학업이 아니었더라면 여주로 내려오는 시기도 더 앞당겨졌을 테다.

평생 여주에서만 사셨던 할머니가 돌아가신 지 올해로 오 년째였다. 장례식 이후 처음으로 다시 찾은 여주는 낯설고 생소했다. 그러나 애틋했던 기억은 여전히 마음 한구석에 남아 있었다.

"여기도 많이 변했구나. 둘러보니까 예전 같지가 않네."

"이래 봬도 번화가에 나가 보면 웬만한 브랜드는 매장별로 다 들어서 있어. 한 블록 건너 같은 간판 달고 일하는 가게도 심심치 않게 보일 정도니까 말 다했지 뭐."

"그런데도 장사가 돼?"

혜숙의 설명이 불충분하다고 느낀 희재가 고개를 갸웃거리며 의문을 제기했다. 인구수를 감안하면 아무래도 과하단 생각이 들었기 때문이었다. 그러자 살짝 눈을 흘긴 혜숙이 모르는 소리 말라며 희재의 생각을 정정해 주었다.

"얘, 너 시골 사람 무시하지 마. 옷 하나를 사더라도 메이커를 찾고, 음식 하나를 먹더라도 원산지를 따지는 게 이쪽 생리야. 앉을 자리가 없어 줄 서서 기다리는 곳이 어디 한두 군덴 줄이나 알아?"

"정말? 지역만 다르지 사람 사는 건 다 똑같구나."

"그럼. 보고 듣는 게 같은데, 시골이라고 다를까 봐서."

혜숙의 얘기는 충분히 일리가 있었다. 따끔하게 일침을 가해 오는 혜숙의 태도에서 자부심이 묻어 나왔다. 혹시나 겪게 될 텃세에 걱정이 들기도 했었는데, 지금 보니까 괜한 기우였던 것 같다.

"올해 농사 잘됐으면 좋겠다."

"우리 딸. 아빠가 돈 못 벌까 봐 걱정이구나. 그래도 우리 식구 밥은 안 굶겨."

현실에 입각한 희재의 대비책에, 잠자코 얘기를 듣고만 있던 기진이 흥얼거리던 노래까지 멈추며 껄껄거리는 웃음을 쏟아 냈다.

"그 얘긴 올 수확 때 기대하고 있어도 된다는 말이지?"

"음. 비밀인데, 이건 희재 너만 알고 있어."

"비밀? 엄마는?"

한층 톤 다운된 목소리로 속삭이듯 기진이 운을 뗐다. 하지만 협소한 공간에 셋이 나란히 앉아 있는데 특정 한 사람만 빼고 대화를 나눈다는 건 애당초 불가능한 일이었다. 더군다나 기진은 운전을 하고 있는 상황이었다. 하지만 희재의 지적에도 아랑곳없이 기진이 남은 이야기를 이어 나갔다.

"들어 봐. 아무래도 아빠 농사가 체질인가 봐."

"에이. 농사가 체질인 사람이 어디 있어."

"진짜야. 거짓말인지 아닌지는 나중에 직접 확인해 보면 되지. 아빠가 심은 농작물이 그렇게 크고 아름다울 수가 없어."

자부심이 넘쳐 나는 기진의 목소리에는 확신이 서려 있었다. 제때 약만 친다고 농사가 잘될 것 같았으면 처음부터 힘들단 말이 나오지도 않았을 테다. 복합적인 요인이 많았을 텐데도 성과가 나쁘지 않은 것 같아 다행이란 생각이 먼저 들었다. 더 말하지 않아도 기진이 얼마나 노력했는지 짐작이 갔다.

"이이는. 거기서 왜 내 공은 빼고 말해요. 딱 잘라 아빠 반 엄마 반이야."

"이크. 네 엄마 뿔났나 보다, 희재야."

"그래서 아니란 거예요?"

"설마 그럴 리가 있겠어. 다 당신 덕분이란 거 알지. 그걸 모르면 내가 사람이 아니지."

"말은."

둘만 아는 비밀 이야기라고는 했지만, 대놓고 하는 얘기를 혜숙이 못 듣고 지나칠 리 없었다. 딴청을 부리는 기진을 향해 혜숙이 잘못된 점을 조목조목 짚어 오자, 금세 실수했다는 듯 기진이 반죽 좋은 넉살을 가미해 유순하게 말을 돌렸다. 때문에 처음의 목적을 잊은 채 대화는 금세 단란한 분위기를 형성했다.

"이러다 우리 집 금방 부자 되는 거 아냐?"

"잘 지었으니까 잘 한번 팔아 봐야지."

"열심히 하는 건 좋은데, 몸 축내 가며 무리하긴 없기야. 다음 학기부턴 과외알바 자리 알아볼 테니까 내 걱정도 너무 하지 말고."

장학금을 받을 수 있으면 좋겠지만 현실을 감안하면 벽이 높긴 했다. 대한민국에서 날고 긴다 하는 인재들이 모두 모여든 만큼 요행을 바랄 수는 없는 일이었다. 하지만 노력하지 않은 것도 아니니 약간의 기대 정도는 희재도 가지고 있었다.

"등록금이 걱정돼서 그래? 아서. 그런 거라면 신경 쓸 거 없어. 그 정도 대비도 없이 여주로 내려왔을까 봐서?"

"고마워. 엄마, 아빠."

"별말을 다 해. 공부하느라 지쳐서 그런지 지난번에 봤을 때보다 얼굴이 반쪽이 다 돼서 왔네."

안쓰러움이 묻어난 손길로 혜숙이 희재의 얼굴을 매만졌다. 그러자 지레 찔린 희재가 어색하게 웃어 보이기만 했다.

엄밀히 말하자면 살이 빠진 게 아니라 안색이 나빴을 뿐이었다. 여주로 내려오기 하루 전까지도 밤잠을 설쳐 가며 고민을 하느라 지금도 거무죽죽한 다크서클이 눈 밑까지 내려와 있었다. 그리고 버스를 탄 이후에도 줄곧 하던 생각을 멈추지 못했다. 혜숙의 추측과는 달리 희재의 얼굴이 안 좋아 보였던 건 전적으로 정한의 영향이 컸다.

어깨가 축 처져 있던 게 기운이라곤 하나도 없어 보였지? 단호하게 돌아서긴 했는데 내도록 마음이 좋지 못했다.

한편으로는 정한에게 있어 희재가 지니는 의미가 지나치게 크기만 해서 부담스러웠던 것도 사실이었다. 하지만 이미 좋아져 버렸는걸. 떠올리는 것만으로도 애가 타고, 걱정이 되었다. 한 가지가 아닌 여러 감정선이 복잡하게 얽혀져 있었지만, 끝은 결국 정한에 대한 그리움과 맞닿아 있었다.

누구에게나 첫사랑은 특별하겠지만, 희재 역시 정한과 함께 보낸 시간은 무엇과도 바꿀 수 없는 소중한 추억이었다. 정도가 지나치긴 했지만 과분한 사랑을 받은 것만은 부정할 수 없는 사실이었다.

한 사람에게 절대적인 존재가 된다는 건 생각보다 그 무게가 컸다. 하지만 일생 그 마음이 식지 않고 희재 자신만 바라본다고 생각하면 새삼 가슴이 벅차올랐다. 세상에 변질되지 않는 것은 없다지만, 정한이 고백하던 순간만큼은 영원을 떠올리고 있었다.

무섭고 두렵다는 말은 거짓이 아니었다. 적어도 스무 살의 서희재는 아직 단단하게 여물지 못한 햇사과와도 같았으니까. 지금보다 나이가 든 후라면 어떨까. 결과가 정해져 있는 일이 아니었기 때문에 어쩌면 더 나중엔 후회란 걸 할지도 모른다.

하지만 아직 일어나지도 않은 일이 걱정돼 지레 겁먹고 포기하고 싶지는 않았다. 그게 희재의 진짜 속마음이었다.

"밥은 먹고 다니나 모르겠네."

"밥? 아침 안 먹고 왔어? 배고픈 거면 나온 김에 여기서 먹고 들어갈까?"

"아니. 나 말고."

"그럼 누구?"

"있어. 그런 사람."

생각하는 것만으로도 심장을 뛰게 만드는 사람. 스무 살 열병을 앓듯 찾아왔다고 믿었던 사랑은 이미 오래 묵은 장처럼 깊은 맛을 내고 있었다.

이쯤 되니 인정하지 않을 수 없었다. 줄곧 정한이 우위에 서 있다고 믿었지만 사실은 달랐다. 희재의 말 한마디가 정한에겐 지옥이고 천국이었다. 그건 앞으로도 변하지 않을 하나의 진리와도 같았다.

"남자? 아님 여자?"

"남자."

"남자?"

"응. 남자."

은근슬쩍 희재의 속내를 떠보던 혜숙이, 의외의 답변을 전해 듣곤 놀라움에 눈을 동그랗게 치켜떴다. 호기심이 생겨난 기진도 덩달아 희재 쪽을 흘깃거렸다. 곧 궁금증을 참지 못한 혜숙이 정확한 관계를 캐물어 왔다.

"그러지 말고 속 시원하게 털어놔 봐. 그냥 친구 사이야?"

"몰랐나 본데, 엄마 딸 능력 있어."

의미심장한 눈빛을 지우지 않은 채 싱긋거리며 웃자, 당장에 혜숙의 얼굴에서 걱정이 묻어 나왔다. 딸 가진 부모 마음은 다 똑같다고, 따로 떨어져 혼자 생활하는 희재에게 사귀는 사람이 생겼다니 금세 마음이 심란해진 모양이었다.

"우리 딸이 벌써 그럴 나이가 됐구나. 잔소리일 수도 있겠지만, 잘 알아보고 사귀는 거지?"

"그럼. 원빈보다 잘생겼고, 강동원보다 키도 크고 머리도 좋고, 이수만보다 돈도 많아."

"실없기는……. 엄마 헷갈리게 하기 있기야."

망설임 없이 줄줄 늘어놓는 희재의 설명을 단순 농담으로 이해했던지, 대번에 긴장한 기색을 지운 혜숙이 김샌 목소리로 하던 이야기를 마무리 지었다. 기진 역시 혜숙의 생각과 다르지 않다는 듯이 한 차례 끊어졌던 노래를 다시금 이어 부르기 시작했다.

"농담 아닌데."

"누가 뭐래. 원래가 꿈은 클수록 좋은 거야."

"나중에 보고 놀라지나 마. 난 미리 얘기했어."

"그건 그때 가서 생각해 보면 되지. 뭘 벌써부터 고민해."

진실을 말하고 있는 희재와는 달리, 이번에도 혜숙은 그녀의 의도를 사실과는 다르게 왜곡해서 받아들였다. 항변하듯 볼을 부풀린 채로 사실관계를 바로잡아 보려고도 했지만 이미 혜숙은 짓궂은 장난 정도로만 치부하고 있었다.

핸드폰에 저장된 사진이라도 있으면 보여 주기라도 했을 텐데. 뒤늦게 준비성 없던 스스로를 탓하는 것으로써 희재가 남은 아쉬움을 달랬다. 근데 이러다 나중에 정한을 직접 보게 되면 놀라 까무러쳐 뒤로 넘어가는 건 아닌지 모르겠다.

겉으로 드러난 외모며, 학벌, 심지어 집안까지 어디 한 군데 빠지는 곳이 없었다. 원빈 뺨치게 잘생긴 우리 고양이. 게다가 바람피울 확률도 사실상 없다고 보면 된다. 선만 잘 지킨다면 함께하는 시간 동안 그의 단점이 아닌 장점으로 승화될 수도 있었다. 원래가 세상일이란 건 양면의 동전과도 같았기에.

계산적이지만 석태와 미희의 태도로 미뤄 봐선 이후로도 딱히 마음고생 할 일은 생기지 않을 것 같았다. 이러니저러니 해도 희재는 정한과의 관계에 대해 나름 진지하게 생각하고 있었다.

"기다려 봐. 조만간 내가 엄마 마음에 들 만한 재벌가 사위를 콕 집어 데려올 테니까."

"얘. 엄마 속물 아니야."

"왜? 엄마 생각엔 결혼 상대자로 재벌은 별로야⋯⋯?"

뜨뜻미지근한 혜숙의 반응에 희재가 은근한 말투로 속내를 캐물었다. 예기치 못했던 뜻밖의 이야기를 전해 들은 건 바로 그때였다.

"뭐. 대진그룹 같은 곳이라면 괜찮지."

"대진?"

"네 아빠 다니던 회사, 나오기 바로 직전에 대진하이스코에서 인수합병 추진했잖니. 근데도 노사 갈등 없이 단기간에 마무리됐어. 기업 입장에서는 손해가 나는 일이었을 텐데도 용케도 노조에서 요구하는 조건을 다 수용해 주었다지 뭐니."

"그런 일이 있었어?"

"덕분에 네 아빠 퇴직금도 꽤 올랐어. 명예퇴직을 신청한 사람에 한해 지원금이 나왔거든. 기존에 남아 있던 사원들도 승진에 불이익 없이 끌고 간대서 고민하긴 했는데, 이렇게 좋아하니 두루두루 잘된 거지. 다시 봤다니까. 희재 너도 알다시피 대기업이 일반 사원들까지 챙기는 건 드문 일이잖니."

대진그룹도 본질적으로는 이익을 추구하는 집단이다 보니 필수불가결하게 수익성 측면을 배제할 수가 없었다. 그리고 이 과정에서 때로는 노조가 투쟁을 벌이는 일도 있었고, 가끔은 유혈 사태에 이르기도 했다.

때문에 잡음 없이 인수합병이 마무리됐다는 혜숙의 이야기는 어쩐지 현실감이 없이 들렸다. 기술 제휴도 아닌 기업 간의 M&A였고, 그건 어느 한쪽의 일방적인 양보 없이는 불가능한 일이었다.

"아빠. 엄마 말이 사실이야?"

"그럼. 사실이지. 그보다 이건 직원들끼리만 쉬쉬하던 얘기긴 한데, 아직 일선에 나서지 않은 대진그룹 후계자가 이번 일에 관여가 돼 있단 얘기가 있었어. 부동층이나 다름없던 경영진의 반대가 꺾인 이유가 이 때문이란 소문이 내부적으로 암암리에 나돌았거든."

대진그룹 후계자라면 정한의 형인 정혁을 의미했다. 하지만 알려진 대로라면 현재 정혁은 미국에서의 학사학위를 마친 후 군복무 중에 있었다. 더군다나 정혁의 신상에 관해선 여전히 기업차원에서 관리를 하고 있던 터라, 공식적으로는 매스컴에 직접 얼굴이 노출된 적도 없었다. 때문에 덧붙이듯 나온 기진의 설명은 이해할 수 없는 의아함을 자아내게 만들었다.

"뜬소문이겠지."

"글쎄 아빠도 그런 줄로만 알았는데 꼭 그렇지만도 않더라 이거야. 돌아가는 상황을 보니까 아주 없는 얘기가 아니더라고."

"?"

"얼굴을 봤거든. 군복을 입은 채로 회사에 왔더라고. 배우해도 되겠다 싶을 정도로 서글서글하게 생겨서 기억에 남아 있었는데, 그게 바로 대진그룹 첫째 아들이었어."

"설마 인사라도 했단 거야……?"

"우연찮게 통성명만 했지. 사람 참 바르더라."

상류사회에서 정혁이 가지는 위치는 남달랐다. 원한다면 편법을 사용해서라도 손쉽게 면제를 받아 낼 수 있었을 텐데도, MBA과정을 미루면서까지 자진 입대를 결정한 건, 차후 그룹을 경영하는 데 있어 걸림돌이 될 만한 것은 처음부터 제거하겠단 뜻이기도 했다.

겉으로 드러난 것과는 달리 철두철미하고 이성적이란 평이 자자한 정혁은 차세대 대진을 이끌어 나갈 역량 있는 인재로서 그룹 전반부에 걸쳐 신임을 얻고 있었다. 특수한 사정으로 말미암아 정한이 대외적인 행사에 두문불출했다면, 철이 들기 전부터 정혁은 후계 수업의 일환으로 정재계에서 주최하는 각종 모임에 참석하면서 얼굴을 알렸다. 미안한 말이지만 희재의 입장에서는 정한이 둘째라서 참 다행이란 생각이 들기도 했다.

기진의 말처럼 정혁의 입김이 닿았던 거라면 조금 생각을 달리해 볼 필요가 있었다. 기진은 우연이라고 했지만, 희재의 의견은 달랐다. 현직 과장으로 근무하고 하고 있던 기진의 시각에서도 결코 쉽지 않았던 결정이라고 했다. 그렇담 내부적으로는 드러난 것보다 더 큰 반대에 부딪혔을 확률이 높았다. 이 점에 희재가 주목했다.

"왜 그랬을까?"

"뭐가?"

"비용 절감 차원에서도 충분히 협상 가치가 있었던 일이었잖아. 그런데도 너무 쉽게 물러났단 생각이 들어서 하는 말이야."

"그야, 아빠는 모르지. 위에서 내린 결정인데 임원도 아닌 아빠가 속사정까진 알기 어렵지."

"맞다. 아빠 만년 과장이었지."

"딸. 아픈 곳을 그렇게 팍팍 찌르기 있기야."

시시덕대는 웃음으로 얼버무리긴 했지만 기진의 이야기가 끝난 후에도 혼란은 쉽사리 가시지 않았다. 아니겠지. 설마 그렇게까지 했으려고. 불현듯 떠오른 가정 하나에 희재가 잠깐 동안 숨을 멈췄다. 학기 시작에 맞춰 옆방으로 이사 온 정한의 행동에 뒤늦게 생각이 미친 까닭이었다.

'정말이지 네 사랑이 크구나.'

자만이라고 해도 좋았다. 아닐 수도 있겠지만 그래도 최소한 기진의 일로 왠지 모르게 배려를 받은 느낌이었다.

"어쩌면 엄마 말대로 이뤄질지도 모르겠네."

"뜬금없이 그게 무슨 소리야."

"재벌가라면 그래도 대진이 좋다며."

"우리 딸 꿈도 야무지셔. 바른말로 희재 네가 우리한테야 더없이 귀한 딸이지만, 그런 곳에서 안중에나 두겠어."

가망 없는 일에 힘 빼지 말자며 혜숙이 재치 있게 상황을 받아넘겼다. 그러나 사정을 모두 아는 희재는 선뜻 혜숙의 말에 동의를 하지 못했다. 모르긴 몰라도 희재만 좋다고 한다면 애인보다 더 확실한 관계로 발전하는 것도 그다지 어렵지 않을 테다. 정한의 성격을 생각하면 일사천리로 진행되고도 남음 직했다.

하지만 이건 아직 일어나지 않은 먼 미래의 일이었다.

열어 둔 차 문 바깥으로 기분 좋은 바람이 불어 들어왔다. 너무 뜨겁지도 않은 적당한 바람이 얼굴을 간질이고 지나가자 생각이 조금 더 많아졌다.

대학 생활의 첫발을 내딛던 3월이 시작될 때만 하더라도 희재는 정한이 없는 삶을 당연하게 받아들이고 있었다.

하지만 지금은 어떤가. 사뭇 달라진 감정의 무게만큼, 정한과 떨어져 있는 이 얼마간의 시간조차 길게만 느껴졌다. 의식하지 않은 사이에 저 혼자 성큼 커 버린 마음은 온종일 정한의 얼굴을 떠올리기에 여념이 없었다.

느릿하게 한쪽 손을 들어 올린 희재가 가만히 입술 위를 건드려

보았다. 처음으로 입술과 입술 끝이 맞닿던 기억이 바로 어제 일처럼 생생하게 뇌리에 남아 있었다. 부드럽게 짓이겨지던 말랑했던 입술의 감촉은 떠올리는 것만으로도 숨이 막히는 기분이었다. 불현듯 몸이 잘게 떨리면서 얼굴이 빨갛게 달아올랐다.

넌 대체 내게 무슨 짓을 한 거니.

일손을 거든다며 호기롭게 팔을 걷어붙이던 첫날과는 다르게 시간이 갈수록 생각은 정한에게 얽매여 있었다. 밭에 나가 어설픈 솜씨로 고구마 순을 꺾을 때도, 노랗게 물들어 가는 참외를 바라보면서도, 상추를 뜯고 고추를 따면서도 머릿속에는 온통 정한의 생각뿐이었다.

밥은 먹었을까. 혹시라도 굶고 있는 건 아니겠지. 안 그래도 마른 애 뼈만 남으면 큰일인데. 냉장고에 먹을 거라도 채워 놓고 올걸, 등등. 사소한 것 하나까지도 전부 정한과 관련돼 있었다. 하다 하다 갓 따 온 상추 위에 잘 구워진 고기 한 점을 쌈장에 찍어 입안으로 밀어 넣을 때는 이유도 없이 목이 꽉 막혀 오기도 했다.

지난 학기 내내 기억나고 그립던 음식이었다. 평소에도 손끝이 야무지기로 소문난 혜숙은 작은 일 하나를 하더라도 허투루 하는 법이 없었다. 그건 음식이라고 해서 다르지 않았다.

하지만 한상 잘 차려 낸 혜숙의 음식을 눈앞에 두고서도 막상 먹으려니 손이 잘 가지 않았다. 결국 밥알을 셀 기세로 깨작거리기만 하던 희재를 보다 못한 혜숙이 한마디 거들고 나섰다.

"왜 이렇게 못 먹어. 희재 너 여름 타는 거 아니니?"

"그냥 조금 입맛이 없어서 그런가 봐."

채 반 공기도 비워 내지 못한 시점에서 희재가 수저를 내려놓자 혜숙의 얼굴 위로 근심이 찾아들었다. 옆에 앉아 있던 기진도 덩달아 수심 깊은 얼굴로 희재를 바라보았다.

"학교가 힘들어서 그래? 혼자 다니기 힘들면 가을엔 엄마라도 올려 보내고."

"괜찮아. 내가 어린앤가 뭐."

조심스런 기진의 제안에 희재가 웃으며 거절했다. 하지만 기진의 얼굴은 쉽게 펴지지 않았다.

"힘든데 억지로 참고 있는 건 아니지? 대학 졸업 때까진 곁에 있어 줘야 했는데, 의논도 없이 여주로 내려오는 바람에 우리 딸이 고생이 많아. 그래서 아빠 엄마가 늘 미안해."

"별말을 다 해. 진짜 그런 거 아냐."

"그럼 다행이지만⋯⋯. 믿어도 되지?"

"당연하지."

말은 그렇게 했지만 주변의 걱정을 살 정도로 희재의 관심은 내도록 정한에게 쏠려 있었다. 고백하자면 당장엔 눈앞으로 차려진 밥상보다 정한의 입안으로 들어갈 음식들이 더 신경이 쓰이고 걱정이 되었다. 오죽하면 입맛이 없어 상을 물린 뒤에도 아쉬운 눈길로 혜숙이 만든 반찬들을 쳐다봤을까.

밥을 먹는 동안에도 한시도 손에서 떼 놓지 않고 있던 휴대폰을 슬쩍 들여다본 희재가 작게 한숨을 내쉬었다. 줄곧 까맣게 물들인 액정은 여전히 잠잠하기만 했다. 전화도 문자도 받지 않겠다고 먼저 공언을 한 건 희재였다. 애초에 미련을 둘 일도 아닌데 자꾸만 마음은 다른 것을 바라고 있었다.

"연락 올 사람 있어? 아까부터 휴대폰은 왜 그렇게 뚫어져라 보고 있어."

"응. 아니, 아냐."

"대답이 왜 그래. 아닌 게 아니라 기다리는 전화가 있는 것 같은데 뭘 그렇게 고민해. 궁금하면 희재 네가 먼저 해 보면 되지."

전원이 꺼질세라 매일같이 충전을 하면서도 미처 생각해 보지 못했던 방향이었다. 혜숙이 제시한 해결책은 단순하면서도 몹시도 구미가 당기는 제안이었다. 정한으로부터 걸려오는 연락을 받지 않겠다고 했지, 희재 쪽에서 하지 않겠다고 한 적은 없었다.

하지만 막상 행동으로 옮기기에는 이것저것 걸리는 게 많았다.

줏대가 없기로서니. 이따금 울려 대는 시답잖은 스팸 문자엔 기민하게 반응하면서, 정작 통화 버튼을 누르는 건 주저하기 바빴다.

분명한 것 하나는, 정한은 희재를 고립시킴으로써 한 가지 성과만은 확실하게 거뒀다는 점이다. 아이러니하게도 희재는 정한으로인해 더 일찍 어른이 되어야만 했다. 한발 앞서 주변상황을 예민하게 살피고, 뒤처지지 않기 위해 타인의 의중을 먼저 헤아리게 되고, 혹시나 실수를 한 건 아닌지 매회 스스로의 행동을 뒤돌아보곤했다. 몸에 배인 습관과도 같았던 희재의 습성은 뒤늦게 긍정의 힘을 발휘했다.

중심 바깥으로 밀려나 보았기에 안다. 무심코 던진 말이 상대에게 얼마나 큰 고통과 괴로움을 주는지 희재는 모르지 않았다.

원재로부터 사실을 전해 듣게 된 다음, 정한에게 확인을 구하는 자리에서 희재는 무작정 가시 돋친 말을 입에 담을 수도 있었다. 상대방을 상처 입히기란 생각보다 어려운 일이 아니었다. 아무렇게 내뱉는 악질적인 얘기만으로도 충분했으니까.

하지만 그러지 않았던 건 아름다운 말로써도 충분히 지닌 마음을 전할 수 있음을 겪어 봤기 때문이었다.

정한이 준 건 상처였다. 그러나 그건 희재를 성장하게 만든 원동력이기도 했다. 이분법적인 논리지만 그랬기에 미워하는 마음 또한 오래 끌지 않고 비워 낼 수 있었다.

하루에도 몇 번씩 먼저 연락을 해 볼까 고민을 하면서도 그때마다 희재는 인내심 있게 상황을 넘겼다. 게다가 떨어져 있어서 좋은 점도 분명히 있었다.

여주에 머무는 시간이 길어질수록 눈만 떴다 하면 정한의 생각뿐이었다. 그만큼 절실함은 크기를 키워 갔다. 그러고 난 뒤에야 희재는 스스로의 선택이 틀리지 않았음을 확신할 수 있었다.

후텁지근한 바람이 불어오기 시작한 유월의 끝물에도, 장마의 끝을 알리는 7월의 초입에도, 또 물놀이가 한창인 8월에 들어서도 줄곧 희재의 마음은 여주를 벗어나 정한이 있는 서울에 머물러 있었다.

덥다. 그렇지 않아도 푹푹 찌는 날씨에, 정한을 떠올릴 때면 부쩍 열기가 심해진 느낌이 들곤 했다.

바깥으로 나와 평상에 걸터앉은 희재가 연신 부채질을 했다. 하지만 한여름의 뙤약볕을 전부 피해 가기는 어려웠다. 그늘 밑이라

곤 하나 바람 한 점 불지 않는 터라 금세 송골거리는 땀방울이 이
마 위에 맺혔다.

"오늘도 조용하네. 꽤 근성이 있단 말이지."

여전히 정한에게서는 연락이 없었다. 그럴수록 어떻게 지내는지
근황이 궁금했다. 덩달아 휴대폰을 확인하는 횟수도 늘어 갔다.

먼저 연락을 할 수 있었던 상황인데도 희재는 꾹 참고 이 시간을
버렸다. 누가 이기나 두고 보자는 못된 심보 탓이 아니었다. 비생
산적인 힘겨루기에 신경을 쏟을 정도의 여유는 이미 오래전에 바닥
나고 없었다. 하지만 약속이라 것은 서로 간에 지킬 때에만 의미를
갖게 된다.

"괜한 똥고집이 아니라 나도 내 마음이 있는 거니까. 으…… 좀
닭살이었나?"

거창한 이유를 들었지만, 새로운 학기가 시작되는 9월이 다가올
수록 설레는 마음이 드는 건 좀처럼 막을 수가 없었다. 얄팍한 마
음을 단단하게 만드는 건 역시 고난이나 역경이었나 보다.

연일 치솟은 불쾌지수에 가만히 있어도 짜증이 날 법하건만, 개
학 후 정한의 얼굴을 볼 생각만 하면 자연스레 사납던 기세가 반감
되었다. 재채기와 사랑은 숨길 수 없다더니, 불볕더위가 기승을 부
리는 날에도 온종일 정한의 생각뿐이었다.

몇 십 년 만에 찾아온 폭염이라던가. 작년에도 이 비슷한 얘길
들은 기억이 나지만 어찌 됐건 해가 바뀔수록 여름이 더워지고 있
는 것만은 분명했다. 사실 요즘은 시곗바늘이 정오를 가리키는 게
무서울 정도였다. 이른 아침을 제외하면 바깥 활동 자체가 주저가

될 정도였다.

가만히 앉아만 있어도 등줄기에서 땀이 흐르기 시작하자 결국 앉은 자리를 털고 일어났다. 이쯤 되면 선풍기도 무용지물일 테고, 가볍게 샤워나 할 생각으로 벗어 둔 슬리퍼를 꿰차던 희재가 문득 고개를 돌려 코끝으로 체취를 확인했다.

하지만 특유의 세제 냄새에 옅은 땀 냄새가 섞여 든 것만 빼면 별다른 특이점은 발견하지 못했다. 그렇지만 앞으로 좀 신경이 쓰이긴 할 것 같았다.

더위와 전쟁 아닌 전쟁을 치르며 여주에서 지내던 어느 날, 우표도 소인도 찍혀 있지 않은 편지 한 통이 희재의 앞으로 도착했다. 봉투 겉면엔 기본적으로 있어야 할 발신인의 이름도 생략돼 있었기 때문에, 편지를 뜯어 내용을 확인하기 전까지는 누가 보내온 건지 쉽사리 짐작하기가 어려웠다.

의문을 지우지 못한 표정으로 한 차례 고개를 갸웃거린 희재가 조심스런 손길로 편지 귀퉁이를 찢기 시작했다. 순간 희재의 얼굴 위로 한가득 놀라움이 떠올랐다. 뜻밖으로 편지를 보내온 건 정한이었다.

우체국을 통하지 않은 편지란 건 결국 당사자가 이곳을 직접 방문했다는 얘기가 성립된다. 짧은 시간 동안 하나의 결론에 이른 희재가 거의 뛰다시피 하며 대문 밖으로 달려 나갔다. 그러나 한동안 열심히 뜀박질을 했음에도 불구하고 원하던 얼굴은 끝내 만나 볼 수가 없었다.

"여기까지 왔으면서 얼굴도 안 보여 주고 그냥 가 버렸다 이거지. 진짜 장난해, 김정한?"

센스라곤 쥐똥만큼도 없다. 쥐똥이 뭐야. 파리똥보다 빈약하지 않으면 다행이려나. 뒤쫓아 나갈 여유조차 주지 않은 채 홀연히 모습을 감춰 버린 정한으로 인해 결국 희재는 별다른 소득 없이 왔던 길을 되돌아와야만 했다. 이럴 때 보면 요즘 사람답지 않게 고지식하기가 하늘을 찌른다.

어찌나 허겁지겁 여기저기를 뛰어다녔던지 그새 슬리퍼 한쪽이 너덜너덜거렸다. 결국 집에 도착을 하기도 전에 말썽을 부리던 끈이 완전히 떨어져 나갔다.

"얄미운 게 꼭 김정한 같네. 이제 곧 집인데, 조금만 더 참지."

삐뚤어져 버릴 테다. 편협한 마음을 앞세우면서도 한편으로는 어떻게든 희재와 했던 약속을 지키려고 노력 중인 정한의 마음 씀씀이가 그대로 전해져 와 기특하기도 했다.

깊은 심호흡 끝에 희재가 손안에 든 편지를 눈높이까지 들어 올렸다. 무의식중에 꽉 움켜쥐고 있었던 편지는 이미 겉봉투가 보기 흉할 정도로 구겨져 있었다. 잠시 후 희재가 구겨져 있던 편지를 조심스럽게 펼쳤다.

힘주어 꾹꾹 눌러 쓴 편지지 위엔 펜 자국이 고스란히 남아 있었다. 정성이 들어간 필체 너머로 고민의 흔적이 여기저기서 묻어 나왔다.

밉다. 이 마음이 드는 걸 보면 아직도 내가 배가 부른가 보다.

아니. 사실은 다 거짓말이야. 내가 그럴 리가 없잖아.

희재야.

주치의가 다녀갔어. 연일 반복해 토했더니 식도가 완전히 상했다더라. 억지로 무리해서 먹는 것도 그게 한계였나 봐.

수액이랑 이것저것 영양제를 맞고 있는데, 다시 정신과 치료를 받아 보는 게 어떻겠냐는 말을 들었어. 생각해 보겠다고는 했는데 그냥 조금 웃음이 나더라.

난 역시 서희재가 아니면 안 되는 거구나, 그런 생각을 하니 참을 수가 있어지.

편지를 쓰고 있는 지금도 한 손엔 차 키가 들려 있어. 지금 쓰고 있는 얘기가 끝날 때쯤이면 아마 여주로 향하고 있을 테지.

굳이 해야 할 필요가 없는 얘기들을 늘어놓는 저의는 단 하나야.

나 좀 봐줘. 아…… 조금 투정처럼 들렸으려나.

답이 없다.

나는 네게 미안한 걸까. 아니면 스스로를 더 불쌍하게 여기는 걸까. 여전히 그걸 잘 모르겠어. 그래서 가끔은 화가 나.

보고 싶다. 언제 와. 내 생각을 하고 있긴 한 거지?

시간이 흐르는 게 더디게만 느껴져. 여름이 끝나긴 하는 걸까. 그래도 9월 전엔 얼굴 볼 수 있는 거겠지?

여기까지 읽었을 때 희재가 참고 있던 숨을 일시에 쏟아 냈다. 두서없이 적어 내려간 글은 정리되지 않은 채 뒤죽박죽 섞여 있었다. 하지만 그랬기에 더 진실되게 다가왔다.

부담 되라고 하는 말 아냐. 혹시라도 날짜를 잊었을까 봐서, 그래서 그런 거야.

바로 뒤에 이어진 문장 위로 애틋한 손길이 내려앉았다. 까슬까슬한 종이의 단면이 손끝에 와 닿을 때면 움트기 시작한 감정이 무럭무럭 자라났다. 편지 가장 말미에는 차편에 대한 정보가 꼼꼼하게 기록돼 있었다.

여주에서 서울로 가는 시외버스 시간표.

서울에 도착해 집으로 오는 교통편.

적혀진 숫자 하나하나에 숨길 수 없는 그리움과 간절함이 묻어 나왔다. 익숙지 않은 길이라지만 집을 못 찾아올 정도로 길치는 아니었다. 그런데도 편지 안에는 지우지 못한 걱정이 산을 이루고 있었다.

"서울, 가야겠네."

정한에게도, 또 희재 자신에게도 벌을 주는 건 여기까지가 끝인가 보다. 내용을 다 읽은 뒤에도 줄곧 편지에서 눈을 떼지 못하고 있던 희재의 얼굴 위로 밝은 미소가 떠올랐다.

집 주변이 산으로 둘러싸여 있는 곳이라, 낮에 아무리 더워도 밤엔 거의 열대야 현상을 찾아볼 수가 없었다. 그런데도 밤마다 잠을 설치기를 반복했다.

마음의 문제였다. 보고 싶은 얼굴을 보러 가는 거니, 서울에 도착하면 불면증도 분명 해결될 테다.

예정보다 이르게 서울로 올라간다고 했을 때 기진과 혜숙은 못내 서운한 빛을 감추지 못했다. 그러나 며칠 더 있으라는 만류 대신, 염려 어린 당부의 말로 희재의 의견을 존중해 주었다. 여주에 머무는 내내 어딘지 모르게 붕 떠 있던 희재의 마음을 이미 헤아리고 있었기 때문이었다.

하지만 막상 기대를 안고 올라온 서울에서 가장 먼저 대면하게 된 사람은 정한이 아니었다.

희재의 맞은편 방이자 정한이 거주 중이던 문 앞쪽에서 태린을 발견한 직후, 희재가 찌푸리듯 눈썹을 위로 치켜떴다. 신경질적으로 초인종을 눌러 대는 모양새가 주변에 대한 배려라곤 조금도 찾아볼 수가 없었다. 그나마 2층엔 희재와 정한 외에 다른 세대가 입주해 있지 않아 이 정도로 넘어갔지, 사정이 달랐다면 당장에 항의부터 받았을 테다.

"안에 있으면 문 좀 열어 보라니까. 김정한!"

남의 남자 이름 어지간히 좀 부르지. 닳아서 없어지기라도 하면 책임이라도 질 건가? 뭐 책임지게 놔두지도 않을 테지만.

민폐란 게 달리 민폐가 아니었다. 그쯤 했으면 안에 사람이 없다는 것 정도는 눈치를 챘을 텐데, 질리지도 않고 태린은 같은 행동을 반복하고 있었다. 쓸데없는 고집이었다. 아무렇게나 눌러 대는 초인종 소리가 이내 귓가를 따갑게 만들었다.

기물 파손. 계속 저러다간 딱 고장 나기 좋을 것 같았다. 하지만 지적해 봤자 말귀를 알아들을 성격도 아니고 오히려 적반하장 격으로 나올 게 분명했다. 이럴 땐 무시로 일관하는 게 더 편하다는 것 정도는 희재도 알고 있었다.

그러나 상황은 희재의 뜻과는 무관한 방향으로 전개되었다.

출발하기 전 혜숙이 손수 챙겨 준 각종 반찬과 옷가지가 든 캐리어를 끄는 순간, 바닥과 닿는 바퀴 부분에서 드르륵거리는 마찰음을 토해 냈다. 동시에 인기척을 감지한 태린이 천천히 희재 쪽을 향해 고개를 돌려 왔다. 당연하겠지만 서로 간의 인사는 생략되었다.

"김정한을 좀 만나야겠어요. 만나서 할 얘기가 있어요."

"그럼 그렇게 해요. 거기까지 내 허락이 필요한 일은 아니니까요."

"만나 주지 않으니까 하는 말 아니에요. 내 연락은 받지도 않아요."

"그건 이태린 씨 사정이죠. 비켜요."

열쇠로 문을 열려는 희재의 행동을 방해하며 태린이 그녀의 앞을 막아섰다. 상대에 대한 기본적인 예의는 처음부터 갖춰 오지 않았다. 더해 계기만 주어진다면 분위기는 지금보다 더 나빠질 가능성도 있었다. 아닌 척 상대를 깎아내리는 태린의 발언은 이후로도 계속 이어졌다.

"자신이 없어서 그래요? 이 정도 요구는 들어줄 수도 있는 거 아닌가요."

"부탁하는 방법부터 다시 배워요."

"정말이지 자존심 상해서. 바른말로 두 사람, 미래를 생각하고 만나는 건 아니잖아요. 잊은 건 아니죠? 정한이 대진그룹 차남이에요."

방금 전에 해 온 태린의 발언은 흡사 돈 때문에 들러붙는 게 아니냐는 비아냥거림과도 같았다. 하지만 희재는 이미 한 차례, 정한으로부터 먼저 고백을 받았다는 말로써 두 사람 사이의 인과관계를 설명한 적이 있었다. 태린의 말은 쓸데없는 고집이었고 오기나 다름없었다.

"말 되게 못되게 하네. 그전에 이건 알아둬요. 스토킹도 이 정도면 범죄예요. 싫다는 사람 쫓아다니기나 하는 이태린 씨가 할 말은 아니란 거죠."

"어려운 일 아니잖아요."

"맞아요. 쉬운 일이에요. 그러니까 이태린 씨 힘으로 한번 해 봐요."

노려보는 태린의 눈빛에서 짜증이 묻어 나왔다.

"돈 때문인 거라면."

"돈 좋아해서 나쁘단 발상은 이태린 씨 혼자만의 생각인 건가요? 그렇담 처음부터 대진이란 단어를 입에 올리지 말았어야죠. 탐이 난다는 표정으로 대진가, 대진그룹 할 때의 이태린 씨 눈빛이 어떤지, 본인은 모르죠?"

태린의 말을 중간에서 자른 희재가 태린의 이중적인 면모를 비꼬았다. 예상치 못했던 희재의 반격에 순간 짓이기듯 태린이 입술을 깨물었다.

"날 이태린 씨 잣대로 판단하지 말아요. 이태린 씨와 난, 엄연히 입장이 다르니까요."

달각하는 열쇠 돌아가는 소리를 끝으로 잠겨 있던 문이 열렸다.

보란 듯 문 안쪽으로 들어선 희재가 축객을 의미하듯 문을 쾅 닫았다.

태린의 말에 휘둘릴 거라고 생각했다면 오산이었다. 정한과 떨어져 지낸 그간의 시간이 마냥 헛되지만은 않았음을 보여 주듯 희재의 마음은 그 어느 때보다도 단단하게 여물어 있었다.

그러나 이것으로 끝날 줄 알았던 태린과의 악연은 예상 밖의 사건으로 인해 다시 한 번 얽히게 되었다.

기억나는 건 악의에 찬 태린의 얼굴이었다. 여주에서 가져온 반찬들을 정리하기 위해 냉장고 문을 열고 난 뒤에야 먹을 물이 부족하단 걸 발견했다. 원치 않은 태린과의 입씨름으로 인해 그렇지 않아도 목이 마른 참이었다.

그렇다고 끓인 물을 먹기에는 지나치게 날씨가 더웠다. 아마 물이 다 끓기도 전에 방 안의 온도가 수직 상승할 게 분명했다. 고민의 시간은 그다지 길지 않았다.

근처 편의점에 가기 위해 지갑 하나만 챙겨 든 희재가 곧 집을 나섰다. 그런데 계단 근처에 다다랐을 무렵 불현듯 등 뒤쪽에서 섬뜩한 기운이 느껴졌다. 사람의 육감이란 건 때론 보이는 것보다 정확할 때가 있었다.

본능적으로 계단으로부터 한 걸음 떨어져 물러선 희재가 뒤쪽을 향해 고개를 돌렸다. 순간 강한 힘이 몸 전체를 덮쳤다.

"너 따위가, 겨우 서희재 따위가 뭐라고⋯⋯!"

중심을 잃은 희재가 그 자리에서 휘청거렸다. 동시에 악담이 담긴 태린의 신경질적인 목소리가 날카로운 파열음을 만들어 냈다. 일찌감치 포기하고 돌아갔을 거라고 여겼던 희재의 안일함을 비웃기라도 하듯, 작정하고 떠밀어 오는 손길에서는 조금의 망설임도 찾아볼 수가 없었다.

미처 대비할 틈도 없이 갑작스럽게 위기로 내몰린 희재의 신형이 기어코 아래쪽을 향해 기울어지기 시작했다. 마지막 구원처럼 다급히 뻗은 손은 난간에 닿기 바로 직전에서 헛손질을 하고 말았다.

결국 안간힘을 쓴 보람도 없이 균형을 잡지 못한 몸이 곤두박질치듯 계단 아래로 추락했다.

"아악!"

귀를 찢을 것 같은 단말마의 비명이 희재에게서 터져 나왔다. 소름이 끼칠 정도로 날카로운 비명이었다. 갑작스럽게 닥친 일에 당장에 머리를 감쌀 틈도 없었다. 현실적인 생각은 그나마 2층 이라 다행이란 것 정도였다.

얼마 안 가 시야가 검게 물들며 정신을 잃었다. 곧 부딪힌 머리에서 피가 새어 나오기 시작했다.

방학 내내 혼자 지내는 정한의 처지가 걱정이 된 미희의 간곡한 부탁을 계속해 거절할 수가 없어, 잠시간 시간을 내 평창동에 들렀던 정한이 다시 원룸으로 돌아온 것은 도망치듯 태린이 사고 현장을 벗어난 직후의 일이었다.

"……이건, 뭐야."

벌건 핏물이 든 바닥 위로 쓰러져 있던 희재를 발견한 정한의 발길이 부지불식간에 제자리에서 멈춰 섰다.

말도 안 돼.

불신에 잠긴, 두려움에 휩싸인 두 눈이 가장 먼저 현실을 부정했다. 잘못 봤을 거라며, 이건 그가 아는 서희재가 분명 아닐 거라며 애써 치솟는 불안감을 잠재운 정한이 사나워지려 하는 마음을 다잡았다. 그러나 계속된 부정에도 불구하고 상황은 이내 최악으로 치달았다.

쿵.

잔뜩 굳어 버린 다리를 억지로 움직여 좀 더 가까운 거리에서 희재의 얼굴을 확인한 순간, 정한의 심장이 저 아래 밑바닥까지 곤두박질쳤다. 지옥이 따로 있을까. 일그러지기 시작한 얼굴 위로 삽시간에 떨림이 내려앉았다.

두려움이 해일처럼 밀려들었다. 한참 만에야 떨림을 머금은 정한의 손끝이 희재를 향했다. 다가서는 속도는 지나치게 느렸다. 찰나 정한이 흠칫거리며 한 발자국 뒤로 물러섰다.

지나치게 창백한 얼굴, 핏기가 가신 입술…….

손끝으로 와 닿던 희재의 감촉은 거의 체온이 느껴지지 않을 정도로 싸늘했다.

"왜…… 이러고 있어. 아니지? 장난이지? 눈 떠. 눈 좀 떠 보라니까!"

억지로 긁어모으듯 짜낸 목소리는 지나치게 음산했다. 굳이 따지자면 부탁보다는 협박조에 가까웠을지도. 그러나 절박함이 그대로 묻어난 정한의 외침에도 불구하고 정신을 잃고 쓰러져 있던 희재에게선 별다른 반응을 찾아볼 수가 없었다.

"서희재. 희재야."

다그치던 조금 전의 어투와는 달리 시간이 지날수록 정한의 입에서 나오는 얘기들은 점점 더 애원에 가깝게 변해 갔다. 뒤늦게 얼러도 보고 달래도 봤지만 야속하리만치 꼭 감긴 희재의 두 눈은 끝끝내 정한을 바라봐 오지 않았다.

쿵쾅대던 심장이 아플 정도로 조여들어 왔다. 사나운 생각을 떨치듯 그가 고개를 가로저었다. 그럼에도, 애써 불온한 마음을 추슬렀음에도 불구하고 힘없이 축 늘어진 희재의 팔다리가 정한의 불안감을 부추겼다.

핏기가 가신 얼굴이 지나치게 창백했다. 마치 생의 숨이 다한 것처럼…….

불안감은 곧 한계치를 넘어섰다. 아무렇게나 짓이겨진 정한의 입술은 어느새 너덜너덜하게 변해 있었다.

끔찍한 악몽이었다. 현실도피를 할 수만 있었다면 정한은 주저 없이 그렇게 했을 테다. 그러나 아직은 해야 할 일이 남아 있었다.

주체하기 힘든 초조함을 애써 참아 가며 정한이 희재의 가슴에 귀를 대 보았다.

쿵. 쿵. 쿵쿵……. 느리긴 하지만 일정하게 뛰는 심박 수가 아니었더라면 제정신을 차리고 있기가 어려웠을 테다.

가까운 병원이 어디였더라. 늘어진 희재의 몸을 일으켜 세우던 정한이 뒤늦게 한 가지 사실을 깨닫곤 다시금 조심스레 희재를 내려놓았다. 마음 내키는 대로 아무렇게나 건드렸다가 상태가 지금보다 더 나빠질까 봐 겁이 났다. 패닉이나 다름없던 상황 속에서 간신히 떠올린 건 119였다.

여러 번의 헛손질 끝에서야 가까스로 주머니에 안쪽에 있던 휴대폰을 꺼내 든 정한이 떨리는 손으로 키패드를 누르기 시작했다. 그러나 격한 떨림에 휩싸여 있던 손은 번번이 원하던 것과는 다른 번호를 터치했다. 화급을 다투는 상황 속에서도 여전히 몸이 마음대로 따라 주질 않았다.

"빌어먹을! 말 좀 들으란 말이야. 부탁이야. 제발 가만히 좀 있어!"

이를 악다문 정한이 사납게 벽을 내리쳤다. 그런 뒤에야 까지고 헤진 손을 이용해 원하던 번호 세 자리를 누를 수 있었다.

눈앞이 어지러울 정도로 모든 게 혼란스러웠다. 희재가 옆에 있는데도, 이렇게 가까운 거리에 함께 있는데도, 역한 냄새가 가시질 않았다. 코끝을 파고드는 피비린내는 그가 맡아 본 냄새 중에서 가장 끔찍한 냄새였다.

빈속이나 다름없던 속이 뒤집어질 것처럼 울렁거렸다. 금방이라도 속에 든 것을 게워 내고 싶은데, 아무리 노력해도 입 밖으로 나오는 것은 아무것도 없었다.

'너를 잃고 내가 살 수 있을까.'

그럴 수 없다는 걸 정한 스스로가 가장 잘 알았다. 알맹이라곤 하나도 없는, 빈껍데기 하나만 짊어지고 산다 한들 그게 제대로 된 삶이긴 할까.

희재의 부재.

서희재가 없는 김정한의 하루하루.

잠시간 생각을 떠올린 것만으로도 온몸에 소름이 돋았다. 희재는 정한에게 있어 단 하나의 욕심이었고 욕망이었다. 정한의 행복은 처음부터 끝까지 유일하게 희재를 기반으로 삼고 있었다.

마냥 손 놓고 빼앗길까 봐서?

한여름의 소나기처럼 굵은 물줄기가 눈가를 적시고 바닥으로 떨어져 내렸다. 무너지려는 정신을 붙잡기 위해 정한은 부단히도 애를 써야만 했다.

괜찮을 거야. 아니 기필코 괜찮아야만 한다.

달을 가린 밤처럼 시야가 흐릿해졌다. 현실과 비현실의 경계가 순간적으로 허물어졌다.

여주에 가지 않았더라면, 여주에 가지 않았더라면……. 욕심이 모든 걸 잃게 할 수도 있었다. 정한이 여주에 가지 않았더라면 희재는 딱 집어 오늘 서울로 올라올 계획을 세우지 않았을 테고, 이런 모습으로 차가운 바닥에 너부러져 있는 일도 일어나지 않았을 테다.

아프다. 자격이 없는데도 아파서 죽을 것 같았다.

제대로 된 숨도 내쉬지 못한 정한이 허리를 굽히며 꺽꺽댔다. 목덜미를 타고 내린 눈물이 셔츠 자락을 흥건하게 적셨을 때쯤 기다리던 구급차가 입구에 도착했다. 그때까지도 정한은 한 가지 생각에 얽매여 있었다.

여주에 가지 않았더라면!

한성대학병원 앞에 도착하자마자 정한은 가장 먼저 장진태를 찾았다. 검증 절차도 제대로 거치지 않은 의사에게 희재의 치료를 온전히 맡길 수는 없는 노릇이었다. 경미한 상처가 아니었고, 바닥을 적실 정도로 피가 많이 흐르기도 했다. 치료 과정에서 작은 실수도 있어서는 안 된다. 그나마 이곳에서 신뢰를 할 수 있는 인물은 정한이 아는 선에서 장진태가 유일했다.

하지만 병원장으로 있는 장진태는 일반인이 오라 가라 할 수 있을 정도로 만만한 위치에 있는 자가 아니었다. 하물며 겉보기에 정한은 지나치게 젊었고, 엉망이 된 옷차림새는 제삼자의 눈에 신뢰감을 심어 주기에는 많이 부족했다. 객관적으로 따져 재고할 만한 가치는 그다지 크지 않았다.

상대방의 머뭇거림을 읽어서였을까. 자못 곤혹스러워하는 간호사를 앞에다 둔 정한이 자신의 이름을 언급하기에 앞서 대진의 명성을 앞세웠다.

대진그룹의 차남, 김정한.

간단한 상황 설명 하나에 간호사의 태도는 순식간에 뒤바뀌었다. 반신반의하며 넣은 확인 전화에서 질 낮은 생떼가 아니었음을 직접 확인받은 뒤론, 바짝 긴장한 태도로 정한을 대했다. 막무가내로 장진태를 고집하는 것보다 효과는 탁월했다.

♠　　　　♤　　　　♠

기억하기로 진태가 정한을 처음으로 대면했던 건 벌써 십 년도 더 전의 일이었다. 다름 아닌 대진가의 주치의로 일하고 있던 이문경의 소개로 성사된 만남이었다.

이문경은 진태의 아내인 허숙희와 외사촌지간으로서 결혼 후에도 오랫동안 왕래를 하고 지내 오던 사이였다.

사실상 형제가 없던 허숙희는 어려서부터 유난히 이문경을 신뢰하고 따랐는데, 이에 보답하듯 이문경 역시 허숙희를 각별하게 아꼈다. 때문에 연배로 따지자면 문경보다 세 살 위였던 진태도 깍듯하게 문경에게 형님 대접을 해 주곤 했다.

더군다나 두 사람 모두 의사라는 직업의 공통점 때문인지 남들보다 대화가 잘 통하기도 했다. 진태 스스로가 생각하기에도 나이 차이에 비해 꽤나 죽이 잘 맞아 지낸다고 생각했을 정도였다. 그러던 중 진태는 문경으로부터 뜻밖의 권유를 받게 되었다. 바로 눈앞으로 보이는 정한과 관련된 이야기였다.

뇌질환과 관련하여 학계 권위자로 명성을 쌓고 있던 진태는 문경의 요청에 따라 몇 차례 정한을 진료했던 때가 있었다. 정한의 경우 원인이 불분명한 특이 케이스에 속했던 터라 다방면으로 조언을 구하고자 했던 까닭이었다. 문경의 판단에 진태라면 비밀 유지와 보완에 있어 적합한 인물이라 여겼던 것 같다.

진태가 만나 보았던 정한은 나이에 비해 지나치게 감정이 메마른 아이였다. 대화를 이어 가다 보면 때때로 흠칫흠칫 놀랐던 적도 한두 번이 아니었다. 농담처럼 던진 사소한 우스갯소리에도 도통 웃는 법이 없었다. 안타깝게 느껴질 정도로 매번 정한은 죽은 표정을 짓고 있었다.

결과론적으로 말하자면 갖은 노력에도 불구하고 진태 또한 별다른 성과를 거두지 못했고, 문경 역시 얼마 안 가 모종의 이유를 들어 진료 중단을 알려 왔다. 그렇지만 내도록 잊지 못하고 정한의 얼굴은 기억에 남아 있었다.

시간이 흐른 뒤 만나게 된 정한은 많은 것이 바뀌어져 있었다. 외모부터가 그랬다. 우려했던 것과는 달리 이미 키는 진태를 한참이나 뛰어넘은 뒤였다. 다만 눈으로 확인한 외양이 지나치게 마른 것만은 여전했다.

하지만 그 무엇보다 진태를 놀라게 했던 건 겉으로 드러난 모습 이외의 것, 즉 바깥으로 흘러넘치고 있던 감정선이었다.

인상뿐만 아니라 분위기기 자체가 달라져 있었다. 뭐랄까. 솔직함을 넘어 지나치게 적나라하기까지 했다. 옆에서 알려 주지 않았다면 동일 인물이란 걸 있는 그대로의 사실로써 받아들이지 못했을 테다. 진태가 작게 침음을 삼켰다.

그저 놀랍다고 해야 할지……. 지난 세월 대체 무슨 일이 있었던 걸까. 무감각했던 표정은 오간 데 없이 사라지고, 대신 그 자리를 메운 건 쉽게 정의를 내리기 힘든 절박함이었다. 불안과 초조, 걱정과 죄책감, 절망과 희망이 한데 뒤섞인 다양한 감정들이 번갈아 가며 그의 얼굴 위로 떠올랐다.

그러나 그 후 문경으로부터 전해 들은 바로는 정한이 앓고 있는 증세는 별다른 호전을 보이지 않는다 하지 않았던가.

허물어질 것처럼 위태로워 보이는 정한을 지나친 진태가, 이번에는 의식을 잃은 채 누워 있던 희재를 눈여겨봤다. 단순 추측일 뿐이었지만 어쩐지 진태는 이 순간 확신이란 걸 할 수 있을 것 같았다. 정한을 변하게 한 존재가 바로 그녀란 걸.

원하는 것은 무엇이든 가질 수 있었지만, 정작 아무것도 필요로 하지 않았던 아이. 불운한 체질을 가진 탓에 정한의 세상에선 호는 하나도 없고 불호만 가득 들어차 있었다. 그랬던 정한의 눈이 희재를 향할 때면 세상 어느 것보다 간절하게 변하곤 했다.

몹시도 생경한 경험이었다. 그러나 진태의 회상은 그다지 길게 이어지지 못했다.

주변이 기준치 이상으로 소란스러워지자 퍼뜩 상념을 지운 진태가 환자 곁으로 다가섰다. 소란의 원인은 정한에게 있었다. 병원으로 후송돼 온 이후 급히 수혈을 하고 응급처치를 끝낼 때까지도 정한은 희재의 손을 잡은 채 놓아주지 않고 있었다.

다친 부위가 머리인 만큼 시간을 지체할 틈이 없었다. 일단은 CT부터 찍고 필요하다고 판단이 서면 당장에라도 수술에 들어가야 했다. 환자의 안위와 관련된 바, 망설임 없이 진태가 사태 해결을 위해 앞으로 나섰다.

"정한 군, 어서 그 손부터 놓게나."

괴로움 일색이던 정한이 뒤쪽에서 들려온 소리에 서서히 진태를 돌아보았다.

"이러고 있을 시간이 없네."

"……."

"정한 군!"

단호한 투로 진태가 거듭 상황의 긴박함을 강조했다. 그 순간 돌연 맞잡은 두 개의 손이 덜덜거리며 떨리기 시작했다. 때에 맞춰 이미 엉망이 돼 있던 정한의 입술이 또 한 번 짓이겨졌다. 몹시도 괴롭다는 듯, 표정은 전에 없이 일그러져 있었다. 뒤늦게 도움을 구하듯 정한이 진태를 올려다봐 왔다.

"……도와주세요. 움직여지지가 않아요. 왜인지 제 마음대로 손을 움직일 수가 없어요."

"이런."

어쩔 수 없다는 듯 진태가 간호사에게 눈짓했다. 억지로라도 떼어 보라는 신호였다. 하지만 어찌나 힘을 꽉 주고 있던지 굳어 있던 손을 바로 펴기까지에는 적지 않은 시간을 할애해야만 했다.

"자네는 이곳에서 기다리게."

뒤따르려는 정한을 단호한 투로 만류한 진태가 검사실 문을 열고 사라졌다. 온몸을 휘감고 도는 심한 탈력감에 버티고 서 있는 것조차 어려울 지경이었다.

바보처럼……. 잘 부탁한다는 말도 하지 못했다. 아니지. 차라리 협박을 해야 했던 걸까. 희재가 잘못되면 당신도 무사하지 못할 거라고, 대진의 모든 걸 동원해 파멸시켜 줄 거라고 그렇게 윽박지르기라도 하는 게 옳았던 건 아닐까.

이성적이지 못한 생각들이 난립하는 가운데에서 정한은 스스로를 지키기 위해 부단히도 애를 써야만 했다.

아무 일도 없을 거야.

공허하게 비어 가던 정한의 눈빛이 다짐 하나에 간신히 잃어 가던 현기를 되찾아 가기 시작했다.

희재를 잡았던 손. 차가웠지만 분명 그 손은 느릿하게 맥박을 이어 가고 있었다. 그것만 기억하자. 아플 정도로 빈주먹을 거머쥔 정한의 손이 금방 하얗게 변색됐다.

장진태를 거쳐 이문경에게 전해진 희재의 사고 소식은 즉각적으로 석태에게로 전달되었다. 사실 대진과 딱히 개인적인 교류가 없던 진태의 입장에서 보자면, 이번 건이 괜한 간섭으로도 비쳐질 수 있었던 만큼 말을 전하기에 앞서 꽤나 고심을 했었다. 게다가 엄밀히 말해 사고를 당해 다친 사람은 대진의 차남인 정한이 아니라, 일반인에 불과한 서희재였다.

기실 대진가의 주치의가 오랜 시간 친분을 다져 온 문경이 아니었다면 진태 역시 모르는 척 이대로 이 일을 덮고 넘어갔을 공산이 컸다. 그럼에도 혹시나 하는 마음에 개인적으로 문경에게 연락을 넣어 확인을 했던 것은, 쉽게 간과하고 지나치기에는 절실해 보였던 정한의 표정이 계속해 마음에 걸렸기 때문이었다. 그리고 진태의 판단은 정확하게 들어맞았다.

진태가 넌지시 자초지종을 설명하며 문경의 의견을 물어 왔을 때, 문경의 반응은 예상했던 것 이상으로 컸다. 곧이어 문경은 조급함이 묻어난 목소리로 희재의 상태에 대해 상세히 캐물어 왔다.

아직 정확한 결과가 나오지 않은 시점이어서 딱히 이렇다 들려

줄 말이 없었음에도, 문경은 출혈 부위 하나까지도 **빼놓지** 않고 다 각도로 병세를 체크했다.

진태가 알려 온 소식이 문경에게 있어 꽤나 중요한 일이었음을 문경 스스로가 입증하는 대목이었다. 이를 뒷받침하듯 문경은 전화를 끊는 순간까지도 희재에 대한 당부와 부탁의 말을 잊지 않았다.

당연하다면 당연할 수도 있겠지만, 대진에 있어서 희재 한 사람이 차지하는 비중이, 그 가치가 얼마나 큰지를 가장 잘 알고 있는 사람 중 하나가 바로 대진가의 주치의인 문경이었다.

곧 얼마 지나지 않아 문경으로부터 연락을 받은 석태가 한성대학병원으로 들어섰다. 같은 시각, 평창동에서 이 소식을 전해 들은 미희도 다급히 한성대학병원을 향해 출발했다.

선 자세 그대로 대기실 한쪽 차가운 벽에 어깨를 기댄 정한이 피로에 지친 눈을 잠시간 감았다. 그러자 기다렸다는 피에 물든 희재의 얼굴이 눈앞에 떠올랐다.

빌어먹을.

사고 때의 잔상이 아지랑이처럼 눈앞으로 피어오를 때마다, 해줄 수 있는 게 아무것도 없는 스스로의 무기력함에 화가 났다. 차라리 다친 게 정한 자신이었더라면 얼마나 좋았을까. 코끝을 자극해 오는 불쾌하고 비릿한 냄새는 가실 줄도 모른 채 공기 중에 섞여 내도록 정한을 압박해 왔다.

결국 목울대를 타고 넘어오는 욕지기를 이기지 못한 정한이 있는 힘껏 입을 틀어막았다.

우욱.

차라리 마음껏 토하기라도 하면 나아질까. 들썩거리기 시작한 몸
이 고통을 호소하듯 둥그렇게 말렸다. 형편없고 초라한 모습이었
다. 미끄러지듯 바닥에 주저앉은 후에도 사정은 별반 달라지지 않
았다.

"이 녀석, 정한아."

때맞춰 들려온 부름에 늘어져 있던 정한의 몸이 반응하듯 한 차
례 흠칫거렸다. 안타까움이 스며든 음성은 귀에 익은 목소리였다.
줄곧 아래를 향하고 있던 고개를 들어 올리자 시야 너머로 석태의
얼굴이 드러났다.

"예서 왜 이러고 있는 게냐. 어서 일어나거라."

석태가 내밀어 온 손을 물끄러미 바라만 보고 있자, 안 되겠다
싶었던지 그가 직접 나서서 정한을 일으켜 세웠다. 그런 후에야 정
한은 비어 있던 의자 위에 앉을 수가 있었다.

한동안은 두 사람 모두 약속이나 한 것처럼 말을 아꼈다. 섣부
른 위로가 외려 정한을 자극할까 봐 석태 또한 겁이 났기 때문이
었다.

무거운 침묵이 이어지는 동안 정한의 얼굴은 점점 더 그늘져 갔
다. 사나운 생각이 떠오를 참이면 여지없이 헤어진 입술을 악물곤
했다. 결과가 나오길 기다리는 1분 1초가 숨이 막히는 기분이었다.
초조함에 잠식되어 갈 때쯤, 평창동에서 출발했던 여미희가 병원에
도착했다.

흡!

힘이라곤 하나도 없이, 생기를 잃은 눈을 한 정한을 발견한 미희가 일순 숨을 들이켰다. 큰 아들인 정혁에게는 항상 미안하게 생각하는 일이지만 그녀에게 있어 정한은 늘 깨물어 더 아픈 손가락이었다. 한눈에 보기에도 정한의 얼굴 위에는 가시지 않은 자책감이 서려 있었다. 작은 충격 하나에도 무너져 버릴 만큼 위태로워 보였다.

천천히 걸음을 옮긴 미희가 정한의 곁으로 다가갔다. 어쩌면 석태가 그랬던 것처럼 미희 역시 정한이 먼저 말문을 열어 올 때까지 기다려 주는 게 더 나은 방법일 수도 있겠단 생각을 가졌다. 그러나 아무것도 하지 않은 채 가만히 상황을 주시하고만 있기에는 그녀는 엄마라는 이름표를 달고 있었다.

조심스런 손길을 이용해 미희가 정한의 어깨에 손을 올렸다. 그러자 기다렸다는 듯 손끝으로 떨림이 전해져 왔다. 예상보다 정한은 심리적으로 구석에 몰려 있었다. 이런 정한에게 미희는 작게나마 기댈 곳을 내어 주고 싶었다. 달래듯 여러 차례 정한의 어깨를 토닥인 미희가 곧 말문을 열었다.

"다 괜찮아질 거란다."

순간 매달리듯 정한이 미희를 올려다보았다.

"믿어 보렴. 내가 장담할 테니까."

미희의 말이 끝난 직후 정한의 눈동자가 세차게 흔들렸다. 곧 벌겋게 변해 있던 정한의 눈자위로 습기가 찾아들었다. 그게 눈물이란 걸 미희가 깨달았을 땐 이미 정한의 얼굴은 엉망이 돼 있었다. 그 옛날의 어린 정한에게서도 보지 못했던 극히 낯설고 생소한 모습이었다.

흘러내리는 물줄기는 그칠 생각을 하지 않고 하염없이 흘러내렸다. 이 모습이 참을 수 없을 정도로 미희를 또 석태를 슬프게 만들었다. 사실은 모두 알고 있었다. 희재의 존재가 아니라면 정한은 두 번 다시 웃지 못할 거란 걸.

어느새 미희의 눈시울도 붉어졌다. 단순히 필요로 해서 곁에 두는 게 아니었다. 지나온 세월 속에서 정한은 희재에게 마음의 전부를 내어 준 모양이었다. 하나도 남김없이 가진 전부를 말이다.

미희는 이 순간 기도하고 또 기도했다. 희재에게 닥친 불운이 어서 빨리 걷혀 나가길. 그리하여 희재와 정한이 행복해질 수 있기를.

다행히 간절히 소원하면 결국엔 하늘에 닿는다 했던가. 한결같은 모두의 염원이 통해서인지 검사실 문이 열렸을 때 세 사람은 그토록 바라 마지않았던 말을 전해 들을 수가 있었다.

우려했던 수술은 없다. 눈을 뜨지 못하는 것은 가벼운 뇌진탕 증세 때문으로, 지혈이 된 이상 목숨에 지장을 받을 만큼 위험한 상황은 넘겼다는 게 주된 설명이었다.

일순 시간이 정지되기라도 한 것처럼 정한의 눈앞이 이지러지기 시작했다. 느릿하게 눈을 깜빡이는 것만으로도 힘에 부친 듯 한없이 위태로운 모습이었다. 이 과정을 곁에서 지켜보던 미희가 울먹이는 목소리로 정한을 다독였다.

"숨 쉬어. 제발 숨 쉬어, 정한아."

성마른 미희의 재촉은 다행히 멀어져 가던 정한의 의식을 차츰 제자리로 돌려놓았다. 그리고 그때서야 정한의 입에서도 참고 있던 뜨건 숨이 입 밖으로 터져 나왔다.

제10장.
주관적이지만 합리적인 행복

밭일에 한창이던 혜숙과 기진에게 희재의 사고 소식이 전해진
건, 무사히 서울에 잘 도착했다던 희재의 전화 연락을 받은 지 채
얼마 지나지 않은 시점에서의 일이었다.

휴대폰을 타고 전해지는 분위기는 시종일관 지나치게 무거웠다.
잡다한 사설은 전부 배제한 채, 최소한의 정황 설명만 간략히 얘기
해 오면서도 상대의 목소리는 이따금씩 울음을 참는 듯 잦아들곤
했다. 그럴 때마다 혜숙은 저도 모르게 신경이 곤두서곤 했다.

— ……희재가 다쳤습니다.

대화가 본론에 이르렀을 무렵 끝끝내 혜숙의 심장이 덜커덕 내
려앉았다.

"희재가, 우리 딸이 다쳤다뇨? 어딜 얼마나……. 아니, 그보다
병원, 병원이 어디예요. 알았어요. 곧 갈게요."

전화의 특성상 양쪽 상황을 모두 파악하기 어려웠던 기진이, 곁에서 혜숙이 하던 얘기만을 단편적으로 흘려듣고 있다 병원이란 단어에 심각하게 표정을 굳혔다. 더군다나 그 시점에서 딸아이인 희재의 이름도 함께 거론되었기에 가볍게 듣고 넘길 수가 없게 돼 버렸다.

　일손을 모두 내려놓은 기진이 통화가 끝나기 무섭게 조급한 투로 혜숙에게서 어떻게 된 일인지 사정을 캐물었다.

　"병원이라니. 대관절 그게 다 무슨 말이야?"

　"서울, 서울에 가 봐야겠어요."

　"여보?"

　"어떡해요. 다쳤대요. 희재가, 희재가 많이 다쳤나 봐요."

　기진의 질문에도 정신이 나간 사람처럼 혜숙이 허둥지둥하며 두서없는 말만을 늘어놓았다. 그 모습에 애써 불안감을 가라앉힌 기진이 침착하라며 혜숙을 다독거렸다.

　"진정해, 여보. 아닐 수도 있어. 흔한 보이스피싱일 수도 있으니까 일단은 확인부터 해 보자고. 알려 준 병원이 어디라고 했지?"

　"한성대학병원이라고 했어요. 흑⋯⋯."

　"사람 참⋯⋯. 진정하래도 그러네."

　혜숙을 진정시키는 한편으로 기진이 가장 먼저 한 일은 희재에게 전화를 넣는 일이었다. 혹시나 하는 마음 때문이었다. 그러나 지닌 불안감을 가중시키듯 오랜 신호음 끝에도 통화는 끝끝내 성사되지 않았다.

　뒤이어 참담한 심경이 된 기진이 114를 통해 알아낸 번호로 한

성대학병원에 확인 전화를 걸었다. 절망적이게도 긴급으로 이송돼 들어온 환자 명단에 희재의 이름이 있었다.

더는 지체하고 있을 시간이 없었다. 당장에 중요한 건 다쳤다던 희재의 안위를 직접 눈으로 확인하는 일이었다.

청천벽력과도 같은 소식에 하던 일을 그대로 팽개친 혜숙과 기진이, 씻을 여력도 없이 옷만 단출하게 갈아입고는 곧장 서울로 향했다. 매 순간 침착하자며 다독이면서도 차는 이미 규정 속도를 넘어가고 있었다.

"……괜찮겠죠? 우리 희재, 아무 이상 없는 거겠죠?"

"별일 없어야지. 아무렴 별일 없을 거야."

기진과 혜숙은 서로를 다독이는 것으로써 고속도로 위에서의 불안한 시간을 견뎠다. 그렇게 한참을 더 달린 끝에서야 두 사람은 목표했던 한성대학병원에 도착할 수 있었다.

병원 로비로 들어선 직후 대기표를 뽑은 기진과 미희가 초조한 마음으로 순서를 기다렸다. 그런데 막상 차례가 돼서 안내 데스크에서 희재의 이름을 댔을 때 안내원으로부터 돌아온 반응은 다소 뜻밖이었다.

"서희재 환자와는 관계가 어떻게 되시나요?"

"그 애 엄마예요."

신분증 확인을 부탁했을 땐 더없이 어리둥절한 표정이 되었다.

"확인되셨습니다. 좌측 엘리베이터를 타고 본관 10층으로 올라가시면 됩니다."

"상태는 어떤가요. 수…… 수술을 해야 하는 건가요?"

"환자 상태에 대해선 담당 선생님께서 직접 설명해 줄 겁니다."

"알겠어요."

여태 큰 병을 앓아 본 적이 없기에 대학병원에 걸음 하는 일 자체가 드물긴 했으나, 그렇다 하여 처음으로 방문을 한 것은 아니었다. 하지만 그땐 이런 확인 과정은 거치지 않았었다. 하지만 정신이 없는 터라 깊게 생각할 겨를이 없었다.

안내받은 대로 좌측 엘리베이터를 타고 10층을 누르자 그때서야 병실 호수를 확인하지 않았다는 걸 깨달았다. 난감해하던 차 빠른 속도로 상승하기 시작한 엘리베이터가 곧 10층에서 멈춰 섰다. 하지만 고민은 그다지 어렵지 않게 해결되었다.

"연락받았습니다. 이쪽으로 오세요."

"네?"

"서희재 환자 보호자분 되시죠?"

혜숙이 맞다며 고개를 끄덕이자 상대가 부드럽게 웃어 보였다. 곧이어 안내를 받아 도착한 곳은 일반병실이 아닌 특실이었다. 경계 태세를 유지한 채 병실 문 앞을 지키고 있는 경호원의 존재가 때아닌 위화감으로 다가왔다.

그러나 두 사람을 극도로 놀라게 만든 건 이도저도 아닌 눈앞으로 보이는 희재의 모습이었다.

"희재야! 세상에, 대체 이게 무슨 일이라니……."

침대 위에 잠자듯 누워 있던 희재의 머리에서 흰색 붕대를 발견한 혜숙이 히스테릭하게 반응했다. 당장에 기절이라도 할 것처럼 질린 안색으로 걸음을 비틀댔다.

"괜찮아, 여보? 진정해. 일단은 선생님 말씀부터 들어 보자고."

"다른 데도 아니고 머리예요. 제가 지금 진정하게 생겼어요!"

혜숙의 항변에 기진이 침음을 삼켰다. 나서서 헝클어진 분위기를 안정시킨 건 병실을 지키고 있던 나이 지긋한 의사였다.

"병원장으로 있는 장진태입니다. 드러난 외상이 다소 깊긴 하지만 다른 이상은 없으니 너무 심려치 않으셔도 됩니다."

담당의라고만 생각했던 혜숙과 기진이 병원장이란 말에 놀란 표정을 지우지 못했다. 반면에 왠지 모르게 안심이 되었다.

"그게 정말인가요……?"

"사실 사고 당시 피를 많이 흘려 걱정이었는데 다행히 검사상으로는 큰 문제가 없는 걸로 나왔습니다. 찢어진 부위가 커 봉합 수술을 한 것 외엔 예후는 좋습니다."

"근데 왜 이렇게 안 일어나나요. 주변이 시끄러운데도 애가 가만히 있잖아요."

"계단에서 떨어지면서 충격을 받은 모양입니다. 경미한 뇌진탕 증상이 보이니까 환자 스스로가 깨어날 때까지 푹 자도록 두시면 됩니다. 아, 그리고. 나중에 구토를 할 수 있단 점은 염두에 두시고요."

"계단이라면……?"

"처음 발견됐을 당시 계단 아래서 정신을 잃고 있었다더군요. 사고인지는 환자가 깨어나 봐야 알겠지만요."

병실을 찾은 이후에도 줄곧 안절부절못하며 힘겹게 버티던 혜숙이 그때서야 어느 정도 마음을 놓으며 기진을 올려다보았다.

하지만 기진의 눈에는 금방이라도 쓰러질 것처럼 혜숙의 상태가 자못 위태로워 보였다. 못내 걱정이 되었던지 기어코 보호자용으로 준비된 의자에 혜숙을 앉혔다. 그리고 나서야 비로소 주변 상황에도 눈을 돌릴 수가 있었다.

특실이란 걸 여실히 보여 주듯 넓은 병실 안엔 인터넷이 가능한 개인용 컴퓨터와, 최신형 티브이 등 편의시설이 빠짐없이 갖춰져 있었다. 문밖을 지키고 있을 경호원의 존재에도 신경이 쓰이기는 마찬가지였다.

계단 아래 쓰러져 있는 걸 후에 누군가가 발견한 거라면, 표면적으로 드러나길 가해자가 있는 사건도 아니란 얘기였다. 그런데 누가 이렇게까지 신경을 써 줬단 말인가.

좀처럼 이해가 되지 않는 일에 기진이 당혹감을 감추지 못하는 사이 닫혀 있던 병실 문이 열렸다.

일면식이 없는 상대가 분명한데 묘하게 인상이 낯이 익다. 깨달음과 동시에 기진의 입에서 '으헉' 하는 괴상한 탄성이 터져 나왔다.

김석태. 대진그룹의 회장 김석태의 등장에 분위기는 새로운 국면으로 접어들었다. 각종 매체에서만 접해 오던, 대한민국 경제를 좌지우지한다는 대진의 회장을 이곳에서 만나게 되리라곤 꿈에도 생각지 못한 일이었다.

경악에 물든 기진의 눈 안으로 불신이 그림자를 드리웠다. 만약 기진의 짐작이 틀리지 않았다면 그 옆으로 보이는 중년 부인의 정체 또한 누구일지 쉽사리 짐작이 갔다. 하지만 혜숙과 기진의 눈길을 가장 많이 사로잡은 건 마지막으로 병실을 들어서던 정한의 존재였다.

아무 말 없이 혜숙과 기진을 향해 꾸벅 고개를 숙여 인사를 해온 정한이 한참 만에야 위로 얼굴을 들어 올렸을 땐 눈가가 빨갛게 충혈이 돼 있었다. 곧 눈물이 떨어져도 이상할 것이 없는 상황이었다.

시쳇말로 생긴 생김새가 배우 뺨칠 정도로 뛰어났다. 하지만 훤칠하게 뻗은 키와는 달리 걱정이 될 정도로 말라 보이는 외형은 알 수 없는 안쓰러움을 자아내게 만들었다. 생각지도 않았던 예측 불가능의 상황에 직면하게 된 건 바로 그때였다.

아픈 표정을 숨기지 않은 채 천천히 희재의 곁으로 다가선 정한이 기어코 후두두둑 눈물을 쏟아 냈다. 마치 세상에 다시없을 정도로 소중한 보물을 대하듯, 조심스럽게 희재의 손을 감싸 쥐면서도 눈물은 쉬이 그치지 않았다. 종래엔 어깨까지 들썩일 정도로 가진 서러움을 고스란히 모두의 앞으로 드러냈다.

"정한아!"

순간 찢어질 것은 비명이 미희의 입에서 흘러나왔다. 동시에 정한의 몸이 침대 어귀로 쓰러져 내렸다. 이 와중에도 정한은 희재의 손을 놓지 않은 채 붙들고 있었다.

"기어코 사달이 나는군."

소란도 이런 소란이 없었다. 어쩔 줄 몰라 좌불안석이 된 혜숙과 기진을 앞에다 둔 채로, 석태가 너스콜로 의료진을 호출했다.

우르르 단체로 몰려온 의사들이 긴급처방을 끝내고 방을 나섰을 때에는 희재의 옆으로 못 보던 침상 하나가 더 추가됐다. 병명은 당혹스럽게도 영양실조였다.

대관절 이게 어떻게 된 일일까. 남의 귀한 딸 손을 제 것마냥 만지작거리더니 돌연 기절한 일이며, 대체 잘생긴 해골 청년은 희재와는 어떤 관계란 말인가.

가뜩이나 석태의 존재로 인해 불편했던 자리가 가시방석이 돼 있었다. 딴에는 머리를 굴려 가며 상황 파악에 주력해 봤지만 쉽사리 결론은 나오지 않았다. 심각한 표정으로 상황을 예의 주시하던 석태가 뚜벅뚜벅 걸어 나와 기진의 앞에 멈춰 선 것은 바로 그때였다.

"처음 뵙겠습니다. 희재 양의 부모님이 되시지요?"

"우리 희재를 아나요……?"

"그럼요. 알다마다요."

기진과 혜숙의 입장에서 보자면, 흔쾌히 떨어진 석태의 긍정은 뜻밖이라고밖에 표현할 수가 없었다. 대답하기에 앞서 석태에게선 고민의 흔적은 조금도 묻어 나오지 않았다. 그랬기에 시간이 지날수록 품은 의구심은 더해져 갔다.

단순히 안면이 있단 뜻으로 해석하기에는 석태의 어투가 지나치게 친근했다. 하지만 일개 대학생인 희재가 재벌과 회장과 개인적으로 알고 지낼 일이 뭐가 있단 말인가.

문득 기진의 시선이 석태에 곁에 자리해 있던 미희를 향했다. 때맞춰 작은 흔들림조차 없이 서 있던 미희가 기진과 혜숙을 향해 정중할 정도로 깊숙이 고개를 숙여 왔다. 굽혀진 등허리가 거의 직각을 이룰 정도였다.

"잘 부탁드려요."

마주 본 미희는 절박함이 묻어나는 눈빛을 하고 있었다. 그저 그런 겉치레나 인사치레가 아닌, 마음을 담아, 진심을 담아, 말 그대로 간곡하게 부탁이란 걸 해 오고 있었다.

이해할 수 없는 일련의 일들로 말미암아 머릿속이 온통 혼란으로 젖어 들어갈 때쯤 석태가 본론을 꺼내 놓았다.

"심각한 상황에서 할 말은 아니지만, 평소 희재 양과 저희 애가 잘 좋아 지냅니다."

"저희 애라면……?"

"저기 저러고 누워 있는 저 녀석이 제 둘째 아들 됩니다."

뜻밖으로 듣게 된 석태의 이야기에 기진과 혜숙이 놀란 표정을 감추지 못했다. 그렇지 않아도 정신이 없었는데, 한꺼번에 몰아닥친 정보들로 인해 두 사람의 머릿속은 미처 정리도 되기 전에 또다시 헝클어져 버리고 말았다. 석태의 말인즉슨 딸인 희재가 대진가 차남과 사귀기라도 한단 건가?

정답에 가까운 추론을 해 놓고도 기진의 의문은 해소되기는커녕 오히려 또 다른 궁금증을 낳았다. 석태가 해 온 말을 곧이곧대로 받아들이기에는 서로 간의 지닌 입장 차이가 극명했기 때문이었다.

곁눈질로 잠들어 있던 희재를 힐끗거린 기진이 꿀꺽 마른침을 삼켰다. 애매모호하게 넘기기보다, 보다 확실하게 확인을 해 봐야겠단 쪽으로 마음이 기울었다.

"그러니까 그게……. 제 여식과 회장님의 자제분이 서로 사귀고 있다는 뜻으로 해석해도 될런지요."

"이를테면 그렇습니다."

들려오는 대답 속에서 불쾌감은 조금도 찾아볼 수가 없었다. 오히려 기진이 읽어 낸 감정은 호의가 전부였다. 그래서 더 이해가 가지 않았다. 그 순간 문득 여주에 내려와 있을 당시 희재가 했던 말이 기진의 뇌리를 스치고 지나갔다.

재벌, 대진.

귀농을 결심하기에 앞서, 다니던 직장이 대진하이스코에 인수합병이 된 것과 관련해, 얼마 전 기진은 이 주제로 희재와 이야기를 나누었던 적이 있었다.

그러고 보니……! 농담 따먹기나 다름없던 희재의 말에 옆에 있던 혜숙이 가망 없는 일이라며 웃어넘기긴 했지만 분명 그런 뉘앙스를 풍긴 적이 있었었다. 혜숙 역시 그때 일을 떠올렸던지 아연실색한 표정을 짓고 있었다.

사실상 희재가 깨어나 봐야 자세한 정황을 들을 수 있을 테지만, 구태여 이 상황에서 석태가 거짓말을 할 이유는 그 어디에도 없었다. 예를 다해 오는 석태와 미희의 태도는 결코 거짓이 아니었다. 그래서 더 섣부른 판단을 내릴 수가 없었다.

"희재 양 말입니다. 참 바르게 자랐더군요."

"저희에게 하시고 싶은 말씀이 뭔지 여쭤어도 되겠습니까."

의중을 파악하기 힘든 기진이 조심스레 석태의 생각을 되물었다.

"사실 만나 보는 것까지야 서로 간에 알아서 할 일이라지만, 부모 된 입장에선 그게 어디 그런가요."

"허허……."

스스로도 인지하지 못하는 사이 기진의 입에서 너털웃음이 터져 나왔다. 지나치게 갑작스러웠으며 당혹스러운 상황이었다.

"미력하고 부족한 자식일 겁니다. 그래도 밉다 생각지 마시고 열린 마음으로 봐 주세요. 솔직히 말해, 전 제 자식 짝으로 희재 양을 생각하고 있습니다."

"그게 무슨……."

"예비 사돈."

"예……?"

바짝 얼어붙어 있던 기진이 화들짝 놀라며 목소리를 높였다. 사정 설명도 없이 예비 사돈이라니. 잘못 들었을 거라며 잠시 잠깐 회피도 해 봤지만, 계속된 석태의 이야기는 혜숙과 기진의 혼을 쏙 빼놓기에 충분했다.

"부담 되라고 드리는 말씀이 아닙니다. 대진이란 수식어를 따로 떼 놓고, 오로지 인간 김석태로서만 드리는 말씀입니다."

너무 놀라면 말문이 막힌다더니 지금이 딱 그랬다. 가쁜 숨이 기진의 턱밑까지 차올랐다.

"……당사자가 의식도 없는 상황에서 할 말은 아닌 것 같군요. 설령 회장님 말씀이 사실이더라도 아직은 너무 이릅니다. 못 들은 걸로 하겠습니다."

"압니다. 이르다는 걸 왜 모르겠습니다. 하지만 그전에 제 얘기를 한번 들어봐 주시겠습니까."

어렵사리 운을 뗀 뒤에도 석태는 쉽게 말을 잇지 못하고 한동안 침묵을 지키기만 했다. 하지만 의미 없는 시간 끌기는 평소 석태의 스타일이 아니었다.

잠시 후 결심이 서린 목소리로 석태가 입을 열어 왔다.

사실상 자식의 흠을 이야기하는 자리였다. 때문에 적당히 사실을 숨기거나 진실을 가감해 말할 수도 있었다. 그러나 석태는 있는 그 대로의 이야기를 혜숙에게 또 기진에게 해줌으로써 현 사태를 바로 볼 수 있는 기회를 제공했다. 재력이나 권력을 앞세우지도 않았고, 오롯이 정한에 관한 얘기들로만 이끌어 가는 대화였다.

석태의 이야기가 이어질수록 기진과 혜숙의 표정이 시시각각 변해 갔다. 때때로 안타까운 표정을 짓다가도 곧바로 경계 태세를 지우지 않았다. 그만큼 받아들이는 입장에서는 쉽지 않은 내용이었다.

이 때문에 긴장을 지우지 못한 석태가 이따금씩 가쁜 숨을 크게 내몰아 쉬곤 했다. 곁에서 잡아 주는 미희의 손길이 있었기에 그나마 석태는 힘을 낼 수가 있었다.

냉전에 휩싸인 듯 내부의 공기층이 미묘하게 가라앉았다. 예상했다시피 기진과 혜숙의 표정은 그다지 좋지 못했다.

제대로 된 부모라면 분명 꺼려할 이야기였다. 석태 역시 감안하고 한 얘기였으나, 그의 입장에서 양보를 논할 수 있는 문제가 아니었던 만큼, 어떻게든 이겨 내야 하는 자리였다. 침묵을 깨고 먼저 말문을 연 건 기진이었다.

"전, 제 아이가 힘든 건 싫습니다."

"설마 하니 제가 희재 양 희생을 바라서 이런 말을 했을 거라고 생각하십니까?"

"그건······."

"남의 자식이 귀한 줄 몰랐다면, 저 역시 다른 방법을 사용했을 겁니다."

번개라도 내리친 듯 기진의 눈앞으로 불빛이 번뜩였다. 기진은 돈이 가진, 권력이 지닌 위력을 잠시 잠깐 간과하고 있었다.

"여보."

불안한 것은 혜숙이라고 하여 다르지 않았다. 무의식중에 소매 부리를 잡아끄는 혜숙을 바라보고 있노라면 심장이 터져 나갈 것처럼 쿵쾅대기 바빴다. 재력을 등에 업은 석태가 강압적인 방법을 앞세운다면······!

다행히 기진은 어리석은 사람이 아니었다. 애써 불안감을 잠재운 그는 석태가 해 왔던 말의 취지를 다시금 되새겨 보았다. 그런 뒤에야 기진은 진실을 바로 볼 수 있게 되었다.

"······어렵군요. 제겐 쉽지 않은 결정입니다."

"이해합니다. 다만 한 가지는 분명히 약속드릴 수 있습니다. 희재 양이 바라지 않는 일을 강요하는 일은 결코 없을 겁니다."

다른 누구도 아닌 희재의 의견을 최우선적으로 고려해 주겠다는 석태의 이야기를 전부 믿기란 애당초 불가능에 가까운 일이었다.

하지만 석태의 말처럼 처음부터 강압적으로 일을 해결하려고 했다면, 진실 따위는 꽁꽁 숨겨 둔 채 기진과 혜숙 모르게 일처리를 끝냈을 테다. 그러나 그러지 않고 솔직하게 사실을 말해 온 시점에서 기진은 한 번 더 석태를 믿어 보기로 했다. 정말이지 협상의 귀재라더니, 달리 대한민국 최고의 사업가가 아니었다.

일이 이쯤 되자 기진의 생각은 이내 다른 곳으로까지 미쳤다. 바로 희재의 사고와 연관한 문제였다.

"하나만 묻겠습니다. 설마 하니 오늘 이렇게 희재가 다친 게 회장님 자제분과 연관이 있는 건 아니겠지요?"

"그 건에 대해선 백방으로 알아보고 있는 중입니다."

"짐작 가는 곳이 있단 얘기로 들리는데, 제 말이 틀렸습니까?"

추측이나 다름없던 기진의 발언에 석태가 침음을 삼켰다.

"확실해지면 그때 말씀 올리겠습니다."

"……."

"예비 사돈께서 뭘 걱정하시는지 모르는 바 아닙니다. 희재 양 신변에 누가 되는 일 없게 잘 처리하겠습니다."

단박에 심기 불편, 언짢음을 내비쳐 봐도 죄다 긁어 부스럼이었다. 불도저처럼 밀고 들어오는 데 당해 낼 재간이 없었다.

승기를 잡았다 생각해서인지, 말끝마다 예비 사돈, 예비 사돈. 얼마 지나지 않아 희재가 깨어났다는 희소식이 들리지 않았다면 그대로 귀에 딱지가 앉을 뻔했다.

힘겹게 눈꺼풀을 들어 올렸을 때 눈앞으로 보인 건 혜숙의 얼굴이었다.

"엄…… 마?"

"그래 엄마야. 알아보겠니?"

여주에 있어야 할 혜숙이 왜 여기에……. 게다가 혜숙의 옆에는 기진도 함께 자리를 잡고 있었다. 그때서야 비로소 태린에게 떠밀린 직후 계단에서 굴러떨어져 의식을 잃었던 일이 생각났다.

살갗을 파고든 링거바늘하며 정황상으로 미뤄 보아 병원이라는 얘긴데······. 그렇다면 사고를 낸 다음 곧바로 태린이 자의로 신고라도 했던 것일까.

하지만 계단에서 떨어지기 전 마지막으로 보았던 태린의 얼굴은 악의로 가득 차 있었다. 더군다나 밀쳐지는 순간 태린의 손에선 한 치의 망실임도 찾아볼 수가 없었다. 이런 태린이 사후 조치를 취했다? 어쩐지 희재의 생각은 다분히 회의적이었다.

"아!"

머릿속으로 하나둘 자초지종을 되짚어가던 희재가 뒤늦게 석태와 미희를 발견하곤, 놀라 몸을 일으키려다 이내 끙 앓는 소리를 냈다. 덩달아 눈앞이 핑 도는 게 아무래도 정상적인 몸 컨디션은 아닌 듯했다.

"저런."

"오셨어요. 죄송해요. 이런 모습이라서."

"별말을 다 해요. 일단 눕기나 해요, 희재 양."

내 몸이 내 몸이 아닌 것처럼 감각이 둔했다. 결국 어정쩡한 자세로 인사를 건네자, 염려스런 표정을 지우지 못한 미희가 걱정 어린 말을 입에 담았다. 이에 질세라 혜숙이 재빨리 나서서 누울 자리를 봐줬다.

"움직일 생각일랑 말고 얌전히 누워 있어. 마취가 덜 풀려서 아직은 불편할 거야."

"마취?"

"그래, 이것아. 그렇게 매사 조심 좀 하지 그랬어. 다른 데도 아니고 머리라니……. 스무 바늘 꿰맨 걸로 끝난 걸 천만다행인 줄이나 알아. 속상해서 원."

"스무 바늘이나?"

어쩐지 유독 머리가 무거운 기분이더라니. 그랬느냐며 놀란 표정을 지우지 않은 채 희재가 되묻자 한숨을 푹 쉰 혜숙이 이어 말했다.

"의사 선생님 말씀이 온몸의 근육도 함께 놀랐을 테니까, 한동안은 움직이지 말고 쉬라더라."

낮게 깔린 혜숙의 목소리에서 고단함이 묻어 나왔다. 일견 겉으로 드러나기엔 타박처럼 들렸을지 모르나, 모든 게 희재에 대한 걱정에서 비롯됐음을 그녀도 모르지 않았다. 그래서 더 미안한 마음이 컸다.

"걱정시켜 미안."

"알아주니 다행이네. 놀랐을 텐데 쉬어."

혜숙의 말에 알겠다며 고개를 끄덕인 희재가 곧이어 침대 위로 무거운 몸을 눕혔다. 시트에 등이 닿기 무섭게 축축 늘어지는 게 꼭 물먹은 솜처럼 운신하기가 어려웠다. 하지만 혜숙의 당부에도 불구하고 얼마 못 가 희재는 누운 상태로 눈알을 요리조리 굴려 가며 주변을 두리번거리기 시작했다.

분명 이 근처 어딘가에 있을 텐데…….

침상 주변을 지키고 있던 사람은 아무리 셈해 봐도 기진과 혜숙을 포함해 단 넷뿐이었다. 하지만 석태와 미희가 소식을 전해 듣고 이곳에 당도했을 정도라면 당연히 이번 사고에 대한 얘기가 정한의 귀에도 들어갔단 공식이 성립된다.

이상하다. 사고 소식을 접했다면 가장 먼저 달려왔을 정한의 모습이 보이질 않자 왠지 모르게 초조한 기분이 들었다. 아니 더 정확하게는 서러운 마음에 눈물이 찔끔 났을 정도였다. 몸이 아파서 그런지 평소보다 사고방식이 감성적으로 변해 있었다.

투정을 부릴 일도 아닌데 때아닌 짜증이 찾아들었다. 이대로 입을 열었다가는 분명 불퉁한 소리가 새어 나갈 게 뻔했다.

의연하게 대처하자며 애써 마음을 다독인 희재가 문득 나란히 놓여 있던 왼편 침상으로 스치듯 눈길을 주었다. 이때만 하더라도 별다른 점을 발견하진 못했다. 그러나 곧 시무룩했던 게 언제였느냐는 듯 희재의 얼굴 위로 급격한 변화가 찾아들었다.

처음엔 굉장히 말라 보이는 손이 제일 먼저 시야에 들어왔다. 그런데 이상하게도 이 모습이 낯설지가 않았다. 의아함이 서린 눈길로 시선을 천천히 위로 들어 올리자 뜻밖의 인물이 모습을 드러냈다.

맙소사!

예상치 못한 장소에서 정한을 발견한 희재는 경악을 금치 못했다. 조금 전까지만 하더라도 모습을 찾아볼 수가 없어 희재를 속상하게 만들었던 장본인이 바로 옆 침대를 차지하고 누워 있다니. 삽시간에 희재의 얼굴 위로 반가움이 내려앉았다. 그러나 반가운 기색은 이내 흔적도 없이 사방으로 흩어졌다.

이게 뭔가. 세상에. 까딱 잘못하다간 해골이 형님 할 정도로 바싹 말라 있었다. 정정하자면 이건 마른 게 아니었다. 마치 병색이 짙은 사람처럼 한껏 야위어져 있었다. 어디라고 콕 찍어 설명할 것도 없이 전체적으로 살이 내린 모습이었다.

사람이 이렇게도 마를 수가 있는 거였나. 반쪽이 돼도 잘생긴 얼굴은 여전하지만, 보고 있는 것만으로도 왠지 모를 안쓰러움이 느껴질 정도였다. 흡사 기아로 고생하는 제3세계 난민을 보고 있는 기분이었다.

상황의 특수성을 감안하더라도 이런 모습은 정말이지 너무 심했다. 바싹 마른 나뭇가지도 이보다는 사정이 나을 테다. 뒤늦게 희재는 스스로가 뭔가 크게 착각을 하고 있었단 사실을 깨달았다.

크지 않은, 그간 속여 온 것에 비하면 아주 작은 벌이라고 생각했다. 그러나 두 달이 지난 지금에서야 이러한 생각이 틀렸음을 인정해야만 했다.

감고 있는 눈만이라도 반짝 떠 주면 안심이 될 것 같았다. 하지만 계속해 미동도 없이 누워 있는 걸 보니 혹시라도 어디 잘못된 곳이 있는 건 아닌지 덜컥 겁이 났다. 게다가 팔 한쪽에는 눈에 익숙한 링거바늘까지 꽂혀 있었다. 단순히 자고 있는 게 아닐 거라고 생각하긴 했지만……. 갑작스레 찬물을 뒤집어쓰기라도 한 것처럼 온몸에 오한이 들었다.

매달리는 눈빛을 한 희재가 도움을 구하듯 석태를 돌아봤다. 타이밍 좋게 두 사람의 시선이 공중에서 맞부딪치면서 삽시간에 눈빛 교환이 이루어졌다.

"희재 양, 뭐 필요한 거라도⋯⋯."

"그게 아니라, 아버님. 얘 왜 이래요? 왜 이러고 누워 있어요? 설마 많이 안 좋은 건 아니겠죠? 네?"

희재의 입에서 나온 아버님이란 단어에 대번에 석태의 입이 함지박만 하게 벌어졌다. 상황이 상황인지라 크게 좋아하는 티는 내지 못했지만 한없이 치켜 들려진 입꼬리만 봐도 쉽게 석태의 심경을 읽을 수가 있었다.

반면에 어처구니가 없다는 얼굴을 한 혜숙이 대번에 눈에 쌍심지를 켜 왔다. 아니 저것이! 철딱서니 없는 딸을 야단이라도 치듯 혜숙의 눈매가 매섭게 돌변했다. 사정은 기진 또한 다르지 않았다. 마치 믿는 도끼에 발등이라도 찍힌 것처럼 자못 억울한 표정을 지어 오는 게 아닌가. 게다가 한 번 찌푸려진 인상은 시간이 지나도 좀처럼 펴질 줄을 몰랐다.

묘하게 대비를 이루는 광경이었다. 흐뭇한 얼굴을 한 석태와 미희와는 달리 못마땅하다는 티를 여실히 드러낸 기진과 혜숙. 정신을 잃고 있는 사이 희재 자신은 모르는 모종의 대화가 오간 듯 분위기가 쉽사리 짐작키가 어려웠다.

하지만 당장에 중요한 건 이게 아니었다. 결국 조급한 마음을 이기지 못한 희재가 재차 석태에게 대답을 촉구했다.

"대체, 대체 언제부터 이러고 있는 건가요?"

"걱정 말아요. 희재 양이 곁에 있으면 곧 괜찮아질 거예요."

"아니! 이런 식이라면 곤란합니다. 분명 강요하지 않겠다고 저희와 약조하지 않으셨습니까!"

희재의 질문에 대한 석태의 답을 모종의 강요라고 여겼던지, 석태의 말이 끝나기 무섭게 기진이 발끈하며 불쾌한 심경을 드러냈다. 서로의 입장 차이가 분명한 만큼 해석하기에 따라선 기진의 말도 아주 일리가 없진 않았다.

"죄송합니다. 마음이 급해 제 욕심이 과했나 봅니다."

실수가 있었음을 순순히 인정한 석태가 뒤이어 정중한 사과의 말을 덧붙였다. 그제야 일이 어떻게 돌아가는지 대략적으로 판단이 선 희재가 천천히 혜숙과 기진을 번갈아 가며 응시했다.

모두 다는 아닐지라도, 어느 정도 선까지는 정한의 상태에 대해 전해 들은 게 분명했다. 그랬기에 걱정부터 앞섰을 테다. 어쩌면 희재가 고민했던 것보다 더 많이.

이 때문에 평소 유순하기로 소문난 기진도, 그답지 않게 석태의 말 한 마디 한 마디에 예민하게 반응하며 불같이 화를 내며 언성을 높였던 것 같다.

지금의 두 사람은 정한으로 인해 희재의 삶이 어그러져 버릴까 봐서, 평탄치 못한 길로 들어설까 봐서 노심초사하고 있었다.

하지만 다름 아닌 부모였다. 태어나 지금껏 사랑으로써 희재를 길러 왔던. 그러니 그걸 나쁘다 할 수는 없는 일이었다. 비록 정한의 손을 마주 잡기로 마음먹은 뒤라 할지라도 말이다.

"희재야."

"응."

"네가 하기 싫은 건 억지로 하지 않아도 돼. 무슨 말인지 알겠지?"

짧지만 많은 뜻이 함축돼 있는 말이었다. 혜숙이, 기진이, 희재 자신에게 무엇을 전하고자 하는지 더 듣지 않아도 알 수 있었다. 희재는 두 사람의 우려를 불식시키듯 그저 작게 웃어 보였다. 흔들림이라곤 찾아볼 수 없는 곧고 바른 눈빛이었다.

"있지. 엄마, 아빠. 나는 얘가, 김정한이 좋아. 그건 어느 누구 앞에서건 확실히 말할 수 있어."

"……그렇구나."

한참 만에야 맥이 탁 풀린 목소리로 혜숙이 고개를 주억거렸다. 감격에 젖은 석태가 악수를 청하듯 손을 내밀어 왔을 때 기진 역시 거부하지 않고 이를 받아들였다. 희재가 진심으로 좋다면 일단은 조금 더 지켜보자는 뜻이었다.

여주에 내려가 있는 동안 적어도 겉보기에 희재는 큰 불편함 없이 하루하루를 보냈다. 물론 정한에 대한 생각으로 늘 머리가 아플 정도로 고민을 하긴 했지만, 그래도 매 끼니마다 혜숙이 차려 주는 밥을 먹으며 나름 규칙적인 생활을 해 왔다 할 수 있었다. 적당히 먹고 적당히 자는 패턴의 반복. 하나의 결론에 이르기 전에도 아주 나쁜 생활은 아니었단 의미였다.

조용해진 병실 안쪽으로 규칙적인 숨소리가 낮게 울렸다. 정한과 단둘이 있는 지금 이 순간 희재의 마음은 더없이 차분한 상태를 유지하고 있었다.

앞서 장진태로부터 더 이상 위험한 일은 없을 거란 확답을 받은 뒤, 석태는 대접할 기회를 달란 말로 기진과 혜숙에게 저녁을 권해 왔다.

그다지 내키는 자리가 아니었을 텐데도 쉽게 승낙을 한 기진과는 달리, 혜숙의 반응은 미온적이었다. 끼니때를 훌쩍 넘긴 시간임에도 불구하고 혜숙은 그다지 허기가 지지 않는다는 이유를 들어가며 한사코 고집을 피웠다.

환자를 놔두고 다함께 자리를 비우는 것에 대해 다분히 회의적이었던 혜숙을 설득한 사람은 다름 아닌 희재였다. 은연중에 석태의 말에 힘을 실어 준 것이다. 그나마도 문밖을 지키고 서 있던 경호원과 간호사에게 각기 따로 부탁의 말을 하지 않았더라면 끝까지 희재의 곁에 남았을 테다.

가지런히 올려 세운 무릎을 두 팔로 감싸 안은 희재가 물끄러미 정한을 바라다보았다. 움직이지 말고 얌전히 누워 있으란 혜숙의 당부에도 불구하고 어느 틈엔가 몸은 정한 쪽을 향하고 있었다.

조금 전까지만 하더라도 적지 않은 수의 사람들이 들어차 있어 제법 주변이 시끄러웠을 법한데도 여전히 곤히 잠든 모습이었다. 하지만 얼굴 너머론 아직도 가시지 않은 고단함이 흠뻑 묻어 나왔다.

여주에 내려가기 전 정한에게 무슨 말을 했더라. 지난 얘기들을 곱씹어 보던 희재의 눈동자 안으로 까마득한 어둠이 찾아들었다.

「미안한데 나는 숨 막혀 죽고 싶지는 않아.」

「네 눈치를 보고 싶지 않아.」

「너는 내가 없는 삶도 가끔은 익숙해져야 해.」

「그래. 벌이야. 그러니까 이왕이면 반성도 하고 자숙도 하고 그래.」

생각나는 것만 열거해도 결코 적지 않았다. 하지만 맹세컨대 쉽게 내뱉은 말은 아니었다. 한참을 고심해서 했던 말.

그러나 시간이 지난 지금 희재는 후회란 걸 하고 있었다. 정작 똑같은 선택의 기회가 주어지더라도 결정적인 순간 마음을 바꾸지 않을 거면서. 같은 선택을 반복할 거면서.

이기적인 속마음을 깨닫는 순간 가슴이 찌르르 울리면서 심장 근처가 아파 왔다. 스무 살. 어른이 되기 위한 성장통이었다.

막연히 괜찮을 거라고만 생각했다. 그런데 괜찮지 않은 모습을 보고 나니 이루 말할 수 없이 속이 상했다. 이율배반적인 마음이 더없이 희재를 힘들게 만들었다.

아마 정한으로부터 진실이란 걸 듣게 되었을 때 희재 자신은 두려움이란 걸 느꼈던 것 같다. 앞으로 남은 서희재의 삶에 서희재는 하나도 없고 오로지 김정한으로만 채워질까 봐서, 그래서 두려웠던 것 같다. 이미 좋아져 버렸음에도, 사랑이란 걸 알고 있었음에도 부득불 시간을 갖자 했다. 희재에게도 잠시간 떨어져 스스로를 돌아볼 시간이 필요했기에.

희재가 알던 정한은 언제 어디서건 반짝반짝 빛이 나던 사람이었다. 그런데 지금의 정한은 마치 제 색을 잃은 것처럼 생기가 없었다. 눈을 떠 얼굴을 확인하는 순간 당장에 목이 꽉 막혀 와 말을 잃었을 정도였다.

헤어지고 패여 엉망이 된 정한의 입술 위로 희재의 손이 내려앉았다. 손끝으로 와 닿는 느낌이 전반적으로 까슬까슬했다. 이전에 기억하던 것과는 완벽하게 상반되는 거친 감촉이었다. 입술과 입술이 맞닿았던 때. 그때는 마시멜로를 머금은 것처럼 푹신하고 말랑말랑하기만 했었다.

"정한아, 김정한. 눈 좀 떠 봐."

울음기 섞인 목소리가 정한의 이름을 불렀다. 한 번, 두 번……. 쉬지도 않고 연이어 몇 번이고 정한을 이름을 되뇌고 나서야 희재는 그토록 바라던 그의 눈동자를 확인할 수가 있었다.

"안녕."

"……."

"왜 그러고 있어? 오랜만에 만나는데 인사도 생략하기야?"

느릿하게 여닫히던 눈동자가 희재의 존재를 확인한 이후 조금씩 커지기 시작했다. 믿기지 않는 장면을 본 것처럼 정한의 눈이 잔뜩 감격에 물들어 갔다.

"서희재 맞지……?"

"응."

"정말로 내 희재가 맞는 거지?"

"그래. 김정한의 서희재가 맞아."

스무 살의 서희재는 어렸고, 그래서 누군가에게 온전히 마음을 내어주기보다 상대의 마음을 빼앗아 오는 게 더 쉬울 거란 생각을 가졌었다. 분명한 것 하나는 정한이 했던 고백은 희재가 할 수 있는 선택의 폭을 좁히는 게 아닌 넓히는 기폭제로 작용했단 점이었다.

서희재가 아니면 안 된다는 김정한.

기필코 서희재여야만 하는 김정한.

사랑이란 게 분명 상호작용을 기반하고 있었음에도, 희재는 정한이 지닌 사정으로 인해 자신이 포기해야 할 것이 많다고 여겼던 것 같다. 아마 그랬던 것 같다.

그래서 마음 한쪽으로는 정한이 주는 사랑을 받기만 하면 된다고 믿었다. 아니라 부정했지만 그 속엔 분명 얄팍한 계산속도 포함돼 있었다. 그러나 이제는 다르다는 걸 안다.

밥을 먹을라치면 자연스레 떠오르고, 잠자리에 든 뒤에도 계속해 생각나는 얼굴. 어떤 일을 하건, 어디에 있든지 간에 늘 서희재의 머릿속에 존재하고 있는 사람. 전부 한 사람이었다.

김정한의 서희재. 서희재의 김정한.

귓가를 간질이듯 들려온 나직한 울림이 조금도 어색하지가 않았다. 마치 처음부터 그랬던 것처럼, 두 사람의 이름이 하나로 묶여져 있어도 전혀 낯설지가 않았다.

고개를 끄덕이는 희재의 긍정을 시작으로 정한의 새까만 눈동자가 습윤하게 젖어 들었다.

"내가 여주에 가지 않았더라면, 그랬더라면……. 미안해. 미안해, 희재야……."

"왜 울고 그래."

"미안해. 미안해, 희재야. 많이 아팠지?"

한없이 사과를 하면서도 선뜻 손을 뻗어 희재에게 닿지도 못한다. 정한이 잘못한 것은 아무것도 없었다. 사고가 난 원흉은 누가 뭐래도 이태린이었으니까.

그런데도 정한은 그 스스로의 잘못을 한없이 성토해 왔다. 아마도 약속을 어기고 여주에 다녀간 직후 희재에게 안 좋은 일이 생겨서 더 그랬던 것 같다.

"괜찮아. 겉에만 이렇지 걱정할 정도로 다친 것도 아니라는데 뭘. 그러니까 그만하고 진정해."

"……미안해. 정말 미안해."

"하아……. 계속 그러면 나 정말 화낼 거야. 그러지 말고 얼굴 좀 자세히 보여 줘. 오랜만에 보는데 계속 이런 모습만 보여 주기야?"

희재의 엄포가 먹혀들었던 것일까. 한참 만에야 정한이 정면으로 시선을 맞춰 왔다. 축축하게 젖은 정한의 눈은 그때까지도 안정을 찾지 못한 채 세차게 흔들리고 있었다.

잠시 후 어둡게 가라앉은 정한의 눈동자가 확인 작업을 거치듯 희재의 이곳저곳을 확인했다. 혹시라도 불편한 곳이 있나 살펴보는 것이었다. 그 모습이 몹시도 불안해 보여 괜히 마음이 쓰였다.

"괜찮아. 아무 문제없어."

"……."

"괜찮대도 그러네."

"그래. 그렇담 다행이야. 정말이지 다행이야."

희재에게 하는 말이 아니었다. 내뱉듯 나직하게 흘린 말은 정한 스스로에게 하는 다짐이나 다름없었다. 그럼에도 정한의 눈에는 여전히 한 줄기 가시지 않은 두려움이 남아 있었다. 아니 그건 두려움보다도 더 깊은 감정으로, 흡사 공포와도 닮아 있었다.

서희재의 곁에서만 웃을 수 있는 사람.

서희재가 다치면 서희재보다 더 아파할 사람.

천천히, 느릿하게, 떨림에 가득 찬 입술을 정한의 눈가로 가져갔다. 이미 눈물이 그친 뒤였음에도 짠맛이 그대로 남아 있었다. 그런데도 슈거파우더보다 더 달콤하게 느껴졌다.

"김정한."

"응."

"우리 치킨 시켜 먹을까?"

"?"

"왜, 싫어? 아님 족발이나 보쌈은 어때?"

뜬금없는 희재의 화제 전환에, 미처 의도를 파악하지 못한 정한이 빤한 눈길을 보내왔다. 방금 전의 분위기와 비교해 보면 아무래도 걸맞지 않은 주제였기 때문이다.

"그런 눈으로 볼 거 없어. 너 다음 달 안으로 10킬로그램은 찌워야 할 테니까, 각오 단단히 하고 있어야 할 거야."

"10킬로그램?"

구체적인 숫자까지 언급하자, 농담이 아니란 걸 알아차린 정한이 해석하기 애매모호한 표정을 지었다. 아무래도 단기간에 10킬로그램은 무리라고 판단을 내린 모양이었다. 하지만 희재의 생각은 단호했다.

"응. 미리 말해 두겠는데 난 너무 마른 남자는 취향 아냐."

"……치킨이 좋을 것 같아."

"그렇지? 역시 야식엔 치킨만 한 게 없지. 근데 빈속에 먹긴 좀 그러니까 병원식부터 먹고 먹자. 시간이 늦어서 안 된다면 병원 들어올 때 엄마한테 죽 좀 사다 달라고 부탁해도 되고."

너무 마른 남자는 취향이 아니란 희재의 말에 충격을 받은 정한
이 군말 없이 고개를 끄덕였다. 그러자 기특하다는 듯 희재가 정한
의 머릿결을 흐트러뜨렸다.

탁.

불현듯 공중에 떠 있던 희재의 손목을 정한이 낚아챘다. 그러곤
자그마한 희재의 손을 그의 뺨으로 가져갔다.

"따뜻하네. 정말 내 희재가 맞구나."

"그으럼."

희재가 깨어난 뒤로도 줄곧 불안감을 지우지 못하고 있던 정한
이 간신히 입가에 미소를 띠었다. 정신을 잃고 계단 밑에 쓰러져
있을 때와는 달리 희재의 손은 온기를 머금고 있었다. 그때서야 비
로소 원래 자리로 돌아왔다는 게 실감이 난 것 같았다.

"희재야."

"그래. 나 여기 있어."

어쩌면 이따금 무조건적인 정한의 관심이 부담스럽게 느껴질 날
이 올지도 모른다. 그전에 나는 기필코 숲이 되고 산이 될 테다. 강
이 되고 바다가 되어 너라는 사람이 마음 놓고 살 수 있는 그런 사
람이 될 테다.

김정한, 정한아. 하루도 이틀도 아닌, 그 오랜 세월 동안 한시도
빠짐없이 내 머릿속을 헤집고 다니느라 지치고 힘들었을 텐데 이제
그만 쉬어도 돼. 이번엔 내가 먼저 마음을 열어 보일 테니까.

아직은 해 주지 못한 말. 그러나 얼마 안 가 그의 귓가에 속삭여

줄 날이 분명 올 테다.

값비싼 보물을 끌어안듯, 삽시간에 정한의 두 팔이 희재를 가뒀다. 촘촘하게 짜인 그물처럼, 빠져나갈 틈이라곤 조금도 없이 힘주어 끌어안아 올 때면 왠지 모르게 안심이 되었다.

두 사람 사이에 위치한 간격이 가까워질수록 심장 소리가 요란하게 귓가를 때렸다. 소리의 진원지가 어디인지, 또 둘 중 누구의 것인지는 쉽사리 구분하기 어려웠다.

푹 자고 일어난 후 내일 아침 일찍 다시 보자는 희재의 말에 정한은 엄청 싫은 티를 냈다. 대번에 입을 꼭 다무는 모양새가 흡사 심통이 난 어린아이처럼 보이기도 했다. 물어보나마나 여기서 희재와 함께 밤을 지새울 생각이었던 게 분명했다.

그러나 혼자 머무는 공간도 아니었고 혜숙과 기진이 곁에 함께 있는데, 이 상황에서 정한이 편히 쉴 수 있을 리 없었다.

영양제를 다 맞은 뒤에도 낯빛이 허여멀건 게 영 상태가 나빠 보였던 터라 희재는 부득불 혜숙과 기진을 핑계 삼아 정한에게 평창동으로의 귀가를 종용했다. 몸이 축날 대로 축난 정한이 혼자 지내기에는 아무래도 무리란 판단이 들어서였다.

한동안 심사숙고해서 내린 희재의 결정이 정한의 입장에서는 몹시도 부당했던 듯 좀처럼 얼굴에서 그늘이 걷히지 않았다.

하지만 잠시간 구석에서 석태와 들리지 않게 몇 마디 얘기를 주고받은 뒤에는 거짓말처럼 수긍을 해 왔다. 생각했던 것 이상으로 손쉬운 긍정인지라 마음 한쪽에선 한 가닥 의구심이 싹을 틔웠으나, 은밀히 나눈 대화 내용까지는 짐작이 가지 않았기 때문에 그저 좋은 게 좋다고 넘겨 버릴 수밖에 없었다.

정한을 위시해 석태와 미희가 한꺼번에 썰물처럼 병실을 빠져나가자 그제야 혜숙도 긴장한 기색을 지웠다. 갑작스럽게 접한 사고 소식에 많이 놀란 듯 진이 빠진 모습이었다.

옆에서 자리를 지키고 있던 기진은 미련하게도 여태 생리현상을 억지로 눌러 참았던지 급하게 화장실 문을 열어젖히기 바빴다. 겉으로 드러나진 않았지만 누구보다 긴장하고 있던 사람도 기진이었다.

급한 불을 끄고 화장실에서 나온 기진이 물에 젖은 손을 탈탈 털어 냈다. 한동안 혜숙이 뜸을 들였던 것도 전부 기진이 나오길 기다리고 있어서였던 모양이다.

"머리는 좀 어때. 많이 아프다거나 그러진 않아?"

"실은 마취가 풀리려고 그러는지 두피 쪽이 지끈거리기는 해."

이어진 대화는 희재의 컨디션을 묻는 것으로 시작되었다. 그러나 혜숙이 말하고자 하는 진짜 본론이 따로 남겨져 있다는 것을 희재도 모르지 않았다. 하지만 혜숙의 말이 있기 전까진 희재도 그저 모르는 척 밝은 얼굴로 물어 온 것에 대한 대꾸만 할 뿐이었다.

"자기 전에 진통제 한 대 놔 달라 그럴게."

"그래 주면 고맙고."

평소처럼 기운차게 웃어 보였는데도 혜숙의 표정은 심각했다. 팔짱을 낀 기진도 생각에 잠긴 듯 말이 없었다.

"……듣기론 계단 밑에서 정신을 잃고 쓰러져 있었다던데. 혼자서 그런 거야?"

정말로 발을 헛디뎌 잘못해 사고가 난 거냐는 우회적인 질문에, 잠시 잠깐 태린의 얼굴을 떠올린 희재가 고개를 가로저었다.

희재의 부주의함 때문이 아니었다. 우발적으로 저지른 일이라고 믿고 싶지만 고의라는 사실에서는 변함이 없었다. 걱정을 끼치고 싶지 않다는 이유로 태린을 옹호하기도 싫었고, 나아가 이 같은 명분을 앞세워 혜숙과 기진을 기만하는 건 더 싫었다.

"아니."

짧은 희재의 부정에 혜숙의 시름이 깊어졌다.

"그럼? 그럼 대체 누가? 대체 왜?"

"그렇게 걱정스런 표정 짓지 않아도 돼. 나, 다른 건 몰라도 내 잘못이 아니었단 것만은 엄마 아빠 앞에서 확실히 말할 수 있어. 그러니까 만나게 되면 물어볼게. 꼭 그랬어야만 했는지."

"……누가 그랬는지 아는구나. 걔가, 그러니까 이 일에 정한이란 애도 관련이 돼 있는 거지?"

추측이라기보다 확신에 가까운 말투였다. 부모란 존재는 자식에 한해서만큼은 본능적인 감을 타고난다더니, 그게 꼭 틀린 말은 아닌 것 같았다. 그래서 희재도 숨기지 않고 스스로의 소신을 밝혔다.

"나 거짓말하기 싫어. 그래서 아니란 말도 하지 않을 거야. 다만 엄마. 이번 일이 정한이와 연관이 있다고 해서 그게 전부 정한이 탓인 건 아냐. 이건 짚고 넘어갈게."

"하지만, 하지만 희재야."

"엄마가 무슨 말을 하고 싶은지 나도 알아. 근데 비난은 나쁜 짓을 한 당사자가 받아야 맞는 거잖아. 괜한 화풀이하면 속만 더 상하는걸."

혜숙의 원망이 굳이 정한에게 닿게 할 필요는 없었다. 정한이 저지른 실수라고 해 봤자 도가 넘치도록 희재를 아꼈던 것밖에 없으니까. 방법에 있어서만큼은 그 길이 잘못됐다 할지라도, 그 역시 정한이 희재를 사랑하는 방법 중 하나였을 뿐이었다.

생각건대 어린 정한은 분명 두려웠을 테다. 간신히 찾은 안식처를 빼앗기게 될까 봐, 아주 많이 두렵고 무서웠을 것이다.

처음부터 정한의 마음속에는 태린을 위해 준비된 자리 같은 건 없었다. 오직 하나. 그의 심장은 단 하나, 희재만을 바라보며 뛰었다. 태린의 욕심이 불필요한 화를 낳았다. 그렇기에 희재는 태린에게 화를 내고 따져 물을 자격이란 걸 가지고 있었다.

당연한 얘기지만 태린과 관련된 이번 사건의 전말에 대해서 정한에게도 있는 그대로 말해 줄 생각이었다. 혜숙과 기진의 앞에서 그랬던 것처럼, 정한의 앞에서도 스스로에 대해 떳떳해질 기회를 찾을 생각이었다.

알고자 했던 것을 모두 들어서였을까. 생각에 잠긴 혜숙이 조용히 입을 다물자, 이번에는 말없이 두 사람이 나누는 얘기만 듣고 있던 기진이 입을 열었다.

"딸. 상황이 어쩔 수 없단 핑계로 네 자신의 행복을 하찮게 취급해선 안 돼. 명심해. 다른 어떤 것보다 희재 네 행복이 우선이란 걸."

"걱정할 일 없게 내가 다 잘할게."

"믿어도 되는 거지?"

"실망시키지 않을게. 힘들어지면 언제든지 정한이 걷어차고 아빠한테 갈게."

마지막 문장에 그제야 굳었던 기진의 얼굴도 바로 펴졌다. 진심이 담기지 않은 빈말임을 알면서도 기진은 그것으로 족하다는 듯 뒤이어 고개를 끄덕여 왔다.

언제나 그랬듯 기진은 희재의 선택을 믿어 주었다. 그에게 있어 희재는 단 한 번의 실망도 안기지 않은 든든한 딸이었기에.

잠시 후 희재의 시선이 기진을 거쳐 혜숙에게로 옮겨 갔다.

"……잘하는 일인지 모르겠어. 이대로 둬도 괜찮은 건지 사실 엄마는 잘 모르겠어."

"걘 나 아니면 웃을 일이 없대. 세상에서 내가 제일 좋다는 사람이야. 그게 유일한 단점인데, 그 정도는 사귀는 입장에서 흠도 아니잖아."

"하여간에 말은."

대화의 방향은 다행히 희재가 원했던 쪽으로 결론을 맺었다. 가라앉은 분위기도 전환할 겸, 히죽 미소를 띤 희재가 속살대듯 혜숙에게 유용한 정보 하나를 속삭였다.

"마음 풀기로 한 거지? 잊고 있는 것 같아 하는 말인데, 걔네 집 돈 많아. 엄마가 좋아하는 돈 말이야!"

"애가! 이 상황에서 그런 말이 나와!"

"엄마! 나, 환자야, 환자!"

물색없는 희재의 얘기에 등짝을 내려치려던 혜숙이, 뒤늦게 희재의 처지를 깨닫고는 눈을 흘기는 것으로 대화는 끝이 났다.

어찌 됐건 이제 희재에게 있어 정한도 소중한 사람이 됐다. 언젠가는 받아들여야 할 문제라면 혜숙과 기진도 조금씩 노력해 줬음 하고 희재는 바랐다.

진통제를 맞은 이후 느끼는 통증이 많이 잦아들었던지 태평한 얼굴로 잠자리에 든 희재를 바라보며 혜숙이 작게 한숨을 내쉬었다.

예고도 없이 갑작스레 들이닥친 사건 사고들로 인해 오늘 하루가 어떻게 흘러갔는지 아직도 정신이 없을 지경이었다. 희재가 크게 다친 것만으로도 혼비백산할 일인데, 거기다가 재벌가인 대진그룹 회장 내외가 뜬금없이 예비 사돈이라며 손을 잡아 오는 상황이라니……. 꼭 귀신에 홀린 기분이었다.

사실 애써 아닌 척 최대한 담담하게 상황을 넘기긴 했지만, 석태로부터 정한의 사정을 전해 들은 뒤로는 줄곧 안타까운 마음에 사로잡혀 있었다.

생소하고 낯선 병명이었지만, 더없이 절박해 보이던 석태와 미희의 태도에서 사태의 심각성을 읽을 수 있었기 때문이었다. 유일하게 희재가 구원이라고 말해 오던 석태의 한 마디 한 마디가 애절한 애원이나 다름이 없었다.

입장 바꿔 생각해 보면 왜 혜숙이라고 하여 마음이 쓰이지 않겠는가. 하지만 그럼에도 혜숙은 딸인 희재의 미래가 더 소중했다. 품 안의 자식이라곤 하지만, 어린 희재가 벌써부터 너무 큰 짐을 지는 것은 바라지 않았다.

문제는 희재의 마음이었다. 희재는 이미 이 상황을 받아들이기로 마음먹은 건지 줄곧 의연한 태도를 잃지 않았다. 그랬기에 혜숙도 어쩔 수 없이 고집을 꺾고 한발 물러설 수밖에 없었다.

"……그야 생긴 건 나무랄 데 없어 보였지만."

영양실조에 걸릴 만큼 마른 몸 상태에도 얼굴만은 퇴색되지 않은 빛을 가지고 있었다. 시간이 흘러 몸에 살만 조금 더 붙는다면 혜숙의 평은 지금보다 훨씬 더 후해질 게 분명했다.

나이 들어 주책이라지만, 사실 모른 척 정한의 얼굴을 힐끔거린 적도 여러 차례나 됐다. 세월의 흐름을 어느 정도 이겨 낸 나이지만 그렇다고 해서 심미안까지 변해 버린 것은 아니었다.

문득 혜숙은 희재의 말처럼 마냥 나쁘게만 볼 일은 아니란 생각을 가졌다. 석태의 설명에 지레 겁을 집어먹긴 했지만, 그것만 빼면 어디 하나 흠잡을 만한 곳이 있기라도 했던가. 지나치게 마른 건 이유가 있었으니 논외로 두고, 그 외의 나머지만 가지고 객관적으로 판단하면 오히려 차고 넘치는 자리였다.

대진이라……. 여유를 가지고 상황을 되짚어 보니 그간 협소한 시야에 가려져 보이지 않던 것들이 혜숙의 눈에도 보이기 시작했다. 생각지도 않았는데 이러다 정말 재벌 사위를 보게 생겼지 않은가. 울 수도 웃을 수도 없는 일에 혜숙이 고개를 절레절레 흔들었다. 어떻든 아직은 먼 미래의 일이었다.

입원한 지 나흘째.

뇌진탕 증세에 따른 후유증으로 한 차례 속을 비워 낸 것만 빼면 병원에서의 생활은 그다지 나쁘지 않았다. 다만 며칠만 있음 개강이고, 준비할 것도 적지 않은데 복병인 정한이 떡하니 병실에 버티고 있는 바람에 옴짝달싹 못하고 있는 게 조금 불편하다면 불편하달까.

애당초 정한이 내건 조건이 실밥을 풀기 전까지는 병원 바깥출입을 불허한다는 쪽이었던 만큼 이와 관련해서는 조금의 양보도 없었다. 좋은 말로 구슬려 보기도 했으나 번번이 설득을 당하는 쪽은 희재였다. 게다가 혜숙까지 합세해 몰아붙이니 당해 낼 재간이 없었다.

첫날에 딱딱하게 굴었던 게 언제였냐는 듯 요 며칠 새 혜숙과 정한은 꽤나 죽이 잘 맞아 지내고 있었다. 시골집 옆에 비어 있던 축사를 개조해 송아지 두 마리를 넣어 놨던 게 영 마음에 걸렸던 기진이 엊그제 밤 여주로 떠나고 난 이후로 두 사람 사이가 부쩍 가까워졌단 느낌이 들었다. 아무래도 주변의 말상대 할 사람이 한정적이다 보니 자연스럽게 그렇게 된 것 같았다.

안 그런 척하면서 정한이 '어머니, 어머니' 거릴 땐 혜숙의 입술 끝이 한껏 위로 치켜 올라가곤 했다. 언제부터 그렇게 처세술이 좋았다고!

이전 석태를 향해 무심결에 아버님 소리를 한 번 내뱉었다가 혜숙으로부터 온갖 눈치를 다 받았던 희재로서는 억울하기 짝이 없는 일이었다. 한편으로는 오늘 이 자리에 함께하고 있는 미희가 괜스레 신경이 쓰이기도 했다.

이전 선산에서 보여 온 정한의 태도도 그렇고, 그는 그다지 살가운 성격의 아들은 아니었다. 살가운 게 다 뭔가. 희재를 대할 때와는 달리 말 한 마디를 하더라도 어찌나 성정이 차 보이던지 민망함에 저도 모르게 식은땀을 흘린 적도 많았다.

굳이 지금은 아니더라도, 나중엔 이 주제로 정한과 한번 얘기를 나눠 봐야 할 것 같았다. 그래도 대학에 오기 전까지는 이 정도로 주변에 냉랭한 편이 아니었는데……. 하긴 그게 전부 희재 혼자만의 착각에서 비롯된 일이긴 했지만.

의뭉스런 눈빛으로 정한을 바라보자, 그가 입 모양으로 작게 '왜'라고 물어 왔다. 아무것도 아니라며 고개를 가로젓자, 뭔가 못마땅하다는 듯이 정한의 눈가가 약간 찡그러졌다. 혹시라도 어디 불편한 곳이 있는 건 아닌지 살펴려는 의도였다.

피하듯 슬그머니 정한으로부터 눈길을 뗀 희재가 조금 전 미희가 입가심을 하라고 건네 온 약과 하나를 집어 들었다. 너무 달지 않고 적당히 달달한 게 희재의 입맛에도 꼭 맞았다.

며칠째 하루도 거르지 않고 미희는 양손 가득 먹을거리를 마련해 희재의 병실을 방문했다. 곁에서 간호하는 혜숙을 배려한 처사였다. 부담스러워 어쩔 줄 몰라 하며 사양하기 바빴던 혜숙도 이젠 미희가 올 시간이 되면 은근히 기다리는 눈치였다. 대기업 사모님답지 않게 소탈한 면이 혜숙에게 좋게 다가온 모양이었다.

식후 약간의 담소 끝에 커피 한 잔을 마시겠다며 혜숙과 미희가 병실을 나섰다. 일부러 단둘이 있게 자리를 피해 준 것이다.

탁.

병실 문이 닫히자마자 의자를 침대 쪽으로 바싹 끌어당긴 정한이 희재의 손을 맞잡아 왔다. 그러더니 고심에 찬 듯 한동안 말을 아꼈다. 희재도 별말 없이 그저 남은 한 손으로 정한의 머릿결을 쓸어내리기만 했다.

"……마무리 지어야 할 일이 있어. 그래서 잠시 자리를 비워야 할 것 같아."

얼마간 이어지던 침묵을 깨고 한참 만에야 정한의 입에서 나온 얘기였다. 직감적으로 태린과 관련된 일이라는 걸 확신할 수 있었다. 이내 생각을 정리한 희재가 짧은 심호흡 끝에 입술을 열었다.

"그냥 여기 있어."

투명한 정한의 눈이 희재를 응시했다. 하고 싶은 말이 많은 눈이었다. 그 눈을 똑바로 바라보며 이번엔 희재가 먼저 정한이 듣고 싶어 하는 얘길 속삭여 주었다.

"네가 알고 싶어 하는 걸, 내가 얘기해 줄 수 있을 것 같거든."

예상치 못한 상황 전개에 정한이 놀란 표정을 지어 보였다. 아마도 이번 사건에 관해 끝까지 희재가 입을 다물고 있을 거라고 여겼던 것 같다.

"내 부주의함 때문이야."

"……그 말을 나더러 믿으란 거지."

이어 나온 희재의 말 한마디에 당장에 정한의 인상이 험악하게 변했다. 이대로 수긍할 수는 없다는 항의의 뜻이기도 했다.

하지만 지금 정한은 희재가 내뱉은 말에 대해 오해란 걸 하고 있었다. 앞서 밝혔다시피 희재 또한 이 일을 유야무야 덮고 넘어갈 생각은 손톱만큼도 없었으니까.

"틀려. 내가 말한 부주의함이란 건 사고가 아닌 이태린에 대한 부주의함을 이야기하는 거니까."

태린의 이름이 언급된 시점에서 정한의 눈빛이 다시금 흉흉하게 돌변했다. 만약 태린이 이 자리에 함께 있었다면, 정한이 내뿜는 시퍼런 서슬에 털썩 바닥 위로 주저앉았을지도. 그만큼 정한의 기세는 사나웠다.

분노를 참는 듯 삽시간에 말아 쥔 정한의 주먹이 터져 나갈 것처럼 떨리기 시작했다. 하지만 표정만은 의외라 할 정도로 담담했다. 어느 정도는 예상했지만 정한도 이번 사고의 배후가 누군지 이미 짐작하고 있던 모양이었다.

하긴 따지고 보면 희재가 사는 곳은 동시에 대진그룹의 차남이 기거하는 곳이기도 했다. 보안을 생각하지 않을 수 없단 뜻이었다. 그랬기에 그 흔한 CCTV 한 대 설치해 놓지 않았다면 그거야말로 더 이상한 일이었다.

더군다나 전자기기 분야로는 대한민국 최고의 명성을 자랑하는 대진이었고, 사람들 눈에 띄지 않게 카메라를 설치하는 것쯤은 그다지 어려운 일도 아니었을 테다. 생각해 보면 새로 바뀐 건물주 명의가 정한의 이름이랬지?

적어도 한두 대는 아니었을 것이다. 그보다는 훨씬 많은 수의 장비가 동원됐을 확률이 높았다. 희재가 의식하지 못하는 구석구석마다, 조금의 사각지대도 남기지 않고 빠짐없이 전부 다. 그리고 이렇게 설치된 CCTV에는 나흘 전 태린이 있는 힘껏 희재를 떠미는 장면이 고스란히 담겨 있을 테다.

미리 계획을 하고 왔다기보다 우발적인 범행에 가까웠던 만큼 미처 태린도 여기까진 생각을 하지 못했을 것이다. 설령 뒤늦게 알았다고 한들 태린 개인이 회수할 수 있는 방법도 남아 있지 않았을 테다. 예전부터 대진의 일처리 방법은 빈틈이 없기로 소문이 나 있었다.

"사람 참 나쁘다, 그치?"

모종의 확신을 가진 희재는 큰 부담 없이 사고 당시 때의 상황을 정한에게 들려주었다. 숨기지 않고, 가감 없이 있는 그대로의 진실을.

대화가 진행되는 내내 정한은 입을 다문 채, 희재가 해 오는 이야기를 조용히 듣고만 있었다. 그러나 속에 담아 두었던 이야기를 모두 끝냈을 무렵 돌연 정한이 으드득 이를 갈았다. 치밀어 오른 분노를 다스리는 게 쉽지 않은 듯 온몸에 잔뜩 힘이 들어가 있었다.

"그만둬. 그러다 이 상해."

"미리 말해 두겠지만 그냥은 못 넘어가."

그럴 거라고 예상했지만 태린에 대한 정한의 분노가 생각보다 깊은 모양이었다. 하지만 분명한 것 하나는 이번 사건과 관련해 정한이 다치는 일이 생겨서는 안 된다는 사실이었다.

희재에 관해서만큼은 정한은 늘 맹목적이었다. 그게 늘 걱정인 희재였다. 그렇다 하여 이 일에서 정한을 배제할 수도 없는 상황이었다. 고심 끝에 희재는 어렵사리 절충안을 내놓았다.

"내 힘으로 할 거야. 그러니까 너는 상관하지 마. 이런 말은 나도 하지 않을 거야. 왜냐면 나보다 상처받은 건 너니까."

"기특하네."

알아줘서 고맙다는 말을 정한이 에둘러 표현했다.

"그래서 나도 정한이 네 말처럼 그냥은 못 넘겨. 근데 받은 만큼 그대로 되갚아 주면, 나도 이태린과 똑같은 사람이 되는 거잖아."

극단적인 방법은 생각지도 말라는 엄포였다. 일찌감치 정한의 속을 들여다본 희재가 기지를 발휘한 것이다.

사실 정한의 입장에서 가장 깔끔한 방법은, 희재가 겪어야 했던 것만큼의 고통과 아픔을 태린에게 되갚아 주는 일이었다. 그러나 희재의 생각은 정한과는 다른 듯 여기에 관해선 입장이 단호했다. 어떤 일이 있더라도 남에게 상해를 입히는 것은 용납할 수 없단 뜻이었다.

"증거 가지고 있지?"

"그래."

쉽사리 속내를 짐작하기 어려운 희재의 발언에 정한이 초조한 심경으로 이어질 다음 말을 기다렸다.

"그거면 돼. 그걸로 이태린을 법정에 세워 줘."

"법정?"

"그래, 법정. 단, 중간에서 이태린이 돈 가지고 장난 못 치게 네가 막아 줘. 그건 나도 말리지 않을게."

생각에 잠긴 듯 잠시간 정한이 두 눈을 아래로 내리깔았다. 톡톡 침대 위를 두드리는 손가락의 움직임에서 고민의 흔적이 묻어 나왔다. 그런 후 감고 있던 눈을 천천히 떠 왔다.

"정말…… 그걸로 만족해?"

"충분해."

"알았어. 희재 네 뜻이 그렇다면 그렇게 할게."

대진에 속해 있는 법률자문기구는 기업 간의 분쟁 소송과 관련한 업계 전문가뿐만이 아니라, 다방면에 걸쳐 가장 실력 있는 변호인단으로 꾸려져 있었다. 일단 소송에 들어가면 실패를 모른다는 불패의 신화. 한 번 물었다 하면 산 채로 뼈까지 발라먹는단 소문이 업계의 정설처럼 내려오고 있었다.

때문에 이태린의 뒤에 아무리 부친인 세경건설 대표이사 이정무가 버티고 있다 할지라도, 대진에서 작정하고 대처에 나선 이상 온전히 빠져나가기란 사실상 불가능에 가까운 일이었다.

작당 모의를 하듯 머리를 맞대고 나누던 이야기가 끝을 보일 때쯤, 커피타임을 끝낸 혜숙과 미희가 병실로 돌아왔다. 약간의 불만이 남은 것 같던 정한도 결국엔 희재의 뜻을 따라 주기로 결론을 내렸다.

맹세컨대 희재 자신은 결코 남들보다 착하지 않았다. 정해진 틀을 벗어나지 못한 일개 평범한 사람 중 하나일 뿐이었다. 그랬기에 생각하고 또 생각했다. 세상에서 이태린이 제일 못 견뎌할 것이 어떤 것인지를, 가장 최고의 복수가 무엇인가를.

어쩌면 이번 일로 인해 태린의 삶은 망가져 버릴지도 모른다. 그런데도 희재는 물러서지 않고 뜻을 관철시켜 나갈 생각이었다. 정한의 손을 더럽히지 않아도 되는 가장 합리적이고 합법적인 방법을 가지고서.

제11장.

사랑은 내 곁에
머물러 있는 공기 같아요

　세경건설의 대표이사로 있는 이정무는 최근 들어 고민거리가 하나 늘었다. 바로 하나밖에 없는 딸 태린에 대한 걱정 때문이었다.

　벌써 며칠째 방 안에 틀어박혀 끼니도 거른 채 문 밖으로 나오지 않아 여간 마음이 쓰이는 게 아니었다. 붙잡고 이유를 물어봐도 입을 꾹 다물고 있으니 부모 된 입장에서는 걱정이 안 될 수가 없었다.

　느른한 손길로 한 차례 아래턱을 쓸어 올린 정무가 깊은 한숨을 내쉬었다. 딸인 태린은 전처와의 이혼 이후 재혼한 후처와의 사이에서 태어난 딸이었다. 전처와의 사이에서도 자식이 하나 있긴 했지만 돌도 넘기지 못한 시점에서 세상을 떴던 터라, 커 가면서 태린에 대한 정무의 애정은 주변에서조차 알아줄 만큼 유달리 각별했었다.

　사실 평범한 집안 출신이었던 전처와는 달리, 태린의 모친인 주자경은 현 세경건설을 세운 사주의 고명딸이었다.

아무것도 가진 것이 없던, 그저 평사원에 불과했던 이정무가 오늘날 세경건설 대표이사 자리에 오른 건 전부 주자경의 덕분이라 할 수 있었다.

죽은 애 핑계를 대고 기어코 전처와 이혼하긴 했지만, 그전에 이미 자경과 잠자리를 가질 만큼 흔들린 뒤였다. 자경이 지닌 배경은 정무에도 독이 든 사과만큼이나 달콤한 것이었다.

당연하게도 한 차례 결혼한 이력이 있던 정무를 자경의 집안에서는 그다지 탐탁지 않게 여겼다. 하지만 워낙에 자경의 뜻이 완고했던 터라 울며 겨자 먹기로 세경에서도 정무를 받아들일 수밖에 없었고, 게다가 그땐 이미 자경의 배 안에 태린이 잉태돼 있었다.

이제 와 하는 말이지만 전처와 자경은 하나에서부터 열까지 모두 다 다른 사람이었다. 그중 가장 상반됐던 것은 성격적인 부분이었다. 어려서부터 부족함 없이 생활해 온 덕분인지 자경의 성격은 약간 이기적인 면모를 띠고 있었다.

그리고 태린은 이런 자경의 성격을 어느 정도 닮아 기분 고하에 따라 제멋대로인 경향이 있었다. 그래도 정무에겐 눈에 넣어도 아깝지 않은 자식이었다.

그러다 문득 새삼스레 몇 달 전에 있었던 일들이 정무의 머릿속에 떠올랐다. 매일같이 조르는 태린의 고집을 이기지 못해 넌지시 대진그룹에 혼담 의사를 청했을 때, 대진의 회장인 석태는 잠깐의 고민조차 생략한 채 그 자리에서 거절의 의사를 밝혀 왔다. 이미 정해진 혼처가 있다는 말로써 작은 여지조차 주지 않았다.

설마 그때 일을 아직까지 떨쳐 버리지 못하고 마음에 남겨 두고 있는 건 아닐 테지? 당시 그 일로 태린은 꽤나 울기도 했었다. 하지만 대진의 회장 마음이 그처럼 확고하다는데, 그건 아무리 정무라 하여도 어쩔 수 없는 일이었다. 괘씸하기는 했지만 다른 도리가 없었다.

기분 전환도 시켜 줄 겸, 어디 다른 곳에서 마음 상할 일이라도 있었던 건 아닌지 이참에 자세히 캐물을 요량으로, 정무는 점심시간에 맞춰 기사를 보내 태린을 회사로 불러낼 생각을 가지고 있었다.

하지만 정오가 되기 바로 직전 세경건설 어음과 관련한 악성루머가 증권가에 퍼지기 시작하면서 정무의 계획은 불발로 그치고 말았다. 문제는 루머가 루머에서 끝나지 않고 곧 현실이 되어 정무를 압박해 들어오기 시작했다는 점이었다.

표면적으로 드러나길 세경건설의 어음을 가장 많이 보유하고 있던 곳은 대진그룹 산하에 위치해 있는 대진인터내셔널이었다. 그런데 무슨 이유에서인지 대진인터내셔널에서 만기도 돌아오지 않는 세경건설의 어음을 오늘 일자로 돌린다는 얘기가 장내에 파다하게 돌았다.

기다렸다는 듯 주식시장에서 세경건설의 주가가 급락하기 시작했다.

처음 보고를 받았을 때만 하더라도 정무는 무슨 말도 안 되는 헛

소리라며 화부터 냈다. 하지만 처한 현실을 일깨우듯 곧 그의 앞으로 대금상환을 촉구하는 어음이 도착했다. 그때서야 부랴부랴 대진인터내셔널 쪽과 접선을 취해 봤지만 돌아오는 대답은 한결같이 냉랭했다.

삽시간에 식은땀이 등허리를 타고 흘러내리기 시작했다. 연신 목줄을 죄여 오는 넥타이를 거칠게 풀어헤친 정무가 불편해진 심기를 감추지 않았다. 붉어진 얼굴이 말도 못하게 험상궂었다.

거듭된 불황에 침체기를 맞이한 건설업계라 할지라도 세경건설만큼은 언제나 예외였다. 그간에 뿌린 로비자금만 따지더라도 이럴 순 없는 일이었다. 더더군다나 대진인터내셔널 사장과는 평소 골프를 함께 치러 다닐 정도로 교분이 두터웠다.

그런데 일이 터지고 나선 아예 개인 휴대폰까지 꺼 놓고 연락을 피하고 있는 실정이었다.

한동안 부서질 듯 손아귀에 움켜쥐고 있던 휴대폰을 정무가 던지듯 바닥으로 내려놓았다. 때맞춰 정무의 휴대폰에서 벨소리가 울려 퍼지기 시작했다. 순간 정무의 얼굴 위로 화색이 돌았다.

그럼 그렇지! 지들이 받아먹은 게 얼만데 이렇게 갑자기 안면을 싹 바꾼다는 건 말이 안 되는 소리지. 아무렴, 그렇고말고.

잔뜩 희망에 부푼 정무가 다급한 손길로 버려 두었던 휴대폰을 집어 든 후 재빨리 통화 버튼을 눌렀다. 그러나 희망적이었던 조금 전 상황과는 달리 전화를 받은 직후 정무의 얼굴은 하얗게 질렸다. 이대로 어음을 막지 못하면 1차 부도 처리된다는 소식이었다.

"사장님!"

큰 충격을 받은 정무의 신형이 한 차례 크게 휘청했다. 사태가 이런 식으로 흘러가 버리면, 남은 결과는 불을 보듯 뻔했다. 언론을 통해 세경건설의 위기설이 알려지기라도 한다면 너 나 할 것 없이 다들 하나같이 남은 어음을 돌리려고 해 올 테다.

삽시간에 최악의 상황이 머릿속에 그려지자 거센 두통이 밀려들었다. 어느새 정무의 이마 위에는 식은땀이 흥건하게 맺혀 있었다.

만약 버티지 못하고 그대로 법정관리에 들어가 버린다면, 아니 운좋게 인수나 회생 절차를 밟는다 하더라도 경영권 승계 후 대표이사 자리에서 물러나는 일은 불가피해질 테다. 이건 마치 적대적 M&A의 그물망에 걸려든 것 같지 않은가. 하지만 왜. 왜 대진에서……?

당장에 생각나는 사람은 대진그룹의 회장인 김석태였다. 이번 일이 석태의 승인이 없이는 불가능한 일이라는 게 정무의 지배적인 생각이었다.

개인적으로 척을 진 일도 없고, 나름 돈독한 파트너십을 유지해 왔다고 믿었던 정무로서는 쉽사리 이번 결과를 받아들이기가 어려웠다. 어떻게 된 일인지 알아봐야 한다. 사안의 경중이 가볍지 않은 만큼 정무가 직접 움직이기로 했다.

초조한 낯빛을 지우지 못한 얼굴로 대진그룹에 들어선 정무가 곧 석태와 독대하길 청했다. 그러자 의외라 할 정도로 비서진의 입에서 흔쾌한 승낙의 말이 떨어졌다. 미리 석태가 언질을 해 놓지 않으면 불가능한 상황이었다.

역시! 분명 일처리를 하는 중간 과정에서 대진인터내셔널과 혼선을 빚었던 게 틀림없었다. 그렇지 않고서야 말이 안 되는 일이었다. 차에 올라타 대진그룹으로 향하는 내내 성과 없이 돌아가면 어쩌나 걱정이었던 정무가 반색하며 그 말을 반겼다.

이내 비서의 안내를 받은 정무가 회장실로 향했다. 그러나 열린 문을 통과해 미처 안쪽으로 몸을 다 들여놓기도 전에, 선 자리에서 흠칫 몸을 굳힌 정무가 그대로 발걸음을 멈춰 섰다. 오늘 하루 정무의 골머리를 썩게 만들었던 대진인터내셔널 사장이 바로 그의 눈앞에서 석태와 이야기를 나누고 있었기 때문이었다.

마무리 작업이 끝난 듯 펼쳐 둔 서류를 챙겨 든 대진인터내셔널 사장이 자리에서 일어서자 정무가 연신 마른침을 삼켰다. 문밖을 나설 때까지도 그는 정무에게 눈길 한 번 주지 않았다. 이 점이 정무의 불안감을 한껏 부채질했다.

"왔으면 앉게나, 이 사장."

"회장님."

"수습할 일이 적지 않아 바쁠 텐데 예까진 어쩐 일인가. 내가 낸 숙제가 자네에겐 생각보다 쉬웠나 보군."

"그런……. 갑자기 이러실 수는 없는 겁니다. 약속한 기일이 지나지도 않았는데 어음이라니요."

"미안하네만, 오늘은 이 사장에게 내어줄 것은 아무것도 없다네."

되돌아갈 수 없는 강을 건너왔음을 직감했을까. 정무의 얼굴이 필사적인 빛을 띠기 시작했다. 그러나 매달리는 정무의 태도에도 석태는 태산처럼 흔들림이 없었다.

"이유라도, 갑자기 이러시는 이유라도 알려 주십시오. 계기가 있을 거 아닙니다. 아무런 이유도 없이 이러실 분이 아니란 거, 제가, 이 이정무가 더 잘 압니다. 그러니 부탁드립니다, 회장님."

대진인터내셔널이 계열사 내부의 안건이 아닌 석태 개인의 의도대로 움직였다는 걸 방금 두 눈으로, 두 귀로 확인을 받았다. 하지만 일이 억도 아닌 자그마치 몇 백억에 달하는 자금을 하루아침에 어디서 조달을 한단 말인가.

이미 오늘 하루 주식시장에서 세경건설 부도설이 파다하게 돌았던 만큼, 금융권에서의 추가 대출도 어려울 게 불 보듯 뻔했다. 아니 자금 상환에 따른 압박이나 들어오지 않으면 다행이려나.

현 상황에서 세경건설을 위기에서 구제할 수 있는 사람은 유일하게 석태 한 사람뿐이었다. 석태의 마음을 돌리지 못하면 모든 게 끝장이었다. 이 시점에서 정무가 가장 급선무로 처리해야 할 일은 석태의 수가 틀어지게 된 결정적인 이유를 찾는 것이었다. 이번 사태의 시발점이 바로 거기서부터 시작됐을 테니까.

회사의 사활이 걸린 만큼 정무는 혼신의 힘을 다해 석태에게 답을 구했다. 줄곧 담담하게 가라앉아 있던 석태의 눈빛이 예리하게 벼려진 칼날처럼 변한 건 바로 그때였다.

"그래. 떠올려 보니 내 자네에겐 따로 언질을 해 줬던 걸로 기억이 나네만. 생각나는가? 둘째의 짝은 내 자식만큼이나 소중한 아이라고. 헌데 이 말이 이 사장 귀엔 허투루 들렸나 보더군."

"회, 회장님?"

"이 사장. 사업가도 결국은 사람일 수밖에 없어. 그러게 딸아이

단속을 잘했어야지."

"딸이라니. 태린이 말씀이십니까? 그 애가 왜……."

잡힐 듯 잡히지 않는 단서에 정무의 속이 새까맣게 타들어 갔다. 안타깝게도 불길한 예감은 늘 맞아떨어지는 법이었다.

"나는, 아니 대진은 조만간 자네 아이를 살인미수로 고소를 할 거라네."

"그, 그게 대관절 무슨!"

"내 사람을 다치게 했을 땐, 이미 그 정도 각오는 돼 있었을 테지. 안 그런가!"

벼락같은 불호령이 떨어졌다. 석태를 알아 온 이래로 이처럼 화를 내는 모습을 본 것은 처음이었다.

노여움이 깃든 석태의 음성에 낮게 침음을 삼킨 정무가 지그시 눈을 내리깔았다.

딸이라, 딸……. 내 딸 태린이 왜.

혼란을 잠재우지 못하고 있는 사이, 석태의 엄명을 받아 든 비서가 곧 전원이 켜진 노트북을 정무의 눈앞으로 대령했다. 포트 안쪽으로는 USB가 꽂혀져 있었다.

"이 사장 눈으로 직접 확인하게. 자네 딸이, 이태린 그 아이가 내 사람에게 무슨 짓을 저질렀는지!"

머뭇대고 주저하길 수 초. 마침내 정무가 마우스를 이용해 play 버튼을 눌렀다. 가장 먼저 정무의 시야로 들어온 것은 딸인 태린의 모습이었다. 그러곤 잠시 후 장면이 바뀌었다. 이번엔 계단 뒤쪽에 숨어 있는 태린의 형상이 화면 안에서 나타났다.

재생되는 영상은 여러 채널로 분할된 화면이었다. 일반적인 카메라로 찍은 것이 아닌 CCTV용으로 제작됐다는 의미였다. 시간이 조금 더 지나자 이번에는 태린과 비슷한 연령대의 여자아이가 화면 속에 등장했다.

순간 정무가 앉은 자리를 박차고 벌떡 일어났다. 계단에서 밀어 뜨려 피범벅이 된 여자아이를 놔두고 혼자 허겁지겁 도망치는 태린의 모습을 본 직후였다.

마지막까지도 태린은 손속에 자비를 두지 않았다. 잠시 잠깐이긴 했지만 계단 위에 멈춰 서 있던 태린의 얼굴은 희열에 찬 듯 보이기도 했다. 그런데 재수 없게도 태린이 밀쳐 정신을 잃은 아이가 대진의 회장인 석태가 친자식만큼이나 아끼는 사람이란다.

죽을 자리를 찾아 들어왔구나.

절망감에 물든 정무가 평정을 유지하기 위해 안간힘을 썼다. 그러나 얼마 버티지 못하고 여지없이 표정은 일그러지고 말았다.

"바닥에 피가 흥건하게 고였는데 자네 여식은 도망치듯 그 자리를 빠져나가 버리더군. 물론 신고 따위는 하지 않았지. 그건 살인 미수나 다름없는 행동이었네."

"그렇게 비약할 것까진⋯⋯."

강경한 석태의 태도에 자신감을 상실한 정무가 끝내 하던 말을 매듭짓지 못하고 말끝을 흐렸다.

"비약이라⋯⋯. 그건 두고 보면 알게 되겠지. 조만간 자네 딸은 법정에서 대진의 법무팀과 얼굴을 마주 봐야 할 걸세."

"회장님!"

"이만 나가 보게."

하나뿐인 딸자식이라고 너무 귀애했던 게 잘못이었던 걸까. 따끔하게 야단 한 번 치지 않고 그저 잘한다, 감싸고만 돌았던 지난 과거의 시간이 이 순간 뼈아픈 실책으로 다가왔다. 회사의 존폐가 거론되는 지금 이 시점에서 그는 태린의 거취까지 고민해야 하는 실정에 이르렀다.

기갈이 난 것처럼 목 안쪽이 바싹바싹 말라 왔다. 이대로 돌아선다면 세경건설의 미래는 없다. 어떻게든 사태를 바로잡아야 한다. 실낱같은 희망을 붙잡으며 정무가 다급히 입을 뗐다.

"다, 다쳤다는 아이가 어느 집안의 여식입니까?"

"그게 그리 중한가? 이미 내 사람이라 그렇게 공언을 했음에도 말인가?"

싸늘하다. 서릿발이 내리치는 것보다도 더 시린 냉대가 정무의 귓가를 따갑게 때렸다.

"한 번. 단 한 번이면 됩니다. 잘못된 것을 바로잡을 수 있는 기회를 제게도 한 번은 내어주어야 할 것 아닙니까. 이렇게 부탁드립니다, 회장님."

"나가 보라 하지 않았나!"

명백한 축객이었다. 정무가 어떤 노력을 해 오더라도 석태의 마음이 바뀌지 않을 거란 확고한 의지의 발로였다.

젊어서는, 주자경을 만나 재혼을 하기 전까지는 숱하게 건설현장을 오가곤 했던 정무였다. 현장일이 바쁠 때면 합판이건 시멘트건

가리지 않고 심심찮게 자재 따위를 짊어 나르기도 했다. 그렇게 다져진 손이었다. 나이가 든 지금까지도 굳은살이 박여 있던 정무의 오른손에 한가득 힘이 실렸다.

짝.

삽시간에 정무의 손이 태린의 뺨을 때리고 지나갔다.

"아…… 빠……?"

"당신 미쳤어? 왜 애를 때리고 그래!"

마찰음은 방 안을 가득 메울 정도로 컸다. 거센 압력을 이기지 못한 태린의 몸이 떠밀리듯 침대 위로 쓰러졌다. 당장엔 아픔보다는 정무에게 맞았다는 사실에 더 놀란 듯, 빨갛게 달아오르기 시작한 뺨을 감싸 쥔 태린이 멍하니 정무를 올려다봤다. 그새 눈가엔 그렁그렁한 눈물이 맺혀 있었다.

그러나 어쩐지 이 순간만큼은 이런 태린의 모습이 가증스럽게 느껴졌다. 그사이 뒤따라온 자경이 보호하듯 태린의 앞을 가로막고 섰다.

"쯧. 엄마란 여자가 날마다 쇼핑이나 하러 다닐 줄이나 알지, 대체 집에서 자식 교육을 어떻게 시킨 거야!"

"무슨 말이 그래? 게다가 다짜고짜 애 뺨부터 때리면 어쩌자는 거야. 대체 무슨 일이야. 무슨 일인지 말을 해야 할 거 아냐!"

원색적인 정무의 비난에 발끈한 자경이 지지 않고 언성을 높였다. 잔뜩 신경이 곤두서 있던 정무가 자경의 말대꾸에 벗어 든 외투를 바닥으로 집어 던졌다.

"잘난 당신 딸 때문에 지금 회사가 무너지게 생겼다고! 뭘 제대로 알기나 하고 감싸더라도 감싸란 말이야."

"여보?"

"어리석어도 이렇게 어리석을 수가……. 정말이지 어디서 못된 것만 배워서. 이태린, 아빠가 널 믿은 대가가 겨우 이거냐."

침대 위에 쓰러져 있던 태린의 몸 위로 떨림이 찾아들었다. 돌려 말했지만 정무가 해 오는 이야기의 핵심은 고스란히 태린에게도 전해지고 있었다.

"그, 그걸 아빠가 어떻게……."

"두말 안 하마. 지금 당장 찾아가서 사과부터 하거라. 받아 주지 않는다면 바닥에 엎드려 빌기라도 해. 그래야 우리가, 세경건설이 살아."

"싫어. 내가 왜!"

왈칵 울음을 터뜨린 태린이 정무의 말에 강한 불쾌감을 드러냈다. 지금까지는 잘못한 일이 있어도 태린이 눈물을 보이면 정무는 한 순간에 쉽게 쉽게 화를 풀곤 했다. 옆에서 애교라도 부릴라치면 그런 태린이 귀여워 어쩔 줄을 몰라 하던 정무였다. 하지만 오늘만큼은 달랐다.

하기 싫다고 태린이 아무리 소리를 질러도 정무의 눈빛은 냉랭하기만 했다. 잔뜩 부어오른 뺨을 붙잡고 태린은 오열했다. 아무것도 내세울 것 없는 그깟 계집애 때문에 왜 이런 수모를 당해야 하는지 태린은 정말이지 이해가 가지 않았다.

정무가 화를 내기 전까진 그대로 죽은 줄로만 알았다. 하지만 태린의 예상과는 달리 여전히 멀쩡히 잘 살고 있는 모양이었다. 그럼

된 거잖아. 죽은 것도 아닌데 아무 문제없는 거잖아.

입술을 잘근거린 태린의 억울함에 흘리던 눈물의 양이 조금 더 많아졌다. 연신 태린을 다그치던 정무는 어느새 자경과 고성을 주고받으며 서로의 잘잘못을 탓하기 바빴다.

♠   ♤   ♠

경찰서를 통해 접수된 이번 사건은 곧 검찰로 송치되었다. 그 사이 희재는 수사기관과 법원에 제출할 탄원서를 작성했다. 상해사진과, 진단서, 의사의 소견이 적힌 진료기록부와 함께 사고 당시의 영상이 녹화된 CCTV 테이프 등이 증거자료로 포함됐다.

당연하게도 사건은 불기소처분 아닌 공소 제기로 결정이 났고, 이어 재판 날짜가 10월 초로 정해졌다. 희재 혼자였으면 무척이나 힘들었을 테다. 하지만 하나에서부터 열까지 전부 대진의 법무팀에서 도맡아 일처리를 해 준 덕분에 수월하게 재판 일만 기다릴 수 있었다.

다소 한가하게 시간을 보낸 희재와는 달리, 대진의 법무팀은 겉으로 드러난 것 이상으로 바쁜 나날을 보냈다. 미리미리 유리한 고지를 점할 필요가 있단 판단이 서면 학연이나 지연 할 것 없이 온갖 인맥을 동원하기도 했다. 뒤늦게 태린 쪽에서 손을 써 오기 시작했을 땐 이미 게임은 끝이 나 있었다.

법정에서 마주친 태린의 눈빛은 여전히 악의에 차 있었다. 그간에 했던 마음고생이 적지 않았음을 반영하듯 다소 얼굴이 상해 있긴 했지만, 그럼에도 눈 안에는 덜어 내지 못한 원망이 자리를 잡고 있었다.

사실 일찍이 결심이란 걸 했음에도 희재의 마음은 시시때때로 흔들리고 있었다. 차라리 이대로 덮어 두는 게 옳은 일은 아닐까. 한 번의 실수였을 뿐인데 너무 가혹한 처사는 아닌 걸까 하는 그런 생각. 시간이 지날수록 처음에 했던 맹세는 깎이고 닳아져, 그 대신 새로운 감정이 싹을 틔워왔다. 바로 연민이란 이름이었다.

하지만 태린과 마주 선 순간 신기하게도 연민의 그림자는 자취도 남기지 않고 신기루마냥 사라져 버렸다.

"왜 그랬니."

"잘난 척 그만해!"

"꼭 그래야만 했었니?"

"두고 봐. 나중에 웃는 건 내가 될 테니까."

희재는 깨달았다. 너를 용서해 주려 했던 내가 어리석었구나. 그건 그저 만용이고 잘못된 생각이었구나. 사람의 본성은 그리 쉽게 변하지 않는다. 그걸 간과하고 있었던 건 아마도 희재 자신이었던 것 같다.

이제 더는 이태린을 동정하지 않을 생각이었다. 만약 제때 정한이 집 앞에 도착하지 않았더라면 희재는 과다출혈로 사망에까지 이를 수 있었다고 한다. 그건 희재 한 사람이 아닌 정한의 삶까지도 파괴하는 행위였다. 지난 새벽까지도 밤잠을 뒤척이게 만들었던 불면증을 더는 겪지 않아도 될 것 같았다.

이어진 공판에서는 온갖 설전들이 다양하게 오고 갔다. 각자의 입장을 대변해 주기 위해 참석한 검사 측과 피고인 측 변호사가 한시도 쉬지 않고 서로의 입장을 피력했다. 사전에 미리 계획을 하고 범죄를 저질렀단 검찰 측 의견과, 우발적인 범죄였단 태린 측의 주장이 팽팽하게 대립했다.

하지만 사건과 관련한 확실한 물증이 남아 있다는 건, 공소를 제기한 검사의 입장에선 강력한 무기를 손에 넣는 것과도 크게 다르지 않았다. 때문에 시간이 지날수록 희재와 태린의 입장은 극명하게 갈렸다.

태린 측이 감정적인 부분을 이용해 사태를 해결하려고 들었다면, 반대로 검사 측은 객관적인 자료를 바탕으로 재판 과정을 유리하게 이끌어 나갔다. CCTV에 녹화돼 있던 녹화영상 등을 명백한 증거로 들어 계속해 압박 수위를 높여 갔다.

뒤이어 희재의 피해자 진술이 이어졌다. 희재는 흐트러짐 없는 당당한 자세로 재판장 앞에 서서 당시 겪었던 일들을 일목요연하게 정리해 조리 있게 말했다. 과장하지도, 부풀리지도 않고 오로지 진실만을 담았다. 탄원서와 함께 제출했던 증거자료들이 이런 희재의 주장을 묵묵히 뒷받침했다.

반면에 태린은 시시때때 인내심의 한계를 드러내며 이죽거림이나 다름없는 악감정을 희재에게 쏟아 내곤 했다. 그럴 때마다 태린 측의 변호사는 사색이 되어 태린의 행동을 만류하기에 바빴다. 그리고 이 같은 상황을 모두 합산해 분위기는 시종일관 희재에게 유리한 방향으로 흘러갔다. 앞서 재판 과정에서 드러난 것처럼 결과

또한 희재의 예상에서 크게 벗어나지 않았다.

태린은, 피해자가 강력하게 처벌을 바란다는 점, 사건의 피고인이 계속해 반성을 하지 않는다는 점, 명백한 증거가 남아 있다는 점, 사건 발생 직후 후속 조치 및 신고의 의무를 이행하지 않은 점 등에 비춰 징역 2년형을 선고받았다. 집행유예가 아닌 실형이 선고가 된 것이다. 희재가 원했던 가장 바람직한 결론이었다. 재판이 진행되는 내내 혹시라도 집행유예가 선고되면 어쩌나 걱정이었는데, 이 순간 남은 걱정이 씻은 듯이 사라졌다.

예기치 못했던 결과에 망연자실한 태린이 엄청난 양의 눈물을 쏟아 내기 시작했다. 그러나 반성하는 얼굴은 아니었고 잔뜩 억울함이 들어찬 표정을 짓고 있었다. 일찍이 그래 왔던 것처럼 동정의 여지는 처음부터 없었다. 연신 눈물을 퍼내고 있는 태린을 바라봐도 별로 불쌍하단 생각이 들지 않았다. 이태린은 조금 더 마음고생을 할 필요가 있었다.

만약 재판부로부터 태린 측의 항소 의사가 받아들여져 사건이 고등법원으로 넘어간다 하더라도 희재는 하나도 두렵지 않았다. 잘못을 저지른 건 처음부터 끝까지 태린 하나였고, 사법부의 처벌을 받을 사람도 온전히 태린 혼자뿐이었기에.

무엇보다 희재는 지금 하고 있는 형사소송을 끝으로 사건을 모두 마무리 지을 생각이 조금도 없었다. 치료비 등의 손해배상청구를 기본으로 하는 민사소송도 함께 진행할 생각이었다.

매번 희재에게 기대치 이상의 만족을 충족시켜 주곤 했던 대진법무팀의 진짜 능력은 이를 기점으로 하여 보다 확실하게 발휘되기 시작했다. 세경건설이 1차 부도로 인해 휘청거리고 있는 지금 이 순간, 대진의 법무팀은 대표이사인 정무의 개인 비자금까지 탈탈 털어낼 생각을 하고 있었다.

♠   ♤   ♠

하늘은 높고 말은 살찐다는 가을.

10월의 중순에 들어선 셋째 주 토요일, 검은 세단 한 대가 막 톨게이트를 빠져나와 고속도로로 접어들었다. 일정한 간격을 유지한 채 앞뒤로 세단을 보호하듯 달리고 있던 차량 안에는 대진가의 안전을 책임질 경호 인력들이 탑승해 있었다.

며칠 전 정한과 단둘이 근교 수목원으로 나들이 갈 계획을 세우고 있던 희재는, 일정을 조율하는 과정에서 정한으로부터 수목원보다는 여주에 다녀오는 게 어떻겠느냐는 권유 아닌 권유를 받았다.

희재의 입장에서는 반길 만한 일인지라 거절하지 않고 덥석 그러겠다고 했는데, 어느 틈엔가 석태와 미희까지 가세해 단출했던 인원이 네 사람으로 불어나 버렸다.

알고 보니 그사이 혜숙과는 얘기가 돼 있었던 모양이었다. 때문에 못마땅하던 정한도 어쩔 수 없이 양보를 할 수밖에 없었다.

1년 전 뜻하지 않은 사고로 인해 희재가 병원에 입원해 있었던 일을 계기로, 혜숙과 미희는 개인적으로 전화 연락을 주고받을 정도로 부쩍 사이가 가까워져 있었다. 워낙에 살아온 환경이 다른 두 사람인지라 평상시 대화가 통할까 싶었는데 의외로 그렇지도 않은 모양이었다.

　소식통인 기진의 말에 의하면 한 번 휴대폰을 잡았다 하면 한 시간은 예사라 할 정도로 통화가 길어진다니 그야말로 미스터리한 일이 아닐 수가 없었다.

　어찌 됐건 당초 목적이 나들이에 있었던 만큼, 겸사겸사 기분도 낼 겸 고속도로 휴게소에 들른 희재는 맥반석 오징어니, 호두과자니 하는 주전부리들을 잔뜩 샀다. 여지없이 지갑을 꺼내 드는 정한을 만류하며 재빨리 값을 치른 건, 이럴 때가 아니면 도무지 계산할 기회를 주지 않는 정한 때문이었다. 그리고 이 정도 액수는 희재의 용돈으로도 충분히 유용할 수 있었다.

　잘 먹겠다며 기분 좋게 음식이 담긴 봉투를 받아 든 미희가 뜨거운 김이 올라오는 호두과자를 꺼내 석태에게로 넘겨주었다. 이에 질세라 희재도 제 손에 들린 봉투 안에서 동글동글한 호두과자를 꺼냈다. 때맞춰 자연스럽게 정한의 입이 벌어졌다.

　쏙. 호두과자 하나가 정한의 입속으로 사라졌다. 그러곤 평상시처럼 시간을 들여 천천히 여러 차례 우물우물거리더니 한참 만에 목 너머로 삼켰다.

　그러자 이번엔 희재가 오동통한 오징어 다리 하나를 뜯어 정한의 입에 물려주었다. 하지만 별로 바람직하게 보이지 않은 오징어의 비주얼 때문인지 좀 전과는 달리 눈가가 약간 찌푸려져 있었다.

　이제는 먹는 것에도 제법 호불호가 생긴 정한은 희재의 앞에서도 자연스럽게 좋고 싫음을 드러내 오곤 했다. 이게 다 각고의 노력 덕분이었다. 적어도 정한이 희재 자신과 함께 있을 때만큼은 보통 사람이 느낄 수 있는 평범한 행복이 무엇인지를 경험하게 해 주고 싶었다.

차는 이후로 얼마간 더 달려 마침내 여주 시내로 진입했다. 하지만 혜숙과 기진이 사는 곳은 시내로부터 멀찌감치 떨어져 있는 면 단위의 마을인지라 일 차선으로 포장된 도로를 따라 삼십 분 남짓한 거리를 더 돌아 들어가야 했다.

기분 좋게 시작된 여행에서 모종의 불길함을 느꼈던 것은, 마당 빨랫줄에 빈틈없이 걸려 있던 각양각색의 일복들을 발견하고 난 후의 일이었다.

부지런한 혜숙의 성격상 빨래를 밀려놓은 것도 아닐 텐데 웬 일복들이 이렇게나 어지럽게 나와 있는 것일까, 희재는 자못 의구심을 지우지 못했다. 게다가 아무리 둘러봐도 인기척이 느껴지지 않는 게 혜숙과 기진 둘 모두 꼭 집을 비운 것 같은 분위기를 풍기고 있었다.

여주로 출발하기 바로 전에도 연락을 주고받았던 터라 이런 상황과 맞닥뜨리게 되리라곤 조금도 예상하지 못했다. 고개를 갸우뚱거린 희재가 곧 휴대폰을 꺼내 혜숙의 번호를 눌렀다. 그런데 연결은 되지 않고 통화 중이란 기계음만 들려왔다. 이상하다. 연이은 두 번째 시도에서도 결과는 달라지지 않았다.

"네, 네. 그럼 기다리고 있을게요."

그때까지만 하더라도 희재는 혜숙과 통화 중인 사람이 미희일 거라곤 상상조차 해 보지 않았다.

"금방 오신대요."

"?"

"근처시래요. 잠깐 앉아서 기다리라는데요?"

어안이 벙벙한 건 오직 희재 혼자뿐인 모양이다. 어느새 옛날식 툇마루에 걸터앉은 정한은 마치 자기 집에 온 것처럼 편해 보이는 자세로 다리를 쭉 뻗고 있었다. 나른한 고양이가 기지개를 펴듯 무척이나 어울리는 모양새였다. 그사이 석태는 규모로 재자면 외양간이나 다름없던 축사를 둘러보고 있었다.

수년째 방치돼 있던 곳을 뒤늦게 손봐 사용하고 있던 터라 외관상으로 보기에는 일견 허름해 보이기까지 했다. 그래도 기진의 손이 안 닿은 곳이 없이 전부 한 번쯤은 거쳐 가서인지 그나마 아주 못 봐줄 정도는 아니었다.

석태가 축사 근처를 어슬렁거리자 안에 있던 소 한 마리가 '메에' 하고 울었다. 그러자 남은 한 마리도 덩달아 '메에, 메에' 거리기 시작했다. 송아지였던 시절이 언제였는지 기억도 안 날 정도로 1년 새 부쩍 두 마리 모두 살이 오른 외양을 하고 있었다.

"고놈들 참 똘똘하게 생겼네."

"회장님 보시기에도 그렇지요? 잘 키워 더 나중에 희재 시집보낼 때도 한 몫 단단히 보태야지요."

"이런. 그간 잘 지내셨습니까? 그러고 보니 사돈 내외분 외에 제가 잘 보일 인물이 여기에도 또 하나 있었군요."

"하하. 덕분에 잘 지내고 있습니다."

어느 틈엔가 집으로 돌아온 기진이 석태의 말에 맞장구를 쳐 왔다. 정말로 집 근처 가까이에 있었던지 도착하기까지 채 오 분도

458

걸리지 않았다.

이런 기진의 태도에 석태도 반색하며 주거니 받거니 장단을 맞췄다. 분명 두 사람 사이가 어색한 걸로 알고 있었는데…… 하지만 지금 하는 걸로 봐서는 오래된 지기를 만나기라도 한 것처럼 살갑기가 그지없었다.

소 두 마리를 눈앞에다 두고 무슨 할 말이 그리 많은지, 만나자마자 이야기 삼매경이었다. 그건 혜숙의 경우라 하여 별반 다르지 않았다.

제일 먼저 혜숙을 발견한 정한이 앉아 있던 툇마루에서 벌떡 일어났다.

"그간 건강하셨어요, 어머니."

"그럼. 나야 다 좋지. 아, 괜찮아. 그냥 앉아 있어도 돼. 아님 마실 거라도 내줄까?"

웃으며 정한이 괜찮다고 사양하자, 이번엔 혜숙의 걸음이 자연스럽게 미희에게로 향했다. 보아하니 딸인 희재 자신의 순서는 마지막인 것 같았다.

"먼 길 오시느라 수고하셨어요."

"수고라뇨. 그런 말씀 마세요. 그럼 저 섭섭해요."

"호호. 그런가요."

앞서거니 뒤서거니 하며 기진과 함께 집으로 들어선 혜숙은 금방 밭에서 돌아온 사람처럼 머리에 모자를 쓴 채였다. 그걸 또 미희는 아무렇지 않게 받아들이고 있었다.

정말이지 오늘따라 이상한 것이 한두 가지가 아니었다. 수더분한 옷차림새를 하고 있는 건 그럴 수 있다 쳐도, 혜숙의 태도가 흡사 금방이라도 다시 밭으로 돌아갈 태세이지 않은가.

수상해. 정말이지 수상하단 말이야.

내도록 웃음기 가득한 얼굴로 미희와 덕담 한마디씩을 주고받은 혜숙이, 도착 이후에도 줄곧 본분을 수행 중이었던 경호원들 쪽으로 시선을 두었다. 그러더니 천천히 좌중을 훑어보기 시작하는 게 아닌가.

품평회라도 하듯 곧이어 매의 눈으로 평가를 마친 혜숙이 다시금 미희를 돌아보았다.

"아, 그러니까 이분들이 말씀하신……."

"네. 마음에 들었으면 좋겠는데……. 어떠세요?"

"마음에 들다 뿐인가요. 신경 써 주셔서 감사해요."

"우리 사이에 뭘요."

대박……. 이 시점에서 비로소 희재는 앞마당 빨랫줄에 걸려 있던 일복의 용도를 어렵지 않게 짐작해 볼 수가 있었다. 그러고 보니 지난주에 연락했을 때 흘리듯 고구마 캘 때가 다 됐다고 했었지?

이쯤 되자 희재는 평상시 혜숙과 미희가 나누는 전화통화의 내용들이 진심으로 궁금해졌다. 대진그룹의 회장을 경호할 정도라면 그 분야에서 있어서 최고란 의미였다. 그런데 그런 고급인력을 겨우 고구마나 캐는 곳에다 부려 먹으려고 자그마치 여섯이나 되는 인력을 차출해 왔단 건가. 그것도 일부러 서울에서 여주까지?

누가 제안을 하고 누가 그 제안을 받아들였든 간에, 그야말로 모두의 허를 찌르는 계획이었다. 어떻든 가계를 꾸려 가는 경제력에 있어서만큼은 기진보다는 혜숙이 한 수 위란 게 증명된 셈이었다.

희재는 일부러 일복까지 새로 빼는 치밀함을 보인 혜숙의 꼼꼼함에 혀를 내둘렀다. 코앞으로 다가온 위기를 감지해 내지 못한 경호원들은 혜숙의 시선에 그저 어리둥절한 표정만 지어 올 따름이었다.

하지만 보기 드문 구경거리에도 마냥 웃을 수 없었던 건, 아마도 저 수많은 일복 중에 희재의 몫도, 또 정한의 것도 포함돼 있을 게 분명했기 때문이었다. 안타깝게도 혜숙과 기진이 고구마를 심었다던 밭은 기진내외가 경작하는 밭 중 가장 큰 평수를 자랑했다.

"일은 점심을 먹은 뒤부터 시작했으면 하는데, 미희 씨 생각은 어때요?"

"아무래도 시간이 어중간하니 그러는 게 좋을 것 같아요."

"그럼 시골된장찌개에 쌈밥 어떠세요? 없는 솜씨지만 요건 제가 자신이 있거든요."

"좋죠. 상추는 제가 뜯을게요."

"둘이서 해요. 그 편이 훨씬 빨라요."

부엌에서 가지고 나온 바구니 하나를 사이좋게 나눠 든 혜숙과 미희가 근처 텃밭으로 이동했다. 축사에서 두런두런 이야기를 나누던 석태와 기진도 이에 맞춰 어슬렁거리는 걸음을 옮기기 시작했다. 워낙에 작은 동네라, 기진의 안내로 한 바퀴 쭉 둘러볼 요량인 듯했다. 덩달아 경호원들도 직무를 수행하기 위한 동선을 점검했다.

한꺼번에 사람이 빠져나가서인지 조금 전까지 들리지 않던 풀벌

레 소리가 찌륵찌륵 귓가를 파고들었다. 한가득 크게 숨을 들이마
시자 맑은 공기가 폐부를 찔러 왔다. 이내 툇마루에 걸터앉은 정한
의 옆에 털썩 주저앉은 희재가 장난기 가득한 말로 정한에게 말을
붙였다.

"너 오늘 큰일 났다?"

"큰일? 뭐가?"

"있어. 그런 게."

툇마루에 앉아 올려다본 하늘은 무척이나 청명했다. 일하기에는
더없이 좋은 날씨.

밥 먹자, 정한아. 10월 정오의 뙤약볕에 쓰러지지 않으려면 먹
고, 먹고 또 먹자. 시골된장찌개에 쌈밥은 경호원 오빠들이나 먹으
라고 던져 주고, 따로 고기 볶아 맛있게 먹자.

철저하게 현실에 입각한 대비책에 희재는 저도 모르게 픽 웃음
이 났다.

정말이지 사람의 인연이란 건 참으로 알 수가 없었다. 고교과정
끝물, 정한이 대진그룹의 아들이란 게 밝혀졌을 때만 하더라도 나
는, 일반인 서희재는, 김정한과는 쉬사리 섞일 수 없는 정반대의
관계로 규정을 지었었다.

하지만 시간이 지난 지금, 우리 두 사람은 사랑이란 이름으로 더
없이 단단하게 묶여져 있었다. 그리고 앞으로도 이 사실은 쉽게 변
하거나 변질되지 않을 테다.

에필로그

　체력적인 부분과 건강을 다각적으로 고려해 아침마다 정한과 조깅을 다니기로 한 것은 퍽 괜찮은 선택이었다. 헬스라든가 실내공간에서 하는 운동도 많았지만, 그보다는 불어오는 맞바람을 맞으며 나란히 걷고 뛰는 일이 꽤나 취향에 맞았기 때문이었다. 이따금씩 컨디션이 나쁠 때면 뛰기보단 가볍게 걸으며 일상의 이야기를 주제로 하여 두런두런 대화를 주고받기도 했다.

　스물여섯 봄에 시작을 한 조깅은 특별한 사정이 없는 한 빠지지 않고 날마다 계속되었다. 그러나 아무런 문제없이 잘 이어 오던 아침 행사는, 여름이 시작되는 시기와 맞물리면서 생각지도 못했던 위기를 맞이하게 되었다.

　평상시와 다름없이 등산로 입구와 맞닿아 있던 산책로를 따라 연이어 쉬지 않고 두 바퀴를 돈 희재가 부풀어 오른 가슴을 들썩이며 거친 숨을 몰아쉬었다.

숨이 턱밑까지 차올랐지만 예전에 비하면 부쩍 폐활량이 늘어나 있었다. 처음 조깅을 시작했던 첫날엔 채 절반도 가지 못해 숨을 헐떡거리기 바빴는데, 꾸준하게 운동해 온 효과를 톡톡히 보고 있는 셈이었다.

반대로 언제나처럼 희재의 페이스에 맞춰 달린 정한은 그다지 힘든 기색이 아니었다. 그러나 계절이 여름으로 들어섰던 만큼, 정한의 얼굴 위에서도 그간에 보이지 않던 땀방울이 맺혀 있었다.

꼴깍.

마른침이 목울대를 넘어가자, 갈증이 한층 더 짙어졌다. 때에 맞춰 정한의 얼굴선을 타고 내린 땀방울이 곧 목덜미 뒤쪽을 따라 흘러내렸다.

카메라도 없이 혼자서 화보를 찍는 것도 아니고…… . 은근한 눈빛을 띤 채 일부러 정한의 곁을 스쳐 지나가는 사람이 있는가 하면, 아예 대놓고 호기심 어린 눈빛을 보내오기도 했다.

게다가 간혹 이 중엔 지나친 관심이 실제 행동으로 이어지는 경우도 종종 있었는데, 이 비슷한 경우를 희재는 오늘 또 한 번 목격할 수 있었다.

"바쁘지 않다면 잠깐 시간 좀 내주실 수 있으시겠어요?"

"아, 네. 무슨 일로 그러세요?"

"아니 그쪽 분 말고, 남자분이요."

콕 집어 정한을 지목하며 접근해 온 인원은 혼자는 아니었고, 친구 사이로 보이는 일행이 한 사람 더 포함돼 있었다. 하지만 성격은 정반대인 듯 한쪽이 곁에서 쭈뼛대기 바빴다면, 다른 한쪽은 시종일관 자신감 넘치는 태도로 상황을 일관했다. 솔직한 감상평을 말하자면, 외모만큼은 평균을 훨씬 상회하고 있었다.

눈대중으로 짐작할 수 있었던 상대방의 연령대는 20대 초반 정도? 직장인이라기보다는 한결 학생에 가까운 느낌이 났다.

그나저나 주말 아침부터 풀메이크업이라……. 당연히 걸치고 있던 복장도 트레이닝복이나 등산복과는 거리가 먼, 몸에 딱 달라붙는 원피스 차림이었다. 물론 신발도 운동화가 아닌 굽 높은 하이힐을 신고 있었다.

근처에 버스정류장이 들어서 있던 것도 아니었고, 더욱이 이런 차림새로 운동을 한다는 건 애당초 말이 안 되는 얘기였다. 정황상 말을 붙여 오기 이전부터 작정을 했었단 의미로밖에 해석해 볼 수 없는 대목이었다.

대체적으로 두 사람이 조깅을 하는 시간대는 일정하게 정해져 있었기에, 마음만 먹는다면 타이밍을 맞추는 건 그다지 어려운 일도 아니었다.

반대로 시간을 두고 기회를 엿봤다는 건 일찍이 희재의 존재에 대해서도 인지를 하고 있었단 얘기가 성립된다.

'와. 나 엄청 쉽게 보였구나.'

지금처럼 대놓고 접근을 해 올 정도로 아주 만만하게. 이를 증명하듯 이어 나온 말도 희재가 들어주기엔 찜찜하기 짝이 없는 부탁조의 이야기였다.

"미안한데, 그쪽은 잠시 자리 좀 비켜 주면 안 되나요?"

희재가 양쪽 어깨를 으쓱였다. 거절을 뜻하는 제스처였다. 그런데도 상대방은 고집을 꺾지 않았다.

"네? 부탁 좀 드릴게요."

"아뇨. 그냥 여기 있을게요."

"잠시면 돼요. 시간 많이 빼앗지 않을게요."

기본적인 예의도 갖추지 않은 상대의 말에, 희재의 대답은 더욱 단호하게 변했다. 의도가 뻔히 보이는데 얌전히 뜻대로 따라 줄 마음은 조금도 없었다.

"무슨 뜻으로 이런 말을 해 오는 건지는 알겠는데, 싫어요. 안 해요. 그러니까 그냥 저 있는 데서 얘기하세요."

순간 의혹을 지우지 못한 눈이 희재를 향했다.

"두 분 서로…… 사귀시나요?"

"그래요."

확인 차원의 질문이 끝나기 무섭게 곧바로 희재의 대답이 덧붙여졌다. 그러자 상대의 눈가가 표 나게 찌푸려졌다. 어느 정도 짐작하고 있던 일이었을 텐데도 이런 태도로 나온다는 건, 눈에 보이는 걸 사실로써 받아들이기가 싫다는 뜻이었다. 혹은 두 사람의 수준이 맞지 않음을 대놓고 지적해 오는 것일 수도.

하지만 하나의 결론을 도출하기에 앞서 그전에 비교 대상을 선정하는 과정에서부터 오류가 있었다. 본인의 입으로 얘기하려니 좀 낯간지럽긴 했지만, 정한은 김태희보다 서희재가 더 예쁘다고 말해 오는 사람이었다. 바꿔 말해 실질적인 경쟁자는 평범한 서희재가 아닌 김태희를 이긴 서희재가 된다는 말씀.

상대방이 굉장한 미인이란 사실에는 별다른 이견을 제기할 마음
이 없었다. 그럼에도 김태희에 비하자면 일반인 수준을 벗어나지
못했다. 요즘 최고로 핫 하다는 미스에이 수지가 와도 눈 하나 깜
짝 안 할 정한을 앞에다 두고도, 상대는 한껏 의욕을 불태우고 있
었다.

성격상 결과가 정해진 일을 가지고 신경전을 벌이는 건 희재의
성미에 맞지 않았다. 반면 괘씸한 건 또 괘씸한 거였다. 티끌만큼
의 관심도 보이지 않은 채 일관되게 방관자적인 태도를 취하고 있
던 정한을 대화의 중심으로 이끈 건 그래서였다. 늘 그랬듯 이런
일과 관련하여선 깔끔한 뒷마무리가 필수였다.

"왜 그러고 있어. 이분이 네게 할 말 있다잖아."

"초면에 할 말은 무슨. 들어줄 맘 없으니 됐다 그래."

"미안한데, 그렇다는데요?"

희재를 통해 전달된 정한의 시큰둥한 의사 표현에, 가까이에서
이야기를 전해 듣고 있던 두 사람의 얼굴이 동시에 와락 구겨졌다.
차마 면전에서 무시를 당할 줄은 몰랐다는 태도였다.

"아니, 저기 그러니까 그게……."

"이러면 궁금한 게 해결됐습니까?"

귀찮은 게 딱 질색인 정한이, 다음 말이 이어지기 전에 희재의
손을 얽듯 잡은 뒤 보란 듯 눈앞에서 흔들어 보였다. 해명의 의미
라기보단 더 이상 말을 섞기 싫다는 완곡한 표현이었다. 소위 본론
을 꺼내 놓기도 전에 장렬히 까인 상황이 돼 버렸다.

"보는 눈이 너무 낮은 거 아닌가요?"

삽시간에 정한의 눈빛이 잘 벼려 놓은 칼날처럼 날카롭게 바뀌었다. 아마도 그가 해 줄 수 있었던 최소한의 배려도 여기까지가 끝인 것 같았다. 그만하랄 때 그만했으면 두루두루 좋았을 텐데 기어코 화를 자초한다. 곧이어 입 모양만으로 알아들을 수 있는 짧막한 단어 하나가 정한의 입술 사이를 비집고 흘러나왔다.

꺼져.

듣기에 따라 천년의 사랑도 식을 만큼 인정머리 없는 발언이었다. 당장에 푸들푸들 몸을 떨어 대면서도 충격이 컸던지 쉽사리 다른 말을 해 오진 못했다. 결국 곁을 지키고 있던 친구 손에 이끌려 쓸쓸히 자리를 벗어났다.

"괜히 시간 낭비만 했네."

한겨울의 중심에 서 있던 것처럼 싸늘했던 게 언제였냐는 듯, 희재의 얼굴을 돌아보는 순간 정한의 표정이 봄 눈 녹듯 부드럽게 풀어졌다.

정말이지 죄 많은 남자라니까.

새삼 내 남자가 일깨워 주는 뿌듯함에 가슴이 벅차올랐다.

"왜 그렇게 봐?"

"뭐가?"

"혹시 나 잘못한 거 있는 건 아니지?"

"잘못하긴. 아냐. 잘했어. 단지 그냥……."

"단지 그냥?"

되물어 오는 다정한 음색 속에는 채 숨겨지지 않은 긴장감이 서려 있었다. 희재와 관련된 것이라면 정한은 사소한 것 하나까지도

468

허투루 넘기는 법이 없었다. 그럴 때면 희재는 스스로가 아주 특별한 존재가 된 것 같은 기분에 젖어 들곤 했다. 평생 한 사람에게 최고로 남을 수 있다는 건 세상에서 다시없을 행복이었다. 사귄 지 오래됐다지만 여전히 정한에게 최우선은 희재였다.

"한 번씩 그럴 때가 있어. 이유도 없이 세상이 달라 보인다든가 하는 때 말이야. 비밀인데, 사실 오늘따라 내 눈에 김정한이 더 잘생겨 보이더라고. 그래서 빤히 본 거야. 다른 이유는 없어."

"······그랬어?"

"응. 그러니까 너는 정말 매순간 부모님께 감사하는 마음을 가져야 해."

빈틈없어 보이던 보통 때와는 다르게 땀으로 인해 약간 흐트러져 있는 모습이 더 눈길을 잡아끌었다. 매일 보는 애인 얼굴이라도 워낙에 사기 수준으로 잘생겼던 터라, 언제 봐도 질릴 틈이 없었다.

애가 연예계로 나갔으면 그야말로 대박이었을 텐데. 제 눈에 안경이어서가 아니라, 요즘은 티브이를 틀어 봐도 딱히 눈에 확 들어오는 인물이 없었다.

남자인 정한에게 이런 표현을 붙이긴 좀 그렇지만, 지금의 정한은 꼭 화사하게 만개한 꽃 같았다. 그간에 열심히 거둬 먹인 희재의 노력이 빛을 발하는 순간이었다. 체질상 원체 살이 붙는 타입이 아니었던 터라 아직도 표준체중에는 약간 미치지 못했지만, 예전의 정한을 떠올리면 충분히 만족스런 상황이었다. 물론 욕심엔 조금 더 쪘으면 했지만.

이어진 희재의 듣기 좋은 말에 눈꼬리를 가지런히 접어 웃은 정한이, 끼고 있던 깍지를 푸는 대신 희재의 어깨를 그의 가슴 쪽으로 끌어당겼다. 키 차이는 제법 났지만, 마치 일부러 짜 맞추기라도 한 것처럼 희재의 몸은 정한의 품에 딱 들어맞았다. 얇은 옷가지를 사이에 두고 체온이 맞닿자, 곧 익숙한 울림이 귓전으로 내려앉았다.

두근두근. 쿵. 쿵.

조금씩 빨라지기 시작하는 정한의 심장 소리에 맞춰, 희재의 맥박도 점차 빠른 속도로 뛰기 시작했다. 진한 스킨십도 아니었다. 그런데도 긴장되기는 매번 마찬가지였다.

"그만해. 사람들 봐."

"뭐 어때."

"잊고 있나 본데, 여긴 공공장소거든?"

싫기는커녕 좋아 죽을 만큼 행복한데도, 희재는 의뭉스런 태도로 얌전을 떨었다. 애당초 눈살을 찌푸릴 만큼 진한 애정행각이 있었던 것은 아니었지만, 주말을 맞이해 가족 단위로 아침 운동을 나온 주민들이 도처에 널려 있었던 만큼 조금은 자제를 하자는 뜻이었다. 게다가 어디서건 이목을 잡아끄는 정한으로 인해, 안 그런 척하면서도 사람들의 시선이 시시때때 두 사람을 향하곤 했다.

잠시 아쉬움을 달랜 희재가 밀착돼 있던 정한의 품을 빠져나왔다. 이에 못마땅하다는 듯이 가볍게 혀를 찬 정한이 일관되게 문제없다는 태도로 이어 대안을 제시해 왔다.

"그럼, 오늘은 이대로 집으로 돌아가지 뭐."

"벌써? 온 지 얼마나 됐다고."

"마음이 다른 데 가 있는데 제대로 운동이 될 리가 없잖아. 그러니까 집으로 가자."

"너……!"

짓궂은 눈빛을 지우지 않은 채 속살대듯 해 온 얘기에는, 분명한 의도 하나가 담겨져 있었다. 또한 이 같은 사실을 눈치채지 못할 정도로 희재 역시 바보가 아니었다. 그러나 당혹스러움에 어찌할 바를 몰라 하며 대번에 목덜미를 붉힌 희재와는 반대로, 잘도 낯 뜨거운 말을 입에 담은 정한은 짐짓 태연해 보이기까지 했다.

"새삼 몰랐던 사실을 안 것도 아니면서 표정이 왜 그래. 분명히 말해 두겠는데, 나는 서희재에게만 욕정 해."

"어우, 얘가 참. 밖에서 별소릴 다 해."

"더 솔직히 말할까? 모두 만져 보고 싶어. 어디랄 것도 없이 전부. 내가 알지 못하는 서희재가 아직도 존재한다는 게, 사실은 아주 많이 싫고 불쾌해."

생각지도 않게 왜 갑자기 얘기가 이쪽으로 튀는 걸까. 직설적인 화법을 구사해 오는 정한의 얘기에 미처 대꾸할 말을 찾지 못한 희재가 주춤거리고 있는 사이, 정한의 주장은 끊이지 않고 계속 이어져 나왔다.

엄밀히 따지자면 그간에 쌓인 불평불만을 털어놓는 자리라기보다, 오히려 서툰 유혹에 가까웠다. 결론적으로 말해 진도를 나가잔 얘기였다.

삽시간에 지난 과거의 기억들이 희재의 머릿속으로 난입해 들어

왔다. 지금도 빠짐없이 낱낱이 기억하고 있는 스무 살 삼월의 일들. 어렸던 만큼 치기가 가득했었다.

그러나 마음과는 달리 시간이 지날수록 겁쟁이가 되고 말았다. 첫 연애의 스타트를 끊은 것과 동시에, 이것저것 다양하게 섞어서 적당할 만큼 진도를 나가자고 했던 것이 바로 엊그제 같은데, 몇 년이 지난 지금 이 비슷한 얘기를 또 한 번 정한으로부터 전해 듣고 있었다.

오픈된 장소에서 들려온 적나라한 고백이 삽시간에 체온 상승의 효과를 가져왔다. 아휴. 왜 이렇게 덥지. 한껏 달아오른 열기를 조금이라도 식히기 위해, 희재가 연신 손부채질을 했다.

하지만 겉으로 드러난 사실과는 달리 표현을 안 해서 그렇지, 최근 들어 애가 단 건 정한뿐만 아니라 희재도 마찬가지였다. 연애 기간이 길어질수록 마음 한쪽에서는 정한에게 온전히 닿고 싶다는 욕심이 생겨났다. 스무 살의 희재는 아주 많이 어렸지만, 스물여섯의 서희재는 마음도 몸도 부족함 없는 어른이 돼 있었다.

독점욕을 숨김없이 드러내 오는 정한의 모습에 새삼 가슴이 떨렸다. 안 그래야지 하면서도 무의식중에 헤실 웃음이 비집고 나왔다. 하지만 사정이 이런데도 희재는 일부러 속마음을 숨기며 새침을 떨었다. 지금보다 더 정한이 안달하는 모습을 보고 싶었기 때문이었다.

아무리 생각해 봐도 희재 자신은 착한 것과는 거리가 먼 것 같았다. 짐짓 아무렇지 않은 얼굴로 가장한 희재가, 곧이어 정한이 반겨 하지 않을 말을 입에 올렸다.

"기왕 지금까지 참은 거, 첫날밤은 나중에 있을 신혼여행을 위해 아껴 두는 건 어때? 그것도 나름 의미 있는 일이잖아."

"……."

"뭐야. 방금 내가 한 말에 화라도 난 거야?"

"내가……? 그럴 리가 있겠어. 서희재는 아직도 날 잘 모르는구나."

짧은 대답 안에는 많은 의미들이 함축적으로 들어 있었다. 겉으로 드러난 것보다 숨겨져 있던 마음이 너무 커, 괜스레 코끝이 찡했다. 화를 내다니……. 그게 가당키나 한 일이냐며 오히려 정한은 희재에게 반문을 해 오고 있었다.

"왜 몰라. 누구보다 내가 제일 잘 알지. 그러니까 힘내."

"설마…… 지금 날 위로해 주는 거야? 서희재가 김정한을?"

"안 돼?"

"안 될 것까진 없지만, 상황이 좀 그런 건 사실이니까."

온 마음을 다한 고백이 거절로 이어졌는데, 정작 그 위로를 거절 당사자인 희재가 하고 있으니 아이러니한 일이 아닐 수 없었다. 실상 말로는 괜찮다고 하지만, 표정에선 이미 실망한 티가 역력하게 드러나고 있었다. 시무룩하게 그늘져 있던 정한의 얼굴을 또 한 번 확인한 희재가 결국 참고 있던 웃음을 터트렸다.

"히히. 실은 말이야. 전부 농담이었어."

"?"

"그…… 진도 나가는 거 말이야. 너뿐만 아니라 나도 관심이 많단 얘기야. 그것도 아주 많이."

"그러니까 그 애긴……!"

놀라움으로 물든 정한의 눈동자가 서서히 커지기 시작했다. 그러더니 곧 확인 작업을 거치듯 느릿하게 눈을 여닫았다. 그런 뒤에야 비로소 정한이 목소리를 높여 가며 확인을 구해 왔다.

"정말이지? 딴말하지 않는 거지?"

"당연하지. 어어? 애? 김정한!"

대답과 동시에, 아프지 않게 희재의 손목을 그러쥔 정한이 성큼성큼 앞을 향해 걷기 시작했다. 이끌리듯 뒤쪽에서 잰걸음을 옮기던 희재도 나중엔 통통 튀는 발걸음으로 보조를 맞춰 걸어갔다.

주말 아침 풍경치고는 남우세스러운 모습을 연출하고 있었지만, 어쩌겠는가. 원래가 사랑을 하면 유치해지고, 눈에 보이는 것이 없어지기 마련이었다.

방문을 열어젖히는 것과 동시에 분위기는 새로운 전환점을 맞이했다. 관계의 시작은 가벼운 버드키스부터였다. 한 번, 두 번, 세 번……. 연달아 정한의 입술이 희재 자신의 입술 위를 꾹 찍어 눌러 올 때면, 그에 비례해 머릿속에서는 멋모를 기대감이 차곡차곡 차올랐다.

키스라기보다 가벼운 입맞춤에 더 가까웠지만 구태여 세세하게 따질 필요가 없었던 게, 시간이 지날수록 행위는 점점 더 짙어지고 있었기 때문이다.

"으응……!"

맞닿은 입술 사이를 조심스럽게 비집고 들어선 정한의 혀가, 곧

말랑말랑한 희재의 혀를 진득하게 휘감아 올리기 시작했다. 흘러나오는 신음 소리를 막을 틈도 없이, 오싹한 전율이 발끝을 타고 올랐다. 그사이 정한의 손은 자연스레 희재가 입고 있던 티셔츠 안으로 파고들고 있었다.

흡!

셔츠 안을 파고든 정한의 손이 맨살의 허리를 지나 목표했던 지점에 닿았을 무렵, 감겨져 있던 눈을 동그랗게 치켜뜬 희재가 다급히 숨을 들이켰다. 그러나 희재의 놀란 반응에도 정한은 망설이거나 멈추지 않았다.

곧이어 길고 단단한 손이 예고도 없이 희재의 자그마한 가슴을 조심스럽게 쥐어 왔다. 아픈 건 아니었다. 하지만 묘하게 둔통이 느껴지는 기분이었다. 하지만 대책 없이 감상만 늘어놓고 있기에는, 상황이 예상했던 것보다 지나치게 긴박하고 돌아가고 있었다.

큰일 났다. 이러다 씻지도 못한 채 일을 치르게 생겼다. 하지만 조깅으로 인해 땀범벅이 된 몸으로 정한에게 안기는 건 희재 쪽에서 사양이었다.

"자, 잠깐. 뭐가 이렇게 급해. 우선은 씻어. 씻고 해도 늦진 않잖아."

"……이제 와서 도망치려는 건 아니지?"

섣부른 추측이 가미된, 한편으로 확신이란 게 결여돼 있던 정한의 목소리가 희재로부터 때아닌 미안함을 자아내게 만들었다.

십이 년을 함께한 뒤, 스무 살에 처음으로 연인이 되었다. 그리고 스물여섯이 되어서야 비로소 희재는 정한과 하나가 될 결심을 세웠다. 돌이켜보면 희재 자신은 너무 본인 위주의 생각만 했던 것 같다.

만난 햇수로만 따져도 아주 긴 시간이었다. 그런데도 여전히 맨살에 닿아오는 정한의 손길이 어색하기만 했다. 매일매일을 함께 시간을 보내며, 분명 연애란 걸 하고 있었음에도 마음 외적인 것에는 뚜렷한 발전이 없었다. 이토록 간절한 눈길로 바라봐 오는데도 왜 그간엔 못 본 척 지나쳐 버렸던 것일까.

김정한의 사랑은 늘 서희재에게만 닿아 있었다. 다른 사람은 아무도 없고 오로지 희재 하나뿐이었는데……. 한없이 느리기만 한 희재를 줄곧 지켜봐 오는 동안 정한 혼자서 얼마나 애가 탔을까.

마음이 닳고 닳아 불안의 싹을 틔울 때까지도 그는 한결같이 희재가 바라는 것을 최우선적으로 고려해 주었다. 그 과정이 얼마나 치열했을지 모르지 않았기에, 이번엔 희재가 먼저 용기를 내기로 했다.

"만약 내가 그렇다고 한다면, 여기서 그만둘 수 있어?"

"서희재가 하지 말라면 그게 뭐든 나는 안 해. 하지만…… 싫어하지 않았으면 좋겠어."

"김정한."

"응."

"입 밖으로 내서 말하지 않으면 이대로 모르고 지나칠 것 같아 다시 말할게. 안 싫어. 말했잖아. 오늘 일, 너만큼이나 나도 원했던 일이라고."

"그럼 왜……."

"도망가는 거 아냐. 잠시면 돼. 길지 않을 거야. 그러니까 여기서 기다려 줘."

흔들림 없는 눈길이 정확히 정한을 향했다. 부드럽게 타일러 오는 희재의 어투에서 변색되지 않은 의지를 재확인한 덕분인지, 이내 경직돼 있던 정한의 얼굴이 바르게 펴졌다.

"알았어. 그렇게 할게."

"그전에 하나 물을 게 있어. 넌 파스텔 톤이나 원색 계열 중에서……. 아니다. 됐어. 그냥 못 들은 걸로 해."

"왜 그러는 건데?"

"지금 말고, 나중에 말해 줄게."

의미 모를 질문 끝에 해결되지 않은 의문 하나를 남겨 둔 희재가 곧 정한의 집을 빠져나와 통로 하나를 사이에다 둔 맞은편 자신의 집으로 건너왔다. 그러곤 욕실에 직행하기에 앞서 옷장 한쪽에 마련돼 있던 속옷 정리함 앞에 섰다.

"가만있자, 뭐가 좋을까. 괜히 고민되네."

얼마 떨어져 있지 않은 지척에서 정한이 기다리고 있다고 생각하니 괜한 조바심이 생겼다. 그에 비례해 뒤적거리는 손길은 점점 더 빨라지고 있었다.

"아, 이건 안 되겠다. 처음인데 너무 자극하면 나만 손해니까. 나중에 입을 기회가 있겠지."

마음이 바쁜 와중에도 속으로 시시덕거리는 웃음을 집어삼킨 희재가, 예전 필이 확 꽂혀 인터넷쇼핑으로 질렀던 레이스 달린 망사 속옷을 얌전히 손에서 내려놓았다.

지금 상황에서 대놓고 야한 건 아무래도 부담스러웠다. 하지만 너무 무난한 것도 해당사항이 없었다. 적당히 야할 필요는 분명 있었으니까. 그런 뒤에야 희재는 마음에 드는 것을 골라 들 수 있었다. 최종 색상은 파스텔 톤 느낌이 나는 옅은 노란색이었다.

고민 끝에 선택을 끝낸 희재가 한결 가벼운 마음으로 욕실 안으로 들어섰다. 입고 있던 옷을 탈의한 후 별생각 없이 샤워기 버튼을 누르자 기다렸다는 듯 찬 기운을 간직한 물줄기가 아래로 쏟아져 내렸다. 그런데 기분 탓인지는 몰라도 아주 차갑게 느껴지진 않았다. 계절이 여름인 것과는 무관한 일이었다.

정한의 손길이 닿았던 몸은 여전히 가시지 않은 열기를 머금고 있었다. 순간 내리깐 희재의 눈꺼풀이 너울지듯 물결을 만들어 냈다.

아무런 치장도 하지 않은 희재의 몸은 곧 얼마 안 있어 정한의 눈앞에 서게 될 테다. 떨리겠지? 실망하면 어쩌지? 불안감과 기대 심리가 공존하는 가운데 곧 희재가 미뤄 둔 일을 해 나가기 시작했다. 너무 느리지 않은 손길로, 손이 닿지 않은 구석구석까지도 샤워 타월이 문지르듯 지나갔다.

샤워기헤드로부터 쏟아져 나오던 물줄기는 한동안 끊이지 않고 계속 이어졌다. 그러나 앞서 했던 단언처럼, 희재가 정한의 앞에 다시 서기까지엔 그다지 오랜 시간이 걸리지 않았다.

공을 들이는 한편으로 최대한 빠른 속도로 샤워를 끝낸 희재가, 마침내 준비해 둔 옷으로 갈아입은 후 거울 앞에 섰다. 몸뿐만 아니라 마음의 준비는 이로써 모두 마쳤다. 기분 좋은 웃음을 입가에 매단 희재가 이내 가벼운 발걸음을 옮기기 시작했다. 정해진 목적지는, 되돌아갈 장소는, 처음부터 단 한 곳밖에 없었다.

"왔어?"

"응. 왔어."

물기에 젖은 머리카락과 달콤한 바디워시의 향을 잔뜩 머금은 희재가 닫힌 문을 열고 들어섰을 무렵, 초조한 얼굴로 소파에 앉아 있던 정한이 벌떡 자리에서 일어났다. 그사이 정한도 샤워를 끝냈던지 입고 있던 옷이 바뀌어 있었다.

얼마간 거리를 두고 서 있던 두 사람 사이의 간격을 좁힌 건 희재였다.

"떨려."

"내가 더 그래. 내가 서희재보다 훨씬 더 많이 떨려."

마주한 두 쌍의 눈이 서로를 응시했다. 검고 깊은, 마치 바다를 닮아 있던 정한의 눈에 담긴 건 오로지 희재 하나였다. 거센 파도에 휩쓸린 것처럼 감정이 넘실거리기 시작했다.

그렇게 흘러 흘러 닿은 곳은 정한의 마음속이었다. 어린 희재를 아끼고 사랑해 주었던, 여전히 사랑하고 있는, 앞으로도 사랑으로써 가꿔 갈 단 하나의 터전이었다.

불필요한 힘겨루기는 모두 생략한 채 곧 희재의 입에서 관계의 진전을 의미하는 속삭임이 흘러나왔다.

"듣기로 처음은 다 아픈 거라며. 그러니까…… 아프게 해도 돼."

"후회할 말은 입에 담는 게 아냐."

"좋아해. 말로 표현할 수 없을 만큼, 그렇게 많이 사랑해. 그러니까 네가 주는 고통도 기쁠 것 같아. 게다가 끝까지 아프게만 할 건 아니잖아."

감정을 최대치로 끌어올리는 데는 많은 말을 필요로 하지 않았다. 작은 속삭임 하나로도 충분했다.

진심이 담긴 희재의 말 한마디에, 간신히 유지하고 있던 정한의 이성의 끈이 뚝 하고 끊어졌다. 순식간에 장소는 거실에서 침실로 바뀌었다.

한 순간에 핀트가 나가 버린 것처럼, 다급한 손길로 정한이 희재의 옷을 벗겨 내기 시작했다. 그러나 쉽사리 멈출 것 같지 않던 정한의 손길은, 희재의 겉옷이 모두 벗겨나간 시점에서 일시적으로 중단되었다.

"어때……? 내 취향대로 골라 봤는데 마음에 들어?"

"날…… 죽이려고 작정을 한 거지?"

"좋다는 거지?"

"그걸, 그걸 말이라고 해? 언제나 그랬어. 언제나 서희재만이 내 리비도였어."

리비도(libido). 성욕 혹은 성적 충동.

으르렁거리는 말을 끝으로 입고 있던 상의를 탈의한 정한이, 곧 본격적인 행동에 나섰다.

"겁먹지 마."

정념이 묻어나는 정한의 시선 아래서 희재가 가느다랗게 몸을 떨었다. 안 그러려고 했는데 처음의 다짐과는 다르게 자꾸만 몸이 움츠러들고 있었다. 그러나 누가 뭐래도 희재는 의지의 한국인이었다.

스스로의 의지로 침대 위에 올라선 희재가 이윽고 정한을 그녀의 곁으로 이끌었다. 그러자 기다렸다는 듯 정한의 입술이 희재의 목덜미에 닿았다.

"가, 간지러워."

"그 말 후회하게 해 주지."

의지가 담긴 말 직후, 정한의 입술이 한곳에 오래 머물지 않고 곧장 아래를 향해 내려갔다.

"읏!"

버려 두었던 손을 이용해 브래지어를 한껏 위로 밀어올린 정한이 조금은 성급한 태도로 희재의 가슴 위에 얼굴을 묻었다. 기다렸다는 듯 끈적거리는 소리가 귓가에 울려 퍼졌다. 때아닌 부끄러움에 자연스레 목소리가 높아졌다.

"으읏! 정한아."

발끝을 타고 피어오르는 야릇한 감정을 주체하지 못한 희재가 애원에 가까운 신음을 토해 냈다. 뒤이어 물기에 젖은 목소리로 정한의 이름을 불러 봤지만, 이에 아랑곳없이 행위는 점점 더 대담해져 갔다.

스치듯 가슴 위를 지나고 있던 정한의 입술이 강한 흡입력을 이용해 여린 살결을 맛보기 시작했다. 동시에 남은 손으로는 욕심껏 희재의 가슴을 쥐락펴락했다.

이론과 실제가 다름을 보여 주듯 작은 자극에도 즉각적인 반응이 터져 나왔다. 행위가 지속될수록 신음 소리는 커져만 갔다. 나중엔 호흡을 고르는 것조차 버거워 얕은 숨을 반복해 내쉬기만 할 뿐이었다.

정한의 손길이 닿은 곳곳마다, 입술이 스치고 지나간 자리마다 열락의 기운이 피어올랐다. 그만해 줬음 싶다가도 더해 주길 바라게 되는 이율배반적인 마음.

처음으로 경험하는 낯선 감각에 때론 울먹거리는 눈빛으로 그를 올려다보기도 했다. 하지만 왜인지 시간이 지날수록 정한은 한곳에 집중을 하지 못하고 때때로 다른 곳에다가 신경을 분산시켰다. 결국 얼마 못 가 불만스런 표정으로 인상을 써 왔다.

"……왜?"

"……이건 대체 어떻게 끄르는 거야."

"……."

"전부 처음이야. 모르는 게 당연하잖아. 그러니까 네가 알려 줘."

브래지어 후크 부분을 가리키며 해 온 정한의 노골적 요구에 문득 희재의 입가로 미소가 피어올랐다. 능숙한 것과는 거리가 먼, 한없이 서툴기만 한 그의 모습이 더없이 희재를 설레게 만들었다.

전부 처음이었다. 이 말이 주는 의미가 얼마나 큰지 모르지 않았기에, 이루 말할 수 없이 행복한 기분이었다. 심술을 부리고 싶다가도, 여지없이 의지가 무너지고 말았다. 결국 웃는 얼굴을 한 채 희재가 달각하며 브래지어 후크를 풀었다.

"이러면 됐지?"

"착하다. 정말 착해, 내 희재."

눈이 부실 정도로 환한 웃음이 정한의 얼굴 위로 떠올랐다. 기쁜

듯 눈웃음을 지어 올 때면 반응하듯 심장이 쿵쾅거리기 바빴다. 한 차례 흐름이 끊겼던 행위는 이어 계속되었다. 다행히 시간이 지날수록 부끄러움은 차츰 희석되어 갔다. 그러나 이건 전부 희재의 착각에 지나지 않았다.

한동안 희재의 가슴 위를 지분거리던 정한의 손은, 만족할 만큼의 시간을 보낸 후에야 조금씩 밑을 향하기 시작했다. 작게 솟아오른 가슴을 지나, 매끄럽게 뻗은 복부를 거쳐, 더 아래 둔덕에까지 마침내 손이 닿았다.

앗!

침대 시트에 닿아 있던 희재의 등허리가 이내 반원을 그리며 공중으로 솟아올랐다. 무의식중에 흘러나온 탄성은 곧이어 관계의 농밀함을 일깨워 오는 촉매제로 작용했다.

막을 틈도 없이 마지막 남은 희재의 속옷이 정한의 손에 의해 벗겨져 나갔다. 마침내 아무것도 걸치지 않은 전라의 상태로 정한의 앞에 서게 되었다.

시간이 멈춘 듯 주변의 모든 것이 일시에 정지됐다. 그러나 이 와중에도 새까만 정한의 눈동자만은 희재의 모든 것을 꿰뚫듯 바라봐 오고 있었다.

"그렇게 보지 마."

"싫어. 남김없이, 빠짐없이 전부 볼 거야. 불만이면 서희재도 똑같이 봐."

희재의 부탁을 단호한 투로 거절한 정한이, 아무렇지 않게 입고 있던 드로즈를 벗어 던졌다. 존재감을 드러내듯 부풀어 오를 대로

483

부풀어 오른 남성. 쉽사리 눈 둘 곳을 찾지 못한 희재가 새빨갛게 변한 얼굴을 아래로 푹 숙였다.

"왜 시선을 피해? 얘가 마음에 안 들어서 그래?"

"그게 아니라……. 아직은 이 상황이 어색해서 그렇지."

"그래도 친해져야지. 빠르면 빠를수록 난 더 좋아."

수줍게 세우고 있던 희재의 무릎 사이를 과감하게 파고든 정한이 짓궂게 속삭였다. 자연스럽게 맞닿게 된 하반신의 사정이 희재의 두근거림을 증폭시켰다.

"……이 자세, 생각보다 되게 부끄러운 거구나."

"장담하는데, 잠시 후면 그런 생각은 안 들 거야."

비비듯 은밀하게 정한이 하반신을 마찰해 오자, 까슬까슬한 치모의 느낌이 현실감을 일깨워 왔다. 불꽃처럼 일렁이기 시작한 정한의 두 눈이 앞으로 있을 관계의 뜨거움을 간접적으로 암시했다.

"잘한다고는 못 해. 하지만 노력할 거야."

"잘 못해도 돼. 그게 정상인 거야."

대화는 이것으로 끝이 났다. 입술을 막아 오는 키스를 시작으로, 온몸을 쓰다듬고 지나가는 손길을 끝으로, 관계는 본격적인 국면으로 접어들었다.

정한은 결코 서둘거나 욕심을 앞세우지 않았다. 희재의 몸이 정한을 받아들일 준비가 될 때까지, 최대한 하체가 젖을 때까지 세심하게 공을 들였다. 그런 후에야 커질 대로 커진 그의 중심이 희재의 아랫부분을 파고들었다.

"하웃!"

격통을 동반한 통증에 희재의 몸이 옆쪽으로 비틀렸다. 순간 정한의 움직임이 그 자리에서 멎었다. 그러자 희재가 그러지 말라며 정한을 다독였다.

"괜찮아. 그러니까 그런 얼굴 할 필요 없어."

안심한 듯 작게 고개를 끄덕인 정한이 느릿한 속도로 관계를 지속시켜 나갔다. 관계 내내 그는 한결같이 희재 하나만을 바라보고 있었다. 더없이 사랑받는 느낌이었다. 세상에서 가장 소중한 존재가 된 것 같은 그런 기분. 정한의 눈을 바라보고 있자면 작은 아픔 따위는 어떻게 돼도 상관없을 것 같았다.

사랑하는 사람과 하나가 된다는 게 이토록이나 경이로운 일이었던가. 감격에 눈물이 차올라 흘러내리는 걸 참느라 혼이 날 지경이었다.

의지와는 상관없이 발끝이 움찔움찔 떨릴 때마다, 정한의 얼굴이 참는 듯 일그러졌다. 아프게 만들어도 좋다고 했다. 그 정도는 참아 낼 수 있다고 했다. 그런데도 정한은 다정해지기 위한 노력을 단 한 번도 게을리하지 않았다. 그 마음이 너무 깊어, 새삼 행복하단 생각이 들었다.

흔들림 없는 결의에도 불구하고 관계가 진전되는 사이사이 이따금씩 희재의 몸이 굳곤 했다. 때때로 견디기 힘든 아픔에 입술을 힘주어 깨물기도 했다. 그럴 때마다 정한은 많은 시간을 들여 천천히 관계를 이끌어 나갔다.

손을 뻗으면 사랑하는 사람이 있는 광경.

조금 더 가까워지기 위한 하나의 과정.

태양이 떠오르는 아침이어서 좋다. 어둠이 내려앉은 밤이 아니어서 더 좋다. 불을 켜지 않아도 사랑하는 사람의 얼굴을 확인할 수 있는 지금 이 순간이 더 없이 희재의 마음을 들뜨게 만들었다.

있죠. 사랑은 내 곁에 머물러 있는 공기 같아요.
살아 숨 쉬게 하고, 늘 같은 자리를 지키고 있는.
삶에 지쳐 가끔은 잊고 지나칠 때도 있지만, 그럼에도 변치 않는.
사랑은 내 곁에 머물러 있는 공기 같아요.

지난밤의 행위가 생각 이상으로 고됐던지 결국 희재가 몸살이 났다. 휴일 아침을 그 어느 때보다 상쾌한 상태로 맞이한 정한과 달리, 희재는 연신 식은땀을 흘리며 끙끙 앓는 소리를 내고 있었다. 이 때문에 시간이 지날수록 정한의 미간이 찌푸려지고 있었다.

옆으로 몸을 돌려 시선을 희재 쪽으로 향하게 둔 채, 한동안 그녀의 얼굴을 내려다보고 있던 정한이 안 되겠다 싶었던지 곧 자리를 털고 일어났다. 가까이에서 느껴지던 따끈따끈한 체온이 생각 이상으로 높았다. 몸살에 감기까지 더해지는 건 정한의 입장에서는 전적으로 사양하고 싶었다.

첫 경험 이후 기절하듯 잠에 빠져든 희재를 대신해, 나머지 뒤처리를 한 건 정한이었다. 잠든 희재를 데려다 샤워를 시키는 것은 다소 위험한 일이었기에 차선책으로 물에 적신 타월로 몸을 닦아 낸 것이 전부였지만, 그사이에도 솟구쳐 오르는 음욕을 가라앉히기 위해 인내의 시간을 보내야만 했다.

처음이란 걸 감안해 최대한 욕구를 억눌러 참았고, 가진 욕심의 반의반도 충족되지 못했는데 결과가 이러니 조금 억울한 기분이 들었다. 조만간 한약이라도 한 재 지어 먹일 생각을 하며 정한이 조심스런 손길로 희재를 깨웠다.

"희재야. 눈 좀 떠 봐. 희재야."

"으응…… 왜?"

"많이 아파? 병원…… 갈까?"

희재 성격에 주치의를 부르겠다고 했다간 단박에 부끄럽다고 거절할 게 분명했다. 그러나 희재를 생각해 내린 정한의 결정에도 되돌아온 반응은 그다지 긍정적이지 못했다.

"아냐. 나 괜찮으니까 신경 쓰지 마."

"그러지 말고 그냥 병원 가."

"졸려. 그냥 조금만 더 잘게."

잠투정이 묻어난 목소리를 끝으로 희재가 뜨고 있던 눈을 내리감았다. 움직이는 것 자체가 귀찮다는 태도였다. 강제할 수 있는 상황도 아니었고, 희재의 뜻이 그렇다면 정한으로서는 별다른 도리가 없었다.

하지만 이대로 마냥 손을 놓고 있기엔 마음이 불편했다. 결국, 냉장고 안에서 생수가 든 페트병을 꺼내 든 정한이 방향을 바꿔 욕실로 걸어 들어갔다.

"열이라도 조금 내리면 좋을 텐데."

욕실 수납장에 들어 있던 면으로 된 수건 하나를 빼낸 직후 정한은 들고 들어온 생수 뚜껑을 열어 건조돼 있던 수건을 적시기 시작했다. 찬물을 이용한 덕분에 금세 수건 위에서 찬 기운이 묻어 나왔다. 뒤이어 망설임 없이 두 손으로 물기를 짜낸 정한이 젖은 수건을 들고 침실로 돌아왔다.

"으응."

이마 위에 적신 수건을 올려놓자 희재가 낮은 신음을 흘려 냈다. 급격한 온도 차이에 놀란 듯 잠이 묻어난 희재의 눈이 다시금 조금씩 열리기 시작했다.

"더 자."

침대 가장자리 쪽으로 걸터앉은 정한이 곧이어 이불 속에 파묻혀 있던 희재의 다리 쪽을 향해 손을 뻗었다. 뭉친 근육을 풀어 주기 위해서였다.

곧 목표했던 지점에 다다른 정한이 조심스런 손길로 희재의 여기저기를 주무르기 시작했다. 전문적인 솜씨와는 거리가 멀었지만 이대로 놔두는 것보다는 임시방편일지언정 이편이 나을 거란 판단을 내렸기 때문이었다. 문제는 희재의 옷차림이 속옷을 제외하고 정한이 입혀 준 셔츠 하나만 달랑 걸치고 있단 점이었다.

기다렸다는 듯이 말랑말랑한 맨살의 감촉이 정한의 손안에서 착 달라붙듯 감겨들었다. 조금 곤란하단 생각과 함께 문득 정한은 허기가 진다는 느낌을 받았다. 그러다 피식 웃고 말았다. 희재와 있을 때면 정한의 세계는 늘 경이로운 것들로 가득 차 있었다.

조금씩 주무르는 손 안쪽으로 힘이 더해졌다. 아니 달리 말해 손길이 지나치게 농밀해졌다는 게 옳을지도. 부드럽게 쥐었다가도 때론 매만지듯 살결 위를 쓰다듬기 바빴고, 이따금씩 허벅지 위까지 손이 닿을 때도 있었다.

그럴 때면 반응하듯 희재의 몸이 흠칫흠칫 떨리기도 했다. 아니나 다를까, 시간이 지날수록 희재의 몸이 슬금슬금 침대 뒤쪽으로 밀려나기 시작했다.

"자라니까, 왜 그러고 있어."

"……잘 수 있는 상황이 아니잖아."

어느덧 잠기운이 가신 희재가 또랑또랑한 눈빛으로 정한을 올려다봐 왔다. 숫제 위험을 감지한 작은 동물 같았다. 하긴 원래가 맹수보다 초식동물들의 감이 뛰어나기 마련이었다. 그사이 침대 가장자리에 걸터앉아 있던 정한도 침대 위로 올라섰다.

"왜 피해."

"……."

"서희재. 나 짐승 아냐."

장난스럽게 뱉은 말과는 달리 정한의 눈빛이 위험스레 빛을 발했다. 의심의 눈초리를 지우지 못한 희재가 이불을 바싹 끌어당기며 다소 방어적인 자세를 취했다. 정한을 못 믿어서라기보다는 반사적인 행동에 가까웠다. 그만큼 정한에게서 풍겨져 나오는 분위기가 야릇했단 뜻이었다.

명백한 도발에 가까운 정한의 말에 희재가 움찔한 사이, 일부러 보란 듯 양쪽 어깨를 한 차례 으쓱인 정한이 내심 서운한 티를 냈다.

"남의 친절을 오해해서 받아들이면 이쪽도 섭섭해. 그러지 말고 다리 이리로 줘."

"돼, 됐어."

"됐기는."

"앗!"

두 사람 사이를 가로막고 있던 이불을 한쪽으로 걷어 내며 정한이 희재와의 간격을 한층 가깝게 좁혔다.

사실 은근하게 달아오르기 시작한 분위기와는 별개로 정한은 희재를 더 무리시킬 생각 같은 건 조금도 가지고 있지 않았다. 열도 꽤 나는 상황이었고, 무엇보다 지금은 안정을 취하는 게 우선이었다. 물론 사심이 아예 없다고는 말을 못하겠지만, 그래도 최소한 이성이 본능을 앞서고 있었다.

음흉한 속마음을 숨긴 정한이 재차 희재의 다리를 주무르기 시작했다. 그러자 앉은 자리가 불편한지 희재가 여러 차례 꼼지락거리며 정한의 눈치를 봐 왔다. 이 틈을 노려 정한이 희재의 전신을 훑어 내렸다. 순간 정한의 목울대가 잘게 울렸다.

흐트러져 있던 차림새가 남자의 음심을 자극했다. 어깨 아래까지 내려온 희재의 머리카락이 사소한 몸짓 하나에 흔들릴 때면 묘하게 가슴이 뛰었다.

반짝반짝.

바라보고 있자면 따가울 정도로 눈이 부셨다. 희재의 모든 게 정한에겐 자극제나 다름이 없었다. 그러나 무릇 남녀 간의 관계란 건 직접적인 삽입만이 전부가 아니었다. 나아가 끈적끈적한 분위기를 만들어 내는 건 사소한 말 한마디, 가벼운 터치 하나만으로도 충분했다. 아쉽지만 시기가 적절하지 않으니 오늘은 이것으로 만족을 해야 할 것 같았다.

옆쪽으로 밀려나 있던 이불을 끌어당긴 정한이 곧 희재에게로 넘겨주었다. 컨디션도 좋지 않은데 이대로 감기라도 걸려 버리면 큰일이었다. 그제야 희재도 편하게 다리를 쭉 뻗으며 정한이 주는 나른함을 즐겼다.

좋아 죽겠다. 가끔은 이유도 없이 두렵게 느껴질 정도로 그렇게 많이. 입 밖으로 소리 내 이름을 부르는 것조차 아까울 정도로 서희재가 좋았다.

서희재.

내 희재야.

원하는 건 언제나 하나였다. 정한이 그어 놓은 선 안을 자유롭게 넘나들었던 유일무이한 단 한 사람. 작은 손짓 하나에도 심장이 덜컹거리기 바쁘고, 얕게 뱉어 낸 숨소리에도 마음이 떨렸다.

소유욕이 지나쳐 때론 집착이 돼 버릴까봐 겁이 날 때도 있었지만, 그럼에도 잡은 손을 놓을 생각 따윈 한 번도 해 본 적이 없었다. 불완전한 정한을 완전하게 만드는 기적과도 같은 단 하나의 주문이었기에.

사랑한다는 말로 가진 마음의 전부를 표현할 수 있다면 얼마나 좋을까. 얼굴을 마주 보고 있는 이 순간까지 정한은 희재가 그리웠다.

싫은 것이 전부였던 정한의 세계에 똑똑 노크를 해 왔던 작은 서희재. 닫힌 문을 열고 나와 행복을 맛본 후에야 정한은 삶이 윤택해질 수도 있다는 걸 깨달았다.

어쩌지. 눈물이 나올 것 같아 정한이 눈가에 한가득 힘을 주었다.

감정이 없는 기계처럼 한없이 세상에 배타적이었던 어린 정한은 이제 어디에도 존재하지 않는다. 돌처럼 단단하게 굳어 가던 껍질을 벗어던진 뒤로는 진심으로 웃을 수 있는 사람이 돼 있었다. 그건 전적으로 희재가 있기에 가능한 일이었다.

"세상에 태어나 줘서 고마워."

한 점의 거짓도 없는 오직 진실로만 이루어진 말이 희재를 향했다. 넘실넘실 넘쳐흐른 정한의 마음이 희재에게 닿는 순간 두 사람의 얼굴 위로 웃음이 찾아들었다. 이 순간 정한은 영원을 꿈꿨다.

에필로그 Behind story

옛 고사성어에 소탐대실이란 말이 있다. 작은 이익에 정신을 팔다가 오히려 큰 손해를 보게 되는 상황을 비유적으로 이르는 말이었다. 기업을 경영하는 석태의 입장에서 바라보자면 소탐대실을 대표하는 전형적인 예는 바로 군 입대 문제와 관련된 군 면제 비리라고 생각했다.

기실 기업인뿐만 아니라 정재계를 아우르는 각계각층의 기득권층은 종종 지닌 재력과 권력을 이용해 편법적인 방법으로 자식들의 군 면제를 받아 내곤 했다. 더군다나 조직적으로 체계화된 전문 브로커들도 다수 활동을 하고 있었던 터라, 먼저 브로커 측으로부터 제의를 받은 뒤 뒤늦게 거기에 응해 오는 사람들도 적지 않았다. 당연하겠지만 이 과정에서 대가성 짙은 거액의 돈이 오가곤 했다.

그러나 대한민국은 국민개병주의에 입각하여 모병제가 아닌 징

병제도를 채택하고 있었던 만큼, 이와 관련된 얘기들이 뉴스의 화젯거리로 다뤄질 때면 지위 고하를 떠나 어김없이 여론의 뭇매를 맞곤 했다. 그중 가장 민감하게 반응하는 쪽은 바로 대다수의 국민들이었다.

사회통념상 비리에 연루된 판검사들은 반드시라고 해도 좋을 정도로 입고 있던 법복을 벗어야만 했다. 시기상의 문제일 뿐 연관성이 밝혀진 경우라면 장·차관이건 국회의원이건 가리지 않고, 결국은 자진해서 무소불위의 권력을 손아귀에서 내려놓을 수밖에 없었다. 그나마도 정치생명이 끊어지지 않은 걸 다행으로 여겨야 할 정도였다.

나아가 기업의 경우엔 대대적인 불매운동으로 인해 그룹 이미지에 치명타를 입는 것은 물론이거니와, 실적 부진과 주가 하락의 쓴고배를 동시에 맛보는 일도 빈번하게 벌어지곤 했다.

노블레스 오블리주.

사회 지도층에게 요구되는 도덕적 의무의 중요성은 이미 다방면에서 많은 영향을 미치고 있었다. 또한 이로 인해 파생된 많은 문제점들은 사회에 늘 적지 않은 파장을 몰고 왔다. 석태 역시 이러한 점을 늘 염두에 두며 행동해 왔다.

사실상 경영자의 입장에서 리스크의 폭을 줄이는 것은 상품을 생산하는 것만큼이나 중요한 일이다. 그랬기에 석태는 미국 시민권을 가지고 있던 첫째 정혁이, 정해진 절차에 따라 신검을 받고 국방의 의무를 이행하겠단 의향을 내비쳐 왔을 때 그저 흐뭇한 얼굴로 고개를 끄덕일 수 있었던 것이다.

그럼에도 사람들은 이처럼 결과가 정해진 일에도 이따금씩 어쩔수 없단 이유를 들어 신념에 반하는 일을 하기도 한다. 석태에게 있어 정한의 경우가 그러했다.

정한이 군대에 입대를 한다는 것은, 다르게 말해 희재가 없는 삶을 이 년 가까이나 혼자서 견뎌 내야 한다는 것을 의미했다. 그건 정한의 생을 담보로 잡는 것과 크게 다르지 않았다. 불가피하단 말로써 수용할 수 있는 문제가 아니란 얘기였다.

군대 면제에 필요한 서류 일체를 비서를 통해 준비시킨 건 온전히 석태의 뜻이었다. 그러나 석태가 지시했던 서류 속엔 정한의 병명과 관련된 정신과 상담 내역은 일절 포함돼 있지 않았다. 여태 그래 왔던 것처럼 보완 유지의 필요성 때문만은 아니었다.

만약 정신과적인 것을 이유로 들어 면제 신청을 한다면, 이 경우 한국대에 재학 중인 정한의 학벌이 문제가 된다. 그럴 바에는 추후 말썽의 소지가 적은 사유로 새롭게 서류를 꾸며 두는 편이 더 낫다는 판단 때문이었다.

희재가 없는 폐쇄된 환경에서의 단체생활은 정한에게 있어 최악의 고문과도 다르지 않았다. 딱히 그건 군대에서의 생활뿐만 아니라 사회에 나온다 하여도 변하지 않을 하나의 진리와도 같았다.

그러나 큰 아들인 정혁의 생각은 조금 달랐던 듯, 평소 참을성 많고 수더분했던 녀석이 그때만큼은 석태 앞에서 높인 언성을 줄이지 않았다.

정한의 현역 입대가 불가능하단 의견에는 정혁도 전적으로 동의를 했다. 그러나 그 나머지 사안에 대해선 여전히 의견이 엇갈렸다.

정혁은, 가능하다면 정한이 얼마간 공익 근무라도 해 보길 바랐다. 뭐든 경험해서 나쁠 것이 없다는 주장이었다. 상황을 지켜보다 정 안되겠다 싶음 그 즉시 손을 떼게 하면 된다. 그 정도 일처리쯤은 석태의 선에서도 가능하단 걸 이미 정혁 역시 알고 있었기 때문이었다.

그러나 석태는 구태여 불확실성을 점칠 필요가 없다는 입장이었고, 일은 석태의 뜻대로 처리가 되었다.

당사자인 정한 모르게 오고 간 뒷거래였다. 신검 후 면제 판정을 받은 정한은, 종합적인 사유들을 고려해 면제 판정을 받은 것으로 알고 있었다. 정혁의 입단속을 철저히 시켜 둔 결과물이었다.

이처럼 석태는 굳이 군대 문제뿐만 아니라, 처음부터 정한을 대진그룹으로 끌어들여 회사 경영에 참여시킬 생각 같은 것은 조금도 갖고 있지 않았다.

능력적인 측면에서 보자면 다음 대 회사를 경영해 나가는 건 큰 아들인 정혁만으로도 부족함이 없었다. 물론 지능이라든가 선천적으로 타고난 능력은 확연히 정한 쪽이 앞섰다. 처한 상황이 워낙에 특수했던지라, 재벌가 자제임에도 불구하고 줄곧 일반계 학교에서 평범한 교육과정만 받았을 뿐인데도 정한은 다방면에서 뛰어난 재능을 보였다.

일례로 어느 한 날, 호기심을 이기지 못한 석태는 주인의 허락도 맡지 않은 채 무단으로 방문을 열었던 적이 있었다. 정한이 사실을 알면 싫어할 게 뻔했기에 일부러 출근시간도 미루고 기회를 엿봤던 것이다.

대체적으로 학교에서 돌아온 정한은 습관처럼 자기 방에 틀어박혀 그 안에서 대부분의 시간을 보내곤 했는데, 그나마도 희재가 있었기에 바깥활동을 했던 것이지 아니었다면 집 안에서조차 얼굴 보기가 어려웠을 테다.

방은 주인의 성격을 반영하듯 주변에 잡다한 것을 찾아볼 수 없을 정도로 깔끔했다. 반면 지나치게 삭막하게 느껴지기도 했다.

하지만 이 중 석태의 시선을 사로잡은 것은 따로 있었다. 전원이 켜진 모니터 안에 드러난 주식거래 현황에 대번에 석태의 두 눈이 부릅떠졌다.

세상에! 어느 틈에 주식 계좌를 만들어 두었는지 화면상으로 드러난 수익률만 하더라도 석태의 상상을 초월할 정도였다.

정한이 남들처럼 먹을 것에 돈을 쓸 수 있는 입장도 아니었고 사치와는 더더욱 거리가 멀었기 때문에, 평소 받은 용돈을 어디에다가 사용하고 있는지 그렇지 않아도 궁금해하던 차에, 예상치 못한 상황을 맞닥뜨리자 잠시간 얼이 빠진 채로 벌린 입을 다물지 못했다.

흔히 말해 투자에 대한 천부적인 센스가 있었다. 그건 누군가가 가르쳐 준다 하여서 습득할 수 있는 능력이 아니었다. 정혁을 도와 회사를 이끌어 나가는 데 보탬이 되어 준다면 더없이 환영할 만한 일이었다.

그러나 이 순간에도 석태는 스스로의 욕심을 앞세우기보다 우선적으로 정한의 마음을 헤아려 주었다. 희재 외에도 일상에서 흥미를 느낄 만한 분야를 찾았다는 사실이 석태는 그저 고맙고 또 감사하기만 했다.

때문에 필요하다면 적당한 시기를 정해 합법적으로 증여세를 납부하는 방법으로 일정 상속분에 대한 상속 절차를 마칠 생각까지 내심 염두에 두고 있었다. 구태여 힘들게 조직사회로 편입해 일하는 것보다, 관심이 있는 분야의 일을 해 나가며 마음 편히 사는 것도 나쁘지 않다고 생각했기 때문이었다. 돈은 부차적인 문제였다.

큰아들인 정혁에게 큰 짐을 지운 것 같아 한편으로는 마음이 좋지 못했지만, 정혁이 부담감을 느낀다면 석태가 은퇴할 즈음엔 회사는 전문경영인에게 맡겨 운영토록 하는 것도 썩 나쁘진 않을 것 같았다.

하지만 석태의 우려와 달리 회사에 나가 일을 배우는 것이 정혁의 적성에는 꽤나 잘 맞는 듯, 별다른 고충 없이 맡은 바 업무를 잘해 나가고 있었다.

이렇듯 석태의 계획은 전부 정한의 사정을 최우선적으로 고려하여 진행되었다. 그런데 마지막 한 학기를 남겨 둔 시점에서 정한은 놀랍게도 석태에게 아주 의외의 이야기를 꺼내 왔다.

"졸업을 하면 회사에 들어오겠다니……. 정식으로 입사를 하겠단 게냐?"

"정확히 말하자면, 그건 아닙니다."

"?"

"일은 할게요. 하지만 공식적으로 부서 발령을 내주실 필요는 없습니다."

묘하게 앞뒤가 맞지 않은 말이었다. 계약직 근로자까지 포함해 현재 회사 내에서 일하고 있는 사원들 대다수는 특정 부서에 소속이 돼 있었다. 다만 극히 예외적인 경우가 있기도 했는데, 한시적 프로젝트를 위해 각 팀에서 차출돼 만들어진 테스크포스팀에 투입돼 일하고 있던 프리랜서들이 바로 이 경우에 속했다.

하지만 프로젝트에 참여하는 프리랜서의 경우, 대다수가 오랜 경력과 함께 일찌감치 업무에 따른 능력을 인정받은 바 있던 베테랑이었기 때문에 이 역시 정한과는 무관한 이야기였다.

쉽사리 진위를 파악하기 어려운 내용에 의문을 지우지 못한 석태가 가만히 정한을 주시했다. 알아듣기 쉽게 조금 더 풀어 설명해 보라는 뜻이었다. 잠시 후 닫혀 있던 정한의 입술이 다시금 열렸다.

"회사 내에 혼자 조용히 일할 수 있는 공간이면 됩니다. 따로 회사에서 월급이 나오진 않아도 되지만, 출근 후 퇴근할 때까지 방해를 받는 일은 없었으면 합니다."

"음……. 그런 이유라면 굳이 회사를 고집할 필요는 없는 일 아니냐? 집이 불편하다면 근처에 사무실을 얻는 것도 그다지 나쁘지 않은 방안이고."

본디 대진그룹 본사는 넓은 부지 위에 터를 잡고 있었다. 때문에 회사 내부에 정한이 혼자 있을 만한 곳을 알아봐 주는 건 그다지 어렵지 않은 일이었다. 정식으로 입사를 하는 게 아닌 만큼 자칫 잘못 구설수에 오르내릴 수는 있겠지만, 회사의 미래를 생각하면 이렇게나마 정한이 회사 일을 배우는 게 나쁠 것은 없었다. 주변의 강요가 아니라 정한 본인이 원해서 선택한 결정이라면 더더욱 그랬다.

그럼에도 석태는 선뜻 긍정의 대답을 되돌릴 수가 없었다. 아무리 생각해 봐도 정한의 선택이 합리적이지 못하다고 여겨졌기 때문이었다. 버텨 내기가 녹록지 않을 걸 알면서도 구태여 이런 결정을 내린 정한의 의도에 강한 의문을 품으며, 곧 석태가 새로운 대안을 제시하며 의견을 물었다. 그러나 우회적인 석태의 물음에도 정한의 태도는 단호했다.

"그건, 안 됩니다."

"어찌해서 안 된다는 게냐?"

"지금은 괜찮지만, 앞으로도 괜찮다는 보장은 없으니까요."

불현듯 무표정했던 정한의 얼굴 위로 한 자락 미소가 스며들었다. 가만히 바라보고 있노라면 가슴 안까지 따스해지는 느낌이었다. 거짓이 배제된, 오로지 진심으로만 이루어진 웃음이었다. 이 모습에 놀란 석태가 쉽사리 말을 잇지 못하는 사이, 이내 정한이 못다 한 이야기를 풀어 나갔다.

"온종일 희재 하나만 바라고, 희재만 생각하고 사는 삶도 제겐 나쁘지 않습니다. 아니. 나쁜 게 다 뭡니까. 진심은 가장 그걸 바라고 있으면서……. 하지만 그게 희재를 병들게 할 거란 것도, 사실 모르진 않습니다."

"갑자기 왜 그런 약한 소릴……. 그동안은 잘해 나가지 않았더냐."

"하지만 언제까지 괜찮을까요. 분명 시간이 지날수록 더 집착하게 될 겁니다. 조금이라도 더 오래 희재의 곁을 지키려고 들 테고, 숨 쉴 공간도 내어주지 않은 채 제 잇속만을 챙기려고 들 겁니다. 인정하긴 싫지만, 하루의 얼마간은 떨어져서 지내는 게 희재의 정신건강을 위해서도 필요해요"

"정한아."

안타까움을 어쩌지 못한 석태의 목소리 끝이 조금 갈라졌다.

"그래서 생각이란 걸 해 봤습니다. 어떻게 하면 희재가 덜 지칠 수 있을까. 어떻게 하면 서로가 행복해질 수 있을까, 내도록 고민이란 걸 한 끝에 내린 결론이에요. 그러니까 집이나 따로 사무실을 얻는 건 안 됩니다. 저 혼자서 마음을 다잡는다는 건 처음부터 불가능한 일이니까요."

깊은 고뇌가 묻어 나오는 발언이었다. 석태는 그제야 정한이 해오는 이야기의 요지를 정확하게 파악해 낼 수 있었다.

"결심이 흔들릴 때마다, 정해진 선을 넘으려 할 때마다, 그때마다 곁에서 너를 잡아 달란 얘기로구나."

"아버지밖에 없어요."

곧고 바른 정한의 눈길이 정면에 앉아 있던 석태의 눈을 응시했다.

"마음 놓고 부탁할 사람, 아버지밖에 없어요."

순간 정체를 알 수 없는 뜨거운 기운이 울컥 석태의 목울대를 따라 넘어왔다. 벅차오르는 감격에 당장엔 아무런 생각도 나지 않았다.

온종일 시선을 떼지 않고 곁에 붙어 있어도 웃는 얼굴 한 번 보기 어려웠던 아이. 차라리 다른 아이들처럼 울며 생떼라도 써 주길 바랐을 정도로 감정적으로 메말라 있던 정한이 처음으로 석태를 향해 무한한 신뢰를 표현해 왔다. 그건 무엇과도 바꿀 수 없는 기쁨이었고 행복이었으며 또한 하나의 축복과도 다르지 않았다.

한동안 석태는 말없이 생각에 잠겨 들었다. 그러나 정한이 가진 마음의 전부를 드러내 보이며 석태에게 도움의 손길을 구해 왔을 때, 이미 그의 선택은 정해져 있었다. 침묵 끝에 석태가 말문을 열었다.

"마음이 힘들 게야. 어쩌면 지금 하고 있는 각오보다도 훨씬 더 많이. 그래도 견뎌 낼 수 있겠느냐?"

"제 인생만큼이나 제겐 희재의 삶도 중요해요. 그러니까 최대한 노력해 볼 겁니다."

줄곧 혼자만의 세계에 갇혀 삐뚤어진 시각으로 세상을 바라보던 정한은 어느새 마음적인 부분에서도 어른이 돼 있었다. 정한의 말처럼 한 사람의 일방적인 희생을 밑거름 삼아 태어난 행복은 결국 오래가지 못해 바스라지고 삭는다. 정한의 뜻이 그렇다면 석태도 반대할 의사는 없었다. 이내 석태의 고개가 천천히 끄덕여졌다.

정말이지 경이로운 하루였다. 그 때문에 하던 이야기가 끝을 맺었는데도 석태는 쉽사리 대화가 주는 여운에서 빠져나오지 못했다. 세상에 다시없을 만큼 뜻깊은 시간이었다. 그토록 바라왔던 모든 것이 이뤄진 하루였기에.

아마도 이후로 이 같은 감정을 느끼기란 오래도록 어려울 것이다. 그러나 조금 전에 했던 단정과는 달리, 재미있게도 얼마 못 가

석태의 생각에 변화가 생기는 일이 일어났다.

정한의 이야기는 자연스럽게 미희에게도 전해졌다. 당연한 결과지만 미희는 한사코 반대의견을 굽히지 않았다. 희재 볼 면목이 없긴 했지만, 이로 인해 정한이 너무 힘든 시간을 보내지 않길 바라서였다. 그러나 여러 날에 걸쳐 이어진 석태의 설득은 결국 미희의 마음도 돌려놓았다.

걱정과 우려를 동시에 나타내던 미희는 한동안 밤잠까지 설쳐가며 불면과 고민의 시간을 보냈다. 그런 후에야 일단은 지켜보자는 쪽으로 마음의 가닥을 잡을 수 있었다. 워낙에 석태가 자신했던 일이었기에, 어쩔 수 없이 미희도 그 뜻을 따를 수밖에 없었다.

그런데 두 사람, 아니 세 사람이 모두 하나의 합의점에 이르렀을 즈음 생각지도 못했던 변수 하나가 등장했다.

대진그룹 하반기 공채 최종합격자 발표가 난 지 얼마 지나지 않은 시점에서, 석태와 미희는 각각 희재로부터 한 통의 전화 연락을 받았다. 한가한 시간대를 알려 주면, 거기에 맞춰 잠시 평창동으로 찾아뵙고 싶다는 요지가 담긴 내용이었다. 두 사람의 입장에서는 언제라도 환영할 만한 소식인지라, 당장에 그날 저녁 시간대로 약속이 잡혔다.

예상치 못한 상황에 직면하게 된 건 약속시간에 맞춰 방문한 희재를 만나 본 직후의 일이었다. 당연히 정한과 함께 올 거란 예상을 깨고 희재는 혼자서 평창동을 찾았다. 대관절 무슨 수를 썼는지

는 모르겠지만, 아예 정한은 평창동에 희재가 다니러 온 사실조차
알지 못한다고 했다.

이 시점에서 석태와 미희는, 희재가 두 사람에만 하고자 하는 말
이 있다는 사실을 어렴풋이나마 캐치해 냈다. 그리고 두 사람의 짐
작은 틀리지 않았다.

평상시 접객실로 이용되는 거실 중앙으로 자리를 옮겨 온 희재
가 이내 소파 위에 착석했다. 곧 얼마 안 가 희재의 앞에 놓여 있
던 테이블 위로 뜨거운 김이 모락모락 올라오는 감잎 차가 올라왔
다.

"들어요."

"네. 잘 마실게요."

찻잔을 들어 올려 한 차례 코끝으로 향을 맡은 희재가, 이내 찻
물 한 모금을 목 아래로 넘겼다. 은은하게 우러나온 맛이 썩 괜찮
았던지 단박에 얼굴 위로 미소가 떠올랐다. 맛도 맛이지만 쌀쌀한
날씨에 먹기에는 아주 그만인 차였다.

"맛있어요."

"입맛에 맞아 다행이네요. 저녁은 희재 양이 좋아하는 떡갈비로
준비했으니 먹고 가요."

"손이 많이 갔을 텐데 뭐하러 그러셨어요."

"힘든 것 하나도 없으니까, 먹고 싶다면 언제든지 얘기해요."

"아쉬워요. 이럴 줄 알았으면 정한이도 함께 데리고 올 걸 그랬
어요. 하지만 기회란 게 꼭 매번 있는 건 아니니까……. 실은, 두
분께 따로 드릴 말씀이 있어서 오늘은 일부러 혼자서 왔어요."

돌연 희재가 가슴을 부풀리며 한 차례 크게 심호흡을 했다. 생글생글 웃고 있던 방금 전까지와는 달리, 얼굴 위로 긴장한 기색이 감돌았다. 그리고 얼마간 이 상태로 시간이 더 흐른 후에야 마침내 석태와 미희는 희재가 준비해 온 말을 전해 들을 수가 있었다.

"지난 주 정한이가 그러더라고요. 졸업하면 회사로 출근을 할 거라고요."

"그래요. 내가 그러라고 했어요."

이미 정한과는 합의를 거친 일이었기에 석태가 지체 않고 긍정의 말을 입에 담았다. 순간 희재의 눈빛이 반짝 빛을 발했다.

"그렇담 한 가지 부탁드릴 게 있어요."

"뭐든 편하게 말해 봐요, 희재 양."

석태에게 또 미희에게 있어 희재는 가족 이상의 의미였다. 희재가 부담스러워하는 걸 알면서도 두 사람 모두 말을 낮추지 않는 것도 그래서였다. 존중받아 마땅한 대상. 많은 것을 주고 또 준다 하더라도 아깝지 않은 상대가 바로 희재였다. 그래서 오늘처럼 부탁의 말을 입에 담는 희재가 오히려 반갑기까지 했다. 지나치게 너그러운 석태의 허락에 힘입은 희재가 곧 본론을 꺼내 놓았다.

"사실 저도 이번 신입사원을 뽑는 공채시험에 입사지원서를 냈었어요."

"희재 양이 말하는 공채가…… 설마 하반기 대진그룹에서 실시한 공개채용을 말하는 건가요?"

"네. 그리고 최종합격자 명단에도 들었어요."

생각지도 못했던 희재의 이야기에, 동시에 석태와 미희의 얼굴에서 놀라움이 떠올랐다. 하지만 당장에 반색하며 이야기를 반길 수 없었던 까닭은 돌아가는 상황이 심하게 묘했기 때문이었다.

"혹, 정한이 녀석도 알고 있는 얘기인 건가요?"

"아뇨. 정한인 몰라요."

"허허……. 그럼 더더욱 연유를 물어보지 않을 수가 없겠군요."

새삼 석태의 기억이 잘못되지 않았다면, 대학에 입학할 당시부터 희재는 행정고시를 염두에 두고 있었던 걸로 기억한다. 이를 뒷받침하듯 수능 이후 정시모집요강에 따른 원서접수를 했을 때도 막판에 마음을 바꿔 경영이 아닌 행정학과로 지원하지 않았던가. 그 탓에 한동안 정한의 기분이 굉장히 가라앉아 있기도 했었다.

이내 궁금증이 서린 두 쌍의 눈빛이 희재를 향했다. 그러자 희재가 작게 어깨를 으쓱여 보였다.

"딱히 큰 이유가 있었던 건 아니었어요. 그냥 자연스럽게 그렇게 돼 버렸어요. 때론 작은 계기 하나가 바윗돌 같은 마음을 움직일 때도 있거든요."

"희재 양……."

"사실은 아직도 잘 모르겠어요. 잘하는 선택인지도 여전히 판단이 서지 않았어요. 그런데도 이거 하나만은 알아요. 졸업 후 회사로 출근하기로 마음먹었던 정한이의 심경, 그 마음이 어땠는지에 대해선 누구보다 잘 알아요."

등허리를 바르게 편 희재가 정면에 앉아 있던 석태와 미희를 바라보며 입가에 웃음을 지어 보였다. 이전 정한에게서 보았던 것만큼이나 편해 보이는 미소였다. 무엇보다 희재의 얼굴 위에선 후회의 그림자는 조금도 찾아볼 수 없었다.

"절 최대한 배려해 주고 싶었을 거예요. 정한이 회사에 나가면 아무래도 제 개인시간이 늘어날 수밖에 없는 상황이니까요. 실은 예전에 이 문제로 제가 좀 겁을 준 적이 있었거든요."

다 알고 있었구나. 보이지 않는 틈까지 구석구석, 하나도 빠짐없이 속속들이 희재는 정한의 마음을 전부 들여다보고 있었다. 한참을 귀 기울여 얘길 듣고 있던 두 사람은 누가 먼저랄 것도 없이 희재의 마음 씀씀이에 깊은 감탄을 금치 못했다.

"그래서……. 그래서 내가 아니 우리가 희재 양에게 무엇을 해 주면 되는 건가요."

행정고시를 포기한 것과는 무관하게, 비싼 돈을 들여가며 공부에 매진해 왔던 만큼 집에서 쉰다는 보기는 처음부터 희재의 머릿속에 존재하지 않았다. 그래서 생각해 낸 절충안이 곧 희재의 입술 끝에서 흘러나왔다.

"입사를 하게 되면 업무가 바쁘지 않은 부서로 배치시켜 주셨음 해요. 이왕이면 정시 퇴근을 하는 곳이면 더 좋고요. 그래야 시간 빼기가 수월할 것 같아서요. 점심도 그렇지만 아무래도 저녁밥 챙겨 먹이는 게 신경이 쓰이거든요."

"이제 보니…… 희재 양이 아니라 전부 정한을 위한 부탁뿐이로군요."

석태의 단언에 곧바로 희재가 아니라며 반대 의견을 내놓았다.

"그건 사실과는 달라요. 생각해 보니 그동안 제가 가장 중요한 걸 간과하고 있었더라고요. 몸은 떨어져 있어도 마음은 그러지 못

할 거란 사실 말이에요."

스스로를 납득시키듯 희재가 몇 차례 고개를 주억거렸다.

"시시때때 걱정이 되고, 불안할 거예요. 하지만 어쩔 수 없잖아요……. 좋아하는걸요. 좋아하는 사람 일인데 걱정이 안 될 수가 없잖아요. 이번에 부탁을 드렸던 것도 그래서예요. 제 마음이 편해졌음 했거든요."

희재를 위한다는 명목하에 각기 다른 분리된 삶을 택하기로 한 정한과는 반대로, 희재의 선택은 의아하리만치 그 노선을 달리했다. 다만 한 가지 분명히 말할 수 있었던 건, 두 사람 모두 스스로가 아닌 서로를 위한 선택을 했다는 점이었다.

옳지만 달랐던, 그러나 결코 틀리지 않았던 선택.

기꺼이 서로를 위해주는 두 아이들을 바라보고 있자면, 오랜 세월에 걸쳐 해 왔던 걱정도 저절로 사르르 녹아 없어지는 느낌이 들곤 했다. 아이들은 부모가 생각했던 것보다 훨씬 더 현명했고, 어떤 위기가 닥치더라도 오늘처럼 잘 극복해 나갈 거란 확신이란 게 생겼다.

"……내가 고맙다는 말을 했던가요."

"그런 말씀 마세요. 저 듣기 민망해요."

"고마워요, 희재 양. 그동안은 염치가 없어 말을 못 꺼냈지만, 이건 내 진심이기도 해요."

거세게 밀려와 발치에서 부서지는 파도처럼, 이따금씩은 치열하게 부딪혀 보는 것도 아주 나쁘지는 않았다. 물결이 출렁인다 하여 변하는 것은 없다. 여태 그래 왔던 것처럼 바다는 늘 제자리를 지키고 있을 테니까.

각자가 지닌 입장의 차이 때문에 때때로 선택의 기로에 서야 했던 희재와 정한.

하지만 둘의 마음만은 분명 서로에게 닿고 있었다.

—The end

작가 후기

매번 그렇지만 출간을 앞두고 후기를 쓰고 있는 지금 이 순간이 제일 긴장되는 것 같아요. 안녕하세요. 《마왕의 취미생활》로 스칼렛에서 처음으로 인사를 드리게 된 공은주(나뭇가지)입니다.

이전에 출간됐던 글들이 다소 무거웠던 것에 비해 이번 글은 연재 초반부터 밝은 분위기로 이끌어 나가기 위해 저 나름으로 신경을 썼었어요. 조금 변화를 줘 보고 싶었거든요.

그래서일까요. 글을 쓸 때 느껴지는 재미와는 별개로, 중간에서 한 번 흐름이 막혀 버리면 그 길로 기나긴 슬럼프의 수렁으로 빠져 버리곤 하더라고요. 이 탓에 봄에 시작한 글이 가을이 되어서야 완결이 났지 뭐예요. 그래도 올해가 가기 전에 인사를 드릴 수 있게 돼 기쁩니다.

이번에 출간될 《마왕의 취미생활》은 로맨스소설에서 자주 다루지 않았던 소재로 내용을 꾸며 봤어요. 주변의 냄새를 왜곡해서 받아들이는 착취증. 이로 인해 최악의 섭식장애를 가지게 된 정한과, 이런 정한에게 유일하게 구원이 되어 준 희재의 이야기예요. 이 과정에서 자연스럽게 남주의 집착이 드러났으면 했는데, 제 의도가 잘 전달되었길 바라봅니다.

사실 이번 글은 체계적으로 시놉시스를 짜 놓고 시작한 글은 아니었어요. 자려고 가만히 누워 있는데 문득 한 사람에게 있어 절대적이란 것은 어떤 기분일까란 생각이 머릿속에서 몽글 떠오르기 시작하더라고요.

덕분에 쓰는 내내 고전을 면치 못했지만, 그래도 이것저것 상상하며 상황을 만들어 내는 동안엔 무척이나 행복했어요.

개인적인 바람을 이야기해 보자면 기회가 닿는다면 판타지가 가미된 영혼이동물을 써 보고 싶어요. 예전부터 써 보고 싶단 마음은 항상 가지고 있었는데 늘 능력 부족으로 미뤄 둔 일이었거든요. 다른 글을 쓰는 틈틈이라도 좋으니 목표를 달성할 수 있었으면 좋겠어요.

겨울이 다가오네요.

모두 로맨스 안에서 행복하세요.

—공은주(나뭇가지) 드림.

마왕의
취미생활

1판 4쇄 찍음 2014년 11월 26일
1판 4쇄 펴냄 2014년 12월 1일

지은이 | 공은주
펴낸이 | 정 필
펴낸곳 | 도서출판 **뿔미디어**

편집장 | 이재권
기획 · 편집 | 주종숙, 정시연

출판등록 | 2002년 9월 11일 (제1081-1-132호)
주소 | 경기도 부천시 원미구 상동로 117번길 49(상동) 503호
전화 (032)651-6513 / 팩스 032)651-6094
E-mail | scarlets2012@hanmail.net
블로그 | http://blog.naver.com/dahyangs
홈페이지 | http://bbulmedia.com

값 9,800원

ISBN 978-89-6775-949-0 03810

※파본은 구입하신 서점에서 교환하여 드립니다.